HEYNE BÜCHER

Das Buch

Als Matthew Wallingham von den Schlachtfeldern des Zweiten Weltkriegs nach England zurückkehrt, ist er ohne Hoffnung: Der ausgezeichnete Kriegsheld ist durch eine Verletzung erblindet. Erst der Krankenschwester Liz gelingt es, durch Mitgefühl und Zuneigung seinen Lebensmut wieder zu wecken. Auf dem Landsitz seiner Eltern reagiert Matthews mißgünstiger Bruder Rodney kühl auf die Rückkehr seines Bruders. Er hatte die Farm während des Krieges bewirtschaftet und fürchtet nun, die Leitung an Matthew abgeben zu müssen. Während der Konflikt zwischen den Brüdern schwelt, muß Liz um ihr Leben bangen. Seitdem sie ihre Verlobung mit dem brutalen Mike, zu der sie ihre Eltern gedrängt hatten, aufgelöst hat, sinnt dieser auf Rache ...

Die Autorin

Catherine Cookson, 1906 in Nordengland geboren, wuchs als uneheliche Tochter in ärmlichen Verhältnissen auf. Schon im Alter von 16 Jahren begann sie, Kurzgeschichten zu verfassen. Mit ihren 90 Romanen wurde sie eine der beliebtesten Autorinnen Großbritanniens, deren Werke mittlerweile in zahlreichen Sprachen veröffentlicht werden. Aufgrund ihres großen Erfolgs wurde Catherine Cookson 1993 der Titel »Dame of the British Empire« verliehen. Im Wilhelm Heyne Verlag liegen alle ihre Werke vor, unter anderem: *Der einsame Mann* (01/10633), *Im Herzen der Familie* (01/10634), *Der Mann am Fluß* (01/10766), *Heimkehr ins Herrenhaus* (01/10878), *Im Wandel der Liebe* (01/13018), *Das Band der Liebe* (01/13134), *Das Haus im Moor* (01/13241), *Bühne des Lebens* (01/13299).

CATHERINE COOKSON

EINE WICHTIGE BEGEGNUNG

Roman

Aus dem Englischen
von Elisabeth Schulte-Randt

WILHELM HEYNE VERLAG
MÜNCHEN

HEYNE ALLGEMEINE REIHE
Band-Nr. 01/13426

Die Originalausgabe
A HOUSE DIVIDED
erschien 1999 bei Bantam Press

Umwelthinweis:
Dieses Buch wurde auf
chlor- und säurefreiem Papier gedruckt.

Redaktion: Verlagsbüro Oliver Neumann

Deutsche Erstausgabe 11/2001

Printed in Norway 2001
Umschlagillustration: Franco Accornero/Agentur Schlück
Umschlaggestaltung: Nele Schütz Design, München
Satz: Buch-Werkstatt GmbH, Bad Aibling
Druck und Bindung: AIT, Trondheim

ISBN: 3-453-19833-6

http://www.heyne.de

Teil 1

1

Elizabeth Duckworth ging still und mit raschen Schritten durch den schwach beleuchteten Korridor. Sie hatte vier geschlossene Türen hinter sich gelassen und steuerte auf die letzte der sieben Türen zu, als diese jäh aufgerissen wurde. Eine männliche Gestalt im Morgenmantel trat heraus und kam auf sie zu. Der Patient trug einen Kopfverband, der ein Auge verdeckte; das Lid des anderen Auges blinzelte heftig. Er wandte den Kopf in ihre Richtung und sagte: »Zu Ihnen wollte ich gerade, Ducks … ich meine, *Schwester*. Es sieht so aus, als bräuchte der Captain jemanden. Was ich damit sagen will …«

»Ja, schon gut.« Die Nachtschwester schob ihn sanft zur Seite. »Sie hätten läuten sollen, Lieutenant.«

»Aber er scheint es zu bemerken, wenn ich das tue, und dann knurrt er mich immer an.«

»Hat er gesprochen?«

»Nein, jedenfalls nicht im herkömmlichen Sinn. Nur diese Geräusche.«

Die Schwester öffnete die Zimmertür am Ende des Korridors. Dabei fasste sie den verletzten Lieutenant am Arm und stützte ihn. »Sie sollten nicht aufstehen. Das habe ich Ihnen doch schon oft gesagt.«

»Mit mir ist alles in Ordnung. Ich wünschte, ihm ginge es nur halb so gut wie mir.«

»Legen Sie sich wieder ins Bett. Ich kümmere mich um ihn. Möchten Sie etwas zu trinken?«

»Danke. Vielleicht später.«

Eilig trat sie an das hinterste Bett. Verblüfft stellte sie fest, dass sich der hochgewachsene Patient das Laken über den Kopf gezogen hatte. Er zitterte am ganzen Körper und schluchzte heftig, so dass das Bett wackelte.

In gewisser Weise war sie froh über den Anblick, der sich ihr bot. Normalerweise fand sie den Captain Nacht für

Nacht aufrecht im Bett sitzend vor, in eine Dunkelheit hinausstarrend, mit der er sich nicht abfinden konnte … nicht abfinden wollte. Seit dem heftigen Zornausbruch, bei dem man sein lautes Toben und die wüsten Beschimpfungen durch das halbe Krankenhaus hatte hören können, reagierte er auf keine Ansprache mehr. Sogar gegenüber seiner Mutter und anderen Familienmitgliedern gab er durch nichts zu erkennen, dass er wusste, wer ihn besuchte.

Was geschehen wäre, wenn er hätte aufstehen können, blieb offen. Die Granatsplitter, durch die er erblindet war, hatten an der linken Körperseite auch die Haut aufgerissen und einen Teil der Muskulatur am Unterschenkel und an der Hüfte geschädigt. Eigentlich gehörte er in die chirurgische Abteilung, aber auf Grund seines unberechenbaren Verhaltens ließ man ihn lieber auf der Wachstation, in der Nähe von Lieutenant Fulton, obwohl der Captain sich nach seinem Wutanfall sogar weigerte, seinen Freund zu erkennen.

Schwester Duckworth wusste, dass erwogen wurde, ihn in die psychiatrische Abteilung zu verlegen, sobald die Heilung genügend fortgeschritten war. Jetzt erkannte sie vor allem eines: Der arme Teufel brauchte dringend Hilfe.

Sanft berührte sie seine Schulter und versuchte, das Laken wegzuziehen. Für eine Sekunde verharrte Matthew Wallingham reglos, dann vergrub er den Kopf noch tiefer unter dem Bettzeug.

Schwester Duckworth nahm vorsichtig auf der Bettkante Platz. Sie streckte die Hand nach dem zerzausten, dichten Haarschopf aus, der unter dem Laken hervorlugte, und strich sanft darüber. »So ist es gut. Das ist das Beste, das Sie tun können. Weinen Sie sich aus. Außer mir und Ihrem Freund ist keiner hier. Keine Sorge. Niemand wird es erfahren.«

Sie machte eine kleine Pause und biss sich auf die Lippe. Davor hatten alle Angst – dass jemand erfuhr, dass sie seelisch nicht mit ihrer Verletzung fertig wurden.

»Alles wird gut. Alles wird gut.« Ihre Hand lag wieder am oberen Saum des Lakens. Jetzt konnte sie das Bettzeug ein Stück zurückschlagen, so dass sein Gesicht zum Vorschein kam. Ein unversehrtes Gesicht ohne die geringsten Verletzungsspuren. An der Hinterseite des Schädels hatte er eine tiefe Schnittwunde erlitten, aber die war verheilt. Um die Narbe herum begann bereits das Haar nachzuwachsen.

Im schwach grünen Dämmerlicht der Wandlampe über seinem Bett sah sie, wie er das Kopfkissen packte und sich eine Kissenecke in den Mund schob.

Als sie die Hand über seine Faust legte und ihm sanft das Kissen entzog, war das Schluchzen lauter zu hören. Rasch beugte sie ihr Gesicht zu ihm und flüsterte: »Ja, so ist es gut. Ja ... Ich bin bei Ihnen.«

Sie legte den Arm um seine Schultern. Er zuckte zusammen, stützte sich auf einen Ellenbogen und rollte sich zur Seite. Im nächsten Moment hatte er beide Arme um sie geschlungen und sein Gesicht an ihren Hals geschmiegt.

Schwester Duckworth fürchtete, von der Bettkante zu rutschen, doch sein Griff hielt sie fest. Dann wurde ihr bewusst, wie auch sie die Arme um ihn schlang, seinen Rücken tätschelte und flüsterte: »Ruhig .. ganz ruhig. Nicht mehr weinen. Das war genug ... Jetzt wird alles gut. Bald sind Sie über den Berg. Ganz bestimmt.«

»Oh, Mutter.« Er umschlang sie noch fester. Sein feuchtes Gesicht streifte ihr Kinn und sie spürte die Bewegungen seiner Lippen an ihrem Mund. »Ich habe geträumt«, sagte er. »Es war ein Traum. Zuerst dachte ich nur, ich würde träumen, dann wusste ich es. Oh, Mutter! Es tut mir Leid ... es tut mir Leid ... ich meine ...«

»Alles in Ordnung. Ich weiß, was Sie meinen. Heute Abend bin ich Ihre Mutter.«

»Nein ... nein ... was ich brauche ...«

»Bitte! Seien Sie jetzt vernünftig und hören Sie mir zu. Es gibt zwei Möglichkeiten. Entweder rufe ich die Oberschwester – was das bedeutet, wissen Sie. Sie verpasst Ihnen eine Spritze. Und ich bekomme auch einen Pieks, nur auf andere Weise. Verlassen Sie sich drauf.« Sie lachte leise und tätschelte seine nahe Wange. »Oder Sie nehmen zwei Schlaftabletten. Aber aufgepasst, ich kenne Ihren Trick. Sie behalten die Tabletten unter der Zunge. Habe ich Recht? Nein, nein, leugnen nützt nichts. Ich habe die Tabletten in Ihrem Bett gefunden.«

Das Schluchzen hatte aufgehört, auch das Weinen. Er hob den Kopf, atmete mehrmals tief ein, hielt sie aber immer noch fest. Sie löste ihre Arme und senkte ihn langsam und sanft auf das Kopfkissen zurück, umfasste für einen Augenblick sein Gesicht und blickte in die blinden Augen. »Also, Schlaftabletten?«

Er antwortete mit keiner Regung, aber als sie aufstehen wollte, hörte sie, wie er etwas sagte. Sie beugte den Kopf noch einmal zu ihm herab. »Was haben Sie gesagt?«

»Es tut mir Leid.«

»Mein lieber Junge, Sie haben keinen Grund, sich bei mir zu entschuldigen. Aber ich sage Ihnen etwas. Sie haben die Kurve gekriegt. Jetzt geht es aufwärts. Sie werden sehen.«

Sie machte eine Pause. Ihre Gedanken rasten. Sie werden sehen, hatte sie gesagt. Überlegten Menschen niemals, was sie redeten? Sie werden sehen … jetzt geht es aufwärts. Aufwärts – aber wohin? Sie hatte sein Gesicht gehalten, ihn an sich gepresst. Er hatte sie für seine Mutter gehalten – wenn auch nur für einen kurzen Moment – und sie hatte »Junge« zu ihm gesagt. Sie war vierundzwanzig Jahre alt und hatte »Junge« zu ihm gesagt!

»Machen Sie den Mund auf und versuchen Sie nicht wieder Ihren Zungentrick bei mir. Ich halte Ihnen sonst die Nase zu.«

Dann war es erledigt. Die kleine Schachtel, in der sie die Schlaftabletten aufbewahrte, steckte wieder in der Tasche ihrer Schwesterntracht. Sie blickte auf ihn hinunter. Er hatte den Kopf zur Seite geneigt, von ihr weg, und sagte ruhig: »Bitte melden Sie's nicht.«

»Ich hatte nicht die Absicht, irgendetwas zu melden. Bis auf die Tatsache, dass Sie nicht vor ein Uhr eingeschlafen sind.«

»Wie heißen Sie?« Er flüsterte die Frage, und sie brauchte einige Sekunden, bis sie antwortete:

»In diesen erhabenen Hallen werde ich gewöhnlich

Ducks oder Ducky genannt ... Das heißt, wenn die Stationsschwester nicht in der Nähe ist. Aber meine Geburtsurkunde lautet auf Elizabeth Jane Ducksworth. Den Namen Elizabeth mag ich nicht besonders, genauso wenig Jane; aber ich habe nichts dagegen, wenn meine Familie und meine Freunde Liz zu mir sagen.«

Wieder folgte eine Pause. »Wie alt sind Sie?«

»Wie alt?« Ihre Stimme klang überrascht. »Manche behaupten, ich wäre über fünfzig, aber das stimmt nicht. Ich bin knapp neunundvierzig.« Als sie den Satz beendet hatte, streckte sie einen Arm zu dem Bett auf der linken Seite aus. Von dort kam ein Geräusch, das wie ein Schluckauf klang. Sie sprach weiter: »Jetzt haben Sie einen Eindruck von mir. Ich bin das, was Sie eine mütterliche Erscheinung nennen würden. Und jetzt müssen Sie schlafen. Ich sehe morgen noch einmal nach Ihnen, bevor mein Dienst zu Ende ist – das heißt, falls Sie dann wach sind. Gute Nacht.« Sie zog das Laken über seine Schultern und gestattete es sich, den Finger für einen Moment auf seine Wange zu legen.

Dann wich sie leise zurück. Sie beugte sich über das andere Bett und flüsterte: »Belassen Sie es dabei. Verstanden?«

»Ja, Ducks«, antwortete die Stimme, ebenso leise flüsternd. »Aber könnte ich auch ein bisschen mütterliche Zuwendung von Ihnen erhalten?«

Sie antwortete, indem sie sich aufrichtete, dem Lieutenant einen scherzhaften Klaps auf die Wange versetzte und sagte: »Schlafen Sie jetzt. Gute Nacht.«

»Nacht, Ducky.« Er sprach den Namen leise und zärtlich aus.

2

Drei Wochen später saß Matthew aufrecht im Bett. Der Krankenpfleger war eben mit seiner Arbeit fertig geworden – er hatte ihn gewaschen, rasiert und das Haar gekämmt. Jetzt, wie immer seit einigen Tagen, saß Matthew im Bett und wartete. Dann kam sie. Er konnte sie riechen. Sie hatte einen besonderen Duft, mit einer warmen, unbestimmbaren Note. An ihrer sanften Ausstrahlung dagegen war nichts, das sich als unbestimmbar bezeichnen ließ. Er wusste nicht, wie er ohne sie hätte weiterleben sollen, vor allem nachts. Dabei hatte sie ihn nie wieder in den Armen gewiegt wie bei diesem einen Mal. Aber ihre Hand war immer da gewesen. Er konnte sie halten; manchmal umklammerte er sie auch, wenn sie nach einem Alptraum kam, um ihn zu beruhigen.

Nun war sie wieder da. Er hörte, wie sie mit dem neuen Patienten sprach. Er war erst gestern eingeliefert worden.

Jetzt sprach sie mit Jerry. Lachte mit ihm. Jerry wurde heute entlassen. Wie er Jerry vermissen würde! Ja ... Jerry wusste so viel über ihn und er über Jerry. Noch ein Dritter wusste Bescheid. Fox. Corporal Charlie Fox. Er musste herausfinden, wo Charlie war, denn ohne den alten Foxy wäre heute keiner von ihnen hier.

Sie ging weiter. Er kannte ihre Schritte.

»Guten Morgen. Du liebe Güte! Wie elegant Sie aussehen. Der Schlafanzug ist neu. Blau steht Ihnen.«

»Welche Farbe hat Ihre Bluse?« Er wusste, dass ihr Dienst gleich beendet war und sie Zivilkleidung trug. Aber warum, fragte er sich, konnte er nicht freundlich mit ihr sprechen? Warum schlug er ihr gegenüber immer diesen rüden Ton an? Sie war so lieb zu ihm gewesen und er sah in ihr keine ältere Frau. Dazu klang ihre Stimme zu hell, war ihr Gang zu federnd. Sie brachte Leichtigkeit und Helle mit sich, Licht ...

Etwas in ihm hängte sich an dem letzten Wort fest und ein Teil seines Verstandes schrie: *Licht ... Licht ... Licht*. Es war wie bei Jerry, wenn dieser ständig sagte: »Sie sehen, was ich meine.« Matthew wusste, Jerry wollte nur höflich sein, aber der Satz störte ihn. Sie sehen, was ich meine. Wenn er nur sehen könnte, wovon die anderen sprachen.

»Heute kommt Ihre Familie zu Besuch. Und, wie ich gehört habe, sollen Sie Ihre Krücken ausprobieren. Als Nächstes erhalten sie zwei Gehstöcke, dann nur noch einen. Und schließlich ...« Ihre Stimme brach ab. Liz Duckworth fragte sich, was sie da redete. Sie fühlte sich entsetzlich und konnte nicht einmal einen vernünftigen Grund dafür angeben. Sonst war sie jedes Mal überglücklich, wenn ihr Nachtdienst zu Ende ging. Aber sie wusste, er hatte sich ihr in gewisser Weise anvertraut. Dabei war sie gewarnt worden – die Stationsschwester hatte alle Pflegerinnen ermahnt. Sie hörte noch ihre Stimme: »Passen Sie auf sich auf. Sie könnten sich zu einem Verwundeten hingezogen fühlen. Das kommt immer wieder vor, besonders, wenn die Männer blind sind. Dann erwachen alle albernen Instinkte der Jugend und Sie sehen sich als rettenden Engel. Aber lassen Sie sich gesagt sein, Sie verlieren unweigerlich Ihre Flügel, sobald Sie einen von ihnen heiraten. Blinde können ein ausgesprochen besitzergreifendes Verhalten entwickeln. Sie müssen schon sehr stark und unabhängig sein. Sonst werden Sie vollkommen vereinnahmt und der Mann saugt das Leben aus Ihnen heraus.«

Sie erinnerte sich auch daran, was die Schwester am Schluss gesagt hatte: »Ich weiß, einige von Ihnen werden aus diesem Zimmer gehen und denken: ›Diese hartherzige Kuh.‹ Aber ich spreche aus zwanzigjähriger Berufserfahrung. Für seine Gefühle kann niemand etwas. Doch ich sagen Ihnen: Bedenken Sie die Folgen, bevor Sie Ihrem Herzen freien Lauf lassen.«

Elizabeth lachte leise. »Ich muss gehen. Abschied nehmen ist mir ein Gräuel. Halten Sie sich tapfer. Das sagte meine alte Tante immer.«

»Was reden Sie da? Abschied nehmen? Sie verlassen uns?«

»Ich hatte Nachtdienst. Drei lange Monate. Das war mehr als genug. Natürlich, es gab wöchentliche Freischichten, aber man wusste immer, man musste bald wieder zurück.«

»Und der Nachtdienst hat Ihnen nicht gefallen?«

»Nicht sonderlich.«

Sie sah den Ausdruck in seinem Gesicht. »Nur in manchen Fällen, wenn ich helfen konnte.«

»Wohin gehen Sie jetzt?«

»Sie meinen, jetzt gleich? Oh, ich habe eine Woche frei;

dann wechsle ich in die Tagesschicht. Vorher fahre ich nach Hause.«

Seine Hand umgriff die eiserne Bettkante. Als sie seine Finger davon lösen wollte, umklammerte er ihre Hand. Dann fragte er leise: »Wie groß sind Sie?«

»Zu groß. Fast einsachtzig.«

Es folgte eine Pause. Er bewegte seine Hand über ihren Fingern, als wollte er sie massieren. »Sagen Sie, sind Sie wirklich neunundvierzig?«

Jetzt lachte sie, mit diesem Laut, den er so gut kannte. »Schlimmer. Ich habe noch ein Jahr zugelegt. Letzte Woche war mein Geburtstag.« Sie entzog ihm ihre Hand. »Jetzt muss ich gehen. Die Tagesschicht macht schon ihre Runde, aber ich dachte, ich sage noch Lebewohl und wünsche Ihnen alles Gute.«

Seine Stimme hatte ihren rauen Klang verloren. Sie war leise und warm. »Ich werde Sie vermissen … Ducks.«

»So nennen Sie mich zum ersten Mal«, antwortete sie, leise und ungezwungen lachend. »Jetzt weiß ich, dass Sie wirklich auf dem Weg der Besserung sind.«

»Ich … möchte Ihnen danken und weiß nicht, wie.«

»Das können Sie nur auf eine Weise: Kommen Sie so bald wie möglich wieder auf die Beine und bauen Sie sich ein neues Leben auf.« Ihre Stimme wurde ernst. »Das meine ich wirklich. Sie haben so viel, für das Sie leben können. Aber jetzt muss ich gehen.« Sie stockte leicht. »Auf Wiedersehen, Captain.«

Sie musste ihm gewaltsam ihre Hand entziehen. Dann war sie fort. Er blieb allein zurück, hatte nur die Überdecke, die er mit beiden Händen fasste … O Gott! Da war die Szene wieder, deutlich sichtbar vor seinen Augen. Er hielt ihn dicht an sich gepresst, den toten Körper ohne Kopf …

Er war in der Hölle. Sie alle waren in der Hölle. Warum? Warum jetzt? Sie hatten den Senio überquert und lagen jetzt am Saterno. Die Zweite Neuseeland-Division hatte bereits auf die andere Seite übergesetzt, aber sie waren auf eine Nachhut der Deutschen gestoßen, die eisern die Brücke verteidigte. Den ganzen Winter über hatten sie auf den Hügeln vergeblich gegen diese Mistkerle gekämpft, aber jetzt, in der Ebene, besserte sich die Lage. Reste aus verschiedenen Kompanien hatten sich ihnen angeschlossen. Einige Kameraden stammten aus dem Nordosten Englands und er hatte sich über den vertrauten Klang ihrer Stimmen gefreut. Eine Weile lagerten sie in der Ebene. Foxy hatte sich als guter Beschaffer erwiesen. Dann war da Jerry Fulton. Oh, ja, Jerry. Diese beiden, Fox und Jerry, hatten verhindert, dass er durchdrehte. Aber der kopflose Körper in seinen Armen, jetzt war er wieder da. Und überall um ihn herum nur Tote. Ein Leichenfeld. Das Blut hatte die Hügel getränkt. Deutsches Blut, amerikanisches Blut, italienisches Blut, britisches Blut. Sicher, auch britisches Blut. Jetzt rann es über ihn hinweg. Gehörte das Blut Ferguson? O Gott! Hatten die verfluchten Deutschen Ferguson umgebracht? Ferguson, den er nie gemocht hatte? Er warf den Torso weg, konnte aber nicht sehen, wohin er fiel. Der Panzer brannte lichterloh, aber er sah ihn nicht. Er spürte nur die Hitze. Sein Kopf war dumpf. Jetzt rannte er los, über Körper stolpernd. Er stürzte und konnte den Fall nicht aufhalten. Mit einer Hand umklammerte er sein Gewehr, mit der anderen eine Granate. Er war von Lärm umgeben. Der Lärm machte ihn taub. Wo war er? Es herrschte eine tiefschwarze Dunkelheit. Vorher war es nicht dunkel gewesen. Worte gellten in seinem Kopf: Nein! Nein! … Der Gedanke brachte ihn wieder auf die Beine und er rannte weiter. Er musste weg von hier. Weg von der Brücke. Sie hatten die Brücke verloren. Warum hatten Sie nicht vorausgeahnt, dass die Deutschen dort warten würden? Er merkte wieder, dass er ein Gewehr und eine Handgranate bei sich trug. Was nützte ihm das Gewehr, wenn er nicht sehen konnte? Die Brücke war verloren, alle waren tot. Die Brücke. Er hob den Arm und schleuderte die Handgranate. In dem Moment spürte er, wie er an beiden Seiten gepackt und mit dem Gesicht nach unten in den Schlamm geworfen wurde. Eine Stimme brüllte in sein Ohr: »Aufhören! Aufhören!« Er erkannte die Stimme. Sie gehörte Jerry Fulton. Dann kam eine andere Stimme, die auch bekannt klang. Die Stimme von Fox. Er befahl ihm, mit dem

Schreien aufzuhören. Nicht er schrie, es waren die Geräusche des Sperrfeuers. Fulton rief: »Wenn das Sperrfeuer aufhört, wird er unsere Position verraten, Sir.«

Was war nur los mit ihm? Was war los mit ihnen allen? Er schrie nicht; sein Mund war voller Blut und Schlamm. Er wollte schlucken, erstickte aber fast. Warum waren sie im Fluss? Sie zerrten ihn am Ufer entlang und würden ihn ertränken. Zur Hölle mit ihnen, das ließ er nicht zu. Er würde auf seine Weise sterben.

Seine Arme bewegten sich wild in alle Richtungen. Er schlug auf die Männer ein, die ihn gefangen hielten. Ja, er wehrte sich. Trotzdem zogen sie ihn hügelaufwärts. Warum spürte er seinen Kopf nicht? Er hatte ihn verloren, wie Ferguson – oder wer das gewesen war. Sein Verstand gab ihm keine Antwort, denn in diesem Moment fühlte er sich, als würde er in den Himmel gehoben. Er wusste, sein Körper war nur noch halb …

Hatte er es gleich herausgefunden oder begriff er es erst später, als sie nicht aufhörten, Nadeln in den Körperteil zu stechen, von dem er glaubte, dass er nicht mehr vorhanden war? Da hatte er um sich geschlagen und sie angebrüllt – die Stimmen, die sagten: »Sie sollten ihn woanders unterbringen. Wir können nicht schlafen.« Sie waren Dummköpfe, alles Dummköpfe. In der Hölle schlief niemand. Wer in der Hölle war, hatte zu arbeiten. Jeder stand für sich allein. Sag ihnen, dass du kein Feigling bist. Du bist nicht weggelaufen. Aber das war eine andere Geschichte. Er konnte nicht sprechen, nur schreien … und dann war seine Mutter gekommen und hatte ihn fest gehalten.

»Alles in Ordnung mit Ihnen, Matthew?«

Matthew blinzelte mit seinen blinden Augen. »Ja«, antwortete er. »Alles in Ordnung. Ich … wollte mit Ihnen reden, Jerry. Sie werden heute entlassen, wie ich gehört habe.«

»Ja, das habe ich Ihnen gesagt.«

»Ich werde Sie vermissen.«

»Und ich Sie. Aber Sie machen große Fortschritte. Erstaunliche Fortschritte. Ihre Familie ist so glücklich darüber.«

»Jerry?«

»Ja?«

»Wie sieht Schwester Duckworth aus?«

Jerry biss sich fest auf die Unterlippe und sog sie nach innen. »Diese Frage ist schwierig zu beantworten.«

»Warum? Was ist daran so schwierig?«

»Weil … Na ja, sie ist nicht so, wie Sie denken. Ich meine … Sie … In der Nacht, als Sie Ihre Krise hatten, hat sie so getan, als wäre sie Ihre Mutter. Anschließend tat sie in ihrer hilfreichen Art weiterhin so, als wäre sie eine ältere Frau.«

Es entstand eine Pause. »Und das stimmt nicht?«, fragte Matthew schließlich.

Jerrys Lachen war eindeutig. »Nein«, sagte er. »Das stimmt nicht, Matthew. Sie ist vierundzwanzig.«

»Wie bitte?«

»Ich sagte, sie ist vierundzwanzig Jahre alt.«

»Und als Nächstes behaupten Sie, sie wäre eine langbeinige Blondine«, sagte Matthew gereizt.

»Nein. Sie ist zwar langbeinig, aber nicht blond. Sie hat braunes Haar und ein hübsches Gesicht, das zu ihrem Wesen passt.«

»Warum zum Teufel konnten Sie mir das nicht früher sagen?«

Jerry neigte sich dem zornigen Gesicht zu. »Sie hätte sich weniger hingebungsvoll um Sie gekümmert. Deswegen. Wären sie im Bilde gewesen, hätte sie Sie nie in den Armen gehalten und gewiegt, in dieser einen Nacht. Und auch später hätte sie Ihnen wohl kaum über das Haar gestrichen und Ihre Hand gehalten. Sie konnte das nur tun, weil Sie glaubten, sie wäre eine Frau im mittleren Alter. Sie dachten sogar, sie wäre Ihre Mutter. Haben Sie das vergessen? In Ihrer Verwirrung nach dem Alptraum oder wie man das nennen soll haben Sie ›Mutter‹ zu ihr gesagt. Sie sieht zu gut aus, um sich ihrem wahren Alter entsprechend zu geben, besonders bei Burschen wie uns, die nach Mitgefühl lechzen. Sie wissen selbst, dass wir so sind.«

Matthew presste die Zähnen zusammen. »Ich habe einen Vollidioten aus mir gemacht.«

Jerry antwortete: »Allerdings. Aber nur vor Ihnen und vor mir.«

»Ich habe meiner Familie von einer mütterlichen Krankenschwester erzählt. Meine Mutter hat sogar angekündigt, sie würde ihr schreiben. Eines weiß ich bestimmt: Sollte herauskommen, wer meine mütterliche Krankenschwester in Wirklichkeit ist, wird meine Familie verdammt viel zu lachen haben.«

Jerry unterbrach seinen selbstmitleidigen Ausbruch: »Ich sage Ihnen was, Kamerad. In jener Nacht hat sie Ihnen den Verstand gerettet, denn Sie waren drauf und dran, wieder in der Versenkung zu verschwinden. Obwohl Sie alles hinausgeschrien hatten, waren Sie in einem entsetzlichen Zustand, und das wochenlang. Die Ärzte wollten Sie in eine Spezialabteilung verlegen, aber dann war sie für Sie da. Ich weiß, das ging nur, weil Sie in ihr eine ältere Frau sahen. Hätte sie sich nur halb so viel um andere Patienten gekümmert, wäre sie von ihnen lebendig aufgefressen worden. Ich sage Ihnen noch mal, Sie sollten dankbar sein … Übrigens, ich habe mich vor einer Weile von Charlie Fox verabschiedet. Er will vorbeikommen und Sie besuchen. Ist Ihnen das recht?«

»Ja. Ich würde ihn gern wieder sehen … Aber nun zu Ihnen. Was haben Sie jetzt vor?«

»Oh, ich kehre zurück, woher ich gekommen bin. Der alte Beeching hat mir meine Stelle frei gehalten. Ich war das letzte Jahr vor dem Krieg in der Buchhaltung beschäftigt. Mir wurde versprochen, dass ich in der Firma bleiben könne, und er hat Wort gehalten. Ich bekomme ein eigenes Büro und eines Tages, sagen wir in zwanzig Jahren« – er lachte –, »werde ich vielleicht Teilhaber.«

Sie schwiegen einen Moment lang. Schließlich fragte Matthew ruhig: »Können Sie mit dem einen Auge gut sehen?«

»Ja, wenn ich eine Brille trage. Dann sehe ich sehr gut. Ohne Brille dagegen, das ist ein anderes Paar Stiefel. Ich erkenne alles nur undeutlich, wie durch einen Nebelschleier.«

»Das andere Auge … was ist damit passiert?«

»Man hat mir ein Glasauge eingesetzt. Sie behaupten, es

würde vollkommen natürlich wirken. Aber ich muss mich nur im Spiegel betrachten … Wissen Sie, Matthew, dass Sie Glück hatten, kann ich nicht sagen. Das liegt mir fern. Dazu ist Ihre Lage zu ernst. Aber trotzdem, Ihr Gesicht hat keinen Kratzer abgekriegt. Niemand würde auch nur im Traum darauf kommen, dass Sie blind bist. Und wissen Sie was? Nach allem, was ich gehört habe, besteht die Möglichkeit, dass Ihre Sehfähigkeit zurückkehrt, wenn …«

»Oh, schweigen Sie, Mann! Sie sollten wissen, dass Sie besser nicht auf diese Weise mit mir reden. Meine Sehkraft ist beim Teufel.«

»Ach was. Sie haben Ihre Augen. Nur die Nervenverbindungen sind unterbrochen oder so ähnlich, sagen die Ärzte.«

»Ja – oder so ähnlich. Und jetzt Schluss damit.« Der Klang seiner Stimme änderte sich. »Ich sag's noch mal, Jerry, Sie werden mir fehlen.«

»Und Sie mir, Matthew. Ich werde nie vergessen, wie anständig Sie zu mir waren, als ich das erste Mal … den ›Salon‹ betrat. Weiter hinten in den Linien hatte ich schon von Ihnen gehört. Ein Teufelskerl seien Sie, meinten einige. An dem Tag, als ich beinahe in Ihr Zelt gefallen bin, kam Ihre Hand heraus und Sie haben mich gestützt. Dann haben Sie meine Hand geschüttelt und gesagt: ›Nur herein in den Salon.‹ Diese Begrüßung und Ihre Haltung mir gegenüber in der anschließenden Zeit haben mir geholfen, weniger auf Lieutenant Ferguson zu achten, der den Second Leutnant mit Missachtung strafte, weil dieser weder in Eton, Harrow, Oxford noch in Cambridge studiert hatte, dafür aber aus der gleichen Stadt wie er stammte. Es heißt, der Krieg habe den Snobismus ausgerottet. Ich glaube, er hat alles Mögliche zerstört, aber nicht die Wichtigtuerei gewisser Leute. Ich war zum zweiten Mal in seine Kompanie abkommandiert. Er wusste also über mich Bescheid. Von Anfang an habe ich nicht seine Sprache gesprochen. Als ich ihn an jenem Tag sah, bekam ich einen Riesenschreck, sage ich Ihnen, aber Sie haben mir durch die schwierige Zeit geholfen. Dafür bin ich Ihnen ewig zu Dank verpflichtet.«

Matthew wollte antworten: »Reden Sie nicht solchen Unfug. Sie wissen, Sie haben alles zurückgezahlt, was Sie mir schuldig zu sein glaubten – in dieser einen Nacht, die weder Sie, Fox noch ich jemals vergessen werden … aus gutem Grund.« Stattdessen streckte er eine Hand aus.

Jerry nahm sie und sagte: »Ich finde heraus, wohin Sie geschickt werden. Sie kriegen bald eine Berufsausbildung verpasst. Was auch kommt, ich melde mich.«

»Danke, Jerry. Es heißt, ich bekäme einen Monat Urlaub, sobald ich auf Krücken gehen kann. Warum besuchen Sie mich nicht auf ein Wochenende? Es ist nicht allzu weit von Carlisle. Schreiben Sie sich die Adresse auf: The Beavors, Little Fellburn. Das Gut liegt ungefähr fünf Kilometer außerhalb der Stadt. Sie nehmen den Zug von Carlisle nach Newcastle, mit Anschluss in Fellburn. Dann bringt Sie ein Bus über die Hauptstraße bis Manor Grove. Dort steigen Sie aus. Ein Fußmarsch von fünf Minuten auf dem Treidelpfad und Sie stehen direkt vor unserem Tor. Sie können es nicht verpassen. Zu dem Anwesen gehört auch eine Farm, aber das Haupthaus liegt etwas entfernt. Vielleicht finden Sie es sehenswert; der Bau ist etwas ungewöhlich. Ich bin sicher, dass Sie von meiner Familie mit offenen Armen empfangen werden. Meine Mutter haben Sie bereits erobert, das spüre ich.«

»Sie hat *mich* erobert. Sie ist eine wunderbare Frau.«

»Und mein Vater hat sich mit Ihnen unterhalten. Das war ein Ereignis. Seit er krank ist, kann er Fremde nicht mehr ertragen. Ich weiß nicht, wie er den Weg ins Krankenhaus überhaupt geschafft hat, denn er weigert sich, seinen Rollstuhl zu benutzen.«

»Ich habe ihn als höchst angenehmen Menschen empfunden. Sehr freundlich. Woran leidet er?«

»Multiple Sklerose. Bei ihm ist die Krankheit erst sehr spät ausgebrochen; deshalb verläuft sie langsamer, sagen die Ärzte. Trotzdem, es ist furchtbar für ihn und Mutter. Er war immer so rege, so voller Leben. Mein Vater hat auch in der Armee gedient, müssen Sie wissen.«

»Nein! Auch in der Armee?«

»Ja. Er war Colonel. Deshalb musste ich in seine Fußstapfen treten. Ich wollte nicht, aber dann ist William, mein ältester Bruder, nach Amerika ausgewandert. Einfach so. Eines Tages war er verschwunden. Er hat nur einen Brief hinterlassen. In Amerika hat er einen Autohandel aufgezogen und das Geschäft läuft gut. Zwischen meinem ältesten Bruder und mir sind fünf Jahre Altersunterschied. Bevor er William verlor, schien mein Vater mich überhaupt nicht zu bemerken. Dann traf ihn in dieser Zeit auch noch seine Krankheit. Also hieß es für mich Sandhurst und nicht Oxford. Das war ein Fehler.«

»Nein, war es nicht«, wandte Jerry ein. »Bestimmt nicht. Sie waren ein ausgezeichneter Offizier. Und Sie haben vier Jahre durchgehalten … mehr oder weniger bis zum Ende, als wir alle Pech hatten. In der ganzen Zeit waren Sie nur einmal auf Urlaub, wenn ich mich recht entsinne.«

»Aus guten Grund, Jerry. Ich wusste, wenn ich erst wieder zu Hause bin, kehre ich nicht zurück.«

Die Worte kamen leise und langsam aus seinem Mund. Jerry wartete eine Weile, bevor er antwortete: »Den meisten von uns erging es ähnlich. Mir auf jeden Fall. Ich war manchmal starr vor Angst und meine schlimmste Befürchtung war, dass die Männer was merken könnten.«

Matthew sagte nichts. Jerry versuchte, freundlich zu sein, wie immer. Er wollte ihn vergessen lassen, wie er mit dem Gewehr wild in der Gegend herumgefuchtelt hatte. »Leben Sie wohl, Jerry.«

»Auf Wiedersehen, Matthew. Wir sehen uns bald wieder.« Er wollte hinzufügen: »Halten Sie die Ohren steif«, aber solche Dinge sagte man nicht zu einem Burschen wie Matthew Wallingham. Lieutnant Ferguson hätte geschnarrt: »Albernes Geschwätz zehrt an meinen Nerven.«

Oh, zur Hölle mit den Erinnerungen an alle Fergusons dieser Welt! Er hatte die Sache hinter sich, er war frei. Jetzt musste er nur seine Arbeit wieder aufnehmen, ein nettes Mädchen finden, heiraten und eine Familie gründen. Er wünschte sich eine Familie, einen Ort, wohin er gehörte. Seine Eltern waren gestorben, als er sieben Jahre alt war. Eine Tante und ein Onkel hatten ihn aufgezogen, freundliche gute Leute, gottesfürchtig und fromm, aber sie waren keine

Familie. Jetzt kam er wieder nach Hause. Der Captain hier, der hatte eine Familie, alles wunderbare Menschen. Sein Vater, seine Mutter, sein jüngerer Bruder und zwei Schwestern. Wie er gehört hatte, sollte es auch eine Großmutter geben, über die alle lachten und die offenbar der Schrecken der Familie war. Ja, eine richtige Familie hatte immer einen alten Drachen. Und nun gab es auch noch einen Bruder in Amerika. Wie er Matthew beneidete. Er hielt auf seinem Weg durch den Korridor an. Beneidete er Matthew tatsächlich? Lieber Gott, nein! Keine Familie der Welt war eine Entschädigung für den Verlust des Augenlichts.

3

Ohne den Anbau auf der linken Seite – von einem Bungalow nur durch die beiden, wie riesige Augen hervortretenden Mansardenfenster unterschieden – wäre das Haus ein langweiliges Rechteck gewesen. Die Fenster lagen beinahe vollständig unter *Clematis montana rubra* verborgen, die an der Hauswand emporkletterten und sich auf dem Hauptgebäude und in Richtung des Daches mit den zahlreichen Ornamentschornsteinen ausbreiteten. Dort hatte man dem Wuchern offensichtlich Einhalt geboten, denn das riesige Schieferdach von The Beavors war frei von Bewuchs, ebenso der Doppelkamin an der rechten Hausseite.

Das Haupthaus war aus Steinen errichtet – große Felsblöcke, von denen jeder Einzelne behauen worden war, bevor er seinen Platz fand. Das Ergebnis war eine hell und warm wirkende Fassade, die wie das Dach nicht von Kletterpflanzen überzogen war. Eine niedrige, mit Steinplatten gepflasterte Terrasse säumte das Haus in seiner ganzen Länge. Die Terrasse lag auf gleicher Höhe wie der tiefgrüne Rasen; daher gab es kein Geländer und keine Stufen. An der Stirnseite des Hauses, jenseits des Rasens, befanden sich sorgfältig gepflegte Blumenrabatten.

Das Erdgeschoss hatte sechs große Fenster mit abgeschrägten Simsen; die Eingangstür war exakt in der Mitte eingefügt. Sie bestand aus dunklem Eichenholz, verstärkt durch sechs eiserne Angeln, die sich über die ganze Breite erstreckten. Im oberen Stockwerk gab es acht Fenster; vier davon glichen den unteren, der Rest war kleiner und schlichter. Weitere Fenster waren an dieser Hausseite nicht zu sehen.

Zur Stirnseite führte kein Zufahrsweg; man hätte höchstens ein Fahrrad schieben können. Jenseits der rechten Seite des Hauses erstreckte sich ein großes Gelände mit Stallungen. Drei Pferdeboxen gehörten dazu und ein scheunenähnliches Gebäude, durch dessen Eingang zwei Kutschen nebeneinander gepasst hätten, wäre der davor liegende Hof für Fahrzeuge erreichbar gewesen. Aber die Zufahrt gab es nicht mehr. Sie war hundert Meter vor dem Haus unterbrochen worden. Ein zweirädriger Einspänner und die restlichen Fahrzeuge standen in einem Schuppen auf der Farm.

Es war ein frostiger Novembermorgen und das Land lag unter einer Raureifschicht, aber im Haus war gut geheizt. In der Halle brannte ein offenes Holzfeuer. Vermischt mit den Kochdünsten aus der Küche stieg die Hitze zum ersten Treppenabsatz hinauf, wo Matthew für einen Augenblick stehen blieb und vorsichtig tastend den Fuß auf die erste Stufe setzte.

Er hatte drei Stufen nach unten geschafft, als ihn der Klang von Klavierakkorden innehalten ließ. Den Kopf nach unten in die Richtung der Tür geneigt, aus der die Töne kamen, blieb er erneut stehen.

Dann wurde aus den Akkorden ein kleiner Triller. Matthew hastete förmlich den Rest der breiten Treppe hinunter. Unten angekommen, nahm er seinen Stock in die rechte Hand und streckte suchend die linke aus. Auf diese Weise arbeitete er sich zu einem Korridor voran, hin zu der ersten Tür. Er stieß sie auf. »Was machen Sie mit dem Ding, Tommy?«

Ein kleiner Mann mit sehr kurzen Beinen und einem riesigen Schädel drehte sich zu ihm. »Was glauben Sie denn, Mr. Matthew? Ich stimme das Klavier.«

»Wer hat Ihnen den Auftrag gegeben?«

»Die alte« – er ruckte den gewaltigen Kopf nach hinten –

»die alte Dame drüben. ›Machen Sie sich an die Arbeit‹, hat sie gesagt. ›Ganz gleich, was er davon hält.‹ Und genau das tue ich.«

»Sie können gleich wieder aufhören, da ich nicht beabsichtige, das Klavier anzurühren. Das habe ich ihr auch gesagt.«

»Oh, sie erwähnte, Sie hätten etwas in der Richtung gesagt. Aber glauben Sie, die alte Dame kümmert sich darum, was Sie sagen? Sie oder sonst jemand? Hat sie das jemals gekümmert?« Er schlug zwei Tasten an. »Ob Sie drauf spielen oder nicht, es ist eine Schande, dieses Instrument verkommen zu lassen. Vor fünf Monaten habe ich zum letzten Mal Hand daran gelegt.«

»Dann können Sie jetzt damit aufhören. Gehen Sie.«

»Nicht mit mir, Mr. Matthew. Ich würde mich nicht mehr zu der alten Herrin über die Schwelle trauen. Sie ist eine gute Kundin. Nicht viele Leute lassen ihr Klavier zweimal im Jahr stimmen. Aber sie benutzt es auch. Und wie! Im Krieg, jedes Mal, wenn ein Schiff gesunken ist, hat sie darauf herumgehämmert und Wagner gespielt. Wären Sie da gewesen, hätten Sie sie bis in die Stadt hören können, vom Dorf ganz zu schweigen. Ich glaube, in ihrem ganzen Leben hat sie kein leises Stück gespielt. Sie hätte in einer Schlagzeuggruppe mitspielen sollen. Mich hätte es nicht gewundert, wäre sie mit einer dieser Konstruktionen durch die Gegend gezogen, bei denen man ein Dutzend Instrumente auf einmal bedienen kann. Hände und Füße angeschnallt, und dann Wummtata!« Er ließ die Finger über die Tasten gleiten. Als Matthew näher trat, sagte er ruhig: »Wissen Sie, Mr. Matthew, und das meine ich erst, Ihnen täte es mächtig wohl, wenn Sie wieder damit anfangen würden. Sie waren gut. Ja, wirklich. Vielleicht war ihr Spiel nicht konzertreif, aber immer noch hervorragend. Sie hatten ein Gefühl für das Instrument. Warum versuchen Sie es nicht wieder?«

Matthew sprach ebenfalls ruhig. »Es hat keinen Zweck, Tommy. Nach Gehör konnte ich noch nie sonderlich gut spielen.«

»Sie müssen nur wieder anfangen. Dann kommt alles

von ganz allein wieder. Bestimmt. Nehmen Sie sich ein Beispiel an Art Tatum. Er ist blind wie eine Fledermaus. Aber Rachmaninow sagte von ihm, flinkere Finger am Klavier hätte er noch nie gehört. Das Klavierspielen würde Ihnen eine sinnvolle Beschäftigung bieten, etwas, das sie fordert. Auch wenn Sie behindert sind, wollen Sie doch nicht für den Rest Ihres Lebens das eingestrichene C spielen, oder?«

Er hämmerte auf das C in der Mitte der Tastatur. »Wissen Sie, ich habe von den Tonleitern viel über das Leben gelernt. Oft denke ich, die Hälfte der Menschheit weiß nicht einmal, dass sie geboren ist. Die Leute blicken nie in sich selbst hinein – und wenn doch, dann nur, um jemand anderen zu beneiden, der mehr Geld verdient oder im Leben besser vorankommt. Auf den Gedanken, dass sie mit etwas Anstrengung mehr oder weniger das Gleiche hätten erreichen können, kommen sie nicht. Zugegeben, viele hatten schlechte Ausgangsbedingungen, wie ich. Wissen Sie, was sie mit mir vorhatten, als ich zehn Jahre alt war? Sie wollten mich in ein Heim für geistig Zurückgebliebene stecken, weil ich nicht lesen konnte. Mein eigener Vater! Aber ich hatte eine Tante, die besaß ein Klavier – ein uraltes Ding mit durchbrochener Vorderseite und grünem Flanell. Wenn ein Instrument einen Klavierstimmer brauchte, dann dieses. Offensichtlich hatte ich seit frühesten Kindertagen, immer wenn wir meine Tante besuchten, in die Tasten gegriffen und ihnen ein paar Töne entlockt. Diese Tante sagte zu meinen Eltern: ›Behaltet den Jungen zu Hause. Dann zahle ich ihm die Klavierstunden.‹ Also durfte ich bei meiner Familie bleiben. Was man Familie nannte. Zusammen mit meinen vier Brüdern und zwei Schwestern hatten wir die Hölle. Da sagt man, die Deutschen wären grausam! Manchmal muss man nicht weit blicken. Es genügt, sich die eigene Familie anzusehen. Wenigestens bekam meine Tante Ethel ihren Willen und bald habe ich in einer Band gespielt. Na ja, für zwei Schilling und Sixpence den Abend. Die Hölle ging für mich weiter. Ich war ein eigenartiger kleiner Kerl, Sie verstehen. Kein Komödiant, sonst hätte ich ein Vermögen gemacht. Ich konnte keine Witze erzählen und die Leute zum Lachen bringen. Wenn doch jemand lachte, bin ich tausend Tode gestorben. Trotzdem, die mittlere Tonlage habe ich hinter mir gelassen. Ganz nach oben, zum hohen C, würde ich nie kommen. Das wusste ich immer. Aber die Band habe ich verlassen. Ich war entschlossen, einen richtigen Beruf zu erlernen. Obwohl ich kein guter Pianist war, habe ich das Klavier geliebt. Ich liebte das Instrument um seiner selbst willen.

Eines Tages endlich kam meine Chance. Ich durfte in der Fabrik, in der ich arbeitete, beim Bau eines Klaviers mithelfen. Damals wohnte ich bereits bei meiner Tante, schon seit ein paar Jahren, aber ich hatte sechs Jahre in der Fabrik hinter mir, als es hieß: ›Ein Paderewski werden Sie nie, aber Sie lieben das verflixte Ding, als wäre es ihr Baby. Warum kümmern Sie sich nicht auch um die Babys anderer Leute und werden Klavierstimmer?‹

Offen gesagt, konnte ich mir das nicht vorstellen; dann befolgte ich den Rat doch. Seit meinem ersten Hausbesuch als Klavierstimmer habe ich die Menschen kennen gelernt, diejenigen ganz unten beim tiefen C, die beim hohen C und die vielen Mittelmäßigen beim eingestrichenen C.«

»Gut, Tommy. Rechnen Sie mich zu den Mittelmäßigen. Denn ich werde nicht auf diesem Instrument spielen«, sagte Matthew ernst.

»Das weiß man nie, Mr. Matthew. Sie können nicht den ganzen Tag herumsitzen und nichts tun. Die Armee wird Ihnen irgendwo eine Arbeit vermitteln, nehme ich an. Das machen die Behörden immer so.«

»Nicht in meinem Fall. Ich bleibe hier auf der Farm und lerne, wie man Kühe melkt.«

»Klar, das ist ein Anfang. Aber ich kann mir nicht vorstellen, dass Sie damit zufrieden sind.«

»Nein? Warum nicht?«

»Weil ich weiß, wie Sie waren, bevor das passierte. Sie hatten große Ziele und waren dauernd unterwegs – wie Mr. William, bevor er in die Staaten ging. Aber genug jetzt. Wenn ich mit den Familiengeschichten anfange, finde ich kein Ende mehr. Ich muss weiter.«

Matthew ging aus dem Zimmer, tatsächlich mit einem

Gefühl von Heiterkeit. Es war lange her, seit er vor sich hin gelacht hatte. Tommy war ein komischer Kauz – mit seinem eingestrichenen C. Nun gut, dann gehörte er zu den Mittelmäßigen. Das Leben hatte ihm nichts Besonderes mehr zu bieten. Er würde dieses Haus und dieses Grundstück nicht wieder verlassen. Die Arbeit auf der Farm würde in Zukunft sein Lebensinhalt sein, das musste er akzeptieren. Mehr hatte er nicht zu erwarten. Seine Tage würden ruhig und friedvoll verlaufen.

Er durchschritt den Korridor bis zum Ende und trat in eine kleine Halle, von der vier Türen abgingen. Hier stellte er sich in die Mitte und rief: »Wo bist du?«

»Im Salon«, drang eine Stimme zu ihm.

Mit ausgestreckter Hand tastete er sich, noch immer unsicher, zu der Tür neben dem Eingang zum Wintergarten. Er öffnete sie und sagte: »Du bist früh auf.«

»Nein. Du bist spät. Es ist viertel vor zehn.« Dann hörte er, dass sie zu jemandem sprach, der neben ihr stand. »Nimm das Tablett, Mary. Und klappere nicht damit. Man könnte glauben, du wirst alt.«

Ein »Ha!« war die Antwort. Die ältere Frau kam mit dem Tablett an ihm vorbei und er bemerkte in normalem Tonfall: »Sie war schon immer dankbar für jede gute Tat, nicht wahr, Mary?«

»Sie sagen es, Mr. Matthew. Daran ändert sich nie was.«

Die grobe Stimme sagte scharf: »Setz dich, Matthew! Und behaupte nicht, ich hätte eine Ahnung, weshalb du gekommen bist. Ah, übrigens, Tommy wird das Klavier weiterhin alle sechs Monate stimmen. Dieses Mal ist er früh dran. Sag, was willst du mit deiner Zeit anfangen? Herumsitzen und Däumchen drehen?«

»Nein, Granan. Das habe ich dir bereits gesagt. Ich habe es *allen* gesagt. Ich möchte einen Versuch machen und die Arbeit auf der Farm lernen.«

»Verfluchte Landwirtschaft! Du wolltest Lehrer werden, bevor der Krieg losging, Lehrer für Geschichte und Klavier. Das mag eine voreilige Wahl gewesen sein, aber eine Wahl war es. Verfluchte Armee! Weiß der Kuckuck, warum ich in eine Offiziersfamilie geheiratet habe. Das werde ich nie begreifen! Aber da ich nun mal dazu gehöre, habe ich dafür gesorgt, dass alle wissen, was ich von der Sache halte. Dein lieber Großvater« – sie lachte plötzlich ihr tiefes, beinahe männliches Lachen – »dein Großvater hat jedes Mal vor Angst gezittert, wenn ein Salonabend bevorstand. Er pflegte zu sagen, lieber stünde er einem Bataillon von lauter Kriegsdienstverweigerern gegenüber. Aber das sage ich dir, die Männer haben mich geliebt; die Frauen hassten meinen Schneid, auch wenn sie Entschuldigungen für mich fanden, da ich nicht aus einer Offiziersfamilie stammte. Und was geschah, als dein Vater auf die Welt kam? Er wurde bei der Armee eingetragen, bevor er getauft war.

Jahre später hat dein Urgroßvater Bertie deinen Bruder William mit Champagner getauft. Goss dem Kind das Zeug einfach über den Kopf. Wieder ein armes Opfer, das lernen sollte, anderen den Schädel einzuschlagen. Und was machte William? Weißt du, Matthew« – ihre Stimme wurde weich und ruhig –, »nicht einmal seine Mutter ahnt etwas davon. An dem Tag, als William von zu Hause fortging und nur einen Zettel hinterließ, auf dem stand, er werde nicht in die Armee eintreten, sondern in die Staaten auswandern, bin ich in dieses Zimmer gegangen und habe Tränen gelacht, denn ich mag William. Mit William konnte ich reden wie … na, wie mit dir. William und du, ihr seid euch sehr ähnlich. Rodney ist derjenige, der aus der Art schlägt.« Ihre Stimme wurde kalt. »Er ist Bauer, ein überzeugter Landwirt. Ich weiß nicht, was er getan hätte, wäre er eingezogen worden. Durch seine Arbeit hat er einen Beitrag geleistet, die Nation zu ernähren, ganz allein auf sich gestellt – und jetzt glaubt er, alles hier wäre sein heiligster Besitz. Die Farm auf jeden Fall. Er kann von nichts anderem mehr reden. Ich sage dir etwas, Matthew.« Sie streckte die Hand aus; Matthew nahm die knochigen Finger und umfasste sie, während seine Großmutter weitersprach. »Ganz gleich, wie er sich verhält, er ist nicht erfreut darüber, dass du die Leitung übernehmen willst.«

Mit einer Stimme wie ein Peitschenknall erwiderte er: »Ich will die Leitung nicht übernehmen, Granan. Das wäre das Letzte, wonach mir der Sinn steht. Ich will nur für ihn arbeiten. Er soll mir beibringen, was ich zu tun habe.«

»Du bist jetzt der Älteste, Matthew. Vergiss nicht, eines Tages wirst du für The Beavors verantwortlich sein. Alles hier wird dir gehören und es ist ein schöner, kleiner Besitz. Im ganzen Umkreis gibt es keinen besseren. Gut, Richard kann noch lange leben. Seine MS ist ziemlich spät ausgebrochen; deswegen schreitet die Krankheit langsam voran, wie es heißt. Zwei, drei oder vielleicht sogar zehn Jahre bleiben ihm sicher noch. Wie du ist er ein Sturkopf und gibt nicht so leicht auf.«

»O Granan!« Matthew schüttelte den Kopf über seine alte Großmutter. »Ich habe aufgegeben. Schon vor einer ganzen Weile. Weißt du ... es ist nicht zu glauben! Tommy hat mir gesagt, wo ich stehe. Er hat diese Theorie, über das Klavier und die verschiedenen Stufen des Lebens.«

»Ja, ich weiß. Das eingestrichene C. Wo hat er dich eingeordnet? Sag nur nicht, bei der Mittelmäßigkeit, weil du mit dem Klavierspielen aufgehört hast.«

»Genau da.«

»Trotzdem, Tommy ist ein weiser Mensch. Er stammt aus Bog's End, musst du wissen, draußen vor der Stadt. Aber aufgewachsen ist er hauptsächlich auf dem Land, im Dorf unten. Seine Eltern taugten nicht viel. Sie sind mittlerweile beide tot, wie ich gehört habe. Zu schade, dass sie nicht früher gestorben sind. Aber seine Tante hat bis vor fünf oder sechs Jahren gelebt. Damals war er um die vierzig. Und stell dir vor, jetzt ist er verheiratet.«

»Verheiratet? Davon wusste ich nichts.«

»Nein. Wie auch. Die Hochzeit war ungefähr zu der Zeit, als du nach Übersee gingst. Sie ist eine nette, kleine Person, eine Witwe, etwas jünger als er. Seit er sie hat, ist er ein anderer Mensch geworden. Früher bekam man kein Wort aus ihm heraus. Jetzt redet er wie ein Wasserfall.«

»Das höre ich gern«, sagte Matthew leise. »Er tat mir immer Leid, weil er irgendwie einsam war.«

»Ja, er war einsam. Einsamkeit ist eine furchtbare Sache. Wie ein Bandwurm, der einen bei lebendigem Leib auffrisst.

Auf jeden Fall ist seine Einsamkeit verschwunden. Man könnte meinen, die Frau hatte eine Wirkung wie eine Prise Riechsalz unter seiner Nase.« Granans Lachen war ein tiefes Rumpeln. »Ein guter Vergleich, findest du nicht auch?«

Matthew stand auf. Er lachte mit seiner Großmutter und beugte sich zu ihr. »Nein, Granan. Das war kein guter Vergleich, sondern ein Beispiel für wenig damenhafte Grobheit. Mir tun die Damen Leid, die dich früher in deinem Salon ertragen mussten.«

»So bin ich eben, mein Junge.« Sie tätschelte seinen Arm. »Nein, früher war ich so. Heute nicht mehr. Nach meiner Rückkehr aus Indien habe ich einige dieser Damen wiedergetroffen. Sie waren viel schlimmer als ich. Aus Indien waren sie daran gewöhnt, ständig von einer riesigen Dienerschaft umgeben zu sein, so dass sie ihre Dienstboten hier wie Sklaven behandelten. Und ihre Tugend! Ich kann dir *Geschichten* erzählen ...«

»Darauf wette ich. Und ich nehme dich beim Wort, sobald es schneit und ich nicht nach draußen kann.«

Er ging zur Tür. Sie hielt ihn mit sanfter Stimme zurück: »Noch eine Minute, Matthew.« Als er sich umdrehte, sagte sie: »Ich mache mir Sorgen um dich. Du sitzt viel zu oft oben in deinem Zimmer. Was mit dir geschehen ist, ist geschehen; nichts kann das ändern. Wenn du darüber reden willst, weißt du, zu wem du kommen kannst. Es wäre besser, wenn du dir die Sache von der Seele redest, statt ständig darüber nachzugrübeln. Betrachte mich als diese alte Nachtschwester, die, wie Lucille sagt, so gut zu dir war. Lucille meint sogar, sie hätte dich dem Leben wiedergegeben.«

»Das könnte stimmen. Sie hat mich ins Leben zurückgeholt. Aber es gibt eine Überraschung für dich. Ihre Rolle könntest du auf keinen Fall spielen, nicht in deinem Alter. Stell dir vor, sie hat mich getäuscht. Sie war nicht die, für die ich sie gehalten habe: die ältere Krankenschwester um die fünfzig, Typ Mutter. Stell dir vor, wie ich mich fühlte, als Jerry Fulton kurz vor meiner Entlassung damit herausrückte, dass meine Retterin, wenn man sie so nennen soll, keine mütterliche Gestalt war, sondern eine langbeinige Schönheit von vierundzwanzig Jahren. Braunes Haar, braune Augen, wunderbare Haut, wenn ich seiner Beschreibung glauben kann. Du kannst dir denken, wie ich mir vorkam.«

»Wie denn?«

»Wie ein Vollidiot.«

Sie schnippte seine Hand von sich weg. »Du *bist* ein Vollidiot. Sie muss etwas für dich empfunden haben, wenn sie sich mit dieser Hingabe um dich gekümmert und vorgetäuscht hat, eine andere zu sein.«

»Im Krankenhaus wurde mir erklärt, die männlichen Patienten hätten sie lebendig aufgefressen, wäre sie zu allen so freundlich gewesen. Ich konnte sie nicht sehen; das war der Unterschied.«

Die alte Dame lehnte sich in ihren Sessel zurück. »Wie heißt sie?«, fragte sie ruhig.

»Ducks.«

»*Was?«*, kam laut zurück.

»Ihr Name ist Elizabeth Ducksworth, aber im Krankenhaus nannten wir sie Ducks.«

»Wo ist sie jetzt?«

»Nach dem, was ich zuletzt über sie gehört habe, arbeitet sie am entgegengesetzten Ende des Krankenhauses im Tagdienst. Anscheinend rät man den Schwestern davon ab, ehemalige Patienten zu besuchen, vor allem die blinden oder fast blinden. Es geht dabei um Gefühle«, sagte er und betonte das letzte Wort.

»Na sowas! Weiß deine Mutter davon, ich meine, dass diese Schwester keine ältere Frau war?«

»Keine Ahnung. Ich habe mit ihr nicht über dieses Thema gesprochen.«

»Ich bin die Erste, der du davon erzählst?«

»Ja.«

»Danke, mein Lieber. Hast du ihre Adresse?«

»Nein, und ich will sie auch nicht. Was kann ich ihr schon bieten?«

»Hinaus mit dir! Geh schon! Hinaus!«

Die Stimme klang wieder rau und grob. Mit einem wehmütigen Lächeln verließ Matthew den Raum.

4

»Warum setzt du dich nicht für eine Minute hin und unterhältst dich mit mir, Lucille?«, fragte Colonel Wallingham.

»Ich rede den ganzen Abend mit dir, mein Lieber«, sagte seine Frau, »und manchmal noch die halbe Nacht. Aber es gibt viel zu tun. Die Köchin hat dafür gesorgt, dass Rosie heute Morgen in Tränen ausgebrochen ist. Sie vergisst, wie glücklich wir uns schätzen können, Rosie zu haben. Die wenigsten Sechzehnjährigen mögen heutzutage noch als Dienstmädchen arbeiten. Dabei ist Rosie manchmal eine solche Hilfe für Mary und Bella.«

»Was gibt es denn zu tun?«

»Beispielsweise sind zwei zusätzliche Schlafzimmer herzurichten. Vergiss nicht, deine beiden Töchter mit ihren Ehemännern kommen zu Besuch, mit zwei Enkelkindern. Ich werde Rodney bitten müssen, in Granans Flügel zu übernachten, denn die Kinder brauchen ein eigenes Zimmer. Das wird Granan nicht passen, aber die Kinder kann ich nicht zu ihr schicken. Sie duldet sie nicht. Obwohl sie selbst so viel Lärm macht, kann sie den Krach von anderen nicht ertragen.« Sie stupste ihren Ehemann, der in einem tiefen Lehnsessel neben dem Feuer saß, an der Schulter und fügte lachend hinzu: »Wie auch immer, wir haben Gesellschaft und das wird dir gefallen.«

»Ach, mach, dass du hinauskommst.«

Sie beugte sich über ihn, küsste seine Braue und sagte: »Ich bin zurück, sobald ich kann, mein Lieber. Und noch etwas. Ich mache mir Sorgen wegen Matthew. Er ist so schweigsam. Manchmal sitzt er eine geschlagene halbe Stunde da, ohne den Mund aufzumachen. Wenn man den Krieg erwähnt oder eine Bemerkung in dieser Richtung macht, steht er auf und verlässt das Zimmer. Verstehst du das?«

»Ja, Lucille. Das verstehe ich. In gewisser Weise jedenfalls.«

»Weißt du, er wollte nie Offizier werden. Es war nicht seine eigene Entscheidung damals; er hat deinen Willen erfüllt. Jetzt musst du zu deiner Schuld stehen.«

»Das werde und will ich nicht. Er war ein erwachsener Mann.«

»Das war er nicht. Nicht wirklich. Er war kaum den Kinderschuhen entwachsen. Weißt du was?« Sie begann zu lachen. »Manchmal fühle ich mich wie Granan. Sie sagt, in dieser ›verdammten Offizierssippe‹ sei sie nur gelandet, weil sie die älteste von fünf Töchtern war. Damals konnte ein Mädchen, das nicht heiratete, sich ebenso gut die Kugel geben. Sie dachte, es wäre besser, anderen diesen Ausweg zu überlassen, und dein Vater, das weißt du selbst, war verrückt nach dem Soldatenleben. Noch lange, nachdem er in den Ruhestand getreten war, glaubte er, das Kommandieren nicht lassen zu können. Erinnerst du dich, wie er vom obersten Treppenabsatz brüllte: ›ANN-EE! ANN-EE! Angetreten, Frau! Wird's bald?‹? Granan fragte dann: ›Was willst du?‹ und er sagte, genau wie du: ›Mit dir reden.‹«

»Aber du musst zugeben, ich bin höflicher als Granan. Ihre Antwort lautete nicht selten: ›Zum Teufel mit dir. Und nimm ein paar von deinen Gewehren mit.‹« Ruhig sagte er: »Ich bin nicht wie er, oder? Nicht so übel, meine ich.«

»Nein, Richard, so bist du nicht.« Sie beugte sich wieder zu ihm und sagte laut: »Manchmal bist du schlimmer.« Dann eilte sie aus dem Zimmer. Ihr Lachen ließ ihn schmunzeln.

Um sechzehn Uhr kehrte Matthew von einem Besuch bei seinem Colonel zurück. Peter Carter begleitete ihn. In der Armee war Carter Mr. Wallinghams Offiziersbursche gewesen. Als der vorzeitig den Dienst quittierte, weil bei ihm Multiple Sklerose festgestellt wurde, bat Peter ebenfalls um seine Entlassung, damit er ihm weiter dienen konnte. Sich zusätzlich um den jungen Mr. Matthew zu kümmern bedeutete für ihn keine Last, obwohl die Aufgabe manchmal schwierig war. Der junge Mann wollte keine Hilfe annehmen und versuchte, in allem möglichst allein zurechtzukommen, außer wenn er The Beavors verließ. Das Gut selbst kannte er wie seine Westentasche. Nachdem Colonel Wallingham zu Bett gebracht war, brauchte er nachts bislang selten Unterstützung. Peter konnte oben im Haus in seinen Wohnräumen bleiben, die bequem und großzügig ausgestattet waren. Er hatte zwei Lieblingsbeschäftigungen, die ihm beim Colonel zugute kamen: Er spielte ausgezeichnet Schach und liebte Kreuzworträtsel. Die Interessen des jungen Herrn gingen in eine ähnliche Richtung. Das erleichterte ihr Zusammensein; obwohl sich Mr. Matthew im Schachspiel bislang gegenüber seinem Vater und auch Peter im Nachteil befand, da jeder Zug mündlich angekündigt werden musste. Dafür besaß er bei den Kreuzworträtseln einen riesigen Vorsprung vor Peter und seinem Vater. Die meisten Lösungsworte fielen ihm sofort ein. An einem Tag schafften sie die Rätsel aus vier Zeitungen. Außerdem kamen einmal in der Woche die Männer zweier benachbarter Familien vorbei – den McArthurs und den Hendersons –, um einen Vierer im Bridge zu bilden. Natürlich mussten sie besondere Karten benutzen und Matthew entwickelte sich bereits zum Experten …

Bella öffnete den beiden Männern die Vordertür. »Was für ein Tag! Schnupfenwetter, und jetzt fällt auch noch Schnee vom Himmel.«

»Sie erwarten nicht, dass er *hinauf*fällt, Bella. Oder?«

»Ach, Sie, Peter!« Um ein Haar hätte sie ihn mit »Mr. Peter« angeredet, denn die Herrschaft behandelte ihn wie ein Familienmitglied. In der Küche sagte man allerdings, er gehöre nicht wirklich dazu. Er sei seit der Zeit vor dem Krieg lediglich der Leibbursche des Colonels und nichts Besseres als die Burschen, die draußen arbeiteten. Aber er war freundlich und allgemein beliebt.

»Sie sehen verfroren aus, Mr. Matthew.«

»Das bin ich, Bella. Sie wissen, was das bedeutet.«

»Ja, Mr. Matthew. Eine Kanne heißen Tee.«

»Getroffen, Bella.« Er senkte verschwörerisch die Stimme. »Sagen Sie der Köchin, sie soll einen Schuss von ihrer Medizin hineingeben, falls die Flasche noch nicht leer ist.«

Bella antwortete mit einem hellen Kichern. »Das mache ich, Mr. Matthew. Sie können sich drauf verlassen.«

»Und merken Sie sich, was sie antwortet.«

»Oh, da bist du ja, mein Lieber.« Lucille betrat die Eingangshalle. »Du siehst verfroren aus. Und Sie auch, Peter.«

»Das wurde bereits bemerkt, Mutter. Für Abhilfe wird gesorgt. Bella hat ihre Anweisungen und kümmert sich um heißen Tee ... mit einem Schuss Medizin von der Köchin«, fügte er leise hinzu.

»Nein!«

»Doch, gnädige Frau«, schaltete sich Peter ein. »Das hebt sie wieder aufs hohe Ross – und dann fällt das Abendessen aus.«

Peter ging zur Treppe, beladen mit Matthews Mantel, Hut und Schal, während Lucille ihren Sohn zum Salon führte. Seine Hand streifte die Nadeln des Weihnachtsbaums neben der Tür. Er blieb stehen. »Der ist schon im Haus?«

»Ja. Ich bin sicher, wir bekommen zu Weihnachten Schnee. Wahrscheinlich schon früher. Den Baum nass ins Haus zu bringen ist mehr als lästig.«

Im Salon war es wärmer als in der Halle. Matthew konnte das Feuer riechen, vermischt mit dem Zigarrenduft seines Vaters. Richards Stimme drang zu ihm: »Aha, da bist du wieder. Hast du den Colonel angetroffen?«

»Ja, Vater. Ich habe den Colonel angetroffen.«

»Wie geht es ihm?«

»Oh, wie immer. Er war höflich, diplomatisch, freundlich – und geistlos.«

»Du bist zu streng mit ihm, Matthew. Ein bisschen langweilig ist er, das gebe ich zu. Aber er versteht seine Sache. Er war ein guter Soldat. Das ist er noch immer. Obwohl er nächsten Monat in Pension geht, wie ich erfahren habe.«

»Ja, das erwähnte er. Und mir schien, er geht mit tiefem Bedauern.«

»Was sagte er noch, mein Lieber? Welchen Vorschlag hat er dir gemacht?«

»Ach, Mutter, er sagt das Gleiche wie die anderen auch. Ich soll mir eine Beschäftigung suchen. Jetzt habe ich Auswahl. Ich kann mich zum Chiropraktiker ausbilden lassen. Und dann wartet das Klavier.« Lachend fügte er hinzu: »Tommy hätte dabei sein sollen, als er über dieses Thema sprach. Er wusste noch, dass ich in der Offiziersmesse Tanzmusik improvisiert habe. Das war gleich nach meinem Eintritt in die Einheit. Und er fragte, ob ich nicht wieder mit dem Klavierspielen anfangen wollte. Ganz ernsthaft, als Pianist. Viele Männer täten das. Und stell dir vor, er meinte, ich könnte auch Psychiater werden. Die nötigen seelischen Erfahrungen besäße ich. ›Um verrückter zu werden als meine eigenen Patienten‹, konnte ich mir als Entgegnung nicht verkneifen. Er antwortete steif, Menschen mit einem Kriegstrauma seien nicht verrückt, sondern gerieten nur für eine Zeit lang aus dem Gleichgewicht. Am Schluss habe ich mich herzlich bei ihm bedankt und ihm mitgeteilt, ich hätte meine Nische bereits gefunden. Ich würde Landwirtschaft lernen.«

»Was hat er dazu gesagt?«, fragte Lucille ruhig.

Sie musste lange auf eine Antwort warten. »›Ich glaube, das wird Ihnen größerere Schwierigkeiten bereiten, als jeder der anderen drei Wege.‹«

»Da gebe ich ihm vollkommen Recht.« Sein Vater sprach mit lauter Stimme. »Du vergisst, dass du mit Tieren zu tun hast. Die treten nicht zur Seite, wenn sie dich kommen sehen. Auch der Bulle nicht. Eher begrüßt er dich mit seinen Hörnern.«

»Für diese Fälle werden wir eine Lösung finden müssen. Oh, da kommt der Tee. Dem Himmel sei Dank.« Matthew hörte, wie das Tablett auf den Tisch gestellt wurde. »Sind Sie das, Bella?« fragte er.

»Ja, Mr. Matthew«, war die Antwort.

»Haben Sie der Köchin die Botschaft überbracht?«

»Na ja …« Bella schwieg. Dann warf sie ihrer Herrin einen Blick zu. »Ich glaube nicht, dass es klug wäre, die ganze Antwort zu wiederholen, Mr. Matthew. Am Schluss meinte sie, teilen würde sie gern, aber Sie müssten ihr die Spezialmedizin in der Küche selbst zeigen.«

Alle lachten, auch Bella. Noch immer kichernd, ging das Hausmädchen zur Tür. Unterwegs murmelte sie: »Ihr Schlafzimmer hat sie nicht zur Durchsuchung frei gegeben, Sir.«

Das Zwischenspiel hatte die Stimmung aufgehellt. »Wir können über die Sache scherzen«, sagte Lucille, noch immer erheitert, »aber sie zerstört sich mit ihrer angeblichen Medizin irgendwann die Leber, wenn es nicht bereits zu spät ist.«

»Soweit ich weiß, trinkt sie seit mindestens dreißig Jahren«, warf Richard ein. »Wenn ein Schaden entstanden ist, wird er kaum noch größer werden. Und ihre Kochkünste haben unter dem Alkoholkonsum nicht gelitten. Sie ist die beste Köchin weit und breit, trotz der Lebensmittelknappheit. Die Hendersons und die McArthurs sind ganz wild auf unsere Einladungen, nicht zu vergessen die Marshalls und die Taggarts.«

»Ja, vielleicht«, seufzte Lucille und schenkte den Tee ein. Die erste Tasse reichte sie ihrem Ehemann, die nächste bekam ihr Sohn. Dann setzte sie sich mit der eigenen Tasse auf ihren Platz zurück und sagte: »Noch einmal zu der beruflichen Frage. Willst du wirklich einen Versuch auf der Farm wagen, Matthew?«

»Verstehe mich recht, Mutter. Mein Lebenstraum ist die Landarbeit nicht. Aber die Entscheidung scheint mir vernünftig. Auf dem Gelände und im Haus finde ich mich bestens zurecht, ich kann mit Pferden umgehen und – was noch wichtiger ist – ich glaube, Rodney eine wirkliche Hilfe sein zu können.« Als niemand antwortete, sagte Matthew schroff: »Wenigstens könnte ich es versuchen, oder? Sollte ich feststellen, dass ich nur im Weg bin, höre ich auf und überlege mir etwas Neues.«

»Ja, versuch es. Das wird das Beste sein. Aber zuerst feiern wir Weihnachten. Dann entscheidest du dich.« Matthew hörte den langen Seufzer seiner Mutter.

Doch er musste nicht bis zum neuen Jahr warten, um zu beschließen, was er tun würde. Am folgenden Tag traten zwei Ereignisse ein, die über seine Zukunft entschieden.

5

Die Wolken hingen tief und schwer, die Luft war schneidend kalt und der hart gefrorene Boden mit weißem Raureif überzogen. Matthew stand mit seiner Mutter und Peter auf dem Hof vor dem Haus. Zum dritten Mal sagte er: »Seid beruhigt. Ich bleibe am Rand, und wenn mir etwas in die Quere kommt, nehme ich das hier.« Er hob den weißen Blindenstock. »Dann habe ich genug Platz, falls jemand mit einem Fahrzeug an mir vorbei will. Sobald ich am Ende der Zufahrt angekommen bin, rufe ich nach Rodney oder einem der Arbeiter.«

»Nicht die Zufahrt macht mir Sorge«, sagte Lucille. »Ich bin beunruhigt wegen der Tiere und Maschinen auf der Farm.«

Matthew wandte sich an Peter. »Würden Sie meine Mutter bitte ins Haus zurückbegleiten? In ihrem dünnen Mantel wird sie sich hier draußen den Tod holen.« Er zupfte am Mantel seiner Mutter. »Wir müssen Vater sagen, er soll dir zu Weihnachten einen Lammfellmantel kaufen.«

»Danke. Ich *habe* einen Lammfellmantel. Kommen Sie, Peter, und achten Sie nicht auf meinen Sohn. Übrigens ist es überhaupt nicht kalt. Aber was kümmert es ihn, wer sich um ihn sorgt. Hauptsache, er setzt seinen Willen durch.«

»Sie hat Recht, Peter. Begleiten Sie sie ins Haus zurück. Ich gehe zur Farm, egal, was sie davon hält.«

Er wandte sich von den beiden ab und schritt mit ausgestreckten Armen zu den Stallungen. Dann bog er in die Zufahrt und steuerte, langsamer jetzt und sich am Rand haltend, auf die Farm zu.

An den Geräuschen, die nach einigen Minuten vor ihm hörbar wurden, merkte er, dass er sich dem landwirtschaftlichen Betrieb näherte. Er ging mit langsameren Schritten weiter, bis er kein Gras mehr unter den Füßen spürte. Wo die Wirtschaftsgebäude anfingen, wusste er. Zuerst kam die Werkstatt, dann die Sattelkammer.

Er wollte eben nach seinem Bruder rufen, da hörte er die Stimme. Sie kam aus der Sattelkammer, sehr laut, fast wie ein Brüllen. »Benny, dann musst du dich um ihn kümmern. Noch einen Mann einzustellen, wie du verlangst, können wir uns nicht leisten. Es sei denn, ich senke bei allen die Arbeitslöhne.«

»*Ich* könnte mich um ihn kümmern, Mr. Rodney. Ich meine, ihm zeigen, wie man melkt. Ich könnte ihn im Auge behalten und aufpassen …«

»Du hast alle Hände voll zu tun, Joe. Du bist unabkömmlich. Es bleibt, wie ich es angeordnet habe. Benny wird ihn einarbeiten müssen.«

»Natürlich kann ich ihn einarbeiten, Mr. Rodney. Das habe ich Ihnen schon gesagt. Aber ich habe auch gesagt, dass ich den größten Teil des Tages hier in diesem Gebäude beschäftigt bin. Ich repariere das Zaumzeug, tränke und füttere die Tiere und miste die Ställe aus. Viel wird der arme Kerl nicht von mir lernen können. Also, wie ich mir bereits zu sagen erlaubt habe …«

»Spar dir die Wiederholung, Benny. Mach es nicht wie Joe und maße dir an, mir zu sagen, was ich tun soll, bloß weil du älter bist. Das Ganze ist verdammt lästig. Dabei vergeude ich schon jetzt zwei Drittel meiner Zeit im Büro und fülle Formulare aus.«

Eine ruhige Stimme entgegnete Rodney: »Ich glaube nicht, dass diese Arbeit für Mr. Matthew ein Spaziergang sein wird. Sein Zustand ist schrecklich genug und kann einen Mann den Verstand kosten. Sie haben den Krieg nicht mitgemacht, oder? Ich schon. Ich war Soldat. Zwei Jahre lang. Dabei hatte ich verdammtes Glück. Die meiste Zeit war ich hinter der Front und habe den Nachschub organisiert. Ich denke, wer nicht dabei war, sollte besser das Maul halten und diesen armen Teufeln helfen …«

»Da sagst du etwas sehr Kluges, Taylor. Am besten machst du selbst den Anfang und schweigst. Gelegentlich reißt du dein Maul zu sehr auf. Vergiss nicht, wie viele Männer hier jede Woche vorsprechen und Arbeit suchen.«

»Och, ich könnte auf der Stelle hinschmeißen und mir was Neues suchen. Aber Sie behalten mich, weil ich doppelt so viel wie die anderen schufte. Ich kann den verdammten Traktor fahren und noch sonst einiges erledigen. Ich habe mitgekriegt, was Sie über mich denken. Sie glauben, ich hätte mehr Muskeln als Verstand. Aber das sage ich Ihnen: Ich arbeite, weil mir körperliche Anstrengung gefällt. Und wenn Sie meine Meinung hören wollen, gute Arbeit ist das Wichtigste, um eine Farm vernünftig zu bewirtschaften. Nicht stundenlang auf dem Hintern hocken und nachrechnen, was noch an Erträgen rausgepresst werden kann. Also, Mr. Wallingham, ich hole meine Papiere, wann immer Sie wollen.«

Jim Taylor schlug die Tür hinter sich zu und entdeckte die Gestalt, die an der Rasenkante entlangging. Im nächsten Moment war er bei Matthew. Er passte seine Schritte denen des Blinden an und sagte: »Tut mir Leid, Sir. Sie haben wahrscheinlich alles gehört. Passen Sie auf, ich bleibe auf der Farm und gehe Ihnen zur Hand.«

»Danke, Jim. Aber ich bin nur gekommen, um meinem Bruder zu sagen, dass ich nicht hier arbeiten werde.«

»Ah.«

»Ja.«

»Ehrlich?«

Als keine Antwort kam, starrte Jim Taylor in das steife, beherrschte Gesicht. Tiefes Mitleid überflutete ihn und er milderte seinen rauen Tonfall. »Sie sind zu gut für die Landwirtschaft, Sir. Männern wie Ihnen stehen unzählige andere Möglichkeiten offen. Draußen vor Newcastle gibt es dieses neue Krankenhaus. In einer Abteilung werden Patienten mit Knochenbrüchen und Rückenleiden behandelt. Die Masseure dort sind Blinde.«

Sie hatten ein gutes Stück auf der Zufahrt zurückgelegt und konnten von der Farm aus nicht mehr gesehen werden. Matthew blieb stehen und wandte sich an den Landarbeiter: »Ich danke Ihnen, Jim. Sie sind ein anständiger Kerl. Wollen Sie mir einen Gefallen tun? Sagen Sie niemandem, dass Sie mich hier gesehen haben. Ich werde meinem Bruder später sagen, ich hätte meine Absicht geändert. Sie verstehen?«

»Ja, Sir. Ich verstehe.«

Matthew blieb ruhig stehen. Es war, als würden sie sich ansehen. Dann fragte er: »Was waren Sie vor dem Krieg?«

»Ich habe mit meiner Familie auf einer Farm gelebt. Aber beruflich hatte ich mit Autos zu tun. Ich liebe Autos, Sir. Doch heutzutage kann man in der Branche keine Stelle finden. Stellen Sie sich vor, zwei Werkstätten in Fellburn beschäftigen weibliche Mechaniker. Die Frauen machen ihre Arbeit so gut wie Männer, aber in Ordnung finde ich das nicht. Deswegen war ich froh, als die Stelle hier frei wurde. Und ich wollte Ihnen etwas sagen, Sir. Wenn Ihre Eltern, jetzt, da Ihr Vater krank ist, einen Fahrer brauchen, können Sie auf mich zählen.«

Auch er könnte einen Fahrer benötigen, dachte Matthew trübsinnig, aber davon war nicht die Rede. Doch er wusste, worauf Taylor hinauswollte. »Sollte Bedarf bestehen, erfahren Sie es als Erster.« Er streckte die Hand aus und Jim Taylor nahm sie.

»Das nehme ich als Versprechen, Sir.«

»Bis dann, Jim.«

»Bis dann, Sir. Ich wünsche Ihnen alles Gute. Es wird Ihnen bald über den Weg laufen, Sie werden sehen.«

Als Matthew weiterging, spürte er einen Kloß im Hals. Wieder hatte er dieses furchtbare Gefühl, gleich losweinen zu müssen. Nicht, weil sein Bruder ihn auf der Farm ablehnte, sondern wegen der Freundlichkeit des Landarbeiters, der eben gegangen war.

Jim war wie Charlie Fox. Was mochte aus Fox geworden sein? Er musste sich unbedingt nach ihm erkundigen. Seine eigene missliche Lage hatte ihn in letzter Zeit zu sehr in Anspruch genommen, so dass er Fox vergessen hatte und was er ihm verdankte …

Er hatte das Haus fast erreicht, stellte er fest und beschloss, noch nicht hineinzugehen. Besser, er machte zuerst einen Spaziergang im Garten. Dann würde er den Weg zum Anbau ertasten und Granan besuchen.

Ja, er würde zu Granan gehen. Er brauchte jemanden zum Reden. Nicht seine Mutter. Die regte sich nur auf. Wenn sie aufgeregt war, würde sein Vater von der ganzen Sache erfahren, und natürlich auch den Grund.

Er ging im Garten umher. Der Kloß in seinem Hals verschwand, stattdessen wurde ihm kalt, weil er nur gemächlich voranschritt, während er sich den Weg ertastete.

Als er die Seitentür zum Anbau öffnete, begegnete ihm Mary. »Oh, Mr. Matthew. Haben Sie mich erschreckt. Ich dachte, Sie wären unten auf der Farm.«

»Nein, Mary. Ich habe nur einen Spaziergang im Garten

gemacht. Jetzt bin ich bis in die Knochen durchgefroren. Hoffentlich haben Sie den Kamin gut geheizt.«

»Ihre Großmutter würde sich in kein Zimmer setzen, in dem kein anständiges Feuer brennt. Das können Sie mir glauben!«

Lachend ließ er sich von dem Hausmädchen Überrock und Schal abnehmen. Sie zog ihm auch die Mütze vom Kopf. »Langsam! Ich habe mir die Haare frisch legen lassen. Sie zerstören meine Locken.«

»Ach, dummes Zeug! Möchten Sie Kaffee?«

»Den möchte ich, Mary. Vielen Dank.«

Eine Stimme rief: »Schluss mit dem Geschwätz. Komm herein, in die Wärme.« Er betrat den Salon. Seine Großmutter war aufgestanden. »Ich dachte, du würdest heute Morgen mit der Arbeit auf der Farm beginnen«, sagte sie.

Matthew antwortete nicht gleich. Sie nahm seinen Arm. »Setz dich. Deine Hände sind ganz kalt. Trägst du keine Handschuhe?«

»Nein.«

»Dann bist du dumm.«

»Ich weiß.«

Mehr sprachen sie nicht. Erst als sie allein waren, sagte die alte Dame: »Was ist los? Du hast Sorgen.« Sie erhielt keine Antwort und fragte weiter: »Ist auf der Farm etwas vorgefallen?«

»So könnte man sagen.«

»Aha. Ich habe nichts anderes erwartet. Er will dich dort nicht haben.« Matthew hob jäh den Kopf, als würde er den Blick auf sie richten. »Ja, sieh mich ruhig so an. Er betrachtet den Hof mittlerweile als sein Eigentum. Immerhin hat er im Krieg viel Arbeit hineingesteckt. Doch in letzter Zeit wird er immer selbstherrlicher. Ich glaube, das ist deinem Vater nicht entgangen. Wenn Rodney sich langatmig über die Milch, die neugeborenen Lämmer und andere landwirtschaftliche Fragen auslässt, kriegt dein Vater den Mund nicht auf. Andererseits, er hat sich nie sonderlich für die Farm interessiert. Aber Rodney tut zu viel des Guten. Als gäbe es auf der Welt kein anderes Thema. Deshalb ist Richard nicht mehr zum Hof hinunter. Mit seinen Beinen, das wissen wir alle, wird es immer schlimmer. Trotzdem hätte Peter ihn jederzeit im Rollstuhl schieben können, wäre das sein Wunsch gewesen. Was ist passiert?«

»Ich möchte nicht, dass Mutter oder Vater von dieser Sache erfahren, Granan. Verstehst du?«

»Natürlich. Mittlerweile solltest du mich kennen. Ich bin keine Närrin und möchte in einem friedlichen Haus leben. Nur, ruhige Zeiten gab es hier schon länger nicht mehr.«

»Du meinst, seit ich wieder da bin?«

Die Frage klang scharf, genauso wie die Antwort. »Nein, das meine ich nicht. Diese Zeiten liegen schon länger zurück. Um genauer zu sein, alles begann, als der Krieg ausbrach und Rodney sich einbildete, das Überleben der Familie hänge von seinem Einsatz in der Landwirtschaft ab. Auch wenn die Farm keinen Penny abwerfen würde, wir kämen sehr gut zurecht. Dein Vater hat eine gute Pension, deine Mutter erhält regelmäßige Zahlungen und« – sie sprach lachend zu Ende – »die Fußbodendielen in meinem Schlafzimmer sind gut gepolstert, genau wie meine Matratze.«

»Oh, Granan.« Er beugte sich nach vorn und umfasste ihre Hände. »Was würde ich ohne dich anfangen?« Seine Stimme war nur ein Flüstern und sie antwortete ebenso leise: »Nein, anders herum: Was sollte ich ohne dich anfangen? Ich mochte William und ich mochte Hazel, als sie klein war. Rodney und Amy waren mir weniger wichtig, aber dich habe ich immer geliebt. Wahrscheinlich, weil du deinem Großvater aufs Haar gleichst.«

»Du bist wunderbar. Was du sagst, ist Balsam für eine verwundete Seele.«

»Das höre ich gern. Klingt sehr poetisch. Balsam für eine verwundete Seele. Und deine Seele ist im Augenblick verwundet. Habe ich Recht, mein Junge? Aber nun erzähl mir, was auf dem Hof vorgefallen ist.«

Bevor er anfangen konnte, ging die Tür auf und Mary eilte mit einer Tasse herein. »Jemand möchte Sie am Telefon sprechen, Mr. Matthew.«

»Mich?« Er stand auf. »Wer denn?«

»Lieutenant sowieso. Ich habe seinen Namen nicht verstanden. Er sagte, er kennt Sie.«

Eine Minute später hob Matthew den Hörer auf. »Hallo, wer spricht dort?«

Lieutenant Fultons Stimme sagte: »Raten Sie mal!«

»Jerry! Ich freue mich, Ihre Stimme zu hören! Wie geht es Ihnen?«

»Mir? Oh, wunderbar. Könnte besser nicht sein. Und Ihnen?«

»Einigermaßen. Das Leben geht weiter. Irgendwie. Von wo sprechen Sie?«

»Darauf kommen Sie nie! Aus Ihrer Stadt, aus Newcastle.«

»Nein! Was machen Sie hier?«

»Ach, das ist eine lange Geschichte. Die Firma eröffnet hier eine Niederlassung. Einer der Partner ist der Geschäftsführer und ich bin der Glückspilz, den er zum Assistenten will. Ich bin für einige Tage hergekommen, um mich nach einer Wohnung umzusehen.«

»Sie meinen, Sie werden nach Newcastle ziehen?«

»Ja. Aber nicht nur, um zu arbeiten. Warten Sie's ab. Ich werde demnächst heiraten.«

»Nein!«

»Doch. Ich habe eine gefunden, die dumm genug ist, mich zu nehmen. Sie war Sekretärin bei der Firmenverwaltung in Carlisle. Unsere Verlobung hat für viel Aufsehen gesorgt.«

»Ich muss sagen, das freut mich. Und Sie suchen eine Wohnung in Newcastle?«

»Meine Verlobte stammt aus Middlesborough. Da dachten wir, es wäre am vernünftigsten, ein Haus … na ja, eine Wohnung in der Nähe der Arbeitsstelle zu haben.«

»Ich freue mich für Sie, Jerry. Ja, wirklich. Ich freue mich von Herzen.«

»Ich bin auch froh, Matthew, das kann ich Ihnen sagen. Ich hätte nie geglaubt, dass mir so etwas passieren würde. Aber warten Sie, ich habe noch eine Nachricht für Sie. Raten Sie mal, wer mir gestern in Newcastle über den Weg gelaufen ist?«

»Keine Ahnung.«

»Ducks.«

»Schwester Ducksworth?«

»Wie sie leibt und lebt. Sie arbeitet in dem neuen Krankenhaus am Stadtrand; sie pflegt noch immer verwundete Soldaten. Und sie sagt, Charlie Fox wäre auch dort beschäftigt. Heute treffe ich mich übrigens mit ihr zum Essen, in ihrer Mittagspause. Sie kann zwei Stunden bleiben. Da hatte ich eine Idee. Wie wäre es, wenn Sie dazukommen?«

»Sie meinen … heute? Heute in …?«

»Ja, genau. Heute in Newcastle. Ich muss morgen ganz früh zurückfahren.«

Es herrschte Schweigen. Schließlich sagte Matthew: »Ich weiß nicht, wie ich so schnell in die Stadt kommen soll. Wie spät ist es?«

»Zehn Minuten vor elf. Wie lange braucht ein Taxi von The Beavors nach Newcastle?«

»Eine halbe Stunde … vielleicht weniger.«

»Nun, was hindert Sie daran, ein Taxi zu rufen?«

Wieder entstand eine Pause, bevor Matthew antwortete: »Sie haben Recht. Was sollte mich daran hindern, ein Taxi zu rufen? Ja, Jerry, ich komme. Wo treffen wir uns?«

»Vor dem Bahnhof. Ich halte nach Ihnen Ausschau.«

»Gut. Ich kann es kaum erwarten.«

»Wunderbar. Ich freue mich, Sie wieder zu sehen! Bis gleich.«

»Bis gleich, Jerry.«

Matthew legte den Hörer auf die Gabel und verharrte einen Moment lang. Dann drehte er sich um und rannte beinahe stolpernd durch die Halle und in den Gang zurück, der zum Anbau führte. »Das war Jerry, Granan. Jerry Fulton. Weißt du, der Kamerad im Bett neben mir, der mir in meinen trüben Tagen beigestanden hat. Du hast von ihm gehört, oder?«

»Ja, natürlich. Was ist mit ihm?«

»Er ist in Newcastle. Er wird dort arbeiten. Besser gesagt, er wird heiraten und hierher ziehen. Jetzt möchte er sich mit mir treffen. Und ich fahre hin.«

»Recht so. Das wird dir gut tun. Warum bringst du ihn nicht mit zu uns? Er könnte über Nacht bleiben.«

»Nein, er muss morgen in aller Frühe zurückfahren. Aber wenn er umgezogen ist, lade ich ihn ein. Du wirst ihn mögen. Er ist ein netter Kerl.«

»Wenn du das sagst, werde ich ihn auch mögen. Da bin ich sicher. Jetzt hinaus mit dir. Zieh dich um und mach dich ausgehfertig. Aber dass du nicht versuchst, den Weg zum Tor allein zu finden. Oder willst du auf der Farm mit einem ausgerissenen Schwein zusammenstoßen? Lass dich von Peter hinunterbringen. Hast du das Taxi bestellt?«

»Himmel, nein! Das habe ich vergessen.« Mit einem Lachen wandte er sich von ihr ab; sie nickte seinem Rücken zu und dachte: Das muss ein besonderer Bursche sein, dieser Jerry – wenn er diesen Ausdruck in sein Gesicht zaubern kann. Und er klang richtig aufgeregt. Gut, gut. Trotzdem weiß ich noch immer nicht, was auf dem Hof vorgefallen ist. Aber ich werde es herausfinden, bevor der Tag zu Ende geht.

Sie drehte sich zu Mary, die das Tablett vom Tisch hob. »Sein Kaffee ist kalt geworden«, meinte das Dienstmädchen. »Ich werde Bella sagen, sie soll ihm eine neue Tasse nach oben bringen.«

»Nein, Mary. Die Mühe kannst du dir sparen. Ich glaube nicht, dass er jetzt Kaffee möchte.«

»Nein, wohl nicht. Er klang aufgeregt, finden Sie nicht auch, Madam? Und er sah fast wieder aus wie früher. Er muss seinen Freund sehr mögen.«

»Ja.« Die alte Dame nickte dem ältlichen Dienstmädchen zu. Sie sprach nicht offen darüber, aber Mary war ihr in den vielen Jahren zur Freundin geworden. »Ja, er klang aufgeregt, irgendwie verändert; und er muss seinen Freund tatsächlich sehr mögen. Mehr weiß ich im Augenblick nicht. Auch du weißt nicht mehr. Also, wenn du jetzt nach unten in die Küche kommst, behältst du deine Meinung über Mr. Matthew und seinen plötzlichen Stimmungswandel für dich. Du verstehst, was ich sagen will?«

»Ja, Madam. Ich verstehe genau, was Sie sagen wollen.«

Wie in einem Nachgedanken fügte sie hinzu: »Das sollte ich wohl, nach der langen Zeit. Meinen Sie nicht, Madam?«

»Ja, Mary, allerdings.« Die Frauen nickten sich zu, was bedeutete, die Unterhaltung war beendet. Annie Wallingham lehnte sich in ihren Sessel zurück und wünschte, dass der Tag ein Ende finden, der Abend kommen und ihr Enkelsohn zurückkehren würde, um ihre Neugier zu stillen. Vielleicht erfuhr sie dann, weshalb er beinahe wieder so glücklich aussah wie zu der Zeit, bevor er Soldat geworden war.

6

Um viertel vor zwölf hielt das Taxi vor dem Bahnhof. Jerry riss die Tür auf und half Matthew beim Aussteigen. Auf dem Gehsteig schüttelten sie einander die Hand. Der Taxifahrer beugte sich lächelnd zur Beifahrerseite und sagte: »Das macht zweiundzwanzig Schilling, Sir.«

»Ja, natürlich. Tut mir Leid.« Matthew griff in seinen Mantel, zog eine Brieftasche heraus, ertastete das Fach für die Geldscheine und entnahm eine Pfundnote. Mit einem Griff in die Hosentasche förderte er zwei halbe Kronen zutage, legte sie zu dem Schein und reichte alles dem Fahrer. »Das wird reichen, denke ich.«

»Danke, Sir. Vielen Dank. Wollen Sie später wieder abgeholt werden?«

»Das weiß ich noch nicht. Aber ich werde mich bei Ihrer Zentrale melden, falls ich einen Wagen brauche.«

»In Ordnung.«

Das Taxi setzte sich in Bewegung. Jerry blickte in das schmale, beinahe hagere Gesicht seines Freundes. »Sie sehen aus, als wären Sie wieder gesund.«

»Das Kompliment kann ich Ihnen leider nicht zurückgeben, Jerry. Aber nach dem Klang Ihrer Stimme zu urteilen, sind Sie mehr als gesund. Sie klingen geradezu ausgelassen.«

»So fühle ich mich auch. Der Gedanke, ein neues Leben anzufangen, weit weg von Gott, dem Allmächtigen ... oh, das sollte ich wohl nicht sagen. Meine Tante und mein Onkel sind sehr gut zu mir gewesen. Aber Gebete vor und nach den Mahlzeiten, das ist nach dem Soldatenleben auf die Dauer zu viel. Und jeden Sonntag dieses Gefühl, ein Bösewicht zu sein, weil man nicht dreimal in die Kirche gehen will.«

»So schlimm?«

»Allerdings. Deswegen ... sobald ich eine Wohnung gefunden habe, werde ich dort einziehen und bis Juni alles herrichten. Das ist der Monat, in dem Jackie und ich heiraten. Oh, passen Sie auf! Wir versperren anderen Fußgängern den Weg. Lassen Sie uns zum Hotel hinübergehen.«

Unterwegs sagte Jerry: »Ist es nicht seltsam, dass wir alle drei wieder zusammentreffen; Sie, ich, Fox ... und sogar Ducks?«

Wenige Minuten später entdeckte Jerry Schwester Duckswroth. »Da ist sie!« Doch Matthew hatte schon vorher geglaubt, ihren Duft zu riechen – diesen Duft, der keiner war.

»Oh, hallo.« Sie ergriff mit beiden Händen Matthews Hand. »Wie schön, Sie zu treffen. Sie sehen gut aus.«

Matthews Stimme klang tatsächlich heiter, als er antwortete: »Wenn ich mich recht entsinne, Miss Ducksworth, haben Sie das Lügen zu einer hohen Kunst entwickelt. Seit wir uns zum letzten Mal begegnet sind, habe ich sechs Kilo abgenommen. Die letzten Haare, die ich noch auf dem Kopf hatte, fallen mir aus. Heute Vormittag habe ich meine Beschäftigung in der Landwirtschaft verloren und morgen melde ich mich beim Arbeitsamt.«

Alle brachen in schallendes Gelächter aus und sie bemerkte im gleichen Ton: »Sie Armer! Sie brauchen jemanden, der sich um Sie kümmert. Eine Krankenschwester mit mütterlichen Qualitäten.«

»Sie sagen es. Das ist die Frau, die mir fehlt. Ich werde wohl eine Anzeige aufgeben. Aber Sie muss Geld haben. Ich bin darauf angewiesen, dass sie mich aushält.«

»Ruhe jetzt! Alle beide. Legen Sie einen Schritt zu, Liz. Ich habe den Tisch für halb eins bestellt und vorher wollen wir noch etwas trinken.«

Elizabeth schob die Hand in Matthews Armbeuge. Er

nahm sie und hielt sie fest, während er darüber nachdachte, dass Jerry sie Liz genannt hatte. Andererseits hätte er kaum Ducks zu ihr sagen können. Die selbstverständliche Kameradschaft im Krankenhaus galt nicht mehr. Ihre Hand war weich und fest, aber kalt. »Haben Sie keine Handschuhe?« fragte er.

»Doch, natürlich. Aber ich trage sie selten. Handschuhe mag ich nicht. Ich sperre meine Finger nur ungern ein. Ist es Ihnen noch immer ernst mit der Landwirtschaft? Wie ich gehört habe, strebten Sie eine Tätigkeit in diesem Bereich an.«

»Ja, das stimmt. Bis mir klar wurde, dass Pferde mich treten könnten. Hühner mögen es nicht, wenn man über sie wegtrampelt, und Kühe sind wahrhaft dumme Geschöpfe: Sie gehen nie aus dem Weg. Wie Traktoren, die einen ohne Bedenken überrollen. Von Schweinen gar nicht zu sprechen – das heißt, falls eines von ihnen ausbricht. Und denken Sie an die Bullen!«

Wenig später wurden sie an ihren Tisch geführt; wieder lachten sie. Als sie Platz genommen hatten, sagte Elizabeth Ducksworth: »Und was machen Sie nun, wenn die Landwirtschaft ausscheidet? Haben Sie sich schon andere Möglichkeiten überlegt?«

»Allerdings. Eine ganze Liste. Nur der Eintrag, dass ich wieder mit dem Klavierspielen anfange, fehlt. Andererseits kommt ein sehr guter Klavierstimmer zu uns. Der meint, wenn ich einen Griff anmontieren und das Ding auf vier Räder setzen lasse, könnte ich mein Geld leicht als Straßenmusiker verdienen.«

»Reden Sie keinen Blödsinn!«, sagte Jerry. »Wenn ich mich recht erinnere, haben Sie den Tasten in der Offiziersmesse hohe Kunst entlockt.«

Plötzlich schien es Matthew, als würde die Zeit im Krankenhaus zurückzukehren; die Krankenschwester mittleren Alters sagte: »Ja, der Meinung bin ich auch, Captain. Reden Sie keinen Blödsinn!«

»Sicher haben Sie Recht. Ich rede Blödsinn«, sagte er ruhig. »Aber was erwarten Sie? Ich war immer eine Last. Das wissen Sie am besten.«

»Nur zu gut. Sie waren der schlimmste Patient, den ich jemals gepflegt habe.«

Es entstand eine Pause. »Das meinen Sie wirklich?« fragte er dann.

»Ja. Sie waren aufsässig, starrköpfig und undankbar. Damit nicht genug. Auch ich bekäme eine ganze Liste zusammen.«

»Oh, Liz!«, ging Jerry dazwischen. »So schlimm war er nicht. Es kam durchaus vor, dass er ein paar höfliche Worte zu mir sagte. Gelegentlich.«

Sie lachten. Als Matthew nicht in das Gelächter einstimmte, sagte Jerry: »Wir ziehen Sie nur auf, Captain. Stimmt doch, Liz. Oder?«

Elizabeth antwortete, indem sie den Arm ausstreckte und Matthews Hand drückte. Dabei sagte sie leise: »Falls er das noch immer nicht weiß, begreift er es nie.«

Einige Sekunden vergingen, bis Matthew sagte: »Ich weiß, Sie haben Spaß gemacht, aber viel davon ist wahr. Im Nachhinein muss ich zugeben, dass ich bestimmt ein fürchterlicher Patient war. Erst heute Morgen musste ich mich zusammennehmen – als mir klar wurde, dass ich auf der Farm nur im Weg sein würde und mir tatsächlich eine andere Beschäftung suchen muss.«

»Darüber sprechen wir später«, sagte Jerry. »Wenn wir etwas Warmes zu uns genommen haben. Ah, da kommt der Ober. Ich glaube, heute ist ein Tag für Champagner. Was sagen Sie dazu, Liz?«

»Ich bin ganz Ihrer Meinung, Jerry.«

Es war ein sehr gutes Essen gewesen, gewürzt mit lebhaften Gesprächen. Schließlich stand Jerry auf – vielleicht getrieben von Taktgefühl – und sagte: »Entschuldigen Sie mich für einen Augenblick.« Er verschwand zu den Herrentoiletten.

Sich selbst überlassen, schwiegen Matthew und Elizabeth einen Moment lang betreten, bis Matthew über den Tisch hinweg nach ihrer Hand tastete. »Es ist wunderbar, Sie wieder zu sehen, Schwester.« Er sah sie tatsächlich vor sich. Sie hatte braunes Haar und schöne braune Augen. Die Form ihres Mundes konnte er sich noch nicht vorstellen, dafür kannte er ihre weiche Haut und wusste, dass sie einen cremigen Farbton besaß. »Muss ich Sie immer noch mit ›Schwester‹ ansprechen?« fragte er nun. »Mir fällt auf, Jerry nennt Sie Liz. Das ist sehr vertraulich, oder?«

»Nicht wirklich. Als Sie beide auf der kleinen Station lagen und wir gemeinsam um Sie besorgt waren, haben wir uns angefreundet. Wenn er nicht Ducks zu mir sagte, nannte er mich Lizzie. Aber den Namen mag ich nicht. Sie verstehen, ich habe einmal den Fehler gemacht und ihm meinen Vornamen verraten. Ob es Ihnen bewusst ist, weiß ich nicht, aber während dieser schweren Zeit war Jerry mir eine große Hilfe.«

»Oh, das ist mir bewusst. Und ich mag Jerry sehr.«

»Gut. Er mag Sie auch, das versichere ich Ihnen. Er sagt, Sie wären der beste Vorgesetzte, den er jemals hatte.«

»Wenn Sie wüssten.« Er lachte leise. »Dieser Meinung waren nicht alle. Es hieß, wenn auch vielleicht nur im Scherz, einige der jungen Offiziere fürchteten sich weniger vor einem Gefecht als vor der Versetzung in meine Kompanie. Jerry war eine Ausnahme.«

Sie erwiderte nichts darauf. Stattdessen sagte sie: »Nun einmal ernsthaft. Was haben Sie jetzt vor?«

»Viel Zeit zum Nachdenken hatte ich noch nicht seit heute Morgen.«

»Ich denke, Sie werfen noch einmal einen Blick auf die Liste. Sie könnten ... sagen wir, Chiropraktiker werden. In dem Krankenhaus, in dem ich arbeitete, schult ein ehemaliger Patient um und wird Psychiater und zwei teilweise Erblindete erlernen Chiropraktik. Sie eröffnen ihre eigene Praxis, sobald sie die Prüfung bestanden haben.«

»Wer wird geprüft?« Jerry war an den Tisch zurückgekehrt.

»Sie!« sagte Elizabeth. »Das wäre dringend nötig. Ihr seelischer Zustand ist bedenklich, nur haben wir bisher darüber geschwiegen.«

»Solange Sie mich in Ihrer psychiatrischen Abteilung untersuchen, bin ich einverstanden.« Er setzte sich. »Lassen Sie uns noch ein Glas Champagner trinken.«

»Lieber nicht«, sagte Elizabeth rasch. »Sie setzen mich vor die Tür, wenn ich angeheitert im Dienst erscheine. Nach Alkohol zu riechen genügt schon.«

»Gut. Wenn Sie nichts mehr trinken, Liz, leeren Matthew und ich die Flasche allein.«

Das Gespräch stockte, bis Elizabeth sagte: »Ich habe mit dem Captain gesprochen ...«

»Mein Name ist Matthew.«

Als könnte er den Ausdruck in ihrem Gesicht sehen, verneigte sie sich zustimmend vor ihm. »Matthew«, sagte sie. Es klang, als würde sie mit ihrer Stimme lächeln. Dann fügte sie hinzu: »Ich habe an seine Liste gedacht und ihm vorgeschlagen, den Lehrgang für Chiropraktik zu machen.«

»Ja, klar. Oder noch schlimmer, er könnte Psychoanalytiker werden.«

»Bleiben Sie ernst, Jerry. Falls Sie dazu in der Lage sind.«

»Oh, das bin ich. Wirklich, Liz. Aber warten Sie. Ich erinnere mich, da gibt es einen Burschen, der ist in der gleichen Lage wie Sie, Matthew. Er hat sich als Chiropraktiker selbstständig gemacht. Ich sehe keinen Grund, warum Sie nicht das Gleiche tun sollten. Nach entsprechender Ausbildung, versteht sich. Wie sagt Ihnen das zu?«

»Tja, Jerry. Ich weiß nur, irgendetwas muss mir zusagen. Schließlich kann ich nicht den ganzen Tag im Haus herumlungern. Im Krankenhaus dachte ich das noch. Ich wollte nur heimkehren und den ganzen Tag still dasitzen oder eine Runde im Garten drehen. Ich wusste, das schaffte ich allein. In wie vielen Dingen ich für immer auf fremde Hilfe angewiesen sein werde, diese schmerzliche Erkenntnis ist mir erst kürzlich gekommen. Eigentlich bei allem, was ich tun möchte. Ihre Idee ist überlegenswert.« Er konnte nicht zugeben, dass sein Entscheidung bereits fest stand, aber so war es.

»Man weiß nie.« Elizabeths Stimme war leise geworden. »Es geschehen immer wieder Wunder ... keine wirklichen Wunder. Die Nerven stellen neue Verbindungen untereinander her. In Ihrem Fall wurde die Netzhaut nicht beschädigt. Die Augen selbst sind noch intakt. Nur der Bereich dahinter wurde geschädigt. Man weiß von bestimmten

Einwirkungen, durch die diese Art der Schädigung rückgängig gemacht werden kann.«

»Wenn mir ein Ziegelstein auf den Schädel fällt?«

»Ach, Sie mit Ihren Scherzen«, sagte Elizabeth mit einem Anklang von Ärger in der Stimme. »Aber Sie haben Recht. Ein Schlag auf den Kopf oder etwas Ähnliches, das einen Schock auslöst, könnte diese Wirkung haben.«

»Der Schock müsste ebenso stark sein wie der erste, durch den die Schädigung entstand. Meinen Sie nicht auch?«

»Ich weiß es nicht. Ich wiederhole nur, was die Ärzte im Krankenhaus sagen.«

Eine Viertelstunde später standen sie wieder auf der Straße. »Das war ein wunderbares Mittagessen«, sagte Elizabeth. »Ich danke Ihnen vielmals, Jerry. Mir ist, als wären wir uns nicht erst vor zwei Stunden wiederbegegnet. Ich fühle mich, als wäre ich wieder im Nachtdienst in unserem alten Krankenhaus. Oh, Matthew, wie gut es tut, Sie hier zu sehen und festzustellen, dass Sie langsam ins Leben zurückkehren.«

Wieder hielt sie seine Hand fest. Er musste den starken Drang unterdrücken, ihre Hand an sich zu ziehen und an seine Brust zu pressen. Seine Stimme übermittelte die Gefühle, die er empfand, als er zögernd sagte: »Danke. Vielen Dank, Liz ... für alles, was Sie für mich getan haben. Nicht nur damals, auch dass ich Sie wieder sehen durfte, denn ich werde ernsthaft über Ihren Rat nachdenken. Vielleicht wiederholen wir den heutigen Tag mit Jerry einmal?«

»Ja, das machen wir. Auf jeden Fall, sobald ich hierher gezogen bin, ganz in Ihre Nähe.«

»Das ist ein Grund«, sagte Matthew. »Wo leben Sie, Liz? In einem Schwesternwohnheim?«

»Nein, ich habe eine kleine Wohnung, aber meistens bin ich nur zum Schlafen da. Ich sammle meine Freizeit für die lange Reise nach Hause.«

»Wo sind Sie zu Hause?« fragte Matthew eifrig.

»In Hastings.«

»Hastings? Das ist unendlich weit, in Sussex unten.«

»Ja, von dort komme ich.«

»Das wusste ich überhaupt nicht«, schaltete sich Jerry ein.

»Wie oft fahren Sie nach Hause?«, fragte Matthew ruhig.

»So oft ich kann. In der Tat reise ich übermorgen. Ich habe über Weihnachten frei.«

»Ich wette, Sie freuen sich auf die Heimkehr«, sagte Jerry. »Weihnachten zu Hause. Eine Abwechslung nach dem Krankenhaus.«

Die Pause war lang, bis Elizabeth antwortete. Ihre Stimme war leise geworden: »Nein, Jerry. Ich freue mich nicht. Dieses Mal nicht.«

»Warum?« Matthews Frage kam beinahe wie ein Befehl.

Wieder entstand eine Pause, bevor sie antwortete: »Ich habe eine Angelegenheit zu bereinigen und das wird nicht angenehm werden. Mein Urlaub dauert nur eine Woche. Im neuen Jahr werde ich wohl zurück sein.«

»Hätten Sie etwas dagegen, wenn ich Sie zu Hause anrufe?« Matthews Ton hatte sich verändert. Seine Stimme enthielt ein Flehen.

»Lieber nicht, Matthew. Tut mir Leid, nicht dieses Mal. Vielleicht später. Aber jetzt«, fügte sie rasch hinzu, »muss ich zurück. Sonst wird die Oberschwester ungnädig. Sie pocht auf Pünktlichkeit.«

Erneut gaben sie sich die Hand.

»Frohe Weihnachten, Matthew.«

»Auch Ihnen, Liz. Ich hoffe, wir sehen uns, wenn Sie zurück sind.«

»Oh, ja. Bestimmt. Wir treffen uns wieder wie heute.«

Sie musste ihre Hand der seinen entziehen. Den Blick auf Jerry gerichtet, sagte sie: »Nochmals danke, dass Sie sich gemeldet haben, Jerry. Ich werde Charlie Fox alles über unsere Begegnung berichten.«

»Tun Sie das. Soll ich Ihnen ein Taxi rufen?«

»Nein, natürlich nicht!«, rief sie lachend. »Der Bahnhof liegt gleich um die Ecke und bis zum Krankenhaus ist es nur ein Halt. Auf Wiedersehen, Jerry. Auf Wiedersehen, Matthew.«

»Auf Wiedersehen, Liz.« Matthew »sah« die Straße entlang, als würde er ihr auf dem Weg zum Bahnhof hinterher blicken.

Nach einem Moment drehte er sich um, in die Richtung, wo er Jerry spürte. »Danke, Jerry. Es war wunderbar, ihr wieder zu begegnen. Sie können noch etwas für mich tun. Besorgen Sie mir ein Taxi, ja?«

»Natürlich, klar. Fahren Sie direkt nach Hause?«

»Nein. Ich glaube, vorher besuche ich noch den Colonel.«

»Den Colonel?«

»Ja, Jerry. Den Colonel ... der für die Arbeitsvermittlung zuständig ist. Übrigens, habe ich Ihre Telefonnummer?«

»Nein. Aber ich gebe Ihnen meine Karte. Es stehen zwei Nummern darauf, die von meiner Firma und die von meiner Tante.« Er drückte Matthew eine Visitenkarte in die Hand. Dann wandte er sich um und winkte einem der Taxis, die in einer Reihe vor dem Bahnhof warteten.

Eine Minute später saß Matthew im Wagen. »Danke, Jerry. Vor allem dafür, was Sie heute für mich getan haben.« Nach diesem rätselhaften Abschied hob er winkend die Hand.

7

An dem Tag, als Elizabeth zu ihren Eltern heimfuhr, kehrte Matthew abends spät zurück und machte sich unverzüglich zu seiner Großmutter auf den Weg in den Anbau. »Wo bist du den ganzen Tag gewesen?«, begrüßte sie ihn.

»Lass mich erst mal eintreten. Dann erzähle ich.«

»Deine Mutter hat sich Sorgen gemacht. Du bist fort, ohne jemandem zu sagen, wohin du willst oder zu wem. Das gefällt mir gar nicht, weißt du.«

»Arme Granan.« Matthew streckte die Hand aus, um ihr Gesicht zu ertasten. Dann formte er die Handflächen um die runzligen Wangen. »Setz dich, alter Quälgeist! Dann erzähle ich dir alles von Anfang an.«

Beide nahmen Platz und er begann: »Erinnerst du dich an den Tag, als ich zur Farm gegangen bin und anschließend beschloss, doch nicht mit der Landwirtschaft anzufangen?«

»Ja, daran erinnere ich mich. Das war der Tag, an dem dein Freund Jerry anrief. Du bist in die Stadt gefahren und hast mit ihm zu Mittag gegessen. Danach warst du aufgeregt wie ein Hund mit zwei Schwänzen. Und gestern hattest du es furchtbar eilig, genau wie heute. Wir wussten alle, dass etwas im Busch war, aber was?«

»Geduld, Granan. Alles zu seiner Zeit. Ich habe den Colonel, der immer sehr verständnisvoll war, noch einmal besucht. Um ihm zu sagen, ich hätte über seine Vorschläge nachgedacht und wäre zu der Entscheidung gekommen, Physiotherapeut zu werden, nicht Psychoanalytiker. Traurige Lebensgeschichten anzuhören, das kann ich mir für mich nicht vorstellen.«

»O nein, ich auch nicht«, fiel seine Großmutter lachend ein. »Dein Temperament ginge nach fünf Minuten mit dir durch und du würdest den Patienten sagen, was sie zu tun oder zu lassen hätten, damit es ihnen wieder besser geht.«

»Bin ich wirklich so schlimm?«

»Ja, das bist du, mein Junge. Schon immer. Du bist ein Spross vom alten Stamm. Growler war genauso.«

Matthew lachte. »Ich erinnere mich an Großvater. Übrigens fand ich deinen Spitznamen für ihn immer lustig. ›Brummler‹.«

»Es war kein Spitzname. Der Name passte zu ihm; er entsprach seiner Natur. Aber genug von deinem Großvater. Sprich weiter.«

»Der Colonel gab mir Recht. Um es kurz zu machen, er hat mich zur Ausbildung als Physiotherapeut im neuen Hillcroft Hospital angemeldet. Zufällig ist Dr. John Venor, der leitende Militärarzt, ein Verwandter von ihm. Das Krankenhaus ist ziemlich groß, wie der Colonel sagte, und es gibt dort eine eigene Ausbildungsabteilung für Behinderte. Nun, der Colonel führte einige Telefonate und dann war er so freundlich, einen seiner Assistenten zu beauftragen, mich hinüberzubegleiten. Dort habe ich den mächtigen Dr. Venor getroffen. Ich weiß nicht, ob er klein oder hoch gewachsen ist, aber seine Stimme klang verräterisch ruhig. Man kann sich vorstellen, dass er jeden Bewerber gründlich unter die Lupe nimmt. Am Ende wurde ich der Oberschwester vorgestellt.« An dieser Stelle machte Matthew eine Pause. Er lachte, bevor er weitersprach: »Es ist seltsam, Granan, was ein Name bewirken kann. Der Doktor wusste, wie man ihn zur rechten Zeit erwähnt, denn er stellte mich der Dame als Captain Wallingham, Sohn von Colonel Wallingham und Enkel des alten Generals vor, als müsste sie selbstverständlich von Großvater gehört haben.«

Annie Wallingham lachte aus voller Kehle. »Da hast du nicht nur einen Arzt kennen gelernt, sondern einen Diplomaten, mein lieber Junge. Hatte die Vorstellung die erwüschte Wirkung auf die Oberschwester?«

»Sie war recht höflich. Aber nach ihrer Stimme zu urteilen, kann sie auch anders. Sie schlug dann vor, mich zur Unterrichtsschwester mitzunehmen – Schwester Grace Foster. Und so geschah es. Bei Schwester Foster hatte ich sofort das Gefühl, ich könnte sie mögen. Ich denke, weil sie an den Umgang mit Behinderten gewöhnt ist. Als wir allein waren, klang ihre Stimme so natürlich, dass ich mich getraut habe, sie zu fragen, ob Mr. Fox auch im Krankenhaus arbeitet. Sie antwortete recht fröhlich: ›Ja, an der Pforte. Kennen Sie ihn?‹

›Allerdings. Sehr gut. Er war in meiner Kompanie‹, erwiderte ich. ›Wir wurden zur gleichen Zeit verwundet.‹

›Ach, was Sie nicht sagen!‹, meinte sie. ›Wie interessant. Sie müssen ihn aufsuchen. Aber nun zum Dienstlichen. Wann, glauben Sie, können Sie anfangen?‹

›Wann immer es Ihnen passt, Schwester‹, sagte ich und sie antwortete:

›Die Feiertage rücken näher. Deshalb schlage ich vor, wir verschieben Ihren Dienstbeginn auf das neue Jahr. Der reguläre Unterricht beginnt am dritten Januar. Vorher treffen wir uns noch einmal und besprechen alles.‹

›Sehr gut‹, entgegnete ich. Oh, Granan. Ich war aufgeregt wie ein kleiner Junge.«

Es verging ein Moment, bis seine Großmutter wieder etwas sagte: »Nur, weil du in diesem Krankenhaus arbeiten wirst?«

Matthew antwortete nicht. Er hatte das Gefühl, als würde er ihr direkt in die Augen sehen und sie ihm. Ihm war bewusst, dass ihr nichts entging – wie immer.

Bissig sagte sie: »Gut, dann antwortest du nicht. Aber nun fort mit dir nach oben. Sag den anderen Bescheid. Das hättest du gleich tun sollen. Du machst die Lage nicht einfacher, wenn du mich ins Vertrauen ziehst. In diesem Haus hält man seine Gefühle streng unter Kontrolle. Oh, wie oft habe ich diese steife Art zum Teufel gewünscht! Los jetzt. Du hast mir genug Stoff zum Nachdenken gegeben.«

Matthew tastete sich zu ihr vor, bückte sich und küsste ihre Stirn. Dabei sagte er leise: »Du bist die wunderbarste Frau auf der Welt, neben dir gibt es keine.«

»Keine? Mich hältst du nicht zum Narren! Was ist mit dieser Krankenschwester? Dieser Ducksworth? Sie geht dir nicht aus dem Kopf. Habe ich Recht? Sag mir noch einmal, wie sieht sie aus?«

Matthew seufzte tief und sagte dann leise: »Jerry zufolge, Granan, ist sie groß und schön.«

»Bah, was schön ist, hängt ganz vom Betrachter ab. Ich habe wirklich hässliche Frauen gekannt, die als schön galten, weil ihr inneres Wesen durchschien und die äußeren Züge dadurch unwichtig wurden.«

»Soweit ich weiß, hat sie braunes Haar und braune Augen. Aber über ihre Stimme kann ich mir selbst ein Urteil bilden. Sie ist ...« Er sagte nicht »schön«. »Sie klingt warm in meinen Ohren. Weder tief, noch hell. Manchmal liegt ein Anflug von Lachen darin. Dadurch kann ich ihre Stimmung erraten und ich höre, ob sie mich zurechtweist. Ach, eine Stimme kann man nicht beschreiben, Granan.«

»Du magst sie?«

»Ja, ich mag sie.«

Eine lange Pause folgte. »Ist es mehr als nur Zuneigung?«

Wieder eine Pause. »Ja, du naseweises, altes Weib. Es ist mehr als nur Zuneigung.«

»Mag sie dich auch?«

Dieses Mal kam seine Antwort sofort. »Ja, sie mag mich. Da bin ich sicher; ob es mehr als Zuneigung ist, kann ich nicht sagen. Aber mir ist bewusst, dass eine Menge Kummer auf mich wartet, wenn ich meinen Wünschen und Hoffnungen Nahrung gebe – wo doch mein gesunder Menschenverstand mir sagt, dass keine Frau, die noch ihre fünf Sinne beisammen hat, einen Blinden nehmen würde. Das heißt, für immer. Mit ihm eine Weile leben, das schon, bis er wieder Fuß gefasst hat; aber keine Ehe.«

»Warum lädtst du sie nicht für ein Wochenende zu uns ein?«

»Dafür kenne ich sie nicht gut genug.«

»Was? Willst du sagen, du kannst jemanden, der dich viele Monate lang gepflegt hat, nicht zum Dank einladen?«

»Ich kann sie nicht fragen. Dadurch würde alles eine andere Bedeutung bekommen. Außerdem glaube ich kaum, dass sie Zeit hätte. Sie spart ihren Urlaub auf, um immer wieder nach Sussex heimzufahren.«

»Sie stammt aus Sussex?«

»Ja.«

»Was um Himmels willen treibt sie dann, dass sie hier im Norden arbeitet? Gibt es bei ihr zu Hause nicht genügend Krankenhäuser in der Nähe?«

»Das weiß ich nicht, Granan. Aber wenn ich sie das nächste Mal treffe, sage ich zu ihr: ›Meine Großmutter möchte wissen, warum Sie sich keine Arbeitsstelle suchen, die näher an ihrem Heimatort liegt. Und wenn meine Großmutter eine Frage hat, verlangt sie erbarmungslos nach einer Antwort. Also, Miss Elizabeth Ducksworth, warum arbeiten sie hier oben im Nordosten, wenn Sie aus Sussex sind? Hastings, um genau zu sein.‹«

»Nun hör aber auf! Du hast dir sicher schon selbst Gedanken darüber gemacht. Lassen wir das. Du musst jetzt wirklich zu deinen Eltern gehen und ihnen sagen, was du aus deinem Leben zu machen gedenkst.«

»Ja, Granan. Du hast Recht. Ich gehe zu ihnen.«

»›Granan‹ ... Wie kommst du bloß auf diese Anrede? Weil dein Großvater meinen Namen immer dehnte, wenn er nach mir rief? ›Ann-ee!‹ Außer mir gibt es keine Großmutter, die von ihrem Enkel ›Granan‹ genannt wird, oder?«

»Nein. Ich kenne keine. Weil keine ist wie du. William hat dir diesen Namen gegeben. ›Großmutter‹ war zu schwierig auszusprechen.«

»Ob ›Großmutter‹ oder ›Granan‹, du musst jetzt gehen und deinen Eltern mitteilen, dass du für dein zukünftiges Leben eine Entscheidung getroffen hast. Und bei dieser Gelegenheit würde ich deinem Bruder sagen, wohin er sich seine Farm stecken kann.«

»Nein, Granan! Besser, ich lasse die Angelegenheit auf sich beruhen. Vater würde sich nur aufregen, wenn ...«

In diesem Moment ging die Tür auf und Lucille Wallingham trat ein. »Oh, hier bist du!« rief sie. »Peter sagte, du wärst wieder zu Hause. Wo bist du nur gewesen? Wir haben uns schreckliche Sorgen gemacht. Warum hast du das Haus ohne ein Wort verlassen?«

Granan schaltete sich ein. »Er wollte gerade zu euch und alles berichten. Außerdem hättet ihr auch zu mir kommen und euch nach ihm erkundigen können.«

»Ich war hier«, sagte Lucille, jetzt verärgert, »aber du warst im Aussichtszimmer.« Mit einer ungeduldigen Handbewegung wies sie auf die enge, eiserne Wendeltreppe hinten im Raum. »Mary sagte, du würdest dort oben immer dein Nickerchen halten.«

»Mary ist eine dumme Gans. Sie glaubt, wenn ein Mensch die Augen geschlossen hat, muss er schlafen. Ich gehe nach oben, um den Hügel zu betrachten und das umliegende Land; oder ich sitze da und denke nach. In letzter Zeit gibt es eine Menge zum Nachdenken.«

»Du liebe Güte!«, sagte Matthews Mutter und er wusste, dass sie ihre Worte mit einem Kopfschütteln begleitete, was er gut verstand. Seine Großmutter führte zwar ein scheinbar isoliertes Leben im Anbau, aber das schien sie nicht zu hindern, weiterhin im Haus mitzuregieren – und zweifellos wurde sie von Mary über alle Vorgänge auf dem Laufenden gehalten.

»Komm, Mutter. Lass uns gehen«, sagte er. »Ich habe Neuigkeiten für euch.«

Ohne ein weiteres Wort nahm Lucille seinen Arm und führte ihn aus dem Zimmer. Sobald sie im Verbindungsgang waren, brach sie ihr Schweigen: »Wir haben uns Sorgen gemacht, Matthew. Warum hast du mir nicht Bescheid gesagt, wohin du gehst?«

»Wie hätte ich das tun sollen? Du warst unten im Dorf.«

»Du hättest eine Nachricht hinterlassen können. Ich bin zu Granan gegangen, um zu fragen, ob sie etwas weiß. Was dabei herausgekommen ist, hast du gehört. Eines Tages wird man sie tot im Aussichtzimmer finden oder sie stürzt auf der Treppe und bricht sich das Genick. Sie ist viel zu alt für diese schmalen Stufen.«

»Unsinn, Mama. Granan ist noch sehr rüstig, das musst du zugeben.«

»Ja, rüstig schon, aber manchmal geht sie mir gehörig auf die Nerven. Dich betrachtet sie beinahe als ihr Eigentum. Das war schon immer so. Für Rodney dagegen hatte sie nie etwas übrig. Und die Mädchen … Na, sie mochte Hazel als Kind; später waren die Mädchen nur noch Störenfriede. Aber du … du warst anders. Du sahst deinem Großvater ähnlich und manchmal, wenn du einen deiner Temperamentsausbrüche hattest, benahmst du dich sogar wie er.«

»Oh, Mutter.« Er drückte ihren Arm. »Du lässt dich von deiner Einbildungskraft narren. Sie liebt uns alle. Ich kann mich sogar erinnern, wie sie sich eines Tages mit Vater über irgendeine Sache gestritten hat und dabei sagte, du wärst viel zu gut für ihn.«

»Wirklich? So etwas hat sie gesagt? Das höre ich zum ersten Mal.« Sie schmiegte seinen Arm an ihre Seite. »Ich sterbe vor Neugier, wenn du mir nicht bald sagst, wo du gewesen bist.«

Wenige Minuten später hatten sie den Salon erreicht. Seine Mutter führte ihn neben den Korbstuhl, in dem der Colonel ausgestreckt ruhte. Matthew reichte ihm die Hand und fragte: »Geht es dir nicht so gut heute, Vater?«

»Alles bestens, Matthew. Wenn nur diese verflixten Beine nicht wären. Sie wollen mir nicht gehorchen. Aber wenn ich an das Wetter draußen denke, bin ich hier gut aufgehoben.«

»Ja, das bist du. Spätestens morgen wird es mit Sicherheit schneien.«

Seine Mutter hatte einen Stuhl herangeschoben und Matthew setzte sich neben seinen Vater. »Ich war ein miserabler Sohn. Mutter hat mich getadelt, weil ich drei Tage lang keine Rechenschaft über mein Kommen und Gehen abgelegt habe.«

»Als Letztes habe ich über dich gehört, du wärst zur Farm hinunter, um mit der Arbeit zu beginnen. Aber Rodney sagte, dort seist du nie aufgetaucht. Er kam vor dem Mittagessen hoch und wollte wissen, was schief gegangen war.«

»Ich war unten. Zumindest fast. Dann ... Ach, es hatte mit Flossie zu tun. Sie sah mich und kam auf mich zugesprungen. Dabei hat sie mich fast umgeworfen. In dem Moment wurde mir schlagartig bewusst, wie leicht ein Zwischenfall wie dieser auf einer Farm vorkommen kann; es sei denn, jemand wäre ständig in meiner Nähe und passte auf. Die Sache mit der Landwirtschaft kann ich also vergessen. Ich schickte den Hund zum Zwinger zurück, kehrte um und machte einen Spaziergang im Garten, um wieder einen klaren Kopf zu bekommen. Dann stattete ich Granan meinen üblichen Morgenbesuch ab. Ich war noch keine Minute dort, als das Telefon klingelte. Jerry Fulton rief an.«

»Oh, Lieutenant Fulton?«

»Ja, Mutter. Er war in Newcastle. Seine Firma eröffnet dort in Kürze ein neues Büro. Er war auf Wohnungssuche – eine Wohnung für zwei Personen, denn er wird bald heiraten.«

»Wie wunderbar!«

»Ja, Mutter. Wunderbar.« Er nickte in ihre Richtung. »Jerry fragte, ob ich mich mit ihm zum Mittagessen treffen wolle.«

Hier machte er eine Pause und überlegte, ob er Liz erwähnen sollte. Vielleicht war der Zeitpunkt günstig; früher oder später würden seine Eltern sie vermutlich ohnehin kennen lernen. Aber nein, am Ende glaubten sie, er nähme ihretwegen diese Ausbildungsstelle an, und das brächte sie auf unerwünschte Gedanken. Also fuhr er fort: »Ich habe die Gelegenheit genutzt, um ihn wieder zu sehen und einen

Entschluss in die Tat umzusetzen, der bei meinem Gartenspaziergang gereift war – nämlich eine Ausbildung als Physiotherapeut zu machen.«

»Physiotherapeut?« Das war die Stimme seines Vaters. »Sieh an! Sieh an! Das klingt vernünftig. Und ich werde in Zukunft auf die Hilfe eines Fachmanns zählen können.«

»Das könnte sein, Vater. Übrigens, ich war auch beim Colonel.«

»In dieser Angelegenheit?«, fragte seine Mutter.

»Ja. Und er erwies sich wie immer als äußerst hilfreich. Er hat sofort im Hillcroft, dem neuen Krankenhaus draußen vor der Stadt, angerufen. Dort gibt es eine hervorragende orthopädische Abteilung. Um die Geschichte abzukürzen – Granan musste ich bereits alle Einzelheiten erzählen –, er sorgte dafür, dass ich eine Eskorte für den Weg bekam und mit dem leitenden Arzt bekannt gemacht wurde. Übrigens ein Verwandter von ihm, der sich als sehr netter Mensch erwies – und mit diplomatischem Geschick begabt ist. In seinem Büro begegnete ich auch der Oberschwester. Dann kam ich aus dem Staunen nicht mehr heraus. Seine Art, die richtigen Namen zu nennen! Kaum zu glauben. Du erschienst ganz oben auf der Liste, Vater. Dieser Mensch kennt die Frauen. Das war offensichtlich. Man zeigte mir noch die Abteilung und dann war alles abgemacht. Am dritten Januar beginne ich mit meiner neuen Arbeit.«

»Das ist großartig«, sagte sein Vater.

Seine Mutter meinte: »Gut und schön. Aber wie bewältigst du jeden Tag die Strecke? Rodney wird keine Zeit haben, dich zu fahren.«

»Wir haben Peter«, warf sein Vater ein.

»Peter braucht den halben Vormittag, um dich zu versorgen, mein Lieber«, war Lucille versucht zu sagen.

Matthew ersparte ihr weitere Worte: »Ich werde ein Auto kaufen, Vater. Jeden Tag mit dem Taxi zu fahren gefällt mir nicht.«

»Ein Auto?« Sein Vater hob die Stimme. »Was willst du mit einem Auto anfangen?«

»Nun, eines ist klar«, entgegnete Matthew bissig. »Ans

Steuer kann ich mich nicht setzen. Ich stelle einen Fahrer ein … Moment, bitte!« Er hob die Hand, als läse er den Ausdruck in beider Gesichtern. »Darüber möchte ich mit dir reden, Vater. Was den Fahrer betrifft, brauche ich deine Einwilligung. Jim Taylor von der Farm kennt sich mit Autos aus. Wir kamen kürzlich ins Gespräch und er meinte halb im Scherz, wenn ich jemals plane, ein Auto anzuschaffen, und dafür einen Fahrer benötige, soll ich an ihn denken.«

»Halt, einen Augenblick«, sagte sein Vater. »Das wird Rodney gar nicht passen. Taylor ist ein guter Arbeiter – das weiß ich von Joe. Aber mir ist auch nicht unbekannt, dass der Bursche kein Blatt vor den Mund nimmt.«

»Deswegen ist er kein schlechter Mann. Und die Zeiten von Befehl und Gehorsam sind vorbei. Das vergisst Rodney immer. Außerdem hat er selbst nie Befehle ausführen müssen.«

»Das ist nicht seine Schuld«, betonte Lucille rasch.

Matthew antwortete nicht darauf. Er wandte sich wieder an seinen Vater: »Es gibt genügend Arbeitslose, die froh wären, Jim Taylors Stelle zu übernehmen. Und ich lasse mich lieber von jemandem fahren, den ich kenne. Würdest du bitte mit Rodney sprechen? Ich möchte, dass die Sache schnell geregelt wird.«

Es entstand eine lange Pause. Statt zu antworten, stellte Richard Wallingham eine Frage: »Du besuchst also diesen Kurs. Wie lange wird er dauern?«

»Zwei Jahre, hieß es.«

»Was? Zwei Jahre? In dieser Zeit könntest du Medizin studieren und Arzt werden – beinahe wenigstens.«

»Das bezweifle ich, Vater. Bis zu einem richtigen Abschluss sind noch einmal vier Jahre nötig. Außerdem: Wer bedürftig ist, muss nehmen, was kommt. So sagt der Volksmund. Und: Der Mensch braucht Geduld. Davon haben wir beide, du und ich, nicht viel. Es gibt also viel für mich zu lernen. Nicht nur Anatomie, Physiologie und den Gebrauch meiner Hände.«

»Du liebe Güte!«, sagte seine Mutter. »Ich hatte keine Ahnung, wie viel Vorbereitung notwendig ist, bis jemand als

Physiotherapeut arbeiten darf.« Sie machte eine Pause, dann sagte sie: »Oh, Entschuldigung.« Sie hatte in der Halle Rodneys Stimme gehört und verließ ohne Erklärung den Raum. Ihr war klar, dass sie mit ihm zu reden hatte.

Doch bevor sie etwas sagen konnte, fragte Rodney: »Er ist also zurück?«

»Ja. Schau, Rodney, ich möchte mit dir sprechen. Komm für eine Minute herein.«

Sie streckte den Arm aus und zog ihn sanft durch den Korridor in das kleine Wohnzimmer. Wieder kam er ihr mit dem Reden zuvor. »Und was ist seine Erklärung? Nachdem er aus dem Taxi gestiegen ist, hätte er gut stehen bleiben und mir sagen können, warum er mich neulich versetzt hat.«

»Lieber … dafür gab es einen Grund.«

»Oh, den gibt es immer. Er hat ständig Gründe für sein eigenmächtiges Handeln.«

»Langsam, Rodney! Es wird dich freuen zu hören, dass er die Idee mit der Landwirtschaft aufgeben hat.«

»Oh, hat er?« Die kurze Bemerkung gab das Gefühl der Erleichterung nicht preis, das Rodney bei der Nachricht seiner Mutter empfand.

»Er war auf dem Weg zum Hof, mein Lieber. Aber er sagt, Flossie habe ihn aufgehalten.«

»Was soll das heißen, Flossie hat ihn aufgehalten?«

»Offensichtlich kam sie ihm auf der Zufahrt entgegengesprungen und hätte ihn beinahe umgeworfen.«

»Er lügt, Mutter. Er ist überhaupt nicht in die Nähe der Farm gekommen. Und was Flossie betrifft, sie hatte ein Geschwür am Fuß – von einem Dorn oder so ähnlich – und war tagelang in der Scheune eingesperrt.«

»Ach! Lieber Himmel. Wirklich?«

»Ja, wirklich.«

»Wie kommt er dann dazu, so etwas zu sagen?«

»Das fragst du ihn besser selbst.«

»Nein, mein Lieber. Lass es auf sich beruhen. Er hat einen Grund.«

»Schon wieder. Er hat einen Grund. Er hat immer Gründe. Und niemand weiß Bescheid, bevor er zur Tat schreitet.«

»Mein lieber Rodney, so sollst du nicht von deinem Bruder denken. Schau, er ist behindert. Er musste Furchtbares durchmachen und hält sich so tapfer.«

»Mein Gott, Mutter! Nun fang nicht wieder mit dieser Heldenverehrung an. Mir wird schlecht davon.«

»Lieber Rodney« – Lucilles Stimme wurde scharf –, »er ist dein Bruder. Und er ist blind. Verstehst du das nicht? Stockblind.«

»Oh, doch, Mutter. Ich verstehe sehr gut. Seit er zurück ist, habe ich nichts anderes mehr gehört. Und auch davor nicht. Mittlerweile bin ich über jede Stunde unterrichtet, die er an der Front verbracht hat.«

»Von ihm hast du nichts erfahren, mein Lieber. Er spricht nicht darüber.«

»Nein, das überlässt er anderen. Ihr alle seid sein Sprachrohr. Und weißt du, was mich ärgert? Helden wie ihn gibt es zu Hunderten in diesem Land. Männern wie mir verleiht man keinen solchen Titel. Dabei sind wir genauso zahlreich. Für die Farmer ist kein Glorienschein vorgesehen. Ja, die Landfrauen, das war eine andere Geschichte. Wunderbar haben sie sich gehalten. Aber Kämpfer wie ich, die ihren Einsatz ohne die Untermalung mit Pauken und Trompeten geleistet haben, was bekommen die? Höhnische Bemerkungen von der Sorte: ›Sie waren nicht bei der Truppe, wie?‹ Dann möchte ich allen entgegenschreien, was ich kürzlich abends bei Frank Robinson am Tisch gesagt habe: ›Ohne uns Farmer wären eure Bäuche nicht so fett.‹«

»Oh, bitte, Rodney. Hör auf damit. Du wirst geschätzt. Wir haben deine Arbeit immer gewürdigt, die ganze Familie. Und die Farm war nicht der einzige Grund, warum du nicht zur Armee konntest. Du wurdest aus gesundheitlichen Gründen zurückgestellt, wegen deiner Senkfüße. Vergiss auch nicht, mein Lieber, dass dein Vater im letzten Krieg zwei Brüder verloren hat … deine beiden Onkel. Und viele Verwandte seines Großvaters sind im Ersten Weltkrieg gefallen.«

»Um Gottes willen! Mutter, hör auf! Schweig endlich.

Dieses verdammte Gerede über den Krieg steht mir bis zum Hals.«

»Rodney!« Lucilles Stimme klang leise und sehr fest. »Sprich nicht in diesem Ton mit mir und nicht mit diesen Worten. Aber da du offen zu mir bist, werde ich es auch sein. Du wolltest Matthew nie auf der Farm haben, dabei hättest du sicher irgendeine Verwendung für ihn gefunden. Ich weiß, seine Anwesenheit wäre lästig gewesen, aber nicht unmöglich. Einen der Männer hättest du sicher entbehren können, um ein Auge auf ihn zu haben. Der alte Joe hätte diese Aufgabe sofort übernommen. Du warst sogar dagegen, dass dein Bruder nach Hause zurückkehrt. Das erfahren zu müssen hat mich verletzt und auch überrascht. Was sollte die Armee deiner Meinung nach mit ihm machen? Ihn in ein Heim für blinde Veteranen einweisen? Nein, Rodney. Wir wollen die Dinge klar aussprechen. Ich kenne dich und weiß, wie du über Matthew denkst. Als du jünger warst, hast du daraus nie ein Geheimnis gemacht.« Sie verzichtete darauf hinzuzufügen: »Du warst auf ihn eifersüchtig, obwohl du wie er groß und gut gewachsen bist. Aber du besitzt nicht sein gutes Aussehen und seinen Charme.« Was nützte Matthew heute das gute Aussehen? Und seinen Charme hatte er bereits verloren, bevor er mit der Truppe nach Nordafrika verschifft wurde. Schon damals wirkte er völlig verändert – kurz angebunden, verschlossen, und die Kunst der Konversation hatte er anscheinend völlig verlernt.

»Gut.« Rodneys Stimme hatte einen bitteren Klang. »Dann weiß ich, woran ich bin. Bis jetzt dachte ich, du wärst auf meiner Seite.«

»Das bin ich, Rodney.« Ihre Stimme wurde leise. »Du weißt, dass ich es bin. Aber dein Bruder ist behindert, auf eine Weise, die nicht schlimmer sein könnte. Ein Bein zu verlieren oder auch beide ist furchtbar; aber Blindheit ist das Allerschlimmste, was einem Menschen zustoßen kann. Ich bitte dich nur um ein wenig mehr Verständnis. Das zu zeigen hast du gleich Gelegenheit, wenn du in den Salon gehst und dir anhörst, was dein Vater mitzuteilen hat. Matthew wird eine Ausbildung in Physiotherapie beginnen. Deine

Befürchtungen sind also unbegründet, er könnte versuchen, die Farm zu übernehmen. Diese Angst hattest du doch, oder? Im Grunde wusste Matthew die ganze Zeit – wie wir alle –, dass sein Plan nur mit sehr viel Hilfe von außen zu verwirklichen gewesen wäre.

Aber er wünscht sich bereits seit einiger Zeit eine Wanderung auf den Hügel. Peter würde er nicht bitten, ihn zu begleiten. Das würde bedeuten, Vater den Betreuer wegzunehmen. Deshalb wäre es eine nette Geste, wenn du dich anbietest. Du weißt, er hat den Weg dort hinauf immer geliebt, vor allen um diese Jahreszeit, wenn die Luft klar ist und der Ausblick wunderbar.«

»Mutter, du redest Unsinn. Welchen Ausblick sollte er genießen? Außerdem wird der Weg bei diesem Wetter spiegelglatt sein.«

»Er kennt den Ausblick«, entgegnete Lucille in scharfem Ton. »So gut wie ich. Was für ihn zählt, ist der gefühlsmäßige Eindruck. Doch lassen wir das«, sagte sie ungeduldig. »Amy Walters wird ihn während der Weihnachtstage hinaufbegleiten.«

»Oh, schon gut, Mutter. Schon gut. Ich werde tun, was du verlangst. Wenn ich Zeit dafür habe.«

»Die Wochenenden wären eine Möglichkeit.«

»In einem landwirtschaftlichen Betrieb wohl kaum. Wir arbeiten sieben Tage in der Woche, Mutter.«

»Nur, weil du es so einrichtest, Rodney«, erwiderte sie scharf. »Diese Farm ist zu einer fixen Idee für dich geworden. Denk daran, was sein wird, wenn dein Vater nicht mehr ist. Noch ist er der Herr im Haus und ihm gehört alles, auch der Hof. Nach seinem Tod wird …« Sie unterbrach sich jäh. Die Lider zusammengepresst, senkte sie den Kopf. Für einen Moment herrschte Schweigen.

Dann beendete er leise und mit rauer Stimme den Satz: »Du wolltest sagen, ich hätte auch dann nicht wirklich das Sagen, weil alles an deinen lieben Matthew geht. Habe ich Recht?«

Sie schüttelte verwirrt den Kopf. »Nein, das wollte ich nicht sagen. Bis dahin wird er beruflich wieder Fuß gefasst haben.«

»Mag sein. Trotzdem wirst du in ihm das Familienoberhaupt sehen, nicht in William; der ist in Amerika.«

»Lass das, Rodney! Was ist nur in dich gefahren?«

Er antwortete nicht, starrte sie aber weiter an. Eine innere Stimme gab ihr die Antwort. Rodney war eifersüchtig auf Matthew. Selbst jetzt, nachdem Matthew erblindet war, nagte die Eifersucht an seinem Bruder und das würde sich nie ändern. Was er als Nächstes sagte, verblüffte sie: »Ich werde mich nicht widerspruchslos fügen, sondern mit Vater reden. Er soll schriftlich niederlegen, dass der Hof mir gehört, falls ihm etwas zustößt. Dafür habe ich gearbeitet, Mutter. Wenn überhaupt jemand gearbeitet hat, dann ich. Ich bin mit sechzehn von der Schule abgegangen, weil ich auf der Farm sein wollte. Ich habe aus dem Hof gemacht, was er heute ist, ein blühendes, kleines Unternehmen und …«

»Das wirst du nicht tun. Du wirst deinen Vater nicht aufregen und mit diesem Thema zu ihm kommen. Ich warne dich ernsthaft, Rodney. Wenn du das tust, wirst du nie wieder meine Unterstützung haben, in welcher Art auch immer. Warte ab, wie sich die Dinge entwickeln. Dein Vater war immer gerecht, und das wird er auch bleiben, bis zu seinem Ende. Er kennt die Lage besser, als du glaubst.«

Als er an ihr vorbeistürmte, sagte sie: »Geh nicht in dieser Stimmung zu ihm, Rodney. Ich bitte dich! Geh zuerst zu Granan und sprich mit ihr.«

»Was? Damit ich mir noch mehr Geschichten über den siegreichen Helden anhören muss? Oder dass sie mir sagt, auf dem Feld unterhalb des Hügels müsste eine Umgrenzungsmauer ausgebessert werden? Oder ich hätte mich früher um das offene Tor am Westfeld kümmern sollen, dann wären die Schafe nicht ausgerissen? Sie und das verdammte Teleskop. Ständig spioniert sie mir damit nach.«

Sie hätte antworten sollen: »Granan benutzt das Teleskop, weil sie selten nach draußen kommt; und es gefällt ihr in dem Zimmer oben, weil sie sich vorstellen kann, auf diese Weise Großvater näher zu sein.«

Aber ihr Sohn ging bereits zur Tür und sagte: »Ich nehme ein Bad.«

Seufzend setzte sie sich auf die Armlehne des Sofas. Das Leben war schwierig heutzutage und wurde immer schwieriger, wie es schien. Der Krieg war schuld. Er hatte alles verändert. Ihre Kinder waren nicht mehr die Gleichen.

Sofort meldete sich eine Stimme in ihrem Kopf und widersprach. O doch, sie waren schon immer so. Sie musste sich nur an die Schulferien erinnern. Davor hatte sie sich gefürchtet, besonders als die Kinder älter wurden und sich in verschiedene Lager teilten – Rodney und Amy gegen Hazel und Matthew. Die Streitereien gingen endlos. Natürlich nie in Anwesenheit von Richard. Wenn Granan mit am Tisch saß, war sie nicht besser als die Kinder. Aber nachtragend verhielt sich nur Rodney, wie Granan oft betonte. Die anderen redeten am nächsten Tag wieder miteinander; er blieb stumm. Er konnte tagelang schweigend und mit ausdrucksloser Miene umhergehen. Jetzt musste Lucille zugeben, dass dieser Zug geblieben war; er hatte sich sogar seit Richards Ausscheiden aus der Armee verstärkt. Was Granan mehr als einmal über Rodneys anmaßendes Verhalten gesagt hatte, stimmte. Man könnte glauben, Richard und auf seine Weise auch Matthew wären schon nicht mehr unter ihnen und Rodney allein hätte auf der Farm das Sagen. Und tatsächlich, wenn jemand den Krieg genossen hatte, dann er. Ihm wäre es recht gewesen, hätte Matthew den Krieg nicht überlebt. Das Eingeständnis war furchtbar, aber die – bittere – Wahrheit.

Sie sprang von der Armlehne auf. »Gütiger Himmel! Ich muss aufhören mit der Grübelei … Darüber habe ich völlig vergessen, mit der Köchin über das Essen zu sprechen.«

Der Krieg war seit ein paar Monaten vorbei, aber an der Rationierung hatte sich nichts geändert. Natürlich waren sie besser gestellt als die meisten anderen Familien, weil sie die Farm hatten. Trotzdem mussten sie vorsichtig sein. Ohne Genehmigung durfte kein Schwein geschlachtet werden, nicht einmal ein Lamm. Die Nachricht würde sofort ins Dorf gelangen. Das hatte ihnen vor einiger Zeit der Schlachter im Vertrauen mitgeteilt.

Vielleicht würde sich die Stimmung nach Weihnachten bessern, wenn Matthew die Physiotherapie-Ausbildung begonnen hatte und Hazel und Amy mit ihren entnervenden Ehemännern wieder abgereist waren. Man konnte den Eindruck gewinnen, als hätten die beiden Männer den Krieg allein gewonnen; dabei waren sie nicht einmal außer Landes gewesen. Walter hatte irgendeinen Posten im Kriegsministerium inne. Dort war er noch immer mit dem Aufräumen von Akten beschäftigt. Hazels Ehemann Harold war Anwalt und vom Wehrdienst wegen seiner Kurzsichtigkeit befreit gewesen.

Lucille wusste, so sollte sie nicht denken. Aber sie konnte nicht anders. Sie mochte ihre Schwiegersöhne nicht; eine Gemeinsamkeit zwischen ihr und Granan. Oh, Granan hatte sich über die beiden gleich ein Urteil gebildet und war mit ihrer Meinung nicht zurückhaltend gewesen. Manchmal, musste Lucille feststellen, mochte sie Granan sehr, was seltsam war, denn im Allgemeinen trieb das Benehmen der alten Dame sie zur Weißglut. Ja, das ließ sich nicht leugnen. Vielleicht war der Hauptgrund die Liebe, mit der sie Matthew umgab, und – was Lucille noch mehr irrierte – Matthews Liebe zu ihr.

Jetzt musste sie aber in die Küche! Sie dachte mit Schrecken an die nächste Stunde, wenn Rodney von seinem Vater erfuhr, dass Matthew ein Auto bekam und die Farm auf Jim Taylor verzichten musste, weil der Landarbeiter sein Fahrer wurde. Gütiger Himmel! Das würde wieder neue Unruhe geben!

8

Einige Tage später erhielt Matthew in seiner Euphorie über den neuen Beruf einen leichten Dämpfer.

Er saß allein in einem Armsessel in Granans Wohnzimmer. Sie hatte sich für ihren Mittagsschlaf hingelegt. Nachdenklich lehnte er sich zurück und ließ im Geist die Ereignisse bei seinem zweiten Besuch im Krankenhaus und bei Schwester Grace vorüberziehen.

Angefangen hatte sie mit der Frage: »Besitzen Sie irgendwelche Kenntnisse in Anatomie und Physiologie?«

»Überhaupt keine, Schwester – man lernt allerdings schnell, wenn einem der eigene Körper in Fetzen um die Ohren fliegt.« Sie hatten gemeinsam gelacht. Er erinnerte sich, wie ihm der Gedanke durch den Kopf fuhr: Du liebe Güte! Ich habe einen Witz gemacht.

»Haben Sie ein gutes Gedächtnis?«

»Ein ziemlich gutes.«

»Aha. Dann werden sie die Theorie bald beherrschen. Zeigen Sie mir Ihre Hände.«

Er hatte ihr seine Hände entgegengestreckt und sie hatte bemerkt: »Breit und fest. Sehr gute Hände. Sie werden Ihnen nützen. Aber bevor Sie richtigen Gebrauch davon machen können, müssen Sie sich ein solides theoretisches Wissen in Anatomie und Physiologie aneignen.«

Er erinnerte sich an seine heldenhafte Antwort: »Nichts leichter als das, Schwester. Diese Aufgabe bewältige ich mit links.«

Sie hatte entgegnet: »Seien Sie nicht voreilig. Ich bin als Schwester Ungnädig bekannt oder als die Frau mit den Eisenhänden in Samthandschuhen; vor allem bei Prüfungen. Jetzt machen wir einen raschen Rundgang durch die Stationen, die zu Ihrer Abteilung gehören. Es gibt drei Männer- und zwei Frauenstationen. Sie werden sicher gern hören, dass in dieser Abteilung noch zwei Schüler arbeiten, die sich in ungefähr der gleichen Lage wie Sie befinden. Aber sie haben drei Monate Vorsprung und sind entsprechend weiter fortgeschritten. Die gesamte Abteilung ist Sergeant Mullen unterstellt. Ich muss Sie warnen, Captain – oder Mr. Wallingham, wie Sie eben angesprochen werden wollen. Unser Sergeant besteht auf seinem Rang. Da kennt er keine Gnade!«

Der Spott in ihrer Stimme hätte ihn warnen sollen.

Die nächste Erinnerung war, dass sie mit ihm vor der Tür zur so genannten Hauptstation stehen blieb und wieder den Sergeant erwähnte: »Ich möchte wiederholen, was ich bereits angedeutet habe. Sergeant Chip Mullen bildet sich ein, wir hätten noch immer Krieg und er könnte auf dem Kasernenhof befehlen. Man muss sich an ihn gewöhnen, aber von seinem Beruf versteht er viel.«

In dem Augenblick, als er dem Sergeant als Captain Wallingham vorgestellt wurde und der Sergeant seine ausgestreckte Hand grimmig in Empfang nahm, war Matthew klar, dass Ärger auf ihn wartete. Bevor der Tag zu Ende ging, wurde die Befürchtung wahr.

Matthew war allen Patienten vorgestellt worden. Unter ihnen befanden sich einige langwierige Fälle. Und er hatte seine Kollegen kennen gelernt, Henry Cook und Bill Branston. Beide waren fast blind und er fand sie auf Anhieb sympathisch. Auch sie hatten ihm geraten, sich auf eine harte Anfangszeit mit dem Sergeant einzustellen. Sie selbst hätten diese Schwierigkeiten hinter sich.

Kurz vor vier Uhr nachmittags hatte Schwester Grace ihn in einem Nebenzimmer zurückgelassen, damit er sich bei einer Tasse Tee ausruhen konnte. Da hörte er draußen im Korridor Stimmen.

»Kein Grund, die Sache zu betonen, Schwester. Durch Dr. Venor und die Oberschwester bin ich bestens im Bilde. Er ist ein verdammter Kriegsheld, aber verflucht, Captain ist er nicht mehr.«

»Ich wäre Ihnen verbunden, wenn Sie in meiner Gegenwart nicht fluchen würden, Mr. Mullen.«

»Tut mir Leid, Schwester. Aber selbst ein Heiliger würde fluchen. Sehen Sie, ich habe schon zwei Blinde in meiner Abteilung. Reicht das nicht?«

»Nein, das reicht nicht.«

»Na, das sage ich Ihnen, Schwester, bei mir kommt er mit dem Captain nicht durch. Der Krieg ist vorbei.«

»Sie sind derjenige, der das zu vergessen scheint, Mr. Mullen. Sie bestehen darauf, mit ›Sergeant‹ angeredet zu werden – und genießen diese Ehrerbietung. Aber das sage ich Ihnen, Ihr ruppiger Kasernenhofton ist nicht unbemerkt geblieben. Ein Wunder, dass sich noch niemand offen über Sie beschwert hat, aber das kann noch kommen. Ich warne Sie. Wenn mir noch mehr von Ihren Grobheiten zu Ohren kommt, werde ich selbst Ihre Vorgesetzten informieren. Allerdings glaube ich nicht, dass Ihr Gehabe bei Mr. Wallingham den gleichen Eindruck hinterlässt wie bei Cook und Branston; die beiden waren einfache Soldaten.«

»Jetzt wissen wir wenigstens, wo Sie stehen, Schwester. Es ist immer das Gleiche. Nur der verdammte Rang zählt. In der Armee und auch sonst. Von den Frauen ganz zu schweigen.«

»Hören Sie auf! Und gehen Sie an Ihre Arbeit.«

Es vergingen einige Minuten; dann öffnete sich die Tür und die Schwester sagte, jetzt mit leiser Stimme: »Das war ein langer Tag für Sie, Mr. Wallingham. Sie möchten sicher gern nach Hause zurückkehren.«

Matthew erinnerte sich, dass er mit knapper Not die Bemerkung unterdrückte: »Ich glaube nicht, dass ich diese Ausbildung machen kann, Schwester.«

Sie nahm seine Hand, drückte sie sanft und sagte: »Vergessen Sie, was Sie womöglich mitgehört haben. Sie sind stark und fähig genug, um es mit mehr als einem Sergeant Mullen aufzunehmen. Und wir haben immer noch unseren Freund Charlie Fox, sollte er Ihnen übermäßig zusetzen. Außerdem brauchen wir Männer wie Sie. Es gibt eine lange Warteliste mit Patienten, die auf unsere Hilfe angewiesen sind.«

Jetzt flogen seine Gedanken zu Liz. Er wusste, ohne diese Arbeit hier könnte er nur schwer eine engere Beziehung mit ihr aufrechterhalten. Und er wollte ihr nah sein. Ihn erfüllte ein regelrechtes Verlangen danach. So sehr, dass ihm Liz nicht mehr aus dem Kopf ging. Sie war wie ein Lichtstrahl, der in die vor ihm liegende Dunkelheit wies.

Teil 2

1

Um sieben Uhr morgens war Elizabeth in Newcastle abgefahren und seitdem hatte sie die sechs Stunden lange und kalte Reise nach Kings Cross kaum wahrgenommen. Ihre Gedanken eilten ständig voraus, zu der unangenehmen Aufgabe, die ihr bevorstand und von der sie wusste, dass nach ihrer Erledigung wieder Krieg sein würde; nur dieses Mal wäre es eine Familienfehde.

In London regnete es, als sie nach Charing Cross unterwegs war, um dort den Zug nach Hastings zu besteigen. Während der beinahe zweistündigen Fahrt nach Süden wuchs ihre Unruhe noch mehr und ließ nur wenig nach, als sie im Bahnhof von Hastings die Doppeltreppe zur Schalterhalle herunterkam und wie gewöhnlich ihren Vater neben dem Fahrkarteneinsammler stehen sah. Sie lief geradewegs in seine Arme. »Oh, Vater. Wie schön, dich zu sehen.«

Er berührte mit der Hand ihre Wange. »Du bist dünn geworden, mein Mädchen.«

Auf den Weg durch die Halle und zur Straße sagte sie: »Ich bin nicht dünner als vor drei Monaten. Außerdem wird sich Mama bald darum kümmern.«

»Das wird sie, Mädchen. Sie steht seit Tagen in der Küche und backt, als würde die Speisung der Fünftausend bevorstehen. Ich bin sicher, Mikes Mutter macht es genauso. Alles ist für dich bereit, wenn du zu ihnen kommst. Sie versucht wie üblich, Mama den Rang abzulaufen. Du kennst sie.«

Oh, ja. Sie kannte Bridget McCabe und wusste, was ihr Ziel war. Doch für den Augenblick schob sie den Gedanken beiseite und blieb stehen, um in tiefen Zügen die frische Luft einzuatmen. Dann sagte sie: »Jedes Mal, wenn ich heimkomme, fällt mir auf, wie anders die Luft hier riecht. So sauber und frisch.« Sie gingen weiter. »Ist am Strand schon aufgeräumt worden, Vater?«

»Oh, du musst Geduld haben. Du weißt, wie es bei Kriegsende aussah. Aber langsam erhält die Stadt ihr altes Gesicht zurück. Die Fortschritte sind einfach unglaublich. Das White Rock hat wieder sein altes, hervorragendes Musikprogramm und auf dem Pier spielt ein Orchester. Außerdem werden viele Gebäude renoviert. Bald hat alles das gleiche Gesicht wie früher, nur« – seine Stimme wurde traurig – »die alten Zeiten kehren nie mehr zurück. Zu viele Familien haben Gefallene und Vermisste zu beklagen. Wer nur einen leeren Ärmel hat oder im Rollstuhl sitzt, gehört zu den Glücklicheren. Aber was rede ich? Leere Ärmel und Rollstühle siehst du jeden Tag genug. Ich hoffe, du hast ein paar Neuigkeiten zu erzählen, wenn wir nach Hause kommen.«

Sie sagte nichts darauf, sondern fragte: »Und wie geht es dir?«

Er antwortete eilig, zu eilig: »Oh, gut. Ganz gut. Wenn man bedenkt … ich meine, ich hatte keinen Anfall mehr seit drei oder vier Wochen.«

»Und was sagt der Arzt?«

»Ach, nichts anderes als vorher. Die Wahrheit ist, Genaues kann keiner sagen. Ich weiß nur, dass ich mich nicht vor der Arbeit drücke.«

»Oh, Vater. Du und dich drücken? Du hast in deinem ganzen Leben nie weniger als vierzehn Stunden am Tag geschuftet. Das Mittel, das dich heilt, kennst du: Ruhe. Phil vertritt dich ausgezeichnet.«

»Ja, das stimmt. Und sein Bein scheint ihn nicht mehr allzu sehr zu behindern. Er kümmert sich um alle möglichen Dinge, die ich ihm nie zugetraut hätte. Mich stört nur seine Sturheit. Er will einfach keine Hilfe annehmen. Vor allem nicht von Mike. Von Joseph, ja. Aber nicht von Mike.« Den Nachsatz: »So wenig wie ich«, brachte er nicht über die Lippen. Die McCabes waren wirklich gute Nachbarn gewesen während des Krieges und waren es auch jetzt, aber bei dem Gedanken an die bevorstehende Hochzeit zwischen Mike McCabe und seiner Tochter Liz konnte er keine Freude empfinden. »Ah, wir haben Glück. Da kommt der Bus.«

Im Stadtzentrum rannten sie mit eiligen Schritten am Ehrenmal vorbei zur Haltestelle für den Oberleitungsbus. Der

Bus schlängelte sich auf Umwegen durch Ore Village und entlang der Klippen zum Friedhof. Dort fuhr er talwärts und bog in die Straße nach Westfield ein. Bald fuhren sie am großen Hof der McCabes vorbei – über achtundzwanzigtausend Morgen Land, wie Elizabeth wusste – und kamen anschließend zu einem sehr viel kleineren Anwesen, das aus einem Wohnhaus mit Nebengebäuden bestand.

Das war Elizabeths Zuhause, von dem sie nie hatte fortgehen wollen – bis vor sechs Jahren. Heute konnte sie sich nicht mehr vorstellen, wieder an diesem Ort zu leben, auch wenn sie die elterliche Farm noch immer liebte. Nach diesem Kurzurlaub würden sogar ihre Besuche seltener werden müssen.

Jane Ducksworth eilte über den saubergefegten Vorplatz, um ihre Tochter zu begrüßen. Bei der Umarmung flüsterte sie: »Oh, mein liebes Kind. Wie gut, dich zu sehen.«

»Lass sie doch nicht draußen stehen, Mutter. Nimm sie mit ins Haus! Sie sieht verfroren aus.«

Die Stimme kam von einem jungen Mann, der von der Scheune herüberhumpelte. Liz wandte sich von ihrer Mutter ab und streckte lachend die Hand aus. »Phil! Das macht sie immer so. Sie bittet mich nie hinein.«

Ihr Bruder betrachtete sie im schwachen Lichtschein einer Wandlampe und rief: »Ich muss sagen, du bist wieder dünner geworden!«

»Halt den Mund, du!« Sie stupste ihn. »Ich kann das nicht mehr hören. Jedes Mal, wenn Vater mich abholt, bekomme ich die gleiche Begrüßung. Ich muss wie ein Skelett aussehen.«

»So fühlst du dich wirklich an, mein Kind.« Jane Ducksworth half ihr, Mantel und Schal abzulegen. »Du hast ziemlich viel Ähnlichkeit mit einem Knochengestell. Isst du nicht genug?«

»Natürlich esse ich genug.« Sie stand in der Halle und blickte sich um. »Herrlich, wieder zu Hause zu sein.«

»Und ich hoffe, du bleibst eine Weile.« Die Bemerkung kam von ihrem Vater, der sich ebenfalls von Mantel und Schal befreite.

Sie antwortete nicht und alle drei wandten sich in fragendem Schweigen zu ihr um. Schließlich sagte sie: »Wir müssen reden. Später. Aber jetzt lasst uns in die Küche gehen und eine Tasse heißen Tee trinken. Für mich bitte mit Sahne. Dann nehme ich ein Bad. Nach der Reise fühle ich mich so schmutzig, als wäre ich in eine Kohlegrube gefallen.«

»Ich bringe deinen Koffer nach oben«, sagte ihr Vater.

»Nichts da.« Phil nahm seinem Vater den Koffer aus der Hand. »Darum kümmere ich mich.« In gespielter Dienstfertigkeit beugte er sich zu seiner Schwester. »Soll ich Ihre Abendgarderobe bereitlegen, Madam?«

Den Tonfall ihres Bruders nachahmend, antwortete sie mit hoher Stimme: »Ja, Ducksworth. Tun Sie das. Aber seien Sie bitte vorsichtig mit meiner Unterwäsche.«

»Mädchen, wirklich!« Ihre Mutter machte ein schockiertes Gesicht, während ihr Vater sich lachend in einen Sessel neben dem flackernden Kaminfeuer fallen ließ und sagte:

»Ah! Jetzt weiß ich, dass die Familie wieder beisammen ist.«

Elizabeth hatte mindestens zwei Tassen Tee getrunken, bevor sie nach oben ging. Nun saßen Jane und Dan Ducksworth und ihr Sohn dicht nebeneinander und sprachen mit gesenkter Stimme. »Was könnte das heißen, ›wir müssen reden‹?« fragte Jane. »Wisst ihr, als sie damals nach Hause kam, nachdem sie in dem großen Krankenhaus aufgehört hat, dachte ich, sie hätte sich bereits halb entschlossen, eine Stelle in einem der Hospitäler hier anzunehmen. Darüber haben wir uns schon einmal unterhalten. Es gibt eine ganze Reihe von Krankenhäusern, das East Sussex, das Buchanan und das Allgemeine Krankenhaus, nicht zu vergessen die Tuberkulose-Heilanstalt auf den Klippen bei St. Leonhards. Man hätte sie überall genommen. Das habe ich zu ihr gesagt und sie hat geantwortet, sie würde darüber nachdenken. Dann habe ich nichts mehr zu diesem Thema von ihr gehört, bis ein Brief kam, in dem sie mitteilte, sie würde in diesem neuen Krankenhaus anfangen – ein ziemlich protziger

Bau, der eine Menge Geld gekostet hat; dort gibt es auch eine Lehranstalt für Krankenpflege.«

»Ich glaube nicht, dass sie in Krankenpflege noch viel zu lernen hat«, sagte ihr Vater. »Nach ihren Erzählungen muss sie in dem anderen Krankenhaus alle nur möglichen Erfahrungen gesammelt haben. Wie hieß es?«

»Rockstone House«, schaltete sich Phil ein. »Aber mir sagte sie, dort hätte sie nur einige Monate gearbeitet, um Klarheit zu gewinnen. Und jetzt frage ich dich, Mutter.« Er blickte sie an. »Was könnte sie damit gemeint haben? Man sollte glauben, sie hätte sich genügend Klarheit verschafft, bevor sie die Entscheidung traf, diesen Kerl zu heiraten.«

»Nun aber langsam, Phil«, beeilte sich sein Vater einzugreifen. »Vergiss nicht, seine Familie hat uns sehr geholfen.«

»Keine Sorge, Vater. Das vergesse ich nicht. Die McCabes mögen euch eine große Hilfe gewesen sein, bevor ich wieder auftauchte. Ihr Verlobter war nicht begeistert, mich zu sehen, soviel weiß ich. Vertragen haben wir uns noch nie. In meinen Augen war er immer ein brutaler Kerl.«

»Nicht doch, Phil.« Jane tätschelte seinen Arm. »Sag das nicht. Er ist ein großer kräftiger Bursche und redet gern eine Spur zu laut. Darin ähnelt er seiner Mutter. Aber im Grunde ist er ein herzlicher Mensch. Er meint es gut und Liz hat er immer geliebt. Von Anfang an war sie für ihn die Einzige.«

»Das ist der springende Punkt. Darum geht es, Mama. Er hat ihr diese Verlobung aufgenötigt. Gut, wenn es Joseph gewesen wäre … aber der hatte keine Chance.«

»Was willst du damit sagen?«, fragte sein Vater.

»Joseph war in sie verliebt. Er ist ein anständiger Kerl; aber immer, wenn er in ihre Nähe kam, verpasste ihm sein großer Bruder anschließend zu Hause eine Abreibung. Einmal hat er wild auf ihn eingedroschen. Joseph hatte hinterher ein blaues Auge. Aber seine liebe Mutter verbreitete in der Nachbarschaft, die Rangelei wäre harmlos gewesen.«

»Das beunruhigt mich«, sagte Dan und wurde ganz leise. »Ich hatte keine Ahnung davon.«

»Nein, Vater. Wie solltest du auch. Unser lieber Mike ist

ein schlauer Burscher, aber ein Dreckskerl, hinterhältig und gemein.«

»Phil! Phil!«

»Schon gut, Mama. Das musste gesagt werden. Es lag mir schon lange auf der Zunge. Und du, Vater« – er wandte sich an seinen Vater –, »mach dir keine Sorgen. Mein Bein kommt wieder in Ordnung.« Er tätschelte das Knie an der Seite. »Ich habe kaum noch Schmerzen. Die Ärzte damals sagten, die Heilung bräuchte Zeit. Mittlerweile sind zwei Jahre vergangen und langsam zeigen sich Fortschritte.«

»Du kannst froh sein, dass du dein Bein noch hast«, sagte sein Vater ruhig.

»Niemand weiß das besser als ich, Vater.« Sein Sohn sah ihn lächelnd an. »Weißt du, ein leichtes Hinken ist heutzutage groß in Mode.«

»Ach, du!«, sagte seine Mutter und schlug ihm freundlich lächelnd auf die Hand. Dann veränderte sich ihr Gesicht. »Sobald sie einen Bissen gegessen hat, musst du sie über die Straße zu den McCabes bringen.«

»Ja, mache ich, Mama. Aber ich begleite sie nicht bis ins Haus. Mrs. Bridget McCabe geht mir genauso auf die Nerven wie ihr Sohn. Ich konnte nie verstehen, warum ein ruhiger Mann wie James sie zur Frau genommen hat.«

»Wahrscheinlich aus dem gleichen Grund, aus dem ihr Sohn Liz nehmen will«, entgegnete sein Vater. »Aber Liz wird sich nicht einfach nehmen lassen. Dafür ist ihr Charakter zu stark.«

»Oh, Vater! Charakter zählt wenig bei den Mike McCabes dieser Welt. Sie sind auf dem Kasernenhof zu Hause. Aber weißt du was? Ich wette zehn zu eins, es hat mit Mike zu tun, was sie uns sagen will.«

»Oh, bitte nicht, Phil«, flehte seine Mutter. »Alles ist für Ostern fest geplant.«

»Und wer hat geplant, Mama? Die liebe Tante Bridget. Der einzige Grund, warum die beiden nicht schon letzte Ostern verkuppelt wurden, war die Weigerung von Liz, ins römisch-katholische Lager zu wechseln. Bridget ertrug den Gedanken nicht, ihr geliebter Sohn könnte eine Frau heiraten, die nicht dem katholischen Glauben anhängt. Ich glaube nicht, dass sie die Hoffnung nun aufgegeben hat.«

»Ich fürchte, da irrst du«, widersprach seine Mutter. »Sie musste sich damit abfinden, dass Liz in diesem Punkt nicht nachgibt. Entweder lässt sie zu, dass ihr Sohn in dieser schrecklichen protestantischen Kirche getraut wird« – sie betonte die letzten Worte – »oder sie gehen nur aufs Standesamt.«

»Was bedeuten würde, dass die beiden in Sünde miteinander leben«, fügte Phil hinzu.

Jetzt sagte sein Vater: »Schsch! Sie kommt.«

Elizabeth betrat die Küche. Sie trug ein weich fallendes grünes Wollkleid. Es hatte einen großen Kragen und war vorn durchgeknöpft. Die Taille wurde durch einen Wildledergürtel betont, der von der gleichen Farbe wie ihr braunes, zu einem langen Pferdeschwanz gebundenes Haar war.

Ihre Mutter rief: »Oh, wie hübsch! Das Kleid hattest du lange nicht an. Connie hat es während des Krieges in dem Secondhand-Laden in Brighton für dich gekauft und es sitzt noch immer wie angegossen.«

»Siehst du, Mama. Das ist der Beweis. So dünn bin ich nicht geworden. Außerdem habe ich Hunger. Wann essen wir?« Elizabeth blickte auf den langen, mit Speisen überladenen Tisch. »Oh, das sieht köstlich aus! Ich kann es gar nicht abwarten, bis wir endlich anfangen.«

»Du bleibst besser standhaft«, wandte Phil ein. »Drüben wartet wie üblich ein Bankett auf dich. Das weißt du doch.«

»Ich esse heute Abend nicht dort. Schon gut! Schon gut!« Sie wedelte mit der Hand in die Runde. »Zuerst esse ich nur einen Bissen; dann reden wir.«

Während der folgenden halben Stunde konnte man sagen, dass die Mahlzeit reichlich, die Unterhaltung aber eher dürftig war. Es herrschte eine gezwungene Atmosphäre, die von einer gewissen Besorgtheit geprägt war. Als sie fertig waren, wechselten sie, jeder mit einer Tasse Kaffee, ins Wohnzimmer. Phil heizte das Kaminfeuer mit Holzscheiten nach; dann hob er seine Tasse von dem Beistelltisch, auf den er sie abgestellt hatte, und leerte sie hastig in einem Zug.

»Jetzt erlös uns von der Qual«, rief er. »Was willst du uns mitteilen, Liz?«

Elizabeth saß neben ihrer Mutter auf dem Sofa und senkte für einen Moment den Kopf. Sie hob ihn wieder, blickte von Phil zu ihrem Vater und sah dann ihre Mutter an. »Ich werde Mike nicht heiraten.«

Eine Minute verging und niemand sagte etwas. Schließlich benutzte ihr Vater seinen Lieblingssatz, der Liebe oder auch einen Vorwurf ausdrücken konnte: »Oh, Mädchen!«

Aus Jane Ducksworths Kehle drangen seltsame Geräusche, als versuchte sie zu schlucken. Dann stieß sie hervor: »Warum ausgerechnet jetzt? Ist das nur eine neue Idee? Oder hast du … einen anderen kennen gelernt?«

»Die erste und die zweite Frage kann ich mit einem Satz beantworten: Nein und es ist nichts Neues. Ich habe ihm schon vorher absagen wollen und es auch versucht, aber ihr kennt ihn ja.« Sie blickte von einem zu anderen. »Er lässt sich nicht abweisen. Nun zu der letzten Frage, ob ich einen anderen kennen gelernt habe. Ja und nein.«

»Was meinst du damit?«, fragte ihre Mutter. »Entweder hast du oder du hast mich.«

»Ich habe, Mama. Aber ich kann noch nicht sagen, ob etwas daraus wird. Ich meine, eine Ehe.«

»Ist er verheiratet?« Ihre Mutter klang zutiefst schockiert.

»Nein«, beeilte sich Liz zu erwidern. »Er ist nicht verheiratet.«

»Was ist dann los? Irgendeinen Grund muss es geben.«

»Ja, es gibt einen Grund. Einen guten Grund.«

»Handelt es sich um den Patienten, den du auf der Station gepflegt hast und der glaubte, du wärst eine ältere Frau?«

»Oh, nein!« Der Ausruf kam von ihrer Mutter. »Er ist blind.« Sie sah ihre Tochter entgeistert an. »Das kannst du nicht machen. Ich habe von Mädchen gehört, die einen Blinden geheiratet haben. Du wirst es bereuen. Solche Frauen halten Mitleid für eine Form der Liebe. Aber mit Liebe hat das nichts zu tun.«

»Sei still, Jane.« Dans Stimme klang leise und schwerfällig, von wirklichem Mitgefühl niedergedrückt. »Das wäre ein sehr ernsthafter Schritt und eine Entscheidung für den Rest ihres Lebens. Natürlich, wie die Dinge in diesen modernen Zeiten stehen, kann man heute heiraten und morgen wieder geschieden sein. Es herrscht ein neuer, freizügiger Geist, eine neue Moral – die keine Moral mehr ist. Aber das gilt für zwei gesunde, nicht behinderte Menschen. Was ich damit sagen will …«

Er zögerte und Elizabeth knüpfte nachdenklich an: »Ich weiß, was du sagen willst, Vater. Recht gut, glaube ich. Ich habe mir auch meine Gedanken darüber gemacht und bin bislang zu keinem Ergebnis gekommen. Wenn ich ihn heirate, dann für immer. Das ist mir bewusst. Aber darum geht es jetzt nicht. Heute Abend muss ich eine andere Sache durchstehen, und zwar mit Entschiedenheit. Ich weiß schon länger, dass ich so nicht weitermachen kann. Das ist der Grund, Mama.« Sie wandte den Blick zu ihrer Mutter. »Deswegen bin ich nicht öfter nach Hause gefahren. Ich wollte ihn nicht sehen.«

»Hast du nicht daran gedacht, ihm zu schreiben?«

Ihre Mutter sprach noch immer mit flehendem Unterton, was Elizabeth zu einem wehmütigen Lachen veranlasste. »Oh, Mama! Ihm schreiben. Was glaubst du, was er dann tut? Er erscheint im Krankenhaus und verlangt eine Erklärung. Nicht nur das. Er würde einen derartigen Aufstand anzetteln, dass ich meine Anstellung verliere. Dabei fange ich gerade an, meine Arbeit zu lieben.«

»Ist dieser blinde Patient in dem neuen Krankenhaus?«, wollte ihr Vater wissen.

»Nein, Vater. Das ist er nicht.«

»Wenn er blind ist, Mädchen, wie willst du dann wissen, was er wirklich für dich empfindet?«

Als sie den Kopf sinken ließ und schwieg, wurde seine Stimme ungewöhnlich hart und drängend: »Ich war noch nie in einer solchen Lage und habe keine Ahnung, wie das ist. Deshalb frage ich dich.«

»Nun, Vater«, antwortete sie ähnlich hart. »Ich weiß es einfach. Das ist alles.«

»Er weiß nicht, wie du aussiehst?«

»Er hat es auf seine Weise herausgefunden.«

»Wenn das so ist«, sagte ihr Vater, noch immer in seinem grimmigen Ton, »wird er auch auf seine Weise ein hübsches, junges Mädchen lebenslang an sich binden – in dem vollen Bewusstsein, ihre Chancen auf das Glück verdorben zu haben. Oh ...« Er schwieg und senkte den Kopf auf seine Hände. »Entschuldigung, Mädchen. Tut mir Leid.«

»Warst du bei ihm zu Hause?«

Elizabeth wandte den Blick zu Phil und antwortete ruhig: »Nein, war ich nicht.«

»Du hast den Eindruck erweckt, er gehörte zu den oberen Zehntausend, mit einem General als Großvater, und sein Vater ist Colonel. Stimmt das?«

»Ja, das stimmt. Aber ich habe nicht gesagt, dass die Familie zu den oberen Zehntausend gehört, sondern einfach, dass es nette Leute sind. Ehrlich gesagt, habe ich seine Familie bislang nicht kennen gelernt.«

»Nein?« Ihre Mutter sprach immer noch mit hoher Stimme. »Du bist so weit gegangen, ohne seine Familie zu kennen?«

»Mama«, sagte sie in gedehntem, flehendem Ton, »ich bin in keiner Weise weit gegangen! Seit meinem Dienstende im Krankenhaus habe ich ihn nur einmal gesehen. Ich habe mit ihm und seinem Freund, einem Lieutenant Fulton, zu Mittag gegessen.«

»Und du willst sagen, das genügt dir, um ihn heiraten zu wollen?«

»Oh, gütiger Gott!« Elizabeth sprang auf die Füße und schlug die Hände vor die Augen. »Ich habe den Mann monatelang gepflegt. Mir war, als würde ich ihn in- und auswendig kennen. Ich kenne ihn so gut wie sonst niemand, besser als seine eigene Familie, da bin ich sicher. Wenn ich ihn nicht wieder sehen will, kann ich das einrichten. Alles hängt von meinen Gefühlen ab. Aber im Augenblick ist das nicht das Problem. Das Problem ist, Mike McCabe zu sagen, dass ich ihn nicht heirate. Und ich werde jetzt hinübergehen und diese Aussprache hinter mich bringen.«

Alle waren aufgestanden. Nachdem Elizabeth die Küche

verlassen hatte, sagte ihre Mutter zu Phil: »Du gehst besser mit ihr hinein. Man kann nicht wissen, was passiert.«

»Mutter, das tue ich besser nicht. Wenn ich mitbekomme, dass er sie anschreit oder auf sie losgeht, kann ich nicht an mich halten und verprügle ihn. Ich mag nicht mehr so gut zu Fuß sein wie früher, aber ich habe noch immer meine Fäuste; mit denen bin ich nicht aus der Übung.«

Phil nahm den Arm seiner Schwester, während er über den einen Kilometer langen, holprigen Feldweg stolperte, der die beiden Höfe verband. Mit der anderen Hand hielt er die Taschenlampe und beleuchtete den Weg. Sie waren beinahe am Ziel, als er sagte: »Wirklich, ich wage nicht, mit dir reinzugehen, Liz. Aber vorsichtshalber bleibe ich noch eine Weile draußen stehen und warte.«

»Nein, Phil. Bitte nicht. Du wirst erfrieren. Außerdem wird er sich nichts trauen. Dafür sorgen sein Vater und Joseph.«

Er verließ sie an der Küchentür. Sie wartete noch einen Augenblick, dann klopfte sie. James McCabe machte auf. Als er sie sah, rief er: »Oh, Liz! Komm schnell herein, Mädchen.« Er warf einen Blick nach draußen und fragte: »Du bist den Weg doch nicht allein gegangen, oder?«

»Nein. Phil hat mich hergebracht. Aber er ist zurückgegangen.«

»Ein merkwürdiger Bursche, dein Bruder. Sucht nie Gesellschaft, nur seine eigene. Ich nehme an, der Krieg ist Schuld. Aber nun sag, wie geht es dir?«

»Gut, Mr. McCabe. Gut.«

Jetzt rief der hochgewachsene Mann mit dem leicht ergrauten Haar und den langen scharfen Gesichtszügen: »Liz ist gekommen.«

Eine sehr dicke Frau stürzte aus der Tür gegenüber und schaukelte durch die Halle. Das war die einzig mögliche Beschreibung für Bridget McCabes Gang. Ihr riesiger fleischiger Körper hob und senkte sich bei jedem Schritt, den sie auf Elizabeth zutat, die ihren Mantel abgelegt hatte und nun dem Farmer reichte, den sie seit ihrer Kindheit kannte und mochte. Ihre Gefühle für seine Frau waren anderer Art.

Jetzt wurde sie von gewaltigen Armen umschlossen und auf ihren Mund pressten sich wulstige, feuchtklebrige Lippen. Feuchtklebrig, so hatte Liz den Mund ihrer zukünftigen Schwiegermutter immer beschrieben. Sie erinnerte sich, wie sie als kleines Kind diese Umarmung erdulden musste und durch einen Klaps zum Schweigen gebracht wurde, denn sie hatte laut geäußert: »Tante Brid hat einen fetten, klebrigen Mund, Mam. Das stimmt doch, oder?«

Auf dem Weg in die Küche ging Bridget McCabe voran und redete dröhnend: »Er ist noch nicht zu Hause. Wir erwarten ihn jede Minute. Er ist auf einer Hochzeit, als Trauzeuge des Bräutigams. Harry Weldon heiratet nämlich heute. Die Feier findet in Brighton statt. Ganz große Feier. Vier Brautjungfern, Pagen, mit allem Drum und Dran. Aber wir werden es ihnen zeigen, was, Kindchen? Das werden wir!« Sie wandte sich wieder an Elizabeth und presste ihren Arm.

Als sie in die Küche traten, erhoben sich zwei junge Männer von der Bank und kamen auf sie zu.

Joseph McCabe war der zweitgeborene Sohn und beinahe vier Jahre jünger als sein Bruder Michael. Die einzige Ähnlichkeit zwischen ihnen war das schwarze Haar. Mit einem Meter siebenundsiebzig war Joseph fast dreißig Zentimeter kleiner als sein hünenhafter Bruder, der über zwei Meter maß. Man konnte Joseph als dürr bezeichnen, während Michael McCabe mit seinem Körperbau zum Rugbystürmer geboren schien. Aber an Sport hatte der älteste Sohn der McCabes nie das geringste Interesse gezeigt. Joseph McCabe besaß die Züge seines Vaters. Sein Gesicht war länglich, die Nase dünn, so wie seine Lippen. Von seinem Vater hatte er auch die großen braunen Augen; sie verliehen seinem Blick eine Wärme, die dem restlichen Gesicht fehlte.

Joseph streckte die Hand aus und sagte: »Schön, dich wieder zu sehen, Liz. Wie geht's?«

»Ganz gut. Und dir, Joseph?«

»Ach, was soll sein, Liz? Ich schufte mich zu Tode, kriege einen Hungerlohn und muss mich unterdrücken lassen.«

»Lieber Himmel! Hört euch das an!«, rief seine Mutter.

»Als könnte irgendwer auf ihm herumtrampeln. Er nimmt sich ein bisschen zu wichtig, das war schon immer so.«

»Hallo, Liz. Wie geht es dir?« Jetzt schüttelte sie Sam McCabe die Hand. Er war zwanzig Jahre alt und hatte mit niemandem in der Familie etwas gemeinsam. Es hieß, er schlüge seinem Großvater nach, denn dieser habe ebenfalls Schwierigkeiten mit den Augen gehabt. Sein rundes, angenehmes Gesicht wurde durch dicke Brillengläser entstellt. Ohne sie war er halbblind, fast so wie der Mann, der ständig ihre Gedanken beherrschte. »Ich weiß nicht, ob es an mir liegt, Liz«, sagte er in Anspielung auf seine Augen, »aber mir scheint, jedes Mal, wenn ich dich sehe, bist du noch dünner geworden. Bekommst du bei den Heiden im Norden nicht genug zu essen?«

Mit Sam konnte sie lachen. Der Umgang mit ihm war immer einfach gewesen. »Genug zu essen? Man wird dort förmlich gemästet. Aber untersteh dich, Samuel McCabe, so zu sprechen. Sonst verpassen dir die Heiden zwei Veilchen und ein gebrochenes Nasenbein.«

Er lachte, wie sein Vater und Joseph auch. Seine Mutter blieb stumm. Dann sagte der Jüngere: »Es gefällt dir also im Norden? Obwohl dort außer Kohlebergwerken, Abraumhalden und Werften nicht viel zu sehen sein soll.«

»Dann bist du falsch unterrichtet, Sam.« Ihr Ton wurde ernst. »Entlang des Flusses findet man die herrlichsten Landschaften. Man muss nur aus den besiedelten Gebieten heraus. Und Newcastle ist eine wunderbare Stadt. Natürlich, es gibt noch immer viel Industrie, aber nicht mehr wie früher. Was schade ist, denn dadurch haben viele Menschen ihre Arbeit verloren.«

»Die armen Teufel. Gleich breche ich in Tränen aus. Als gäbe es hier keine Not und keine Arbeitslosigkeit«, schaltete sich Bridget McCabe ein.

»Das kann man nicht vergleichen.« Liz' Ton wurde scharf. »Diese Stadt kann glücklich sein. Vereinzelt herrscht auch hier Armut. Aber die Zustände sind nicht zu vergleichen mit dem Elend im Nordosten. Ich weiß mittlerweile, wie glücklich ich mich schätzen kann, hier geboren und aufgewachsen zu sein. Wir können alle froh sein, glaubt mir.« Die drei Männer starrten sie stumm an und sie blickte von einem zum anderen.

Bridget McCabe brach das Schweigen. »Das klingt, als würdest du diese Menschen mögen«, sagte sie in bedeutsamem Ton. »Vielleicht würdest du lieber im Norden leben?«

»Ich weiß nicht, ob ich für immer dort leben möchte. Aber es stimmt, ich mag die Menschen. Sie besitzen eine freundliche Wesensart. Trotzdem sind sie wie hier und überall. Es gibt Eingebildete, Großmäuler, Wichtigtuer und Emporkömmlinge. Die findet man, wohin man geht.«

Was Bridget McCabe darauf geantwortet hätte, blieb ungesagt, denn in diesem Augenblick hörten sie, wie die Vordertür aufgestoßen und wieder zugeschlagen wurde. Alle wandten sich zur Tür, die in die Halle führte und durch die jetzt Michael McCabe hereinkam. Sofort schien er den Raum vollkommen auszufüllen.

Sein Aufschrei beim Anblick von Elizabeth durchschnitt die Stille. Er eilte zu ihr, fasste sie unter den Achselhöhlen und hob sie vom Boden. Dann schwenkte er sie zweimal herum. »Was für eine Augenweide du bist! Tut mir Leid, Liebste. Ich wollte früher da sein, um dich zu begrüßen.« Er küsste sie mitten auf den Mund, aber sie wich aus und stieß ihn mit beiden Händen von sich.

»Hoho? Was ist das?« Er wandte sich von ihr ab und blickte von seinem Vater zu seinen Brüdern. Dann sah er seine Mutter an. Das Lachen aus der Stimme war verschwunden. »Was hast du angestellt, Bridget McCabe? Warum stößt meine zukünftige Frau mich weg?« Er zog Elizabeth fester an sich. Als sie erneut den Kopf abwandte, wich der lachende Ausdruck ganz aus seinem Gesicht. »Was ist los?«

»Nicht viel. Außer, dass du nach Whisky stinkst.«

»Ha!« Jetzt kehrte das Lachen zurück. »Ich war auf einer Hochzeit. Wonach soll ich wohl riechen? Ich war im Gefolge des Bräutigams und musste eine Rede halten. Ich hatte ...«

Er kam nicht dazu, den Satz zu beenden. Elizabeth riss sich von ihm los und sagte: »Und natürlich musstest du deine Stimmbänder ölen, bevor du einen Ton herausbekamst.«

Diese Erwiderung brachte ihr ein anerkennendes Schnauben von Sam und ein »Ha!« von Joseph ein und Vater McCabe sagte: »Du hast es herausgefordert ...«

Seine Frau schnitt ihm das Wort ab. Sie brüllte: »Du willst dich wohl über mich lustig machen, Elizabeth Duckworth?«

Elizabeth blickte Michaels Mutter an. »Ehrlich gesagt habe ich nur einen Ausspruch von Ihnen wiederholt. Wenn ich früher wissen wollte, wo die Jungen waren, sagten Sie: ›Oh, die ölen sich die Stimmbänder unten im Pub.‹ Und Sie fügten hinzu, jeder Mann sollte die Freiheit haben, das zumindest einmal die Woche zu tun.«

»Ja, das habe ich gesagt. Und es ist wahr. Wenn du deinen Ehemann bei Laune halten willst, erlaubst du ihm, an einem Abend in der Woche zu tun, was ihm gefällt – natürlich innerhalb gewisser Grenzen. Und jetzt, wenn du nichts dagegen hast, gibt es was zu essen. Wir haben lange genug gewartet. Gehen wir ins Speisezimmer. Die kalten Platten stehen schon seit einer Stunde bereit. Also los.«

»Es tut mir Leid, Mrs. McCabe. Ich weiß, wie wunderbar ihre kalten Platten sind, aber ... leider kann ich nicht bleiben.«

Alle starrten sie an. Dann fragte Mike: »Du kannst nicht bleiben? Warum kannst du nicht bleiben?«

Sie antwortete nicht, sondern sah seine Mutter an. »Dürfte ich in ihr Wohnzimmer gehen, Mrs. McCabe? Ich hätte gern ungestört ein paar Worte mit Mike gewechselt.«

»Gütiger Herrgott im Himmel! Fragt mich, ob sie in mein Wohnzimmer gehen kann. Wie oft hast du dieses Zimmer betreten, zusammen mit ihm, ohne um Erlaubnis bitten zu müssen? Ist das Gespräch so privat, dass es nicht vor der Familie stattfinden kann?«

»Ja, Mrs. McCabe. Das ist es.«

»Hör auf, Brid!«, sagte jetzt ihr Ehemann. »Geh nur, Mädchen. Ich bin sicher, wenn du unter vier Augen mit Mike sprechen willst, wird er dir mit Vergnügen zuhören.« Er sah seinem Sohn ins Gesicht und für einen Moment tauschten sie einen harten Blick. Als Mike sich abwandte, um Elizabeth durch die Halle zu folgen, wurde er von seinem Vater aufgehalten. »Reiß dich zusammen. Verstehst du? Immer mit der Ruhe.«

»Weißt du, um was es geht?«, fragte Mike seinen Vater.

»Nein«, antwortete James. »Aber ich kann es mir denken.«

Mike fragte seine Mutter: »Hast du wieder eine deiner Predigten gehalten? Du weißt, sie wird nicht konvertieren.«

»Himmel! Was mir wieder vorgeworfen wird. Ich habe das Mädchen erst wenige Minuten gesehen; sie war gleich so seltsam. Geh ihr nach und finde heraus, was los ist. Soviel steht fest, sie hat etwas.«

Mike verließ rasch den Raum und ging durch die Halle ins Wohnzimmer. Dort schlug er die Tür nicht eben sanft hinter sich zu.

Elizabeth stand auf dem Teppich vor dem Kamin. Er machte nicht den Versuch, sie in die Arme zu nehmen, sondern fragte barsch: »Was ist los mit dir? Was hast du?«

»Können wir uns hinsetzen, Mike?« Ihre Stimme klang sehr ruhig. »Ich möchte mit dir reden.«

»Ja, wir können uns hinsetzen.« Er ging zum Sofa und setzte sich.

»Nein! Nicht hier, bitte«, sagte sie sofort. Dabei hob sie einen der vier geradlehnigen Stühle, die an der Wand aufgereiht standen, stellte ihn vor den Kamin und setzte sich darauf.

Er starrte sie verwundert an, um dann in übertriebenem Gleichmut das Zimmer zu durchqueren und mit einer einzigen Armbewegung den nächsten schweren Stuhl anzuheben. Er ließ ihn wenige Schrittlängen von ihr entfernt zu Boden donnern. »Ist der Abstand groß genug, Madam?«, fragte er sarkastisch.

»Mike« – ihr Ton wurde flehend –, »ich fühle mich schrecklich. Es tut mir so Leid, was ich dir sagen muss, aber ich habe keine Wahl. Seit Monaten versuche ich, mit dir zu reden, vergeblich. Du lässt mich einfach nicht aussprechen und lenkst jedes Mal ab. Die Sache ist ganz einfach: Ich … kann dich nicht heiraten.«

Die Marmoruhr auf dem Kaminsims tickte so laut wie noch nie und die Sekunden vergingen. Er saß bewegungslos da und rührte sich auch nicht, als sie sagte: »Mike, es lässt sich nicht ändern. Ich ... um die Wahrheit zu sagen ...« In diesem Moment verschwand die Angst aus ihrer Stimme und sie sprach fest weiter. »Du hast mich zu dieser Verbindung gedrängt. Das weißt du. Während der Zeit, als Vater krank war und Phil verwundet im Krankenhaus lag, hast du dich bei Vater unentbehrlich gemacht. Und Mama war so entzückt von deiner Hilfe, dass sie mich genauso bedrängt hat. Ich sollte eine Art Gegenleistung für deine Freundlichkeit sein. Letztes Jahr habe ich schon einmal versucht, aus der Sache herauszukommen, als ich mich weigerte, zum katholischen Glauben überzutreten. Das weißt du. Damals hätte dir klar werden müssen, dass mehr dahinter steckt als meine Bedenken, einen anderen Glauben anzunehmen.«

Mike sagte auch jetzt nichts, aber seine Gesichtsfarbe hatte sich verändert. Einen rötlichen Schimmer besaß seine Haut immer. Jetzt war sie mehr als rot, wie die Farbe seiner Haare. Schließlich begann er zu sprechen. »Du sitzt hier und sagst mir, es wäre alles vorbei. Alle Vorbereitungen, die ganze Vorfreude, alles umsonst. Die Hochzeit findet nicht statt, weil du mich nicht willst.«

»Es tut mir Leid, Mike. Ich ... ja, es tut mir Leid.«

»Leid!« Das Wort war ein Schrei. Er war aufgesprungen und mit einem Tritt nach hinten warf er den Stuhl um. »Es tut dir Leid! Du hast einen anderen, stimmt's? Ich habe die Veränderung an dir bemerkt. Es gibt einen anderen Mann in deinem Leben.«

»Nein!«, log sie.

»Du hast dich in einen dieser verdammten Blinden im Krankenhaus verliebt, womöglich in den, der dachte, du wärst eine Matrone im mittleren Alter.«

Lieber Gott, steh mir bei, betete sie stumm. Sie hatte den McCabes von dem Captain erzählt, aber zum Glück wusste Mike nichts von seinem Verhalten in jener Nacht, als sie ihn in die Arme genommen hatte. Sie hatte nur gesagt, der Captain habe sich eine Frau im mittleren Alter vorgestellt und sei von niemandem aufgeklärt worden.

»Ist es einer von ihnen? Der Captain, wie?«

»Sei nicht albern.«

»Albern, ich? Jetzt hör mir gut zu, Liz Ducksworth. Ich sage dir klar und deutlich, wir heiraten Ostern. Und wenn ich dich betäuben und mit Gewalt vor den Traualtar schleppen muss.«

Sie war ebenfalls aufgesprungen und wich zurück, als er weitersprach. »Du lässt mich nicht wie einen verdammten Idioten aussehen. Zu denken, dass ich mich die ganze Zeit zurückhalten musste, weil du meine Hände an dir nicht *ausstehen* konntest! Und ich dachte, du willst warten, bis wir verheiratet sind. Du hast ungerührt zugesehen, wie ich innerlich verbrannt bin vor Verlangen. Nein, Elizabeth Ducksworth tut so etwas nicht … nicht vor der Ehe. Sie will nicht das Schicksal derer haben, die mit einem Kind zurückbleiben, wenn die Truppe weiterzieht. Und ich habe dir Recht gegeben. Wenn ich daran denke, was ich meinem Körper antun musste, um das auszuhalten. Ich bin zu den Huren gegangen, hörst du? Zu den Huren. Aber jetzt können wir das alles in Ordnung bringen. Nicht wahr, Liz? Das können wir doch?«

Er machte einen Sprung, aber nicht in ihre Richtung, sondern zu dem Stuhl, den er beiseite getreten hatte. Er nahm ihn, ging damit zur Tür – in der kein Schlüssel steckte – und schob die oberste Sprosse der Rückenlehne unter den Türknauf. Die Vorderbeine klemmte er gegen den Sockel des Schreibtischs, den er von der Wand abrückte.

Zu sagen, Elizabeth hätte Angst, war eine Untertreibung. Mike war wahnsinnig geworden. Einen heftigen Ausbruck hatte sie erwartet, aber nicht, was er jetzt vorhatte. Nicht das! Nein!

Sie blickte sich im Zimmer um. Der einzige Fluchtweg führte durch die doppelte Fenstertür, die zum hinteren Rasen wies und nur selten geöffnet wurde. In ihrer Panik stürmte sie hin und rüttelte am Griff, der nicht nachgab. Als er sie am Kragen packte und rückwärts vom Fenster zerrte, schrie sie mit durchdringender Stimme: »Joseph! Joseph! Mr. McCabe! Joseph!« Dann brüllte sie Mike an: »Lass das! Mike! Nein! Hör auf! Nein!«

Wie ein Bündel Stroh warf er sie auf das Sofa, aber als er sich daran machte, seine Hose zu öffnen, streckte sie sich nach hinten und packte den Schürhaken aus Messing, der gegen das schmiedeeiserne Kamingitter gelehnt war. Sie wollte ihm damit auf den Kopf schlagen, doch er war schneller. Er entriss ihr den Haken und warf ihn in die entgegengesetzte Zimmerecke, wo er die Porzellanvitrine traf. Laut zersplitterte das Türglas. Wieder schrie sie: »Hilfe! Hilfe! Joseph!«

Mike schlug ihr mit der Hand ins Gesicht und ihr wurde schwindlig. Gleichzeitig stieg eine Kraft in ihr auf, die sie fast ebenso stark machte wie Mike. Während ihrer Ausbildung zur Krankenschwester hatte sie gelernt, mit geistesgestörten Männern umzugehen. Dieses Wissen kam ihr nun zu Hilfe. Als er die Vorderseite ihres Kleides aufriss und seine riesige Hand ihre entblößte Brust umgriff, stieß sie ihm die Finger ins Gesicht und rammte gleichzeitig die Knie gegen seine ungeschützten Geschlechtsteile. Er rollte vom Sofa, aber sie befand sich noch immer in seiner Umklammerung. Im Fallen prallte sie mit dem Kopf gegen die Kante des Kamingitters. Ihre Kräfte schwanden. Während sie gegen die Ohnmacht ankämpfte, wusste sie, dass sie nichts mehr tun konnte. In eine tiefe Bewusstlosigkeit fiel sie nicht; sie verlor nur für einen Moment die Besinnung.

Wieder zu sich kommend, hörte sie einen gewaltigen Lärm; sie spürte, wie die Last von ihrem Körper gehoben wurde und jemand ihr Kleid nach unten zog. Das Zimmer war voller Menschen. Sie konnte Phils Stimme hören; er schien zu schreien. Wie war er hereingekommen? Seine Worte waren immer die gleichen: »Ich bringe ihn um! Verlasst euch drauf. Ich bringe ihn um!« Dann wurde sie sanft angehoben, bis ihr Rücken am Sofa lehnte.

Wie durch einen Nebelschleier sah sie, dass Joseph und Mike in einen Kampf verwickelt waren. Mike drosch mit wilden Armbewegungen auf seinen Bruder ein. Als würde sie ein Theaterstück auf der Bühne verfolgen, sah sie dann, wie ihr Bruder sich vom Boden auf die Knie erhob und nach dem Schürhaken griff, der zwischen den Glasscherben lag. Aus seiner knienden Haltung heraus versetzte er Mike einen heftigen Schlag auf die hintere Beinseite. Ein lauter Schrei war die unmittelbare Folge, dann noch ein Schrei und noch einer. Das war Bridget McCabe; sie stürmte watschelnd von einem Ende des Zimmers zum anderen, unverständliche Worte ausstoßend, deren Bedeutung aber keinen Zweifel ließen. Nicht nur ihr prachtvolles Zimmer liege in Trümmern, auch das Leben aller Beteiligten sei ein Scherbenhaufen. Womit sie Recht hatte.

Rechts und links von Liz war jemand. Sie brauchte einige Zeit, bis sie begriff, dass es sich um Mr. McCabe und Sam handelte. Mr. McCabe sagte: »Sie hat eine Platzwunde am Hinterkopf. Ich weiß nicht, wie schlimm es ist, aber sie blutet. Geh zum Telefon und bitte Dr. Hill, dass er sofort herkommt. Sag ihm, es wäre ein Notfall.« Er blickte sich im Zimmer um und sah die beiden Kämpfenden; der eine lag und der andere hockte am Boden. Die lang ausgestreckte Gestalt war sein ältester Sohn. Phil Ducksworth hatte ihn mit dem Schürhaken zu Fall gebracht, aber der letzte Hieb von Joseph hatte Mike den Rest gegeben, weil er eine empfindliche Stelle an seinem Kiefer getroffen hatte. Auch mit Phils steifem Bein musste etwas geschehen sein, denn er konnte nicht mehr stehen.

»Oh, Mr. McCabe …« Elizabeths Stimme war nur ein Flüstern, denn jetzt wurde sie wirklich ohnmächtig.

2

Weihnachten war gekommen und ohne besondere Feierlichkeiten vorübergegangen. In der Mitte der folgenden Woche ging Elizabeth mit Hilfe ihres Vaters die Treppe hinunter. Bei jeder Stufe sagte Dan Ducksworth: »Vorsicht, Mädchen. Vorsichtig.«

»Alles in Ordnung, Vater. Ich komme schon zurecht.«

Als sie unten in der Halle ankamen, blieb sie für einen Augenblick stehen und holte tief Atem. Sie hatte gesagt, alles wäre in Ordnung, aber ein Gefühl sagte ihr, dass nie wieder alles in Ordnung sein würde, ihr ganzes Leben lang nicht. Ihr Vater, der noch immer ihren Arm hielt, schob sie zum Wohnzimmer. Den Kopf nach hinten gewendet, rief er mit einer Stimme, die fröhlich klingen sollte: »Wir sind unten, Mama. Bitte, servier den Kaffee!«

Er setzte Elizabeth auf das Sofa und schob einen Hocker unter ihre Füße. Sie lächelte ihn an. »O Vater. Ich bin keine Invalide, sondern völlig gesund.«

»Sicher, ich glaube dir. Aber warten wir ab, was der Arzt sagt, wenn er heute vorbeikommt.«

»Ich hoffe, er nimmt mir dieses Zeug ab.« Sie betastete den Verband, mit dem ihr Kopf umwickelt war. »Die Platzwunde war bestimmt nicht so tief.«

Statt zu antworten, wandte ihr Vater sich zur Tür, durch die seine Frau mit einem Tablett in der Hand hereintrat. In Gedanken wiederholte Liz: Nein, die Wunde ging nicht tief. Überhaupt nicht. Aber das Gefühl, das die äußere Verletzung begleitete, das saß tief, sehr tief. Ihr Körper war davon erfüllt und sie hatte den Eindruck, beschmutzt zu sein – so, als würde sie durch nichts wieder sauber werden können. Sie hatte von Mädchen gehört, denen Gewalt angetan wurde. Am Anfang ihrer Ausbildung hatte sie sogar selbst ein Mädchen gepflegt, das vergewaltigt worden war. Aber was Vergewaltigung wirklich bedeutete, war ihr nicht bewusst gewesen – bis jetzt, nachdem sie selbst beinahe zum Opfer geworden wäre und vieles von dem erlebt hatte, was vergewaltigte Frauen durchmachten. Wo Mike die Nägel in ihre rechte Brust gegraben hatte, war sie noch immer wund, und sie konnte noch sein heißes Fleisch an ihren Schenkeln spüren.

Sie erschauerte heftig. Die Stimme ihrer Mutter, weich vom Mitgefühl, klang zu ihr herüber: »Was ist los, meine Liebe? Was hast du? Ist dir kalt?«

»Nein, Mama. Es ist nur die Erinnerung …«

»Hier, Mädchen. Trink den Kaffee. Und wunder dich nicht über den Geschmack. Ich habe einen Schuss Alkohol beigefügt.«

Sie lächelte in die beiden Gesichter, die sich über sie beugten, und nahm die Tasse aus der Hand ihres Vaters entgegen. »Wie kommst du ohne Phil zurecht? Und wo ist er überhaupt?«

Ihre Mutter antwortete munter: »Er ist in der Küche und schält Kartoffeln. Wie wir zurechtkommen? Ronnie Stoddart aus dem Dorf hilft uns. Das macht er immer gern. Ihm gefällt die Vorstellung, noch jung genug für die Farmarbeit zu sein. Um diese Jahreszeit gibt es nicht viel zu tun, wie du weißt. Alles läuft bestens. Kein Grund zur Sorge.«

»Wie steht es um Phils Bein, Vater?«

»Gut, Mädchen. Das darfst du mir glauben. Bei diesem« – er zögerte – »Vorfall hat er das Gelenk nur in die falsche Richtung gedreht und dann belastet. Dadurch wurde die Achillessehne überdehnt, der Fuß konnte ihn nicht mehr tragen und das Malheur war passiert. Jetzt sitzt alles wieder an der richtigen Stelle und er muss sich nur ein paar Wochen ordentlich schonen. Einen Gips wollte er nicht; das hätte bedeutet, dass er wieder an Krücken gehen muss. Mit den Stöcken kommt er gut zurecht. Und seine Arme sind völlig in Ordnung. Melken kann er noch. Er muss nur den Weg in den Kuhstall schaffen. Und auch im Sattelraum wartet eine Menge Arbeit auf ihn.« Er machte eine Pause und sagte wehmütig: »Obwohl niemand weiß, wie lange wir den noch brauchen. Heutzutage heißt es Traktoren, Traktoren, Traktoren …«

Ein scharfes Klopfgeräusch am Fenster unterbrach ihn. Alle wandten den Blick zu Ronnie Stoddart, der sein altes, wettergegerbtes Gesicht an die Scheibe presste und mit dem Daumen hinter sich wies, als wollte er auf jemanden aufmerksam machen.

Dan verließ das Zimmer und ging zur Vordertür, um Ronnie zu öffnen, der nun aufgeregt rief: »Es ist die dicke Bridget. Ich war auf dem Hügel« – er wies mit erhobener Hand in die Richtung –, »weil ich den Zaun ausbessern wollte. Von dort konnte ich sehen, wie sie die Straße entlangschaukelte. Wenn Sie mich fragen, ist sie hierher unterwegs. Und ich dachte, das sollten Sie wissen, damit Sie vorgewarnt sind.«

»Danke, vielen Dank, Ronnie. Passen Sie auf, Sie gehen jetzt in die Scheune und bringen mir die Heugabel. Ich fürchte, die brauchen wir. Wenn Bridget wütend ist, lässt sie sich anders kaum in Schach halten.«

»Ja, mache ich.«

Aber es war zu spät. Ronnie war noch nicht in der Scheune, als Bridget McCabe auf dem Hof erschien. Bevor Dan abschließen konnte, war sie an der Vordertür und brüllte aus Leibeskräften: »Ich will diese Schlampe sehen. Du hinderst mich nicht daran. Weg mit dir! Aus dem Weg!«

Sie holte mit ihrem breiten Unterarm zu einem Hieb aus, der Dan fast auf den Rücken warf. Er fand das Gleichgewicht wieder, weil er die Hand ausstreckte und sich an ihrem Mantelkragen festkrallte. Sie schrie ihn an: »Nimm deine Hände von mir, Dan Ducksworth, oder ich schlage dich nieder! Bei Gott! Das werde ich! Ich gehe jetzt hinein und sage ihr, was ich von ihr halte. Sie soll wissen, was sie meiner Familie angetan hat. Verlass dich drauf.«

Aus dem Wohnzimmer drang eine Stimme, die mit scheinbarer Ruhe sagte: »Lass sie herein, Vater. Sie soll ihre Meinung sagen.«

Dan zögerte einen Augenblick. Dann nahm er seine Hand von Bridget McCabes Mantel. Sie schaukelte in ihrem watschelnden, breiten Gang los, stieß die Wohnzimmertür auf und stellte sich mitten in den Raum, den Blick auf Elizabeth gerichtet, die sehr gerade auf dem Sofa saß. Für einen Moment entstand der Eindruck, als wollte sich Bridget McCabe auf sie stürzen. Sie streckte den Körper vor, wie zum Sprung, aber eine Stimme hielt sie zurück – es war Dan. Seine ruhige Selbstherrschtheit war verschwunden. »Noch einen Zentimeter weiter«, donnerte er drohend, »und ich steche diese Heugabel in deinen trägen, fetten Hintern.«

Die letzten Worte zeigten, wie aufgebracht er war. Bridget McCabe blieb stehen. Doch ihre Zunge ließ sich nicht in Schach halten. Sie schrie Elizabeth an: »Weißt du, was du bist, Elizabeth Ducksworth? Eine dreckige Hure. Jahrelang hast du meinen Sohn schamlos aufgereizt und jetzt ist er nicht mehr gut genug. Du hast einen anderen. Wahrscheinlich einen von diesen blinden Mistkerlen, die du gehätschelt hast, nach deinem Gerede von Mitgefühl und solchem Blödsinn zu urteilen, das wir uns in letzter Zeit anhören mussten. Zur Hölle damit! Erwürgen könnte ich dich. Du hast meine Familie ins Unglück gestürzt. Mein großer, starker Sohn liegt mit gebrochenem Schienbein im Krankenhaus. Aber das reicht dir noch nicht. Du musst mir auch den zweiten Sohn nehmen. Eine Hure bist du. Jawohl, eine Hure.«

Ihr massiger Körper machte eine Satz, als die Heugabel nicht eben sanft von hinten gegen ihren Mantel stieß. Sie fuhr zu Dan herum und kreischte: »Wage das noch einmal, dann komme ich wieder. Aber nicht mit einer Heugabel. Ich bringe ein Gewehr mit. Und ich meine, was ich sage. Verlass dich drauf.« Sie stieß ihm ihren dicken Finger fast ins Gesicht, als wollte sie ihm zeigen, wie sie schießen würde.

Hinter Dan wurde eine andere Stimme laut: »Ein Gewehr, sagst du, Bridget McCabe? Mit einem Gewehr kannst du gar nicht umgehen. Du bist wie dein Sohn und hast ein großes Mundwerk, aus dem nur heiße Luft und leere Worte kommen. Außerdem feige, wenn's drauf ankommt. Als der Einberufungsbefehl kam, war er starr vor Angst, stimmt's? Er schrieb umgehend an das Landwirtschaftsministerium und pries seine wunderbaren Ideen an, wie er mit doppelten Erträgen und Gott weiß was zur Ernährung des Volkes beitragen könnte; du hast auch einen Brief geschrieben und gejammert, wie sehr er auf der Farm gebraucht würde, weil sein Vater nicht gesund sei. Lieber Gott! Und du drohst mit einem Gewehr? Du bist wie dein Sohn, der auch nur das Maul aufreißen kann. Mumm habt ihr beide nicht. Dein Sohn kann es nicht mal ertragen, dass ein Mädchen ihn zurückweist; ein Mädchen, das ihn nie wirklich gewollt hat. Stattdessen versucht er es mit roher Gewalt, auf die gleiche rücksichtslose Weise, wie er früher mit seinen Brüdern umgesprungen ist. Das ist nichts Neues für ihn. Er dachte wohl, er kommt damit durch. Natürlich, für die Gewalt in der Vergangenheit musste er bezahlen; während diese letzte Tat ungesühnt blieb.«

Bridget McCabe wollte sich mit ausgestreckten Händen auf Phil werfen, doch er humpelte auf seinem lahmen Bein zur Seite, hob einen der Gehstöcke und wehrte sie ab. Sie wich zurück, die Arme schützend gegen ihre ausladenenden Brüste gepresst. Phil schrie, er brüllte förmlich wie noch nie in seinem Leben: »Ich habe deinem Sohn mit dem Schürhaken das Bein gebrochen, aber ich wollte, ich hätte seinen Hals erwischt. Und das sage ich dir, Bridget McCabe. Wenn du nicht augenblicklich dieses Haus verlässt, besorge ich mit diesem Stock an dir, was ich bei deinem Sohn versäumt habe, du widerwärtiges Weibsstück.«

Was als Nächstes geschehen wäre, wusste niemand, denn in diesem Moment stürmte Joseph zur Tür herein und blieb keuchend in der Zimmermitte stehen. Er sah von Phil zu Dan und weiter zu Jane, die zur Tür getreten war, das Gesicht zwischen beide Hände gepresst. »Es tut mir Leid«, sagte er. »Ich entschuldige mich für meine Mutter. Was hat sie gemacht?«

Dan antwortete, die Stimme wieder ruhig: »Nur ihren Mund zu weit aufgerissen, Joseph. Bring sie nach Hause.«

Joseph trat auf seine Mutter zu. Sie schrie ihn an: »Du bringst mich nicht nach Hause. Nicht, bevor ich erledigt habe, wozu ich hier bin. Ich werde dieses Haus verwüsten, bis es aussieht wie meines!«

Joseph blieb vor seiner Mutter stehen. Seine Stimme zitterte: »Gut. Wenn du nicht sofort mit mir kommst, verlasse ich noch heute die Familie und gehe zu deinen Freunden, den Boxells, und bitte sie, mich aufzunehmen, bis ich im nächsten Monat das Schiff nach Australien besteige. Du kannst wählen, Mutter. Und du weißt, ich meine es ernst.«

Eine andere Frau hätte nach dieser Niederlage vielleicht demütig den Kopf gesenkt, nicht aber Bridget McCabe. Sie sagte nur: »Ich gehe mit dir, wenn du versprichst, deine Pläne aufzugeben, und bleibst, wo du bist.«

»Am 14. Februar reise ich, Mutter. Mein Entschluss steht fest. Außerdem ist alles geregelt; Onkel Ned erwartet mich bereits. Du siehst, du hast die Wahl. Wenn du ruhig mit nach Hause kommst, werden deine Freunde nie erfahren, was für ein Schwein dein ältester Sohn ist. Zu meinen, er könnte Liz vergewaltigen, weil sie ihn abgewiesen hat! Und es gibt noch einige andere Dinge über meinen Bruder, die ich ihnen gern mitteilen würde. Kommst du aber mit, könnte die Geschichte bleiben, wie du sie erzählt hast: Der arme Mike kehrt von der Hochzeit in Brighton zurück; er hat ein bisschen über den Durst getrunken, nimmt die Abkürzung über das hintere Feld, wo ein rostiger Heurechen herumliegt; er stolpert darüber, bricht sich das Schienbein und wird ins Krankenhaus eingeliefert. Das Schweigen des Arztes hast du bereits erkauft; ein geschäftstüchtiger Mensch, unser Doktor Hill. Über einen möglichen Skandal brauchst du dir also keine Sorgen zu machen. Dein Lieblingssohn könnte unbehelligt nach Hause zurückkehren und wieder seine alte Rolle als gutmütiger Riese mit dem großen Mundwerk spielen.«

Einen Moment lang herrschte Schweigen; dann nahm Joseph den Arm seiner Mutter. Knurrend wehrte sie mit einem raschen Fausthieb seine Hand ab und marschierte zur Tür. »Im Grunde bist du genau wie die«, sagte sie.

Es dauerte einige Sekunden, bis Joseph ihr folgte, kopfschüttelnd und gesenkten Hauptes. Als er an Dan vorbeikam, murmelte er: »Tut mir Leid, Dan.«

Die Tür fiel ins Schloss und Dan lehnte sich für einen Moment mit dem Rücken dagegen. »Alles mit dir in Ordnung, Phil?«, fragte er seinen Sohn.

»Ja, Vater. Alles in Ordnung.«

Sie gingen gemeinsam ins Wohnzimmer. Jane saß neben Elizabeth, die zusammengesunken in den Armen ihrer Mutter lag und hemmungslos schluchzte.

»Oh, mein Mädchen. Mein liebes Mädchen.« Ihr Vater tätschelte ihre Schulter.

»Lass sie«, sagte Jane. »Es ist besser so. Die Tränen helfen ihr, dass alles herauskommt.«

Sie weinte volle fünf Minuten. Dann lehnte sie sich erschöpft zurück. Ihr Vater hielt ein Glas an ihre Lippen. Als sie den starken Branntwein schmeckte, hustete sie und würgte. Sie trocknete sich das Gesicht mit dem Handtuch, das ihre Mutter ihr reichte, und murmelte: »Ich habe eine Katastrophe ausgelöst.«

»Nein, das ist Unsinn«, widersprach Phil. Er saß auf einem Stuhl neben ihr. »Ich sage dir was, Liz. Wärst du seine Frau geworden, hätte ich noch am gleichen Tag dasselbe getan wie Joseph. Ich hätte meine Sachen gepackt und wäre gegangen. Mit anzusehen, wie du dich an diesen gewalttätigen Prahlhans wegwirfst, das hätte ich nicht ertragen. Denn das ist er, ein Prahlhans und ein Feigling dazu.«

»Was du gesagt hast, ist da was dran?«, fragte sein Vater. »Er war tatsächlich beim Landwirtschaftsministerium und seine Mutter hat diesen Brief geschrieben?«

»Ja, Vater. Es ist wahr. Du weißt doch, ich gehörte damals zum Klub der Jungfarmer und dort habe ich davon gehört. Ich wusste immer, dass er ein feiger Hund ist. Er hat sich nie mit Gegnern seiner Größe angelegt. Wenn er sich prügelte, dann nur mit den Kleinen, wie mit Joseph früher. Joseph war nicht groß wie die anderen; erst mit sechzehn begann er zu wachsen, wenigstens etwas. Was ich noch zu gestern Abend sagen wollte, Vater – wäre ich wieder auf die Beine gekommen und hätte den Schürhaken noch in der Hand gehabt, läge Mike jetzt nicht im Krankenhaus, sondern zwei Meter unter der Erde.«

»Oh, das darfst du nicht sagen, Phil«, flehte Jane. »So etwas würdest du nie tun.«

»Du warst nicht dabei, Mama. Du hast nicht gesehen, was wir miterleben mussten – ich, sein Vater und Sam und natürlich Joseph. Seine Mutter war ebenfalls Zeugin. Glaub mir, ich meine, was ich sage. Ich hätte ihm den Schürhaken über den Kopf gezogen. Er ist glimpflich davongekommen. Und du, Liz« – er streckte die Hand aus und legte die Finger sanft auf ihre blasse Wange –, »du bist von ihm erlöst. Das ist alles, woran du nun denken darfst. Du bist frei. Jetzt hast du eine Zukunft, auf die du dich freuen kannst. Die Vergangenheit liegt hinter dir, die Zeit, als du dich dem Druck beugen und dich an ihn binden musstest.« Er wiederholte ruhig: »Du musstest dich dem Druck beugen.« Er griff seine Gehstöcke, zog sich daran hoch und humpelte aus dem Zimmer.

Jane brach in Tränen aus. »Er beschuldigt auch mich«, schluchzte sie.

Elizabeth antwortete nicht: »Nein, Mutter. Das tut er nicht«, sondern schwieg, überwältigt von dem ekelhaften Gefühl der Erniedrigung. Denn tief im Herzen wusste sie, ihr Bruder hatte Recht. Sie war von allen Seiten bedrängt worden und ihre Mutter hatte tatkräftig dazu beigetragen – mit der Begründung, auf diese Weise könnten sie die Farm retten.

Nächtelang hatte sie wach gelegen und sich schweißgebadet im Bett umhergewälzt. Bestimmt zum hundersten Mal fragte sie sich, was geschehen wäre, wenn Joseph nicht in die Küche zurückgestürmt wäre, um den Schlüssel für die Fenstertüren zu holen. Sein rasches Handeln hatte Phil daran gehindert, mit Gewalt durch die Glastüren zu brechen.

Jetzt sagte ihr Vater: »Ich nehme an, nach diesem Vorfall hast du deine Pläne endgültig aufgegeben, in Zukunft hier als Krankenschwester zu arbeiten.« Die Bemerkung bereitete den Weg für eine Reihe weiterer Fragen.

Elizabeth schloss die Augen. Gern hätte sie ihm geantwortet: »Vater, ich hatte nie vor, hierher als Krankenschwester zurückzukehren. Zumindest nicht mehr, nachdem der Krieg zu Ende war – vielleicht auch schon vorher nicht.« Aber sie schwieg.

»Du musst jetzt nichts sagen, mein Mädchen. Wir verstehen dich. Wir möchten nur nicht, dass unsere Verbindung zu dir abreißt.«

»Oh, Vater.« Sie rückte auf dem Sofa nach vorn. »Das wird nie geschehen. Trotz allem werde ich euch natürlich besuchen kommen. Und Phil kann mich holen, sobald er wieder gesund ist. Ich würde mich auch freuen, wenn ihr mich im Norden besucht; um Urlaub zu machen oder einfach für ein verlängertes Wochenende. Du siehst, Mutter, du musst dir keine Sorgen machen.« Sie wandte sich zur Seite und ergriff die Hand ihrer Mutter. »Wir werden uns nicht aus den Augen verlieren. Dazu mag ich euch alle viel zu sehr. Ihr hattet schwere Zeiten und trotzdem wart ihr so gut zu mir und habt mir erlaubt, meinen eigenen Weg zu gehen.«

»Nun« – ihr Vater klang beinahe fröhlich –, »auf jeden Fall wirst du in den nächsten Wochen bei uns bleiben. Das ist schon etwas.«

»Oh, Vater. Ich fürchte … ich muss dich enttäuschen. Ich werde so bald wie möglich zurückfahren. Mir geht es wieder recht gut. Es waren schließlich nur ein paar Stiche.« Sie blickte flehend von einem Familienmitglied zum anderen. »Nur dieses Gefühl will nicht verschwinden. Da hilft Arbeit am besten. Und noch etwas …« Ihre Stimme brach. »Ich muss gestehen, dass …« Wieder machte sie eine Pause und stammelte dann: »Ich habe Angst vor dieser Frau. Wirkliche Angt, Vater.«

»Mein liebes Mädchen.« Er setzte sich neben sie und nahm sie in den Arm. »Sie kann dir gar nichts tun.«

»Oh, doch. Das kann sie. Zuerst habe ich auch nicht daran geglaubt, doch dann … Ich habe ihr Gesicht gesehen und gehört, was sie gesagt hat. Sie würde mich für den Rest meines Lebens entstellen, ohne mit der Wimper zu zucken. Glaub mir, ich weiß es. Sie ist gefährlich. Mein Gefühl trügt mich nicht. Bei meiner Arbeit als Krankenschwester habe ich Frauen gesehen, die wie Tigerinnen gekämpft haben – um einen Mann, einen Ehemann. Zerschmetterte Gesichter und Tritte in hochschwangere Leiber, davor schreckten sie nicht zurück. Ich weiß, was geschehen kann, weil ich solche Dinge miterlebt habe. In einem Krankenhaus sind heftige Gefühlsausbrüche keine Seltenheit. Aber mir ist noch nie ein Mensch begegnet, der diesen tödlichen Blick hatte, so voller Hass und Bosheit. Von Phil weiß ich, dass ich sein Gesicht … ich meine, Mikes Gesicht zerkratzt habe und er Schwierigkeiten haben wird, zu erklären, woher die Spuren stammen. Mit mir wird sie das Gleiche machen, wenn ich in ihre Nähe komme, nur schlimmer. Das habe ich in ihren Augen gesehen. Deshalb bitte ich euch inständig, euch alle« – sie blickte in die Familienrunde –, »lasst mich so bald wie möglich zurückfahren.«

»Wir warten ab, was der Doktor sagt.« Ihre Mutter sprach nur noch im Flüsterton. »Wenn er erklärt, dass du reisefähig bist, werden wir dich nicht aufhalten. Nicht wahr, Dan?«

»Nein, natürlich nicht. Sei unbesorgt, mein Mädchen. Damit wäre diese Sache geklärt.«

Nichts war geklärt. Als der Arzt am Nachmittag kam, sagte er: »Außer der Platzwunde am Kopf leidet sie noch an den Folgen des Schocks. Die lange Reise könnte ihren Zustand verschlimmern, so dass sie am Ende selbst in ein Krankenhaus eingeliefert werden muss. Warten Sie noch eine Woche«, riet er. »Dann sehen wir weiter.«

Am vierten Januar nachmittags klingelte das Telefon und eine weibliche Stimme fragte: »Könnte ich bitte mit Schwester Ducksworth sprechen?«

»Wer ist am Apparat?« fragte Jane ruhig.

»Stationsschwester Fowler aus dem Krankenhaus. Die Oberschwester hat eine Krankmeldung von Miss Ducksworth erhalten und ein Attest von ihrem Arzt. Dazu einen Brief ihres Vater. Wie ich erfahren habe, hatte sie einen Unfall. Ich wollte mich nur erkundigen, wie es ihr geht. Trotzdem würde ich gern ein paar Worte mit ihr persönlich wechseln, wenn das möglich wäre.«

»Ja, natürlich. Einen Moment bitte.«

Jane eilte in die Küche, wo Elizabeth den Teetisch deckte. »Komm rasch. Da ist jemand für dich am Telefon. Stationsschwester Fowler.«

»Was? Schwester Fowler fragt nach mir?«

»Ja. Nach mach schon, Mädchen. Beeil dich!«

Elizabeth hob den Hörer auf. »Hallo, Schwester. Wie nett, dass sie sich melden.«

»Ach, keine Ursache. Ich wollte nur wissen, wie es Ihnen geht.«

»Oh, schon viel besser. Vielen Dank.«

»Hatten Sie einen schlimmen Unfall?«

»Nun ja«, zögerte Elizabeth. Sie blickte sich nach ihrer Mutter um, die in der Küchentür stehen geblieben war, und drehte den Kopf leicht zur Seite. »Nicht allzu schlimm. Wissen Sie … ich bin ausgerutscht und auf den Rücken gefallen. Dabei habe ich mir den Hinterkopf an einem herumliegenden Eisenteil gestoßen. Auf einer Farm liegt immer irgendwelches Zeug herum.« Was redete sie da? Auf *ihrer* Farm herrschte nie Unordnung. Aber was hätte sie sonst sagen sollen?

»Tut mir sehr Leid, das zu hören. War die Verletzung schwer?«

»Nein, überhaupt nicht. Nur … ich hatte eine Gehirnerschütterung.«

»Verständlich. Aber Sie kommen doch zu uns zurück, oder?«

»Ja, natürlich, Schwester. Auf jeden Fall.«

»Das ist gut zu wissen. Ich dachte, einmal aus dieser Gegend fort und wieder in Ihre schöne Stadt heimgekehrt, wo es zahlreiche gute Krankenhäuser gibt, wie ich weiß … Da haben Sie vielleicht beschlossen, dass sie dableiben. Sie verstehen, ich wurde in Kent geboren, habe aber seit dem zweiten Lebensjahr meine Kindheit in Eastborne verbracht. Daher bin ich über diesen Landesteil sehr gut unterrichtet.«

»Wirklich, Schwester?«, fragte Elizabeth und dachte noch beim Sprechen, wie typisch diese Ausdrucksweise für Schwester Fowler war: »über diesen Landesteil sehr gut unterrichtet«. Dann hörte sie sich harmlos hinzufügen: »Die Welt ist klein, wenn man es recht überlegt, nicht wahr?«

»Ja, in der Tat. Und diese seltsamen Zufälle, wenn man plötzlich alte Bekannte wiedertrifft. Zum Beispiel einer unserer Pförtner. Sie kennen doch Mr. Fox, nicht wahr? Er war hocherfreut, Mr. Wallingham, seinem Captain aus der Armee, in unserem Krankenhaus wieder zu begegnen; der Captain beginnt hier eine Ausbildung zum Physiotherapeuten. Offensichtlich wurden beide zur selben Zeit verwundet und ich habe gehört, Mr. Fox hätte sich sehr um den Captain gekümmert, als sie zusammen in Rockstone House lagen.«

Elizabeth konnte die Aufregung in ihrer Stimme nicht verbergen: »Der Captain, ich meine, Mr. Wallingham wird in unserem Krankenhaus eine Ausbildung machen?«

»Ja. Stellen Sie sich vor, sein Colonel ist ein Verwandter von Dr. Venor. Mr. Wallingham sieht so unglaublich attraktiv aus und dann diese Tragödie ... ich meine, sein Zustand. Aber Schwester Foster, die eine lange Unterredung mit ihm hatte, glaubt, er wird seine Sache in dem neuen Beruf gut machen.«

Am liebsten hätte Elizabeth laut aufgelacht, aber sie fürchtete, dann nicht mehr aufhören zu können. Nicht nur, dass der »Schießprügel«, wie die Stationsschwester bei den anderen Pflegerinnen hieß, sie anrief und sich nach ihrem Wohlergehen erkundigte, sogar ihre Hoffnung zum Ausdruck brachte, sie bald wieder im Dienst zu sehen. Nein, diese steife, zu groß und zu dürr geratene Person, die den jungen Krankenpflegerinnen das Fürchten beibrachte, erwies sich als gewöhnlicher Mensch, als eine Frau im mittleren Alter, die einen Hang zur Vornehmtuerei zeigte und sich von prominenten Namen beeindrucken ließ. Manchmal hatte ihre gestrenge Art auch Elizabeth ein gewisses Unbehagen bereitet. Pünktlichkeit, das war ihr oberster Leitsatz. Alles musste auf der Stelle erledigt werden, ob das die Antwort auf ihre Fragen war oder die prompte Erledigung eines Auftrags. Das war ein Grund, warum Elizabeth froh war, außerhalb der Klinik zu wohnen. Einige der Lehrschwestern konnten sich nicht so glücklich schätzen.

Jetzt sagte die Anruferin: »Die Patienten auf Station B haben sich nach Ihrem Wohlergehen erkundigt; das allein bedeutet eine Menge, Schwester Ducksworth. Sie wissen selbst, einige von ihnen sind schwierige Kunden, salopp ausgedrückt.«

»Salopp ausgedrückt«, dachte Elizabeth. Schon wieder vergaß Stationsschwester Fowler ihre strengen Prinzipien und benutzte eine umgangssprachliche Wendung. Wohin würde das noch führen! Aber sie freute sich zu hören, dass die Burschen auf Station B sie vermissten.

»Wann denken Sie zurückkehren zu können, Schwester

Ducksworth? Im Augenblick sind wir sehr knapp an fähigem Personal. Schwester Armstrong tut ihr Bestes, aber sie besitzt nicht Ihre Erfahrung. Ich meine Kriegserfahrung. Das bedeutet, ich muss mich um die nichtigsten Kleinigkeiten selbst kümmern. Sie verstehen?«

»Ja, Stationsschwester. Ich verstehe sehr gut. Würde es Ihnen reichen, wenn ich Anfang nächster Woche wieder zum Dienst erscheine?«

»Oh, das klingt gut. Aber natürlich *müssen* Sie nicht kommen. Nur, wenn Sie sich ganz gesund fühlen. Es ist eine sehr lange und ermüdende Reise. Wer wüsste das besser als ich!« Jetzt schwang in Schwester Fowlers Stimme sogar die Andeutung eines Lachens mit.

»Ja, die Reise kann anstrengend sein«, bestätigte Elizabeth. »Und ich glaube, dieses Mal wird es vernünftiger sein, wenn ich einen Schlafwagen nehme. Was meinen Sie?«

»Das ist eine gute Idee. Also können wir hoffen, Sie am Montag bei uns zu sehen?«

»Ja, nächsten Montag. Und vielen Dank. Es war sehr freundlich, dass sie angerufen haben, Stationsschwester.«

»Ganz und gar nicht, Schwester Ducksworth. Ich sage Ihnen ehrlich, ich bin sehr froh, wenn ich Sie wieder bei uns begrüßen darf. Auf Wiederhören.«

»Auf Wiederhören, Schwester Fowler. Und nochmals vielen Dank.«

Elizabeth legte den Hörer auf und presste die Hand vor ihren Mund. Sie wollte lachen, aber sie wusste, wenn sie dem Drang nachgab, würde sie die Fassung ganz verlieren und in Tränen ausbrechen. Schwester Fowler freute sich, dass sie zurückkehrte, und hatte Probleme mit Schwester Armstrong. Die beiden Frauen waren einander sehr ähnlich. Ihr Vater würde dazu sagen: »Eine Eiche fällt man nicht mit einem Ziegelstein.«

Ihre Mutter war neben sie getreten und fragte: »Was wollte sie?«

»Nur wissen, wann ich zurückkehre, Mama. Erinnerst du dich? Ich habe dir von Stationsschwester Fowler erzählt, diesem alten Schlachtross. Sie ist nicht wirklich alt, noch keine fünfzig. Doch eben« – Elizabeth nickte in die Richtung des Telefons – »hat sie sich als richtiger Mensch erwiesen.«

Ihre Mutter lächelte, während ihre Stimme traurig klang: »Du siehst glücklich aus, Kind. Zum ersten Mal seit langer Zeit.«

»Ja. Es ist, wie ich gesagt habe, Mama. Ich möchte fort von hier. Ich *muss* fort.«

»Für wann hast du deine Abreise geplant?«

»Oh, ich habe ihr gesagt, ich würde nächsten Montag wieder anfangen. Aber ich fahre am Freitag mit dem Nachtzug. Denn ich muss vorher nach der Wohnung sehen und mich wieder eingewöhnen.«

»Die Zimmer werden feucht und kalt sein, Kind.«

»Nein, bestimmt nicht. Du weißt, Mrs. Baker geht während meiner Abwesenheit jeden Tag einmal in die Wohnung und schaltet eine Zeit lang den elektrischen Kamin ein.«

»Das tut sie, wenn du über das Wochenende wegfährst. Aber jetzt warst du vierzehn Tage fort.«

»Ich habe ihr letzte Woche geschrieben, Mama. Außerdem weiß ich, dass sie jeden Tag nachsieht, ob alles in Ordnung ist. Sie lebt allein in der Wohnung über mir und freut sich, wenn sie etwas zu tun hat.«

»Gut, dann ist alles in Ordnung«, nickte Jane. »Wenn die Wohnung nur warm ist. Aber …« Ihr Gesichtsausdruck veränderte sich und ihre Stimme klang gereizt. »Dein Vater wird nicht erfreut sein, wenn du schon wieder fährst. Das Ganze hat ihn sehr aufgeregt, weißt du. Wir müssen für den Rest unserer Tage mit diesen Nachbarn leben.«

»Oh, Mama …« Elizabeths Stimme kippte und in ihren Augen stand ein vorwurfsvoller Ausdruck. »Insgeheim machst du mich für alles verantwortlich.«

»Nein, das ist nicht wahr, Kind. Ich stelle nur die Tatsachen fest. Und ich weiß, was Vater tun wird. Er folgt Phils Vorschlag und sieht sich nach einer neuen Farm um. Ich will das nicht. Ich wurde hier geboren, du bist hier zur Welt gekommen, auch Phil. Die Farm bedeutet mir alles. Aber was kann ich tun, wenn die Männer beschließen, dass wir fortgehen?«

Elizabeth sank schwerfällig auf den Küchenstuhl. Sie brachte kein Wort heraus. Am liebsten wäre sie nach oben gegangen, hätte ihre Sachen gepackt und ein Taxi zum Bahnhof genommen. In den Augen ihrer Mutter war alles ihre Schuld. Hätte sie Mike McCabe geheiratet, wäre es an Weihnachten nicht zu diesen Vorfällen gekommen. Doch für sie hätte ein lebenslanger Leidensweg begonnen. Sie wusste, die körperliche Nähe zu ihm hätte sie nicht ertragen. Sie wäre gezwungen gewesen, etwas Drastisches zu tun. Worauf er sich nicht mehr damit zufrieden gegeben hätte, sie zu vergewaltigen; er hätte sie umgebracht.

Die Erkenntnis, dass ihre Mutter sie geopfert hätte, um die Farm und ihr gewohntes Leben behalten zu können, war entsetzlich.

»Es tut mir Leid«, sagte ihre Mutter. »Aber ich mache mir Sorgen um deinen Vater. Du weißt, es geht ihm nicht gut, und wenn ihm etwas zustößt …«

Elizabeth sprang vom Stuhl auf. »Oh, Mutter! Hör auf damit, bitte. Ich halte das nicht mehr aus.« Sie rannte aus der Küche, die Treppe hinauf in ihr Zimmer. Dort zog sie zwei Koffer unter dem Bett hervor, als könnte sie auf der Stelle abreisen.

Da klopfte es an der Tür; sie ging auf und Phils Stimme drang zu ihr: »Alles in Ordnung, Liz?«

Sie erhob sich von den Knien. »Ja … alles in Ordnung, Phil. Aber warum bist du die Treppe hinaufgestiegen?«

»Manchmal muss ich üben«, sagte er und fügte hinzu: »Ich weiß, sie hat wieder davon angefangen. Jetzt sitzt sie in der Küche und weint. Hör mir zu, Liz. Lass dich nicht von deinen Entschlüssen abbringen. Am besten wäre, du würdest noch heute abreisen, nicht erst am Freitag. Sie wird den Tatsachen erst ins Gesicht sehen, wenn du fort bist. Sie bildet sich immer noch ein, sie könnte dich hier fest halten, indem sie Vaters Zustand benutzt, um an dein Mitleid zu appellieren. Vater ist nicht so krank, wie sie dir weismachen will. Er hat Anfälle, die ihn viel Kraft kosten, das stimmt. Aber wer hätte im Krieg nicht Kräfte eingebüßt? Glaub mir, Vater verliert dich nur ungern; trotzdem will er, dass du fährst. Er hat Angst davor, was diese Frau als Nächstes tun könnte. Und noch etwas: Michael McCabes Schienbein wird heilen, aber nicht sein Verstand. Du hast ihm einen Schlag versetzt, den er niemals verkraftet. Kein Mädchen lässt ihn sitzen und kommt ungestraft davon. Ich will dir keine Angst machen, Liz, aber während der nächsten Monate solltest du auf der Hut sein. Ich bin sicher, er ahnt, dass es einen anderen gibt. Und keiner nimmt Mike McCabe weg, was ihm ›gehört‹. Du hast eine Wohnung, aber dort bist du allein. Deshalb solltest du nachts gut abschließen. Ich kenne diesen Burschen besser als die meisten und weiß, wozu er fähig ist; ich war mit ihm auf der Schule und habe die protzigen Reden gehört, die er im Klub der Jungfarmer führte. Mein Gott, als ich erfuhr, dass du mit ihm verlobt warst … Liz, du würdest nicht glauben, was damals in meinem Kopf vorging. Tod durch Unfall, das war ein ständiger Gedanke.«

»O Phil.« Sie streckte ihm beide Hände entgegen.

Er legte seine Gehstöcke neben das Bett und umarmte sie. Dabei sagte er leise: »Ich werde dich vermissen, Liz. Mir ist klar, du wirst die Reise hierher nur selten machen, wenn überhaupt. Vielleicht musst du gar nicht wiederkommen, schließlich gibt es noch andere Orte. Und wer weiß« – er lachte brüchig –, »am Ende finden wir uns beide im Norden am Tyne wieder.«

Mit tränenfeuchtem Gesicht löste sie sich aus seiner Umarmung und reichte ihm die Stöcke. Ihre Stimme zitterte, als sie sagte: »Es gibt schlimmere Orte, an denen du landen könntest, Phil. Dort oben ist das Leben anders, ganz anders. Man kann es nicht vergleichen.«

Auf dem Weg aus dem Zimmer wandte er sich noch einmal zu ihr um und sagte leise: »Wer immer er ist, Liz, ich hoffe, dass er dich für das entschädigt, was du für ihn durchgemacht hast.«

Sie sagte nichts. Eine Antwort erübrigte sich.

Am folgenden Abend packte sie ihre letzten Sachen. Sie nahm viel mehr mit, als sie hergebracht hatte. Der Tag war anstrengend gewesen. Das Verhalten ihrer Mutter hatte sich vollständig verändert. Offenbar unfähig, ihre Gefühle zu verbergen, lag in jedem Blick, in jeder Geste ein Vorwurf an die Adresse ihrer Tochter. In Elizabeth wuchs die Gewissheit, dass sie nur im Notfall nach Hause zurückkehren würde. Doch gleichzeitig wollte sie bei dem Gedanken an eine Trennung laut aufschreien. Sie hatte ihre Eltern geliebt, sie liebte sie noch immer, vor allem ihren Vater. Der einzige Lichtblick war die Hoffnung, dass Phil seine Pläne in die Tat umsetzte und nach Norden zog.

Sie hatte die Telefonklingel gehört, aber nicht darauf geachtet, bis ihr Vater wie selbstverständlich die Schlafzimmertür öffnete und sagte: »Da ist ein Mann am Telefon. Er sagt, er möchte Schwester Ducksworth sprechen. Sein Name ist Matthew Wallingham. Was soll ich ihm sagen?«

»Oh!«, rief sie und spürte, wie ihr Gesicht rot anlief. Hastig an ihm vorbeistürmend, fügte sie hinzu: »Bin schon unterwegs.«

In der Halle zitterte ihre Hand, als sie den Hörer nahm. »Ja?«

Eine Pause entstand, dann drang seine Stimme zu ihr. Die Worte überstürzten sich fast: »Hallo, Liz. Es tut gut, Ihre Stimme zu hören. Wie geht es Ihnen? Ich habe erfahren, dass Sie einen Unfall hatten. Ist alles in Ordnung mit Ihnen?«

»Ja, danke. Es ist wahr, ich hatte einen kleinen Unfall, aber jetzt ist alles in bester Ordnung. Wie … sind Sie an meine Telefonnummer gelangt?«

»Na ja« – sie hörte ihn lachen –, »Männer wie Charlie Fox sind für viele Dinge gut. Ich sage Ihnen, er könnte Geschichten erzählen über seine Heldentaten. Er war der beste Organisierer in der Armee und schaffte für seine Kompanie alles heran, von der Schubkarre bis zum Panzer. Ein Wort an Fox genügte.«

»Aha.« Ihre Stimme klang nüchtern. »Aber das erklärt noch nicht, wie *er* meine Nummer erfahren hat.«

»Auf Umwegen, muss ich zugeben, liebe Liz Ducksworth. Wir haben uns unterhalten und er sagte mir, Sie hätten einen Unfall gehabt. Nun … da habe ich mir Sorgen gemacht. Ich bin zur Stationsschwester gegangen und habe um Ihre Telefonnummer gebeten. Sie hat sie mir verweigert. Trotz meiner Verbindungen zu Colonels und Generälen hat sie sich strikt an die Krankenhausregeln gehalten. Die Nummern von Pflegerinnen und Schwestern weiterzugeben wäre ein absolutes Tabu. Aber ich hatte Fox. Er hat sich mit einer Putzfrau angefreundet, die im Büro der Stationsschwester sauber macht. Offensichtlich besitzt sie die gleiche untrügliche Spürnase wie er, denn heute Morgen schob der gute Fox mir einen Zettel in die Tasche, mit dem Kommentar: ›Bettlektüre für Sie, Sir.‹«

Als sein erneutes Lachen verklang, konnte sie nicht anders und musste lächeln. »Eines Tages wird er hinter Gittern landen.«

»Das macht ihm gar nichts aus, Liz. Tatsächlich hat er während der Kriegsjahre eine ganze Weile im Gefängnis gesessen. Selbst dort scheint er Freunde zu haben.«

Eine Weile herrschte Schweigen in der Leitung. Dann sagte sie: »Ich habe gestern einen Anruf von Schwester Fowler bekommen. Sie sagte, Sie würden einen Lehrgang machen.«

»Ja, ich habe eine Ausbildung begonnen.«

»Und wie finden Sie Ihr Schülerdasein?«

»Ziemlich ungewöhnlich und manchmal verwirrend. Ich bin nicht daran gewöhnt, Befehle entgegenzunehmen, zumindest nicht von einem brüllenden Sergeant, der vergessen hat, dass er nicht mehr Soldat ist. Aber davon erzähle ich Ihnen später mehr. Wann … fahren Sie zurück, Liz?«

»Morgen Abend.«

Sie sprach leise, beinahe im Flüsterton. Seine Stimme war laut: »Morgen Abend! Oh, das ist … gut. Ich hole Sie vom Bahnhof ab.«

»Nein, nicht doch. Ich reise im Schlafwagen und werde nicht vor Samstag in der Früh ankommen.«

»Ach, das macht nichts. Ich kann Sie trotzdem abholen. Stellen Sie sich vor, ich habe jetzt einen Wagen mit Chauffeur.«

Sie hob die Stimme und lächelte regelrecht ins Telefon. »Einen Wagen mit Chauffeur? Wirklich?«

»Ja. Ein wunderbarer Bursche. Hat bei uns auf der Farm gearbeitet, aber vorher hatte er mit Autos zu tun. Wir verstehen uns prächtig. Oh, ich habe Ihnen eine Menge zu erzählen. Und Liz …«

Er wartete, bis sie fragte: »Ja?«

»Ich kann … es kaum erwarten, Sie wieder zu sehen.«

Als sie nicht antwortete, sagte er: »Schließlich arbeiten wir im gleichen Krankenhaus.«

Dieses Mal antwortete sie rasch: »Ja, das stimmt. Aber in einem Krankenhaus gibt es Regeln; Krankenschwestern dürfen keine engeren persönlichen Beziehungen zum Rest der Belegschaft eingehen.«

»Regeln sind dazu da, gebrochen zu werden.«

»Nicht in diesem Fall«, widersprach sie schnell. »Ich möchte meine Arbeit nicht verlieren oder selbst kündigen müssen. Das müssen Sie verstehen.«

»Es tut mir Leid. Ich lasse mich zu sehr hinreißen. Mein neues Leben erscheint mir zu schön, um wahr zu sein. Allein die Tatsache, dass ich wieder Arbeit habe und womöglich bald meinen Lebensunterhalt selbst verdienen kann, steigt mir zu Kopf, fürchte ich.«

Ihre Stimme wurde weich: »Ja, das verstehe ich, Matthew.«

Beim Sprechen bemerkte sie, dass ihr Vater am Fuß der Treppe stand. »Ich muss jetzt auflegen. Aber wir sehen uns bald.«

»Ja, Liz. Ich werde da sein.«

»Nein! Bitte nicht.«

»Keine Sorge. Kommen Sie nur gut zurück. Auf Wiedersehen, Liz.«

Dann war er fort. In der Leitung herrschte Stille. Sie hörte nur ihren eigenen Atem. Für einen Moment starrte sie auf die Sprechmuschel, dann legte sie auf. Sie drehte sich um und sah ihren Vater an. Er schien auf eine Erklärung zu warten, wer der Anrufer gewesen war, aber sie sagte nur: »Ich packe meine Sachen fertig. Dann komme ich zum Tee runter.«

Auf dem Weg nach oben ging sie an ihm vorbei. Er trat

weder zur Seite, noch streckte er die Hand für eine Berührung aus. In diesem Moment beschlich sie ein Gefühl der Entfremdung, als wäre er ganz auf die Seite ihrer Mutter übergewechselt.

3

Um dreiundzwanzig Uhr am Freitagabend bestieg Elizabeth in King's Cross den Schlafwagen. Sie war erschöpft und traurig.

Der Nachtschaffner hatte sich vorgestellt, ihr dann eine Tasse heißen Kakao und eine Schale mit Keksen gebracht und mitgeteilt, sie würden am nächsten Morgen etwa um sechs Uhr in Newcastle ankommen, wenn alles planmäßig verlaufe. Sie könne bis sieben Uhr dreißig im Zug bleiben. Dann fragte er noch, wann sie geweckt werden wollte.

»Um halb sieben, bitte«, erwiderte sie.

Nachdem sie den Kakao getrunken hatte, entkleidete sie sich, wusch Gesicht und Hände und legte sich in das schmale Schlafwagenbett. Sie hatte erwartet, dass sie ihr Gesicht in das Kissen pressen und ihren Tränen freien Lauf lassen würde, um die Traurigkeit wegzuweinen, die sie tief in sich spürte.

Aber das geschah nicht. Stattdessen lag sie auf dem Rücken, die Hände unter dem Kopf verschränkt, und dachte an den kommenden Morgen, wenn sie in Newcastle eintreffen und ein neues Leben beginnen würde. Denn es musste ein neues Leben sein. Was immer vor ihr lag, konnte nicht schlimmer sein als diese letzten zwei Wochen. Der Versuch, sich einzureden, dass sie die Geschehnisse am besten vergaß, war sinnlos; sie hatten sich so tief in ihr Innerstes eingegraben, dass der Gedanke, sie jemals wieder loszuwerden, unmöglich erschien.

Sie erinnerte sich an die letzte Umarmung ihrer Mutter; sie war nicht liebevoll gewesen. Als ihr Vater sie umarmte, hatte sie das Gefühl gehabt, er kämpfte mit den Tränen. Phil hatte mit angespannter Stimme gesagt: »Du wirst noch deinen Zug verpassen, wenn du jetzt nicht aufbrichst.« Erst dann ließ ihr Vater sie los und stieß sie von sich weg.

Phil brachte sie zu dem wartenden Taxi; dort küsste er sie und sagte leise: »Sei unbesorgt und lass dich nicht beirren. Melde dich, damit ich auf dem Laufenden bin.«

Sie hatte ihm nicht antworten können. Der Wagenschlag fiel zu und das Auto raste in die Dunkelheit, weg von dem Zuhause, das sie einst geliebt hatte und nun nie wieder sehen wollte.

Und was ist mit Matthew?, fragte ihr Verstand. Er legte eine große Eile an den Tag. Zu große Eile. Sie wollte Zeit zum Nachdenken. Aber brauchte sie überhaupt Zeit? Nein. In gewisser Hinsicht war jedes Nachdenken überflüssig. Dann erinnerte sie sich an die Worte ihrer früheren Oberschwester, die alle neuen Pflegerinnen gewarnt hatte, dass Sympythie nicht Liebe sei, nicht die Art von Liebe, die ein blinder Mann von seiner sehenden Partnerin erwartete. Sie hatte immer mit dem Satz geendet: »Ich weiß, wovon ich rede.«

Mit diesem bedrückenden Gedanken schlief sie ein.

Am nächsten Morgen betrat sie die große Schalterhalle. Der Zeiger der Bahnhofsuhr war eben auf sieben Uhr gesprungen. Obwohl Samstag war, wirkte die Halle belebt durch die vielen Arbeiter, die in alle Richtungen strömten. Neben ihr ging ein Träger und schleppte ihre Koffer, einen in jeder Hand und die Tasche mit dem Wochenendgepäck unter den Arm geklemmt.

Unvermittelt bat sie ihn, stehen zu bleiben. »Einen Moment, bitte!« Sie starrte über die Köpfe der Menge auf einen Mann, der ein riesiges Schild in die Höhe hielt, auf dem ihr Name stand: Miss Elizabeth Ducksworth. An den Träger gewandt sagte sie: »Können Sie kurz hier warten?«

Der Träger ließ die Koffer sinken. »Klar, Miss. Ist das Ihr Name?«

»Ja.«

Sie bahnte sich den Weg zu dem Mann mit dem Schild.

Als sie bei ihm war, tippte sie ihm an den Arm. »Wer sind Sie? Was wollen Sie von mir?«

»Ah.« Das Schild senkte sich und ein schmales, keckes Gesicht lächelte sie an. »Sie sind also angekommen, Miss. Ich war ... tja, Mr. Matthew, Sie verstehen. Er wollte Sie nicht verpassen und Sie wären schnurstracks nach draußen gegangen. Das war die einzige Möglichkeit, Ihre Aufmerksamkeit zu wecken. Er ist dort drüben.« Er wies auf eine hochgewachsene Gestalt, die aus der bewegten Menge emporragte. Es war Matthew. Er stand da, als würde er ihr entgegenblicken.

»Ach, du liebe Güte«, kam es ihr laut über die Lippen und sie fügte rasch hinzu: »Ich habe einen Träger mit meinem Gepäck hier.«

»Der da hinten?« Er nickte dem wartenden Träger zu.

»Ja. Mit zwei Koffern und einer Reisetasche.«

»Gut, Miss. Sie gehen jetzt zu Mr. Matthew und ich kümmere mich um den Burschen. Unser Wagen steht vor dem Eingang.

»Oh ... warten Sie eine Minute.« Sie öffnete ihre Handtasche und holte eine Münze hervor. »Geben Sie ihm das.«

Er lächelte sie an. »Mach ich, Miss. Mach ich.«

Dann wandte sie sich um und ging langsam zu Matthew herüber. Als wüsste er, dass sie sich näherte, streckte er ihr seine freie Hand entgegen. »Was hat das zu bedeuten?« begrüßte sie ihn.

»Oh, hallo. Da sind Sie. Hatten Sie eine gute Nacht?«

»Machen Sie sich darum keine Sorgen. Das ist ein ganz alberner Einfall, den Sie da hatten.«

»Albern? Wie sollte ich sonst mit Ihnen in Verbindung treten? Ich hätte bis Montag warten müssen.«

»Ach, du liebe Güte! Das wäre wirklich eine Qual gewesen.«

Sie sah ihn mit einem halben Lächeln an und er antwortete: »Für mich schon. Aber nun kommen Sie. Führen Sie mich nach draußen. Jim wartet dort mit dem Wagen.«

Jim wartet dort mit dem Wagen, wiederholte sie bei sich. Wieder eine dieser überstürzten Entwicklungen. Zu überstürzt. Sie nahm seinen Arm und verließ langsam mit ihm das Bahnhofsgebäude. Auf der Straße sah sie Jim. Er war dabei, ihr Gepäck in den Kofferraum zu laden. Ihr Blick wurde starr. Das Auto war riesig und ein Prachtstück.

»Gefällt es Ihnen?« Matthew schien zu wissen, dass Sie den Wagen anstarrte.

»Mussten Sie ein so großes Auto haben?«

»Ja, musste ich. Heutzutage findet man nicht so leicht einen Wagen. Diesen habe ich natürlich nicht selbst gefunden, sondern Jim.« Er nickte, als stünde sein Chauffeur neben ihm. »Jim hat ihn besorgt. Es ist ein Daimler.«

»Ja, das weiß ich. Einen Daimler habe ich schon einmal gesehen.« Sie fügte nicht hinzu, dass der Wagen in einer Zeitschrift abgebildet war.

»Kommen Sie, Miss. Ich helfe Ihnen beim Einsteigen. Sonst halten wir den Verkehr auf.«

Sie ließ zu, dass der Fahrer sie mehr oder weniger auf den Rücksitz hob. Dabei hatte sie das Gefühl, in einem üppig gepolsterten Sessel zu versinken. Dann hörte sie ihn sagen: »Steigen Sie vorn oder hinten ein, Sir?«

»Was denken Sie, Jim?« Matthew kletterte über ihre Füße und ließ sich in dem – wie es ihr erschien – zweiten Sessel neben ihr nieder, denn der Rücksitz war in der Mitte durch eine Armlehne geteilt.

Sie stellte auch fest, dass eine Glasscheibe den hinteren Wagenteil von der Fahrerkabine abtrennte. Eine Scheibenhälfte wurde zur Seite geschoben und der Chauffeur namens Jim fragte: »Wie lautet Ihre Adresse, Miss?«

Sie wartete einen Moment, dann sagte sie seufzend: »Beaulah Grove dreiundzwanzig.«

»Ach, Beaulah Grove. Die Gegend kenne ich, Miss. Dort gibt es einen Jesmond Way, stimmt's? Meine Familie hat früher da gewohnt – natürlich nicht im oberen Teil.« Er lachte. »Also, Beaulah Grove dreiundzwanzig. Können wir, Mr. Matthew?«

»Ja, Jim. Wir können. Fahren Sie.«

Die Scheibe wurde geschlossen. Mit einem Lachen sagte Matthew: »Dieser Jim Taylor ist ein fixer Bursche. Mir scheint, in der Stadt gibt es keine Ecke, die er nicht kennt, und über die meisten Anwohner weiß er ebenfalls Bescheid.«

»Ist er verheiratet?«

»Er war verheiratet. Aber es war, wie er sagt, eine dieser Kriegsgeschichten – schnell gefreit und dann gereut. Nach seinen Erzählungen scheint er gut aus der Sache rausgekommen zu sein. Er stammt aus einer großen Familie. Sie waren neun Kinder zu Hause, er hat fünf Schwestern und drei Brüder. Alle versorgten ihn mit pikanten Einzelheiten über die verschiedenen Liebschaften seiner Ehefrau. Er bringt einen zum Lachen, wenn er von seiner Familie spricht. Offensichtlich sind vier der Mädchen verheiratet, anständig und ordentlich getraut, wie er betont ... Die Familie ist katholisch, Sie verstehen. Sein Vater säuft wie ein Loch, aber die Messe am Sonntagmorgen versäumt er nie. Von seinen drei Brüdern sind zwei richtig feine Kerle geworden, wie er sich ausdrückt, während der älteste im Gefängnis sitzt, weil er – um wieder seine Worte zu benutzen – den Anblick von Juwelen auf den Ankleidetischen von Damen nicht erträgt; das sehe so unordentlich aus.«

Jetzt lachte sie leise. Ja, Jim Taylor würde Matthew sehr gut tun.

»Er hat mir zu diesem Auto verholfen«, erklärte Matthew. »Ich wäre nie auf den Gedanken gekommen, einen Daimler zu nehmen, aber Jim hatte davon gehört, dass der Wagen gebraucht zu verkaufen sei. Er stand während des ganzen Krieges dick in Baumwolle verpackt herum und war spottbillig zu haben, wirklich. Nur fünfzehnhundert. Ich kann mir vorstellen, dass er den Preis ordentlich heruntergehandelt hat.«

Nur fünfzehnhundert, dachte sie. Fünfzehnhundert Pfund! Für ein Auto! Dabei bezahlte man für einen schönen neuen Kleinwagen – wenn man ihn bekam – nur vierhundert bis fünfhundert Pfund. Aber natürlich wäre ein Kleinwagen nichts, verglichen mit dieser Staatskarosse.

Die Zeit schien wie im Flug zu vergehen, denn wenige Augenblicke später bogen sie bereits in den Beaulah Grove ein. Kurz darauf hielt der Wagen an, Jim stieg aus und öffnete die Tür für sie. »Wir sind da, Miss. Nummer dreiundzwanzig.« Beim Aussteigen reichte er ihr die Hand. Er hob den weißen Blindenstock auf, der am Boden gelegen hatte, und reichte ihn Matthew, bevor er auch ihm vorsichtig auf die Straße half. Dann wartete er, von Matthew zu Elizabeth blickend. Ach, du meine Güte, dachte sie, natürlich muss ich ihn hineinbitten.

Matthew streckte ihr seine Hand hin. Sie nahm sie und führte ihn zur Tür. Jim Taylors Stimme erklang hinter ihnen: »Ihr Gepäck kommt in einer Minute, Miss.«

Die Tür war leuchtend grün gestrichen und in der Mitte befand sich ein glänzender Messingknopf. Sie kramte in ihrer Handtasche, nahm den Schlüssel heraus und öffnete. »Hier ist eine kleine Stufe«, sagte sie. Dann führte sie Matthew in die Eingangshalle.

Dort wurden sie von einer Dame begrüßt, die ihre mittleren Jahre hinter sich hatte. Sie kam die Treppe herunter und rief: »Oh, Sie sind schon da, Miss Ducksworth! Ich habe Sie nicht vor heute Abend erwartet. Aber ich dachte, ich mache trotzdem meinen täglichen Rundgang durch Ihre Wohnung. Die Räume sind aufgeräumt, warm und gemütlich.«

»Vielen Dank, Mrs. Baker. Übrigens« – sie überlegte, wie sie Matthew vorstellen sollte –, »das ist Captain Wallingham. Er war so freundlich, mich vom Bahnhof abzuholen. Er ... ist ein ehemaliger Patient.«

»Oh, sehr erfreut, Ihre Bekanntschaft zu machen, Captain.« Mrs. Baker streckte ihm die Hand entgegen. Als er sie nicht nahm, sah sie Elizabeth für einen Moment fragend an. Diese wies auf seine Augen. In der nächsten Sekunde ergriff die ältere Dame selbst Matthews Hand und sagte: »Guten Tag, Captain.«

»Guten Tag, Mrs. Baker.«

Elizabeth hatte ihre Wohnungstür geöffnet, aber Mrs. Baker führte Matthew hinein. Ihm folgte Jim Taylor mit dem Gepäck. Er stellte die Koffer auf den Boden, von einem Ohr zum anderen grinsend. »Das macht vier Schillinge und Sixpence, Sir. Aber Lady Golightly wird die Rechnung sicher gern bezahlen.« Mit einem Lachen wandte er sich um und ließ alle leicht betreten zurück.

»Lady Golightly, so hat er das Auto getauft«, erklärte Matthew. »Als Anspielung darauf, wie leicht es läuft. Ich fürchte, sein Humor ist manchmal etwas schwer verständlich. Aber er bringt Licht und Farbe in meinen Alltag, wissen Sie.«

Er sprach an Mrs. Baker gewandt und sie antwortete: »Ja, natürlich. Ich verstehe.« Sie verstand ihn nicht. Elizabeth konnte ihre Gedanken lesen – Mrs. Baker hielt Jim Taylor für anmaßend. Er nahm sich zu viel heraus und sie war erstaunt, welche Vertraulichkeiten Matthew ihm erlaubte.

Matthew dachte das Gleiche. Die ältere Dame begriff nicht, dass ein Untergebener mit diesem Benehmen durchkam. Wie sollte sie auch die Beziehung zwischen ihm und Jim Taylor verstehen? Jim war nicht dumm. Er wusste, wie weit er gehen durfte. Vom Colonel wäre er zurechtgewiesen worden, von seiner Mutter auch; für sie wäre es eine Frage der Würde gewesen. Und Rodney ... nun, die beiden hatten bereits die Schwerter gekreuzt, und nicht im Scherz. Aber Granan würde Taylor verstehen; sie würde im gleichen Ton mit ihm umgehen. Liz verstand ihn auch, das wusste er. Im Krankenhaus hatte sie sich an Menschen wie Jim gewöhnt. Oh, wenn diese andere Frau nur gehen würde.

Als hätte Mrs. Baker seinen Gedanken erraten, sagte sie: »Ich lasse Sie jetzt allein, damit sie auspacken können. Später schaue ich noch einmal auf einen Plausch herein, meine Liebe.«

»Ja, das wäre wirklich nett, Mrs. Baker. Ich gehe nicht mehr aus dem Haus. Dieses Mal habe ich eine Menge Sachen mitgebracht und ich werde eine Weile brauchen, bis ich mich wieder häuslich eingerichtet habe.«

»Ja, natürlich. Bis nachher ... Auf Wiedersehen, Captain Wallingham.«

»Auf Wiedersehen, Mrs. Baker. Ich hoffe, wir begegnen uns wieder.«

Nach einem kurzen Blick auf Elizabeth antwortete Mrs.

Baker lebhaft: »Oh, da bin ich sicher. Bis dahin, leben Sie wohl.« Dann war auch sie gegangen.

Matthew seufzte hörbar und Elizabeth sagte: »Oh, setzen Sie sich doch ... Hier.« Sie führte ihn zu einem Sessel.

Er nahm Platz. »Sie auch, bitte in meiner Nähe.«

Sie rückte einen zweiten Sessel heran, nicht zu nah neben ihn. Als er seine Hand ausstreckte, zögerte sie, bevor sie sie nahm.

»Es ist wunderbar, Ihre Stimme wieder zu hören, Liz. Mir scheint, dass Jahre vergangen sind. Was ist geschehen ... ich meine, was für einen Unfall hatten Sie wirklich?«

»Oh ...«

Ihr Arm bewegte sich. Daran merkte er, dass sie den Kopf schüttelte. Als sie weitersprach, schwang in ihrer Stimme ein scharfer Unterton mit: »Es ... war ein ganz gewöhnlicher Unfall. Irgendwann werde ich Ihnen alles erklären.«

»Erklären Sie es jetzt.«

Sie wurde deutlich lauter: »Nein, das werde ich nicht. Ich kann nicht. Es ist etwas ... an das ich mich gewöhnen muss. Ich meine, an die Vorstellung.«

Sie schwiegen. Dann sagte er: »Hat eine andere Person damit zu tun?«

Wieder schwieg sie für einen Moment. »Ja. Eine andere Person hat damit zu tun. Ich bin nach Hause gefahren, um die Angelegenheit zu klären, aber es kam anders als geplant. Man könnte sagen, mein Versuch hatte verheerende Folgen. Mehr sage ich nicht dazu. Verstehen Sie?«

Ja, dachte er. Ich verstehe. Die Sache hatte mit einem Mann zu tun, auch der Unfall. Was hatte er mit ihr gemacht? Mein Gott, was hatte er ihr angetan?

Sie unterbrach seine Gedanken und sagte, jetzt in munterem Ton: »Wie schmeckt Ihnen die Arbeit?«

»Ach, sehr gut. Wenigstens teilweise. Die Vorstellung, zwei Jahre lernen zu müssen, finde ich eher entmutigend.«

»Machen Sie sich keine Sorgen. Man wird Ihnen jede erdenkliche Hilfe zukommen lassen. Da bin ich sicher.«

»Ich nicht.«

»Was meinen Sie damit?«

»Es gibt jemanden, der nicht darauf erpicht ist, mir zu helfen. Das hat dieser Jemand mir gleich zu Beginn mehr oder weniger deutlich zu verstehen gegeben. Er ist mein Vorgesetzter und ich werde jeden Tag mit ihm zu tun haben. Ich spreche von Sergeant Mullen. Der Kerl ist ein Leuteschinder und glaubt, noch immer die Uniform zu tragen. Ich habe versucht, ihn darauf hinzuweisen, dass der Krieg vorbei ist und Rangunterschiede nicht mehr gelten, aber er weigert sich, das zu akzeptieren – vor allem, da Fox darauf besteht, mich ›Captain‹ zu nennen. Mullen möchte als Sergeant angesprochen werden – er fordert diese Anrede geradezu.«

Während er sprach, wurde ihm bewusst, dass die Ansicht, Rangunterschiede existierten nicht mehr, längst nicht von allen in der Gesellschaft geteilt wurde. Es gab Menschen, vor allem in der älteren Generation, die waren wie sein Vater. Sein Vater verkörperte noch immer die militärischen Werte mit der strengen Einteilung in Oben und Unten. Taylors dreiste Reden oder die flotten Sprüche von Fox würde er niemals dulden, weder innerhalb noch außerhalb der Armee. Er war der Colonel – er gab die Befehle und sorgte dafür, dass sie befolgt wurden. Aber hatte er sie jemals selbst ausgeführt? War er Seite an Seite mit Männern wie Fox oder Taylor durch den Schlamm gekrochen? Hatte er, während die Bomben und Granaten niederhagelten, mit ihnen im flachen, selbst ausgehobenen Schützengraben gekauert, Mann an Mann und so nah, dass sie sich hätten umarmen können – ein einfacher Gefreiter neben einem Corporal und einem Sergeant? Oder hatte man ihn aus einer Schneewehe gezogen – steif gefroren, so dass ihn zwei Männer, einer vorn und einer hinten, in ihre Mitte nehmen mussten, um ihn mit ihrer Körperwärme ins Leben zurückzuholen? Aber, zugegeben, wie sein Vater waren viele gewesen, oftmals jünger als er und rangniedriger als ein Colonel. Da war Lieutenant Ferguson. Ferguson … nein, an Ferguson wollte er jetzt nicht denken. Was war nur los mit ihm?

Elizabeth brachte ihn wieder zu sich, als sie sagte: »Ich

weiß, wer als zweiter Sieger aus diesem Kampf hervorgeht.«

Er spürte ihr Lächeln. »Wetten Sie lieber nicht darauf, Liz. Ich könnte die Beherrschung verlieren und mich mit ihm prügeln … ›Der Offizier hat blind um sich geschlagen‹, heißt es dann.«

Er lachte über sich selbst und sie sagte: »So dürfen Sie nicht reden, Matthew.«

»Nein, Sie haben Recht, Liz. Das ist eine billige Art, seinen Gefühlen Luft zu machen. Aber sagen Sie …« Er fügte rasch ein: »Oh, nehmen Sie Ihre Hand nicht weg, Liz. Bleiben Sie. Ich weiß, Sie möchten auspacken, aber es ist Wochenende und vor mir liegen zwei tödlich langweilige Tage. Der einzige Lichtblick zu Hause ist meine Großmutter; bei ihr bin ich viel zu oft, so dass sich meine Mutter schon darüber aufregt. Kann ich heute Nachmittag auf Sie zählen? Wir machen mit Lady Golightly eine Landpartie und trinken irgendwo Tee. Das wäre wunderbar, zumindest für mich. Kommen Sie mit?«

Was konnte sie sagen? Sie hatte Zeit zum Nachdenken gewollt, aber dieses Flehen vorhin: »Oh, nehmen Sie Ihre Hand nicht weg.« Dieser kleine Moment nahm die Zukunft voraus. Trotzdem antwortete sie: »In Ordnung. Das heißt, wenn weiterhin die Sonne scheint. Bei Regen fahre ich nicht.«

»Nein, natürlich nicht. Wenn es regnet, machen Sie hier für uns Tee, ja?« Er war aufgestanden und lachte ungezwungen. Im nächsten Moment änderte sich sein Ton. Er beugte sich zu ihr und sagte: »Bitte halten Sie mich nicht für voreilig, Liz. Ich fürchte, ich bin es, aber … ich möchte so sehr, dass wir Freunde sind. Mit niemandem kann ich reden wie mit Ihnen. Sie haben mich dem Leben wiedergegeben. Wenn sie nur mit mir sprechen oder ich mit Ihnen sprechen darf, dann springen meine Gedanken nicht ständig in die Vergangenheit zurück.«

Er wandte sich von ihr ab, griff nach seinem Stock, den sie ihm in die Hand legte, und ging los, als wüsste er, wo sich die Tür befand. Natürlich wusste er es nicht. Sie war gezwungen, ihn am Arm zu nehmen und in die richtige Richtung zu drehen. Dann überraschte er sie. Er steckte zwei Finger in den Mund und stieß einen lauten Pfiff aus.

»Kann er das hören?«

»Ja. Meine Großmutter – und seine Großmutter sicher auch – würde sagen: ›Er hat Ohren wie ein Esel.‹«

Sie waren noch nicht in der Halle angelangt, als Taylor in der offenen Tür erschien. »Alles okay, Mr. Matthew?«

»Alles okay, Jim«, erwiderte er. An Liz gewandt, sagte er leise: »Wir sehen uns also wieder?«

»Ja, bestimmt.« Damit ließ sie ihn gehen. Sie kam nicht mit zum Wagen, sondern wartete auf der Haustürtreppe, bis Jim Taylor Matthew auf dem Vordersitz untergebracht hatte. Er schloss den Wagenschlag, doch statt seinen Platz vor dem Lenkrad einzunehmen, kehrte er zu Liz zurück.

»Sie denken, ich hätte vergessen, wohin ich gehöre, und halten mich für einen ungehobelten Bauernlümmel aus dem Norden, der den Mund zu voll nimmt. Nun, da irren Sie sich, Miss. Ich habe erkannt, was meine Aufgabe im Leben ist, und erfülle sie nach meinen Vorstellungen. Noch etwas. Niemand weiß besser als ich, wo mein Platz ist und wann ich mich darauf besinnen muss. Haben Sie mich verstanden, Miss?« Sein Mund war halb geöffnet und auf den Lippen lag ein Lächeln, das die Augen aber nicht erreichte.

»Ja, ich verstehe«, antwortete sie, verblüfft über seine unverblümten Worte.

»Gut. Bis dann, Miss.«

Seit diesem Augenblick mochte sie Jim Taylor; und bei allem, was er für seinen Dienstherrn tat, hatte sie das Gefühl, dass er richtig handelte. Aber wie würde sie sich in Bezug auf … seinen Dienstherrn verhalten?

Sie kehrte in die Wohnung zurück. Statt mit dem Auspacken der Koffer zu beginnen, sank sie auf das Sofa. Sie zitterte, stellte sie fest, als würde sie frieren. »Und was mache ich jetzt?« fragte sie in die Leere.

»Liebst du ihn?« kam die Frage zurück. Und ihre leidenschaftliche Antwort lautete: »Ja. Ja, das tue ich.«

Warum hatte sie dann Angst, sich diese Liebe einzugestehen? Sie ihn wissen zu lassen? Sie wusste, er liebte sie. Seine Gefühle waren keine flüchtige Laune. Er sah in ihr die hilfreiche Frau und gute Kameradin. Nein, sie wusste, er liebte sie auch. Dann trat das Bild ihrer vereinten Hände vor ihr inneres Auge und sie erinnerte sich an seine Stimme, wie er bat, dass sie ihn nicht losließ. Der Vorfall vermittelte eine Ahnung ihres zukünftigen gemeinsamen Lebens. Er würde ihr immer nah sein wollen und ihre gesamte Zeit beanspruchen. Ein eigenes Leben hätte sie nicht mehr. Offensichtlich verfügte er auch über die nötigen Mittel, eine Frau zu ernähren. Er würde sich womöglich dagegen sperren, zumindest innerlich, dass sie weiter ihren Beruf ausübte. Er würde eine Familie haben wollen. Sicher, heutzutage ließen sich Lösungen finden, aber sie wusste, er gab sich nicht mit Halbheiten zufrieden. Wenn Kinder da waren, erwartete er, dass die Mutter sich ganz und gar ihnen widmete. Er stammte aus einer alten Offiziersfamilie. Hier galten eherne Regeln, die befolgt werden mussten. Nicht, dass Zwang ausgeübt wurde; man fügte sich einfach. Während der letzten fünf Jahre hatte sie einige Familien mit ähnlichem Hintergrund kennen gelernt. Bis auf eine Ausnahme – die Begegnung mit einer Möchtegern-Dame – waren alle sehr nett und umgänglich gewesen. Aber die Vertrautheit in diesen Kreisen wuchs nur langsam.

Sie setzte sich jäh auf. Was war los mit ihr? Warum nahm sie alles vorweg? Ihm vorzuwerfen, er handelte überstürzt! *Sie* überstürzte es! Matthew Wallingham hatte ihr keinen Heiratsantrag gemacht. Ja, sie wusste, er liebte sie. Aber das hatte auch Mike McCabe getan. Lieber Gott! Nein! Daran wollte sie nicht mehr denken. Was immer die Zukunft brachte, Matthew hatte einen zweijährigen Lehrgang vor sich und sie selbst wollte ihr Diplom in Krankenpflege machen. Warum sagte sie ihm nicht, was sie empfand? Dann könnten sie die kommenden Wochen, Monate oder sogar Jahre miteinander genießen, ohne gleich zu heiraten. Außerdem, wie würde seine Familie sich dazu stellen? Das war die nächste Frage. Sie war den Wallinghams noch nicht vorgestellt worden. Seine Familie kannte sie, wenn überhaupt, als »die Frau mittleren Alters«, die ihn gepflegt hatte.

Jetzt hör auf, rief ihr Inneres. Lass den Dingen ihren Lauf und warte ab, was geschieht.

4

Jim fuhr den Wagen in die kleine, leer geräumte Scheune, die als notdürftige Garage diente, und half Matthew von seinem Sitz. Er nahm ihn am Arm und führte ihn über den Farmhof. Nur ein Hundebellen und das Muhen der Kühe im Stall war zu hören.

»Noch niemand da«, stellte Jim fest. »Sind wohl alle woanders beschäftigt, wie? Ich habe nachgedacht, Mr. Matthew. Obwohl der Wagen in der Scheune steht, regt sich Mr. Rodney darüber auf. Dabei wären nur ein paar kleine Änderungen beim Rasen vor der Terrasse notwendig, wirklich nicht viel, und wir könnten die alte Zufahrt bis vor die erste Holzscheune benutzen. Sie ist nur zur Hälfte voll, mit Feuerholz, Säcken und anderem Kleinkram – alles Zeug, das sich leicht in die Scheune nebenan umräumen ließe. Und beide Scheunen liegen genügend weit vom Haus entfernt. Ich will damit sagen, man muss nur einen oder zwei Meter vom Rasen opfern. Das verunstaltet ihn nicht und die Grünfläche vor der Terrasse wäre immer noch groß genug. Dann fügt man in die Seitenwand der Holzscheune ein zweites Tor ein, durch das man direkt von der Zufahrt hineingelangt. Ich habe nie verstehen können, warum der Rasen so weit auf den Wirtschaftshof reicht, Mr. Matthew. Früher muss der Weg breiter gewesen sein, sonst wäre man nie mit Fahrzeugen bis zum Haus hochgelangt. Zumindest muss der Platz für die Pferde ausgereicht haben, denn weiter hinten habe ich Boxen gesehen, die noch in Ordnung sind.«

Matthew lachte leise. »Da berühren Sie einen wunden Punkt, Jim. Meine Großmutter höchstpersönlich hat den Rasen verbreitern lassen, um allen Fahrzeugen den Weg zum

Haus zu versperren. Das war, als sie noch im Haupthaus wohnte und den Eindruck hatte, die Wirtschaftsgebäude lägen viel zu nah. Ihr gefiel das ständige Hin und Her nicht. Damals war sie frisch aus Indien zurückgekehrt. In den Kolonien lag ihr Wohnhaus sicher sehr viel weiter von den Nebengebäuden entfernt. Hier war nichts wie in Indien; und wozu brauchten sie die Farm überhaupt? Sie befahl sogar, dass die Stallungen und Scheunen abgerissen werden sollten. Aber das ging meinem Großvater dann doch zu weit und er gebot ihr Einhalt.«

»Sie könnten sie umstimmen, Sir.«

»Langsam, Jim. Worauf wollen Sie hinaus?«

»Nur darauf, Mr. Matthew, dass Ihre Großmutter eine ausgesprochene Schwäche für Sie besitzt. Schon seit immer.«

»Nicht so sehr, wie Sie denken, Jim.«

»Trotzdem, ein Versuch könnte nicht schaden, Sir.«

»Jim Taylor, Sie üben einen schlechten Einfluss auf mich aus. Wissen Sie das? Im Haus spricht man schon davon. Welchen Eindruck Sie auf Miss Ducksworth gemacht haben, nun, das werde ich bald herausfinden. Die Nachbarin, Mrs. Baker, war wenigstens nicht erbaut von ihrem flotten Spruch: ›Das macht vier Schillinge und Sixpence, Sir.‹ Da können Sie sicher sein.«

Jim Taylor schmunzelte. »Oh, ich weiß nicht, Sir. Manchen Leuten tut es gut, wenn man sie aus der Ruhe bringt. Durch welche Tür wollen Sie ins Haus gehen, Sir?«

»Durch die Vordertür bitte, Jim.«

»Gut. Nehmen wir die Vordertür.«

Matthew musste in sich hineinlächeln. Wenn sie über ein ernstes Thema sprachen, wurde er mit »Sir« angeredet; sonst hieß er »Mr. Matthew«. Jim Taylor war ein witziger Bursche. Seine Gesellschaft tat ihm gut. Mit seinen Scherzen durchbrach er den gleichförmigen Alltag, besonders an den Wochenenden. Wenigstens zu diesen Zeiten zeigte sich ein schwacher Lichtschein am schwarzen Horizont.

In dem Moment, als er in das Haus trat, kam seine Mutter durch die Halle. »Wo um alles in der Welt bist du gewesen?«

begrüßte sie ihn. »Warum hast du keine Nachricht hinterlassen, wohin du gehst? Hast du gefrühstückt? Der Tisch ist mittlerweile abgeräumt.«

»Ich war am Bahnhof, Mutter. Um jemanden abzuholen, der mit dem Schlafwagen angekommen ist. Nein, gefrühstückt habe ich noch nicht. Und eine Nachricht habe ich nicht hinterlassen, weil ich glaubte, früher wieder hier zu sein.« Er hatte tatsächlich erwartet, früher nach Hause zurückzukehren; jetzt wurde ihm klar, wie dumm er gewesen war anzunehmen, Liz würde sofort nach der Ankunft des Zuges um sechs Uhr morgens aussteigen.

»Ich bringe dir etwas«, sagte seine Mutter. »Was willst du haben? Gedünsteten Schinken und Eier, ein gekochtes Ei oder ... ?«

»Toast und Kaffee, Mutter. Das genügt völlig.«

»Wen hast vom Bahnhof abgeholt, mein Lieber?« fragte sie. »Jerry?«

»Nein, Mutter. Nicht Jerry ... Eine Dame. Eine Krankenschwester. Um genau zu sein, meine ehemalige Krankenschwester, die im mittleren Alter. Du weißt schon.« Lucille kannte die Geschichte von seiner knapp fünfzigjährigen Krankenschwester. »Ich dachte, du hättest Sie kennen gelernt, Mutter. Oder wenigstens gesehen.«

»Habe ich das? Ich glaube nicht. Soweit ich weiß, war sie im Nachtdienst, nicht?« Brüsk wechselte sie das Thema. »Dein Vater hatte eine schlechte Nacht. Er ist sehr niedergeschlagen und könnte etwas Aufmunterung gebrauchen.«

»Wenn er in der Lage ist, nach unten zu kommen, können wir ihn auf einen Spaziergang mitnehmen. Ich pfeife Jim zurück und dann gehen wir heute Morgen noch hinaus.«

Die Stimme seiner Mutter wurde gereizt: »Mir wäre es angenehm, du würdest damit aufhören, deinen Chauffeur Jim zu nennen. Er nimmt nicht die gleiche Stellung wie Peter ein. Aber du kanntest ihn kaum fünf Minuten, da benahm sich dieser Mann – gegen den ich wirklich nichts habe –, als gehörte er schon zur Familie. Schließlich war er nicht ... wie soll ich sagen, dein Leibbursche bei der Armee. Er hat nur auf der Farm gearbeitet, und das sehr kurz.«

Matthew spürte, wie er ärgerlich wurde. »Es war Krieg, Mutter! Hast du nicht mehr davon in Erinnerung behalten als die unangenehme Tatsache, dass du auf deine Weihnachtseinkäufe bei Harrods verzichten musstest? Du hast keinen deiner Angehörigen verloren. Auch Vater ist dir geblieben; er hat in diesem Krieg nicht einen Kratzer abbekommen. Die Krankheit war schon früher da. Aber die größte Umwälzung, die der Krieg gebracht hat, ist das Verschwinden der Arbeiterklasse, wie es sie früher gab. Viele Männer liegen irgendwo in Frankreich oder im Sand dieser verdammten Wüste begraben und die Frauen kämpfen jetzt für sich selbst. Die Zeiten, als das Dienstpersonal mit einem ›Ja, Ma'am‹ und ›Nein, Ma'am‹ gehorchte, sind endgültig vorbei. Du kannst froh sein, Angestellte wie Mary, Bella und die Köchin zu haben.« Er zitterte vor Erregung.

Ihre Hand berührte seinen freien Arm und er hörte den versöhnlichen Ton in ihrer Stimme: »Ich bitte dich, Matthew, beruhige dich. Und hör auf, mit deinem Stock auf die Fliesen zu tappen!« Sie sagte »tappen«, obwohl sie »schlagen« meinte. »Du liebe Zeit! In solche Aufregung zu geraten, nur weil ich meine Meinung geäußert habe. Mir ist es doch noch erlaubt, eigene Vorstellungen zu haben, oder?«

Ohne eine Antwort zu geben, befreite er sich aus ihrem Griff und ging zu der Tür, die aus der Halle in den Gang zum Anbau führte. Lucille wusste, jetzt würde er zu seiner Großmutter gehen und ihr die ganze Geschichte erzählen. Natürlich würde sie ihm in allem Recht geben. Warum, dachte sie, hat er kein Verständnis für *mich* und *meine* Gefühle? Er ist seinem Vater überhaupt nicht ähnlich. Gut, das hatte sie immer gewusst; auch Richard hatte es immer gewusst. Wie sein Großvater und seine Großmutter gehorchte er nur sich selbst. Zumindest, als er noch sehen konnte; und in gewisser Weise hatte sich auch jetzt nichts daran geändert. Oh, grundgütiger Himmel! Genauer betrachtet, war das Leben eine einzige Prüfung. Wie wünschte sie sich, sie wäre nicht an eine Offiziersfamilie geraten, als sie so verzweifelt gewesen war …

Annie Wallingham starrte auf ihren Enkel, der ihr gegenüber saß und noch immer den Stock fest hielt: »Leg das Ding weg«, sagte sie. Er hob die Hand, als wäre ihm nicht bewusst gewesen, dass er ihn noch umklammerte, und warf ihn zur Seite.

»Was ist los mit dir? Bist du mit dem falschen Fuß aufgestanden?« Er antwortete nicht und sie sagte: »Wie ich gehört habe, bist du heute früh aus dem Haus gegangen – wie für eine Verabredung bei Morgengrauen.«

Das Geräusch, das er machte, hätte ein spöttisches Lachen sein können. »Etwas in der Richtung«, erklärte er. »Ich bin zum Bahnhof gefahren, um den Nachtzug abzupassen.«

»Du willst sagen, du bist zum Bahnhof gefahren, um jemanden abzuholen, der mit dem Nachtzug angekommen ist.«

»Ja, genau das, Granan. Und bevor du weitermachst und noch mehr Fragen stellst, erzähle ich dir, um wen es sich handelt.«

»Die Mühe kannst du dir sparen. Ich weiß Bescheid. Es war diese Krankenschwester, um die du so viel Wirbel gemacht hast und die dich aus deiner Trübsal gerissen hat an dem Tag, als Jerry anrief und dich zum Essen einlud. Richtig?«

»Richtig.«

»Aber diese Aufmunterung war nicht von Dauer, habe ich Recht? Über Weihnachten warst du gereizt wie ein angeschossener Bär und es gab eine Menge böses Blut – wegen Jim Taylor. Zuerst nimmst du ihn von der Farm weg und dann lässt du dich von ihm überreden, einen Benzinschlucker als Wagen zu kaufen, der bei Reparaturen ein Vermögen kostet. Daimler sind empfindlich wie Debütantinnen – sehr schön anzusehen, aber kostspielig in der Haltung.«

»Das ist ein armseliger Vergleich, Granan. Mehr als armselig und deiner nicht wert. Außerdem habe ich eine ziemlich üppige Benzinzuteilung. Einer der wenigen Vorteile, wenn man behindert ist.«

»Nun, man kann nicht immer geistreich sein«, sagte sie schmunzelnd. »Mary sagt jedenfalls, am ersten Morgen, als du den Wagen benutzt hast, seist du stolz wie ein Gutsherr zur Arbeit gefahren. Und abends, nach deiner Rückkehr, hast du bei mir nur noch gejammert, du wolltest deinen ganzen Plan wieder aufgeben. Alles sei dir zu viel. Es ging dabei auch um einen Sergeant, der sich nicht einfügen kann.«

»Das ist nicht wahr.« Er sprach lauter. »Mich interessiert dieses Thema nicht. Gerade musste ich mir von Mutter eine Lektion über Standesgrenzen anhören. Nun komm du mir nicht auch noch damit, Granan. Mir sind Rangunterschiede völlig egal.«

»Oh, oh.« Annie Wallinghams Stimme klang sehr leise. »Was hat sie gesagt, dass du dich so aufregst?«

»Ach, es gefiel ihr nicht, dass ich meinen Fahrer ›Jim‹ nenne statt ›Taylor‹.«

»Nein!«

»Doch. Ich dürfe nicht vergessen, dass ich Captain sei, der Sohn eines Colonels und der Enkel eines Generals. Sie hat das nicht alles wörtlich gesagt, nur in Andeutungen; aber ich sage dir, Granan, am liebsten hätte ich ihr geantwortet: ›Lass mich in Ruhe!‹ Glaub mir. Und dann: ›Du lebst noch immer in Indien und spielst die große Memsahib.‹ Diese verdammten Frauen, die in Indien waren, sind alle gleich.«

»Tatsächlich? Früher war ich auch eine von ihnen.«

Sie beobachtete, wie er den Kopf von einer Seite zur anderen neigte und in seinem Sessel herumrutschte. Dann schlug er die Beine übereinander und trommelte mit den Fingern auf seinem Arm. »Du bist anders. Unter Tausenden gibt es nur eine wie dich. Und das weißt du auch.«

»Gut, dann ist auch deine Mutter eine unter Tausenden, wenn du das nur einsehen würdest. Sie hat viel Schweres zu tragen. Sicher, ihre Vorstellungen über Standesunterschiede sind ziemlich altmodisch, aber ich sage dir, mein Sohn ist ein schwieriger Mann. Er war schon als Junge nicht einfach. Wenn jemand ihre Ansichten über die Arbeiterklasse – der Ausdruck, den sie verwenden würde – geprägt hat, dann er. Eigentlich seltsam, denn sein Vater war ganz anders. In jungen Jahren war Growler mit aller Welt befreundet; die einfachen Gefreiten standen ihm näher als die hohen Tiere im Generalsstab. Er liebte die einfachen Leute und mischte sich gern unter sie; dafür verehrten sie ihn. Viele seiner Männer sind für ihn in den Tod gegangen. Einer gab sein Leben, als er ihn aus dem Schlamm auf dem Schlachtfeld in den sicheren Unterstand zerrte. Das hat Growler nie vergessen. Er kümmerte sich darum, dass die Witwe mit den Kindern gut versorgt war.

Und eines sage ich dir: Er war von Richard enttäuscht, weil sein Sohn sich peinlich genau an alle militärischen Grundsätze hielt; aber man kann nicht immer nach dem Lehrbuch handeln. Er meinte, eine verlorene Schlacht gehe oft auf das Konto von dickschädeligen Vorgesetzten, die nur nach Buchweisheiten handelten.« Ihre Stimme wurde traurig. »Richard hat seinen Vater nicht geliebt. Vielleicht war Growler nicht ganz unschuldig daran, das erkenne ich heute. Eines Tages flogen zwischen den beiden die Fetzen. Ich erinnere mich noch genau, was Growler zu Richard sagte: ›Du hast keine Ahnung, was ein verdammter Krieg eigentlich ist, bevor du nicht selbst mit deinen Männern durch den Dreck gekrochen bist, mit ihnen Blut und Wasser geschwitzt und deine Eingeweide nach außen gekehrt hast. Ein Soldat, der überlebt, ohne die Angst ausgehalten zu haben, ist keinen Schuss Pulver wert. Angst verleiht dem Helden die Kraft zur Tat.‹«

Matthew sank neben ihr auf die Knie und sie hielt seinen Kopf in ihren knochigen Armen. »Sei unbesorgt, mein lieber Junge. Denk immer daran, wir sind nur Menschen; aber Führungspersönlichkeiten braucht man in allen Bereichen des Lebens. Ob sie auf Ledersesseln hinter riesigen Schreibtischen sitzen oder draußen die Feldarbeit überwachen, die Fähigkeit zu führen müssen sie haben. Auch wenn sie nicht alles richtig machen. Das kommt oft vor. Denk nur an den letzten Krieg. Churchill hat Fehler gemacht, aber er besaß Führungsqualitäten. Meiner Ansicht nach hat er sein Land gerettet. Er hat den Krieg gewonnen. Nicht jeder würde mit mir darin übereinstimmen. Die Tatsache, dass er ein großer Anführer war, bestreitet jedoch niemand.

Und was deine Mutter angeht – hab Verständnis, dass sie die alten Gewohnheiten nicht loslassen kann. Ich mag dieses Haus und dieses Grundstück seit Jahren nicht verlassen haben; trotzdem ist mir bewusst: Die alten Zeiten vor dem Krieg werden nicht wiederkehren. Es herrscht eine neue Freiheit, und ob sie Gutes oder Schlechtes bringt, werde ich nicht mehr erleben. In den Zeitungen und im Radio liest und hört man immer wieder, zumindest sinngemäß, dass die Klassengesellschaft tot sei. Wir seien alle gleich. Meiner Meinung nach ist das gedankenloses Gerede. Klassendenken wird es immer geben. Und weißt du, unter den Arbeitern ganz besonders – o ja, gerade dort. Mehr als in der Oberschicht. Denn die meisten Mitglieder dieser Schicht verfügen über einen Hintergrund, der ihnen Sicherheit verleiht, während in der Arbeiterklasse ein Kampf um die soziale Stellung stattfindet. Die Arbeiter meinen, sie würden gegen die Oberschicht kämpfen, doch in Wirklichkeit geht der Kampf gegen die eigenen Leute. Es ist, wie Mary sagt: Für einen kleinen Vorteil würden dir manche nicht nur ein Auge auskratzen, sondern gleich zwei. Mary weiß, wovon sie spricht, das kannst du mir glauben.«

Matthew stand leise lachend auf. Kaum hatte er sich wieder hingesetzt, ging die Tür auf und Mary kam herein. Sie trug ein Tablett vor sich her, auf dem ein Teller mit dünnen Schinkenbroten, ein Brett mit Toastscheiben, Butter, Marmelade und eine Kanne Kaffee standen.

Sie stellte das Tablett auf einen kleinen Tisch. »Die Köchin sagt, Sie müssen diese Brote aufessen, Mr. Matthew. Den ganzen Teller voll. Denn sie will nicht Schuld sein, wenn Sie verhungern. Heutzutage sei das Essen zu kostbar, um es zu vergeuden.«

»Ich wette, das war nicht ihre ganze Rede.«

»Nein, Mr. Matthew. Den Rest erzähle ich Ihnen auch. Sie sagte, sie sollen aufhören, lustlos im Essen herumzustochern wie ein Gockel in der Mauser – na, Sie wissen schon, wenn der Hahn seine Federn verliert.« Sie lachte.

Für einen Moment hörte er auf das Lachen seiner Großmutter, die in Marys Gelächter einstimmte. Dann sagte er in gespielter Empörung: »Sobald ich das aufgegessen habe, gehe ich nach unten und sage der Köchin gehörig die Meinung. Ein Gockel in der Mauser! Mary, bestellen Sie ihr, ich komme gleich und stopfe ihr das Maul.«

»Gern, Mr. Matthew. Mit dem allergrößten Vergnügen. Ich bin gespannt auf ihre Antwort.«

»Hinaus mit dir!«, befahl ihre Herrin barsch.

Durch die geschlossene Tür hörten sie, wie Mary kicherte.

»Ein Gockel in der Mauser«, wiederholte Annie Wallingham schmunzelnd und fügte hinzu: »Du weißt, was der Vergleich bedeutet, Matthew Wallingham ... oder etwa nicht?«

»Nein, Annie Wallingham. Genau weiß ich das nicht.«

»Tja, ein Mann, der sich nach seiner Liebsten verzehrt, vermute ich.« Sie lachte laut und ergänzte: »Als wärst du ein rotbrauner Rhodeländer.« Ihm blieb keine Zeit für eine Antwort, denn sie fragte unvermittelt: »Bist du verliebt?«

Er verschluckte sich fast an dem Schinkenbrot, von dem er abgebissen hatte. Das Gesicht zu ihr gewandt, sagte er: »Warum fragst du das?«

»Warum? Du weist alle Anzeichen dafür auf, mein Lieber.«

Eine Weile sagte er gar nichts, dann fragte er: »Ist das so offensichtlich?«

»Für mich schon. Es ist diese Krankenschwester, nicht wahr?«

»Ja, es ist diese Krankenschwester. Du hast den Nagel auf den Kopf getroffen, Granan.«

»Und du hast sie heute Morgen vom Zug abgeholt?«

»Ja.«

»Darf dich daraus schließen, dass sie im gleichen Krankenhaus wie du arbeitet?«

»Das darfst du.«

»Und sie war einer der Hauptgründe, warum du diese Ausbildung begonnen hast?«

»Ja, auch da könntest du Recht haben.«

»Warum ist sie dann nicht sofort nach Weihnachten an ihren Arbeitsplatz zurückgekehrt?«

»Sie hatte einen Unfall.«

»Einen Unfall? Mit dem Auto?«

»Das weiß ich nicht genau. Ich habe so eine Ahnung, es könnte bei ihr zu Hause Ärger gegeben haben.«

»Ärger wegen eines Mannes?«

»Granan!« Er sprach sehr langsam weiter. »Ich weiß es nicht. Und ich werde sie auch nicht unter Druck setzen, mir davon zu erzählen. Sei versichert, wenn sie etwas sagt, wirst du die Erste sein, die davon erfährt.«

»Danke. Das ist ausgesprochen freundlich von dir, Matthew Wallingham. Ich sehe deinem Bericht mit Spannung entgegen. Aber wie leicht könntest du vergessen, mir davon zu erzählen. Ich denke an deinen zweiten Besuch im Krankenhaus. Ich habe nie erfahren, was damals geschehen ist.«

»Meinen zweiten Besuch?«

»Ja. Was ist zwischen dir und dem Sergeant vorgefallen? Es muss etwas Unangenehmes gewesen sein. Sonst hättest du bei deiner Rückkehr nicht davon gesprochen, die Arbeit gleich wieder aufzugeben. Und in der anschließenden Nacht hattest du wieder einen deiner Albträume.«

Er sagte nichts, sondern schenkte sich eine Tasse Kaffee ein. Währenddessen stand sie auf und sagte: »Ich lasse dich in Ruhe zu Ende frühstücken und gehe jetzt nach oben, um einen Fuchs zu verfolgen.«

»Du willst was? Einen Fuchs verfolgen?«

»Ja, mit dem Teleskop. Die Füchsin zeigt sich immer um diese Zeit. Sie hat Junge und die müssen gefüttert werden. Gestern gegen zehn Uhr habe ich die Kleinen herumtollen sehen. Die Fähe wechselte über die Hügelkuppe. Meistens nimmt sie den Schlittenweg am Ende des Steinbruchs. Deshalb sehe ich sie so deutlich.«

Er antwortete nicht, sondern hörte zu, wie sie sich langsam die Wendeltreppe zum Observatorium hochzog. Während seiner letzten Lebensjahre hatte sich sein Großvater die meiste Zeit über in diesem Raum aufgehalten. Er hatte auch das große Fenster in die hintere Wand einbauen lassen. Von dort ging der Blick auf den so genannten Hügel, der eigentlich nur ein ausgehöhlter kleiner Berg mit Steilwänden war

– die Überreste eines tiefen Steinbruchs. Die Gesimse und Felsvorsprünge waren überwiegend mit Flechten und niedrigem Buschwerk bewachsen und die am Fuß der Abbruchkanten herumliegenden Felsbrocken zeugten von vergangenen Stürmen, Regengüssen und Frostwintern. Die näher zum Haus liegende Kante des Steinbruchs war niedriger und gewährte Einblick in den größten Teil der Talsohle – mit dem von Moor-Schneehühnern bevölkerten Teich am hinteren Ende. Zwischen dem Steinbruch und dem Haus gab es kein anderes Wohngebäude, nur Wiesen und im Westen ein kleines Waldstück.

Matthew beendete sein Frühstück. Anschließend schob er den kleinen Tisch beiseite und bewegte den Kopf hin und her, als hätte er geschlafen und müsste wieder wach werden. Dann nahm er seinen Stock, ging zum Fuß der Treppe und rief nach oben: »Ich besuche jetzt Vater, Granan.«

Sie rief zurück: »Gut. Versuch, ihn zu einem Aufenthalt im Freien zu überreden.«

Matthew machte sich auf den Weg zum Zimmer seines Vaters. Dort wurde sein Vorschlag brüsk zurückgewiesen: »Eine Spazierfahrt machen?«, fragte sein Vater. »Du machst Witze! Ich kann mich heute Morgen kaum bewegen.« Dann wurde seine Stimme sanfter: »Vielleicht an einem anderen Tag. Diese neumodische Kiste, die du da gekauft hast, würde ich gern begutachten.«

»Wie du willst«, sagte Matthew und ging ohne ein weiteres Wort über die Galerie in das große Treppenhaus, wo Peter ihn einholte.

»Achten Sie nicht auf seine Worte, Mr. Matthew. Er hatte eine schlimme Nacht. Übrigens, was ich Ihnen sagen wollte. Ich finde, mit Ihrem Fahrer haben Sie eine gute Wahl getroffen. Ganz gleich, was die anderen meinen. Er ist ein lebensfroher Bursche und wird Sie bestimmt bei Laune halten.«

»Das wird er, Peter. Schön, dass Sie mich verstehen.«

»Die Welt hat Platz für viele Charaktere. Das wissen wir beide. Vorsichtig …« Er führte Matthew zum obersten Treppenabsatz, bevor er in das Zimmer seines Dienstherrn zurückging. Später am selben Morgen wiederholte er dort seine Ansicht über Matthews Fahrer.

Man war übereingekommen, dass Jim Taylor nicht mehr unten im Dorf wohnte. Er sollte auf The Beavors greifbar sein, nicht nur, um Matthew zur Arbeit zu bringen und wieder abzuholen, sondern auch zu anderen Zeiten, wie an den Wochenenden. Matthew brauchte jemanden, der ihn versorgte, auch wenn seine Bedürfnisse gering sein mochten. Bislang hatte Peter, auf dessen Schultern bereits genug Lasten ruhten, diese Aufgabe inne.

Es wurde beschlossen, dass Taylor sich in einem Zimmer über den neben dem Haus befindlichen Stallungen einrichten sollte. Früher hatten hier die Pferdeknechte geschlafen, doch in jüngster Zeit diente der Raum als Lager für verschiedene Gartengeräte. Jim räumte ihn aus, schrubbte den Fußboden und stellte einen Ölofen hinein, um die Feuchtigkeit zu vertreiben. Als Nächstes holte er verschiedene Möbelstücke vom Dachboden des Haupthauses, darunter ein Bettgestell.

An diesem Morgen war er aus seinem Zimmer gekommen und ging die Zufahrt zur Farm hinunter, um den Wagen zu waschen. Da sah er die alte Dame auf der Terrasse. Sie war bis zu den Augen in warme Sachen gehüllt und stützte sich schwer auf ihre beiden Krücken.

Er lüftete den Hut. »Wunderbarer Morgen, Ma'am. Frostig, aber schön.«

»Ja, der Morgen ist wunderbar.« Dann fügte sie hinzu: »Haben Sie sich in Ihrer neuen Unterkunft gut eingerichtet?«

»Nicht ganz, Ma'am. Ein paar Dinge muss ich noch vom Dachboden holen.«

»Aha. Gefällt Ihnen die neue Stellung besser als die Arbeit auf der Farm?«

»O ja. Um ehrlich zu sein, Ma'am, sehr viel besser. Ich bin auf einer Farm aufgewachsen, wissen Sie. Aber mit der Arbeit konnte ich nie warm werden, nicht wirklich. Ich hatte wohl schon immer einen Hang zu Autos.«

»Tja, mit dem Wagen haben Sie eine gute Wahl getroffen.«

»Ja, Ma'am. Das Auto ist ein Prachtstück.«

»Da gebe ich Ihnen Recht. Ein Daimler ist ein Prachtstück, einem Rolls Royce jederzeit ebenbürtig.«

»O ja, Ma'am. Einem Rolls Royce ebenbürtig, das würde ich auch sagen.«

»Und Mr. Matthew macht der Wagen Freude?«

»Ja, Ma'am. Der Wagen gibt ihm ein neues Leben. Dass ich ihn nicht vor seiner Haustür absetzen kann, ist das einzige Haar in der Suppe.«

Die alte Dame sagte nichts und der neue Hausangestellte äußerte eine hausgemachte philosophische Einsicht: »Man kann nicht alles im Leben haben, Ma'am. Nicht wahr? Das würde die Sache zu einfach machen. Sie wüssten überhaupt nicht, dass Sie lebendig sind.«

Er hörte ein Geräusch wie ein verächtliches Schnauben, doch dann sagte sie: »Was erwarten Sie vom Leben, Taylor? Jetzt, in diesem Augenblick. Etwas Besonderes?«

»Ja, könnte man so sagen, Ma'am. Aber nicht für mich selbst, sondern für Mr. Matthew. Andererseits halte ich mich an einen Spruch meiner Mutter: ›Wenn du weißt, was gut für dich ist, halt den Mund; dann schluckst du auch keine Fliegen.‹«

Sie war näher an ihn herangetreten. »Was ist das für eine Sache, die Mr. Matthew möchte, aber nicht haben kann?«

»Oh, das zu sagen, bringe ich nicht fertig, Ma'am. Außerdem geht es mich nichts an. Mr. Matthew würde mir das Fell gerben, wenn ich nur eine Andeutung machte.«

Ihre Stimme wurde leise: »Wir kennen uns noch nicht lange, Taylor, aber dass Sie kein Narr sind, habe ich schon begriffen. Also verkaufen Sie mich auch nicht für dumm. Sagen Sie mir lieber, was Ihrer Meinung nach Mr. Matthew helfen würde.«

Es entstand eine lange Pause. Dann antwortete Jim Taylor: »Gut, Ma'am. Um den Stier bei den Hörnern zu packen, es geht um Ihr Rasenstück, auf dem ich stehe.«

»Mein Rasenstück! Was meinen Sie damit?«

»Also, wenn ein oder zwei Meter geopfert würden, könnte die alte Zufahrt verlängert werden. Dann kann der Wagen direkt hier hinauffahren bis in die Scheune dort.«

Ihre Stimme klang verwirrt. »In welche Scheune?«

»Die Holzscheune, Ma'am. Noch kommt der Wagen nicht hinein. Dazu steht die Scheune falsch. Aber wenn das Fenster in der Seitenwand durch ein Doppeltor ersetzt würde, tja, dann hätten wir eine Garage – und die Sache wäre geritzt!«

»So, wirklich? Und Sie erwarten, dass diese vielen Änderungen vorgenommen werden, nur damit Mr. Matthew nicht über dieses kurze Rasenstück zu Fuß gehen muss?«

»Ach, er beklagt sich gar nicht, Ma'am. Das tun andere, wissen Sie. Wenn sie unten auf der Farm parken müssen.«

»Dort ist Platz genug.«

»Ja, Ma'am. Aber der Weg bis hinauf zum Haus bleibt. Denken Sie an den alten Dr. Peel. Er hatte gestern Morgen völlig durchnässte Schuhe.«

»Oh, Dr. Peel!« Ihre Stimme klang entrüstet. »Der alte Knabe brauchte selbst eine Krankenschwester. Er hat jede Krankheit, die seine Patienten befällt. Entweder leidet er gerade darunter, hatte sie bereits oder zumindest seine Frau ist davon betroffen. Nur eine Fehlgeburt hatte er noch nicht.«

Jim Taylor lachte lauthals, doch sie brachte ihn rasch zum Schweigen. »Schsch! Seien Sie still, Mann. Sonst kommen gleich alle angerannt und veranstalten einen Riesenaufstand. Ich soll nicht allein nach draußen gehen, heißt es; und das hat seine Richtigkeit. Warum also stehe ich hier und höre mir Ihre albernen Vorschläge an? Ich hatte einen Grund, warum ich diesen Rasen anlegen ließ. Ich konnte den Verkehr nicht ertragen, der Tag für Tag hier vorbeirumpelte. Pferde, Pferde und nochmals Pferde. Gehen Sie, Mann!«

»Ja, Ma'am. Ich an Ihrer Stelle würde ebenfalls hineingehen, denn es wird zu kalt.«

»Erdreisten Sie sich nicht, mir zu sagen, was ich tun soll. Und ich möchte nichts mehr von diesen Ideen hören. Fort mit Ihnen! Gehen Sie mir aus den Augen!«

Jim Taylor ging davon, noch immer lachend, nur leise. Ja, sie war ein Erzdrache!

Kaum war er weg, wurde die Vordertür geöffnet und Peter kam heraus. »Madam«, rief er. »Was um alles in der Welt machen Sie draußen, an einem Morgen wie diesem? Es ist bitterkalt. Kommen Sie ins Haus ... bitte!«

»Das werde ich, wenn ich bei meiner Behausung angekommen bin, Peter. Mir geht es ausgezeichnet. Ich habe einen höchst angenehmen Spaziergang hinter mir. Jetzt machen Sie die Tür zu und helfen mir zurück in meine Wohnung.«

Rasch zog er die Vordertür hinter sich ins Schloss und schritt, eine Hand sanft auf ihren Arm gelegt, neben ihr die Terrasse entlang. Als sie den Anbau erreicht hatten, sagte sie: »Kommen Sie auf eine Minute mit hinein.«

Sobald sie im Warmen waren, legte sie ihren Pelzhut, den Schal und den Lammfellumhang ab. Dann setzte sie sich auf das Sofa und streckte einen Fuß aus. »Ziehen Sie mir diesen verflixten Stiefel aus. Ich habe keine Ahnung, wie ich in das verdammte Ding hineingekommen bin. Wo ist Mary?«

»Zuletzt habe ich sie in der Küche gesehen, Madam. Sie trank mit der Köchin Tee.«

»Und hat mit ihr getrascht, wette ich. Wo ist mein Enkel?«

»Er war auf seinem Zimmer, Madam.«

»Und meine Schwiegertochter?«

»Sie ist beim Colonel.«

»Gut, dann sind alle versorgt und Sie haben ein paar Minuten Zeit. Ich möchte Sie etwas fragen, Peter. Was halten Sie von diesem Neuen?«

»Sie meinen den neuen Fahrer von Mr. Matthew?«

»Genau den. Das wissen Sie genau. Also verschwenden Sie keine Worte.«

»Nun, Madam, ich halte ihn für den richtigen Mann am richtigen Platz. Er ist nicht nur ein guter Chauffeur, sondern auch ein sehr unterhaltsamer Bursche. Deswegen glaube ich, dass er Mr. Matthew eine große Hilfe sein wird.«

»Unterhaltsam! Quatsch! Sie wissen, was er ist. Reden

wir offen. Er ist ein dreister Schnösel. Er weiß zu viel; auf jeden Fall mehr, als gut für ihn ist. Mit seiner Zunge richtet er nichts als Unheil an.«

»Was hat er getan, um Ihr Missfallen zu erregen, Madam?«

»Wer hat gesagt, er hätte mein Missfallen erregt? Nichts dergleichen hat er getan. Obwohl ich aus seinem Mund innerhalb weniger Minuten so viele freimütige Worte gehört habe wie seit langem nicht mehr.«

»Sie meinen eben, als Sie spazieren gingen?«

»Ja, eben, als ich spazieren ging. Wir sind uns am Ende der Terrasse begegnet. Er stand auf ›meinem‹ Rasen, wie er meinte, und sagte mir, was zu tun sei, damit der Wagen direkt in die Holzscheune fahren kann, aus der er eine Garage machen will.«

»Das hat er gesagt?«

»Das hat er gesagt. Auf eine Weise, die einem Diplomaten alle Ehre gemacht hätte. Die nötige Bildung vorausgesetzt und dieser Bursche wäre fähig gewesen, den letzten Krieg zu verhindern!«

Nun lachten sie beide.

»Eines jedenfalls ist sicher, Madam. Er hat Eindruck auf Sie gemacht.«

»Eindruck auf mich gemacht? Nicht nur das. Er hat es geschafft, dass ich meine Meinung ändere. Eine Meinung aus der Zeit, als ich nach vielen Jahren in dieses Haus zurückkehrte. Damals wollte ich keine Pferde, Fuhrwerke und Kutschen hier oben. Sie kennen die Geschichte so gut wie ich. Und jetzt zwei Meter Rasen weniger! Stellen Sie sich das vor. Wie klug er die Sache angestellt hat. Sogar den alten Narren Dr. Peel hat er zu Hilfe genommen. Sagte, der alte Doktor hätte nasse Füße bekommen oder so, als er von der Farm aus laufen musste. Wissen Sie, was ich ihm geantwortet habe?« Sie beugte sich hinüber und flüsterte: »Nun, meine Meinung über den alten Peel kennen Sie.«

»Ja, Madam.«

»Er leidet doch immer an irgendeiner Unpässlichkeit, nicht wahr?«

»Ja, Madam. Er hat ständig Beschwerden und beklagt sich.«

»Beschwerden! Ich habe dem jungen Mann gesagt, er brauche sich um Dr. Peel keine Sorgen machen. Das Einzige, was der gute Doktor noch nicht erlitten habe, sei eine Fehlgeburt. Und eine Abtreibung, hätte ich hinzufügen sollen.«

Um jeder Lage gewachsen zu sein, hatte sich Peter Carter im Laufe der Jahre angewöhnt, immer die passende Miene aufzusetzen. Er lächelte, wenn ein Lächeln angebracht war; er redete, wenn Reden gefordert war – selbstverständlich taktvoll. In der Tat funktionierte er innerhalb der Familie wie ein Automat. Aber er wurde geachtet, weil er den nötigen Respekt zeigte. Jetzt hatte der Automat seine Grenze erreicht und der Mensch dahinter gewann die Oberhand. Peter legte den Kopf in den Nacken und brach in schallendes Gelächter aus. Er konnte sich nicht erinnern, wann er zum letzten Mal laut gelacht hatte, nicht wie jetzt. Sie war köstlich, diese alte Dame!

»Seien Sie still, Peter! Sie sind der Zweite, den ich heute Morgen zum Schweigen bringen muss.« Dabei lachte sie selbst, aber leise. »Ich bin eine sehr ordinäre Person. Könnte mein Sohn mich hören, würde er sagen, ich benehme mich wie das gewöhnliche Volk. Und wenn er von meinem Vorschlag erfährt, wird er auch den armen Jim Taylor in die Masse der gewöhnlichen Leute zurückverweisen. Was kümmert mich das ...« Sie sprach ruhig weiter: »Gewöhnliche Leute habe ich immer gemocht. Ich teile etwas mit ihnen, Peter; obwohl sich alle vor mir fürchten. Und wissen Sie was? Matthew schlägt mir nach. Er mag die einfachen Leute auch. Nach dem wenigen, was er erzählt, hat er während des Krieges eng mit ihnen zusammengelebt und gelernt, die Männer unter seinem Kommando zu achten und sogar zu lieben. Kein Wunder, dass er eine Weile neben sich stand. Wissen Sie, offenbar hat wochenlang niemand ein Wort aus ihm herausgebracht. Bis diese Krankenschwester kam. Sie war wohl wie eine Mutter zu ihm; sagte, sie wäre um die fünfzig oder so. Nun, ob alt oder jung, er muss sich in sie verliebt haben. Männer verlieben sich manchmal in ältere Frauen. Nicht wahr, Peter?«

»O ja, Madam, so ist es«, antwortete Peter gefühlvoll.

»Aber sie ist keine alte Frau. Wie ich hörte, soll sie jung und schön sein; und er denkt ständig an sie. Aber was ist los mit ihr? Wir wissen nichts über sie, nur das Wenige, das ihm gelegentlich entschlüpft. Sie hat im Dienst gefehlt, weil sie krank war. Angeblich hatte sie einen Unfall. Aber mein Gefühl sagt mir, dahinter steckt mehr. Da ist etwas faul und wir werden der Angelegenheit auf den Grund gehen.«

»Ich bin sicher, das werden Sie, Madam. Wenn jemand die Wahrheit herausbringt, dann Sie. Vor allem bei Mr. Matthew, der große Stücke auf Sie hält.«

Sie ging nicht darauf ein, sondern sprach weiter: »Er ist nicht wie sein Vater, wissen Sie. Auch von meiner Schwiegermutter kann ich nichts an ihm erkennen. Er und Rodney sind entgegengesetzte Charaktere. Matthew ist William sehr ähnlich. Sie kennen William nicht, stimmt's?«

»Nein, Madam. Aber ich habe von ihm gehört.«

»Sie ähneln beide ihrem Großvater sehr.«

Nun sagte er: »Madam, die Post ist gerade angekommen. Es sind zwei Briefe aus Amerika dabei. Die werden von Mr. William sein.«

»Oh, das ist gut. Ich werde ins große Haus hinübergehen müssen, um herauszufinden, um was es geht. Sein letzter Brief kam aus Detroit. Dort arbeitet er. Aber er schreibt auch, dass er ein Haus am Eriesee in Kanada gekauft hat, gleich hinter der Grenze. Das Haus und die Lage seien wunderschön, sagt er. Ich denke, er hat es gut getroffen. Besser, als wenn er nach Sandhurst gegangen wäre. Du liebe Zeit! War das ein Aufstand damals. Sein Vater hatte alle Söhne für die Offizierslaufbahn vorgesehen und der Erste, der an der Reihe war, weigerte sich glattweg. William wollte nichts vom Militär wissen. Er sagte, er sei damit aufgewachsen. Das Soldatenleben sei nichts für ihn. Wissen Sie, er wanderte mit neunzehn nach Amerika aus und hat seitdem nie von einer Rückkehr nach Hause gesprochen. Ich persönlich denke, er macht einen Fehler ... aber er hat seine Gründe. Sein

Vater und er waren sich in überhaupt nichts einig. Nun gut, wenn ich meinen Kaffee ausgetrunken habe, gehe ich nach drüben und finde heraus, welche Neuigkeiten es gibt. Von mir wird die Familie auch Neues zu hören bekommen, was zweifellos für Aufregung sorgen wird ... zumindest bei einem Teil der Familie.«

Peter antwortete nicht: »Sie können gehen, wohin Sie wollen, Madam, für Aufregung sorgen Sie immer.« Stattdessen sagte er lächelnd: »Seien Sie vorsichtig mit den Stufen, Madam. Sie brauchen nur nach mir läuten, dann bin ich Ihnen gern behilflich.«

»Ja, Peter, das mache ich.«

5

Ungefähr eine halbe Stunde später betrat Annie Wallingham an Peters Arm das Zimmer ihres Sohnes. Der Colonel begrüßte sie von seinem Sofa aus: »Was um aller Welt treibt dich um, allein diese Treppen zu steigen?«

»Ich hatte Hilfe und bin die Treppe nicht allein hochgestiegen. Was glaubst du, warum Peter mich begleitet? Aber jetzt bin ich hier und will die Nachrichten aus Amerika hören.«

»Dann setz dich«, sagte ihr Sohn. »Peter, holen Sie Mr. Matthew. Für ihn ist auch ein Brief dabei.«

Nachdem Peter das Zimmer verlassen hatte, sah Annie Wallingham ihren Sohn an und sagte scharf: »Das wird ihm nicht gefallen. Warum hast du Peter nicht beauftragt, ihm den Brief auf sein Zimmer bringen?«

»Du liebe Güte, Mutter! Er braucht schließlich jemanden zum Vorlesen. Oder etwa nicht?«

»Ja, zum Vorlesen braucht er jemanden. Aber das könnte Peter tun oder er hätte mich gefragt. Es ist sein Brief. Jetzt zu William. Was schreibt er dir?«

Lucille, die bis jetzt geschwiegen hatte, nahm den Brief von einem Seitentisch und las ihn laut vor: »Liebe Mutter, lieber Vater«, begann er und er schrieb weiter, dass er einige Tage am See verbracht habe. Das Wetter sei miserabel, genauso schlecht wie in Detroit. Die Geschäfte liefen gut und er sei nun im Firmenvorstand. Er hoffe, es gehe ihnen beiden gut und auch dem Rest der Familie. Wie immer sende er allen liebe Grüße.

»So, so«, lautete die Reaktion der alten Dame. »Was für ein aufregender Brief! Die einzige Neuigkeit ist seine Wahl in den Vorstand. Viel mehr schreibt er nicht. Ich war der Meinung, er sitzt schon seit vielen Jahren im Vorstand und leitet den ganzen Konzern.«

»Es ist ein sehr großer Konzern, Mutter.«

»Das weiß ich. Meine Hoffnung war, er würde in diesem Brief mitteilen, dass er bald heiratet. Schließlich ist er über dreißig und sollte längst eine Frau haben. Aber ich bin sicher, eine Geliebte hat er zumindest, vielleicht sogar mehrere.«

»Aber Mutter!«

»Ach, Lucille! Warum so prüde? Dein Sohn ist ein Mann. Er lebt in einem Land, das sich rasant entwickelt – und das riesig ist. Alles in Amerika ist riesengroß.«

»Ah! Die Familie versammelt sich.«

Peter trat herein und brachte Matthew. Ihnen folgte Rodney. Seine Großmutter sah ihn und sagte: »Südlich des Tyne gibt es eine Redensart: ›Alle auf einem Haufen wie die Leute von Shields und das am frühen Morgen.‹«

»Hier ist ein Brief für dich, Matthew.«

»Das habe ich gehört.«

Matthews Ton klang angespannt. Seine Großmutter war versucht zu bemerken: »Ich sagte doch, es würde ihm missfallen, wenn ihm die Post nicht aufs Zimmer gebracht wird.«

Seine Mutter reichte ihm den Brief und Matthew betastete den langen Umschlag für einen Moment. »Von William?«, fragte er.

»Ja, mein Lieber«, entgegnete sie. »Er wird von William sein. Soll ich ihn für dich öffnen?«

»Ja, bitte.«

Lucille öffnete den Umschlag, glättete die beiden Seiten aus feinem Schreibpapier und hielt einen Moment inne, bevor sie mit leiser Stimme zu lesen begann: »Hallo, mein lieber Bruder.« Wieder machte sie eine Pause und warf einen Blick auf ihren Ehemann. Dann wiederholte sie: »Hallo, mein lieber Bruder. Wie stehen die Dinge bei euch Hinterwäldnern? Wie ich erfahren habe, machst du eine Ausbildung. Das freut mich für dich. Aber zwei Jahre sind eine lange Zeit. Ich wünschte, du wärst auf der anderen Seite des Ozeans. Hier können die Ärzte Wunder bewirken, weißt du. Und da du deine beiden Augen noch hast, wäre es gut möglich, dass du auch eines erlebst – ein Wunder, meine ich.«

In Lucilles Stimme trat ein scharfer Unterton, als sie mit dem Lesen fortfuhr: »Wie geht es dem alten Schlachtross? Schmeißt sie noch immer den Laden? Hier bei uns würde sie wunderbar zurechtkommen; reichlich Gelegenheiten, sich an einer Aufgabe festzubeißen. Ich denke oft an sie und an dich. Ja, an dich denke ich auch und an dein Missgeschick. Übrigens, du schreibst nichts davon, aber hast du einen Diener oder einen Sekretär, der dir vorliest? Die einzigen beiden Briefe, die ich von dir erhalten habe, waren von Granan geschrieben.« Hier machte Lucille wieder eine Pause. Sie sah ihre Schwiegermutter an, die in ihrem Sessel zurückgelehnt saß und ins Leere starrte.

»Nun zu etwas anderem. Ich habe die Möglichkeit, hin und wieder an der Börse zu spekulieren. Als ich von deinem Unfall hörte, habe ich für dich einige Aktien gekauft, deren Wert sich schnell verdreifachte. Ich habe verkauft und den Gewinn in einer anderen Firma neu angelegt. Das Geschäft lohnt sich ebenfalls, aber ich werde nicht alle deine Eier im selben Korb lassen. Nun, wenigstens sollst du wissen, dass du siebentausend Dollar zur freien Verfügung hast, die ich dir per Banküberweisung schicken werde. Ich nehme an, Vater hat noch sein Konto bei der gleichen Filiale wie früher? Denk nicht, dass ich dir das Geld schicke, weil ich dich für mittellos halte. Die Armee wird dir eine anständige Pension zahlen, zumindest hoffe ich das. Und unser verstorbener, streitbarer Großvater hat dich auch mit einigen Einkünften versorgt. Aber Geld kann man nie genug haben. Das musst du wissen. Du warst nie sonderlich an Geschäften interessiert, aber ich nehme an, dass du nach deiner Ausbildung eine eigene Praxis eröffnen wirst. Wenn du dich selbstständig machen willst, bist du auf Hilfe von außen angewiesen. Ich habe im Leben die Erfahrung gemacht, dass man für jede Hilfe zahlen muss, auf die unterschiedlichste Weise; und der einfachste Weg ist Geld.«

Lucille Wallingham machte einen tiefen Atemzug. Sie nahm die zweite Seite des Briefes und legte sie über die erste. Beim Weiterlesen war ihr die Anstrengung deutlich anzumerken: »Bevor ich zum Ende komme, möchte ich dir noch sagen, Matthew, dass ich mich wirklich über deinen Besuch freuen würde. Ich sehe keinen Grund, warum du, in der Begleitung eines Dieners, die Reise nicht antreten solltest.« Lucille legte eine Pause ein. »Von unseren Eltern zu erwarten, dass sie ihr Schneckenhaus verlassen, wäre wohl zu viel des Guten. Oh, ich weiß, Vater geht es nicht besonders; aber wie ich die Dinge sehe, wäre eine Seereise für seine Gesundheit ein Segen. Also, Matthew« – wieder hielt Lucille inne, befeuchtete die Lippen und las mit größerer Lautstärke weiter –, »wir bleiben in Verbindung. Nein, mehr noch. Schreib mir einen langen Brief mit wirklichen Neuigkeiten. Ich weiß, das kannst du. Es gibt, wie ich gehört habe, ein besonderes Schreibpapier mit eingeprägten Linien für Menschen in deinem Zustand. Also, lass von dir hören. Du wirst es nicht glauben, aber manchmal fehlt mir meine Familie. Das wär 's für heute. Bis bald, dein William.«

Im Raum herrschte Schweigen. Dann sagte Rodney: »Ihm fehlt seine Familie? Zum Teufel, das kann nicht wahr sein!«

»Rodney!« Sein Vater erhob die Stimme und sprach als Colonel. »Das reicht!«

»Nein, das reicht nicht, Vater. Dieser Brief ist eine Beleidigung. Weder du noch Mama werden darin namentlich erwähnt, auch fehlt jeder Hinweis, dass er noch einen anderen Bruder hat. Alles dreht sich um Matthew und dass er in die Staaten kommen soll.«

Matthew unterbrach mit scharfer Stimme diese Tirade: »Du ärgerst dich nicht über den Inhalt des Briefes, Bruder; es sind die siebentausend Dollar, nicht wahr? Wie William sagt, ich hatte nie einen Sinn für Geschäfte, du dafür umso mehr. Früher schon, und heute erst recht. Die Vorstellung, dass er mir siebentausend Dollar überweist ... wie entsetzlich!«

Seine Mutter schaltete sich ein: »Ob Geld oder nicht, der ganze Brief ist ziemlich verletzend, denke ich. In diesem Punkt hat Rodney Recht.«

Nun war Annie Wallingham an der Reihe zu unterbrechen. An ihre Schwiegertochter gewandt, sagte sie: »Ich verstehe nicht, warum du dich aufregst. William schreibt einen persönlichen Brief an seinem Bruder, zu dem er offen sprechen kann. Und was das Geld betrifft, hat Matthew Recht. Wäre der gleiche Betrag an Rodney gegangen« – sie wies mit dem Kopf auf ihren jüngsten Enkel –, »hättest du nichts an dem Brief auszusetzen gehabt. Also gut, da ohnehin ein Privatkrieg ausgebrochen ist, mache ich mit und sage noch etwas, das euch verstören wird, vor allem dich, Rodney. Auch für Matthew ist die Nachricht übrigens neu. Ich lasse den hinteren Teil des Rasens abtragen und die Holzscheune in eine Garage umwandeln, damit Matthew im Wagen direkt zum Haus hochfahren kann. So, daran habt ihr wohl eine Weile zu kauen.«

»Den Rasen abtragen?« Der Aufschrei kam von Richard Wallingham. »Du willst den Rasen abtragen lassen, Mutter? Du selbst hast den ganzen Wirbel veranstaltet, damit er damals angelegt wurde! Mein Vater verlor fast den Verstand, weil er mit dem Pferd nicht mehr am Haus vorbei konnte. Jetzt kündigst du an, du willst den Rasen aufgeben, damit Matthew bis vor das Haus gefahren werden kann?«

»Genau das sage ich, Richard. Und an den Wirbel, den ich damals veranstaltet habe, brauchst du mich nicht zu erinnern. Ich hatte damals genug Streit und laute Auseinandersetzungen mit deinem Vater auszuhalten, dem es egal war, wenn die Pferde den ganzen Tag vorbeiklapperten, obwohl unten auf der Farm ausreichend Stallraum vorhanden war.«

»Aber keine Pferdeboxen, Mutter. Die Stallungen waren für das Vieh.« Er schlug die Hände über dem Kopf zusammen. »Oh, ich werde dich nie verstehen. Niemals!«

»Das ist nichts Neues für mich, Richard.« Sie stand schwerfällig auf und sagte in ruhiger Würde: »Peter, begleiten Sie mich bitte die Treppe hinunter.«

»Selbstverständlich, Madam.« Er nahm sanft ihren Arm und führte sie aus dem Zimmer.

Richard Wallingham ergriff wieder das Wort und wandte sich an Matthew: »Du hast nichts davon gewusst, Matthew?«

»Nein, Vater. Ich hatte keine Ahnung.«

»Das glaube ich dir nicht.« Die Stimme gehörte seinem Bruder.

Matthew fuhr zu ihm herum und antwortete in hohem zornigen Ton: »Mich kümmert es einen Dreck, ob du mir glaubst oder nicht. Granan etwas Derartiges vorzuschlagen wäre mir nie in den Sinn gekommen. Außerdem scheinst du zu vergessen, dass dieses Haus immer noch ihr gehört, der ganze Besitz, nicht nur der Anbau. Die Farm und jeder Quadratmeter Land sind ihr Eigentum. Großvater hat ihr ganz The Beavors vermacht.« Er wandte sich in die Richtung, wo er seinen Vater vermutete. »Und nicht dir, Vater«, fügte er hinzu. »In seinem Testament hat er seinen Sohn überhaupt nicht erwähnt. Darüber hast du dich jahrelang aufgeregt, nicht wahr? Du konntest nicht verstehen, warum du – trotz deiner militärischen Laufbahn – nicht als Erbe eingesetzt wurdest. Nein, Großvater ließ alle Konventionen beiseite. Er verehrte Granan und wusste, dass sie eine vernünftige und zupackende Frau war. Also übertrug er alles ihrer Verantwortung. Daher kann sie, genau wie sie eben gesagt hat, über den gesamten Grund und Boden verfügen, wie es ihr beliebt. Und das, Bruder Rodney, schließt die Farm mit ein. Vielleicht ist dir diese Tatsache neu. Ich hatte auch keine Ahnung, bis ich in einer anderen Angelegenheit unseren Familienanwalt aufsuchen musste. Bei diesem Gespräch entschlüpfte ihm eine Bemerkung; er ging davon aus, dass ich über alles Bescheid wüsste.

Zu der Zeit, als Großvater starb, waren wir Kinder zu klein, um zu begreifen, was ein Testament war. Und du, Rodney, befürchtest nun, wenn Vater etwas zustoßen sollte, würde der Besitz automatisch auf mich übergehen. Wäre es nicht zum Lachen, wenn die alte Dame den ganzen verdammten Besitz an William vererbt? Sie mochte William, aus dem einfachen Grund, weil er seinem Großvater ähnelt.«

In die entstandene Stille hinein sagte er: »Bitte, Mutter, gib mir meinen Brief.« Sie reichte ihm das Papier und er fügte hinzu: »In Zukunft wäre ich dankbar, wenn mir die Post auf mein Zimmer gebracht wird.«

»Alle Post für dieses Haus wird wie üblich in mein Arbeitszimmer zugestellt«, drang die schnarrende Stimme seines Vaters zu ihm.

»Darüber reden wir noch, Vater.« Matthew machte eine Pause. »Später. Für heute habe ich genug.« Er ertastete sich den Weg zur Tür, hinter der Peter bereits wartete.

Auf der Galerie, unterwegs zur Treppe in den zweiten Stock, sagte Peter halblaut: »Ich werde sehen, was ich tun kann, Mr. Matthew.«

»Danke, Peter. Aber bemühen Sie sich nicht. Wie die Dinge stehen, suche ich mir am besten eine eigene Wohnung.«

»Oh, sagen Sie nicht so etwas, Mr. Matthew. Sie brechen mindestens zwei Menschen das Herz und einige andere würden sehr traurig sein. Lassen Sie diesen Gedanken wieder fallen, Matthew.« Dieses Mal ließ er den Mister weg. Er bat ihn als Freund. »Die Familie würde auseinander brechen, ob ihnen das bewusst ist oder nicht. Sie sind alles, was Ihrer Mutter geblieben ist. Im Grunde ihres Herzens ist sie eine sehr einsame Frau.«

Matthew ging nicht auf diese Bemerkung ein. Stattdessen tätschelte er Peters Arm. »Sie sind ein feiner Kerl, Peter. Das waren Sie schon immer. Unsere Familie schuldet Ihnen eine Menge.«

»Niemand schuldet mir etwas, Matthew. Ich freue mich, hier zu sein und helfen zu können, wo immer dies möglich ist.«

Ihre Wege trennten sich. Peter kehrte in das Zimmer des Colonels zurück und wurde mit der Bemerkung begrüßt: »Das ist das Werk von diesem Taylor! Dahinter kann nur er stecken. Schaffen Sie ihn her! Ich will seine Meinung hören.«

Peter zögerte nur einen kurzen Moment. »Nun, was ist?«, schnarrte der Colonel ungeduldig.

»Ja, Sir. Ich hole ihn.«

Peter musste nicht weit gehen, um Jim Taylor zu finden. Taylor hatte einen kleinen Tisch vom Dachboden geholt und stand an der Hintertür, die von der Küche in den Wirtschaftshof führte, um sich auszuruhen. »Lass das jetzt!«, drängte Peter. »Der Hausherr möchte dich sprechen.«

»Mich sprechen? Der ... Colonel?«

»Ja, der Colonel.«

Einen Moment lang starrten die beiden sich an. Dann rief die Köchin aus der Küche: »He, Junge! Was hast du angestellt?«

Jim antwortete lässig: »Bin wohl verpfiffen worden, weil ich aus deiner Keksdose gemaust habe.«

»Würde mich nicht wundern.« Der dicke Körper der Köchin wackelte vor Lachen. »Wegen was noch? Oder war das schon alles?«

Jim strich seinen wirren rotblonden Haarschopf zurück und folgte Peter nach oben. Sie hatten den Treppenabsatz noch nicht erreicht, als Peter sich umdrehte und sagte: »Sei vorsichtig.«

»Wie meinst du das?«

»Wie ich es sage.«

Peters Stimme hatte einen freundlichen Ton und Jim fragte: »Ärger?«

»Könnte sein. Hängt davon ab, wie du vorgehst.«

Sie wechselten einen Blick, sprachen aber nicht mehr. Peter öffnete die Tür zum Zimmer des Colonels und schob Taylor hinein. »Jim Taylor für Sie, Sir.«

Jim erfasste die Situation mit einem Blick. Auf dem Sofa saß ein Mann mit ergrauendem Haar. Er hatte den Colonel bislang nicht gesehen und wusste sofort, dass er das Gesicht nicht mochte; es hatte nicht die geringste Ähnlichkeit mit

Mr. Matthew. Im Zimmer war auch sein vorheriger Arbeitgeber und starrte ihn mit einem Blick an, den er gut in Erinnerung hatte. Schließlich war noch die Dame des Hauses anwesend. Er hatte sie ein paar Mal auf dem Grundstück gesehen und sich gefragt, warum sie immer diese besorgte Miene zur Schau trug, die jetzt noch stärker ausgeprägt war.

»Was führen Sie im Schilde, Taylor?«

Jim wartete einen Moment mit der Antwort, dann sagte er: »Im Schilde führen? Sir, ich weiß nicht, was Sie meinen.«

»Sie wissen sehr wohl, was ich meine. Wie können Sie es wagen, sich in meine häuslichen Angelegenheiten zu mischen?«

»Sir, ich mich in Ihre häuslichen Angelegenheiten mischen? Ich weiß nicht, worauf Sie hinauswollen.«

Jim wandte den Kopf zu Peter, der dicht neben ihm stehen geblieben war. An ihn gerichtet, sagte Jim: »Ich habe mich nie in irgendwelche häuslichen Angelegenheiten gemischt.«

»Sehen Sie her zu mir, Mann!«

»Sir, ich sehe zu Ihnen her.«

»Sie wagen es und gehen zu meiner … zu der älteren Mrs. Wallingham?«, schnauzte der Colonel ihn an. »Reden ihr ein, sie soll den Rasen am Ende der Terrasse entfernen und eine Garage einrichten lassen, damit Sie den Wagen bis zum Haus fahren können.«

»Ach, das meinen Sie, Sir. Erlauben Sie, dass ich Ihnen die Angelegenheit erkläre. Ich bin nicht zu dem alten Mädch… zu der alten Dame gegangen. Und ich habe ihr auch nichts eingeredet.«

»Lügen Sie mich nicht an, Mann. Vorher haben Sie bereits mit dem alten Joe über die Sache gesprochen.«

»Ja, schon. Ich habe zu ihm gesagt, es wäre eine Schande, den Wagen unten auf der Farm abzustellen, wo es die Scheunen direkt vor Ihrer Haustür gibt. Aber bei der alten Dame bin ich nicht gewesen. So viel steht fest.«

»Gut. Würden Sie mir dann bitte erklären, wie sie von Ihrer Idee wusste? Denn vor einer halben Stunde war sie bei mir und hat davon gesprochen.«

»Ja, das werde ich Ihnen erklären. Sie ging auf der Terrasse spazieren und kam bis ans hintere Ende, wo der Rasen beginnt. Dort stand ich.«

»Sie ging *was*? Auf der Terrasse spazieren? Was reden Sie, Mann? Bei diesem Wetter würde meine Mutter niemals einen Fuß vor die Tür setzen.«

»Doch, hat sie, Sir. Heute Morgen.«

Der Colonel wandte sich an seine Frau. Lucille schüttelte den Kopf. »Wie soll ich das wissen?« sagte sie. »Man kann sie schließlich nicht anketten.«

»Aber auf der Terrasse spazieren gehen, bei diesem Wetter! Sie hätte sich den Tod holen können.«

»Sie war warm angezogen, Sir.« Jims Stimme wurde beschwichtigend. »Ja, sie war bis unter die Augen eingepackt. Sie sagte, sie schnappe frische Luft, es sei ein so wunderbarer Morgen und ...«

»Mich interessiert nicht, was sie über den Morgen gesagt hat. Warum haben Sie ihr diese Idee vorgetragen?«

»Das habe ich gar nicht, Sir. Nicht wirklich. Sie hat mit mir geredet und ich sagte, das gebe ich zu, es wäre eine Schande, dass der Wagen nicht bis zum Haus vorfahren kann. Denn bei schlechtem Wetter holt man sich auf dem Weg von der Farm nasse Füße. Dr. Peel hat sich darüber beklagt. Darüber musste sie lachen und sie machte einen Witz über ihn ...«

»Unsinn! Sie müssen sich vorher einen Plan zurechtgelegt haben.«

»Ja, stimmt, Sir. Gebe ich zu. Als sie mir eine direkte Frage stellte, habe ich ihr die entsprechende Antwort gegeben. Ich sagte, es gebe nur einen Weg, das Problem zu lösen. Man müsste einen oder zwei Meter der Rasenfläche opfern. Ja, das habe ich gesagt.«

»Sie haben es gewagt, so mit ihr zu sprechen?«

»Ja, Sir. Dann kam das Thema mit der Garage und ich habe ihr erklärt, was zu machen wäre. Vorgeschlagen habe ich gar nichts. Alles ergab sich aus ihren Fragen ... und daraus, was letztendlich für Mr. Matthew am besten wäre. Meine Aufgabe ist, dafür zu sorgen, dass er bekommt, was er braucht, und deswegen habe ich ihr gesagt, was man aus der Holzscheune machen kann und ...«

»Hinaus mit Ihnen! Gehen Sie mir aus den Augen.«

Jim befolgte den Befehl nicht gleich, sondern wagte eine weitere Bemerkung: »Sir, Sie sind nicht mein Vorgesetzter. Ich stehe in Mr. Matthews Diensten und er ist sein eigener Herr. Für Mr. Matthew würde ich durchs Feuer gehen, aber nur für ihn und sonst für keinen in diesem Haus.« Er blickte von dem verzerrten Gesicht des Mannes auf dem Sofa zu dessen jüngstem Sohn, der steif dastand, im Gesicht den gleichen Ausdruck – als wollte er ihn umbringen. Schließlich wandte Jim sich an Lucille: »Es tut mir Leid, Madam. Alles ist gekommen, weil die alte Dame freundlich mit mir gesprochen hat und uns beiden das Wohl ihres Enkels am Herzen liegt. Sir, jetzt gehe ich.« Er schob Peter mit dem Ellenbogen beiseite und schritt stolz aus dem Zimmer.

»Oh, mein Lieber! Reg dich bitte nicht auf.« Lucille hielt ihren Ehemann an den Schultern fest. »Ich ... denke, er hat es gut gemeint und ...«

»Halt den Mund, Weib! Ich bitte dich.« Seine Frau wich erschrocken vor ihm zurück und er schrie Peter an: »Holen Sie mir was zu Trinken, Mann. Und beeilen Sie sich!«

Nachdem Peter aus dem Zimmer gehastet war, sagte Rodney: »Ich habe dir gesagt, wie er ist, Vater. Er hätte diese Stellung niemals bekommen sollen.«

Nun bekam er die Strafrede seines Vaters zu spüren: »Wüsstest du deine Männer zu führen, hätte er die Farm nie verlassen.«

»Du meine Güte!«, sagte Rodney. »Wie konnte ich dann in all diesen Jahren den Betrieb in Gang halten?«

»Du hattest die alten Landarbeiter. Sie waren deine Stütze. Jetzt wächst eine neue Generation nach. Sie muss richtig angefasst werden.«

»Du hast mir gar nichts zu sagen!« Rodney machte sich auf den Weg, das Zimmer zu verlassen. An der Tür blieb er stehen. »Deine Methoden, Vater, sind nicht eben nachahmenswert, wenn du mich fragst.«

»Rodney!«

Unter Lucilles erstauntem Aufschrei knallte die Tür ins Schloss. Sie kehrte an die Seite ihres Mannes zurück. »Bitte, Richard ... reg dich nicht noch mehr auf. Was dann folgt, weißt du. Du musst tagelang das Bett hüten.«

»Ja«, sagte er und wandte sich zu ihr. »Und du hasst es, wenn ich im Bett liege. Habe ich Recht? Oh, erzähl mir nicht, es würde dir Spaß machen, ständig nach meiner Pfeife zu tanzen. Ich bin kein Narr. Das war ich nie. Du hast deine Pflicht getan, mehr nicht. Nachdem wir endlich unter uns sind, darf ich wohl offen sprechen. Man könnte denken, das Schicksal meinte es nicht gut mit mir: eine Mutter, der ich gleichgültig war; ein ältester Sohn, der sich plötzlich mit seinem Geld wichtig tut, aber ohne seine alten Eltern zu bedenken – dabei hätten wir harte Zeiten erlebt haben können. Das wäre doch immerhin möglich, oder etwa nicht? Dann Matthew. Seit seiner Rückkehr ist der Frieden im Haus dahin. Ich sage das nur ungern, aber es ist die Wahrheit. Und jetzt dieser Bursche, der gerade aus dem Zimmer stolziert ist. Ich verstehe ihn; er muss sich mit etwas abfinden, das auch ich früher leidvoll erfahren habe. Für das, was er kann, erfährt er nicht die gebührende Wertschätzung.«

Lucille sagte nichts. Sie stand im Zimmer und sah auf den Mann, mit dem sie sich vor vielen Jahren abgefunden hatte. Er hatte das Wort ausgesprochen. Aber sie verstand seine Gefühle; alles, was er sagte, entsprach der Wahrheit. Seine eigene Mutter hatte ihm nie viel Liebe entgegengebracht, wohl aber seinen Söhnen. Die besondere Liebe für William und Matthew war wie Salz auf seine Wunden gewesen; denn mit Matthew schien sein eigener Vater wiederzukehren.

Plötzlich sank der Colonel in seinem Sessel zusammen, bedeckte mit der Hand die Augen und murmelte: »Es tut mir Leid, meine Liebe. Wirklich, es tut mir Leid.« Sie konnte nicht zu ihm gehen. Auch Sprechen war unmöglich; ihre Kehle verengte sich und die Tränen rollten gegen ihren Willen über die Wangen. Peter kam zurück und trug ein Tablett vor sich her. Erleichtert aufseufzend verließ sie das Zimmer. Der Leibbursche ihres Mannes trat zur Seite, um sie vorbeizulassen. Er sah ihren gesenkten Kopf und die tränenfeuchten Wangen und sein Herz zog sich zusammen.

Sie eilte zu ihrem Zimmer. Unterwegs sah sie Matthew, der sich auf der Galerie vorantastete. Er rief: »Mutter! Bist du das?« Sie blieb stehen, brachte aber kein Wort heraus.

Als er bei ihr war, streckte er die freie Hand vor und berührte ihre Schulter. »Was ist los?«, fragte er. »Du bist aufgeregt. Peter hat kurz mit mir gesprochen. Er sagt, drüben sei die Hölle los gewesen. Vater habe Jim zusammengestaucht, weil er Granan von seiner Idee mit der Garage erzählt hat. Stimmt das?«

»Ja, das stimmt, mein Lieber.« Sie öffnete ihre Schlafzimmertür. Er folgte ihr. Sie ließ sich in einen Sessel sinken, wie er hörte. Er blieb neben ihr, die Arme um ihre Schultern gelegt. »Und du musstest wie immer am meisten darunter leiden«, sagte er. »Ich … werde mit Jim ein Wort reden. Er hatte kein Recht dazu.«

»Es war ganz sicher nicht der Fehler dieses Mannes. Du weißt, wie deine Großmutter andere Leute ausfragt.« Sie trocknete sich mit dem Taschentuch das Gesicht. »Aber das Schlimmste kommt noch – oder das Beste, je nachdem, wie man es sieht. Der Bursche hat tapfer dagegengehalten, als Richard ihm den Marsch blies – so würde deine Großmutter das Verhalten ihres Sohnes bezeichnen.«

»Du meinst, er hat Vater die Stirn geboten?«

»Oh …« Lucille seufzte traurig. »Ihm die Stirn geboten? Nicht nur ihm. Er hat sich über uns alle, über die ganze Familie, ausgelassen. Etwas Gutes kam trotzdem dabei heraus. Wie er sich ausdrückte, würde er sein Leben für dich geben. Ich habe diesen Taylor nie gemocht, weißt du. Und ich habe gesagt, er weiß nicht, wo sein Platz ist. Aber hätte er nicht den soldatischen Stolz deines Vaters missachtet, dann hätte ich den Burschen bewundert, wie entschieden er seinen Standpunkt verteidigte und sich weder einschüchtern noch herumstoßen ließ.«

Matthew nahm seinen Arm von den Schultern seiner Mutter und stand allein da. »Ich glaube, für alle hier wäre es das Beste, ich würde mir ein kleines Haus oder eine Wohnung in der Stadt nehmen. Jim könnte mich leicht versorgen, da bin ich sicher. Ich muss zugeben, ich mag den Burschen. Ich verstehe seine Art zu reden und wie er die Dinge sieht. Männer wie er und Charlie Fox waren oft für mich da, als ich in der Patsche saß. Ja, Jim würde sich um mich kümmern und als mein Hausdiener arbeiten.«

Lucille war aufgestanden und hielt ihren Sohn fest. Mit flehender Stimme sagte sie: »Oh, Matthew … nein, an so etwas darfst du nicht einmal denken. Weißt du nicht, dass du alles bist, was ich noch habe? Ich mag eifersüchtig sein auf die Gefühle, die du für deine Großmutter hegst, und auf ihre Gefühle für dich; aber zwischen ihr und mir gibt es eine Gemeinsamkeit. Wir brauchen beide deine Zuwendung. Außer dir und Peter gibt es niemanden, mit dem ich reden kann. Oh, der gute Peter. Ich wüsste nicht, was wir ohne ihn anfangen würden. Aber er ist nicht du.«

»Schon gut, Mutter. Schon gut. Aber irgendwie habe ich den Eindruck, dass mein Zustand in diesem Haus zu viele Veränderungen bewirkt und niemand mehr glücklich ist.«

»Wir waren auch vorher nicht glücklich. Nur haben sich früher alle hinter einer Fassade verborgen. Soweit ich mich entsinnen kann, waren deine Großmutter und dein Großvater das einzige glückliche Paar in diesem Haus.«

»O Mutter.« Er legte die Arme um sie. »Ich wusste nicht … ich hatte keine Ahnung, dass du nicht glücklich bist.«

»Wie auch? Falls du heiratest … Oh, ich weiß, dass du heiraten wirst, ja, das wirst du bestimmt, und zwar aus Liebe, wenn ich deine zukünftige Frau auch nicht kenne … Matthew, wenn du heiratest, halte die Liebe lebendig, indem du davon sprichst. Nimm keine Gefühle für selbstverständlich. Gefühle sollten immer ausgesprochen werden, auch wenn wir meist nur dem Ärger und der Frustration eine Stimme geben.«

»Meine liebe, gute Mutter. Komm, setz dich zu mir. Wo ist das Sofa? Ich möchte mit dir reden.«

Sie führte ihn zum Fenster, unter dem ein zweisitziges Sofa stand. Als sie nebeneinander saßen, nahm er ihre Hände und sagte: »Mutter, ich bin verliebt.«

»Das ist nichts Neues für mich, Matthew«, entgegnete Lucille und lachte leise. »Seit Granan sagte, deine Nachtschwester sei absolut keine mütterliche Frau im mittleren Alter und arbeite in dem gleichen neuen Krankenhaus wie du, habe ich auf diese Eröffnung gewartet.«

»Es ist nicht einfach Verliebtheit. Ich liebe Liz – so nenne ich Elizabeth. Meine Liebe ist groß genug, dass ich es wage, ihr einen Heiratsantrag zu machen. Aber dafür brauche ich deine Hilfe.«

»Meine Hilfe? Mein Lieber, wie kann ich dir in dieser Angelegenheit behilflich sein? Sie ist Krankenschwester und nach allem, was ich gehört habe, eine sehr fähige. Das muss sie wohl sein, da sie dich in deiner schwierigen Zeit so erfolgreich begleitet hat.«

»Ich möchte Liz hierher zum Essen einladen, besser noch für ein ganzes Wochenende.«

»Wenn das hilft. Ich wüsste nicht, was dagegen spricht.«

»Es ist nicht, wie du denkst, Mutter. Ich glaube, sie muss überredet werden.«

»In diesem Fall solltest du dich fragen, ob deine Gefühle wirklich erwidert werden.«

»O doch, das werden sie. Sogar sehr. Das ... spüre ich. Aber etwas hält Liz zurück. Und nicht nur ihre beruflichen Pläne – sie möchte ihr Diplom in Krankenpflege machen. Es hat mit den Ereignissen von Weihnachten zu tun. Angeblich hatte sie einen Unfall, aber welcher Art, das weiß ich nicht. Was immer über Weihnachten und während ihrer Abwesenheit geschehen ist, hat sie verändert.«

»Ich wundere mich – wie konntest du in dieser kurzen Zeit eine Veränderung feststellen, mein Lieber?«

»Ich weiß es nicht, Mutter. Es ist einfach so.«

»Was machen ihre Eltern?«

»Das wenige, das ich weiß, habe ich von Jerry. Sie haben eine Farm; sie ist nur klein und ihrem Vater geht es gesundheitlich nicht gut. Ihr Bruder ist zu Hause. Er wurde im Krieg verwundet, eine Beinverletzung offenbar. Aber sie sind eng mit einer Nachbarsfamilie befreundet, deren Farm viel größer als ihre ist. Die Kinder gingen schon gemeinsam zur Schule oder so. Jerry sagte, Liz sei nicht sehr mitteilsam gewesen. Ich fürchte, was auch vorgefallen sein mag, es macht ihr noch immer Angst.«

»Aber welchen Nutzen soll ein Besuch hier haben, und wenn es nur zum Tee ist, mein Lieber?«

»Ich weiß nicht genau, Mutter. Es ist nur ein Gefühl. Du musst verstehen, wenn man nicht sehen kann, nimmt man die atmosphärischen Schwingungen oder die leichtesten Veränderungen im Tonfall anderer Menschen viel deutlicher wahr; alle Sinne sind wacher, das Hören, Tasten und Schmecken. Die Erfahrung ist beinahe unheimlich. Ich weiß immer, wann Liz in der Nähe ist oder mir entgegenkommt; ich kann ihre Anwesenheit riechen.«

»Das ist wahrscheinlich ihr Parfüm. Vielleicht benutzt sie eine besondere Sorte.«

»Nein, damit hat das nichts zu tun, Mutter.« Seine Stimme wurde rau. »Der Geruch, der Rodney entströmt, ist kein Parfüm und ich erkenne ihn immer, sobald er in der Nähe ist.«

»Ach, das darfst du nicht sagen. Ich weiß, er ist eifersüchtig, aber du musst versuchen, ihn zu verstehen. Er besitzt weder deinen Charakter noch dein Aussehen.«

»Aussehen, Mama?«

»Ja, Aussehen, mein Lieber. Niemand würde ahnen, dass du … blind bist. Erst die Bewegung deiner Hände verrät dich. Wie auch immer, lade sie ein, wenn du glaubst, das wird helfen. Aber bitte, rede nie wieder davon, uns zu verlassen und allein zu wohnen. Ja, ja, ich weiß« – sie tätschelte seine Hand –, »wenn du heiratest, gehst du ohnehin fort. Aber vor dir liegen zwei Jahre, in denen du dich auf deinen neuen Beruf vorbereiten musst. Bis dahin … ich bitte dich, mein Lieber, denk auch ein wenig an mich.«

Wieder umarmte er sie und küsste ihre Wange, die noch immer feucht von den Tränen war. »Das werde ich, Mutter. Ich werde viel an dich denken.«

»Und« – in ihre Stimme trat ein Flehen – »sei nett zu deinem Vater. Ich bitte dich, um meinetwillen. Er braucht Hilfe. Diese Muskelkrankheit ist sehr schwächend und endet böse. Das weiß ich und er weiß es auch ...« Sie senkte die Stimme. »Aber vor allem, er ist unglücklich – das ist das Schlimmste. Er war schon immer unglücklich.«

»Ich werde mein Bestes tun, Mutter«, sagte er. »Ich werde ihn von nun an häufiger besuchen und das Plaudern lernen. Dann erzähle ich ihm Geschichten aus dem Krankenhaus, vor allem über meinen lieben Sergeant. Das wird ihn aufmuntern.«

»Bestimmt. Geh einfach hin, wenn du möchtest, und rede mit ihm. Du hast Peter von dem Sergeant erzählt, nicht wahr?«

»Ja, habe ich.« Warum, dachte Matthew, musste Peter ihr weitererzählen, was er von ihm erfuhr? Andererseits – warum nicht? Er gehörte beinahe zur Familie.

»Möchtest du, dass ich eine Karte schreibe, als kleine Einladung an deine Krankenschwester?«

»Ja, das wäre schön. Aber erst in einer Woche. Sonst glaubt sie, ich setze sie unter Druck. Du weißt, was ich meine. Ich wollte einfach nur sicher sein, dass ich sie einladen kann, wenn der richtige Zeitpunkt da ist – und dass du sie willkommen heißt.«

Wieder nahm sie seine Hand. »Ich würde alles tun, um dir eine Freude zu bereiten, Matthew. Und um dich hier zu behalten.«

»So viel Liebe verdiene ich nicht«, sagte er und legte seine Hand an ihre Wange. »Ich hoffe nur, dass ich dich niemals enttäuschen werde. Wo ist der verdammte Stock?«

Seine Mutter legte den Stock in seine Hand. Auf dem Weg zur Tür sagte er: »Ich mache mich auf die Suche nach meinem Burschen. Dem werde ich gehörig die Leviten lesen. Diesen Aufruhr zu veranstalten!«

»Sei nicht zu hart mit ihm, mein Lieber. Die Königin der Unruhestifter hat nicht weniger damit zu tun.«

Er lachte herzhaft. »Die Königin der Unruhestifter. Ein guter Titel für sie, das muss ich zugeben ...«

Statt Jim zu suchen und ihn in Stücke zu reißen, kehrte er auf sein Zimmer zurück und setzte sich an den Tisch, der für ihn hereingestellt worden war. Zu welchem Zweck, hatte er sich damals gefragt? Jetzt nahm er aus seiner Schreibmappe ein Blatt feines Papier, auf dem im Zentimeterabstand Linien eingeprägt waren. Das Papier war ein bisher kaum benutztes Geschenk gewesen. Der Brief seines Bruders hatte ihn daran erinnert. Er griff nach seinem Füllfederhalter und begann zu schreiben.

Erst einmal hatte er versucht, seine Gedanken schriftlich niederzulegen, und entnervt wieder aufgegeben, weil er nur langsam vorankam. Nach dem freundlichen und großherzigen Brief seines Bruders, den seine Mutter mit so viel Ingrimm vorgelesen hatte, war das Bedürfnis in ihm erwacht, eine Antwort im gleichen Ton zu schicken. Dies mit Hilfe einer dritten Person zu tun konnte er sich nicht vorstellen.

Bald war der Brief fertig und er steckte ihn in einen langen Umschlag, den Peter noch adressieren musste, als ein Klopfen an der Tür ertönte und eine Stimme sagte: »Ich bin es, Matthew.«

»Kommen Sie herein, Mary«, rief er.

Sie betrat das Zimmer, sah ihn am Schreibtisch sitzen und rief aus: »Oh, Sie schreiben, Mr. Matthew! Das ist gut. Ein ermutigendes Zeichen. Die Hausherrin schickt mich. Ich soll Ihnen mitteilen, da sie vermutlich heute Mittag mit Madam speisen möchten, hat sie das Essen schon herübergeschickt. Es steht alles für Sie bereit.«

»Oh, das ist sehr freundlich, Mary. Vielen Dank. Ich bin in einer Minute unten.«

Er ging ins Badezimmer und wusch sich die Hände. Dabei dachte er, wie aufmerksam von Mutter. Sie wusste, dass ein Abendessen mit Rodney unerträglich für ihn sein würde. Die Vorstellung, dass sie all diese Jahre unglücklich gewesen war. Warum?

Als er aus dem Bad zurückhastete, kam ihm die Antwort in den Sinn. Warum fragte er? Sie hatte ihm den Grund genannt. Mit Liz würde er diesen Fehler nicht begehen … nein, niemals. In gut einer Stunde sah er sie wieder. Komischer Ausdruck, sie wieder *sehen*.

Er betrat den Anbau und die Stimme seiner Großmutter

begrüßte ihn. Sie rief aus dem kleinen Speisezimmer: »Ich warte keine Minute länger auf dich. Die Suppe ist längst kalt.«

Er tastete sich ins Speisezimmer voran. Mary wartete bereits und führte ihn zu seinem Stuhl. »Die Suppe ist kochend heiß, Mr. Matthew. Denken Sie dran, sonst verbrühen Sie sich die Zunge.«

»Mach nur so weiter«, sagte ihre Herrin. »Und pass auf, dass du dir nicht selbst die Zunge verbrennst. Was hat die Köchin heute für uns zusammengepfuscht?«

»Es gibt Brühe; dann Schnitzel mit Sahnekartoffeln und geschmorte Pastinaken; falls das nicht reicht, hat sie noch Ihren Lieblingspudding, Plum Duff, obwohl sie meint, eine Mehlspeise wäre nicht der richtige Abschluss für solch eine Mahlzeit.«

»Du darfst gern nach unten gehen und der Köchin sagen, sie hat keine Ahnung, wovon sie redet.« Granan beugte sich zu Matthew, der ihr gegenüber saß. »Geht es dir gut?«

»Ja, alles bestens. Und die Brühe schmeckt ausgezeichnet.«

»Ja, ja, ein paar Sachen kann sie ganz gut. Aber die Pfannkuchen kriegt sie nie richtig hin.«

»Madam! Sie sind dünn wie Papier.«

»Dann blähen sie sich unterwegs auf. Wenn sie hier ankommen, sehen sie aus wie dicke Folianten.«

Auf diese Weise nahm das Essen seinen Lauf. Die beiden Frauen warfen sich scherzhafte Frechheiten an den Kopf und wiesen einander mit Gesten an, Matthew während der verschiedenen Gänge den Teller zu füllen.

Dann reichte Mary das Tablett mit den leeren Schüsseln und Tellern an Bella weiter, die draußen vor der Tür stand, und sagte: »Ich bringe gleich den Kaffee, Madam.« Matthew wandte sich an Bella: »Bitte sagen Sie der Köchin, das Essen war ausgezeichnet.«

»Na, das ist *deine* Meinung«, murmelte seine Großmutter, worauf Mary erwiderte:

»Jeder darf seine Meinung haben, Madam.«

Und die alte Dame schrie: »Unverschämtes Ding! Hinaus mit dir!«

Bella kicherte und Mary sagte: »Ha!« Dann wurde die Tür geschlossen.

Matthew lachte auch. »Du behandelst sie fürchterlich, Granan.«

»Natürlich. Sie erwartet nichts anderes. Ihr gefällt dieser Ton. Genau wie der Köchin. Ich kenne meine Leute, Matthew. O ja, ich kenne sie, wie du deine Männer. Vor allem den schalkhaften Jim.«

»Ja, über ihn wollte ich mit dir reden. Ihn trifft wirklich keine Schuld. Aber das muss warten.« Er nahm seine Braille-Uhr in die Hand. »Es ist jetzt zehn nach eins und um zwei habe ich eine Verabredung.«

»Ach, hast du? Du schlägst dir hier den Bauch voll, und dann nichts wie weg.«

»Ich schaue vorbei, wenn ich zurück bin. Versprochen.«

»Du triffst dich mit ihr, nicht wahr? Mit dieser Krankenschwester?«

»Ja, ich treffe mich mit dieser Krankenschwester.«

»Warum bringst du sie nicht hierher?«

»Das werde ich. Bald schon.«

»Gut. Wenn du es eilig hast, dann geh. Ich habe gehört, du musst nach diesem Burschen nur pfeifen und er erscheint.«

»Ja, ich rufe ihn mit einem Pfiff.«

»Das ist doch keine Art, Menschen zu befehlen. Du behandelst ihn wie einen Hund.«

»Ach was! Niemand behandelt Jim Taylor wie einen Hund. Das kannst du mir glauben. Heute Morgen hat der Colonel ihn zu sich befohlen, um ihm den Marsch zu blasen. Aber ich glaube, da hat Vater eine Überraschung erlebt. Sprich mit Peter, dann erfährst du, was passiert ist. Dieses Mal ist Vater an den Falschen geraten; an jemanden, der wenig Ehrfurcht vor Klassenunterschieden und Dienstgraden zeigt. Jim Taylor hat die Hälfte seiner Wehrpflicht im Gefängnis gesessen – wie mein Freund Fox, nur aus anderen Gründen. Dieser Bursche lässt sich nicht einschüchtern.«

»Oh, oh! Noch jemand im Haus, der einen starken Willen hat.«

»Das kannst du sagen. Aber allem Anschein nach sind ihm das Haus und seine Bewohner verdammt gleichgültig.«

»Nur du nicht.«

»Ja, Granan. Nur ich nicht. Und ich bin ihm ehrlich dankbar, dass er sich um mich kümmert. Es ist ein gutes Gefühl zu wissen, dass jemand hinter einem steht, wenn vorn alles düster ist – falls du verstehst, was ich meine.«

»Ich verstehe, was du meinst, Matthew.« Sie senkte die Stimme. »Und ich kann dir sagen, nach unserer Unterhaltung heute Morgen teile ich im Wesentlichen deine Meinung über ihn.«

»Darüber reden wir noch, über deine Unterhaltung heute Morgen. Jetzt verabschiede ich mich, liebe Granan.« Er ergriff ihre ausgestreckten Hände und zog sie an sich. Dabei sagte er leise: »Ich liebe dich, du altes Haus. Weißt du das?« Für einen Moment drückte er sie, dann wandte er sich ab und verließ das Zimmer.

6

Der Wagen hatte sich schon ein gutes Stück vom Anwesen fort bewegt, als Matthew sagte: »Für den Tumult, den Sie heute Morgen verursacht haben, sollte ich Ihnen die Ohren lang ziehen.«

»Ich habe keinen Tumult verursacht, Mr. Matthew. Alles, was ich getan habe …«

»Ich weiß, was Sie getan haben. Sie haben meine Großmutter in ein Gespräch verwickelt, um der alten Dame Ihre Sichtweise der Dinge aufzudrängen.«

»*Sir!* Ein Mann, der Ihrer Großmutter etwas aufdrängen kann, mit Taten oder Worten, muss ein Held sein.«

»Kommen Sie mir nicht mit diesem Blödsinn, Jim Taylor. Ich kenne Sie und weiß, wozu Sie fähig sind. Ich höre Sie förmlich Ihren Standpunkt darlegen, wie Sie das nennen würden – ohne Umschweife und mit dem Feingefühl eines Ochsen.«

»Was heißen soll, ich besäße keinen Takt. Da irren Sie, Sir. Wenn ich diese Fähigkeit jemals eingesetzt habe, dann heute Morgen. Der Vergleich mit einem Ochsen trifft eher Ihre Großmutter. Aber ich mag das alte Mädchen und bin gut mit ihr ausgekommen. Sie müssen entschuldigen, Sir, wenn ich das sage, aber sie ist die Einzige in Ihrem Haufen, von der ich das behaupten kann, mit Ausnahme von Peter. Doch der ist kein Familienmitglied, oder?«

»So gut wie. Er steht seit Jahren im Dienst meines Vaters.«

»Das spricht wahrlich für seine Geduld.«

»Genug! Das reicht! Die Zurechtweisung, die mein Vater Ihnen verpasst hat, haben Sie verdient.«

»Nein, Sir. Habe ich nicht. Und nicht in dem Ton, den er mir gegenüber angeschlagen hat. Er war Offizier und das kann er nicht vergessen. Sie, Sir, waren auch Soldat, aber Sie behandeln die Leute wie Menschen … ich meine, von gleich zu gleich.«

»Ja, ich verstehe, was Sie meinen, Jim. Trotzdem sind wir alle verschieden. Die Umstände formen uns. Auch bei Ihren Leuten – um mich wie Sie auszudrücken – gibt es Unterschiede. Die Umgebung prägt den Charakter in allen Gesellschaftsschichten.«

»Sie meinen, wie jemand aufwächst?«

»Ja, das meine ich.«

»Dann stimme ich nicht mit Ihnen überein, Sir. Mit Umgebung meinen Sie das Umfeld, die familiären Verhältnisse, nicht wahr? Nun, wir waren anständige Leute in geordneten Verhältnissen. Trotzdem endete einer von uns hinter Gittern, wie ich Ihnen erzählt habe … und das, obwohl er in der gleichen Umgebung aufwuchs.«

»Gut, Jim. Denken Sie einmal nach. Das beweist doch, was ich sage. Wir sind alle verschieden.«

»Sie haben gesagt, dass die Umgebung den Charakter prägt, Mr. Matthew, als gäbe es keine Individualität, als wären wir alle Marionetten oder Menschen vom Fließband.«

»Ach, seien Sie still! Ich will nicht wieder in Ihre geistigen Tiefen tauchen. Es gibt anderes, über das ich nachdenken muss und das wichtig für mich ist. Dafür brauche ich auch Sie. Als wir aus dem Haus gingen, herrschte Sprühregen. Wie ist das Wetter jetzt?«

»Es regnet Bindfäden.«

»Ach, du liebe Zeit! Dann wird wohl nichts aus der Landpartie.«

»Ich denke nicht, Mr. Matthew. Zumindest nicht heute. Das Wetter sieht schlecht aus. Aber ich wüsste nicht, was dagegen spräche, dass die junge Dame Sie zu sich zum Nachmittagstee bittet und ...«

»Würden Sie mir freundlicherweise erlauben, meine Verabredungen selbst zu treffen?«

»Ach, war nur ein kleiner Vorschlag.«

»Wie üblich. Aber ich werde Miss Ducksworth darauf ansprechen und die Entscheidung ihr überlassen. Und damit Schluss.«

Matthew lehnte sich gegen die Kopfstütze und lächelte wehmütig bei dem Gedanken, was sein Vater sagen würde, hätte er diesen Wortwechsel gehört. Zwischen ihm und Peter wären solche Auseinandersetzungen undenkbar. Peter würde nie so unerschrocken sein oder sich zu dieser Kühnheit erdreisten. Vor Frustration und Zorn wäre sein Vater längst erstickt – während Matthew diese kleinen Scharmützel mit Jim genoss. Er fragte sich, ob er bereits in Sandhurst diese Nachsichtigkeit besessen hatte oder ob diese Wandlung während der Feldzüge in Nordafrika, auf Sizilien oder dem italienischen Festland vor sich gegangen war. Hatten diese Schlachten und Gefechte seinen Charakter verändert? Oder war dafür der enge Kontakt zu den so genannten niedrigen Rängen verantwortlich, die Seite an Seite mit ihm gekämpft hatten? Die Nähe zu denen, die im Krieg ihr Leben verloren hatten?

»Hier wären wir, Sir. Und es schüttet wie aus Kübeln.«

Wie aus einem Dämmerschlaf erwacht, setzte Matthew sich aufrecht. Jim half ihm aus dem Wagen. In dem Moment ging die Vordertür auf. Elizabeth trat aus dem Haus und rief: »Kommen Sie schnell herein, bevor Sie ganz durchnässt sind.«

Kurz darauf stand er in der Halle und hielt ihre Hand. »So viel zu unserem Ausflug. Ihnen ist nicht nach einer Fahrt aufs Land zumute, nehme ich an?«

»Nein, bestimmt nicht. Kommen Sie weiter. Hier entlang.«

Sie nahm Matthews Arm. Jim sagte hinter ihnen: »Bin in einer Minute wieder da. Ich muss den Wagen richtig schließen. Sonst ist er bald mit Wasser voll gelaufen.«

Als er gleich danach ins Wohnzimmer trat, hörte er Elizabeth sagen: »Wir können hier Tee trinken. Ich hätte geröstete Waffeln mit Erdbeermarmelade dazu. Wie wäre das?« Sie richtete den Blick fragend auf Jim.

»Das klingt sehr gut, Miss. Aber wenn Mr. Matthew eine Weile bleiben wird, könnte ich ihn fragen, ob er etwas dagegen hätte, wenn ich kurz meine Leute besuche. Sie wohnen nur zehn Minuten entfernt. Ich bin zurück, wann immer es Ihnen recht ist. Wie wäre das, Sir?«

Matthew lächelte in sich hinein. »Mir ist es recht, nur weiß ich nicht, wie lange Miss Ducksworth mir zu bleiben erlaubt.«

Worauf Elizabeth leichthin antwortete: »Bis ich mich mit Ihnen langweile. Sagen wir, irgendwann zwischen vier und fünf Uhr. Wenn Ihnen das passt?« Sie sah wieder Jim an.

»Für mich ist das okay, Miss. Sagen wir halb fünf. Und Sie, Sir? Sind Sie einverstanden?«

»Ja, Jim. Das passt sehr gut. Aber geben Sie Acht, dass Sie Lady Golightly in einer anständigen Garage unterbringen.«

»Oh, das überlassen Sie nur mir, Sir. Ich kutschiere sie zu dem Laden, wo ich sie gekriegt habe.« Er lachte und wechselte in eine gehobenere Sprechweise: »Ich werde Sie in dem Autohaus unterstellen, in dem ich sie erworben habe. Wie klingt das, Sir?«

Elizabeth und Matthew lachten mit ihm. Dann fragte Matthew: »Woher haben Sie diesen Schliff?«

Die Antwort kam in ernstem Ton: »Vier Monate Abendschule, Englischunterricht am Polytechnikum.«

»Nein!«

»Doch, Sir.«

»Warum haben Sie nicht weitergemacht?«

Jim schwieg, bevor er sagte: »Zu Hause haben Sie mir die Ohren vollgedröhnt. Mein Vater meinte, ich würde die Nase zu hoch tragen. Nur meine Mama war dafür.« Niemand lächelte mehr. Jim sah in die beiden Gesichter. »Betrachten Sie die Sache so, Sir. Hätte ich weitergemacht, wäre ich jetzt nicht hier, um dafür zu sorgen, dass Sie« – er lachte – »auf dem rechten Weg bleiben.«

Matthew spürte die feinsinnige Empfindung, die hinter diesen Worten steckte. »Stimmt, jetzt sind Sie hier. Aber ich möchte Sie loswerden, zumindest für die nächsten zwei Stunden. Und deshalb, um einen Ihrer Ausdrücke zu benutzen: hauen Sie nun bitte ab.«

»Wird gemacht, Sir. Auf Wiedersehen, Miss.«

Elizabeth lächelte. »Auf Wiedersehen, Jim.«

Dann waren sie allein. Sie blieben einen Moment im Zimmer stehen und Matthew sagte: »Eine Schande! Sie verstehen, was ich meine?«

»Ja. Aber ich bin überzeugt, er ist der richtige Mann am richtigen Platz.«

»Ja, Liz. Davon bin auch ich überzeugt.«

Sie half ihm, Mantel und Schal abzulegen, und führte ihn zu einem bequemen Sessel. Als er sich hingesetzt hatte, zog sie einen zweiten Sessel heran, ungefähr eine Armlänge von ihm entfernt. Er sprach erst, nachdem sie auch saß: »So ist es schön. Wie groß ist Ihre Wohnung, Liz?«

»Sie ist riesig. Zwei Zimmer, dazu Küche und Bad. Dieser Raum hat über dreißig Quadratmeter, das andere Zimmer ist kleiner. Die Küche ist noch winziger und das Bad … für Liegestützen und andere Schönheitsgymnastik reicht der Platz nicht.«

»Erwarten Sie nicht von mir, dass ich jetzt charmant werde und Ihnen versichere, Sie bräuchten keine Lockerungsübungen.«

»Nein. Ich würde niemals irgendwelche Komplimente von Ihnen erwarten.«

»Oh, Liz …« Er rutschte auf die Sitzkante des Sessels und streckte suchend die Arme aus. Als er ihre Hände nicht fand, ergriff er sie an den Handgelenken, stand auf und zog sie mit sich hoch. »Oh, Liz«, sagte er noch einmal. »Ich bin ein dummer Mann. Dumm und undankbar. Aber … Sie verstehen nicht, was es für mich bedeutet, einfach nur hier sitzen und mit Ihnen reden zu können. Ehrlich gesagt, ich bin ganz aufgeregt. In mir tobt ein Konflikt und ich komme nicht dagegen an. Gleichzeitig habe ich Angst, offen auszusprechen, was mich bewegt, weil ich Sie nicht erschrecken will. Mir scheinen nur alberne Plattheiten einzufallen oder undankbare Bemerkungen, die nichts, aber auch gar nichts mit meinen Gefühlen zu tun haben. Ich sage mir, dass ich für keine Frau ein Gewinn bin; in meinem Zustand spricht alles gegen mich. Und doch bleibe ich hartnäckig und weigere mich, daran zu glauben.«

Sie schob ihre Hände in seine und führte die ineinander verschlungenen Hände an ihr Herz. Dabei schrie eine laute Stimme in ihr: Nein! Noch nicht! Denk erst darüber nach, was das bedeutet … Ja, was bedeutete es? Sie brannte innerlich vor Liebe zu ihm. Warum? Eines Tages würde sich das Gefühl nach draußen kämpfen. Zwangsläufig. Sie brauchte ihn. Oh, wie sehr sie ihn brauchte. Sie musste ehrlich zu sich selbst sein.

Sie holte tief Luft und sagte ruhig: »Matthew. Hör mir zu, Matthew. Ich … ich liebe dich. Oh, ich liebe dich so sehr.«

Ihr schien, als wollte er sie von sich stoßen, denn er löste den Griff seiner Hände. Ganze zehn Sekunden blieb er reglos stehen. Dann bewegte er sich wie in Zeitlupe. Er umschlang sie mit den Armen und zog sie an sich, so ruhig und sanft, dass sie für einen Moment verblüfft war. Als Nächstes nahm er ihr Gesicht zwischen beide Hände und seine Stimme zitterte, als er leise und langsam sagte: »Oh, lieber Gott. Wenn ich dein Gesicht nur einen kurzen Augenblick sehen könnte, ich wäre zufrieden für den Rest meines Lebens.« Wieder umarmte er sie und presste sie heftig an sich, als wollte er aus zwei Körpern einen machen. Er küsste sie nicht, sondern vergrub das Gesicht in ihrem Haar. Dabei murmelte er immer wieder: »Oh, Liz, meine Liebste … meine geliebte Liz.«

Sie rang nach Atem, als sein Mund auf ihre Lippen traf, und erwiderte den Kuss mit einer Leidenschaft, die seiner Glut in nichts nachstand.

Wie lange sie in dieser Haltung blieben, wussten sie nicht. Schließlich trennten ihre Gesichter sich. Als wären sie leicht berauscht, stolperten sie beide zur Seite. Liz sprach als Erste: »Liebster! Oh, mein Liebster! Matthew.« Dann lachte sie leicht. »Wir haben uns betrunken gemacht. Komm, setzen wir uns aufs Sofa.«

Sie führte ihn zum Sofa, das an der Wand gegenüber vom elektrischen Kamin stand. Als sie sich hingesetzt hatten und wieder umschlungen hielten, sagte er: »Oh, meine Liebste. Zusammen mit meiner Liebe muss ich dir alle Dankbarkeit schenken. Du opferst so viel für mich.«

»Ich opfere gar nichts. Im Gegenteil, ich werde reich beschenkt. Ich muss dir etwas sagen. Seit der Nacht, als ich dich in den Armen hielt und du glaubtest, ich wäre deine Mutter, habe ich dich geliebt. Das weiß ich jetzt. Aber erst drei Wochen später, als mein Nachtdienst beendet war und ich dir Lebewohl sagte, war ich sicher. Diese Gewissheit hat mir die Entscheidung erleichtert, etwas zu tun, das ich seit über einem Jahr vor mir her geschoben habe und von dem ich wusste, dass es verheerende Auswirkungen haben würde; und auch dann habe ich meinen Entschluss nicht mit dir in Verbindung gebracht. Trotzdem muss meine Liebe mir die Kraft zu diesem Schritt gegeben haben.«

Er hielt sie fest im Arm. Ihr Kopf ruhte auf seiner Schulter. »Ging es dabei um einen Mann?«

»Ja.«

»Und hatte der Unfall über Weihnachten damit zu tun?«

Sie brauchte lange, bis sie antwortete: »Ja. Der Unfall hatte damit zu tun. Aber ich möchte jetzt nicht davon sprechen. Das würde diesen wunderbaren Augenblick verderben. Ich erzähle dir ein andermal davon.«

»Aber es ist vorbei? Ich muss dich das fragen, meine Liebste. Es ist vorbei … das mit dem anderen Mann?«

»Oh, ja. Das ist vorbei. Unwiderruflich. Das Ganze hätte nie geschehen dürfen. Wie ich gesagt habe, später mehr davon. Nur eines sollst du jetzt schon wissen, Liebe war nicht im Spiel. Bevor ich dich kannte, habe ich nicht gewusst, was Liebe ist.«

Wieder begegneten sich ihre Lippen und sie verlor sich erneut in dem Wunder, zu lieben und geliebt zu werden. Bis er sagte: »Ich hasse die Vorstellung, dass ein anderer Mann dir jemals nah gewesen ist oder dir in Zukunft nah kommen könnte.«

Da war er wieder – der Zweifel, der auch diese Ekstase durchdrang. Die Worte der Stationsschwester klangen laut in ihren Ohren. Einmal mit ihm verheiratet, würde sie immer auf der Hut sein müssen, nicht zu fröhlich in der Gegenwart anderer Menschen zu klingen, vor allem, wenn es sich um Männer handelte.

Er spürte die leichte Veränderung in ihr und fragte rasch: »Was ist los, Liebes? Was hast du? Habe ich etwas Falsches gesagt? Jeden anderen Mann zu hassen, der dich in den Armen gehalten hat, das ist doch ganz natürlich, oder nicht?«

»Wenn ich dir sage, dass ich gezwungen wurde, ist es das nicht. Die beiden Familien haben es von mir erwartet. Oh, du darfst mich nicht drängen. Ich rege mich furchtbar auf. Alles ist noch so nah. Es ... war eine entsetzliche Zeit für mich und für alle anderen auch.«

»Es tut mir Leid. Ich verspreche, dass ich dich nie wieder fragen werde. Du wirst mir eines Tages alles erzählen, das weiß ich. Daher lassen wir das jetzt. Ich frage dich etwas anderes, Schwester Ducks.« Er lachte und drückte sie fest an sich. »Wann geben wir unsere Verlobung bekannt? Wir könnten es nächstes Wochenende tun. Du kommst zu mir nach Hause und lernst ...«

»Matthew! Bitte!« Sie legte ihre Finger auf seine Lippen. »Es ist ... zu früh.« Sie lachte verhalten. »Du hast mich nicht einmal gefragt, ob ich dich heiraten will.«

»Oh, das kann ich sofort nachholen: Miss Elizabeth Ducksworth, bitte, willst du mich heiraten? Ich bekomme jederzeit einen Termin beim Standesamt; wir sind beide volljährig und brauchen keine Einwilligung der Eltern.«

»Sei ernst, Liebling. Nur für einen Moment. Ja, ich will dich heiraten und wir können uns verloben, aber ... noch nicht sofort. Bitte.«

Nach einem kurzen Moment sagte er: »Darauf sollten wir trinken, findest du nicht? Du hast doch sicher irgendeine Flasche vorrätig?«

»Nein, aber jede Menge Tee und Kaffee, sogar Kakao und Malzgetränk. Was möchtest du?«

»Dann nehme ich Tee. Schließlich bin ich zum Tee eingeladen, oder nicht?«

»Ja, richtig. Du darfst mich in die Küche begleiten und mir beim Zubereiten helfen. Der Platz reicht gerade, um darin zu sitzen, während ich den Tisch decke. In Ordnung?«

»In Ordnung. Aber unter Protest.« Er küsste sie erneut. »Wirst du mich immer lieben, Miss Elizabeth Ducksworth?«

»Ja, ich werde dich immer lieben, Captain Matthew Wallingham.«

Lachend führte sie ihn in die Küche.

Um kurz nach halb fünf läutete die Türglocke. Matthew wusste, das es Jim war. »Wir erzählen ihm die Neuigkeit, Liebes«, sagte er schnell.

»Ach, ich weiß nicht ...«

»Er wird nichts verraten, wenn ich ihn darum bitte. Das verspreche ich dir.«

Sie ließ Jim herein. Er betrat das Zimmer und sah Matthew an. »Tut mir Leid, Sir. Ich bin etwas zu spät.«

»Sie meinen zu früh.«

»Ist recht. Wie Sie wollen. Draußen regnet es noch immer in Strömen. Sie haben recht daran getan, hier zu bleiben.«

»Ja, allerdings«, sagte Matthew. »Wir beide waren hier am richtigen Platz – mit dem richtigen Menschen.«

Matthew streckte seine Hand aus und Elizabeth nahm sie. Dann sagte er: »Darf ich Ihnen meine zukünftige Frau vorstellen, Mr. Taylor?«

Jim strahlte beide an und stieß einen leisen Pfiff aus. Er

trat vor und schüttelte erst Matthew, dann Elizabeth die Hand. »In meinem ganzen Leben habe ich noch nie zwei Menschen so viel Glück und Freude gewünscht wie Ihnen beiden. Aber seien Sie gewarnt, Miss.« Er nickte ihr zu. »Da haben Sie sich jemanden angelacht. Von nun an sind Sie gefordert. Er wird ständig nach Ihnen pfeifen, genauso wie nach mir.«

»Er *pfeift* nach Ihnen?«, fragte Elizabeth.

»Und ob, Miss. Wie in dem Lied, das meine Mutter manchmal singt: ›Pfeif nur schön, mein Lieber, und ich spring zu dir.‹«

»Wissen Sie, Jim, sollte *ich* nach *ihm* pfeifen müssen, hätte ich keine Schwierigkeiten, denn ich pfeife gern. Singen kann ich nicht, dafür pfeife ich fast jede Melodie.«

»Du kannst pfeifen?«, fragte Matthew.

»Ja. Als ich klein war, hat mein Vater mir beigebracht, nach den Hunden zu pfeifen, ungefähr so.« Sie führte zwei Finger an den Mund und sagte: »Ich mache es vor; Mrs. Baker ist nicht zu Hause.« Sie schob die Finger zwischen die Lippen und stieß einen langen, klaren Pfiff aus.

»Donnerwetter!«, rief Jim. »Sie können wirklich pfeifen, Miss.«

»Tja«, lachte Matthew. »Da haben wir eine Gemeinsamkeit. Ist das nicht erfreulich?«

»Solange Sie nicht im Haus pfeifen. Das bringt Unglück, sagte meine Mutter immer. Und sie behielt Recht. Eines Tages war sie aus gewesen, und als sie nach Hause zurückkehrte, hörte sie unsere Cissie pfeifen. Natürlich zog sie dem Mädchen die Ohren lang und zwei Stunden später meinte sie: ›Was habe ich euch gesagt?‹ Denn da stand die Polizei schon vor unserer Tür, mit der Nachricht, ihr lieber Ältester habe sich schnappen lassen, als er an einem Regenrohr entlang nach unten rutschte – Sie wissen, Mr. Matthew, derjenige, der die Frisierkommoden aufräumt. Mein Bruder war damals erst vierzehn. Mr. Matthew erzählt Ihnen alles darüber, Miss.«

Kurze Zeit später hatte Jim sich taktvoll zum Wagen zurückgezogen und Elizabeth musste nicht mehr über den

»Aufräumer« lachen. Sie küssten sich und hielten sich noch einmal fest in den Armen. Dann sagte Matthew: »Das war der schönste Tag in meinem ganzen Leben. Als ich heute dieses Zimmer betrat, hätte ich nicht einen Moment geglaubt, dass ich in diesem entrückten Zustand wieder davonschweben würde.«

»Oh, mein Schatz. Ich schwebe auch.«

Er berührte sanft ihre Wange und flüsterte: »Du hast mich ›Schatz‹ genannt und ich sage: gute Nacht, mein Liebling.«

Es sollte einige Zeit vergehen, bis Elizabeth sich wieder auf ihre Erfahrungen im Pfeifen besann.

7

Der Februar näherte sich seinem Ende. Es war Freitagmorgen um zehn Minuten vor acht und Jim hatte Matthew in den Umkleideraum seiner Krankenstation gebracht. Matthew legte seine Straßenkleidung ab, hängte sie in den ihm zugeteilten Spind und zog seinen weißen Overall an. Dann ertastete er sich den Weg zum anderen Ende des Raumes, wo ein Tisch stand, über dem, wie er wusste, ein Spiegel hing. Als würde er hineinblicken, holte er einen Kamm aus der Innentasche seiner Jacke und kämmte sein dichtes Haar ordentlich aus dem Gesicht. Bis jetzt war er allein im Raum. So hatte er ein paar Minuten, um ungestört innezuhalten und die strahlende Glückseligkeit zu genießen, die er ohne Zweifel ausstrahlte – ein Beweis für das, was er in den vergangenen Wochen erfahren hatte. Und das Glück würde sich noch steigern, denn morgen stellte er Liz seiner Familie vor.

Er war sicher, dass alle von dem bevorstehenden Ereignis wussten; Granan hatte erst gestern Abend gesagt, sein Äußeres spreche Bände und er müsse seine Empfindungen nur in Worte übersetzen. Seine Mutter war freundlich gewesen und sogar sein Vater hatte gesagt: »Ich habe gehört, am Samstag kommt Besuch. Du bringst eine junge Dame zum Abendessen mit.«

Peter hatte hinzugefügt: »Ich freue mich auf Samstag, Matthew, wenn ich das sagen darf.«

Der Einzige, der nichts geäußert hatte, war Rodney. Doch in gewisser Weise hatte er schon geantwortet, als nämlich seine Mutter beim Essen beiläufig erwähnte, sie müsse der Köchin den Auftrag geben, am Samstag etwas Besonderes auf den Tisch zu bringen, weil Matthew eine junge Dame als Gast mitbringe. Rodneys Antwort war Schweigen gewesen.

Matthew stellte sich dabei vor, dass sein Bruder mit dem Essen aufgehört hatte, denn einige Sekunden später hörte er, wie er das Messer auf den Teller legte. Seine Mutter hatte – wie gewöhnlich – die unangenehme Pause überbrückt, indem sie bemerkte, der März sei nicht mehr fern und Jones habe gesagt, sie könnten den Rosengarten wieder herrichten, statt auf den Blumenbeeten weiter Gemüse zu ziehen.

Aber welche Rolle spielte es, was Rodney dachte? Heute Abend würde er Liz wieder sehen.

Er hörte, wie die Tür geöffnet wurde, und fragte: »Sind Sie das, Henry?«

Henry Cook, einer der angehenden Physiotherapeuten, erwiderte: »Ja. Und ich sage Ihnen, ich bin verdammt froh, dass Freitag ist. Das war vielleicht eine Woche. Er führt sich auf wie ein angeschossener Bär. Wie fanden Sie den Test gestern?«

»Ich glaube, ich habe Anatomie und Physiologie vollkommen durcheinander gebracht.«

»Darüber würde ich mir keine Gedanken machen. Als ich hier anfing, hätte alles, was ich über Anatomie und Physiologie wusste, auf eine Briefmarke gepasst. Seitdem habe ich einiges dazugelernt. Der Groschen fällt ganz plötzlich. Jetzt habe ich mit den Nerven und Muskelsträngen meine Schwierigkeiten.«

»Was halten Sie von Dannys Bein?«

»Schrecklich. Der arme, kleine Kerl. Dabei freut er sich so

sehr, bald wieder Fußball spielen zu können. Es zerreißt einem das Herz.«

»Meinen Sie, er weiß Bescheid?«

»Ja und nein. Für einen Zwölfjährigen ist er ziemlich aufgeweckt. Und mit seinem Geplapper verbirgt er geschickt, was er wirklich empfindet. Sie haben heute Morgen auf Station B zu tun, zusammen mit Schwester Murphy. Wenn sie ihn wieder bemuttert und er weinen muss wie so oft, reißt der Oberschikanierer sie in Stücke. Er hat schon die ganze Woche schlechte Laune. Und seine Unverschämtheiten werden immer schlimmer. So, da wären wir. Ich arbeite heute auf Station C bei den Damen, Durchschnittsalter siebzig. Kommen Sie zurecht?«

»Ja, danke. Bis später.«

Matthew machte sich auf den Weg zum ersten Bett im Krankensaal. Der lange breite Raum war mit zwölf Patienten belegt, sechs Betten an jeder Seite. Zehn saßen in verschiedenen Haltungen aufrecht im Bett, die beiden letzten lagen flach auf dem Rücken. »Guten Morgen, alle zusammen!« sagte Matthew laut und ein Chor antwortete:

»Guten Morgen, Mr. Wallingham.«

»Guten Morgen, Schwester.«

»Guten Morgen, Mr. Wallingham«, kam die Antwort in starkem irischen Akzent, direkt gefolgt von einer Stimme aus dem Bett ganz hinten, die den Tonfall der Schwester täuschend echt nachmachte:

»Guten Morgen, Mr. Wallingham.« Aus allen Betten erscholl Gelächter und die Schwester antwortete, wieder in irischer Färbung: »Noch einen guten Morgen erleben Sie nicht, Mister Oberschlau, wenn Sie Ihre Zunge nicht zügeln.«

»Oh«, kam die freche Entgegnung, »nur zügeln … Sie sind zu gütig heute Morgen, Schwester. Gestern meinten Sie noch, Sie würden meine Zunge in einen Schraubstock spannen, damit ich den Mund halte.« Wieder erscholl Gelächter und Matthew stimmte ein; er wusste, dass Schwester Murphy ebenfalls lachte.

Ohne auf den geschickten Stimmenimitator zu achten,

wandte sie sich an Matthew: »Heute wartet viel Arbeit auf Sie, Mr. Wallingham. Sechs Patienten brauchen Krankengymnastik. Charlie Fox kommt gleich und bringt sie nach unten. Dann kommt der Sergeant und kümmert sich um Frank und Bill.« Er wusste, dass sie zu den beiden im Bett liegenden Männern blickte. »Sie können mit Leslie beginnen …« Ihre Stimme senkte sich, bis sie beinahe flüsterte: »Danny nehmen Sie am Schluss dran. Er ist sehr niedergeschlagen. Ich glaube, er weiß, was ihm bevorsteht. Armer, kleiner Kerl. Nun, es hilft alles nichts, wir müssen anfangen.«

Sie ergriff seinen Arm. »Arbeiten Sie besonders sorgfältig an Leslies Schultern. Er hat Schwierigkeiten, die Arme zu heben, wenn er sich am Haltegriff hochziehen will. Aber ich denke, Sie wissen, was zu tun ist.«

»Ja, Schwester. Vielen Dank.«

Matthews Tag nahm seinen Verlauf. Er kümmerte sich um Leslie und massierte ihn nach den Anweisungen der Schwester. Zehn Minuten später ging er zum nächsten Bett. Hier lag ein betagter Patient, der Joseph hieß. Während er dem alten Mann den Rücken massierte, hörte er ihm zu, wie er Geschichten aus seinem Leben erzählte – die meiste Zeit hatte er auf hoher See verbracht. Danach wechselte er zu dem Bett, das neben dem des zwölfjährigen Jungen stand.

Dieser Patient sprach selten. Er war ein junger Mann, der dem Leben mit Bitterkeit begegnete, weil sein Körper von Arthritis entstellt war, wo er doch fand, dass nur alte Menschen diese Krankheit haben dürften. Matthew hatte mit den üblichen Handgriffen seine Arbeit begonnen, als er zum ersten Mal an diesem Morgen die Stimme des Sergeants hörte. Er war unbemerkt in das Krankenzimmer getreten, doch jetzt sagte er in ziemlich lautem Ton zu Schwester Murphy:

»Die Nachtschwester hätte sich um ihn kümmern müssen. Kommen Sie mir nicht wieder damit, was die Ärzte gesagt oder notiert haben. Er sollte überhaupt nicht auf dieser Station liegen. Das ist ein Fall für die Chirurgie und sonst gar nichts.« Was die Schwester antwortete, hörte Matthew nicht, wohl aber die Entgegnung des Sergeants: »Nun kommen Sie schon. Regen Sie sich wieder ab. Und jetzt machen Sie weiter. Was ist das heute wieder für ein Tag ... Wir brauchen Platz für einen anderen Patienten. Wo ist Cook?«

»Ich glaube auf Station C.«

»Dann gehen Sie und holen ihn. Sagen Sie ihm, ich will ihn sprechen. Ich brauche hier Hilfe.«

»Ach, ich denke, wir schaffen das auch ...«

»Rede ich gegen Wände, Schwester? Was Sie denken und was ich denke, sind zwei verschiedene Dinge. Wie immer. Gehen Sie jetzt Cook holen?«

Matthew musste sich zwingen, die Hände nicht zur Faust zu ballen. Dieser Sergeant! Er ging ihm mächtig auf die Nerven. Nur mit Mühe behielt er seine gebückte Haltung über dem Patienten bei. Er wüschte, er wäre wieder Captain Wallingham. Dann hätte er sich aufgerichtet und den Kerl angebrüllt: »Vergessen Sie nicht, Sie haben eine Krankenschwester vor sich und keinen Hund, den Sie überall hinschicken können!« Gut, dass der Patient, den er gerade behandelte, nicht gesprächig war. Bei dem Zorn, der in ihm kochte, wäre er unfähig gewesen, auf ihn einzugehen.

Als er zu Danny wechselte, herrschte am anderen Zimmerende große Unruhe. Er hörte Stöhnen, Kommentare und alles übertönend die Stimme des Sergeants.

Danny hatte sich im Bett aufgerichtet. »Hallo, Captain«, sagte er leise.

»Hallo, Danny.«

»Er ist heute Morgen schwer in Fahrt, wie?«

»Hast du ihn jemals anders erlebt?«

»Er mag Sie nicht.«

»Weiß ich.«

»Wissen Sie auch, warum?«

»Nicht, eigentlich nicht.«

»Weil ich Sie gut leiden kann und Sie Captain nenne.«

»Das ist der Grund?«

»Ja ... hauptsächlich. Außerdem habe ich ihm gesagt, dass ich Sie gut leiden kann und dass Sie für einen Captain ziemlich nett sind. Das habe ich auch gemacht, weil meine

Mama immer sagt: ›Hochnäsiges Gesindel, der ganze Militärhaufen.‹«

Matthew lächelte und begann das rechte Bein des Jungen von der Hüfte abwärts zu massieren. »Dann sag deiner Mama, man darf nicht alle in der Armee über einen Kamm scheren. Aus der Nähe betrachtet, sind manche von unserer Sorte gar nicht übel.«

»Oh, das weiß sie. Sie hat gemeint, bei Ihnen könnte sie schwach werden, weil Sie so gut aussehen.«

»Ach komm. Erfind keine Geschichten.«

»Das sind keine Geschichten, Captain ...« Dannys Stimme wurde sehr leise.

»Was ist?«

»Ich ... soll heute Nachmittag über den Gang gebracht werden.« Matthew konnte nicht gleich antworten. Seine Kehle war in diesem Augenblick genauso zugeschnürt, wie die des Jungen sein musste. Dann hörte er Danny mit gebrochener Stimme fragen: »Captain, die nehmen mir doch nicht das Bein ab, oder?«

Wie log man überzeugend? Er sagte mit fester Stimme: »Nein, ich glaube nicht. Soweit ich weiß, versuchen sie nur, es zu strecken, damit es gerade wird.«

»Aber es *ist* gerade.«

Lieber Gott, dachte er und hörte sich erwidern: »Das ist außen, Danny. Innen sieht es anders aus ... Aber die Ärzte heute bewirken wahre Wunder. Was sie mit den Nerven, Sehnen und Muskelsträngen alles anstellen können! Du weißt, ich bin neu hier, aber so viel kann ich sagen: Ganz gleich, was sie mit dir dort hinten anstellen, sie wollen nur das Beste für dich, denn ... hm, wir alle haben dich sehr gern. Auch wenn du ein frecher Rotzbengel bist.«

Nach kurzem Schweigen sagte Danny: »Heute Nachmittag kommt meine Mama. Sie hat gesagt, sie geht mit und hält meine Hand. Würden ... würden Sie auch mitkommen und meine andere Hand halten? Mr. Fox erlaubt es bestimmt. Er schiebt mich.«

Matthew griff ziellos an Dannys Bein herum. In diesem Moment hörte er eine Stimme hinter sich. Das Gebrüll traf ihn wie ein Schlag gegen den Kopf und er wäre beinahe über das Fußende des Bettes gekippt. »Was zum Teufel soll das werden? Gütiger Gott, Sie haben wohl gar nichts gelernt, wie? Gehen Sie mir aus dem Weg, Mann, Sie ungeschickter Idiot!«

Was als Nächstes geschah, dauerte nur Sekunden. Der Sergeant packte Matthew von hinten am Kragen und schwenkte ihn herum. Matthew musste gespürt haben, dass er dem Sergeant direkt gegenüber stand, denn er brachte im selben Moment beide Fäuste vor. Eine landete mitten im Gesicht des Sergeants, die andere traf ihn an der Schulter. Der Sergeant verlor das Gleichgewicht und schlug mit dem Rücken der Länge nach auf den Boden.

Matthew zitterte am ganzen Körper. Er befand sich nicht mehr im Krankenzimmer, sondern war irgendwo draußen und rannte in einer Gruppe mit seinen Männern. Alle schrien und riefen. Einer von ihnen musste Henry Cook sein, denn er schrie in sein Ohr: »Alles in Ordnung, Mann. Bewahren Sie Haltung. Er hat es herausgefordert. Wir alle haben gehört, was er gesagt hat.«

Als Nächstes nahm Matthew wahr, dass Henry mit Danny redete. »Es ist alles gut, mein Junge«, sagte er sanft. »Alles ist gut. Du kannst den Captain wieder loslassen. Ihm ist nichts geschehen.«

»Ich kann den Captain gut leiden.«

»Ich weiß, dass du ihn magst, Danny.«

»Wird er jetzt gefeuert?«

»Nein, nein, wird er nicht.«

»Er blutet … der Sergeant blutet.«

»Ja, ich weiß. So ist es gut, mein Junge. Lass den Arm des Captain los. Mit ihm ist alles in Ordnung. Alles in Ordnung.«

In diesem Augenblick kannte Matthew nur einen Wunsch; er wollte sich hinsetzen. Kurz darauf wurde ihm klar, dass er bereits saß. Er hatte nicht mitbekommen, dass Unterrichtsschwester Foster ihn aus dem Krankenzimmer geführt hatte, doch jetzt saß er in ihrem Büro. Sie sagte zu einer Untergebenen: »Danke, Schwester.« Und dann: »Trinken Sie diesen Tee, Captain.«

Er trank die Tasse in großen Zügen leer. »Die Pflegeschwester wird Sie in den Aufenthaltsraum bringen und ich möchte, dass sie sich dort eine Weile ausruhen«, sagte Schwester Foster.

»Nein, Unterrichtsschwester. Ich … bin fertig hier und würde gern nach Hause fahren.«

»Es tut mir Leid, Mr. Wallingham.« Die Stimme von Schwester Foster nahm einen anderen Ton an. »Das geht vorerst nicht. Sie haben den Sergeant niedergeschlagen und bis jetzt kann ich nicht sagen, welche Verletzungen er davongetragen hat. Die Angelegenheit muss untersucht werden. Daher bitte ich Sie, meinen Anweisungen zu folgen. Die Pflegeschwester wird Sie begleiten.«

Matthew protestierte nicht. Die Schwester nahm seinen Arm und führte ihn aus dem Zimmer. Sie waren noch nicht weit gegangen, als ihre leise Stimme zu ihm drang: »Machen Sie sich keine Gedanken. Er hat es nicht anders gewollt. Der Mann ist ein Schwein. Ich wünschte nur, ich wäre dabei gewesen und hätte gesehen, wie sie zugeschlagen haben.«

Er sagte nichts. Die Stimme war ihm nicht vertraut, aber sein Geist wurde wieder klarer. »Wie wird in einem Fall wie meinem üblicherweise verfahren?«, fragte er.

»Oh …« Sie lachte leise. »Das kann ich nicht sagen, denn es geschieht nicht oft. Wahrscheinlich werden die Oberschwester und Dr. Venor Sie zu sich zitieren und hören wollen, was Sie zu der Angelegenheit zu sagen haben.«

Und dann – Suspendierung vom Dienst. Auch wenn er den Gedanken nicht laut aussprach, löste er Bedauern in ihm aus. Er hätte die Ausbildung gern fortgesetzt und den Abschluss gemacht, um eine eigene Praxis eröffnen zu können. In letzter Zeit sah er sich darin Seite an Seite mit Liz arbeiten.

Jetzt war er im Aufenthaltsraum. Die Schwester hatte ihn auf ein Sofa gesetzt und sagte: »An Ihrer Stelle würde ich meine Beine hochlegen. Die Anweisung, ›Holen Sie tief Luft und entspannen Sie sich‹, spare ich mir. Aber versuchen Sie, locker zu lassen, zumindest körperlich. Sie sind nämlich starr vor Anspannung. So, jetzt lasse ich Sie allein. Bis später.«

»Danke.«

Er blieb eine Weile sitzen, den Kopf auf seine zusammengelegten und zwischen die Knie gepressten Hände gesenkt. Im Raum herrschte tiefe Stille. Vom Gang drang kein Laut herein. Um ihn herum breitete sich ein Gefühl der Leere aus und er versank erneut darin.

Nein! Nein! Er rüttelte sich selbst wach; dann beugte er sich vor, zog die Schuhe aus, legte die Füße hoch und lehnte sich auf dem Sofa zurück. Wie jetzt hatte er sich nicht mehr gefühlt seit dem furchtbaren Moment, als die Erkenntnis in ihn einsank, blind zu sein. Sicher, er hatte Albträume gehabt, aber die waren in der Nacht gekommen, nicht während des Tages wie jetzt. Es war wieder wie in jener Nacht, als er nach seiner Mutter gerufen hatte und Liz gekommen war. Er wollte sie bei sich haben – den beruhigend festen Griff ihrer Hand spüren. Ihre Stimme hören, die ihm sagte, dass alles in Ordnung war – nicht nur in Ordnung, sondern dass sie ihn liebte, wirklich und wahrhaftig liebte.

Für einen Moment hatte er das Gefühl, als wäre sie ins Zimmer getreten und in seiner Nähe, aber er roch sie nicht. Trotzdem war sie irgendwie da. Er spürte, wie seine Glieder sich entspannten. Dabei wurde ihm der leichte Schmerz am Oberschenkel bewusst, der gelegentlich kam, an den Stellen, wo sich die transplantierte Haut über Muskeln und Knochen spannte. Sein Atem ging wieder in tiefen Zügen, ganz natürlich, ohne Zwang. Die Schwester hatte Recht. Sein Körper war steif vor Anspannung gewesen. Trotzdem, er hatte dem Wunsch nachgegeben, der seit Wochen in ihm brannte – er hatte dieses Schwein niedergeschlagen. Eine Faust war mitten in seinem Gesicht gelandet, das wusste er; die andere hatte irgendwo an der Schulter getroffen. Dann war der Sergeant zu Boden gegangen. Er hatte ihn buchstäblich niedergestreckt. Aber um welchen Preis? Um ein Haar hätte der Zwischenfall ihn selbst in die Stille und das Schweigen zurückbefördert. Nein, nein, er hatte dagegen angekämpft und war wieder ganz in der Wirklichkeit.

»Gott sei Dank …«, murmelte er, langsam und tief ausatmend.

Ihm war nicht bewusst, dass er geschlafen hatte, bis er die Stimmen gewahr wurde. Eine sagte: »Eine Schande, ihn aufzuwecken. Kriegsneurose, würde ich sagen. Menschenskinder, war das eine Aufregung! Ich hätte am liebsten laut gelacht, als der große Angeber mit blutiger Nase am Boden lag – der mächtige Sergeant, niedergeschlagen von einem Blinden. Nachdem man ihn hinausgebracht hatte, hätten Sie hören sollen, was auf der Station los war. Seit Jahren gab es keinen größeren Spaß für das Pflegepersonal. Aber jetzt wartet das Exekutionskommando. Wir müssen ihn wecken.«

Matthew spürte, wie Henry Cook ihn an der Schulter schüttelte, und hörte ihn leise sagen: »Kommen Sie, alter Junge. Sie werden im Sitzungszimmer erwartet.«

Matthew gähnte. »Wo?«

»Die Oberschwester und Venor wollen mit Ihnen reden.«

Matthew arbeitete sich in eine sitzende Haltung hoch, zog die Schuhe an und griff nach seinem Stock. Dann stand er auf. »Wo sind sie?«, fragte er.

»Im Sitzungszimmer. Und Schwester Murphy ist hier. Ihr Dienst ist seit einer halben Stunde beendet und sie hat über Ihren Schlaf gewacht.«

»Danke, Schwester.« Er wandte sich in die Richtung, wo er sie vermutete.

Sie legte ihre Hand auf seinen Ärmel und sagte: »Sie müssen mir nicht danken, Captain – ich kann Sie jetzt mit gutem Gewissen so nennen, denn Sie haben heute Morgen eine Reihe offener Rechnungen für mich beglichen. Oh, einen Monatslohn würde ich geben, um das Schauspiel noch einmal zu erleben. Glauben Sie mir.«

Als sie zur Tür kamen, ging diese auf und Charlie Fox stand da. »Wie geht es Ihnen, Sir?« fragte er. »Ich habe versucht, auf ein Wort vorbeizukommen, war aber den ganzen Vormittag nicht abkömmlich. Schwester Foster befindet sich auf dem Kriegspfad. Jedenfalls wollte ich sagen, Sie haben gute Arbeit geleistet, Sir – was nicht anders zu erwarten war. Ich selbst hatte schon lange vor, das Gleiche zu tun.«

»Warum haben Sie es nicht gemacht, Charlie? Sie hätten mir viel Ärger erspart.«

»Wohin gehen Sie jetzt, Sir? Zurück auf die Station?«

»Nein, Charlie. Anscheindend muss ich vor ein Inquisitionsgericht.«

»Oh, klar«, lachte Charlie. »Eine Befragung wird es schon geben, aber höchstwahrscheinlich bekommen Sie anschließend eine Medaille.«

»Sicher. Mindestens.«

»Ihr Fahrer wird in Kürze hier sein. Ich sage ihm, er soll auf Sie warten. In Ordnung, Sir?«

»Ja, bitte. Das wäre nett.«

»Machen Sie Platz, Charlie«, bat Schwester Murphy. Als sie an ihm vorbeitraten, meinte sie: »Man hat mich zu warten aufgefordert; auch Henry. Ich nehme an, für die Befragung.« Sie lachte leise. »Als Zeugen des Verbrechens, Sie verstehen. Bei uns Katholiken – ich bin nämlich katholisch, müssen Sie wissen – gibt es eine Redensart: ›Im Himmel herrscht eitel Freude über jeden Sünder, der bereut.‹ Nun, ich sage, auf unserer Station herrscht eitel Freude über einen Mistkerl, der sein Fett abbekommen hat; wenn ein Sergeant diese Bezeichnung verdient hat, dann ist es Mullen.«

»Oh, Schwester, ich möchte nicht lachen«, sagte Matthew. »Wenn ich in dieser Situation lachend das Sitzungszimmer betrete, kommen die starken Männer mit der Zwangsjacke, um mich abzuholen.«

»Sie haben Recht. Das wäre einigen da drinnen zuzutrauen. Ich könnte Ihnen ein paar Namen nennen – von Leuten, die selbst psychiatrische Behandlung nötig hätten. Aber da sind wir schon.« Sie senkte die Stimme. »Bleiben Sie stehen und rücken Sie die Krawatte zurecht. Glätten Sie Ihr Haar; es steht senkrecht, als hätten Sie einen elektrischen Schlag erhalten.« Er tat wie geheißen und sie sagte: »Warten Sie einen Moment, bis ich Sie ankündige.«

Er hörte, dass sie anklopfte. Dann machte sie dir Tür auf und sagte: »Oberschwester, Mr. Wallingham ist da.«

Eine Antwort erfolgte nicht. Die Schwester führte Matthew hinein und ließ ihn auf einem Stuhl Platz nehmen. An der Tischseite gegenüber saßen mehrere Personen, das wusste er sofort. Er hörte Papierrascheln, vereinzeltes Husten und Räuspern.

»Hiermit teile ich Ihnen die Namen der Anwesenden mit«, begann eine Stimme, die er als die Dr. Venors erkannte. »Oberschwester Johnson, stellvertretende Oberschwester Evans und Unterrichtsschwester Foster, mit der Sie gut bekannt sind, und nicht zuletzt Dr. Hamilton.«

An dieser Stelle hätte Matthew am liebsten laut gebrüllt: »Sir, ich brauche keinen Psychiater.«

Schwester Foster schien zu wissen, was in ihm vorging, und schaltete sich ein: »Wir möchten nur Ihre Darstellung des Vorfalls hören, Mr. Wallingham.«

»Ich denke, Sie kennen sie bereits«, entgegnete er scharf. »Ich habe den Sergeant niedergeschlagen, und das – so möchte ich hinzufügen – nicht zur Unzeit. Dieser Mann ist mit mir auf eine Art und Weise umgegangen, die sich der kleinste Rekrut nicht gefallen lassen muss, ganz gleich, was er verbrochen hat.«

»In welcher Weise ist er mit Ihnen umgegangen? Erklären Sie uns das bitte, Mr. Wallingham.«

Das war die Oberschwester. Er wandte den Kopf in die Richtung, aus der ihre Stimme kam. »Er hat mir Fallen gestellt, regelrechte Fußangeln, in denen ich mich verfangen sollte.«

»Wie meinen Sie das? Konkret?« Die Frage stellte der Arzt.

»Ich spreche von einem Besen mit langem Stiel, der angeblich rein zufällig meinen Weg versperrte; von einer im Weg liegenden Keksdose. Oder, das war sein letzter Versuch, von Schwester Fosters voll gestopftem Papierkorb, der mir entgegenrollte.«

»Woher wissen Sie das alles?« Die Frage kam von Miss Evans. »Sie sind blind.«

»Ja, ich bin blind. Sonst würde er nicht zu diesen hinterhältigen Gemeinheiten greifen. Ich wurde in allen Fällen von Patienten gewarnt.«

Einen Moment lang sprach niemand, dann drang die

Stimme des Psychiaters zu ihm: »Seit Beginn Ihrer Ausbildung sind Sie mit diesem Mann nicht zurechtgekommen, nicht wahr?«

»Richtig. Und auch sonst ist niemand mit ihm zurechtgekommen. Er ist ein Kujonierer von der ganz üblen Sorte. Kerle wie er legen sich nie mit Gleichstarken an, die sich wehren können. Nun hat er mir eine Gelegenheit gegeben, indem er mich anbrüllte und mich einen ›ungeschickten Idiot‹ nannte. Dann packte er mich am Kragen, hob mich vom Boden und schwenkte mich herum, weg vom Krankenbett. Ich wusste, ich stand ihm direkt gegenüber und holte instinktiv mit der Faust aus – blindlings könnte man sagen –, um mich gegen diese unwürdige Behandlung und seine laut gebrüllten Beleidigungen zu wehren.«

»Von Sergeant Mullen haben wir erfahren, er sei zum Handeln gezwungen gewesen, da Sie Ihre Arbeit fehlerhaft ausführten. Waren Sie sich bewusst, dass Sie nicht ganz bei der Sache waren?«

»Ja, ich denke schon.«

»Und warum waren Sie nicht bei der Sache?«

Die Stimme des Arztes klang durchdringend. Matthew antwortete im gleichen Ton: »Weil ich in dem Augenblick gefühlsmäßig beeinträchtigt war, Sir.«

»Gefühlsmäßig beeinträchtigt? Warum?«

»Bei dem Patienten, mit dem ich gearbeitet habe, handelt es sich um den jungen Danny Fairclough, Sir. Ihnen ist sicher bewusst, dass ihm heute das Bein amputiert wird. Er sprach davon und stellte mir Fragen.«

»Was für Fragen?«

Matthew schüttelte ungeduldig den Kopf. »Alle möglichen Fragen.«

»Über sein Bein?«

»Ja. Über sein Bein und über andere Dinge.«

»Und Sie haben seine Fragen beantwortet?«

»Ja, mit Lügen. Einem Jungen wie ihm sagt man die Wahrheit nicht ins Gesicht. Er ist noch ein Kind und sehr empfindsam, trotz seiner frechen Reden. Unser Gespräch hatte mich bereits tief berührt. Aber als er sagte, seine Mutter werde ihn auf dem Weg zum Operationssaal begleiten, und vorschlug, ich solle ebenfalls mitkommen, habe ich alles vergessen, was man mir beigebracht hat. Statt ihn zu massieren, habe ich mit beiden Händen sein Bein umklammert. Den Rest der Geschichte kennen Sie.«

Nach einer Pause sagte Dr. Venor kühl: »Dies ist nicht der richtige Ort, um seinen Gefühlen freien Lauf zu lassen.«

»Nein?« Matthew schrie fast. »Dann sagen Sie mir, wo dieser Ort sein soll. Würden Sie auch die Anweisung geben, dass alle, die mit Patienten zu tun haben, sich wie der Sergeant zu verhalten haben?«

»Mr. Wallingham, bitte beruhigen Sie sich.«

Er wandte sich an die Oberschwester: »Ich bin so ruhig, wie ich nur sein kann, wenn ich solche Reden höre. Für mich ist dieses Gespräch beendet. Ich bleibe nicht länger im Krankenhaus und wenn Mullen den Fall vor Gericht bringen will, werde ich ihn nicht daran hindern.«

Wieder entstand ein kurzer Moment des Schweigens, bevor Schwester Foster mit ruhiger Stimme sagte: »Seien Sie nicht albern, Mr. Wallingham. Dr. Venor hatte Recht, in gewisser Hinsicht. Man kann es sich nicht leisten, auf diese Weise seine Gefühle zu offenbaren. Lassen Sie sich von mir gesagt sein, die Patienten wären schwierig, wenn sie wüssten, dass wir uns innerlich so von ihnen beeinträchtigen ließen. Und zu Ihrer Erwartung, der Sergeant könnte den Fall vor Gericht bringen, sage ich Ihnen, das wäre eine dumme Idee. Der Mann mag sein, was er will, aber ein Narr ist er nicht. Ihm ist sicher nicht recht, wenn öffentlich bekannt wird, dass … ein Blinder ihn wegen seiner Grobheiten niedergeschlagen hat. Aber lassen wir das und Sie beruhigen sich jetzt. Ihre Idee, die Ausbildung abzubrechen, kann ich ebenfalls nur albern nennen. Sie unterstehen meiner Verantwortung und ich weiß, dass Sie das Zeug zu einem wirklich guten Therapeuten besitzen. Jetzt lassen Sie sich von der Oberschwester oder von Dr. Venor über die Maßnahmen unterrichten, die eingeleitet wurden.«

Es entstand der Eindruck, als hätte sie die Gesprächsleitung übernommen. In diesem Augenblick schienen alle anderen Unterrichtsschwester Foster zu unterstehen – die Oberschwester, ihre Stellvertreterin, der Arzt und der Psychiater.

Niemand sprach ein Wort und ein unbehagliches Gefühl breitete sich aus, bis Matthew sich wieder setzte und seufzend sagte: »Ich entschuldige mich für mein Verhalten, Doktor. Es tut mir Leid, was geschehen ist.«

Einige Sekunden vergingen, bis er eine Antwort erhielt. Sie kam im gleichen Ton, in dem Matthew gesprochen hatte. »Ich verstehe«, sagte der Arzt ruhig. »Sergeant Mullens allgemeines Verhalten ist auch mir nicht entgangen. In Zukunft wird er Mr. Quinton unterstellt sein. Wie Sie wissen, ist Mr. Quinton Meister in asiatischen Kampfsportarten und unterrichtet Judo und Karate. Paul Jenkins, der derzeitige Assistent von Mr. Quinton, wird in Ihrer Abteilung die Stelle des Sergeants übernehmen.« Als der Arzt weitersprach, klang ein Anflug von Humor in seiner Stimme mit: »Ich bin sicher, Sie werden mit einer gewissen Befriedigung zur Kenntnis nehmen, dass der Sergeant in der Sporthalle nicht mehr mit seinem Rang angesprochen wird. Dort wird er Mr. Mullen sein und sonst nichts. Offen gestanden glaube ich, das trifft ihn schwerer als seine Versetzung.«

Matthew war unfähig zu sprechen. Der Arzt hatte Recht. Der Verlust seiner Rangbezeichnung würde ein schwerer Schlag für Mullen sein, aber die Versetzung auf einen niedrigeren Posten nicht weniger. Gütiger Gott, für einen Moment tat er ihm tatsächlich Leid. Aber nur kurz. Die Neuigkeit nahm eine schwere Last von seinen Schultern. Dies war das letzte Hindernis zu seinem Glück gewesen.

Außerhalb des Krankenhauses hatte er längst das Gefühl gehabt, dass dieses Glück gesichert war, doch sobald er morgens durch das Tor schritt, war der Gedanke an den Sergeant da gewesen und vor ihm hatte ein weiterer schwieriger Tag gelegen, an dem er dessen barsches und hasserfülltes Benehmen ertragen musste.

»Es tut mir Leid«, sagte er jetzt langsam, »dass ich diesen ganzen Aufruhr verursacht habe. Aber irgendwann musste es so kommen, ob durch mich oder jemand anderen.« Ruhiger fügte er hinzu: »Ich danke Ihnen für Ihr Verständnis und Ihre Nachsicht und ich versichere Ihnen, ich werde alles tun, was in meinen Kräften steht ... ich meine, ich werde das Beste aus meiner Ausbildung machen.«

»Damit ist alles gesagt, denke ich.« Jetzt übernahm die Oberschwester wieder die Führung. »Dies war ein sehr ungewöhnlicher Vormittag und die Zeit für das Mittagessen naht. Ich bin sicher, wir alle haben eine Pause nötig. Statonsschwester, würden Sie bitte Schwester Murphy für Mr. Wallingham holen?«

Matthew erhob sich. Er spürte, dass die Oberschwester lächelte. Er selbst fühlte sich schwach, wie ausgelaugt, aber auch in Hochstimmung. In Zukunft arbeitete er also mit Paul Jenkins. Jenkins war ein netter Mensch. Er hatte bereits einige Male mit ihm gesprochen.

Als die Schwester seinen Arm nahm, wandte er sich zum Tisch und sagte schlicht: »Danke.« Dann ließ er sich aus dem Zimmer führen.

Sie hatten den halben Weg durch den Korridor zurückgelegt, als die irische Stimme flüsterte: »Sie haben Ihnen alles gesagt. Gut gemacht! Meine Ohren sind ausgezeichnet ... ›feine Lauscher‹ nannte meine Mutter sie. Und jetzt bringe ich Sie zu Ihrem Fahrer«, fuhr sie fort. »Er sitzt im Wartezimmer. Charlie Fox hat mir gerade gesagt, er hätte den Eindruck, dass der Bursche Ihretwegen ziemlich aufgeregt ist. Aber Charlie konnte ihm versichern, dass Sie keinen Kratzer abbekommen haben.«

Wenige Minuten später wurde er von Jim begrüßt, der ängstlich fragte: »Alles in Ordnung mit Ihnen?«

»Ja. Alles in bester Ordnung.«

»Was ist passiert? Sind Sie vor die Tür gesetzt worden?«

»Vor die Tür gesetzt? Nein, nein. Es ist alles geregelt. Den Rest erzähle ich Ihnen später. Wartet Li... Miss Ducksworth schon?«

»Nein, es ist erst zehn vor zwölf.«

»Gut, dann bringen Sie mich bis in die Halle und warten dort auf sie. Ich gehe noch einmal auf die Station und rede mit Schwester Foster.«

»Klar, mache ich. Ist auch wirklich alles in Ordnung?«

»Halten Sie den Mund, Mann, und tun Sie einmal, was Ihnen aufgetragen wurde!«

»Nun hör sich einer das an!«, rief Schwester Murphy. »Sie klingen schon ganz wie der Sergeant.«

»Oh, ich kann noch schlimmer als er«, erklärte Matthew, verbesserte sich aber gleich in verändertem Ton: »Nein, kann ich nicht. Ich hasse den Gedanken, mit ihm in Verbindung gebracht zu werden.«

»Das liegt an meinem Mundwerk. Ich hätte nicht so reden sollen. Jetzt kommen Sie. Ich bringe Sie auf die Station, und dann mache ich für heute hier Schluss, wenn's recht ist, Mister Captain Wallingham.«

»Es tut mir Leid, sollte ich Ihre freie Zeit in Anspruch genommen haben, Schwester.«

»Keine Ursache. Den Auftritt hätte ich um nichts auf der Welt verpassen wollen. Jetzt kommen Sie.«

Als Matthew zu Grace Foster ins Büro kam, ergriff sie seine beiden Hände und sagte: »Ich bin so froh, dass die Sache überstanden und geklärt ist.«

»Das ist einzig und allein Ihr Verdienst, Schwester Foster. Sie haben die Wogen geglättet. Der Doktor hätte auch sehr unangenehm werden können.«

»Manchmal tut es den Herren sehr gut, wenn man ihnen die Wahrheit sagt; und im Grunde ist der Doktor gar nicht so übel. Ein wenig stur, aber fair. Und fair war er zu Ihnen; das heißt, nachdem Sie sich entschuldigt haben. Angesichts Ihres Temperaments hat mich das wirklich überrascht.«

»Oh, Schwester!«

»Hören sie auf mit dem ›Oh, Schwester‹! Und jetzt hinaus mit Ihnen. Ihr Bursche wird längst in Ihrem hübschen, kleinen Wagen auf Sie warten. Du meine Güte! Ist das ein Schlitten! Sie erledigen alles im großen Stil, nicht wahr?«

»Nein, so ist es nicht, Schwester. Den Wagen hat Jim gekauft. Jim ist mein Fahrer. Sie wissen, wie schwer Autos zu bekommen sind. Er hat den Wagen entdeckt und in meinem Namen gekauft. Er wurde gebraucht angeboten. Ich hatte keine Ahnung, bis er bei uns im Hof stand. Jetzt bin ich sehr glücklich, ihn zu haben, den Wagen und meinen Fahrer. Und noch etwas wollte ich Ihnen sagen, Schwester. Ich … habe mich verlobt und werde bald heiraten.«

»Ach, sagen Sie das noch einmal.«

»Ich habe mich verlobt und werde bald heiraten.«

»Was Sie nicht sagen! Und wer ist die Glückliche?«

»Ich bin sicher, Sie kennen sie. Sie arbeitet auf Station B. Ihr Name ist Ducksworth, Elizabeth Ducksworth.«

»Ducksworth. Ja, natürlich. Elizabeth Ducksworth. Ist das nicht die Krankenschwester, die Ihnen damals beigestanden hat?«

»Genau die.«

»Aber wie konnte das alles vor sich gehen, ohne dass ich davon erfahren habe, bei meiner Spürnase?«

Matthew lachte. »Eben klangen sie fast wie Schwester Murphy.«

»Tja, kein Wunder, so oft, wie ich mit ihr zu tun habe. Aber nun erzählen Sie, wie alles gekommen ist.«

»Nun, wir haben unsere Verlobung noch nicht in der Familie bekannt gegeben. Das geschieht morgen.«

»Und hier weiß auch noch niemand davon?«

»Nein. Ich bin sicher, sie hat noch keinem ein Wort gesagt.«

»Oh, oh«, sagte Schwester Foster mit erhobener Stimme. »Dann warten Sie ab, bis ich Isabel Fowler auf Station B erzählt habe, dass ihre Pflegeschwester Ducksworth verlobt ist … und mit wem! Ach …« Sie stupste seinen Arm und sagte: »Sind wir nicht alle Menschen? Wollen wir nicht alle jemanden ganz für uns allein haben?«

Matthew traf Jim auf halbem Weg durch den Korridor. »Miss Ducksworth wartet im Wagen. Sie kann es nicht glauben. Dass jemand dem Sergeant einen Denkzettel gegeben hatte, wusste sie, aber sie hatte keine Ahnung, dass Sie es waren. Oh, Himmel! Ich wünschte, ich wäre dabei gewesen. Ein linker Haken, mitten ins Gesicht, und überall Blut, sagte Charlie.«

»Seien Sie still und lassen Sie uns gehen.«

Dann saß er im Wagen, hielt Elizabeths Hand und küsste

sie. Erst dann konnte sie sagen: »Du hast den Sergeant wirklich niedergeschlagen und musstest vor der Krankenhausleitung erscheinen? Was wirst du als Nächstes tun?«

»Meine Arme um dich legen und dich bis morgen fest halten.«

»Nicht so stürmisch. Erzähl mir, was passiert ist.«

Er berichtete ihr in wenigen Worten, was vorgefallen war, und endete: »Ich fühle mich wie auf Wolken, aber lieber sollte ich ein schlechtes Gewissen haben, denn er ist versetzt worden. Noch schlimmer, er kann seine Rangbezeichnung nicht länger führen. Andererseits, der Gedanke, mich ab jetzt frei in den Krankenzimmern bewegen zu können, ohne auf ihn zu stoßen, macht mich glücklich. ›Oh, wie glückliche Tage steh'n mir bevor‹«, sang er laut und Elizabeth lachte.

Eine Stimme drang durch die Trennscheibe herein und unterbrach sie: »Wie immer?«

»Natürlich, wie immer.«

Wenige Minuten später setzte Jim sie in einer Seitenstraße vor einem kleinen Café ab, das er wenige Wochen zuvor für sie entdeckt hatte.

Bevor er die Wagentür wieder schloss, fragte er: »Werden Sie heute Abend bei Ihrer Familie den Vorfall erwähnen?«

»Vielleicht«, antwortete Matthew lachend.

»Falls nicht, Sir, und das ist mein Ernst, erledige ich das für Sie, besonders bei Ihrer Grandma. Um nichts auf der Welt will ich verpassen, was sie dazu sagt.«

Wieder lachte Matthew. Ihm ging es nicht anders als Jim.

Jim war nicht anwesend, um Annie Wallingham zu beobachten, doch ihre Reaktion entsprach seinen Erwartungen. Sie erhob sich aus dem Sessel, ging durch das ganze Zimmer, um zu Matthew zu gelangen, und legte die Hände auf seine Schultern. Dann sagte sie: »Du hast ihm wirklich einen Fausthieb verpasst und er ging zu Boden?«

»Ja. Ich habe den Kerl getroffen, zwischen die Augen, glaube ich. Aber egal, welcher Körperteil es war, seine Nase blutete anständig. Mein zweiter Schlag verfehlte allerdings das Ziel und traf ihn an der Schulter.«

»Lieber Gott! Wer hätte das gedacht! Gib deiner Granan einen Kuss.«

Er küsste die runzligen Lippen; dann hielt er seine Großmutter umfangen und sie lehnte sich an ihn, tränenselig murmelnd: »Wie wünschte ich in diesem Augenblick, dein Großvater wäre hier! Er würde dir auf den Rücken klopfen und eine ganze Flasche Portwein leeren, ein Glas nach dem anderen und alles auf dein Wohl. Du, ein Behinderter, schlägst diesen Tyrannen zusammen, der dich früher oder später zerbrochen hätte. Das kann ich beurteilen, auch wenn du nur wenig preisgegeben hast. Wirst du deinem Vater davon erzählen?«

»Was denkst du? Sollte ich?«

»Ja, unbedingt. Ich bin sicher, er wird an der Geschichte sein Vergnügen haben. Und noch etwas. Es ging ihm heute besser. Weißt du, es ist ein ständiges Auf und Ab. Aber heute kommt er zum Essen nach unten.«

»Nein!«

»Doch. Und deine Mutter freut sich sehr. Ich sage dir etwas.« Sie stieß ihre kleine Faust gegen seine Brust. »Ich werde heute Abend ebenfalls zum Essen am Familientisch erscheinen. Das Reden kannst du also mir überlassen. Ich erzähle ihnen die Neuigkeit. Das wird mir ein Vergnügen sein. In meinem Leben gibt es nicht mehr viel, über das ich mich freuen kann, aber diese Sache genieße ich. Ich will den Ausdruck auf ihren Gesichtern sehen. Ach, wie wünschte ich, die Mädchen wären da, zusammen mit ihren dummen Ehemännern. Ach, das wünschte ich wirklich! Aber der anwesenden Familie eine Überraschung zu bereiten ist als Vergnügen auch nicht zu verachten.«

»Du bist unverwüstlich, Granan. Weißt du das? Du wirst niemals alt.«

»Sei nicht albern. Ich bin ganz wacklig auf den Beinen und schaffte die Treppe da drüben kaum noch. Vor dem Tag fürchte ich mich, wenn ich nicht mehr in das obere Zimmer gelangen kann, um das einzige Stück Welt zu betrachten, das mir geblieben ist. Nun mach schon! Lass mich allein, sonst werde ich noch trübsinnig. Du besitzt eine samtene

Abendjacke, nicht wahr? Seit du zurück bist, hattest du sie nie an. Trag sie heute Abend. Dies ist die richtige Gelegenheit dafür. Die Jacke wird nicht zu förmlich sein, so dass du dich morgen noch steigern kannst, aber heute ist auch ein besonderer Tag. Die Familie soll sehen, dass du trotz deiner Behinderung kein Krüppel bist; und du selbst sollst das auch begreifen. Du bist kein Krüppel, verstehst du? Als Nächstes musst du wieder Klavier spielen. Ich werde keine Ruhe geben, bis du das tust. Hast du verstanden?«

»Ja, ich habe verstanden, *Madam*.«

»Dann geh jetzt. Nimm ein Bad und wirf dich in Schale. Wir sehen uns beim Essen – Sir.«

Die letzten Worte sagte sie in erhabenem Ton und mit deutlicher Aussprache. Lachend verließ Matthew den Raum.

Sie hatten den Suppengang beendet und begannen mit dem Fisch, als die alte Dame den Blick auf Matthew richtete und sagte: »Am besten nimmst du dir heute Abend von allem die doppelte Portion, wenn du auch in Zukunft im Boxen so erfolgreich sein willst.«

Ihr Sohn reagierte auf die gewünschte Weise: »Was willst du damit sagen, Mutter? Im Boxen?«

»Er hat euch nichts erzählt? Nun dann! Warum so schüchtern, du da hinten?« Sie wies auf Matthew, der am entgegengesetzten Tischende rechts neben Lucille saß. »Solche Neuigkeiten zu verbreiten sollte er wirklich nicht mir überlassen. Er hat heute Morgen im Krankenhaus für einen Aufstand gesorgt und den Sergeant eiskalt zwischen die Augen getroffen. Hat ihn zu Boden geschlagen. Blutige Nase, blaues Auge, das ganze Programm.«

»Mutter! Wovon redest du?«

»Das musst du nicht mich fragen, Richard. Frag deinen Sohn.«

»Matthew, wovon spricht deine Großmutter?«

Schmunzelnd sagte Matthew: »Sie übertreibt wieder mal mit ihrem dramatischen Talent, Vater. Aber sie hat Recht. Ich habe dem Sergeant eins verpasst.«

»Gütiger Himmel!«

Alle hörten mit dem Essen auf. Mary und Bella, die vor der Anrichte standen und die Speisen auf Schüsseln und Platten verteilten, drehten sich um und starrten Matthew an, der, wie Bella später der Köchin zu berichten wusste, in seiner Samtjacke wunderbar aussah. Jetzt sagte er: »Ja, Vater. Er hat mich beleidigt, am Kragen gepackt und zu sich herumgeschwenkt. Meine Reaktion kam ganz spontan. Mehr ist dazu nicht zu sagen.«

»Und … du hast ihn tatsächlich niedergeschlagen? Er ging richtig zu Boden?«

Die Frage kam von seiner Mutter. »Ja, Mutter. Ich habe ihn niedergeschlagen und er fiel zu Boden.« Er lachte kurz und fügte hinzu: »An viel mehr erinnere ich mich nicht, denn im Krankenzimmer entstand ein ziemliches Durcheinander.«

»Oh, Matthew, wie furchtbar. Ich meine … in einem Krankenhaus für so viel Unruhe zu sorgen.«

»Sei nicht albern, Lucille«, sagte Granan. »Seit Wochen steht Matthew kurz davor, die Arbeit hinzuwerfen, und das alles nur wegen dieses Sergeants mit seinem Hass auf jeden, der einen anderen Dienstgrad hat als er selbst.« Sie wandte sich an ihren Sohn. »Du kennst diese Sorte, nicht wahr, Richard?«

»Ja, Mutter«, antwortete Richard ruhig. An seinen Sohn gewandt, fragte er: »Was genau ist geschehen, dass es zu diesem Vorfall kam?«

Wieder drängte sich seine Mutter in den Vordergrund. »Das wird er dir nicht sagen. Er soll das alles nicht noch einmal durchleben. Aber ich weiß es.« Sie gab wieder, was Matthew ihr über Danny und dessen Bein erzählt hatte, und schloss ihren Bericht, indem sie den Sergeant zitierte, der Matthew einen »gottverdammten, ungeschickten Idiot« genannt habe.

Matthew, der den Redefluss seiner Großmutter nicht hatte eindämmen können, hätte am liebsten laut gelacht, als sie die Beleidungen des Sergeants um das Wort »gottverdammt« erweiterte. Das Verlangen wurde erstickt, als sein Bruder mit kalter Stimme sagte:

»Der Mann könnte dich anzeigen und vor Gericht bringen.«

»Ja, Rodney, das könnte er, wenn eine Anzeige ihn nicht in noch schlimmerem Licht erscheinen ließe als jetzt bereits. Er ist klug genug, die Tatsache, von einem Blinden niedergeschlagen worden zu sein, nicht an die große Glocke zu hängen. Er, der mächtige Sergeant, vor dem alle Untergebenen zittern, als wäre er der Herrgott.«

»Tja, und Montag wirst du zurückkehren und ihm wieder unter die Augen treten müssen.«

»Oh, nein, Bruder Rodney. Das muss ich nicht. Er wurde in eine andere Abteilung versetzt, wo er unter der Aufsicht eines sehr durchsetzungsfähigen Vorgesetzten stehen wird – eines Judomeisters mit dem schwarzen Gürtel, der dafür sorgt, dass er den Sergeant nicht länger herauskehren kann.«

Am Tisch war die Heiterkeit verflogen und Lucille sagte jäh: »Wir sind fertig, Mary.«

Doch die alte Granan wollte es sich nicht nehmen lassen, auch das Ende der Geschichte zu erzählen. »Das ist noch nicht alles«, sprach sie weiter. »Anschließend musste er vor einer Kommission der Krankenhausleitung erscheinen.«

»Vor einer Kommission?«, wiederholte ihr Sohn.

»Ja«, sagte Granan, »und er hat den verantwortlichen Arzt heruntergeputzt.«

»Granan, bitte! Übertreib nicht.« An seinen Vater gewandt, sagte Matthew: »Es gab eine kleine Auseinandersetzung. Ich hatte ein paar Fragen zu beantworten. Du verstehst?«

»Sicher«, sagte Richard.

»Nun lass es gut sein, Granan. Du hattest dein Vergnügen.«

»Ach! So denkst du? Dann halte ich den Mund. Und morgen, wenn du deine Braut mitbringst, rede ich kein Wort mit ihr.«

Matthew hörte seinen Vater lachen; er machte sogar einen Scherz: »Mutter! Versündige dich nicht noch mehr. Du versprichst Dinge, die du nicht halten kannst. Ausgerechnet du mit deiner Begabung, die zur Klatschreporterin reichen würde, willst schweigen!«

»Hört euch das an! So redet mein eigener Sohn mit mir.«

Sogar Lucille lachte jetzt. Nur selten hörte sie ihren Mann mit seiner Mutter scherzen – oder überhaupt mit einem Menschen.

Sie blickte auf die Tischgesellschaft. Der Einzige, der nicht lachte, war ihr jüngster Sohn. Er ist ein unglücklicher Mensch, dachte sie, und so eifersüchtig auf Matthew, obwohl der blind ist. Ich möchte wissen, was morgen geschieht, wenn er dieses Mädchen sieht. Er hatte nie Beziehungen mit Mädchen, nicht einmal auf kameradschaftliche Art.

Sie wünschte, der morgige Tag wäre schon vorüber, denn sie wusste nicht, wie sie diesem Mädchen gegenübertreten sollte – der Frau, die ihr Matthew wegnehmen würde.

8

Am Samstagmorgen schien die Sonne und der Wagen befand sich auf dem Weg nach The Beavors. Elizabeth war aufgeregt, aber sie fürchtete sich auch. Es fiel ihr schwer, Matthews heitere Stimmung zu teilen. Trotzdem, alles in allem war sie glücklich. Doch etwas nagte an ihr. Sie hatte gestern Abend nach Hause telefoniert, wie immer am Freitag. Die Stimme ihrer Mutter klang vorwurfsvoller als sonst. Ihr Vater hatte zum Wochenbeginn einen seiner schlimmen Anfälle erlitten, während Phil ihm zusetzte mit seinem Drängen auf einen baldigen Umzug. Tatsächlich hatte ihr Bruder bereits eine neue Farm in Aussicht. Wie es ihr gehe, hatte ihre Mutter gefragt. Liz antwortete nur, alles sei in Ordnung und sie habe viel zu tun. Ihre Verlobung erwähnte sie nicht; sie wusste, ihre Mutter würde in Wut geraten bei der Vorstellung, dass sie einen Blinden heiratete – und das, nachdem sie zuvor das Leben ihrer Familie zerstört hatte. Denn so sah Jane Ducksworth die Situation.

Noch beunruhigter war Liz gewesen, als sie um elf Uhr abends von der Telefonklingel geweckt worden war. Sie war aufgestanden und ins Wohnzimmer gegangen. Überrascht stellte sie fest, dass Phil am Telefon war. Er sprach sehr leise und fragte ohne Einleitung: »Liz, bist du am Sonntagmorgen um elf Uhr zu Hause? Mehr kann ich nicht sagen, denn sie sind beide wach. Aber ich muss dich unbedingt sprechen.«

»Was ist geschehen?«

»Das sage ich dir, wenn ich wieder anrufe. Jetzt kann ich nicht reden. Bis bald, liebe Schwester.«

»Was ist los, Liebling? Du zitterst ja.« Das war Matthews Stimme.

»Jeder Mensch darf zittern, bevor er in die Schlacht zieht, oder?«

»Oh, so darfst du die Sache nicht sehen. Sie werden nicht anders können, als dich auf den ersten Blick zu mögen. Du siehst zauberhaft aus, sagt Jim.«

»Du beurteilst mich nach Jims Geschmack. Und der ist nicht von der Londoner oder Pariser Mode beeinflusst, würde ich meinen.« Doch ihr war bewusst, dass sie gut aussah. Was Jim kurz zuvor gerufen hatte, war ermutigend gewesen: »Alle Achtung, Miss. Sie sehen fantastisch aus!«

Sie trug ein Kleid aus grauem Kordsamt, das sie 1939 gekauft hatte. Damals wog sie zehn Kilo mehr als heute. Doch einige Änderungen bewirkten, dass das Kleid wie neu wirkte. Der Rock war wadenlang, während das Oberteil nun aus blass rosafarbenem Jersey bestand, abgesetzt mit einem Kragen und einem schmalen Revers aus grauem Kord. Dazu trug sie einen tiefblauen Filzhut mit kleinem Rand und ihre schwarzen hochhackigen Lederschuhe, in denen sie fast so groß wie Matthew war. Sie beide waren ein schönes Paar, fand sie.

Wieder drang Matthews Stimme zu ihr: »Du hast nichts zu befürchten, Liebes. Alle heißen dich willkommen, da bin ich ganz sicher. Aber ein kleines Problem gibt es und das ist mein Bruder Rodney. Du wirst vielleicht feststellen, dass er wenig gesprächig ist. Er redet nie viel und ich muss zugeben, in den letzten Jahren waren wir nicht die besten Freunde. Mein ältester Bruder William und ich standen uns immer nah; ich nehme an, Rodney fühlte sich ausgeschlossen, als wir noch Kinder waren. Mir wurde gesagt, William und ich seien einander sehr ähnlich und kämen nach unserem Großvater, dem General, der viel von sich reden machte. Er war ein Tyrann, daran erinnere ich mich, wenn ich an meine Kindheit denke, aber ich glaube, ich habe dir auch gesagt, dass er seine Frau liebte und ... Seine Angewohnheit, meine Großmutter mit ›An-nee!‹ zu rufen, führte dazu, dass wir ›Ann‹ mit Gran von Grandma verbanden, so dass daraus Granan wurde. Mit einem Begriff von heute könnte man die alte Dame eine Aufrührerin nennen, aber dafür ist sie eine wundervolle Aufrührerin. Seit ich klein war, ist sie meine Vertraute und ich fürchte, diese Tatsache hat meine liebe Mutter oft gestört. Nun, noch wenige Minuten, und du wirst den Familienklan kennen lernen ...«

Lucille empfing sie in der Halle. Sie kam aus der Bibliothek und Matthew rief ihr entgegen: »Bist du das, Mutter?«

»Ja, mein Lieber, ich bin es.«

»Das ist Elizabeth.«

Lucille streckte ihre Hand aus. »Ich freue mich, dass Sie gekommen sind, meine Liebe.«

»Danke«, antwortete Elizabeth höflich. »Ich freue mich auch, Sie kennen zu lernen.«

»Geben Sie mir Ihren Mantel. Draußen scheint zwar die Sonne, aber es ist immer noch frisch, nicht wahr?«

»Ja, das stimmt.«

Elizabeth legte Mantel und Hut ab. Lucille betrachtete die gepflegte, sogar elegante Erscheinung ihrer zukünftigen Schwiegertochter. Zumindest versteht sie sich zu kleiden, war einer ihrer ersten Gedanken; und sie spricht nicht mit nordenglischem Akzent. Natürlich nicht, schließlich stammt sie aus dem Süden. Und als Schönheit konnte sie auch gelten, musste Lucille zugeben. Sie verbarg ihre Gedanken mit der Bemerkung: »Wir sind alle im Salon, Matthew. Auch Granan.« An Elizabeth gewandt, fügte sie hinzu: »Ihre Prüfung wird bald vorüber sein, meine Liebe.« Sie zwang sich, heiter und gelassen zu klingen: »Keiner von uns beißt. Nun ja …« Sie senkte die Stimme. »Nur für meine Schwiegermutter kann ich nicht garantieren.«

Matthew lachte laut, während Elizabeth den Ton von Lucille aufnahm: »Wenigstens kann ich hinterher nicht behaupten, man hätte mich nicht gewarnt.«

Unter leisem Gelächter betraten sie den Salon. Elizabeth stellte fest, dass vier Personen anwesend waren. Ein Mann saß in einem Korbsessel; neben ihm stand ein anderer Mann im mittleren Alter – das war sicher Peter, der ehemalige Leibbursche und jetzige Freund der Familie. Ein jüngerer Mann erhob sich aus seinem Sessel. Das musste Rodney sein. Ihr erster Eindruck war, dass er ein Gesicht wie ein asketisch lebender Priester hatte. Es war hager und blass, obwohl er sich als Farmer viel an der frischen Luft aufhalten musste.

Die vierte Person im Zimmer, auf die ihr Blick fiel, war eine alte Dame. Das musste Annie Wallingham sein. Sie saß in einem Sessel neben ihrem Sohn und sah mit ihrer Nase, die einem Schnabel glich, und den beiden dunklen, tief in den Höhlen liegenden Augen auf den ersten Blick aus wie ein alter Vogel. Der Mund mit den dünnen Lippen bewegte sich ständig, ohne dass sie sprach, und zeigte so ihr fortgeschrittenes Alter. Aber wirklich alt wirkte ihr Gesicht nicht, sondern wach und lebhaft. Sie trug ein Samtkleid in hellem Rosa, dessen Schnitt früher einmal modern gewesen war. Es hatte eine Rüsche um den Halsausschnitt und die Ärmel waren bis zu den Ellenbogen geknöpft. Liz nahm alles mit einem Blick in sich auf und ging dann zu dem Mann im Rohrstuhl, der ihr die Hand hinstreckte und sagte:

»Willkommen, meine Liebe.« Nicht »Schwester« oder »Miss Ducksworth«.

»Ich heiße Elizabeth, Colonel.«

»Ah, gut. Herzlich willkommen, Elizabeth.«

»Danke. Ich freue mich sehr, Sie kennen zu lernen.«

»Direkt aus dem Benimmbuch«, kam es von der Vogelgestalt im Sessel, »aber könnte nicht besser gesagt werden. Ich bin die Großmutter, meine Liebe, und als Granan bekannt.

Ich bin eine schreckliche Frau und alle im Haus haben Angst vor mir. Wie klingt das zur Begrüßung?«

Elizabeth nahm die ausgestreckte, knochige Hand und schüttelte sie. »Nun, dann weiß ich, woran ich bin«, sagte sie leise lachend. »Zumindest bei Ihnen. Aber ich kann Ihnen versichern, dass ich einige Erfahrung mit querköpfigen Patienten habe.«

»Ach, tatsächlich! Dann steht uns eine Schlacht bevor. Nichts liebe ich mehr als einen anständigen Kampf.«

Lucille lenkte Elizabeths Aufmerksamkeit von der alten Dame weg, indem sie sagte: »Und das ist Rodney, mein Jüngster.«

Elizabeth blickte geradewegs in das Gesicht des jungen Mannes und stellte fest, dass er sie starr ansah. Es vergingen einige Sekunden, bis seine Hand hervorkam und er ihre nahm. Als sie sagte: »Guten Tag, Rodney«, erwiderte er zuerst nichts. Nach einer Pause sagte er:

»Ich hörte, Ihre Familie hat eine Farm.«

»Ja, das stimmt.«

»Ich bin auch Farmer.«

»Das hat Matthew mir erzählt«, sagte sie und fügte diplomatisch hinzu: »Auch, wie gut Sie die Farm leiten. Ich würde sie sehr gern einmal sehen.«

»Das wäre einzurichten.« Er starrte sie noch immer an.

Lucille führte sie weiter und sagte: »Das ist Mr. Carter. Für uns alle ›Peter‹. Er ist ein Freund der Familie und« – sie klang, als würde sie verhalten lachen – »unsere Stütze.«

»Sehr erfreut, Sie kennen zu lernen, Miss Elizabeth.«

»Nun, das hätten wir erledigt. Zufrieden, Matthew?« Die Stimme des alten Vogels übernahm wieder die Kontrolle. Elizabeth hätte am liebsten laut gelacht; teilweise vor Erleichterung, weil alles so einfach gewesen war; ganz anders, als erwartet. Das war vor allem der alten Dame zu verdanken. Obwohl sie sicher für immer als alter Vogel in ihrem Bewusstsein bleiben würde.

Peter reichte ein Tablett mit Sherry herum. Bald darauf hörte Elizabeth, wie Granan sagte: »Dann lasst uns mal essen.« Sie wandte sich zu ihrem Sohn und fragte mit veränderter Stimme: »Glaubst du, dass du es bis zum Tisch schaffst, Richard?«

»Ja, ich denke, das schaffe ich. Aber wie ist es mit dir?«

Lucille war überrascht über den Humor in der Stimme ihres Ehemannes. Sie wusste, die Munterkeit war aufgesetzt – für die Besucherin, und um Matthew zu erfreuen –, aber dass Richard derart über seinen Schatten springen und tatsächlich einen Scherz machen konnte, verblüffte sie. Stumm sagte sie sich, dass er das Mädchen womöglich in diesen wenigen Augenblicken in sein Herz geschlossen hatte.

Später musste sie sich eingestehen, dass genau dies geschehen war. Ihr Mann hatte die Braut seines Sohnes auf den ersten Blick lieb gewonnen. Wie unberechenbar Männer doch sein konnten. Sie musste nur an Rodney denken …

Das Essen stellte sich als Erfolg heraus. Die Gespräche verliefen quer über den Tisch, sogar Rodney beteiligte sich daran. Nach Tisch schlug Matthew vor, Elizabeth den Garten zu zeigen, was niemanden überraschte. Aber Rodney versetzte die Familie in Erstaunen, als er anbot, Elizabeth auf der Farm herumzuführen, solange es noch hell genug war.

Matthew nahm das Angebot für sie an. »Erwarte aber nicht, dass ich dich auf diesem Ausflug begleite«, ergänzte er, an Elizabeth gewandt.

Für die Unterhaltung des Gastes war bis zur Teezeit gesorgt, dachte Lucille dankbar. Anschließend könnte die Besucherin zu Granan hinübergehen …

Matthew führte sie mit unterhakten Armen über die verschlungenen Pfade des Hausgartens. Wieder sprach er von seinem Glück: »Es war wunderbar, wie du die Vorstellung hinter dich gebracht hast. Ich war so stolz auf dich. Alle haben dich sofort ins Herz geschlossen. Wirklich alle, sogar mein schweigsamer Bruder. Ich war erstaunt, als er anbot, dir die Farm zu zeigen. Er sieht sich als den alleinigen Herrn und Besitzer und du wirst alles, was er dir zeigt, in den höchsten Tönen loben müssen.«

»Vergiss nicht, dass ich an Tiere und Tierhaltung gewöhnt bin. Außerdem mag ich Schweine. Früher mochte ich sogar unseren Bullen. Er hieß Neptun; warum, weiß ich nicht. Aber ich mochte ihn nur, als er jung war. Als er älter wurde, wollte er alles und jeden beherrschen. Seltsamerweise regten ihn Gewitter besonders auf – ich habe immer gesagt, das hatte mit seinem Namen zu tun. Eines Tages drehte Neptun durch und wir mussten ihn verkaufen.«

»Ich sehe schon, wenn ich nicht aufpasse, verliere ich dich noch an einen Farmer.«

Sie blieb stehen und hielt für einen Moment sein Gesicht zwischen den Händen. Dann sagte sie: »Du wirst mich nie verlieren, Matthew. Niemals.«

Er konnte nicht antworten, sondern hielt sie nur dicht an sich gepresst. Ihre ruhigen Worte hatten ein Echo in seinem Innersten gefunden; er wusste, sie sagte die Wahrheit. Nun hoffte er, dass er ihre Liebe auch wirklich verdiente. Aber er würde wohl nicht lange genug leben, um diesen Beweis zu erbringen.

Sie hatten das Wäldchen am hinteren Ende des Gartens erreicht und waren überrascht, als Rodneys Stimme von der Terrasse zu ihnen schallte: »Wenn Sie die Farm noch sehen wollen, das Licht wird nicht mehr lange reichen.«

»Nur keine Aufregung«, sagte Matthew. Dann wandte er sich ruhig an Liz: »Komm, mein Schatz. Er brennt darauf, dir die Farm zu zeigen. Ich bleibe bei Granan, bis du zurückkehrst.«

Als sie auf der Terrasse waren, öffnete Rodney die Tür zum Anbau und fragte: »Schaffst du's allein?«

»Ja, ja. Geht nur.«

Rodney wandte sich an Elizabeth. »Ist der Mantel warm genug? Es wird kühl.«

»Oh, der Mantel ist gut gefüttert und ich bin an die Kälte gewöhnt.«

Sie gingen über den gepflasterten Weg, der zur Farm führte. »Wie lange kennen Sie Matthew schon … ich meine, überhaupt?«, fragte er.

Die Frage überraschte sie und sie zögerte mit der Antwort. »Nun … mehrere Monate. Es müssen acht Monate oder mehr sein, seit ich ihm im Krankenhaus zum ersten Mal begegnet bin.«

»Damals hatte er den Verstand verloren, oder?«

»Nein! Natürlich nicht. Er litt an einem Schock.«

»Schon ... aber er hatte den Verstand verloren.«

»Wir ... verwenden diesen Ausdruck nicht bei Männern mit Kriegsneurose; sie haben nicht den Verstand verloren, wie Sie sich ausdrücken. Und die meisten von ihnen erholen sich wieder. Wie Matthew.«

»Er hat Albträume.«

»Das ist kein Wunder.«

Sie hatten den Farmhof erreicht. Ein Mann kam auf sie zu. »Das ist Joe Platt«, sagte Rodney. »Einer unserer ältesten Arbeiter. Er ist schon seit Jahren hier. Und das ist Miss Ducksworth, Joe.«

»Oh, ich habe von Ihnen gehört, Miss. Meinen herzlichen Glückwunsch. Und das sage ich Ihnen, in Mr. Matthew bekommen Sie einen guten Mann, ganz gleich, was mit seinen Augen ist.«

»Ja, das weiß ich. Danke, Joe.«

Seltsam, dachte sie. Dieser alte Mann war der einzige Mensch auf The Beavors, der ihre Verlobung erwähnte. Im Haus hatte niemand davon gesprochen. Geschweige denn von der bevorstehenden Hochzeit.

»Möchten Sie einen Blick in den Kuhstall werfen, Miss? Es ist gerade Melkzeit.«

»Ich kann mich selbst um Miss Ducksworth kümmern, Joe.« Das war eine Zurückweisung und der Ton, in dem sie ausgesprochen wurde, gefiel Elizabeth nicht. Aber sie durfte nicht vergessen, was Matthew über seinen Bruder gesagt hatte – er sah sich als Herr und betrachtete die Farm als sein Eigentum.

Die Besichtigung ging unter Rodneys Führung weiter. Alles, was er ihr zeigte, war in bestem Zustand. Nirgendwo herrschte Unordnung oder lagen Gerätschaften herum. Sie gestand ihre Zuneigung zu Schweinen ein und bewunderte die aus Ziegelsteinen gebauten Stallungen. Die einzigen Tiere, die sie nicht möge, seien Hühner, sagte sie. Hühner seien ziemlich dumme Geschöpfe. Dabei lachte sie und er stimmte in ihr Lachen ein.

Sie kamen zu einem Zwinger, der mehr einer kleinen Hütte ähnelte, und ein Hund sprang laut bellend heraus, nur zurückgehalten von einer langen Leine. »Ich liebe Hütehunde«, sagte sie.

»Gehen Sie nicht zu nah an Flossie ran. Sie kann manchmal bösartig sein.«

»Bösartig?« Sie blieb stehen und blickte das Tier an. »Und das bei Schafen?«

»Bei den Schafen arbeitet sie schon längst nicht mehr. Sie ist Matthews Hund.«

»Richtig, Matthew hat von ihr gesprochen. Er liebt sie sehr. Schade, dass sie nicht abgerichtet werden kann.«

»Dazu ist sie viel zu alt.«

»Ich bin sicher, mich würde sie nicht beißen. Ich bin an Hunde gewöhnt.«

»Bitte, gehen Sie nicht näher heran. Sie ist ein Biest«, sagte er und fügte hinzu: »In mehr als einer Weise. Sie hat schön öfter zugebissen.«

»Das tut mir Leid.«

Sie umgingen den Hund und setzten ihre Besichtigung fort. Rodney zeigte ihr die Scheunen, den Sattelraum, den Futterraum und sein Büro. Dann bestiegen sie die Anhöhe hinter dem Farmhof; von dort wies er auf die sanft gewellten und gepflügten Felder ringsum, vor allem auf das steile Feld am Fuß des aufgegebenen Steinbruchs, der als tiefe Narbe und mit jähen Abbruchkanten in den Hügel getrieben war.

Das Licht wurde rasch schwächer, als sie die kurze Wegstrecke zum Haus zurückgingen. Rodney nahm ihren Arm, wie um sie zu führen, und sie ließ ihn gewähren, obwohl ihr ein Gefühl sagte, dass sie diesen Mann nicht mochte – was sie bedauerte, weil er Matthews Bruder war.

Sie betraten die Halle. Matthew wartete schon und sagte: »Es ist fast dunkel draußen und es beginnt zu frieren. Du hättest nicht so lange mit ihr wegbleiben sollen.«

»Sie ist keine Zierpuppe und sie hat gesagt, die Kälte macht ihr nichts aus. Außerdem glaube ich, dass sie den Rundgang genossen hat. Stimmt's?«

»Ja, sehr. Vielen Dank.«

Matthew trat näher, um ihr aus dem Mantel zu helfen. Rodney wehrte seine Hände ab. »Das habe ich schon getan. Ihr Mantel hängt da drüben.« Dann verließ er sie.

»Ist alles in Ordnung, Liebling?«

»Ja, Matthew. Warum sollte nicht alles in Ordnung sein?«

Er schwieg und ging mit ihr durch einen Korridor. »Hier ist ein kleines Wohnzimmer«, sagte er dann. »Wir können es für uns haben. Ich werde nach Bella klingeln, damit sie uns Tee bringt. Mama ist oben bei Vater. Ich bezweifle, dass er zum Abendessen wieder nach unten kommen wird. Aber, das möchte ich betonen, du hast ihn für dich gewonnen.«

»Und deine Mutter?«

»Auch. Da bin ich sicher«, antwortete er, obwohl tief in seinem Hinterkopf ein Zweifel blieb; seine Mutter war sehr geübt darin, höflich die Fassade zu wahren. Ganz sicher war er jedoch bei Granan. Und bei Peter. »Bis zum Abendessen sind wir hier gut aufgehoben«, sagte er. »Granan hält ihr Nachmittagsschläfchen. Aber ich denke, vor dem Essen solltest du zu ihr gehen und dich ein wenig mit ihr unterhalten.«

»Ja, das mache ich.«

»Und sicher gehst du auch noch einmal zu Vater hinauf, bevor wir fahren.«

»Ich weiß nicht, ob ich so lange bleiben soll. Eigentlich habe ich nur die Einladung zum Mittagessen angenommen.«

»Ach, dass du bis zum Abend bleibst, wurde als selbstverständlich vorausgesetzt. Außerdem werden nur meine Mutter, Granan und Rodney anwesend sein. Übrigens, auf ihn hast du besonderen Eindruck gemacht.«

»Meinst du?«

»Ich bin sicher. Uns gegenüber macht er kaum den Mund auf, es sei denn, um sich zu beklagen. Meistens über mich – darüber, was ich tue und was ich möchte.«

»Bei einem Familienmitglied kann ich also ganz sicher sein, dass es mich willkommen heißt.«

Er entgegnete nichts darauf; zu diesem Thema hatte er seine eigenen Gedanken.

Wie sie auch.

Sie verbrachten eine angenehme Stunde allein, bevor er sie in den Anbau mitnahm. Bei ihrer Ankunft schien es, als hätte Annie Wallingham bereits auf sie gewartet, denn ihre Begrüßung lautete: »Wo seid ihr gewesen?«

»Wir hatten eine ruhige Stunde für uns allein, Granan. Hast du etwas dagegen?«

»Nein, aber ich dachte, du hättest andere Pläne und wolltest Flossie holen, damit sie euch auf den Hügel begleitet und du Elizabeth die Aussicht auf das Haus und das umliegende Land zeigen kannst.«

»Ja, das war meine Absicht, liebe Granan. Aber Rodney hat uns alle überrascht und angeboten, Elizabeth seine Farm zu zeigen.« Er betonte das »seine«. »Was sollte ich anderes tun, als das Angebot anzunehmen, da mein Bruder sich selten so zugänglich zeigt?«

»Da blieb dir wohl kaum eine Wahl. Ich verstehe dich. Es überrascht mich auch, dass er anscheinend versucht hat, sich als zivilisierter Mensch zu zeigen. Aber da sieht man wieder, was eine hübsche Frau bewirken kann. Setzen Sie sich, meine Liebe. Ich möchte mich mit Ihnen unterhalten. Und du, Matthew, gehst jetzt und sprichst mit deinem Vater oder, noch besser, wechsle ein paar freundliche Worte mit deiner Mutter. Sie soll sich nicht übergangen fühlen. Vergiss das nicht.«

»Wer vergisst das, Granan?« Seine Stimme wurde ruhig. »Ich nie.«

»Nein, vielleicht nicht. Aber die Tatsache, dass sie dich wegen dieses hübschen Wesens hier verlieren wird, lässt sie nicht gerade Freudensprünge machen.«

»Oh, du altes Haus, was du dich auszusprechen traust, geht wirklich an die Grenze.«

»Besser frei heraus, als zu verschlossen. Man soll seine Gegner herausfordern und ihre Schwachpunkte kennen lernen. Sonst überwältigen sie einen. Und jetzt mach dich auf den Weg.«

Matthew ging zur Tür. Dort drehte er sich noch einmal nach Elizabeth um. »Ich habe dich gewarnt, Liz. Du darfst nur die Hälfte von dem glauben, was sie sagt; und auch das bezweifelst du besser. Sie steckt voller Vorurteile, vom Kopf bis zu den Sohlen.«

»Das ist nicht wahr. Vorurteile habe ich überhaupt keine. Entweder bin ich eine gute Freundin oder eine schlimme Feindin. Dabei mache ich keine Unterschiede, ob schwarz, weiß oder braun, reich oder arm, Arbeiter oder Lord.«

Elizabeth konnte sich nicht länger zurückhalten und brach in Gelächter aus. »Sie werden mir sicher erklären, was Sie so lustig finden, Miss, denn ich habe das ernst gemeint«, sah sich Annie Wallingham zu bemerken veranlasst.

»Es ... tut mir Leid, Mrs. Wallingham.« Elizabeth wischte sich die Augen trocken. »Vielleicht habe ich einen verschrobenen Sinn für Humor.«

»Da könnten Sie Recht haben. Wenigstens verstehen Sie zu lachen. Und jetzt, nachdem er gegangen ist, können wir reden. Als Erstes möchte ich eine Frage stellen, aber ich gebe die Antwort für Sie. Ich möchte Sie fragen, warum Sie meinen Enkel heiraten wollen, und Sie würden antworten, weil Sie ihn lieben. Richtig?«

»Ja, richtig. Ich liebe ihn.«

»Jetzt lieben Sie ihn, aber haben Sie auch bedacht, wie das Leben mit einem Blinden sein wird, wenn Sie vierundzwanzig Stunden am Tag zusammen sind?«

»Ich werde keine vierundzwanzig Stunden am Tag mit ihm leben; wir haben beide unsere Arbeit.«

»Ja, schon. Für eine gewisse Zeit. Aber die Dinge können sich ändern, in jeder Hinsicht. Ein sehender Mann kann mit allem im Leben fertig werden, wenn er nur etwas Verstand hat; aber jemand in Matthews Lage wird auf die Dauer sehr besitzergreifend werden, sage ich Ihnen. Er wird Sie ganz für sich haben wollen, mit Leib und Seele.«

»Ja, das weiß ich. Darüber habe ich auch nachgedacht. Regelrecht gegrübelt.«

»Tatsächlich? Dann sind Sie klug.«

»Danke.«

»Und da sie klug sind«, fuhr die alte Dame fort, »werden Sie aus dieser hartnäckigen Nachfragerei schließen, dass mir mein Enkel sehr am Herzen liegt.«

»Daran hege ich nicht den geringsten Zweifel. Auch der einfältigste Mensch würde schnell erkennen, was Sie für ihn empfinden.«

»Na ja« – die alte Dame lachte kurz auf –, »eines habe ich bereits bemerkt. Mein Enkel kann sich glücklich schätzen, Sie gefunden zu haben. Ich meine, er war vernünftig genug, Sie auszuwählen unter den vielen Krankenschwestern, die ihn betreut haben. Sicher waren alle sehr angetan von seinem hübschen Gesicht und haben Gefühle entwickelt, die sie für Liebe hielten. Wie alt sind Sie?«

»Vierundzwanzig.«

»Schönes Alter. Ich war achtzehn, als ich Growler heiratete. Er war mein Mann, müssen Sie wissen. Statt zu reden, brummelte er. Das machte er bei jedem. Er hat sich sogar zum General hochgebrummelt. Aber er war wunderbar.« Ihre Stimme wurde weich. »O ja, der wunderbarste Mann auf der Welt, und er hat mich geliebt. Er hat immer gesagt, durch mich wäre er zu dem geworden, was er sei. Das stimmt natürlich nicht; ich habe ihm jedoch nie widersprochen. Niemand wagte es, ihm zu widersprechen. Aber er vergass auch nie eine Freundlichkeit. Tief in seinem Inneren war er dankbar für jede Hilfe, die ihm gewährt wurde. Im Reden und Auftreten besaß er wenig Charme, aber eine Tugend machte alles wieder gut und das war seine Dankbarkeit.« Sie wartete nicht darauf, dass Elizabeth etwas dazu sagte. »Ich habe diesen Ausspruch geprägt, wissen Sie. Sicher glauben Sie mir nicht, aber früher habe ich Bücher geschrieben. Einmal schrieb ich ein ganzes Buch voller Gedichte. Das war nach« – ihre Stimme schien nach innen zu verebben – »nach dem Verlust der Jungen.«

Im Zimmer wurde es still. »Sie hatten noch mehr Söhne?«, fragte Elizabeth zögernd.

»Ja.« Annie richtete sich in ihrem Sessel auf. »Zwei wunderbare Jungen. Bill war der älteste; vierzehn Monate später kam Laurie zur Welt. So nah, wie sie sich standen, hätte man meinen können, dass sie Zwillinge waren, auch wenn sie sich im Aussehen und Verhalten völlig unterschieden. Bill war hochgewachsen, so wie Matthew jetzt, und er ähnelte ihm auch sonst; Laurie dagegen war nur einen Meter siebzig, schlank wie eine Gazelle und genauso lebendig. Darin glich er mir, während Bill seinem Vater nachschlug. Oh, die beiden waren zwei Teufel, zwei herrliche Teufel. Die Dinge, die sie ausheckten! Es war wunderbar mit ihnen. Damals herrschte das Glück in diesem Haus, das wirkliche Glück.

Dann kam der Krieg, der Erste Weltkrieg, und nichts auf der Welt konnte die beiden davon abhalten, sich sofort freiwillig an die Front zu melden. Sie überlebten, bis die erste Sommeschlacht kam. Nach allem, was ich weiß, starb der eine nur wenige Minuten nach dem anderen. Mehr konnte man nicht darüber in Erfahrung bringen. Sie waren bis zu ihrem Tod immer nah beieinander gewesen. Dafür hatte ihr Vater gesorgt. Er kümmerte sich auch darum, dass sie im selben Grab beigesetzt wurden. Die beiden waren nur zwei Menschen unter den Tausenden, die an jenem Tag ihr Leben ließen, viele als unbekannte Soldaten. Aber, wissen Sie, für mich sind meine Jungen nicht tot. Ihr Geist lebt weiter in diesem Haus. Growler empfand das genauso. Ich denke, deswegen hat er die meiste Zeit oben mit seinem Teleskop verbracht. Dort fühlte er sich dem Himmel näher, wo er die Seelen der beiden wähnte. Trotzdem war er nicht religiös, wahrhaftig nicht. Aber er war ein spiritueller Mensch. Tief in seinem Inneren.

Damals habe ich über Monate nichts anderes getan, als Gedichte über meine beiden toten Jungen zu schreiben. Dann, eines Tages, begriff ich, dass ich noch einen Sohn hatte und ihn vernachlässigte – dass ich ihn schon immer vernachlässigt hatte. Da verbrannte ich alles, was ich geschrieben hatte. Es war seltsam, wie ich Richards Bedürfnisse mit einem Mal wahrnahm; am Anfang hatte er nicht dieselben Chancen. Er war zwischen fünf und sieben Jahren alt, als die beiden anderen Jungen zur Welt kamen und sie liefen ihm den Rang ab, um es salopp auszudrücken. Richard kam ins Internat, und während der Ferien musste er sich anhören, wie das Kindermädchen in glorreichen Worten von den Eskapaden der kleinen Teufel schwärmte. So verlief sein Leben, bis er in die Armee eintrat. Dann heiratete er Lucille. Beide litten unter den Nachwirkungen einer unglücklichen Vergangenheit und brauchten das Gefühl, geliebt zu werden. Wo doch mein armer Richard selbst nie Liebe bekommen hatte, sondern mitansehen musste, wie sie großzügig an andere verteilt wurde, während er auf seinen Anteil verzichten musste.«

Sie legte die Hände vor ihrer knochigen Brust aneinander und sah Elizabeth an. »Warum erzähle ich Ihnen das alles? Das fragen Sie sich bestimmt, nicht wahr? So etwas tut man nicht. Wir begegnen uns zum ersten Mal und Sie sind Gast in diesem Haus. Aber bald werden Sie ein Mitglied der Familie sein, und nicht auf gewöhnliche Weise, denn sie nehmen einen Behinderten zum Mann – einen Behinderten, dessen Gebrechen unübersehbar ist. Menschen sind auf vielfältige Weise behindert und oft ist äußerlich kein Schaden zu erkennen. Diese Behinderungen führen zu einem Verhalten, das für Beobachter unangenehm ist oder die Person belastet, die mit ihnen leben muss. Deshalb werde ich Sie über die anderen Gebrechen ins Bild setzen, mit denen Sie in dieser Familie wahrscheinlich zu tun haben werden und die nicht so leicht zu ertragen sind wie das Leiden unseres lieben Matthew.

Mein ältester Enkel, William, ist nach Amerika geflohen, obwohl er nicht sagen würde, dass sein Weggehen die Folge eines Gebrechens war. Er litt darunter, in eine Offiziersfamilie hineingeboren zu sein. Dann Rodney, mein jüngster Enkel. Er leidet an der gleichen Behinderung wie sein Vater. Wenn auch nicht völlig übersehen, wurde er von seinen gut aussehenden Brüdern an die Wand gedrängt, zuerst von William und dann von Matthew, der eines Tages der rechtmäßige Erbe des ganzen Anwesens sein wird – und das schließt die Farm mit ein, die Rodney mittlerweile als seinen angestammten Besitz betrachtet. Das werden Sie heute Nachmittag bemerkt haben. Rechtlich gesehen sollte sie an

William in Amerika gehen, aber er will The Beavors nicht; das hat er deutlich erklärt.«

Elizabeth fiel keine Antwort ein. In diesem Augenblick schien ihr Kopf völlig leer. Die vielen vertraulichen Geständnisse hatten ihre Gedanken zum Stillstand gebracht. Der Zustand hielt an, bis Annie Wallinghams Stimme erneut zu ihr drang: »Ich habe Sie nicht nur gelangweilt, sondern Ihnen Angst gemacht.«

»Oh, nein. Überhaupt nicht. Ich bin nur überrascht, wie Sie mir dieses Vertrauen schenken können … und mich in so viele Dinge einweihen, die ich allein erst nach langer Zeit selbst herausgefunden hätte, falls überhaupt. Aber eines weiß ich genau. Ich habe in Ihnen eine Freundin gefunden.«

Annie Wallingham tätschelte ihre Hände. Ihre Stimme klang gebrochen, als sie sagte: »Sie bringen frischen Wind in unser Leben. Und es war seltsam, wie Rodney auf sie reagiert hat, wissen Sie. Ich hätte nie geglaubt, dass er so aus sich herauskommen kann, aber er bewundert Ihren Mut. Das habe ich deutlich gesehen. Nein … nicht! Schütteln Sie mir nicht die Hände; es braucht wirklich Mut, einem Blinden sein Leben zu widmen. Ganz gleich, wie sehr Sie ihn lieben und wie sehr er sie liebt; vor Ihnen liegen schwierige Zeiten. Aber das wissen Sie ja. Sie haben längst darüber nachgedacht und fühlen sich der Herausforderung gewachsen. Ich bin sicher, das sind Sie auch.«

Ihr Tonfall änderte sich und sie meinte leichthin: »Wenn Lucille wüsste, was ich eben gesagt habe, würde sie – um einen Ausdruck von Mary zu verwenden – durch den Kamin in die Luft gehen. So reden die Leute hier im Norden, wissen Sie. Um weiter von Mary zu sprechen, sie besitzt die Tugend der Dankbarkeit. Seit vielen Jahren dient sie mir nun und das alles wegen einer kleinen Gefälligkeit, die ich ihrer Familie vor langer Zeit erwiesen habe. Ich weiß nicht, wie lange wir jetzt schon zusammen sind – sie wird es Ihnen sagen können. Doch wenn man hört, auf welche Weise ich mit ihr spreche, käme niemand auf den Gedanken, dass wir Freundinnen sind. Manchmal reden wir ganz ruhig über die alten Zeiten, denn sie kannte Growler noch und liebte ihn.«

Der Klang ihrer Stimme wechselte plötzlich: »Kommen Sie bald wieder und verbringen Sie ein Wochenende hier. Das werden Sie doch, meine Liebe? Nicht wahr?«

»Oh, gern. Ich würde mich freuen.«

»Dann sind Sie mit dem Ausplaudern an der Reihe und müssen mir alles über Ihr Leben erzählen. Aber eine Sache frage ich schon jetzt. Waren Sie schon einmal verliebt? Ich meine, hatten Sie vorher schon einen Mann, den Sie liebten?«

Elizabeth musste lachen. »Als Antwort auf den ersten Teil Ihrer Frage würde ich ›nein‹ sagen. Was den zweiten Teil betrifft, verstehe ich die Bedeutung, könnte aber nur mit einer langen Geschichte antworten. Sie beginnt während meiner Schulzeit, als ich fünf Jahre alt war und mich der Sohn eines Nachbarfarmers, der vier Jahre älter war als ich, täglich zur Schule begleitet hat … und sie endet letztes Jahr an Weihnachten. Eines Tages erzähle ich Ihnen die ganze Geschichte. Jetzt sage ich nur, dass ich Weihnachten getan habe, was ich schon das Jahr zuvor oder noch früher hätte tun sollen.«

»Warum haben Sie es nicht früher getan?«

»Aus Angst.«

»Oh. Und was hat Ihnen den Mut gegeben, dieses Mal zu handeln?«

»Um es kurz zu sagen, die Gewissheit, einen anderen zu lieben.«

»Matthew?«

»Ja.«

»Aha. Ich muss sagen, ich bin sehr neugierig, Ihre ganze Geschichte zu hören, meine Liebe. Und wissen Sie was? Obwohl ich zwei Enkelinnen habe – beide sind verheiratet und Hazel hat mittlerweile zwei Kinder –, konnte ich mit ihnen nie reden wie jetzt wir miteinander; ich hatte nicht einmal Lust dazu, muss ich gestehen. Ist das nicht merkwürdig?«

Elizabeth schwieg einen Augenblick. »Ja, wenn ich darüber nachdenke, ist es merkwürdig«, sagte sie dann. »Aber ich bin dankbar, dass Sie mit mir gesprochen haben.«

Die Tugend der Dankbarkeit. Sie lachten beide leise.

Elizabeth sah, dass sich die alte Dame seufzend in ihrem Sessel zurücklehnte, und fragte: »Sie sind jetzt sicher müde?«

»Nein, ich bin nicht müde, meine Liebe, auch nicht wehmütig. An beiden Zuständen leide ich von Zeit zu Zeit, aber heute Abend empfinde ich ein stilles Glück, weil ich weiß, dass mein lieber Matthew auch glücklich ist. Bis Sie kamen, wusste ich nicht, was ihm die Zukunft bringen würde, in jeder Hinsicht; doch jetzt bin ich mir sicher.« Hastig fügte sie hinzu: »Wenn man vom Teufel spricht. Ich kann im Korridor seinen Stock hören. Ich danke Ihnen für diesen Nachmittag, meine Liebe. Und ich hoffe, wir können ihn oft wiederholen.«

»Das hoffe ich auch, Mrs. Wallingham. Von ganzem Herzen.«

Der Tag neigte sich fast dem Ende zu. Matthew und Elizabeth saßen dicht nebeneinander auf dem Rücksitz im Wagen.

»Eigentlich war es gar nicht so schlimm, Liebes, oder?«

»Es war wunderbar.«

»Nein, nicht *es* war wunderbar, sondern *du* warst wunderbar. Du hast alle bezaubert, genau wie mich.«

»Sei nicht albern.«

»Ich bin nicht albern. Aber ich habe noch nie erlebt, dass mein Bruder so aus seinem Schneckenhaus gekommen ist wie heute. Denk nur an das Abendessen. Er hat tatsächlich Bella gegenüber einen Scherz über den Fasan gemacht. Und Vater … ich hätte nicht erwartet, dass er abends ein zweites Mal zum Essen herunterkommen würde. Ich habe ihn noch nie so … ja, so entspannt und doch zivilisiert erlebt. Ich meine wirklich zivilisiert. Er war höflich, sogar liebenswürdig. Denk nur daran, was er zu dir gesagt hat, als du dich verschiedet hast: ›Jetzt kann ich verstehen, dass manche Männer sich im Krankenhaus besser erholen als zu Hause.‹ Glaub mir, das war bemerkenswert von ihm. Und Granan hat sicher das Gefühl, in dir eine verwandte Seele gefunden zu haben.«

»Von deiner Mutter sprichst du gar nicht.«

»Oh, sie mag dich – das habe ich deutlich gespürt –, aber sie ist ein sehr zurückhaltender Mensch. Sogar bei ihren eigenen Töchtern. Wenn ihre Enkelkinder da sind, geht sie etwas mehr aus sich heraus, ansonsten behält sie ihre Gefühle meistens für sich ... bis etwas geschieht, das sie sehr aufregt, emotional, meine ich. Jedenfalls war ich sehr stolz auf dich, meine geliebte Liz. Und ich bin so dankbar, dass du mich liebst.«

Sie unterbrach ihn: »Eine kleine Sache verblüfft mich. Niemand hat unsere Verlobung erwähnt, nur deine Großmutter, und auch sie nur auf Umwegen.«

»Oh, das ist meine Schuld, Liebling. Ich habe mit Peter gesprochen und ihn gebeten herumzusagen, dass niemand die üblichen Fragen wie ›Wann ist denn die Hochzeit?‹ stellen soll. So gehen die Reden ja immer, wenn sich jemand verlobt. Und ich wusste doch, dass noch kein Datum feststeht. Meinetwegen könnten wir nächste Woche zum Standesamt gehen, aber ... schon gut! Schon gut!« Er zog sie näher an sich. »Darüber müssen wir noch sprechen, ich weiß. Aber morgen machen wir diesen Ausflug, wenn das Wetter mitspielt. Das ist beschlossene Sache, oder?«

»Ja, ich würde mich freuen.«

»Gut. Und jetzt sind wir da.« Der Wagen hielt an. »Wie kommt es nur, dass die Fahrt jedes Mal kürzer wird?«

Lachend sagte sie: »Das liegt an Jims Fahrweise.«

»Genau. Er braucht dringend Unterricht.«

»Was sagen Sie da, Sir?«

»Ich sprach davon, dass Sie mehr Fahrstunden brauchen.«

»Oh, da haben Sie Recht, Sir. Ich werde gleich Unterricht nehmen und mich für einen Job als Busfahrer bewerben; wenn das nicht klappt, werde ich Fernfahrer.«

»Unterstehen Sie sich! Und jetzt lassen Sie uns aussteigen.«

Jim half ihnen aus dem Wagen, ging mit zum Haus und begleitete sie hinauf ins Wohnzimmer. Dann kehrte er zurück zum Wagen und wartete auf das Pfeifen. Zehn Minuten später ertönte es und er antwortete ...

Elizabeth war wieder allein. Statt sofort in ihr Schlafzimmer zu gehen und sich auszukleiden, setzte sie sich aufs Sofa. Sie streckte die Beine aus, legte den Kopf zurück und strich seufzend über den mit hochkarätigen Diamanten besetzten Verlobungsring an ihrer linken Hand. Niemand hatte sie darauf angesprochen, überlegte sie nachdenklich. Trotzdem war es ein wunderbarer Tag gewesen. Sie hatte alle Familienmitglieder gemocht, auch wenn sie ein seltsames Gefühl warnte, bei Rodney vorsichtig zu sein. Er ließ sich als Charakter nicht einschätzen und war seinem Bruder nicht im Geringsten ähnlich. Aber wie seine Großmutter gesagt hatte, alle hatten ihre Last zu tragen. Was für eine kluge Frau sie war – und welche Plage. Elizabeth konnte sich vorstellen, wie sie in der Vergangenheit ihrer Umgebung auf die Nerven gegangen war; in gewisser Weise tat sie das heute noch. Sie musste im Haus immer die Herrschaft ausgeübt haben und für ihre Schwiegertochter war das Leben sicher nicht einfach gewesen. Doch im Grunde ihres Wesens war sie eine liebevolle, freundliche und einfühlsame Frau, begabt mit einem für ihr Alter ungewöhnlich wachen Verstand.

Sie war glücklich, dachte sie. Oh, ja, überaus glücklich. Noch nie hatte sie so viel Freude empfunden.

Plötzlich richtete sie sich kerzengerade auf und rutschte auf die Sofakante. Sie musste an morgen früh um elf Uhr denken. Warum wollte Phil sie zu dieser Zeit anrufen … noch dazu aus einer Telefonzelle? Das konnte nur Unheil bedeuten. Es musste irgendetwas Schlimmes sein. Oh, warum lief nie alles glatt? Sie versuchte zu ergründen, was er ihr mitzuteilen hatte. Vielleicht stemmte sich ihre Mutter gegen seine Umzugspläne? Oder ihr Vater war ernsthaft krank? Nun, auf die Antwort würde sie wohl bis morgen warten müssen.

9

Um Punkt elf Uhr klingelte das Telefon und Liz hörte Phils Stimme: »Bist du das, Liz?«

»Ja, Phil. Es tut gut, dich normal sprechen zu hören, statt im Flüsterton.«

»Was soll ich machen, wenn die Wände Ohren haben?«

»Bist du in Schwierigkeiten?«

Phil machte eine Pause. »Eine ehrliche Antwort? Nein, nicht ich. Trotzdem, zu Hause herrscht keine gute Stimmung.«

»Hat sich Vaters Zustand verschlimmert?«

»Nein, es geht ihm weder besser noch schlechter.«

»Und Mutter?«

»Mehr oder weniger wie immer, Schwesterherz: Wir leben in einer furchtbaren Welt, was ist nur aus den Menschen geworden? Und so weiter. Du kennst ihre Themen. Aber jetzt hör mir zu. Der große Angeber ist früher als erwartet aus dem Krankenhaus entlassen worden. Ich habe ihn weniger schlimm zugerichtet, als ich wollte. Die Ärzte haben ihm zu einer Luftveränderung geraten, er soll nach Irland reisen, um Bridgets Familie zu besuchen. Aber auf dem Markt hat mich der junge Sam McCabe angesprochen und gemeint, das werde er sicher nicht machen; sein Bruder wolle nach Norden. Offenbar hatte er im Pub wieder einmal zu tief ins Glas geschaut und sich lautstark damit gebrüstet, dass niemand Mike McCabe die Grenzen aufzeige. Daher dachte ich, dass ich dich besser warne, Liz. Denn er ist gefährlich. Ich wünschte nur, ich wäre näher bei dir.« Es entstand ein kurzes Schweigen. »Bist du noch da, Liz?«

Sie musste ihre Lippen befeuchten und fest schlucken. »Ja«, sagte sie dann. »Wann ist er abgefahren?«

»Am Donnerstag. Hast du Freunde, die in der Nähe wohnen und dir vielleicht helfen könnten?«

Sie dachte einen Augenblick nach; dann sagte sie rasch: »Ja, schon. Ich werde mit ihnen sprechen.«

»Liz, ich möchte dir keine Angst einjagen, aber du solltest

nicht zu lange damit warten. Ruf mich an, falls du Schwierigkeiten haben solltest. Versprichst du mir das?«

»Ja, ja. Ich verspreche es.« Ihre Stimme klang aufgeregt. »Mach dir nicht zu viele Sorgen um mich. Meine Freunde helfen mir bestimmt. Leb wohl, Phil. Und vielen Dank.«

»Leb wohl, Liz. Sei vorsichtig.«

Sie legte auf und sackte auf das Sofa. Eine Hand vor das Gesicht gepresst, umfasste sie ihre Wangenknochen. Sie dachte an Jim und Charlie Fox. Aber Jim war jeden Tag nie länger als ein paar Minuten im Krankenhaus und an der Pförtnerloge, in der Charlie Dienst tat, konnte sich ein Fremder leicht vorbeischleichen. Aber Mike würde im Krankenhaus nichts unternehmen. Nein, wenn er etwas vorhatte, dann irgendwo draußen oder hier in ihrer Wohnung. Er konnte bei ihr einbrechen. Sie würde Mrs. Baker warnen müssen, niemanden ins Haus zu lassen. Aber dann musste sie auch den Grund dafür angeben …

Sie stand auf und begann im Zimmer umherzugehen. Warum hatte sie ihrer Mutter nicht früher getrotzt, im letzten Jahr, als auch Jane Ducksworth hätte begreifen müssen, dass ihre Tochter nicht mitspielen würde? Aber ihre Mutter hätte keine Ruhe gegeben, sondern immer wieder angeführt, was sie ihren Nachbarn schuldeten. Sie war bereit gewesen, ihre Tochter zu opfern, damit sie die Farm behalten und ihr gewohntes Leben weiterführen konnte. Liz konnte ihr Gejammer förmlich hören: »Du weißt, ohne Mike und seine Leute wäre Vater nie durch die vergangenen zwei Winter gekommen.«

In diesen Augenblick hasste sie ihre Mutter beinahe. Die Tochter zu opfern war ihr nicht gelungen, aber sie hatte ihr Glück getrübt; denn sie würde unfähig sein, ihre Angst zu verbergen. Könnte sie doch nur mit Jim sprechen. Der einzige Mensch, über den dies möglich war und der Jim beauftragen konnte, für Schutz zu sorgen, war Matthew. Aber dafür müsste sie ihm die ganze Geschichte erzählen. Oh, lieber Gott. Sie wollte nicht noch einmal alles aufwühlen, aber was konnte sie sonst tun …?

Bis der Zeiger auf zwölf Uhr stand, verstrichen die Minuten wie Stunden. Dann hörte sie draußen den Wagen anhalten und musste sich zwingen, zur Tür zu gehen.

Matthew spürte, dass etwas nicht stimmte, bevor er mit ihr das Zimmer betrat. Sicher war er, als sie mit Jim sprach und ihre Stimme zitterte: »Jim, würden Sie zehn Minuten im Wagen warten? Anschließend rufe ich Sie hinauf, denn ich … glaube, ich werde Ihre Hilfe brauchen.«

»Wovon um alles auf der Welt sprichst du, Liebling? Was ist geschehen?«

Bevor sie Matthew antworten konnte, sagte Jim: »In Ordnung, Miss. Ich komme jederzeit, wenn es Ihnen passt.«

»Was ist los? Was ist passiert? Liebling, warum bist du so verstört?«

»Setz dich.« Sie zog ihn zum Sofa. »Ich muss dir etwas sagen. Und das wird nicht leicht für mich sein. Ich … habe versprochen, dir eines Tages davon zu erzählen; aber dass ich in eine Lage kommen könnte, die mich dazu zwingt, hätte ich nie geglaubt.«

»Sei ganz ruhig, ich höre dir zu. Nichts ist so schlimm, dass man nicht damit fertigwerden kann. Aber hör auf zu zittern, ich bitte dich.«

»Ich wünschte, ich könnte dir zustimmen. Nun gut, ich erzähle dir am besten alles von Anfang an. Es geht um die Ereignisse von Weihnachten, als ich zu Hause war; um den vermeintlichen Unfall, du weißt schon.«

»Ja, der vermeintliche Unfall.« Er wartete und war überrascht, als sie plötzlich die Arme um ihn schlang und ihn an sich zog. Dann schob sie ihn wieder weg.

»Bitte halt meine Hände nicht, Liebster. Sitz einfach nur da und hör mit zu.«

Sie begann zu erzählen. Zuerst von der Lage der beiden benachbarten Farmen und den Familien, die darauf lebten. Dann folgte ein Bericht über die Zeit als Heranwachsende, als alle, sie eingeschlossen, davon ausgingen, sie würde eines Tages Mike McCabe heiraten. Sie erklärte, heute erkenne sie, dass die Entscheidung, Krankenschwester zu werden, nicht so sehr aus dem Wunsch entstanden war, anderen zu helfen, sondern mehr eine – zumindest zeitweise – Flucht vor den Verhältnissen zu Hause war. In der Stadt habe es noch ein paar andere junge Männer gegeben, die sich für sie interessierten, aber diese seien sofort vertrieben worden. Sie fuhr fort zu erzählen, mit welcher Überraschung sie festgestellt hatte, wie gern sie Krankenschwester war und wie sehr es sie mit Dankbarkeit erfüllte, anderen Menschen helfen zu können, vor allem den Patienten, die sie während des Krieges hatte. Hier hielt sie inne. Schließlich streckte sie ihm die Hände entgegen, drückte seine und sagte: »Zum Beispiel einem bestimmten Mann, der meine Hilfe verzweifelt nötig hatte.«

Er antwortete nur: »Oh, Liz …«

Dann sprach sie von der Zeit, als der Nachtdienst vorbei war und sie feststellen musste, dass sie sich trotz aller Warnungen ihrer Vorgesetzten in einen Patienten verliebt hatte. »Damals bin ich nach Hause gefahren und war fest entschlossen, der Sache ein Ende zu bereiten. Aber meine Mutter setzte mich erneut unter Druck und betonte, wie viel wir den McCabes zu verdanken hätten. Mein Vater habe so oft seine schlimmen Anfälle gehabt und ohne Mikes Hilfe wären sie nie über die Runde gekommen.«

Elizabeth erzählte von der vorwurfsvollen Haltung ihrer Mutter, nachdem sie der Familie an Weihnachten ihre Absichten mitgeteilt hatte. Aber Phil würde auf ihrer Seite stehen, denn er hasste Mike McCabe.

Es folgte eine lange Pause, dann beschrieb sie, was sich im Wohnzimmer der McCabes abgespielt hatte und wie sie tatsächlich Angst hatte haben müssen, vergewaltigt zu werden.

In diesem Moment streckte Matthew die Arme aus und zog Liz fest an sich. Dabei rief er: »Oh, mein Gott! Dieses verdammte Dreckschwein!«

Jetzt musste sie ihn besänftigen. »Es ist alles in Ordnung, Liebling. Sei unbesorgt. Aber hör mir zu. Vor gut einer Stunde hat Phil angerufen und gesagt, er sei ganz sicher, dass Mike hierher unterwegs ist und zu mir will. Ich habe Angst, Matthew … mehr als Angst; ich bekomme Panik bei dem Gedanken, ihm wieder zu begegnen – denn ich glaube wirklich, er ist irgendwie geistesgestört.«

Er schüttelte sie sanft an den Schultern. »Warum hast du mir nicht früher davon erzählt? Wir hätten etwas unternehmen können. Es gibt immer Mittel und Wege, mit großmäuligen, brutalen Schlägern fertigzuwerden.« Er strich ihr sanft das Haar aus der Stirn. »Mein Gott! Wenn ich mir vorstelle, was du an Weihnachten erleiden musstest. Aber nun versuch, dir keine Sorgen mehr zu machen, Liebling. Du brauchst ständig jemanden in deiner Nähe, Tag und Nacht. Pass auf, wir werden jetzt mit Jim darüber sprechen. Ihm fällt bestimmt das Richtige ein, da bin ich sicher.

Warte einen Moment.« Er stand entschlossen auf, ertastete sich den Weg zur Tür und pfiff. Innerhalb weniger Sekunden war Jim im Raum. Matthew nahm wieder seinen Platz neben Elizabeth ein und sagte: »Setzen Sie sich einen Moment, Jim. Wir brauchen Ihren Rat.« Er beschrieb in groben Zügen die Lage.

Jim Taylor sah Elizabeth an. »Grundgütiger Gott! Ihnen das anzutun. Den Kerl würde ich gern in die Mangel nehmen. Wie ist er, Miss … ich meine, wie groß?«

»Oh, er ist sehr groß. Über einsneunzig und sehr stämmig. Ein breiter, massiger Kerl. Sie würden ihn nicht übersehen, Jim. Und er kleidet sich gediegen, meistens in Tweedanzüge.«

»Also«, sagte Matthew, »welche Vorschläge haben Sie?«

»Tagsüber können wir ganz gut auf sie aufpassen, Sir. Wenn es Ihnen nichts ausmacht, etwas früher zu fahren, holen wir sie ab und bringen sie zum Krankenhaus. Mittags, falls Miss Ducksworth nächste Woche in der gleichen Schicht wie Sie arbeitet, kann ich Sie beide wie gewöhnlich in Ihr Café fahren.«

»Ja, Jim. Ich bin in der gleichen Schicht, von acht bis fünf. Aber nächste Woche ändert sich das.«

»Gut, das kriegen wir irgendwie hin, Miss. Wir müssen uns jetzt vor allem Gedanken darüber machen, was geschieht, nachdem wir Sie abends hier abgeliefert haben. Von da an dürfen Sie keine Minute allein sein. Und mir fällt auch schon die richtige Person ein. Sie brauchen jemanden, der in Ihrer Wohnung übernachtet. Das Sofa, auf dem Sie sitzen, wäre als Schlafgelegenheit völlig ausreichend. Wissen Sie, ich habe eine Schwester. Zufällig hat sie gerade keine Arbeit. Komisch, wie die Dinge sich manchmal fügen. Sie ist groß wie ein Baum und stark wie ein Ochse. Und sie wurde wieder einmal aus ihrer Stellung entlassen, weil sie sich nichts sagen lässt, wenigstens nicht von jungen Klugscheißern, wie sie das ausdrückt. Letztes Jahr hatte sie drei verschiedene Arbeitsstellen, aber sie bleibt nie lange ohne Beschäftigung. Ich bin sicher, sie wird gern herkommen und Ihnen Gesellschaft leisten. Kein Problem. Und das sage ich Ihnen, den Burschen möchte ich sehen, der an ihr vorbeikommt; sie versteht es, ihre Knie zu gebrauchen, und das kann verdammt wehtun.« Er lachte. »Entschuldigen Sie, Miss. Und noch etwas, ihre Hände sind breit wie Schaufeln und können zupacken.«

»Oh, Jim!« In Elizabeths Stimme klang ein Lachen mit. »Ihr Humor tut mir gut.«

»Hören Sie das, Sir? Da sollte bald eine Gehaltserhöhung folgen, meinen Sie nicht?«

»Keine Scherze, Jim. Das ist eine ernste Angelegenheit.«

»Sie sagen es, Sir! Denn die Wochenenden bleiben übrig.«

»Oh, zerbrechen Sie sich darüber nicht den Kopf. Um die Wochenenden kümmere ich mich. Das bereitet keine Schwierigkeiten. Und jetzt, Liebste, machen wir eine Ausfahrt. Ich sage nicht, dass du aufhören sollst, dir Sorgen zu machen oder Angst zu haben, denn das wäre dumm. Aber du siehst, du bist in besten Händen, bei mir und diesem Querkopf; und wir tun alles, um dich zu beschützen. Du gehst jetzt hinauf zu deiner netten Nachbarin und sagst ihr, was sie dem Burschen antworten soll, sollte er hier auftauchen.«

Als sie allein waren, sagte Jim ernst: »Wenn dieser Kerl so ist, wie es klingt, schwebt sie wirklich in Gefahr, denn diese Sorte macht vor nichts Halt. Solche Kerle begreifen nicht, dass sie lebenslänglich hinter Gittern landen könnten. Man liest in der Zeitung von solchen Fällen und hört im Radio davon. Manchmal spielen sie sich in der eigenen Straße ab. Er muss wirklich ein übles Schwein sein.«

»Ja, Jim. Aber ein Schwein ist viel zu sauber, um als Vergleich zu dienen.«

»Ganz recht, Sir. Ein widerwärtiger Scheißkerl ist er«, bekräftigte Jim. »Übrigens, wäre es möglich, dass wir auf dem Rückweg bei mir zu Hause vorbeifahren; dann kann ich meiner Schwester Bescheid sagen.«

»Auf jeden Fall, Jim. Aber anstatt Ihrer Schwester nur Bescheid zu sagen, sollten Sie besser fragen, ob sie bereit ist, diese Verantwortung zu übernehmen.«

»Oh, das ist sie bestimmt. Erst recht, wenn sie es für mich tut. Übrigens heißt sie Cissie. Ein zierlicher Name für ein stämmiges Mädchen.«

Das dachte auch Elizabeth, als sie später am selben Tag mit Cissie bekannt gemacht wurde. Die Gesichtszüge und die Stimme der jungen Frau hatten nichts Zartes. Das kurz geschnittene Haar und der breite Kopf verliehen ihr ein männliches Aussehen. Elizabeth fühlte sich beinahe an Bridget McCabe erinnert. Aber hier endete die Ähnlichkeit bereits. Ihre Brüste und die Hüften wiesen eindeutig weibliche Rundungen auf. In der Art zu sprechen und in ihrer Haltung war sie Jim verblüffend ähnlich. Elizabeth mochte sie auf den ersten Blick und sagte ihr, wie erfreut und dankbar sie sei, dass sie für den Plan ihres Bruders zur Verfügung stand. Und wie Jim zog sie sich taktvoll zum Wagen zurück, damit das Paar sich gute Nacht sagen konnte …

Matthew zwang sich zur Gelassenheit. »Ich habe keine Befürchtungen, dass du heute Nacht gestört wirst«, sagte er. »Allein der Händedruck dieser jungen Dame lässt keinen Zweifel daran, dass ein Mann, der meint, an ihr vorbeizukommen, ein Dummkopf ist. Und jetzt versuch zu schlafen, Schatz«, verabschiedete er sich. »Es ist noch früh, aber ich möchte nach Hause, um mit meiner Mutter alles für das kommende Wochenende zu besprechen.«

Sie widersprach nicht, weil sie noch immer in ihrer Angst zu ertrinken drohte und keinen Rettungsring zurückweisen konnte.

10

Jim hatte Matthew zu Hause abgeliefert und Bella kam ihm in der Halle entgegen. »Hallo, Sir! Für das Abendessen sind Sie schon zu spät, aber die Familie sitzt beim Kaffee im Salon. Hatten Sie einen schönen Tag?«

»Ja, danke. Einen sehr schönen Tag.« Dann fragte er rasch: »Wer ist da, Bella?«

»Ihr Vater, Mr. Matthew. Er kam nachmittags nach unten und Ihre Großmutter schloss sich zum Abendessen an. Dann natürlich die Herrin. Bis vor einer Weile war auch Mr. Rodney dabei, aber er ist wieder nach unten gegangen, um wie immer einen letzten Rundgang über die Farm zu machen. Und Peter ist da.«

»Danke, Bella ... Es geht schon.« Er wehrte ihre Berührung am Arm ab. »Ich finde den Weg.«

Als er den Salon betrat, rief seine Großmutter zur Begrüßung: »Du liebe Zeit! Du bist früh zurück – oder zu spät? Das Abendessen hast du verpasst.«

Er hatte keine Zeit, ihr zu antworten, denn seine Mutter war neben ihn getreten und fragte: »Hast du gegessen?«

»Oh, ja. Zweimal. Aber eine Tasse Kaffee könnte ich brauchen.«

»Er ist noch heiß, mein Lieber. Komm und setz dich erst einmal.«

Sie führte ihn zu einem Stuhl links neben seinem Vater. »Wie ist das Wetter?« fragte Richard Wallingham.

»Kalt, aber angenehm.«

Nach einer Pause sagte sein Vater: »Stimmt etwas nicht?«

Es vergingen ungefähr fünf Sekunden, bis Matthew antwortete: »Eine ganze Menge, würde ich sagen, Vater.«

»Was ist mit dir? Hat Liz ...?«

Er wandte sich in die Richtung, aus der die Stimme seiner Großmutter gekommen war, und sagte mit hohlem Lachen: »Nein, Granan. Liz hat mich nicht verlassen und mit mir ist alles in Ordung. Aber mit ihr nicht. Über sie möchte ich reden. Und du, Mutter, bist am meisten davon betroffen, denke ich.«

»Ich? Warum?«

»Du hast über meinen Vorschlag zu entscheiden. Aber zuerst bekomme ich meine Tasse Kaffee, nicht wahr?«

»Natürlich, ja ... es tut mir Leid. Sie steht griffbereit für dich auf dem Tisch.«

Peter reichte Matthew die Tasse und fragte voller Mitgefühl: »Ist ... Miss Elizabeth etwas zugestoßen?«

»Bis jetzt nicht, Peter. Aber leider besteht die Gefahr.«

Richard Wallinghams scharfe Stimme drang zu ihnen. »Hör auf, um den heißen Brei herumzureden, Matthew!«

Matthew antwortete ebenso scharf: »Ich muss ziemlich lange um den heißen Brei herumreden, Vater, wenn ich euch die Situation verständlich machen will.« Wieder machte er eine Pause. »Ich fange ganz am Anfang an, so wie sie; zu der Zeit, als sie fünf Jahre alt war.« Dann wiederholte er alles, was Elizabeth ihm erzählt hatte. Mitten in der Geschichte hielt er einmal inne und fragte: »Ist noch Kaffee da, Mutter? Es macht nichts, wenn er kalt ist.«

Stumm schenkte Lucille ihm ein und schob die Tasse in seine Hände.

Als er ausgetrunken hatte, fuhr er fort: »Granan, du erinnerst dich an den Morgen, als Jerry anrief und ich mich mit ihm zum Essen traf? Damals bin ich ihr wiederbegegnet, der Krankenschwester, die mir nicht mehr aus dem Sinn ging, seit sie sich im Krankenhaus von mir verabschiedet hatte. Heute habe ich den Eindruck, als hätte sie damals die gleichen Empfindungen wie ich gehabt. Sie sagte später etwas in der Art. Auch, dass dieses Gefühl sie in dem Entschluss bestärkt habe, bei ihrer Heimkehr an Weihnachten diesem Mann zu sagen, sie könne ihn nicht heiraten. Sehr zum Missfallen ihrer Mutter, nicht aber ihres Vater. Sie ging dann zu seinem Haus und dort geschah es.«

Matthew erzählte jetzt in Einzelheiten die Geschehnisse, die dazu geführt hatten, dass Elizabeth am Ende zusammengeschlagen und beinahe vergewaltigt wurde. Denn das wäre sicher geschehen, hätte nicht ihr draußen wartender Bruder zusammen mit Sam McCabe die Tür aufgebrochen.

»Eine Woche später, Elizabeth war noch sehr schwach,

verschaffte sich zu allem Unglück die Mutter des Mannes, eine Riesin mit massigem Körperbau, Zugang zum Haus, entschlossen, an Elizabeth Rache zu üben, indem sie ihr Gesicht auf die gleiche Weise zeichnete, wie Elizabeth ihren Sohn zugerichtet hatte. Der lag zu der Zeit mit gebrochenem Schienbein im Krankenhaus, weil ihn ein Schürhaken getroffen hatte. Hätte Elizabeths Vater die Frau nicht abgewehrt und aus dem Haus vertrieben, dann hätte sie ihre Drohung wahrgemacht.«

Nun kam er zum Kern der Geschichte: »Heute Morgen erhielt Liz einen Anruf von ihrem Bruder, der ihr mitteilte, er habe gehört, der Kerl sei nach Norden unterwegs. Er soll sich in einem Pub damit gebrüstet haben, kein Sterblicher komme straflos davon, der ihn zum Narren mache.«

»Man sollte die Polizei einschalten.«

»Ja, Vater. Das denke ich auch. Aber was kann die Polizei schon tun? Bis jetzt hat ihn niemand hier oben gesehen, geschweige denn bei irgendeiner Straftat. Aber wir haben ein paar Vorkehrungen getroffen. Jims Schwester wird in der Wohnung von Liz übernachten und Charlie Fox und ich achten während des Tages im Krankenhaus auf sie. Um das Wochenende jedoch mache ich mir Sorgen.«

»Sag uns, was du vorhast. Was sollen wir tun?« Die Frage kam von seiner Großmutter.

Er antwortete an seine Mutter gewandt: »Ich wollte Mama fragen, ob Elizabeth die Wochenenden bei uns verbringen kann, aber jetzt geht meine Bitte weiter. Ich … möchte von dir hören, ob du einverstanden bist, Mutter, dass sie eine Weile ganz bei uns wohnt – bis wir wissen, was dieser Mann vorhat.«

Lucille zögerte noch, als Annie Wallingham sich einschaltete: »Jetzt sag schon etwas, Lucille!«

»Gib mir einen Moment Zeit, Granan, bitte!« In Lucilles Stimme lag eine ungewöhnliche Schärfe. Nach einer weiteren Pause sagte sie zu Matthew: »Ja, natürlich. Sicher kann sie bei uns bleiben, so lange, wie es notwendig ist. Ich werde eines der Gästezimmer für sie herrichten lassen.«

»Nein, ein Gästezimmer brauchen wir nicht. Sie kann bei

mir wohnen. Ich habe ein Schlafzimmer, das sehnsüchtig auf einen Gast wartet.«

»Aber es wurde ewig nicht benutzt, Schwiegermutter. Wahrscheinlich ist der Raum feucht und stickig.«

»Ein paar Mal den Kamin brennen lassen, das macht den Raum schnell trocken. Bis dahin gibt es ein gutes Bettsofa im kleinen Wohnzimmer. Mary hat immer darauf geschlafen, wenn es nötig war.«

»Peter.« Die Stimme des Colonels klang plötzlich erschöpft. »Bringen Sie mich bitte nach oben. Aber noch eines, Matthew.«

»Ja, Vater.«

»Deine Verlobte ist hier willkommen, so lange sie zu bleiben wünscht.«

Obwohl die Einladung auf sehr förmliche Weise ausgesprochen wurde, war Matthew tief berührt. »Danke, Vater. Ich weiß das zu schätzen. Auch im Namen von Elizabeth danke ich dir.«

Sein Vater und Peter verließen das Zimmer. Matthew war überrascht, als seine Großmutter sich in einem für sie sehr ungewöhnlichen Ton an ihre Schwiegertochter wandte: »Lucille ... ich wollte dich nicht verletzen. Ich weiß, wie gern du für das Mädchen ein Zimmer herrichtest, und wenn es nur Matthew zu Gefallen wäre. Ich weiß auch, dass Matthews Geschichte über ihre schlimme Lage dich in der gleichen Weise berührt hat wie uns alle. Nun ja, und dir ist klar, dass ich eine selbstsüchtige alte Frau bin. Ich mag das Mädchen einfach. Wenn ich an gestern zurückdenke, schäme ich mich, wie ich ihr mit meiner Lebensgeschichte und meinen Sorgen in den Ohren gelegen habe. Es ist komisch, ich kann mich nicht erinnern, jemals so gesprächig gewesen zu sein – natürlich wusste ich da noch nicht, was sie durchlitten hat. Um meinem egoistischen Handeln entgegenzuwirken, habe ich gleich die Gelegenheit beim Schopf ergriffen. Nein ... ich bin schon wieder selbstsüchtig; so war es nicht. Ich dachte einfach, wie sehr ich mich freuen würde, sie bei mir zu haben. Aber jetzt, Lucille, sage ich auch, sie sollte besser in einem der Gästezimmer wohnen ...«

»Nein, Schwiegermutter! Nein! Ich verstehe dich. Wirklich. Und ihr würde es gefallen. Ich bin sicher, sie wird sich bei dir … wohl fühlen, denn ich bin, wie du weißt, nicht die beste Gesellschafterin. Das war ich nie.«

Matthew hörte diesen Wortwechsel mit einigem Erstaunen. Die beiden Frauen schienen seine Anwesenheit vergessen zu haben. Ein tauber Patient hatte ihn einmal gewarnt, dass so etwas geschehen könnte. Sie übergehen Sie einfach, hatte er gesagt. Sie machen Gesten und geben sich Handzeichen, dann sehen sie Sie an, weil Sie nichts verstehen, und Sie können sie buchstäblich hören, wie sie sagen: »Ach, zum Teufel!« Und dann wenden sie sich ab.

Es war seltsam. Statt den beiden dankbar zu sein, empfand er Ärger, der allerdings sofort wieder verflog, als ihm bewusst wurde, dass Liz nie reden würde, als wäre er nicht anwesend. Sie würde ihn am Gespräch beteiligen.

Aber warum konnte er das Gehörte nicht als ein außergewöhnliches Gespräch begreifen? Er war Zeuge geworden, wie zwei Menschen, die ihm nahe standen, sich füreinander zu öffnen begannen. Was machte ihn so empfindlich? Er sollte Dankbarkeit darüber empfinden, dass seine Mutter und seine Großmutter durch die Schwierigkeiten, in denen Liz steckte, einander näher zu kommen schienen.

»Soll ich Mary für dich rufen, meine Liebe?«, fragte seine Mutter jetzt.

»Nein, Lucille. Das schaffe ich allein. Sie wird wahrscheinlich schon drüben sein und die Kopfkissen aufschütteln. Matthew, kommst du später und sagst mir gute Nacht?«

Er musste sich zusammennehmen, um sprechen zu können. »Ja. Natürlich.«

Dann hörte er, wie sie sagte: »Gute Nacht, Lucille«, und seine Mutter antwortete:

»Gute Nacht, meine Liebe. Wir reden morgen früh weiter.«

Er hörte, wie die Salontür geöffnet und wieder geschlossen wurde. Dann kehrte seine Mutter zu ihm zurück. »Das mit Elizabeth tut mir aufrichtig Leid, Matthew. Während du ihre Geschichte erzählt hast, kam mir unwillkürlich der Gedanke, wie häufig die Töchter als Tauschmittel zwischen Familien benutzt werden, um Land und Güter zu vermehren. Wir rümpfen über die arrangierten Ehen anderer Kulturen die Nase, aber im Grunde praktizieren wir das Gleiche, nur in der Durchführung etwas verfeinert. Weißt du, mein Lieber, ich muss dir ein Geständnis machen. Ich habe immer die Frauen aus der Arbeiterklasse beneidet, weil sie ihrem Herzen zu folgen scheinen – außer natürlich, wenn die Eltern aus religiösen Gründen dazwischen gehen.«

»Oh, Mutter!« Er drückte sie sanft an sich. »Ich hasse den Gedanken, dass du jemals unglücklich gewesen bist.«

»Mein Junge, in diesem Augenblick bin ich nicht unglücklich. So viel kann ich sagen. Ich freue mich darüber, wie dein Vater zu dir steht.« Sie lachte leise. »Und zu deiner Verlobten. Das Wort klang so förmlich aus seinem Mund, beinahe künstlich, findest du nicht?« Sie machte eine Pause. »Und dann deine Großmutter. Ich wüsste nicht, wann sie jemals so freundlich mit mir gesprochen hat. Weißt du, Mary kennt viele altmodische Redensarten und erst vor kurzem kam mir eine davon in den Sinn. ›Kummer kann erstarrte Herzen weich machen.‹ Das, glaube ich, hat Elizabeths Kummer heute Abend bewirkt. Zumindest bei mir.«

»Oh, meine liebe, gute Mutter.« Er fand keine anderen Worte.

Sie tätschelte seine Wange. »Gute Nacht, mein Junge. Ich muss jetzt nach deinem Vater sehen und dann mit Peter sprechen, damit er Rodney die Lage erklärt.«

Obwohl er sich auf knappe Angaben beschränkte, erkannte Peter die Überraschung im Gesicht des jüngeren Mannes. »Sie wird hier wohnen?«, fragte er ungläubig.

»Ja, für den Augenblick.«

Rodneys altes Selbst gewann wieder die Oberhand und er fragte: »Warum konnte er mit der Enthüllung nicht bis zu meiner Rückkehr warten?«

»Sie waren über eine Stunde weg und alle hätten warten müssen, auch Ihr Vater, Ihre Mutter und Madam. Keiner von Ihnen ist dafür bekannt« – er lachte –, »sonderlich viel Geduld zu haben. Außerdem war Matthew nicht in dem Zustand, die Sache länger aufschieben zu können. Er wollte, dass sofort gehandelt wurde.«

»Oh, ja. Ich verstehe. Alles musste nach seinen Wünschen und Vorstellungen geregelt werden.«

»Rodney!« Der Ton enthielt eine scharfe Zurechtweisung.

»Peter, Sie wissen, das ist die Wahrheit«, gab Rodney zurück. »Was Matthew sich wünscht, das bekommt er.«

»Er hat sich nicht gewünscht, blind zu sein.«

Rodney erwiderte nichts darauf. Nach einem Moment fragte er: »Und der Bursche ist ihr bis hierher gefolgt?«

»Sie glauben, das könnte geschehen. Offensichtlich ist er entschlossen, sich an sie heranzumachen, auf welche Weise auch immer. Und alles nur, weil sie ihn abgewiesen hat.«

Rodney stand für einen Augenblick da, als würde er nachdenken. Dann schritt er vor das fast niedergebrannte Kaminfeuer, blickte hinein und murmelte: »Seltsam, wie manche Männer sich von Frauen beeindrucken lassen.«

Peter hätte anmerken können: »Nach Ihrem veränderten Verhalten von gestern zu urteilen, waren Sie selbst nicht unbeeindruckt von ihr.« Stattdessen sagte er nur: »Gute Nacht, Rodney. Ich schließe jetzt ab.«

»Ja, gute Nacht, Peter.«

Rodney hatte das Zimmer wieder für sich allein und sank in einen Sessel. Wie immer, wenn er nachdenklich war, begann er an den Nägeln zu kauen.

11

In der Wohnung bereiteten sich Elizabeth und ihre neue Gefährtin zum Schlafen vor. Cissie hatte erklärt, das Sofa genüge völlig, und Elizabeth gleichzeitig versichert, sie habe einen leichten Schlaf; bei der kleinsten Störung wäre sie gleich auf den Beinen.

Auch wenn Cissie Elizabeth wegen ihrer Körperfülle an

Bridget McCabe erinnerte, war die junge Frau ihr auf den ersten Blick sympathisch gewesen. Sie ähnelte in vielem Jim und würde wie er verlässlich sein.

Um kurz nach neun – Elizabeth trug bereits ihren Morgenmantel, aber Cissie war noch nicht ausgezogen – hörten sie das Läuten der vorderen Türglocke. Cissie sah Elizabeth an und fragte ruhig: »Kommt um diese Zeit noch Besuch, ich meine, für die Frau oben?«

»Nein. Soweit ich weiß, hat sie nie Besuch, zumindest nicht um diese Zeit.« Bei den letzten Worten stotterte sie fast.

»Und Sie haben ihr gesagt, sie soll nicht nach unten gehen und öffnen?«

»Ja.«

»Dann sehen wir mal.« Cissie wies auf das Fenster. »Das geht zur Straße hinaus, nicht wahr?«

»Ja.«

»Es liegt nicht weit von der Eingangstür weg. Machen Sie das Licht aus.«

Rasch gehorchte Elizabeth. »Weiter hinten ist eine Straßenlaterne«, sagte Cissie. »Ich kann auf jeden Fall den Umriss erkennen, wenn jemand da ist.« Der Raum lag im Dunklen. Sie teilte die Vorhänge und presste das Gesicht an die Scheibe. Dann rief sie leise: »Aha, es ist ein ziemlich großer Kerl. Wenn ich raten sollte, würde ich sagen, das ist er, Miss. In dem schummrigen Licht sieht er aus wie ein Kleiderschrank.«

»O mein Gott!«

»Keine Sorge, Miss. Ich bin schon mit größeren Kerlen fertig geworden und die waren betrunken. Mein Vater ist wie ich oder ich komme nach ihm, das kann man sehen, wie man will. Sogar ihn habe ich geschafft, als er besoffen war. Und jetzt seien Sie vernünftig und bleiben, wo Sie sind.«

»Wohin wollen Sie?«

»Ich gehe nach unten und mache die Tür auf.«

»O nein! Bitte, nicht, Cissie! Tun Sie das nicht!«

»Überlassen Sie mir die Sache, Miss. Bitte. Ich weiß, was ich mache. Bleiben Sie im Dunkeln. Ich mache das Licht in der Halle an.«

Sie verließ das Zimmer, schlug die Tür möglichst laut hinter sich zu, ging zur Eingangstür und öffnete. Dann fragte sie den riesigen Kerl, der vor ihr stand: »Wer sind Sie? Was wollen Sie?«

»Ich möchte Miss Ducksworth sprechen. Mir wurde gesagt, dass sie hier wohnt.«

»Ducks… Ducksworth? Ach ja, natürlich. Sie hat früher hier gewohnt. Wahrscheinlich kommt sie auch zurück, aber sie hat mir die Wohnung für einen Monat untervermietet.«

Einen kurzen Moment war der Mann still. »Haben Sie ihre neue Adresse?«, fragte er dann.

»Nein, Mister. Und ich würde sie Ihnen auch nicht geben. Was wollen Sie von Miss Ducksworth?«

»Ich möchte sie sprechen. Ich habe eine Nachricht von ihren Eltern.«

»Von ihren Eltern? Wo leben die?«

»Hastings.«

»Mein Gott! Das ist am anderen Ende der Welt. Wenn sie eine Nachricht für ihre Tochter haben, warum benutzen sie nicht das Telefon?«

Wieder entstand eine Pause. »Sie ist von zu Hause weggegangen und ihre Eltern wussten nicht, wo sie jetzt wohnt.«

»Woher haben Sie dann die Adresse?«

»Aus dem Krankenhaus. Ich habe dort angerufen und es hieß, sie wäre nicht im Dienst. Dann gaben sie mir diese Adresse.«

»Das würden die niemals tun. Ich habe auch in einem Krankenhaus gearbeitet, am Empfang. Es ist nicht erlaubt, die Adressen von Krankenschwestern weiterzugeben.«

»Nun, in meinem Fall haben sie eine Ausnahme gemacht, weil es sich um eine dringende Angelegenheit handelt. Ich habe angeboten, sie könnten meine Identität telefonisch überprüfen, indem sie bei mir zu Hause anrufen. Dann erhielt ich die Nummer.«

Cissie wurde klar, dass sie es mit einem schlauen Burschen zu tun hatte, und antwortete: »Als sie diese Wohnung verließ, muss sie einen guten Grund gehabt haben; und im

Krankenhaus hat sie eine falsche Adresse angegeben – zumindest nicht die neue. Sie ist jetzt fort, seit … ich habe die Wohnung am Donnerstag übernommen. Sie schien in ziemlicher Eile zu sein und ich hatte gleich das Gefühl, da war was faul. Aber ich brauchte schnell eine Bleibe und wir einigten uns. Ich bin niemand, der viele Fragen stellt. Genügt Ihnen das als Antwort, Mister?«

Wieder entstand eine Pause. Dann sagte er: »Nicht ganz.«

Sie blickte nach unten auf seinen Fuß, der auf der Schwelle stand. »Jedenfalls wünsche ich Ihnen eine gute Nacht und hoffe, dass Sie finden, wonach Sie suchen. Und würden Sie bitte Ihren Fuß von der Schwelle nehmen.« Als der Fuß an seinem Platz blieb, sagte sie leise und drohend: »Mister, ich kann meine Fersen sehr gut gebrauchen und treffe immer das, worauf ich ziele. Haben Sie mich verstanden?«

Er reagierte noch immer nicht und so trat sie kräftig auf seine Schuhspitze. Er rang verblüfft nach Luft. Als er einen Schritt zurück machte, schlug sie rasch die Tür ins Schloss.

Oben im Zimmer sagte sie: »Schalten Sie das Licht ein.« Dann fragte sie: »Haben Sie alles gehört?«

»Ja«, murmelte Elizabeth. »Sie waren wunderbar. Aber ich kenne ihn. Er hat Ihnen kein Wort geglaubt. Er wird wiederkommen.«

»Ja, ich fürchte auch, dass er genau das tun wird. Aber durch die Vordertür kommt er nicht herein. Er muss an der Hofmauer hochklettern, um durch Ihr Schlafzimmerfenster einsteigen zu können. Aber Sie sagen, er misst an die zwei Meter. Ein Mann seiner Größe könnte die Mauer leicht mit einem Sprung überwinden. Der Kerl ist wirklich ein Schrank. Ich dachte schon, mein Vater wäre gewaltig, und nicht viele Frauen sind so groß wie ich. Wenn seine Mutter nur annähernd ähnlich ist, dann …«

»Oh, das ist sie, Cissie. Und sie hat den gleichen Charakter. Ich habe entsetzliche Angst vor den beiden.«

»Jetzt setzen Sie sich erst einmal hin. Wenn er vorhat, mit Gewalt ins Haus zu kommen, wird er gleich hinten im Hof auftauchen. Dann rufe ich die Polizei.«

»Es könnte zu spät sein … wenn er einmal im Haus ist.«

»Soll ich sofort dort anrufen? Oder bei Jim, damit er Ihren Freund holt?«

»Nein, nein. Ich möchte die Familie nicht stören. Sie ... waren so freundlich zu mir.«

»Freundlich! Seien Sie nicht albern, Mädchen. Mr. Matthew wird wahnsinnig, wenn Ihnen etwas zustößt. Das habe ich von Jim. Also reden Sie nicht solches Zeug. Sie brauchen Hilfe. Und Sie brauchen Ihren Freund ... ich meine, Mr. Matthew. Sicher, viel kann er nicht machen, der arme Kerl, aber immerhin dafür sorgen, dass Jim etwas tut. Und ich kenne unseren Jim. Ihn muss man nicht lange bitten. Ihn nicht!« Dann fragte sie: »Gibt es eine Tür von der Küche in den Hof?«

»Nein. Der einzige Zugang zum Hof führt durch den Keller und oben auf der Treppe liegt der ganze Abfall. Im Keller wohnt niemand. Ich vermute, früher hat er als Lagerraum gedient, aber jetzt ist er immer verschlossen.«

»Gut, dann kommen Sie jetzt mit mir in die Küche, meine Liebe. Ich mache uns Tee.«

Sie nahm Elizabeths zitternden Arm. Kaum in der Küche angekommen, wurden sie von einem Geräusch erschreckt, das sich anhörte wie ein dumpfer Schlag. Sie starrten sich an. Dann hastete Cissie zurück ins Wohnzimmer, hob den Telefonhörer von der Gabel und wählte die Nummer des Polizeireviers. Elizabeth stand dicht hinter ihr, als suchte sie Schutz. Sie hörte eine Stimme, die nach der Adresse fragte, dann sagte Cissie: »Er hat versucht, durch die Vordertür einzudringen, aber ich habe den Riegel vorgeschoben. Jetzt bin ich sicher, dass er über die Mauer in den Hof geklettert ist.« Dieses Mal konnte Elizabeth keine Stimme ausmachen, aber sie hörte, wie Cissie erwiderte: »Danke, Sir. In fünf Minuten.«

Cissie schlang ihre Arme um die zitternde Elizabeth. »Sie haben die Polizeistation in der Nähe benachrichtigt. In fünf Minuten kommen mehrere Beamte. Sie brauchen keine Angst zu haben. Aber wir bleiben nicht. Sobald die Polizisten hier sind, bitte ich sie, uns zu mir nach Hause zu fahren. Vorher rufe ich Jim an. Haben Sie eine Taschenlampe? Ich möchte in den Hof sehen.«

Elizabeth zögerte. »Ja, ich hole sie«, sagte sie dann und eilte in ihr Schlafzimmer. Cissie kam hinterher. »Schalten Sie kein Licht an. Falls er im Hof ist, finde ich ihn.«

Cissie schob die Schlafzimmergardinen auseinander und leuchtete mit der Taschenlampe in den Garten. Außer einigen leeren Kisten und einer Konstruktion, die aussah wie ein Hundezwinger, konnte sie zunächst nichts erkennen. Aber am Hofende war ein halb offener Verschlag, vielleicht ein ehemaliger Kohleschuppen. Sie richtete den Lichtstrahl darauf und wollte schon in eine andere Richtung leuchten, als sie die Hand sah. Nur eine Hand, die den Pfosten umklammerte, der früher wahrscheinlich eine Tür gehalten hatte. Sie holte tief Luft, schloss die Vorhänge wieder und sagte: »Er ist unten. Jetzt hören Sie auf zu zittern! Sie ziehen sich etwas an und packen einen Koffer mit dem Nötigsten, was sie für eine Nacht brauchen. Für den Rest kommen wir morgen noch einmal … Beeilung! Nun macht schon, ihr Polizisten! Wir warten!«

Als würde ihr Drängen erhört, ging in diesem Moment die vordere Türklingel. Cissie rannte ins Wohnzimmer und sah durch die Vorhänge. Auf der Straße erkannte sie ein Polizeiauto, vor dem ein Beamter stand. Sie eilte aus dem Zimmer und öffnete die vordere Eingangstür.

Der größere der beiden Polizisten fragte: »Bei Ihnen treibt sich ein Eindringling herum, Miss?«

»Ja.«

»Und er hat versucht, sich von vorn und hinten Zutritt zu verschaffen?«

Wieder antwortete sie: »Ja.« Dann führte sie die Beamten in die Küche. »Vor ein paar Minuten war er hier hinten im Hof.«

»Sind Sie sicher, dass es sich um denselben Mann handelt?«

»Ganz sicher. Ich habe ihn an der Vordertür abgefertigt, und zwar deutlich.«

»Aber wie wollen Sie wissen, dass der Mann im Hof der gleiche ist?«, fragte jetzt der andere Polizist.

»Ich *bin* mir eben sicher und meine Bekannte hier« – sie

wies auf Elizabeth, die ins Zimmer trat und ihren Mantel zuknöpfte – »weiß es genau, denn sie ist ihm schon früher begegnet.«

Der Beamte wandte sich an Elizabeth. »Sie kennen den Mann?«

»Ja. Er war ein Nachbar unserer Familie.«

»Wo war das? In einem Vorort?«

»Nein. Unten in Hastings.«

»Hastings, Miss? Das ist sehr weit weg. Und was, meinen Sie, will er hier?«

»Mich … verprügeln.«

»Sie verprügeln?« Die beiden Polizisten starrten sie an. Dann fragte der erste: »Hat er das schon einmal gemacht?«

»Ja.«

»Ich nehme an, es gibt einen Grund?«, sagte sein Kollege.

»Ja, es gibt einen Grund.«

»Oh, oh.« Der Polizist schüttelte den Kopf. »Gut, und wie kommen wir in den Hof? Gibt es hier eine Tür?«

»Nein. Der einzige Zugang führt durch das Erdgeschoss.«

»Haben Sie einen Schlüssel?«

»Nein. Aber Mrs. Baker oben …«

Als hätten ihre Worte Mrs. Baker herbeigerufen, erschien sie im Eingang und rief: »Was ist los? Was ist geschehen?«

»Der Mann, von dem ich Ihnen erzählt habe, Mrs. Baker«, sagte Elizabeth. »Er … war an der Tür und jetzt ist er im Hof. Haben Sie den Kellerschlüssel, damit die Polizei dort nachsehen kann?«

»Ja, ja. Natürlich. Aber, du liebe Güte! Wie furchtbar für Sie. Was machen Sie jetzt, meine Liebe?«

»Ich werde zu Miss Taylor nach Hause fahren.« Sie wies auf Cissie. »Für den Augenblick. Bleiben kann ich dort nicht.«

»Nein, natürlich nicht.«

»Könnten wir bitte den Schlüssel haben, Madam?«

»Ja, selbstverständlich.«

Mrs. Baker verschwand und kehrte nach wenigen Minuten mit dem Schlüssel zurück, den sie dem Polizisten reichte. »In Ordnung!«, sagte er. »Wir sehen nach.«

Nachdem sie gegangen waren, griff Cissie nach dem Telefon und sagte zu Elizabeth: »Ich lasse mich mit Jim verbinden. Er hat mir die Nummer gegeben.« Peter nahm ab, und als er Jim geholt hatte, hörte Elizabeth den Wortwechsel zwischen Bruder und Schwester: »Hast du schon geschlafen? Schön für dich. Aber jetzt beeil dich und komm her. Er war da, vorn und hinten am Haus. Die Polizei ist hier. Ich bringe Miss Ducksworth zu uns in die Wohnung. Ja, ja, ihr geht es so weit gut. Aber allein hätte ich es nicht geschafft, das ist mir klar.« Es entstand eine Pause, dann beendete sie das Gespräch: »Ja, genau. Tu das.« An Elizabeth gewandt, sagte sie: »Gehen Sie hinein und holen Sie Ihren Koffer. Ich habe nicht vor, die Polizsten wegfahren zu lassen, bevor sie uns nach Hause gebracht haben.«

Wenige Minuten später kehrten die Beamten zurück. »Im Hof ist niemand. Und es gibt auch keine Einbruchspuren für den Keller. Wie sieht der Mann aus?«

»Ungefähr meine Größe und dann die Hälfte dazu«, antwortete Cissie.

»Dann muss er ein richtiger Schrank sein«, sagte einer der Polizisten und lachte.

»Ja, nach allem, was ich von ihm gesehen habe, würde ich sagen, er ist über zwei Meter groß und beinahe so breit.« Ihre Stimme veränderte sich und sie fragte höflich: »Ob Sie uns wohl mitnehmen können, zu mir nach Hause? Denn wir … ich meine, sie kann nicht hier bleiben. Dieser Mann ist gefährlich.«

»Warum hat sie die Polizei nicht früher eingeschaltet?«

»Bis gestern, bevor ihr Bruder anrief, hatte sie keine Ahnung, dass er ihr in den Norden gefolgt ist. Er hat nicht lange gebraucht, um ihre Adresse ausfindig zu machen.«

»Wo wohnen denn Sie?«, fragte der andere Polizist.

»In der Bishop-Siedlung, gleich bei der Hauptstraße.«

»Dann wollen wir mal«, sagte der Kollege.

»Das ist ein Wort.« Cissie eilte ins Schlafzimmer und sagte: »Sie bringen uns nach Hause.«

Elizabeth sagte nichts, sondern versuchte, den Schnapper an ihrem Koffer zu schließen.

»Geben Sie her, ich mache das. Haben Sie einen Schal? Binden Sie ihn um. Es wird kalt draußen sein. Und jetzt kommen Sie. Die Polizisten warten.«

Wie ein Kind, das seiner Mutter gehorchte, ging Elizabeth ins Wohnzimmer. Hier wurde sie von Mrs. Baker empfangen. »Oh, meine Liebe. Es tut mir so Leid, in welchen Schwierigkeiten Sie stecken. Kommen Sie wieder zurück?«

»Ich weiß es nicht, Mrs. Baker. Aber wir bleiben in Verbindung. Ich rufe Sie an.«

»Machen Sie das, meine Liebe. Ich werde Sie vermissen.«

»Wenn Sie so weit sind, Miss, sollten wir jetzt besser fahren.«

Mrs. Baker beugte sich zu Elizabeth und küsste sie auf die Wange. »Machen Sie sich wegen der Wohnung keine Sorgen. Ich kümmere mich darum. Ich meine, um die ganzen Sachen, die liegen bleiben mussten.«

»Madam, wir müssen los.«

»Ja, Officer. Natürlich.«

Elizabeth schien es, als wären nur fünf Minuten vergangen, bis die Beamten sie in der schwach beleuchteten Eingangshalle des Mietshauses zurückließen. »Kommen Sie jetzt allein zurecht, Miss?«, fragte der eine.

»Ja, danke.«

»Ach, übrigens«, sagte der zweite Polizist. »Wie können wir Sie erreichen, Miss, wenn … ich meine, wenn Sie nicht mehr hier sind?«

Cissie antwortete für sie, nicht ohne einen Anflug von Stolz in der Stimme: »Sie wird wahrscheinlich auf The Beavors wohnen, dem Anwesen von Colonel Wallingham. Mein Bruder ist Chauffeur bei Captain Wallingham, seinem Sohn. Und Miss Ducksworth ist mit ihm verlobt.«

»Oh, Cissie!«, murmelte Elizabeth und stöhnte fast dabei.

Der Polizist entgegnete: »Ach, was Sie nicht sagen! Das ist eine Adresse, die man sich merken kann. Gute Nacht, Miss.«

»Gute Nacht, Officer, und vielen Dank für Ihre Freundlichkeit.«

»Das war doch selbstverständlich, Miss. Solche Dinge

kommen jeden Tag bei uns vor oder jede Nacht, ganz wie Sie es sehen wollen. Aber wir werden die Augen aufhalten und auf diesen Burschen achten. Der Beschreibung nach dürfte er kaum zu übersehen sein.«

»Nochmals recht herzlichen Dank.«

Sie betraten den Aufzug und fuhren langsam nach oben. Als der Fahrstuhl im fünften Stock anhielt, trat Elizabeth auf den Hausflur und wartete auf Cissie, die den Koffer heraushob und die Gittertür des Fahrstuhls mit einem Knall schloss. Das Geräusch schien die gegenüberliegende blaue Tür geöffnet zu haben. Im hellen Lampenlicht, das aus dem Zimmer dahinter schien, stand eine Frau und rief mit einer Stimme, die an Cissie erinnerte:

»Im Namen des Allmächtigen! Was hat das zu bedeuten? Ist was passiert, Cissie?«

»Lass uns reingehen, Mutter. Dann erzähle ich dir, was passiert ist. Das ist Miss Ducksworth. Nun steh nicht steif herum, sondern lass uns rein.«

»Miss, kommen Sie, hier entlang. Bei uns herrscht das große Durcheinander. Die anderen waren unterwegs«, sagte sie an ihre Tochter gewandt, »Fisch und Chips holen.«

»Das brauchst du mir nicht zu sagen. Ich habe eine Nase und kann selbst riechen. Egal – Miss, das ist meine Mutter.«

»Guten Tag, Mrs. Taylor«, sagte Elizabeth. »Es tut mir wirklich Leid, einfach bei Ihnen einzudringen, aber verstehen Sie …«

»Kein Grund, etwas zu erklären, Mädchen. Kommen Sie nur weiter. Wenn Sie uns nehmen, wie wir sind, heißen wir Sie herzlich willkommen. Kommen Sie, hier entlang, ins Wohnzimmer.«

»Wo sind die anderen?«, fragte Cissie.

»Tja, was meinst du, meine Dicke?«

»He, Mama!«

»Schon gut, schon gut. Sie sind in der Küche und schlagen sich den Bauch voll, wie üblich, und das nach dem Abendessen. Ich habe ihnen gesagt, ich würde in diesem Haus nicht mehr kochen. Sie können sich von Fisch und Chips ernähren. Oh, Mädchen, Sie sehen ganz fertig aus.

Geben Sie mir Ihren Mantel und den Hut und dann mache ich Tee.« Die überraschend kleine Frau neigte sich zu Elizabeth. »Etwas Hochprozentiges hätten Sie nicht gern, Whisky oder so, damit sie wieder auf die Beine kommen?«

»Nein. Vielen Dank für das Angebot. Aber eine Tasse Tee würde ich gern trinken.«

Mrs. Taylor schob Elizabeth zur Tür. »Das hier ist mein Salon. Ich lasse niemanden von der Familie herein, weil ich will, dass es hübsch aussieht.«

»Mama, da geht sie nicht hinein. Das Zimmer ist kalt wie ein Eiskasten! Ich bringe sie zu mir. Dort kann sie auch die Beine hochlegen.«

»Oh, Cissie«, sagte ihre Mutter. »Da schläft Fanny. Sie wollte unbedingt in das Zimmer. Sie dachte, du wärst nicht da ... zumindest eine oder zwei Nächte und dann hat sie sich einquartiert.«

»Ich bringe sie um. Darauf kann sie sich verlassen, Mama. Eines Tages mach' ich es. Gut, Miss. Dann kommen Sie jetzt in Mutters Salon. Es gibt auch einen elektrischen Heizofen. Das Zimmer wird bald warm, zumindest bis nächste Woche. Den Mantel würde ich anbehalten. Und Mama, hol den anderen elektrischen Kamin aus ...«

»Ach, bitte, machen Sie sich nicht solche Mühe. Ich gehe einfach in die Küche zu ihrer Familie und werde zufrieden ...«

»Nein, Mädchen. Nicht um diese nachtschlafene Zeit. Die sind alle bis oben mit Bier abgefüllt und es geht zu wie auf dem Jahrmarkt. Nein, ich hole den anderen Heizofen aus dem Eheschlafzimmer. Übrigens, hast du Jim angerufen?«

Sie hatte sich an ihre Tochter gewandt und Cissie antwortete: »Natürlich. Was denkst du von mir, Mama? Er sollte jede Minute hier sein. Und ich wette, der Captain ist bei ihm.«

»O mein Gott! Ich habe überhaupt nicht aufgeräumt.«

»Sei still, Mama. Und stell dich nicht so an. Der Captain ist außerdem blind und wird nicht zum ersten Mal eine Armenwohnung besuchen.«

»Mein Haus ist keine Armenwohnung! Pass auf, was du

sagst, sonst … Oh, Miss, es tut mir Leid.« Sie wandte sich an Elizabeth, die zu lächeln versuchte.

»Bitte, machen Sie sich keine Gedanken, Mrs. Taylor. Ich bin Ihnen zu Dank verpflichtet, dass sie mich eine Weile bei sich aufnehmen.«

»Oh, Mädchen. Ach … der Tee. Ich bringe ihn.«

Wieder allein mit Elizabeth, lachte Cissie. »Das ist meine Mama. Macht sich Sorgen wegen einer unaufgeräumten Wohnung, und das bei einer Bande wie uns! Aber es ist seltsam, wie sie immer ein kleines Eckchen für sich behalten hat, das sie Salon nennen kann. Und schauen Sie sich das Zimmer an. Wenn ich die Arme nur weit genug ausbreite, könnte ich die Wände zur Seite schieben. Dieser Raum ist eigentlich ein Schlafzimmer. Ich musste jahrelang mit zwei Geschwistern ein Zimmer teilen und es herrschte immer Streit, weil die anderen behaupteten, ich würde zu viel Platz einnehmen.«

Sie neigte sich über Elizabeth, die dicht vor dem kleinem Heizofen mit den drei Glühstäben saß. »Oh, Miss, Sie sehen aus wie der Tod. Aber gleich geht es Ihnen besser. Sie werden sehen, sobald Jim mit Mr. Wallingham hier ist, läuft alles wie am Schnürchen. Jim versteht sich darauf, Probleme zu lösen. Und für seinen Captain geht er durchs Feuer. Er würde ohne Bezahlung für ihn arbeiten. Ja, das würde er.«

Sie zog einen Sessel an die andere Seite des Heizofens und sagte ruhig: »Oh, wirklich, Miss! Ich kann verstehen, dass Sie sich vor diesem Kerl ängstigen. Dabei habe ich immer behauptet, ich würde mit jedem Mann fertig, egal von welcher Größe. Aber auf einen Ringkampf mit ihm wäre ich nicht erpicht. Selbst wenn ich jeden schmutzigen Trick anwenden würde, den ich kenne, rechne ich mir kaum Chancen aus. Jim hat angedeutet, er wäre gewalttätig gegen Sie geworden. Mein Gott! Kein Wunder, dass sie vor Angst zittern … Ist Ihnen schon wärmer?«

»Ja, alles in Ordnung. Danke, Cissie.«

»Und da kommt Mama mit einer Tasse Tee. Die wird uns aufmuntern.«

Ihre Mutter setzte das mit einer Häkeldecke geschmückte

Zinntablett, auf dem drei große, dampfende Teetassen standen, auf einem kleinen Tisch ab. Cissie sagte: »Du hast die Rasselbande in der Küche zur Ruhe gebracht? Man könnte meinen, in der Familie wäre jemand gestorben, so still ist es.«

»Das passiert auch bald, sage ich. Und es trifft Fanny. Das Mädchen wird zu frech für ihr Alter … Bitte, Ihr Tee, Miss. Ich wusste nicht, ob Sie Zucker nehmen, und habe einen Löffel voll daneben gelegt.«

»Danke. Ich trinke den Tee ohne Zucker.«

»In dem Fall kann unsere Cissie zwei Löffel nehmen. Davon kommt ihr Fett.«

Mrs. Taylor unterbrach sich und drehte den Kopf zur Seite. Im selben Moment erhob sich Cissie aus ihrem Sessel. »Das ist der Aufzug. Sie kommen.«

Sie eilte aus dem Zimmer. Ihre Mutter strich sich das Haar zurück und murmelte etwas, das klang wie: »Ach, du meine Güte! Und wie es hier aussieht.«

Die Tür wurde geöffnet und Elizabeth sprang von ihrem Platz hoch, denn Matthew kam herein, von Jim geführt. »Hier sind wir, Miss!« sagte er. »Jetzt wird alles gut.«

»Liz!«

Schon lag sie in seinen Armen und er streichelte ihr Gesicht und sagte: »Nicht, mein Liebling! Hör auf zu zittern. Ich bin bei dir und du kommst zu mir nach Hause.«

Sie hatte noch kein Wort gesprochen; nun löste sie sich sanft von ihm und sagte: »Matthew, das ist Mrs. Taylor, Jims Mutter. Sie und ihre Tochter waren überaus freundlich zu mir.«

Matthew streckte seine Hand aus. Eine kleine, feste Hand ergriff seine und schüttelte sie. »Vielen herzlichen Dank, Mrs. Taylor«, sagte er. »Natürlich auch an Ihre Tochter. Ich möchte die Gelegenheit nutzen, um Ihnen zu sagen, wie dankbar ich bin, dass Ihr Sohn bei mir ist, nicht nur als Fahrer, sondern als guter Freund.«

»Oh, Sir. Ich … es freut mich sehr, das von Ihnen zu hören. Ich fühle mich wirklich geehrt, denn Jim ist ein guter Kerl. Er ist mein Sohn und ich weiß, ich dürfte ihn nicht loben; aber Sie würden keinen Besseren finden, um Ihnen zu dienen. Außerdem hält er große Stücke auf Sie ...«

»Red nicht so viel, Mama! Biete dem Captain lieber einen Platz zum Sitzen an. Oder, noch besser, geh in die Küche zurück. Auch du, Cis. Gönnt Miss Ducksworth eine Minute, um sich auszuruhen.«

Das Zimmer leerte sich rasch nach dieser groben Aufforderung, taktvoll zu sein. Elizabeth lag wieder in Matthews Armen. »Oh, Matthew ... Ich hatte noch nie solche Angst.« Ihre Stimme zitterte. »Was wirkliche Angst ist, wusste ich bis jetzt gar nicht. Ich spüre noch immer das Entsetzen, wenn ich daran denke ... was ...«

»Hör zu, mein Liebling. Von nun an wirst du keine Minute mehr allein bleiben, weder bei der Arbeit noch zu Hause. Morgen gehe ich zur Polizei und verlange, dass die Beamten auf einen Mann mit seiner Beschreibung achten. Ich werde auch mit der Oberschwester und Dr. Venor sprechen und natürlich mit Charlie Fox, damit er die Hilfe der anderen Pförter organisiert. Sie können diesen Burschen leicht erkennen, da er ein solcher Riese ist. Und wenn man die bisherige Handlungsweise betrachtet, wird auch seine Schlauheit deutlich. Er wird sich hüten, dir im Krankenhaus nahe zu kommen. Also, Liebes ... versuch, dich nicht allzu sehr zu ängstigen, denn damit machst du dich krank; im Augenblick zitterst du am ganzen Körper.«

»Aber was geschieht, wenn man ihn findet? Er kann sich gut aus der Affäre ziehen. Bis jetzt hat er nichts getan, außer den Wunsch zu äußern, dass er mich sprechen will. Welche Möglichkeiten hat die Polizei?«

»Sie können ihn warnen, dass er unter Beobachtung steht; und sie können ihm raten, nach Hause zurückzukehren. Ansonsten wirst du der Polizei in allen Einzelheiten berichten müssen, was an Weihnachten vorgefallen ist und warum du Angst vor diesem Mann hast. Ich glaube wirklich, das wäre das Beste.«

»Nein, Matthew. Bitte, verlang das nicht von mir. Ich könnte das nicht noch einmal durchleben ... und dann Fremden gegenüber. Dir alles zu erzählen war eine andere Sache.«

»Nun, dann wirst du mir vertrauen müssen. Ich kümmere mich darum.«

Unvermittelt ließ er sie los und stieß die geballte Faust gegen seinen Kopf. »Diese verdammten Augen! Ich verfluche sie!«

»Oh, Matthew! Nein! Das darfst du nicht sagen. Niemals.« Jetzt war sie diejenige, die ihn hielt. »Ich verspreche dir, dass ich diese dumme Angst besiege und aufhöre, mir Sorgen zu machen. Hast du verstanden? Vor allem dir will ich keine Sorgen mehr machen. Was zu tun ist, wird getan. So sehe ich die Dinge nun. Es wird alles Notwendige unternommen, um mich zu schützen. Darauf vertraue ich. Es tut mir nur Leid, dass ... ich bei dir zu Hause für so viel Unruhe sorge. Weiß deine Mutter, warum du mich holst?«

»Natürlich. Alle wissen es. Ich habe der Familie gestern die Angelegenheit erklärt und Vater hat gleich den Vorschlag gemacht, dass du zu uns kommen und eine Weile bleiben solltest. Auch wenn dies der falsche Zeitpunkt ist, muss ich gestehen, dass ich ein wenig verärgert war, als Mama und Granan darum stritten, wo du schlafen würdest. Mama schlug eines der Gästezimmer vor, während Granan verlangte, du sollst bei ihr im Anbau übernachten. Sie haben über der Auseinandersetzung sogar meine Anwesenheit vergessen. Ihr Gespräch wurde so persönlich, als wären sie allein. Glaub mir, für einen Moment fühlte ich mich ernsthaft gekränkt, als ob ich bei der Sache nichts zu bestimmen hätte.«

»O Matthew. Was soll ich sagen? Ich mag gar nicht daran denken, was mir ohne dich und deine Familie hätte zustoßen können.«

»Nicht zu vergessen Jim Taylor, seine Mutter, seine Schwester und der Rest des Klans.«

Sie wusste, dass er versuchte, sie zum Lächeln zu bringen, und tat ihm den Gefallen. »Die Taylors werde ich nie vergessen, vor allem nicht Cissie. Sie war wunderbar heute Abend, so mutig. Ohne sie hätte ich den Verstand verloren. Und ihre Mutter ist ein Schatz. Der Rest der Familie sitzt in der Küche ...« Sie sprach im Flüsterton weiter: »Sie essen

Fisch und Chips und kippen Bier dazu, wie Cissie sich ausdrückte.«

»Das sei ihnen gegönnt.«

»Als wir zur Eingangstür hereinkamen, drang aus der Küche lautes Stimmengewirr, aber Mrs. Taylor hat rasch für Ruhe gesorgt. Es klang, wie Cissie meinte, als wäre jemand gestorben. Bei den Taylors herrscht anscheinend immer Trubel. Bis jetzt kenne ich nur drei Mitglieder der Familie, aber ich bin sicher, alle sind furchtbar nett.«

Jetzt flüsterte auch Matthew: »Sogar der Bruder im Gefängnis, der die Ankleidetische vornehmer Herrschaften abräumt?«

Das Gefühl tat gut, ausnahmsweise von Lachen geschüttelt zu werden und nicht von Angst. »Wir sollten uns besser auf den Weg machen«, sagte Matthew. »Es wird spät.«

»Gut, brechen wir auf.«

Bevor sie ihn zur Tür führte, küsste er sie sanft und zärtlich. Dann gingen sie in den Vorraum und waren nicht überrascht, die ganze Familie versammelt zu sehen. Jim sagte: »Das ist mein Vater, Sir.«

Eine große, knochige Hand ergriff Matthews Hand und dazu sagte eine raue Stimme: »Erfreut, Ihre Bekanntschaft zu machen, Captain. Wirklich sehr erfreut.«

»Ganz meinerseits, Mr. Taylor.«

»Und das, Vater, ist Miss Ducksworth. Sie ist mit dem Captain verlobt.«

»Freut mich ebenfalls, Miss. Sehr erfreut, auch Ihre Bekanntschaft zu machen.«

Elizabeths Hand wurde kräftig geschüttelt, während sie erwiderte: »Ich freue mich auch, Sie kennen zu lernen, Mr. Taylor, Sie und die ganze Familie.«

»Gut, weiter wollen wir die Vorstellung nicht treiben. Außer Cissie sind heute Abend noch zwei Mädchen anwesend, zusammen mit ihren Kerlen. Aber die machen nur Stielaugen, reißen den Mund auf und benehmen sich wie dumme Gänse.«

»Oh, typisch Jim«, tönte die Familie im Chor. »Wart nur, bis wir dir die Frechheiten heimzahlen.«

Worauf Jim antwortete: »Jederzeit. Tut euch keinen Zwang an.«

Matthew lachte leise, während er zum Aufzug geführt wurde. Dann standen sie nebeneinander und er drückte Elizabeths Hand. Jim nahm von seiner Schwester Elizabeths Koffer in Empfang. Die stämmige, junge Frau beugte sich für einen Moment vor und sagte: »Ich hoffe, wir sehen uns mal wieder, Miss.«

»Ja, bestimmt, Cissie. Und vielen herzlichen Dank für Ihre Hilfe. Gute Nacht alle zusammen! Gute Nacht. Und auch Ihnen vielen Dank, Mrs. Taylor.«

Der Aufzug begann seine klappernde Fahrt nach unten. Unterwegs sagte Jim: »Cissie ist ein gutes Mädchen. Schade, dass die Männer sie nur äußerlich betrachten und nicht erkennen, wie sie wirklich ist.«

12

Im unteren Hausteil brannten alle Lampen. Peter stand in der geöffneten Tür und nahm sie in Empfang. »Da sind Sie ja«, lautete seine knappe Begrüßung.

»Ja, Peter. Das sind wir. Aber Elizabeth ist sehr müde.«

Jim trug den Koffer und folgte ihnen. »Wo soll ich das hinstellen, Peter?«, fragte er.

»Ach, lass ihn einfach hier stehen. Und dann geh in die Küche, Jim, damit du was Warmes bekommst. Die Mädchen sind noch auf.«

»Mach ich. Mach ich.« Statt gleich zu gehen, berührte Jim Matthews Arm und fragte: »Kann ich Sie für heute Nacht allein lassen, Sir?«

»Ja, Jim. Danke. Wir reden morgen weiter.«

»In Ordnung. Gute Nacht, Miss. Ich hoffe, es geht Ihnen besser?«

»Ja, danke. Sehr viel besser.«

»Wunderbar. Gute Nacht.«

»Gute Nacht.«

»Im Wohnzimmer brennt ein ordentliches Feuer, Mr. Matthew«, sagte jetzt Peter. »Aber zuerst laufe ich nach oben. Die Herrin wollte benachrichtigt werden, sobald Sie angekommen sind. Sie ist beim Colonel.«

Elizabeth am Arm haltend, machte Matthew sich auf den Weg ins Wohnzimmer. »Oh, hier ist es schön warm«, sagte er. »Setz dich, Liebling.« Er führte sie zu einem Sessel. »Aber zuerst erlaub mir, dass ich dir den Mantel abnehme.«

Elizabeth setzte sich in den weich gepolsterten Lehnstuhl, aber der bequeme Sessel brachte ihr keine Entspannung. Sie war innerlich verkrampft und fühlte sich unbehaglich; ihr wurde bewusst, wie vielen Menschen sie Umstände machte, vor allem hier im Haus. In Mrs. Taylors kleinem Wohnzimmer war sie noch beruhigt gewesen, als Matthew ihr erzählte, wie seine Mutter und seine Großmutter ihren Aufenthalt vorbereiteten, aber dieses Gefühl war verschwunden. Sie empfand sich als Eindringling.

»Oh, da sind Sie, meine Liebe. Wie geht es Ihnen?« Elizabeth blickte zu Lucille Wallingham auf, die sich mitfühlend über sie beugte. Sie war heute Abend irgendwie verändert. Vielleicht, weil sie in dem langen pinkfarbenen Steppmorgenrock weniger förmlich wirkte.

Elizabeth stellte fest, dass sie kein Wort herausbrachte. Sie konnte nur benommen in das über sie geneigte Gesicht starren. Ihr war auch bewusst, dass ihre Lippen bebten und sie nicht nichts dagegen tun konnte.

Lucille richtete sich wieder auf und wandte sich an ihren Sohn: »War Bella schon hier?«

»Nein, Mutter. Aber Jim ist in der Küche. Deshalb wird sie wissen, dass wir zurück sind.«

»Sie hätte die Terrine schon vorher hereinbringen können ... die Köchin hat nämlich Suppe warm gehalten. Draußen ist es bitterkalt und sie wusste, dass Sie etwas Heißes brauchen können.« Dann fragte sie ruhig: »Mit dir ist alles in Ordnung, Matthew?«

»Ja, Mutter. Alles in Ordnung. Aber nun sag mir, wo Elizabeth schlafen soll.«

»Oh ... sicher. Für heute Nacht habe ich das Tulpenzimmer vorbereiten lassen, weil ich deine Großmutter nicht stören wollte. Du weißt, sie geht gern früh zu Bett. Bis jetzt weiß sie nicht, dass Elizabeth schon heute bei uns bleibt.«

Sie sah Elizabeth an, die zurückgelehnt und mit geschlossenen Augen im Sessel saß, während Tränen über ihr Gesicht strömten. Plötzlich wusste Lucille, was geschehen würde; ihr war es vor langen Jahren genauso ergangen.

Mit raschen Schritten ging sie zu Matthew herüber, der neben dem Lehnstuhl saß, nahm seine Hand und zog ihn hoch. Dabei flüsterte sie leise: »Ich möchte mit dir sprechen.«

Sie führte ihn nach draußen auf den Gang. »Hör zu, mein Lieber, ich bitte dich – tu, was ich von dir verlange. Du gehst jetzt nach oben und legst dich schlafen.«

»Was? Ich soll weggehen …?«

»Ich bitte dich darum. Und erfüll einmal meinen Wunsch, ohne zu fragen. Geh auf dein Zimmer und schlaf.«

»Aber Mama! Elizabeth …«

»Bitte! Überlass Elizabeth für heute Nacht mir. Warte einen Moment! Hier kommt Bella mit der Suppe. Ich danke Ihnen, Bella. Das Tablett nehme ich. Und auch vielen Dank an die anderen Mädchen, dass sie so lange wachgeblieben sind.«

»Soll ich das Tablett nicht wieder abholen, Mrs. Wallingham?«

»Nein, Bella. Die Mühe müssen Sie sich heute Abend nicht machen. Lassen Sie es einfach hier.«

»Sehr wohl, Mrs. Wallingham.«

Bellas Antwort klang leicht enttäuscht. Sie hatte gehofft, in der Küche berichten zu können, welcher Besuch gekommen war; Jim Taylor hatte zwar alle zum Lachen gebracht, aber nichts darüber gesagt, dass es die Verlobte des Captain war, die er mitten in der Nacht holen musste.

»Warte noch eine Minute«, sagte Lucille zu Matthew. Sie glitt in das Zimmer und stellte das Tablett auf einem Seitentisch ab.

Als sie wieder draußen bei Matthew war, fragte er: »Was ist los, Mama? Meinst du, dass Elizabeth irgendwie unpässlich aussieht?«

»Ich sehe nur, dass sie müde ist, mein Lieber, und in einem schlimmen seelischen Zustand.«

»Dann sollte ich bei ihr bleiben.«

»Nicht in diesem Fall, Matthew. Gerade deine Anwesenheit wird verhindern, dass sie ihren Gefühlen freien Lauf lässt. Wenn sie diese Gefühle zurückhält, kann das schwer wiegende Folgen für sie haben.« Sie unterbrach sich für einen Moment. »Bis zu einem Nervenzusammenbruch. Ich spreche aus eigener Erfahrung, mein Lieber.«

»O Mama!«

»Ja, das darfst du sagen. O Mama! Tust du jetzt, was ich von dir verlange? Geh nach oben und leg dich ins Bett. Aber schlaf auch wirklich. Morgen früh kannst du zu ihr und ich versichere dir, sie wird ein anderer Mensch sein, sehr müde, sogar tief erschöpft, aber erleichtert. Wirst du das für mich tun?«

Er gab einen langen Seufzer von sich. »Ich werde wohl annehmen müssen, dass du im Augenblick am besten weißt, was sie braucht. Also gut, ich tu, was du verlangst, aber nur widerwillig.« Er beugte sich zu ihr herunter und küsste sie auf die Wange. Dann ertastete er sich den Weg zur Treppe.

Elizabeth hatte ihre Haltung nicht verändert. Sie lag noch immer zurückgelehnt und mit geschlossenen Augen im Sessel und über ihr Gesicht rannen die Tränen. Ihr Kleid war an der Vorderseite schon ganz feucht geworden, doch sie tat nichts, um den Tränenfluss aufzuhalten.

Lucille beugte sich zu ihr und sagte sanft: »Kommen Sie, meine Liebe. Setzen Sie sich mit mir auf das Sofa.«

Elizabeth ließ zu, dass ihr aus dem Sessel geholfen und sie zum Sofa geführt wurde, das im rechten Winkel zum Kamin stand. Als sie nebeneinander saßen, schob Lucille einige Kissen hinter Elizabeth. »Ja, so ist es gut. Weinen Sie nur. Haben Sie keine Angst vor den Tränen.«

Elizabeth wandte ihr Gesicht zu der Frau, die sie erst gestern kennen gelernt hatte, und öffnete zweimal den Mund, bevor sie kläglich stammelte: »E-es tut mir Leid.«

»Oh, liebes Kind.« Lucille schlang die Arme um Elizabeths Schultern und zog sie nah an sich heran. »Nicht doch. Ihnen muss gar nichts Leid tun. Nicht bei mir. Zumindest nicht, wenn Sie weinen. Denn ich weiß eine Menge über Tränen.«

»Ich … habe solche … Angst.«

»Das müssen Sie nicht. Nicht mehr. Dieser Mann wird keine Gelegenheit mehr bekommen, sich Ihnen zu nähern, überhaupt keine.«

Elizabeth war, als hätte sie Lucille nicht gehört. In ihrem Kopf drehte sich alles. Sie war wieder in Bridget McCabes Wohnzimmer. Sie saß auf dem Sofa. Seine Hände waren an ihren Schenkeln und umklammerten sie. Sie wollte schreien. Nein! Nein, schreien durfte sie nicht! Ihr Körper schien überall anzuschwellen. Jetzt verwandelte er sich in einen riesigen Pfropf, der sich in ihre Kehle schob und sie zu ersticken drohte, bis sie schließlich den Mund weit öffnete und ihn mit einem lauten Wehklagen herauspresste. Das Geräusch erfüllte den Raum und klang wie der Schrei eines verletzten Tieres.

Ihr Zittern schüttelte sie beide. Auch Lucilles Gesicht war tränenüberströmt und ihre Stimme bebte, als sie rief: »Nein, nicht doch! Es ist verbei. Alles wird gut.« Sie wiegte Elizabeth in den Armen. »Das Schlimmste haben Sie überstanden. Diese bösen Gefühle sind für immer weg. Kommen Sie! Denken Sie daran, wie sehr Sie geliebt werden. Sie haben Matthew. Ja, so ist es gut!« Langsam ließ sie die wiegende Bewegung ausklingen und legte das erschöpfte Mädchen in die Kissen zurück.

Dann ließ sie sich selbst gegen die Sofalehne sinken, zog ein weißes Taschentuch hervor und trocknete Elizabeth das Gesicht. »Meine Liebe, ich verstehe Sie. Ich habe das alles auch erlebt. Ihr Ausbruch eben hat alle meine Eifersuchtsgefühle weggeschwemmt, die ich gegen Sie hegte. Als mir damals das Gleiche geschah und ich nicht tat, was meine Mutter wünschte, hatte ich niemanden, an den ich mich wenden konnte, um mich durch Reden zu erleichtern. Daher habe ich diese strenge und zurückhaltende Fassade aufgebaut und mein Leben in einem lieblosen Käfig verbracht.«

Sie nahm Elizabeths Hand und hielt sie fest. Warum redete sie so? Wann hatte sie jemals in dieser Offenheit mit einem Menschen gesprochen? Nicht einmal mit ihren eigenen Töchtern war sie so vertraut umgegangen! Seltsam, wenn sie darüber nachdachte. Ihre Töchter hatten solche Gespräche nicht gebraucht. Sie barsten vor Selbstbewusstsein und waren manchmal regelrecht kühl und abweisend. Aber hatte sie sich nicht während der meisten Zeit ihrer Ehe genauso verhalten – kühl und abweisend? Ja, nach außen hin, aber innerlich war sie anders gewesen. In ihrem Innern hatte große Bedürftigkeit geherrscht; nach einer Hand, die sie hielt; nach einem Menschen, der sie tröstete, so wie sie jetzt diesem Mädchen Trost spendete. Dieses Mädchen hatte Ähnliches erlitten wie sie selbst – die vereinnahmende Süße einer selbstsüchtigen Mutter, die von ihrer Tochter ein Leben in Aufopferung für die alt hergebrachten Werte der Familie gefordert hatte; denn jeder hatte Opfer zu bringen, vor allem eine Tochter. Töchter mussten lernen, selbstlos zu sein, und hatten immer dankbar in Erinnerung zu behalten, was sie der Familie seit ihrer Geburt schuldeten; und vor allem hatten sie zu lernen, wie sie jeden Skandal vermieden.

Elizabeth erschauerte. Dann schlug sie die Augen auf und blickte in das Gesicht, das ihr so nah war. Wortlos wandte sie den Kopf und lehnte ihn an die Schulter, die ihr Halt geboten hatte.

Ganz gleich, welche Freundlichkeiten sie in Zukunft durch Elizabeth erfuhr, das Gefühl, das jetzt in ihr war, würde Lucille nie vergessen – ihr war, als kehrte eine verlorene Tochter zurück ... ihre einzige Tochter. Bei den eigenen Töchtern war das Gefühl nie da gewesen. Und noch eines war seltsam, aber dennoch wahr. Dieses Mädchen, vor dem sie sich gefürchtet hatte, weil sie ihren geliebten Sohn von ihr nahm, würde ihre Freundin sein. Der Altersunterschied spielte keine Rolle. Dieser Gedanke war so tröstlich, dass sie Elizabeths Kopf an sich drückte und ihr eigenes Gesicht für einen kurzen Moment in das zerzauste Haar schmiegte.

Lucille blieb in dieser Haltung, bis die Tür leise geöffnet

wurde und Peter darin erschien. Das Staunen beim Anblick der Szene war deutlich in seinem Gesicht zu erkennen.

Elizabeth nahm wahr, wie sie wieder sanft in die Kissen gepresst wurde. Sie fühlte sich höchst seltsam, müde; als wäre sie vollkommen leer, schlaff und benommen.

Später sollte sie sich fragen, ob sie wirklich gesehen hatte, was sich vor ihren Augen abspielte oder ob alles ein Ergebnis ihrer Einbildung gewesen war. Peter, der als Dienstbote im Haus arbeitete, aber wie ein Freund behandelt wurde, wischte mit dem Zeigefinger die Tränen von den Wangen seiner Herrin. Dann legte er sanft die Hand an ihr Gesicht und fragte mit merkwürdig klingender Stimme: »Sie werden sich auch besser fühlen, meine Liebe.«

Lucilles Stimme war wieder Wirklichkeit, als sie antwortete: »Helfen Sie mir, das Mädchen auf ihr Zimmer zu bringen, Peter. Sie ist vor Angst völlig verstört.«

Vor Angst völlig verstört. Elizabeth fühlte sich nicht mehr verstört. Wo war sie? Sie hatte geschlafen. Jetzt war sie aufgewacht und fühlte sich wunderbar erholt. Sie hatte den Eindruck, für immer hier liegen bleiben und nachdenken zu können. Aber worüber nachdenken? Über wen? Matthew. Oh, ja, Matthew. Und Cissie, Jim und die ganzen Taylors. Ja, alle Taylors. Dann kam … ja, ja, bestätigte ihr Verstand, dann kam seine Mutter. Was hatte sie gesagt? »Weinen Sie, mein liebes Kind. Weinen Sie. Ich weiß alles über Tränen.« Das hatte sie gesagt. Und sie hatte sie fest gehalten und mit ihr gesprochen, wie ihre eigene Mutter das niemals getan hatte; dabei hatte sie Matthews Mutter mit ihrem aufgesetzten Lächeln vorher als steif und förmlich erlebt. Aber sie war ganz anders. So freundlich. Und dieser Gefühlssturm, der sie dann überwältigte. Noch nie in ihrem Leben hatte sie sich derart entäußert.

Bis vor kurzem war nichts da gewesen, weshalb sie so hätte weinen sollen. Kleinere Sorgen, Ärger, Zorn, aber nichts Tieferes. Das in der Nacht war kein einfacher Gefühlsausbruch gewesen. Es war, als wäre etwas lange Vergrabenes hervorgebrochen, etwas, das immer unterdrückt und in Schach gehalten worden war – zumindest während der letzten Jahre; das Wissen, tatsächlich in eine Ehe hineingezwungen zu werden, die sie nicht wollte und vor der sie sich sogar gefürchtet hatte. Ja, sie musste sich schon lange vor Mike gefürchtet haben. Sie hatte Angst gehabt, ihm zu missfallen, weil er dann auf sie losging und sie anbrüllte, mit einer Stimme, die taub machte. Das tat er immer, wenn er auf Widerstand stieß. Aber das war jetzt vorbei. Sie war in Sicherheit. Sicher bei diesen wunderbaren Menschen; auf der Farm gab es genügend Männer, und zumindest drei von ihnen würden sie beschützen: Jim, Rodney und Peter.

Mit Peter verband sie eine merkwürdige Erinnerung. Sie konnte sich nicht mehr genau darauf besinnen. Sie hatte ihn gesehen, wie er die Tränen in Mrs. Wallinghams Gesicht trocknete und mit ihr sprach. Wahrscheinlich bildete sie sich alles nur ein, denn zu dem Zeitpunkt war sie nicht ganz bei sich gewesen. Als sie die Treppe hinaufgebracht wurde, meinte sie sogar, wieder im Aufzug zu sein und gleich Mrs. Taylors Salon zu betreten. Eine Zeit lang musste sie tatsächlich an Wahnvorstellungen gelitten haben. Die gewaltige Gefühlswoge hatte wohl ihren Verstand mit sich gerissen.

»Sind Sie wach, Miss?«

»Oh … Bella. Guten Morgen.«

»Ich ziehe die Vorhänge auf, Miss. Es ist ein wunderbarer Tag draußen, aber kalt. Ich glaube, wir bekommen Schnee.«

Sie sah zu, wie das Hausmädchen die schweren Brokatvorhänge vor dem großen Fenster zurückschob. Helles Tageslicht durchströmte den Raum. Von den Wänden konnte sie nicht viel erkennen, denn sie waren mit Möbelstücken aus dunklem, poliertem Holz vollgestellt; ein riesiger Kleiderschrank, ein Ankleidetisch, ein Waschtisch, ein Schreibtisch und ein Bett. Auch das Bett war aus Holz. Es hatte kleine Pfosten an jeder Seite und ein geschnitztes Fußende. Die Bettdecke trug ein Blumenmuster auf bläulichem und malvenfarbigem Grund. Auf der weichen Matratze und zwischen den Kissen fühlte sie sich geborgen wie in einem warmen Nest.

»Haben Sie gut geschlafen, Miss?«

»Ja, das muss ich wohl. Wie spät ist es, Bella?«

»Halb zehn, Miss.«

»Was? Aber ich muss ...«

»Oh, Miss! Bleiben Sie ruhig liegen. Die Köchin hat das Frühstück schon vorbereitet. Ich bringe es in einer Minute herauf. Aber vorher sage ich Ihnen noch etwas.« Sie beugte sich zu Elizabeth und senkte die Stimme: »Bevor Sie essen, müssen Sie unbedingt mit Mr. Matthew sprechen; er rennt den Korridor auf und ab wie ein eingesperrter Tiger.« Sie kicherte leise. »Die Herrin hat ihn gewarnt, Sie bloß nicht zu stören, damit Sie von allein aufwachen.«

Elizabeth legte sich in die Kissen zurück. Sie konnte nur lächeln und sagen: »Ach, Bella.«

Die Tür war kaum geschlossen, als sie wieder geöffnet wurde. Matthew kam mit ausgestreckten Händen zu ihrem Bett.

Sie lehnte sich vor. Als er näher kam, ergriff sie seine Hände und zog ihn zu sich auf die Bettkante. Er umarmte sie und seine Worte überstürzten sich: »Wie geht es dir? Hast du gut geschlafen? Ist alles in Ordnung? Bist du nachts aufgewacht? Ich habe gesagt, jemand hätte bei dir bleiben und ...«

»Matthew, Liebling. Matthew.« Sie küsste ihn und er hielt den Mund auf ihre Lippen gepresst. Dabei umarmte er sie so heftig, dass sie im Bett zur Seite gedreht wurde und sich stöhnend von ihm löste. »Willst du mir das Kreuz brechen?«

»Oh, natürlich nicht. Tut mir Leid.«

Sie rutschte zur Bettkante, näher zu ihm heran. Mit veränderter Stimme sagte sie: »Ich habe allen so viel Mühe bereitet.«

»Sei still! Red nicht solchen Unfug. Aber eines sage ich dir. Du hast etwas erreicht, das niemandem vor dir gelungen ist. Ich weiß nicht, wie du das geschafft hast oder was gestern Abend vorgefallen ist, aber du scheinst meine Mutter wieder zum Leben erweckt zu haben. Im übertragenen Sinn natürlich. Ich verrate dir ein Geheimnis«, flüsterte er. »Mein Vater ist ihr wichtig, aber für dich hat sie noch mehr übrig. Es ist, wie Peter sagt, als hätte sie nie eine richtige

Tochter gehabt. Meine Schwestern, fürchte ich, ähneln eher meinem jüngeren Bruder. Sie sind sehr verschlossen; nicht so offen und nach außen gerichtet, wie William war und auch ich früher.«

»Du bist noch immer so. Offen und zuvorkommend.«

»Das bleibt fraglich. Du kannst mich nur aufgrund meines langen Krankenhausaufenthaltes beurteilen. Aber seitdem du in mein Leben getreten bist, Liz ...«

An dieser Stelle ging erneut die Tür auf und er hörte Lucilles Stimme: »Ich glaube, ich habe dir gesagt, du sollst sie zuerst frühstücken lassen.«

»Sie wollte mich sehen, Mutter.«

»Bestimmt nicht. Wie geht es Ihnen, meine Liebe?«

Lucille streckte ihr die Hand hin, an ihrem Sohn vorbei. Elizabeth nahm sie. »Ich fühle mich wie ein anderer Mensch heute Morgen. Es tut mir Leid, wie viel Umstände ich ...«

»Nichts da! Ich habe Ihnen schon gesagt, dass sie überhaupt keine Umstände verursachen. Niemandem hier.«

»Nein, sie ist ein Gottesgeschenk.«

»Und du bist ruhig. Steh von diesem Bett auf und lass sie allein. Sie muss jetzt frühstücken.«

»Oh, Mrs. Wallingham, ich ziehe mich gleich ...«

»Noch eine Sache wollen wir klar stellen, meine liebe Elizabeth. Bitte nennen Sie mich Lucille.«

»Hörst du? Was habe ich dir gesagt?«

In Matthews Stimme schwang ein Lachen. »Was *hast* du ihr gesagt?«, fragte seine Mutter.

»Das spielt keine Rolle. Du hast nur gerade bewiesen, dass ich Recht habe.«

»Aus dem Weg mit dir. Hier kommt Bella mit dem Frühstück. Pass auf, wo du stehst. Geh zur Seite.«

Sie schob ihren Sohn sanft zum Kopfende. Dann nahm sie Bella das Frühstückstablett ab, stellte es über Elizabeths Knie und klappte die Beine aus. »So, das hätten wir«, sagte sie. »Ich lasse Sie eine Weile allein, damit Sie in Ruhe frühstücken können. Nachher komme ich wieder.«

»Danke. Vielen Dank.«

Lucilles Stimme klang hell und fröhlich, als sie sich an

Matthew wandte: »Bella muss ich nicht den Befehl geben, das Zimmer zu verlassen, aber dir, Matthew. Du kommst jetzt mit mir, und zwar ohne Widerrede.«

»Schau nur, was du angerichtet hast … Sie kommandiert mich herum wie ein kleines Kind.«

»Nur, weil du dich wie ein Kind benimmst«, erklärte seine Mutter. Dann senkte sie die Stimme: »Genießen Sie Ihr Frühstück, meine Liebe.«

Elizabeth warf einen Blick auf das Tablett. Es war voll beladen mit einer zerteilten halben Grapefruit, einem gekochten Ei in einer kleinen Wollmütze zum Wärmen, einem Korb mit getoasteten Brotscheiben, einer kleinen Kanne Kaffee, einem Milchkrug und zwei Glasschälchen, von denen eine Butter und die andere Marmelade enthielt.

Wieder stiegen ihr die Tränen in die Augen. Sie drängte sie zurück und ermahnte sich: Nein, das muss aufhören. Keine Tränen mehr, auch wenn sie wusste, dass die Tränen aus Dankbarkeit geflossen wären …

Mehr als eine halbe Stunde später kam Bella zurück, um das Tablett zu holen. Elizabeth war aufgestanden und hatte sich angekleidet.

»Haben Sie im Badezimmer alles Notwendige gefunden, Miss? Ich hätte Ihnen ein Bad einlaufen lassen, hätten Sie nur ein Wort geäußert.«

»Danke, Bella. Ich habe heute Morgen nicht gebadet.«

»Miss, wenn Sie sich wegen des heißen Wassers Sorgen machen, das brauchen Sie nicht. Es ist immer genug da, denn wir heizen mit unserem eigenen Holz.«

»Danke, Bella.«

»Die Herrin kommt in einer Minute herauf und kümmert sich um Ihren Koffer. Ich durfte ihn nicht anrühren. Und als ich Mr. Matthew zum letzten Mal sah, saß er auf seinem Zimmer und schrieb. Komisch, nicht wahr? Ich meine … genial ist wohl das bessere Wort. Dass er immer noch schreiben kann!«

»Ja, Bella. Das ist wirklich genial.«

»Oh, da sind Sie ja, meine Liebe. Und bereits fertig angekleidet.«

Lucille schloss hinter Bella die Tür und ging zu Elizabeth. Sie berührte ihren Kleiderkragen und sagte: »Das ist ein hübsches Ensemble. Malve steht Ihnen. Und das Kleid sieht warm aus.«

»Ja, es wärmt gut.«

Elizabeth war noch immer befangen, bis Lucille ihren Arm nahm und sagte: »Kommen Sie mit, meine Liebe. Wir müssen uns unterhalten.« Sie streckte den Finger aus. »Es geht um den Koffer.«

Sie nahmen auf dem tief eingelassenen Fenstersitz Platz. »Es ist so«, begann Lucille. »Granan besteht darauf, dass Sie bei ihr wohnen. Aber ich es sähe lieber, sehr viel lieber, wenn Sie in diesem Hausteil blieben. Sie würden es bequemer haben und dieses Zimmer ist wirklich schön, finden Sie nicht auch?«

»Ja, es ist ein hübscher Raum. Sehr hübsch.«

»Nun ja, als hübsch würde ich ihn nicht beschreiben. Dafür sind die Möbel zu wuchtig, aber man könnte sagen, der Raum ist elegant. Wir nennen ihn das Tulpenzimmer.« Sie machte eine abwehrende Geste mit der Hand. »Natürlich, dahinter steckt eine Geschichte. Ich werde Sie Ihnen eines Tages erzählen. Granans Gästeschlafzimmer hat weder Eleganz noch Größe. Aber es ist gemütlich. Seit dem frühen Morgen brennt das Kaminfeuer und im Bett liegen Wärmflaschen. Oh, meine Liebe, was wir durchgemacht haben, nachdem sie erfuhr, dass sie bereits gestern Nacht angekommen sind und niemand ihr Bescheid sagte! Warum hat sie keiner geweckt? Warum werden immer alle Dinge von ihr fern gehalten?«

Lucille neigte ihr Gesicht zu Elizabeth und flüsterte: »Sich vorzustellen, dass jemand es wagt, sie nicht sofort in alles einzuweihen. Sie hat eine Spürnase wie ein Jagdhund. Manchmal scheint sie schon im Voraus zu wissen, was geschieht. Vielleicht ist sie auch einfach gut im Raten. Aber, meine Liebe«, sie tätschelte Elizabeths Knie, »im Grunde ist sie ein guter Mensch und sie hat Sie sofort in ihr Herz geschlossen. Das bedeutet eine Menge; sie akzeptiert nicht jeden und manchmal braucht sie lange dafür. Oh, sie kann schrecklich grob sein. Offen und gerade heraus, nennt Mary das; oder sie sagt, dass ihre Herrin nicht um den heißen Brei herumredet und kein unnötiges Getue macht. Sie werden selbst herausfinden, dass Mary eine treu ergebene Dienerin ist. Sie hat ihr Leben in Annie Wallinghams Hände gelegt und wird dafür herumkommandiert. Ich muss Sie warnen, meine Liebe. Sie kann sehr dominant sein. Lassen Sie sich nicht von ihr vereinnahmen. Den Versuch macht sie mit jedem, den sie mag. Ein Beispiel ist Matthew.«

Wieder senkte sie die Stimme. »Stellen Sie sich vor, sie kämpft schon ein Leben lang mit mir um Matthew. In jüngeren Jahren habe ich sehr darunter gelitten, aber nun nicht mehr. Heute verstehe ich sie besser. Dennoch, um ehrlich zu sein, muss ich zugeben, manchmal ist sie eine Plage. Also, meine Liebe, gehorchen Sie nicht jeder ihrer Launen, sondern setzen Sie sanft aber entschieden Ihre eigenen Bedürfnisse durch, wann immer es Ihnen nötig erscheint. Aber was rede ich? Dafür wird Matthew sorgen; schließlich braucht er Sie am meisten, auch mehr als Granan.«

»Ja, das weiß ich. Und ich hoffe, ich kann seinen Bedürfnissen gerecht werden. Jedenfalls bin ich fest dazu entschlossen.« Elizabeth lachte leise. »Ihnen kann ich es sagen, Lucille. Ich liebe ihn sehr.«

»Ich bin sicher, dass sie das tun. Und Sie haben viel deswegen erdulden müssen.«

»Oh, nein. Nicht wirklich. Obwohl mir meine Gefühle für ihn am Ende geholfen haben, diesem Mann eine Absage zu erteilen, den ich niemals hätte heiraten können, wie ich jetzt weiß.«

Es entstand eine Pause. »Wann wollen Sie Matthew heiraten?«, fragt Lucille dann.

»Das Datum steht noch nicht fest.« Jäh führte Elizabeth die Hand zum Mund und rief: »Heute ist nicht mehr Sonntag! Wir haben Montag und ich sollte bei der Arbeit sein. Genau wie Matthew.«

»Das ist alles geregelt, meine Liebe. Er hat sich darum gekümmert. Er war im Krankenhaus und hat Bescheid gegeben, dass Sie sich nicht wohl fühlen. Sie hätten sich erkältet.

Dann hat er mit seinem Ausbilder gesprochen und ihm mitgeteilt, vor morgen komme er nicht wieder zum Dienst.«

Elizabeth seufzte. »Du liebe Güte! Ich fürchte, ich bereite allen Ärger. Die Stationsschwester wird nicht sehr erfreut sein; und Matthew wird man auf seiner Station vermissen. Ich ...« Sie unterbrach sich und stammelte beim Weitersprechen: »Ich ... weiß nicht, was Sie denken, aber ich glaube, Matthew täte es gut, wenn er die Ausbildung beendet. Dann hat er außer mir noch etwas, das ihn beschäftigt – selbst wenn wir bald heiraten sollten.«

»Ich kann Ihnen nur zustimmen, meine Liebe. Granan hat einmal den weisen Ausspruch getan, ein Mann brauche neben der Frau seines Lebens noch eine andere Beschäftigung, wenn die Liebe dauern solle. Zu dieser Einsicht muss man gelangen. Sie sagte auch, die Liebe besitze zeitliche Grenzen; sie werde niemals andauern, wolle man sie vierundzwanzig Stunden am Tag pflegen. Mary hat eine Redensart, die dazu passt: ›Halt den Hund an der Kette und er beißt dich irgendwann; lass ihn frei herumlaufen, dann wird er dir nie etwas tun.‹ Es ist schon seltsam, wie unser Leben sich in Sprichwörtern und Redensarten spiegelt. Unser ganzes Handeln kann durch sie gefasst oder beschrieben werden.«

Elizabeth sah Lucille an und dachte, nicht nur die alte Dame war weise, auch diese Frau besaß Weisheit, obwohl sie auf anderen Wegen dazu gelangt war. Sie erinnerte sich, was Lucille in der vergangenen Nacht erzählt hatte. Sie war von einer selbstsüchtigen Mutter in die Ehe gedrängt worden, während Granan den richtigen Mann gehabt hatte und geliebt worden war. Erneut erschien blitzartig das Bild vor ihrem inneren Auge, wie Peter die Tränen aus dem Gesicht der Frau wischte, die ihr jetzt gegenüber saß.

»Aber lassen wir das, meine Liebe.« Lucille war aufgestanden. »Kommen Sie mit mir. Für den Augenblick keine Sprichwörter und Lebensweisheiten mehr. Jetzt ist es Zeit zu handeln. Wir müssen zu Granan herübergehen und ich möchte Sie vorwarnen: Sie wird schäumen vor Entrüstung. Es ist beinahe elf Uhr und Sie haben sich noch nicht bei Ihr gezeigt.«

Wie zwei glückliche Schwestern gingen sie nach unten und durch den Korridor in den Anbau, um dem Drachen entgegenzutreten. Unterwegs flüsterte Lucille: »Worum wetten wir, dass Matthew schon da ist?«

Tatsächlich trafen sie Matthew in der Wohnung seiner Großmutter an. Er hatte bereits die heftigsten Angriffe abgeschmettert. Trotzdem gerieten sie in einen wilden Kugelhagel aus Vorwürfen. »Ich ziehe mich von der Front zurück«, sagte Lucille schließlich und verließ ungewöhnlich froh gestimmt den Raum.

Beinahe eine Stunde später und nach ausgiebigen Wortgefechten sagte Annie Wallingham: »Ihr zwei geht jetzt spazieren.« Sie sah Elizabeth an. »Matthew sollte Sie auf den Hügel mitnehmen, aber dafür müssen Sie sich warm anziehen. Am besten brechen Sie gleich auf. Matthew, warum nimmst du nicht diesen Burschen mit? Wo ist er im Augenblick? An deiner Stelle würde ich ihn rufen.«

»Das geht jetzt nicht«, sagte Matthew. »Er ist in der Stadt, um seine Schwester abzuholen. Anschließend fahren die beiden zu Liz' Wohnung und packen den Rest ihrer Sachen zusammen. Aber er kommt bald zurück; er vergeudet nie unnötige Zeit.«

»Außer mit seiner Zunge!«

Lachend verließen Elizabeth und Matthew den Raum.

13

Elizabeth stand in der Eingangshalle und wartete auf Matthews Rückkehr von einem Gespräch mit seinem Vater. Da tauchte Rodney auf. »Ich hätte nie geglaubt, dass Sie so schnell zu diesem Haufen stoßen würden. Und ganz heimlich. Ich habe nichts mitbekommen und niemand hat mich geweckt.«

»Hätten Sie das erwartet?«

»Ja, sicher. Zufällig gehöre ich auch zur Familie, obgleich

mancher hier dazu neigt, diese Tatsache zu vergessen. Oh« – er änderte den Ton – »natürlich meinte ich nicht Sie. Ganz und gar nicht. Es tut mir Leid.« Er umgriff ihr Handgelenk. »Ich bin ein grober Klotz. Glauben Sie mir, ich freue mich, dass Sie hier sind. Ja, wirklich.« Er starrte in ihr Gesicht. »Durch Sie ist alles anders geworden. Das … verstehen Sie sicher nicht, aber ich bin froh, dass Sie hier sind.« Sie entzog ihre Hand langsam seinem Griff. Worauf er, beinahe flehend, sagte: »Bitte sagen Sie jetzt nicht, ich hätte Sie verwirrt. Das wäre noch ein Minuspunkt gegen mich.«

»Sie … mich verwirrt?«

»Habe ich das nicht?«

»Nein. Haben Sie nicht.« Sie brachte ein Lächeln zustande.

»Da bin ich aber froh.« Jetzt lächelte er auch. Sie bemerkte, wie ihn dieses Lächeln veränderte. Ohne den griesgrämigen Ausdruck, der die meiste Zeit in seinem Gesicht stand, hätte er ein gut aussehender Mann sein können.

»Ich habe gehört, Sie wollen auf den Hügel.«

»Ja, um die Aussicht zu genießen.«

»Sie ist wunderbar. Aber alles ist noch schöner, wenn Schnee liegt. Dann fahren wir mit dem Schlitten von ganz oben auf einem Seitenweg wieder herunter. Die Fahrt ist Atem beraubend. Ich nehme Sie mit, wenn es das nächste Mal geschneit hat.«

Lucille kam in die Halle. »Nicht wahr, Mutter? Es macht einen Riesenspaß, mit dem Schlitten den verschneiten Hügel herunterzufahren?«

»Ja«, antwortete Lucille und wandte sich an Elizabeth. »Ein einziges Mal haben sie mich auf den Schlitten bekommen, dann nie wieder. Ich hatte eine Heidenangst. Man fährt bis in eine flache Mulde, dann führt die Bahn über einen Absatz noch steiler bergab; wer tollkühn genug ist, fährt auch dieses letzte Stück.«

»Aber es hat immer riesigen Spaß gemacht.«

Elizabeth sah zu Lucille, die ihren Sohn anstarrte. Für einen Moment wirkte Rodney wie ein Schuljunge, der von einem bestandenen Abenteuer erzählte. Sie wusste, diese Verwandlung überraschte seine Mutter.

Nun erschien Matthew auf der Treppe und Rodney ging. Als Matthew die Halle betrat, wandte sich Lucille zu ihm. »An deiner Stelle würde ich auf Jim warten«, sagte sie.

»Keine Sorge. Ich komme schon zurecht. Schließlich habe ich meinen Schutzengel bei mir.« Er streckte die Hand aus und Elizabeth ergriff sie.

Lucille öffnete beiden die Tür. »Welchen Weg nehmt ihr?«

Matthew antwortete: »Am Anbau vorbei und durch Granans Garten. Das ist eine Abkürzung.«

Sie hatten das Ende der Terrasse erreicht und betraten den Rasen, als Matthew rasch den Kopf zur Seite drehte. »Das ist der Wagen«, sagte er. »Ich kann ihn auf den Hof fahren hören. Ich laufe auf die andere Seite und pfeife nach Jim. Von hier würde er mich nicht hören.«

»Nein, lass mich gehen«, sagte Elizabeth.

»Was? Mich um die einzige Laufstrecke bringen, die ich allein bewältigen kann? Im Haus wissen sie nichts davon, aber ich renne oft früh morgens hier entlang. Pass auf!« Er berührte ihre Wange, betrat den geplasterten Weg am Haus und lief los, seinen Blindenstock wie ein drittes Bein benutzend.

Sie beobachtete ihn lächelnd. Es war erstaunlich, wie er mit seiner Behinderung fertig wurde.

Am Ende der Terrasse angekommen, verschwand er aus ihrem Blickfeld. Sie wusste, jetzt lief er über die Zufahrt zur Farm herunter.

Sie verharrte einen Moment und blickte sich um. In diesem Teil des Gartens war sie noch nicht gewesen. Dicht vor ihr befand sich eine niedrige Mauer, die den kleinen Garten hinter dem Anbau umgab. Links von ihr führte ein ungepflasterter Weg anscheinend in den Küchengarten. Diesen Garten hatte sie gesehen, aber aus einer anderen Richtung. Er war ziemlich groß und wurde an drei Seiten von einer zwei Meter hohen Steinmauer umgrenzt. Dahinter lag ein Wäldchen. In vorderster Reihe, nur wenige Meter von ihr entfernt, stand eine riesige Eiche.

Matthew hatte ihr von diesem Baum erzählt. Er sollte an

die zweihundert Jahre alt sein. Um den Stamm verlief eine Bank aus unbearbeitetem Holz, die Matthews Großvater als Kind gemacht hatte, wie Matthew erzählte.

Einen Moment lang überlegte sie, ob sie sich auf die Bank setzen sollte. Ehrlich gesagt war sie noch immer sehr müde und freute sich nicht eben auf die Hügelbesteigung.

Die Angst in ihr hatte nachgelassen, aber das Grauen war noch da und schien in jeder Faser zu stecken. Sie fragte sich, ob sie jemals davon befreit sein würde. Ein Frösteln überlief sie und sie erstarrte. Im nächsten Moment hatte sie das Gefühl, losschreien zu müssen. Das Geräusch erstickte in ihrer Kehle, denn ein Arm schlang sich von hinten um ihren Hals; ihre Arme wurden an die Seite gepresst und eine Hand, die hart wie Eisen war, umschloss ihr Kinn. Er war da und sah in ihr Gesicht herab. Jetzt wusste sie, dies war der Augenblick, auf den sie gewartet hatte – der Augenblick, in dem er sie töten würde.

»Überrascht, Liz? Das solltest du nicht sein. Du weißt, niemand hält mich zum Narren und kommt damit durch. Du dreckige, verkommene Hure! Aber jetzt bin ich hier und du kannst wählen. Du hast nur wenige Sekunden Zeit. Entweder verhältst du dich ruhig und kommst auf der Stelle mit oder nicht einmal dein blinder Deckskerl wird dich wieder erkennen, wenn man dich findet.«

Das war kein Grauen mehr, sondern nacktes Entsetzen. Sie war unfähig zu handeln; und er meinte jedes Wort ernst.

»Und? Jetzt nick schon.«

Sie nickte nicht. Vor Angst war sie erstarrt; doch mit gleicher Macht stieg Wut in ihr auf. Gut, sie würde sterben, aber das bedeutete nicht, dass sie ihm die Sache zu leicht machte. Ihre Arme konnte sie nicht bewegen und er stand so dicht an sie gepresst, dass sie ihr Knie unmöglich in seine Leistengegend heben konnte. Aber von den Knien abwärts waren ihre Beine frei. Sie hatte keine Ahnung, welcher Schutzinstinkt sie lenkte, als ihr Fuß in dem schweren Wanderschuh mit der Spitze sein gebrochenes Schienbein traf. Im Schmerz lockerte er für eine Sekunde die Umschlingung durch seinen Arm; er nahm die Hand von ihrem Mund, führte sie an sein eigenes Gesicht und stöhnte. Blitzschnell hatte sie zwei Finger in ihren Mund geschoben, dann atmete sie so viel Luft ein, wie ihr zitternder Körper fassen konnte, und pfiff. Der Pfiff war durchdringend, aber kurz, denn er wurde von der geballten Faust erstickt, mit der er ihr ins Gesicht schlug.

Das Bild vor ihren Augen verschwamm und für einen Moment meinte sie zu erblinden. Als sie die Augen wieder öffnete, wich der gerade aufkeimende Mut erneut dem nacktem Entsetzen und sie erstarrte zu Eis. Vor ihrem Gesicht blitzte die lange Klinge eines Rasiermessers auf.

Sie kannte dieses Rasiermesser. Sein Vater hatte sich immer damit rasiert. Er besaß zwei solcher Messer, die er in einem Kasten auf der Fensterbank in der Waschküche aufbewahrte. Daneben hingen an einem Nagel der Lederriemen und ein Stück weiter ein kleiner Spiegel. Als Kind hatte sie gebannt zugesehen, wenn Mr. McCabe sein Rasiermesser wetzte. Auf und nieder, auf und nieder! So bewegte sich die Klinge nun auch; sie blitzte vor ihren Augen auf und ab. »Ich zeichne dich, wie du mich gezeichnet hast. An den gleichen Stellen.«

Was als Nächstes geschah, wusste sie nicht mehr genau, nur noch, dass er sie irgendwie abschüttelte und sie durch die Luft flog … dann schlug sie gegen die Hauswand des Anbaus und nahm nichts mehr wahr …

Auf der Terrasse entstand ein Tumult; Schreie, Kreischen und Flüche gingen durcheinander.

An Mike McCabes Rücken hängend und einen Arm um seine Kehle pressend, versuchte Jim, das Rasiermesser zu greifen. Jones, der Gärtner, gab sein Gewicht dazu und alle drei fielen als sich windender Haufen zu Boden. Annie Wallinghams schreiende Stimme war zu hören: »Holt Stricke! Holt Stricke!« Am Rand der Terrasse wurde die alte Dame von Marys und Bellas starken Armen daran gehindert, den Männern zu folgen.

Weiter hinten hielten Peter und Lucille Matthew zurück, der schrie: »Lasst mich los! Lasst mich los! Wo ist Liz? Lasst mich los!«

Alle drei wurden von zwei Männern beiseite geschoben, die auf das noch immer kämpfende Menschenknäuel zueilten. Einer der Männer trug eine Seilrolle.

»Es ist alles in Ordung!«, seufzte Lucille nun, nach Atem ringend. »Ich kann sie sehen. Sie sitzt an der Wand.« Was sie nicht sagte, war, dass die zusammengekauerte Gestalt, die sie undeutlich erkennen konnte, mehr an der Wand lag als saß.

Peter brachte Matthew schließlich mit strenger Stimme zur Ruhe. »Aufhören, Matthew! Hören Sie auf! Sie können hier nichts ausrichten.« Im nächsten Moment rief er mit erhobener Stimme: »Rodney ist bei Liz. Er hebt sie hoch ... jetzt trägt er sie.«

»Was?« Der schrille Ausruf kam von Matthew. »Er trägt sie? Warum trägt er sie?«

»Seien Sie vernünftig!« Peter rang mit Matthew. »Sie können dort nicht hingehen. Das habe ich Ihnen gesagt. Außerdem bringt er sie bereits in den Anbau.«

Lucille zerrte ihren Sohn herum. »Wir können durch das Haus gehen.« Matthew hätte ihr beinahe auf den Rücken geschlagen, als er sich umwandte und taumelnd zur Vordertür rannte.

Peter und Lucille folgten und schoben ihn ins Haus. Peter ergriff das Wort: »Nehmen Sie ihn mit, während ich die Polizei und einen Arzt rufe.« Er hätte hinzufügen können: »Und einen Krankenwagen.« Der schlaff über Rodneys Arm hängende Kopf ließ vermuten, dass ein Transport ins Krankenhaus unvermeidlich war ...

In der Zwischenzeit waren Mike McCabes Beine an den Fußgelenken und den Oberschenkeln zusammengebunden und seine Hände am Rücken gefesselt worden. Er fluchte und brüllte die Männer an, die ihn überwältigt hatten, und schaukelte mit dem Oberkörper auf und ab, als versuchte er, sich auf diese Weise aufzurichten.

Nur noch drei Männer hielten ihn nieder; Jim lag am Rand der Terrasse auf der Seite und umfasste mit blutbeschmierten Händen seinen Oberschenkel. An der Hose zeigten sich nasse dunkle Streifen, die bis unterhalb des Knies reichten. Peter trat zu ihm. »Allmächtiger!« rief er. »Was ist los?« Er ging neben Jim in die Knie.

Mit einer Stimme, die nicht ihm zu gehören schien, erwiderte Jim: »Er hat mich mit dem Rasiermesser aufgeschlitzt.«

Jim hatte gewusst, was mit ihm geschah, als die scharfe Klinge sein Bein traf und die Haut nach unten hin aufriss. Seltsam war, dass er überhaupt keine Schmerzen hatte; er spürte nur eine leichte Übelkeit und einen Anflug von Schwäche. Aber in Ohnmacht fiel er nicht. Das war noch nie geschehen.

Durch den Nebel drang eine ruhige Stimme zu ihm: »Jim, alter Bursche, es ist alles gut. Der Arzt kommt gleich. Nur nicht bewegen, ganz ruhig liegen bleiben. Da kommen die Mädchen mit dem Verbandszeug.« Peter nahm einen Streifen zerrissenes Betttuch von der Köchin entgegen und legte eine möglichst feste Aderpresse an, um die Blutung notdürftig zu stillen.

Jim bekam nichts mehr davon mit; er war in eine tiefe Dunkelheit gesunken ...

Matthew und Lucille betraten das Wohnzimmer im Anbau. »Wo ist Liz?«, schrie Matthew. »Was ist mit ihr?«

Rodney kniete neben Elizabeth auf dem Teppich vor dem Kamin. »Eine Menge, würde ich sagen. Sie ist bewusstlos.« Dann fügte er hinzu: »Hast du nach dem Arzt telefoniert, Mutter?«

»Ja.«

Matthew ging in die Richtung, aus der die Stimme seines Bruders gekommen war. Als er mit der Hand Rodneys Schulter ertastet hatte, sagte er: »Steh auf! Lass mich bei ihr sitzen.«

»Du kannst nichts tun. Sie ist bewusstlos.«

»Na schön!« In Matthews Stimme trat ein drohender Unterton: »Aber steh auf und lass mich zu ihr.«

»Was kannst du schon tun? Du kannst gar nichts tun. Außerdem habe ich sie gefunden und ins Haus getragen.«

Fast in einer einzigen raschen Bewegung hatte Matthew seinen Stock beiseite geworfen, mit beiden Händen Rodney von hinten am Kragen gepackt und ihn auf die Beine gestellt, als wäre er eine Gliederpuppe. Dann schleuderte er ihn zur Seite. Er wäre mit Sicherheit auf dem Rücken gelandet, hätten nicht Bellas kräftiger Körper und Lucilles Arme ihn aufgefangen.

Auf den Teppich niederkniend, sagte Matthew leise: »Liz. Liz …«

Er fühlte ihren Puls und stellte fest, dass er schwach, aber gleichmäßig war. Als er die Hände auf ihr Gesicht legte, trat Granan neben ihn und sagte leise: »Wir müssen warten, bis der Arzt kommt. Du kannst nichts tun. Wenigstens scheint sie keine offenen Wunden zu haben. Ihr Gesicht ist geschwollen; wahrscheinlich, weil er sie geschlagen hat. Aber ich bin sicher, sie kommt wieder in Ordnung.«

Während dieses kurzen Gesprächs war Rodney von Lucille durch das Zimmer und auf den Korridor begleitet worden, wo er nun gegen die Wand gelehnt stand. Sein Gesicht war weiß vor Zorn. Er schien etwas sagen zu wollen, hatte aber anscheinend Schwierigkeiten, sich zu artikulieren. Als er schließlich doch sprach, war Lucille zu Tode erschrocken: »Eines Tages bringe ich ihn um! Oh, ja! Das werde ich tun.«

»Rodney! Sag so etwas nicht. Du hättest aufstehen sollen, als er dich darum bat.«

»Mich bat? Er bittet nie um etwas, er befiehlt nur. Mein Leben lang hat er mich behandelt, als wäre ich weniger wert als er. Er ist ein hochmütiger, eitler Fatzke.«

»Nein, das kannst du nicht sagen. Als er den Orden bekam, hat er sich dessen nicht gerühmt. Und auch sonst war er immer bescheiden.«

»Bescheiden!« Rodneys Stimme steigerte sich fast zu einem Kreischen. »Es war reine Angabe, als er sich weigerte, den Orden anzunehmen, sollten nicht die anderen fünf Kameraden auch ausgezeichnet werden. Er ging bis ganz nach oben, um seinen Fall vorzutragen. Schließlich bekamen alle eine Auszeichnung; aber nur, weil er seine Heldentat niemals allein geschafft hätte.«

»Er hat Recht getan, mein Lieber. Zwei seiner Männer sind gefallen, als sie ihm Feuerschutz gaben, um den Außenposten zu erreichen. Allein wäre er nie so weit gekommen.«

»Oh, Mutter. Und wenn er mich morgen ermorden würde, würdest du noch seine Sichtweise übernehmen.«

»Rodney! Sag nicht solche Dinge. Du musst mit deinem Vater reden, wenn du Probleme hast. Sonst tue ich es.« Dann fuhr sie herum und rief: »Der Krankenwagen steht draußen. Und es kommen noch mehr Leute. Das muss die Polizei sein. Nun reiß dich zusammen und hilf mir. Sie werden mit uns reden wollen und Fragen stellen. Dein Vater wird nach unten kommen wollen … Was wird noch alles geschehen, frage ich mich.« Sie eilte davon. In der Halle blieb sie abrupt stehen; ihr Ehemann stand auf halber Höhe der Treppe. Er hielt sich mit beiden Händen am Geländer fest; die beiden Gehstöcke baumelten von seinen Unterarmen herab.

»Oh, Richard. Was machst du da?« Sie eilte die Stufen hinauf, legte einen Arm um ihn, hob eine Hand vom Geländer und nahm seine Stöcke. Dann half sie ihm nach unten in die Halle.

Er richtete sich gerade auf und fragte: »Was zum Teufel geht hier vor?«

»Ich werde dir alles erzählen oder Rodney tut es … Aber zuerst komm in den Salon. Rodney, du auch!« Sie rief nach ihrem Sohn, der an der Eingangstür stand. »Komm und kümmer dich bitte um deinen Vater. Erzähl ihm, was geschehen ist. Ich muss mich um andere Dinge kümmern. Die Mädchen sind alle auf der Terrasse. Keine Ahnung, warum.«

Rodney gehorchte ihr nach einigem Zögern. Er nahm den Arm seines Vaters. Richard Wallingham fragte gebieterisch: »Wo ist Peter? Hol ihn her!«

Lucille rannte auf die Terrasse, als würde sie dem Befehl ihres Gatten folgen. Dort sah sie erschrocken, wie zwei Sanitäter eine Bahre trugen, auf der Matthews Bursche lag. Der Arzt sagte zu Peter: »Fahren Sie mit ihm! Und seine Familie muss benachrichtigt werden, dass er nach Fellburn gebracht wurde – das liegt am nächsten. Los, Mann!« Er stieß Peter förmlich in den Krankenwagen. »Rufen Sie aus dem Krankenhaus an. Ich kümmere mich jetzt um den Colonel.«

Er bahnte sich unsanft den Weg an Lucille vorbei. »Entschuldigen Sie, Mrs. Wallingham. Ich muss dringend Ihr Telefon benutzen.«

»Was ist passiert?«, fragte sie und rannte neben ihm ins Haus zurück. »Etwas Schlimmes?«

Er antwortete knapp: »Ja, allerdings. Es geht um Leben und Tod. Dieser Wahnsinnige hat mit seinem Rasiermesser ganze Arbeit geleistet.«

Er riss den Hörer von der Gabel und wählte eine Nummer. »Hier spricht Dr. Bell«, sagte er barsch. »Geben Sie mir sofort Dr. Manning.« Er tappte mit dem Fuß auf den Parkettboden und wartete. Mit veränderter Stimme fragte er dann: »Sind Sie das, Ivor? Hier ist David. Was ist mit dem Operationssaal? Ist er frei?«

»Ja, eben frei geworden.«

»Gut. Ich schicke Ihnen einen Mann. Er sollte in wenigen Minuten da sein. Sein Zustand ist kritisch. Die Femoralarterie wurde durchtrennt und er hat viel Blut verloren. Nun, vielleicht nicht ganz so viel, wie zu erwarten gewesen wäre, denn der Leibbursche des Colonels hat gute Arbeit geleistet und eine Aderpresse angelegt. Ich bin auf The Beavors. Hier ist der Teufel los. Ein Wahnsinniger mit einem Rasiermesser. Sie kennen den Sohn des Colonels, den blinden Captain? Der Verletzte ist sein Chauffeur und Diener. Auf jeden Fall brauche ich den Operationssaal sofort. Wenn er überleben soll, kein unnötiges Hin und Her, wir verstehen uns? Tun Sie mir den Gefallen? Ich hätte lieber Sie als Osborne.«

»Ja, ja. Natürlich, Herr Kollege. Nur, was hat das Ganze zu bedeuten?«

»Keine Ahnung. Aber bevor ich hier weggehe, werde ich es wissen. Ich sehe jetzt nach der jungen Frau, für die das Rasiermesser gedacht war. Sie ist mit dem Captain verlobt. Auf dem Rückweg komme ich bei Ihnen vorbei und warte, falls Sie noch operieren sollten. Eigentlich hätte ich mit dem Fall gar nichts zu tun; die Familie gehört zu Dr. Peels Patienten. Der Polizeiinspektor hat mich zufällig auf dem Weg hierher aufgelesen. Ich stieg gerade in meinen Wagen, nachdem ich Bruce Tollets Frau von einem weiteren Sohn entbunden hatte.«

»Bis später, David. Schon eine Weile her seit meiner letzten Femoralarterie.«

Der Arzt legte auf. Er wandte sich um und sah Lucille an, die am Fuß der Treppe stand. Als sie stumm und reglos verharrte, ergriff der Arzt das Wort: »Sie ist im Anbau, richtig?« Noch immer sagte sie nichts und neigte nur den Kopf.

Er musterte sie mit einem scharfen Blick, dann eilte er durch den Korridor davon.

In diesem Augenblick hörte sie, wie ihr Name aus dem Salon gerufen wurde. Ihre zitternden Beine gaben nach und sie sank auf die erste Treppenstufe. Wieder erklang die Stimme ihres Mannes: »War das Bell da draußen?«

Sie gab keine Antwort, sondern blieb auf der Treppe sitzen, wo Rosie sie fand. »Oh, Mrs. Wallingham!«, rief das Hausmädchen. »Ist Ihnen schlecht geworden? Soll ich Mary holen?«

Lucille musste heftig schlucken. »Nein, nein, Rosie«, sagte sie schließlich. »Es ist nichts. Ich bin nur ein wenig erschöpft.«

»Soll ich Ihnen eine Tasse Tee bringen?«

»Ja. Aber später. Mir geht es gut.«

Sie zwang sich aufzustehen und ging durch die Halle in den Salon. »Ich wusste, dass du da draußen mit Bell warst«, wurde sie begrüßt. »Warum konntest du mir nicht antworten? Was geht hier vor? Sind jetzt alle verrückt geworden? Aus Rodney konnte ich nichts herausbekommen; nur, was er über seinen Bruder denkt.«

In diesem Augenblick kam Matthew zur Tür herein. »Du bist hier, Mama?«

Er wartete die Antwort nicht ab. »Granan möchte dich sprechen. Sie haben Liz zu Bett gebracht; der Arzt ist bei ihr und untersucht sie gerade. Hast du eine Ahnung, wo Jim steckt? Ich kann ihn nicht finden.«

Richard mischte sich ein und sagte in entschiedenem Ton: »Du suchst deinen Diener – und wo ist *meiner*? Das würde ich gern wissen. Ich habe mich heiser gebrüllt. Sein Platz ist hier im Haus.«

Beide Männer zuckten überrascht zusammen, als Lucille schrie: »Ihr beide könnt nur an eure Diener denken und was sie für euch tun sollen! Gut, ich sage euch, wo sie sind. Sie sind in einem Krankenwagen. Matthew, dein Bursche wird umgehend in den Operationssaal gebracht und du kannst froh sein, sollte er jemals wieder als dein Fahrer arbeiten können. Nach allem, was der Arzt sagt, solltest du dich eher darauf einstellen, in deinem dicken Daimler zu seiner Beerdigung gebracht zu werden. Er ist am Verbluten, denn das Rasiermesser, das für Elizabeth gedacht war, hat ihn getroffen. Und *dein* Bursche ...« Sie wandte sich an ihren Ehemann. »Er war nicht in deiner Nähe, weil er versucht hat, die Blutung mit einer Aderpresse zu stillen. Jetzt begleitet er Jim Taylor im Krankenwagen nach Fellburn, wo Dr. Bells Freund ihn sofort operieren muss, wenn er sein Leben retten will. Anschließend ruft er Jims Eltern an und teilt ihnen mit, was mit ihrem Sohn geschehen ist. Jetzt wisst ihr, womit eure beiden Diener beschäftigt sind ... Zufrieden?«

Sie rauschte aus dem Zimmer, während die Tränen über ihr Gesicht strömten.

Matthew stand wie erfroren da. Er bewegte sich erst, als die sehr leise und traurig klingende Stimme seines Vaters an sein Ohr drang: »Es tut mir Leid, Matthew.«

Matthew ertastete sich den Weg zu einem Sessel und ließ sich hineinfallen. »Wenn Jim etwas zustößt, bringe ich diesen Kerl um. Egal, ob er im Gefängnis sitzt oder im Irrenhaus, ich kriege ihn. Und dann bringe ich ihn um.«

»Rede nicht so.« Richard sprach noch immer leise. »Ich weiß genau, wie dir zumute ist, glaub mir.«

»Das weißt du nicht!«, sagte Matthew bitter. »Ich könnte beinahe sagen, dass ich diesen Bursche liebe.«

»Vergiss nicht, dass du Elizabeth hast.«

»Oh, Vater. Du weißt, was ich meine. Hinter deiner Fassade als unerschütterlicher Soldat verbirgst du die gleichen Empfindungen für Peter. Warum sonst hast du ihn in dieses Haus gebracht? Prima Kumpel, wenn's brenzlig wird – so war bei uns in der Kompanie die Beschreibung für Männer wie Peter und Jim. Andere galten als nicht so prima Kumpel, darunter zahlreiche Befehlshaber, die genau Bescheid wussten, was die Truppe von ihnen hielt.«

Sein Vater schwieg lange, dann sagte er leise: »Auch ein prima Kumpel kann durchdrehen.« Die Bemerkung schien Matthew für einen Moment zu verblüffen. Dann wandte er den Kopf in die Richtung, aus der die Stimme seines Vaters gekommen war. War es möglich, dass sein Vater von allem wusste? Wusste er, dass Matthew durchgedreht hatte, als er gemerkt hatte, dass er nichts mehr sah? Dass sein Sohn, das Gewehr in der einen und eine Granate in der anderen Hand, wild drauflos gerannt wäre, hätten Jerry und Fox ihn nicht aufgehalten? Die beiden waren die einzigen, die Bescheid wussten, und sie hatten verbreitet, es wäre seine Handgranate gewesen, die den Deutschen an der Brücke den Rest gegeben hatte. Nein ... sein Vater konnte unmöglich davon wissen. Aber der Tonfall ließ vermuten, dass auch er persönliche Erfahrungen mit prima Kumpeln hatte, die durchdrehten.

Er lehnte sich in seinem Sessel zurück. Schließlich sagte sein Vater: »Matthew, glaubst du, du schaffst es zur Küche, um die Mädchen zu bitten, uns etwas zu trinken zu bringen?«

David Bell hatte seinen Mantel wieder angezogen und saß mit einer Tasse Tee in der Hand in Annie Wallinghams Wohnzimmer.

Granan saß ihm gegenüber. Während der vergangenen Stunden schien sie deutlich älter geworden zu sein. »Wird sie sich je wieder ganz erholen?«, fragte sie jetzt.

»Das bleibt abzuwarten. Sie ist bei Bewusstsein, hat aber noch einen Schock. Und während der kommenden Tage wird sie beträchtliche Schmerzen haben. An der linken Seite hat sie von der Schulter bis zum Knie schwere Schürfverletzungen und Prellungen. Ihr linker Arm war vollständig ausgekugelt, aber das habe ich wieder gerichtet. Am Kopf hat sie eine dicke Beule, aber keine Schnittwunden. Die größten Schwierigkeiten wird ihr das Gesicht bereiten. Es ist stark angeschwollen und morgen wird die Schwellung noch stärker sein. Was die geplatzten Lippen anbelangt ... ich halte es für ein Wunder, dass sie keinen Kieferbruch erlitten hat. Der Fausthieb, den er ihr verpasst hat, war alles andere als harmlos. Aber mit der Zeit werden die körperlichen Verletzungen heilen. Der seelische Schock allerdings dürfte gewaltig gewesen sein, nach dem, was Sie mir erzählt haben. Nicht nur, dass sie diesen Wahnsinnigen wieder gesehen hat, sondern auch der Anblick des Rasiermessers. Sie muss klar erkannt haben, was er mit ihr vorhatte. Daher rate ich zu größter Ruhe. Reden Sie mir ihr, aber erwarten Sie keine Antwort, solange ihre Lippen nicht verheilt sind. Außerdem empfehle ich Ihnen, eine Pflegerin für den Tag und eine für die Nacht einzustellen, denn es sollte immer jemand bei ihr sein.«

»Nein! Nein!« Annie Wallinghams Stimme gewann den herrischen Ton zurück. »Pflegerinnen sind überflüssig. Ich kann sie nicht ausstehen. Ich werde mich selbst um sie kümmern. Zusammen mit den Dienstboten sorge ich dafür, dass sie keine Minute allein ist. Wir haben Mary und Bella und auch noch Rosie aus der Küche. Ich kann ohnehin nur den ganzen Tag herumsitzen. Außerdem ist meine Schwiegertochter da.«

Er lächelte. »Wer wird sich dann um den Haushalt Ihrer Schwiegertochter kümmern? Und wer um Ihren Enkel, nachdem sein Bursche ausgefallen ist?«

Für einige Sekunden blieb sie stumm. Dann sagte sie: »Armer Kerl. Er hat Matthew gut getan, sein ganzes Leben hat er umgekrempelt. Ich weiß nicht, was jetzt kommt. Natürlich, er hat Elizabeth, aber Jim Taylor ist ihm ans Herz gewachsen. Er stand hinter ihm und behandelte ihn als Gleichgestellten.«

David Bell erhob sich. In seiner Stimme schwang ein tadelnder Ton mit: »Ja, das war der Krieg. Seitdem sind alle Menschen gleich.«

Wieder vergingen einige Sekunden, bis die alte Dame antwortete: »Doktor, das habe ich verdient. Aber im Grunde denke ich wie Sie. Manchmal sagt man Dinge, ohne lange darüber nachzudenken.«

Jetzt lächelte er sie an und tätschelte ihren Arm. »Kein Grund, sich bei mir zu entschuldigen. Sie wären überrascht, was ich alles über Sie und Ihre Ansichten weiß. Wenn Sie meine Meinung über sich hören wollen: Sie sind ein prachtvolles altes Mädchen und haben mehr Schwung als viele, die jünger sind.«

Hätte Annie Wallingham zum Erröten geneigt, wären ihre Wangen glühend heiß geworden. Jetzt sagte sie nur: »Ich nehme an, Sie fahren auf direktem Weg zum Krankenhaus zurück. Sollten Sie Peter treffen, sagen Sie ihm bitte, er soll uns anrufen.«

»Ja, natürlich. Das mache ich. Aber ich denke, er wird sich auf jeden Fall melden.«

Sie ließ ihn gehen. Als sie wieder in ihrem Sessel saß, schüttelte sie leicht den Kopf und murmelte vor sich hin: »Verdammt albern von mir, wieder mit den Standesunterschieden anzufangen.« Sie hob den Blick an die Decke. »Bitte, sorg für ihn. Er ist ein guter Kerl und Menschen seines Schlages werden gebraucht, vor allem in diesem Haus. Nicht nur von Matthew ...«

Peter kehrte um neun Uhr zurück. Er saß im Wohnzimmer, seinem Herrn, der Hausherrin Lucille Wallingham, Annie Wallingham und Matthew gegenüber, und konnte nur mitteilen, der Arzt habe gesagt, die Operation sei langwieriger als erwartet gewesen und es lasse sich noch nichts weiter Gehendes sagen. Im Wartezimmer, berichtete er, sei die ganze Taylor-Familie versammelt gewesen und Jims Mutter und Schwester hätten die Erlaubnis erhalten, über Nacht dazubleiben.

14

Fünf Tage später lag Elizabeth noch immer im Bett. Ihr Geist war wieder klarer. Sie war aus dem Nebel herausgetreten, aber die Folgen des Schocks hatte sie noch nicht überwunden. Ein neues Trauma war an die Stelle des alten getreten,

»Geh nur, mein Lieber«, sagte Lucille. »Ich bleibe bei ihr.«

Matthew zögerte einige Sekunden, bevor er den Hörer hochnahm. Er ahnte, dass der Anruf aus dem Krankenhaus kam, und fürchtete die Nachricht. »Ja? Hier ist Matthew Wallingham.«

»Captain, ich bin es, Cissie.«

Seine Stimme enthielt ein leichtes Zittern: »Ja, Cissie?«

»Ich habe eine gute Nachricht, Captain. Gestern Abend gegen elf Uhr, ungefähr zwei Stunden nachdem Sie gegangen waren, kam die Wendung zum Besseren. Sein Fieber ging herunter und die Schwester sagte zu meiner Mutter: ›Jetzt kommt er durch … er hat eine gute Konstitution und kann kämpfen.‹ Hoffentlich hört meine Mutter nun endlich mit dem Weinen auf. Wir gehen auf jeden Fall jetzt nach Hause, Captain. Der Arzt meinte, wir sollten uns ins Bett legen und vierundzwanzig Stunden richtig ausschlafen. Wissen Sie, auf diesem Ledersessel hat Mama kein Auge zugemacht. Aber als Erstes steigt sie zu Hause in die Badewanne. Das ist zum Lachen, nicht wahr? Hier wollte sie nicht baden.«

Matthew hörte lächelnd zu, während Cissie munter weitererzählte. Er wusste, das war die Erleichterung nach den schlimmen Stunden. Sie und ihre Mutter waren die ganze Zeit nach Jims Einlieferung im Krankenhaus geblieben. Dann unterbrach er sie doch: »Haben Sie ihn heute Morgen besucht?«

»Nur für eine Minute. Mehr wollten sie nicht erlauben. Er sagte meinen Namen und hat mich sogar angegrinst. Mit Mama hat er dasselbe gemacht. Dann wollte er noch etwas über Sie sagen – ihren Namen hatte er schon ausgesprochen –, doch die Krankenschwester ging dazwischen und scheuchte uns aus dem Zimmer. Aber wir sind so erleichtert, Sir. Und ich wollte Sie unbedingt anrufen, damit auch Sie Bescheid wissen.«

»Danke, Cissie. Vielen herzlichen Dank. Ich komme später vorbei.«

»Ja, Sir. Das dachte ich mir. Auf Wiederhören.«

»Auf Wiederhören, Cissie.«

Matthew legte den Hörer auf die Gabel, tastete nach dem Stuhl, der neben dem Telefontisch stand, und ließ sich darauf nieder. Den Ellenbogen auf den Tisch gestützt, senkte er den Kopf auf die Handfläche und murmelte: »Gott … ich danke dir.«

Dr. Bell stand am Fenster. Es lag in einiger Entfernung vom Fußende des Bettes und Elizabeth konnte nur Bruchstücke der Unterhaltung zwischen ihm und Lucille verstehen. Sie hörte: »Körperlich ist alles in Ordnung«, und ein Teil von Lucilles Antwort lautete: »Starr wie ein Stock war sie.« Die Stimme der alten Dame kam dazu: »Es scheint beinahe, als wollte sie auf keinen Fall laufen.« Nun hörte sie wieder die Stimme des Arztes: »Oh, das ist eine bekannte Tatsache; was immer in ihrem Kopf …« Dann wurde die Stimme schwächer und sie bekam nur noch den Schluss mit: »… das heißt Krankenhaus und Physiotherapie.«

Der Arzt beugte sich mit dem Gesicht über sie und fragte mit lebhafter Stimme: »Miss Ducksworth, heute fühlen Sie sich besser, nicht wahr? Keine Schmerzen mehr an der Seite und ihr Gesicht sieht fast wieder normal aus, bis auf eine leichte Verfärbung. Versprechen Sie mir, morgen einen kleinen Spaziergang zu machen, ins Wohnzimmer von Mrs. Wallingham? Sie und der Captain haben angekündigt, sie würden für Sie Klavier spielen, denn Musik hat eine heilende Wirkung, wissen Sie. Und keine Sorge, meine Liebe.« Er tätschelte ihre Hand. »Bevor Sie nicht dazu bereit sind, verlangt niemand von Ihnen, dass Sie reden. Ich gehe jetzt, aber ich bin sicher, die Nachricht, dass Jim Taylor wieder aufstehen kann, hören Sie gern. Wie Sie hatte er zuerst Schwierigkeiten mit dem Gehen, aber er macht jeden Tag Fortschritte. Auf Wiedersehen, meine Liebe. Ich komme morgen wieder. Dann hoffe ich auf gute Neuigkeiten.«

Ihr Körper fühlte sich steif an. Wenn es ihnen gelang, sie zum Aufstehen zu bewegen, würde sie auch laufen müssen. Und als Nächstes brachte man sie nach draußen. Sie durfte nie wieder nach draußen gehen. Draußen hatte er sie gestellt und seine Mutter würde sie auch dort finden. Das war sicher. Sie schloss die Augen und versuchte, sich von dem Gesicht zu befreien, das zu ihr heruntersah; aber es würde immer da sein, für den Rest ihres Lebens, das spürte sie.

»Machen Sie sich keine Sorgen, meine Liebe.« Jetzt sprach Lucille mit ihr. Elizabeth öffnete den Mund, als wollte sie etwas sagen. Aber die Worte, die ihre Angst ausdrücken sollten, waren zu tief in ihr vergraben und sie konnte sie nicht an die Oberfläche zerren.

»Sie ist beunruhigt«, sagte die alte Dame. »Gib ihr von dieser Medizin. Das wird helfen.«

Die Medizin machte sie ruhig und sie schlief. Wie lange, wusste sie nicht. Phils Stimme weckte sie. »Oh, du siehst viel besser aus, Liz.« Sie wandte den Kopf. Sein Name schien in ihrer Kehle zu stecken, aber sie bekam ihn nicht heraus. »Ein großer Unterschied zum letzten Mal, als ich hier war. Jedenfalls dachte ich, dass ich besser raufkomme und dir erzähle, was in der Welt geschieht. Mama geht es viel besser, als hätte sie in den letzten drei Tagen eine Wunderkur gemacht. Es ist so viel passiert, Liz.« Er wandte sich von seiner Schwester zu Mary, die ihm eine Tasse mit Tee reichte. »Oh, vielen Dank. Das kann ich gebrauchen.«

»Die Herrin sagt, für Sie steht eine Mahlzeit bereit, wann immer sie so weit sind.«

»Danken Sie ihr in meinem Namen. Ich möchte nur noch ein wenig mit Liz plaudern und ihr meine Neuigkeiten mitteilen. Dann komme ich. In Ordnung?«

Er trank seine Tasse aus und stellte sie auf einen kleinen Tisch. Dann kehrte er zum Bett zurück und ergriff wieder Elizabeths Hand. »Du wirst es nicht glauben. James McCabe und Sam haben gestern Bridget und ihren Bruder auf die Fähre nach Irland gesetzt. Kurz nachdem ihr verrückter Sohn seine Reise antrat, wurde sie ins Krankenhaus eingeliefert. Sie war in der Küche zusammengebrochen. Und jetzt kommt es! Sie hat Krebs, in den Eierstöcken; die Tumore wachsen schnell und breiten sich aus. Das bedeutet den Tod.

Als sie nach Hause zurückgekehrt war, wirkte sie wie verwandelt, sagte James. Kein Gebrüll mehr, kein lautes

Wort. Sie rief ihren Bruder in Irland an. Offenbar wollte sie in ihre Heimat zurück und dort sterben. Der Bruder kam gleich angereist und sprach mit James. Zum ersten Mal erfuhr James die Wahrheit. Er hatte immer zu hören bekommen, ihr Vater wäre tot. Der Bruder sagte, er sei seit dreißig Jahren in der Irrenanstalt untergebracht. Die Mutter ist an die achtzig und hilft noch immer auf der kleinen Farm mit, die sie bewirtschaften. Der Bruder ist Junggeselle und im Haus lebt eine Schwester, die ebenfalls nie geheiratet hat. Er schien ein wirklich ruhiger Mann zu sein, das genaue Gegenteil von Bridget ... jedenfalls wird die Neigung zur Geisteskrankheit schon lange in der Familie des Vaters vererbt. Und in Mike ist sie eindeutig zum Ausbruch gekommen.

Du musst nicht zittern, Liz. Jetzt ist alles in Ordnung. Alles ist gut. Der Mann, der dich angegriffen hat, kann dir nie wieder wehtun. Als Sam mit mir sprach, meinte er, irgendwie sei er auch traurig. Er hätte seine Mutter nie gemocht, aber als sie aus dem Krankenhaus zurück war, kam kein lautes Wort mehr über ihre Lippen, sie war sehr schweigsam. Noch etwas ist merkwürdig. Sam sagt, sie betrat nie wieder ihr Wohnzimmer. Und Mike erwähnte sie auch mit keinem Wort. Niemand weiß, ob sie eine Ahnung hat, was mit ihm passiert ist. Bei uns zu Hause wenigstens ist seitdem alles anders geworden. Ich bin sicher, Mama hat das Bett gehütet, weil sie Angst davor hatte, Bridget McCabe würde wiederkommen. Aber als ich heute Morgen abfuhr, war sie aufgestanden, und auch Vater ist ein vollkommen anderer Mensch geworden.

Oh, was ist los, Liz?« Er stand rasch vom Stuhl auf und hielt sie an den Schultern. »Wein doch nicht. Ich dachte, du würdest dich freuen. O je!« Er blickte hilflos um sich. Aber im Zimmer war sonst niemand. Neben dem Bett befand sich ein Klingelzug. Er riss heftig daran.

Beinahe im selben Augenblick ging die Tür auf und Mary erschien, hinter sich die alte Dame, und man hörte das Geräusch von heraneilenden Füßen. »Ich weiß nicht, was ich gemacht habe; plötzlich brach sie in Tränen aus. Dabei wollte ich ihr nur ein paar Neuigkeiten von zu Hause erzählen, die sie erfreuen sollten.«

Das Zimmer schien von Menschen überfüllt zu sein, als Matthew sich den Weg zum Bett bahnte und die Weinende in die Arme nahm. Im nächsten Moment hörten alle Anwesenden einen heiseren, gebrochenen Schrei: »Matthew! Matthew!« Seufzer der Erleichterung und bei manchen sogar Tränen waren die Folge.

Die alte Dame klopfte Phil auf den Rücken und fand als Erste die Sprache wieder: »Junger Mann, man weint auch, wenn man glücklich ist, und wenn Sie mich fragen, sind das Freudentränen.«

Matthew und Jim saßen am Fenster des kleinen Krankenzimmers. Jim trug seinen Schlafanzug und einen Morgenmantel; Matthew war in seinen Militärmantel gekleidet. Sie unterhielten sich seit ungefähr zehn Minuten.

»Das ist eine wunderbare Nachricht«, sagte Jim. »Und jetzt kommt sie wieder ganz in Ordnung?«

»Oh, ja. Sie ist noch ein wenig wacklig auf den Beinen, was nicht verwundert nach beinahe drei Wochen im Bett. Ihr Geist ist wieder ganz klar und sie hat ihre Angst vor dieser teuflischen Frau verloren. Dr. Bell sagt, jetzt braucht sie noch drei Wochen Erholung, bis sie vollständig wiederhergestellt ist. Meine Mutter und Granan kümmern sich darum. Es ist seltsam, wissen Sie. Sie spricht ziemlich offen mit meiner Mutter. Granan hat das auch bemerkt und nimmt die Sache philosophisch. ›Mit deiner Mutter spricht sie und mir hört sie zu‹, war ihr Kommentar.«

»Kehren Sie nun an Ihren Arbeitsplatz zurück, Sir?«

»Ich weiß nicht, Jim. Ich habe noch eine Woche Urlaub zum Nachdenken. Elizabeth wird auch nachdenken müssen. Diese Zeit war für uns beide sehr anstrengend. Es wird nicht leicht sein, wieder zu arbeiten, für keinen von uns.«

Es entstand eine Pause. »Wie macht sich der Aushilfsfahrer?«, fragte Jim dann.

»Ach«, antwortete Matthew. »Sehr gut. Er benimmt sich, wie man es von einem Chauffeur erwartet; hält die Augen auf die Straße gerichtet und den Mund geschlossen. Kein lässiges Geplauder, kein Widerspruch und keine Diskussionen. Ich kenne mein Ziel und er fährt mich hin. Er hilft mir korrekt in den Wagen und wieder hinaus und ich werde als Captain angesprochen, wie es sich gehört.«

Matthew sprach, ohne zu lächeln, und erwartete die gewohnte Reaktion. Als sie ausblieb, kam ihm ein oft benutzter Ausspruch seiner Großmutter in den Sinn: »Halb im Scherz gesagt und halb im Ernst gemeint«. Rasch fügte er hinzu: »Mittlerweile langweile ich mich zu Tode. Wie lange werde ich noch mit diesem Kerl vorlieb nehmen müssen? Das wüsste ich gern.«

Er streckte die Hand aus. Als sie ergriffen wurde, umfasste er Jims Hand fest. »Ich vermisse Sie schrecklich, Jim. Immer wenn ich einsteige, kommt mir dieses Auto wie ein Leichenwagen vor. Wie lange müssen Sie noch hier bleiben? Was meinen Sie?«

»Eine Woche. Allerhöchstens zehn Tage, heißt es. Gestern war ich in der Turnhalle. Die Steifheit geht langsam zurück. Die Therapeuten meinen, ich würde für einige Zeit beim Gehen einen Stock brauchen, wodurch ich mich nicht am Autofahren hindern lasse.«

»Das sehen wir dann. Vor allem wollen wir Sie wieder bei uns zu Hause haben, in Ihrer neuen Unterkunft. Sie brauchen keine Treppen mehr zu rennen, wenn Sie mein Pfeifen hören.«

»Aber ich hatte mich da oben gemütlich eingerichtet«, protestierte Jim.

»Jetzt wohnen Sie im früheren Kutscherhaus hinten am Hof. Das Haus hat zwei Zimmer und eine eigene Küche. Unter Peters Oberaufsicht haben die Frauen, übrigens *alle* Frauen, die Räume hergerichtet.«

»Peter.« Jim sprach den Namen mit leiser Stimme aus. »Er kam neulich zu Besuch. Vorher war Dr. Bell bei mir gewesen. Ohne Peter wäre ich nicht hier, meinte er. Denn in den lebenswichtigen zehn Minuten, bevor er eintraf, hätte Peter die Ader abgebunden, so dass ich nicht mehr so viel Blut verlor … Es ist schwierig, einem Mann wie ihm zu danken, vor allem, wenn er sich anzuerkennen weigert, etwas Außergewöhnliches getan zu haben.« Lachend fügte er hinzu: »Wenn mein Bruder Lance entlassen wird – er hat seine Zeit bald abgesessen –, muss ich ihn unbedingt sprechen. Beim nächsten Mal, wenn er einen Herrenankleidetisch abräumt und zu der Beute ein schöner Goldring gehört oder eine prächtige Armbanduhr, nehme ich das Stück an mich und lasse ›Für Peter‹ eingravieren.«

Sie lachten miteinander. Dann hörten sie auf dem Gang vor der Tür eine gewissen Unruhe. »Oh, mein Gott!«, sagte Jim. »Das wird wieder Mama sein. Sie kann einfach nicht mit dem Weinen aufhören.«

»Mit Ihrer liebevollen Familie können Sie sich glücklich schätzen, Jim.«

»Ja, das weiß ich.« Jim war aufgestanden und hielt Matthew den Stock hin. »Darüber war ich immer froh«, sagte er weiter. »Aber ich hätte nie gedacht, in Ihrer Familie so viele gute Freunde zu finden, Sir.«

»Sie schulden meiner Familie gar nichts, Jim. Eines Tages erzähle ich Ihnen, was Sie für uns getan haben. Aber nicht jetzt. Das kann warten. Und nun gehe ich und überlasse Ihrer Mutter das Feld, damit sie sich ordentlich ausweinen kann. Bis morgen.«

»Ja, Sir. Bis morgen.«

Teil 3

1

Drei Wochen später lag Elizabeth auf dem Sofa in Granans Wohnzimmer. Über ihre Knie war eine Wolldecke gebreitet; die alte Dame hatte sie vor wenigen Minuten selbst dorthin hingelegt. »Sie versuchen, aus mir eine im Ruhestand lebende, alte Dame zu machen, damit Sie Gesellschaft haben«, hatte Elizabeth gesagt. Die Wertschätzung, die ihr mittlerweile im Haus entgegengebracht wurde, vor allem im angebauten Trakt, zeigte sich in Annie Wallinghams Entgegnung: »Was glauben Sie denn, warum ich die ganze Mühe mit Ihnen auf mich genommen habe? Übrigens, sollten Sie einen Wunsch haben, läuten Sie ruhig nach Mary. Die Klingel wird selten genug benutzt und rostet schon, wie die Klingel im Schlafzimmer. In diesem Haus müssen viele Veränderungen vorgenommen werden.« Sie überließ Elizabeth ihren Gedanken und zog sich für ihren Mittagsschlaf zurück.

Veränderungen, die vorgenommen werden mussten? Es hatte bereits welche gegeben. Sie selbst war der Anlass gewesen und hatte durch ihre Liebe zu Matthew für viel Durcheinander und Aufregung gesorgt. Aber alle waren wunderbar freundlich zu ihr gewesen. Sie fühlte sich von Liebe umhüllt, von einer Liebe, die sie bisher nie erfahren hatte. Nicht einmal von ihrer eigenen Mutter, auch nicht von ihrem Vater. Phil war die Ausnahme gewesen. Er liebte sie wirklich. Mit seiner Nachricht, dass sie keine Angst mehr haben musste, hatte er sie in gewisser Weise ins Leben zurückgeholt. Sie war erfüllt von Glückseligkeit. Wenn nicht … Sie hielt für einen Moment in ihren Gedanken inne. Eine kleine Angst war geblieben, die sie nicht zu benennen wagte. Vielleicht bildete sie sich alles nur ein … Ja, das Ganze war ein Produkt ihrer Fantasie.

Die Tür wurde leise geöffnet und Rodney kam herein. Er hatte sich angewöhnt, regelmäßig vorbeizuschauen, wenn seine Großmutter sich für ihren Mittagsschlaf zurückzog, vor allem in den letzten zwei Wochen, seit Matthew wieder arbeitete. Matthew war nicht glücklich darüber, seine Ausbildung fortzusetzen, doch Elizabeth hatte ihn dazu gedrängt und betont, sie selbst würde ihm bald folgen, wenn ihre Genesung weiter so gute Fortschritte machte. Der Arzt hatte eingewendet, sie dürfe nicht vergessen, dass sie innerhalb weniger Wochen zwei körperliche Angriffe erlitten habe, und noch gefährlicher sei die Angst, die daraus erwachse. Auch ihre Seele brauche Zeit zum Heilen.

Rodney stand neben dem Sofa und blickte zu ihr herunter. »Wie geht es Ihnen heute?«

»Oh, so gut, dass ich mich wie eine Simulantin fühle, hier herumzuliegen.« Sie wies auf die Decke über ihren Knien. »Ich habe zu Ihrer Großmutter gesagt, dass ich eingepackt bin wie eine alte Dame, die ihr im Ruhestand Gesellschaft leistet.«

»Das würde ihr nicht gefallen. Sie hasst den Gedanken, dass andere sie für alt halten könnten. Haben Sie den Schnee gesehen?«

»Ja. Aber er bleibt nicht liegen.«

»Nein, leider.« Er zog einen kleinen Hocker heran und stellte ihn eine Armlänge von ihr entfernt vor den Kamin. Dann setzte er sich, stützte die Ellenbogen auf die Knie und ließ die Hände herabbaumeln. »Ich liebe Schnee. Hier schneit es nie genug. Schnee ist etwas ganz Besonderes für mich, wissen Sie.«

Sie sah in sein Gesicht. Es leuchtete, als wäre er aufgeregt wie ein kleiner Junge. Der Eindruck wurde bestätigt, als er sagte: »Ich würde gern in einem Land leben, in dem zwei Drittel des Jahres Schnee liegt.«

»Wenn es ständig schneit, wäre die Arbeit auf der Farm viel schwieriger, ich meine, die Tiere zu versorgen, die Instandhaltung und alles, was draußen zu erledigen ist.«

»Ja, mag sein. Aber das macht mir nichts aus. Als ich noch ein Junge war, habe ich in den Winterferien immer um Schnee gebetet, und wenn er kam, habe ich ganze Tage am Hügel verbracht. Wie oft ich meinen Schlitten nach oben gezerrt habe, weiß ich gar nicht mehr, und jedes Mal war die Belohung eine atemberaubende Schussfahrt ins Tal.«

»Ihre Liebe zum Schnee scheint nicht ganz mit den Gefühlen für die Farm vereinbar zu sein.«

Er starrte sie einen Moment lang an. »Das ist wahr. Aber träumen darf man, nicht?« Er wartete auf ihre Antwort.

»Ja, träumen darf man«, bestätigte sie schließlich.

»In jüngeren Jahren war die Farm nicht gerade mein Traum. Ich bin irgendwie daran hängen geblieben. Sie erschien mir als etwas Eigenes, als etwas, bei dem ich mich bewähren kann, das ich leiten kann. Ich bin ein guter Betriebsführer ...« Seine Stimme wechselte und erhielt einen bitteren Beiklang. »Wenn ich die Chance dazu bekomme.«

Sie fügte rasch eine Frage ein: »Nachdem der Krieg nun vorbei ist, werden Sie Ihren Urlaub in den Bergen beim Skilaufen verbringen?«

»Nein, werde ich nicht.«

Seine Stimme klang verächtlich, daher fragte sie weiter: »Aber das Schlittenfahren scheint Ihnen Spaß zu machen?«

»Ja, aber nicht unter den vielen Touristen.«

»Sind Sie nie verreist?«

»Verreist? Doch, natürlich war ich auf Reisen. Das heißt, vor dem Krieg. Ich war in Frankreich, Spanien, an den üblichen Orten, wohin ein Kind mitgenommen wird – eine Wahl hatte ich dabei nicht. Wirkliches Reisen kann man das kaum nennen. Jedenfalls nicht nach meinen Vorstellungen. Keine großen Entdeckungsfahrten nach Amerika, Kanada oder gar Australien.« Seine Stimmung wechselte plötzlich. Er lachte frei heraus. »Ich möchte einen schneebedeckten Berg ganz für mich allein und vielleicht im Tiefland eine Farm, die ich bewirtschaften kann ... mit Ziegen oder Lamas oder was weiß ich.«

Sie lachte mit ihm. »Dafür sind Sie einige Jahrhunderte zu spät auf die Welt gekommen, fürchte ich.«

Er nickte. »Vielleicht. Und Sie, würden Sie gern reisen?«

»Manchmal dachte ich, das würde ich gern; aber mein Traum war immer, Wüsten zu durchqueren, weil ich mir vorstellte, dort gäbe es nur Sand. Endlose Sanddünen, bis zum Horizont und darüber hinweg. Aber Wüsten sind ganz anders.«

»Wie wollen Sie das wissen, wenn Sie nicht dort waren?«

»Oh, ich habe ziemlich viel darüber gelesen. Ich habe die Wüsten dieser Welt aus Reisebüchern kennen gelernt. Ich liebe Reisebücher. Sie könnten mich eine Lehnstuhlweltreisende nennen.«

Es entstand eine Pause, in der sie den Blick von seinem Gesicht abwenden musste. Dann sagte er sehr ruhig: »Wie ich Sie verstehe, würden Sie gern reisen, Neues erleben an aufregenden, fremden Orten, schneebedeckte Gegenden sehen – aber Sie werden eingeengt … angebunden.«

»Nein, das werde ich überhaupt nicht, Rodney. Sie sehen mich völlig falsch. Ich möchte nicht in ferne Länder reisen, vor allem nicht, wenn dort Schnee liegt.« Sie wies auf das flackernde Kaminfeuer. »Das mag ich am liebsten. Wärme und Gemütlichkeit.«

»Nein, Sie irren sich. Im Grunde sind Sie ganz anders.« Die Worte drangen tief aus seiner Kehle nach oben. »Ihnen ist bewusst, dass Sie den Menschen die Freundlichkeit zurückzahlen müssen, die Ihnen erwiesen wird; daher haben Sie Gedanken, die man von Ihnen erwartet. Sie sind weit stärker gefangen als ich und Sie werden nie von hier entkommen. Ich könnte morgen fortgehen, weil ich weiß, was ich will.« Er beugte sich vor und seine Stimme wurde zu einem Flüstern: »Die Farm ist es nicht.« Er sprang auf und stieß heftig den Hocker zur Seite. Dann war er fort. Wieder überkam sie das Zittern. Sie hatte sich nicht von ihrer Einbildungskraft täuschen lassen.

Für einen kurzen Moment fühlte sie sich, als wäre Mike McCabe in ihr Leben zurückgekehrt. Sie setzte sich auf und schob die Kniedecke weg. Eine Hand vor die Augen gelegt, ließ sie den Kopf an die Brust sinken. Als die Tür aufging, fuhr sie erschrocken aus dieser Haltung hoch. Dann sah sie, dass es Peter war, und ihr Atem beruhigte sich.

»Was ist los? Was haben Sie?«

»Nichts. Gar nichts. Ich … mir war nur etwas schwindlig. Na ja … ich wollte mich auf meine Beine stellen und …«

»Ich bin gerade Rodney begegnet, der durch den Korridor hastete. Er war hier, nicht wahr? Natürlich. Und er hat sie aufgeregt.«

»Nein! Das hat er nicht.«

»Schauen Sie, Elizabeth.« Peter nahm ihre Hände. »Wenn er Sie in irgendeiner Weise belästigt, müssen Sie das sagen. Verstehen Sie?«

»Er hat mich nicht belästigt!«

»Oh, doch. Das hat er. Mir können Sie nichts erzählen. Ich kenne Rodney. Manchmal tat er mir Leid, denn als er jünger war, stand er ständig im Schatten seiner beiden begabten Brüder und die Eifersucht hat sich tief in ihm eingegraben. Also bitte, Elizabeth, tun Sie, was ich sage. Wenn er Sie belästigt, und sei es nur durch sein Gerede, müssen Sie zu mir kommen. Aber lassen Sie Matthew nichts davon wissen. Die beiden waren schon immer wie Hund und Katze miteinander. Wenn Matthew erfährt, dass sein Bruder nur ein falsches Wort zu Ihnen gesagt hat, würde ich nicht ... Gut, mehr sage ich nicht. Sie legen sich wieder hin und ruhen sich aus. Kommen Sie, ich helfe Ihnen, die Beine hochzulagern.«

Sie hob die Beine wieder auf das Sofa und legte sich zurück. Peter breitete die Decke über sie. Dann beugte er sich zu ihr herab. »Wissen Sie, was Ihr Problem ist? Sie sind ein zu netter Mensch.«

»Oh, Peter! Kennen Sie auch Ihr Problem? Sie bringen die Menschen zum Weinen.«

»Unterstehen Sie sich.« Er richtete sich auf. »Ich möchte mir keinen Rüffel von Captain Matthew Wallingham einhandeln, der, wenn meine Uhr richtig geht« – er warf einen Blick auf sein Handgelenk – »innerhalb der nächsten Viertelstunde hier eintreffen wird, zusammen mit seinem holzbeinigen Begleiter.«

Elizabeth lachte leise. »Wie geht es Jim?«

»Wie soll es ihm gehen? Er ist wie immer taktlos und scharfzüngig; und jetzt humpelt er auch noch. Darum haben sie ihn in der Küche ›Holzbein‹ genannt. Was er darauf entgegnet, dürfte sogar Tiere beleidigen, erst recht Köchinnen, Küchenmädchen und den Rest des Personals.«

»Er ist ein toller Bursche.«

»Reiten Sie nur nicht darauf herum, sonst werde ich eifersüchtig.«

»Ach, so empfindlich dürfen Sie nicht sein.«

Lachend verließ er den Raum. Sie blieb nachdenklich zurück. Alle waren freundlich, liebevoll und fürsorglich, bis auf ... Sie unterbrach den Gedanken. Wahrscheinlich könnte sie Rodneys Verhalten auch als fürsorglich bezeichnen. Aber diese Art der Fürsorge wollte sie nicht. Langsam bekam sie Angst vor ihm. Nur, was könnte er ihr tun? Nichts, denn sie und Matthew würden im Juni heiraten. Die Vorbereitungen waren bereits in vollem Gange. Wer konnte sagen, ob er danach Hals über Kopf die Farm verließ und sich auf die Suche nach seinem schneebedeckten Berg machen würde?

Warum geschahen ihr diese Dinge? Peter hatte gesagt, sie sei zu nett. Sie war nicht immer nett – manchmal entfuhren ihr scharfzüngige Bemerkungen. Aber freundliches Verhalten erwiderte sie mit Dankbarkeit. Es war, wie Rodney angedeutet hatte. Durch ihre Dankbarkeit wurde sie immer stärker in die Familie eingebunden. Das Muster ähnelte dem Vorgehen ihrer Mutter, die ein Netz von Erwartungen um sie geknüpft hatte, damit ihre eigene Lebensweise nicht gestört wurde. Trotzdem war es dieses Mal anders. Sie heiratete Matthew nicht aus Dankbarkeit oder Mitleid, sondern aus reiner Liebe und in dem Wissen, dass ihre Liebe erwidert wurde. Auf keinen Fall durfte sie zulassen, dass etwas oder jemand zwischen sie trat. Sollte Rodney sie noch einmal verstören, würde sie Peters Wunsch entsprechen und ihm alles erzählen, in der Hoffnung, dass er die Angelegenheit mit Rodney ein für alle Mal klärte ...

Nur kurze Zeit schien vergangen zu sein, als Matthew ins Zimmer trat und rief: »Wo ist dieses faule Frauenzimmer, das weder arbeiten noch spazieren gehen will?«

»Hier«, entgegnete Elizabeth. »Und sie wird auch nicht aufstehen.«

Er sank neben ihr nieder. Nach einem langen, zärtlichen Kuss fragte er: »Wie war dein Tag?«

»Wie immer. Ich wurde von Freundlichkeit erstickt. Und bei dir? Was geschieht in der großen, weiten Welt?«

»Oh, Außergewöhnliches. Heute Morgen hatten wir großen Spaß auf der Station, denn Danny wurde aus dem Gymnastiksaal zurückgebracht. Natürlich hat er sich noch nicht an das neue Bein gewöhnt, aber du hättest ihn hören sollen, als unsere liebe Schwester Grace ihn fragte: ›Na, wie fühlt es sich an?‹ Er gab zurück: ›Wie sich das anfühlt? Das Drecksding tut weh!‹ Sogar Tonys Bett wackelte und du weißt, er rührt sich sonst kaum.«

Lachend fragte Elizabeth: »Wie hat Schwester Grace die Sache aufgenommen?«

»Sie war nicht amüsiert. Na, weißt du, ich hätte gedacht, Sie würde mit ihm lachen und ihm dann einen scherzhaften Verweis erteilen; aber nein, sie musste ihn über die Unflätigkeit von Schimpfwörtern belehren. Nachdem sie weg war, sagte der kleine Racker zu mir: ›Sie war die Einzige, die nicht gelacht hat.‹ Da wusste ich, dass er absichtlich in diesem Ton gesprochen hatte, um seine wahren Gefühle zu verbergen. Für ihn ist es eine Katastrophe, nur noch ein Bein zu haben. Der kleine Kerl wird nie mehr richtig Fußball spielen können.«

»Es hat geschneit. Kannst du trotzdem auf den Hügel steigen? Der Weg wird rutschig sein.«

»Oh, das macht nichts. Außerdem bleibt der Schnee nicht liegen und ich ziehe meine festen Stiefel an. Jim braucht seine tägliche Frischluftzufuhr, wie er sich ausdrückt, und Flossie muss weiter ausgebildet werden. Sie macht große Fortschritte und gehorcht mir bereits aufs Wort; solange sie kein Kaninchen entdeckt, bleibt sie bei Fuß, auch ohne Leine. Ich freue mich auf den Tag, an dem sie mich allein auf den Hügel führen kann. Nicht, dass Jims Gesellschaft lästig würde, aber du verstehst, was ich meine.«

»Ja, Liebling. Sie ist ein wunderbarer Hund.«

»Das ist sie. Und sie hat einen guten Geschmack, da sie dich mag. Sie akzeptiert nicht jeden, ob männlich oder weiblich. Wenn eine bestimmte Person ihren Willen bekommen hätte, wäre sie schon vor Jahren eingeschläfert worden.«

Sie fragte nicht weiter. Stattdessen versetzte sie ihm einen Schubs und sagte: »Dann ab mit dir. Gleich kommt Granan, um ihren Nachmittagstee zu trinken, und du weißt, was dir blüht, wenn sie dich zu fassen bekommen. Du musst ihr in aller Ausführlichkeit berichten, was du heute gemacht hast.«

»Du willst mich loswerden?«

»Erraten. Ich sehe dich viel zu häufig.« Sie küsste ihn herzhaft auf den Mund und er erwiderte die Umarmung. Dann tastete er sich aus dem Zimmer. Elizabeth hörte Lucilles Stimme: »Jim wartet auf dich, mein Lieber.« Er antwortete: »Ich weiß, Mama! Bin schon unterwegs.«

Lucille kam herein und sank mit einem tiefen Seufzer in den Sessel vor dem Kamin. Lachend sagte sie: »Ich bin schon fast wie Mary und habe für jede Lebenslage das passende Sprichwort bereit. ›Es ist nicht alle Tage Sonntag‹ wäre heute mein Trost.«

»So schlimm?«, fragte Elizabeth leise.

»Das kann man sagen. In der oberen Etage und auch unten beim Personal. Richard hatte die ganze Nacht starke Schmerzen. Wissen Sie, manchmal spürt er gar nichts und dann wieder spielt sein Bein verrückt, was wir natürlich alle mitbekommen. Der arme Peter. Aber er lässt sich nichts anmerken, wie immer. Na, und dann im Erdgeschoss. Du liebe Güte! Die Köchin hat Rosie geohrfeigt, daraufhin bekam Rosie einen Heulkrampf. Und alles, weil sie nicht lernen will, wie ich die Köchin verstanden habe. Das arme Mädchen. Den ganzen Tag soll sie Töpfe und Pfannen scheuern, sofort zur Stelle sein, wenn die Köchin ruft, und auch noch Bella helfen. Da bleibt nicht viel Zeit, um das Verzieren von Pasteten zu üben, schon gar nicht, wenn sie nur eine Hand frei hat. Also fiel die Pastete zu Boden. Klatsch. Zum Glück war es nur eine kleine Pastete, ein Einzelstück, wie die Köchin dazu sagt. Eigentlich finde ich, dass *sie* die Ohrfeige verdient hätte. Aber wer kann es sich leisten, das seiner Köchin zu sagen?«

Elizabeth lachte. Dann fuhr Lucille fort: »Trotzdem, alle dort unten sind wunderbar. Ich weiß wirklich nicht, wie sie

Tag für Tag die ganze Arbeit schaffen. Wissen Sie, vor dem Krieg hatten wir acht Dienstboten im Haus, nur die Arbeit ist gleich geblieben oder sogar mehr geworden. Dabei sind alle immer so guter Dinge. Nun ja, ich bin sicher, mittlerweile hat die Köchin für das Personal einen riesigen Fliegenkuchen gebacken. Jeder im Haus weiß, dass Rosie ein ganzes Blech davon allein verdrücken kann.«

»Was ist ein Fliegenkuchen?«

»Oh, Sie haben ihn schon zum Tee gegessen, mehrfach. Es sind einfach zwei Teigplatten mit Trockenfrüchten in der Mitte. Die Jungen sagten früher auch ›Fliegenfänger‹ dazu.«

Elizabeth nickte. »Ja, ich erinnere mich. Der Kuchen schmeckt sehr gut.«

Lucille erhob sich und ging durch das Zimmer zu Elizabeth. Sie setzte sich auf die Sofakante und sagte leise: »Es ist eine Freude zu sehen, wie gut Sie sich erholt haben. Nun vergessen Sie nicht, was ich Ihnen zu dem Thema gesagt habe, vereinnahmt und beherrscht zu werden. Ab jetzt sollten Sie sich sanft, aber bestimmt durchsetzen. Denken Sie an gestern, an den Aufstand, den sie veranstaltet hat, weil ich wollte, dass Sie nach unten kommen und mit uns zu Abend essen. Sie hatte keine Lust auf ›steife Familienessen‹, wie sie unsere gemeinsamen Mahlzeiten nennt, und die, wenn mein Mann nach unten kommt, auch länger dauern können. Erinnern Sie sich? Sie bestand darauf, dass Sie mit ihr essen. Und es ist schwer, ihr einen Gefallen zu verweigern, wie Sie wissen. Matthew brauchte viel Überredungskunst, um Sie für eine Stunde aus ihren Klauen zu befreien. Er sagte mir, außer an den Wochenenden könnte er nur noch mit Ihnen allein sein, wenn er aus dem Krankenhaus zurückkehrt, bevor sie ihren Nachmittagsschlaf beendet hat. Natürlich hat sie nichts dagegen, dass er mit ihnen zusammen ist, solange sie selbst mit von der Partie ist.«

Elizabeth antwortete: »Das Gefühl, gebraucht zu werden, ist wunderbar.«

»Ja, ich weiß, meine Liebe.« Lucille beugte sich vor und nahm ihre Hand. »Aber es gibt noch mehr Menschen, die ihre Gesellschaft schätzen. Ich zum Beispiel, wenn ich nicht gerade im Haus umherrennen muss. Und ob Sie es glauben oder nicht, auch Richard …« Sie machte eine Pause, als sie den Namen ihres Mannes aussprach. »Erst kürzlich sagte er: ›Wie ich höre, versteht Elizabeth etwas von Schach. Ich frage mich, ob sie mit mir spielen möchte, wenn sie wieder auf den Beinen ist.‹« Lucille schmunzelte. »Er wies auf Peter und sagte: ›Mein Bursche dort hat von Schach nämlich so viel Ahnung wie vom Steuern eines Flugzeugs.‹ Wissen Sie, was Peter antwortete? ›Sir, in diesem Fall schlage ich Sie um Längen, denn Flugerfahrung habe ich.‹ Mein Mann war gnädig und meinte: ›Ja, natürlich. Dann muss mich wohl die Erinnerung täuschen. Im Alter wird man vergesslich. Aber hören Sie auf, mit Ihren Erfahrungen anzugeben.‹ ›Ja, Sir‹, kam es kleinlaut von Peter. Es war zu komisch. Beinahe hätte ich laut gelacht. Ich musste sogar aus dem Zimmer gehen. Es gibt Augenblicke, da mögen Männer es nicht, wenn man über sie lacht.«

Elizabeth starrte Lucille Wallingham an. Sie war eine wunderbare Frau. Einen anderen Ausdruck gab es nicht. Sie war wunderbar. Und sie war Matthews Mutter. Wieder kam ihr der Gedanke, dass sie für Lucille Gefühle hegte, die ihr bei der eigenen Mutter fremd gewesen waren.

»Noch etwas veranlasst mich zu dem Stoßseufzer ›Es ist nicht alle Tage Sonntag‹«, fuhr Lucille fort. »Meine Tochter Hazel hat angerufen und gefragt, ob wir zu Beginn der Osterferien für einige Tage ihre Kinder nehmen würden, denn sie sind auf das Boot von Bekannten oder Freunden eingeladen. Um die Wahrheit zu sagen, mag ich meine beiden Enkeltöchter Cathy und Lily nicht besonders. Cathy ist acht und Lily neun. Beide sind verwöhnt und altklug. Granan kann sie nicht ausstehen. Einmal – das war vor zwei Jahren – hat sie Lily den Hintern versohlt. Das Kind brüllte vor Empörung. War das ein Theater! Die Kinder wurden vorzeitig aus den Ferien zurückgeholt. Mein Mann bemerkte dazu, es käme nicht oft vor, dass sich alle im Haus einig wären über eine gute Entscheidung. Um die Geschichte ganz zu erzählen, muss ich Ihnen erklären, warum Granan zu dieser drastischen Maßnahme gegriffen hat. Die kleine

Göre nannte Granan ›alte Schachtel‹ und erklärte, ihr Vater habe gesagt, seine Großmutter sei ein schrulliges, altes Weib, das immer das letzte Wort haben wolle. Ich versichere Ihnen, seitdem ist kein Wort mehr zwischen Granan und diesem Schwiegersohn gewechselt worden.«

Lucille neigte sich zu Elizabeth und ihre Köpfe berührten sich fast. Beide schüttelten sie sich vor Lachen. Sie hätten zwei Schwestern sein können, die sich über einen Familienscherz amüsierten. Elizabeth zog ein Taschentuch heraus und trocknete sich die feuchten Lider. Lucille war aufgestanden. Noch immer lachend, murmelte sie: »Und natürlich hat er keinen Zutritt zum Anbau, Sie verstehen … Ah!« Sie hob die Hand. »Da rumort jemand nebenan. Ich bin schon weg. Aber Sie kommen heute Abend zum Essen herunter, nicht wahr? Außer mir werden nur Matthew und Rodney anwesend sein.« Lucille zögerte kurz. »Er hat Sie heute Nachmittag besucht, oder?«

»Ja.«

Lucille schien darauf zu warten, dass Elizabeth mehr sagte. Als keine weitere Antwort erfolgte, meinte sie: »Ich hoffe, er regt Sie nicht zu sehr auf.« Dann verließ sie das Zimmer.

Ich hoffe, er regt Sie nicht zu sehr auf. Hatte Peter mit ihr gesprochen? Wieder stand das Erinnerungsbild vor ihr, wie Peter Lucille mit dem Finger die Tränen aus dem Gesicht wischte.

2

Es war Mitte April und den ganzen Tag über hatte die Sonne geschienen. Dann kam die Überraschung. Während der Nacht fielen kräftige Schneeschauer. Als das Haus morgens zum Leben erwachte, war draußen eine weiße Welt entstanden. Der Schnee musste über dreißig Zentimeter hoch liegen. Und der Blick auf den Hügel zeigte eine Landschaft wie in den Alpen. Am Himmel hingen tiefe Wolken, und als es gegen elf Uhr erneut zu schneien begann, geriet Rodney vor Aufregung völlig außer sich. Genau wie die Kinder, die vor drei Tagen mit ihrer Mutter eingetroffen waren.

In Hazel, die bald ihre Schwägerin sein würde, begegnete Elizabeth zum ersten Mal einem weiblichen Mitglied von Matthews weiterer Verwandtschaft. Von Anfang an wurde deutlich, dass Hazel, im Gegensatz zu allen anderen Hausbewohnern, nicht von ihr angetan war. Hazel ließ nur gelten, dass die Beziehung zu dieser Pflegeperson ein Gottesgeschenk sei – was auch ihr Ehemann betonte –, da Matthew auf diese Weise nicht mehr auf seine Eltern angewiesen war. Er müsse ihnen wirklich zur Last gefallen sein und sein Zustand werde mit Sicherheit für den Rest seines Lebens anhalten. Hazel mochte die Retterin zwar nicht, aber die Erklärungen ihres Mannes machten ihr begreiflich, warum ihre Mutter so entzückt von dem Mädchen war. Schließlich würde nicht jede Frau einen Blinden heiraten. Und da sie Krankenschwester war, schlug er sozusagen zwei Fliegen mit einer Klappe.

Vor ihrer Abreise hatte sie die Kinder ermahnt, sich zu benehmen, doch die Wagentür war kaum ins Schloss gefallen, als die Mädchen wie üblich durch das Haus zu toben begannen. Das heißt, bis ihr blinder Onkel ihnen lautstark Einhalt gebot.

Sie mochten ihren Onkel Matthew nicht, aber Onkel Rodney war in Ordnung. Er veranstaltete Schneeballschlachten mit ihnen und heute würden sie mit ihm Schlitten fahren.

Es war Samstag. Elizabeth war seit einer Woche zur Arbeit zurückgekehrt. Die Zeit war sehr anstrengend und Nerven aufreibend gewesen. Alle wollten entweder zu ihrer Verlobung mit dem Captain gratulieren oder versuchten, aus ihr herauszubekommen, was tatsächlich geschehen war, als ihr ehemaliger »Liebhaber« – wie eine naseweise Pflegeschülerin sich auszudrücken wagte – versucht hatte, ihr die Kehle durchzuschneiden.

Sie und Matthew waren auf einem Spaziergang, um von den kreischenden Gören wegzukommen, wie er sagte. Doch als sie am Fuß des ersten Hügelabsatzes entlanggingen, kam eines der Kinder, zwischen Rodneys Beinen sitzend, auf dem Schlitten den Abhang heruntergesaust. Der Schlitten schleuderte herum, das Kind purzelte in den Schnee und Rodney fuhr langsamer in die Senke weiter.

Peter kam mit unsicheren Schritten auf einem eisglatten Seitenweg zu ihnen. »Wollen Sie nach oben? Ihre Mutter hat mich gebeten, ein Auge auf Sie zu haben, denn bei Ihnen wisse man nie, was Sie vorhätten. Über die Abbruchkante am Steinbruch rutschen, wie? Aber es ist herrlich dort oben.« Er sah Elizabeth an. »Der Blick geht kilometerweit. Man könnte glauben, man befände sich auf schneebedeckten Höhen in einem fernen Land.«

Ungefähr fünf Meter neben ihnen kam der Schlitten zum Stillstand. Das Gefährt hinter sich her ziehend, stapfte Rodney auf sie zu. »Sind Sie auch hier, um sich zu vergnügen?«

Da niemand gleich antwortete, sagte er: »Nun kommen Sie schon.« Dann, an Matthew gewandt: »Nimm sie mit nach oben. Einen Ausblick wie von dort hat sie noch nicht gesehen. Er ist schön, nicht wahr, Peter?«

»Ja. Das habe ich ihr auch gerade gesagt.«

»Dann kommen Sie und überzeugen Sie sich selbst.« Rodney sah Elizabeth an. »Ach, kommen Sie doch weiter ...« Es klang fast wie ein Flehen. »Morgen ist der Schnee wieder weg.«

Und du, dachte Matthew, bist wieder ein anderer Mann. Er hatte seinen Bruder nie verstanden und natürlich verstand sein Bruder ihn ebenfalls nicht ...

Cathy half, den Schlitten wieder hochzuziehen, und kreischte übermütig zu ihrer oben stehenden Schwester hinauf. Peter nahm Elizabeths Arm und sagte ruhig an Matthew gewandt: »Keine Sorge, Matthew. Nur noch zwei Tage. Montagabend oder spätestens Dienstag sind sie fort. Freuen Sie sich darauf.«

»Ja. Gott sei Dank sind wir am Montag in der Arbeit. Was meinst du, Liebes?«

»Ich bin ganz deiner Meinung«, antwortete Elizabeth. »Die beiden sind zwei schreckliche kleine Biester.«

»Gut gesprochen«, sagte Peter. »Ich hätte es nicht anders ausdrücken können.«

Auf der Hügelkuppe atmete Elizabeth langsam und tief die Luft ein und blickte sich um. »Es ist herrlich hier«, sagte sie.

»Hat noch jemand Lust auf die Achterbahn? Nein, du nicht!« Rodney stieß Lily beiseite. »Du hattest mehr als genug. Und hör auf zu brüllen! Willst du eine Abfahrt riskieren, Matthew?«

Die Einladung klang freundlich, so dass Matthew antwortete: »Ich hätte nichts dagegen, aber Elizabeth sollte vorn sitzen.«

»Nein, nein«, sagte jetzt Peter. »Das ist zu gefährlich, Matthew.«

»Meinst du, Peter?«

»Ja, allerdings.«

»Wie wäre es, wenn sie mit mir fährt?«, schlug Rodney vor.

»Niemand hat mich gefragt, ob ich überhaupt will«, sagte Elizabeth.

»Das stimmt«, bejahte Peter. »Niemand hat Sie gefragt. Möchten Sie denn fahren? Und sind Sie einverstanden, Matthew?«

»Ja, gut. Wenn Elizabeth möchte, habe ich nichts dagegen.«

Sie wollte eigentlich keine rasante Schlittenfahrt, aber die Brüder sprachen ausnahmsweise freundlich miteinander und nicht in dem üblichen bissigen Ton. Vielleicht würde ihre Entscheidung den Frieden erhalten. »Gegen einen Versuch hätte ich nichts einzuwenden. Aber ich bin in meinem ganzen Leben noch nie Schlitten gefahren.«

Als sie auf dem Schlitten Platz nahm und Rodneys Beine sich um ihre Hüften legten, hörte sie Matthew sagen: »Vergiss nicht, die Bremse zu benutzen; und lass es langsam angehen.«

»Willst du mir beibringen, wie man mit einem Schlitten umgeht?«

Der Schlitten sauste los. Die Entgegnung, die Matthew möglicherweise gemacht hatte, wurde vom Fahrtwind übertönt. Rodney hatte einen Arm fest um ihre Taille geschlungen. Die andere Hand lag auf einem Hebel, der mit dem Schlittenrahmen verbunden war. Es war ein herrliches Gefühl, als würde sie durch die Luft fliegen und gleichzeitig der Erde zustreben, wie ein Vogel in langsamem Sinkflug. So ging die Fahrt, bis Rodney den Hebel bediente. Plötzlich wurde aus dem sanften Gleiten ein wilder Sturzflug, als hätten die Kufen keine Bodenberührung mehr. Dann kamen sie an der Stelle vorbei, wo sie vor wenigen Minuten stehen geblieben war, und Elizabeth hörte sich kreischen. Sie rasten über eine flache Mulde, bevor der Schlitten erneut in die Tiefe stürzte. Ein scharfer Luftzug traf ihren Körper, und sie wusste, dass sie vom Schlitten gefallen war. Fest umschlungen von Rodneys Armen, rollte sie in ein weiches Schneepolster.

Die Angst kam mit der gleichen durchdringenden Heftigkeit, wie bei Mike McCabe, als sie ihn mit dem Rasiermesser in der Hand vor sich sah. Rodney bedeckte sie mit seinem Körper und begann, sie leidenschaftlich zu küssen. Sie versuchte, sich seiner Last zu entziehen, aber er schien mit ihr und dem Schnee verschmolzen zu sein.

»Du entkommst mir nicht«, hörte sie ihn sagen. »Du gehörst mir! Du bist mein! Das habe ich gespürt, seit ich dich zum ersten Mal gesehen habe. Wir gehen fort von hier. Die verdammte Farm soll uns nicht halten! Ich habe genug Geld, um noch einmal von vorn anzufangen. Du nimmst ihn doch nur, weil du Mitleid mit ihm hast. Er ist blind und er wird dich nie sehen können. Du wirst seiner bald überdrüssig sein. Denn sie haben dich alle eingewickelt. Ich weiß, was du empfindest. Du liebst mich, zumindest ein wenig. Und ich sorge dafür, dass es mehr wird. Ja, sei ganz sicher. Wir entkommen ihnen. Du musst einfach mit mir weggehen.«

Ihre Köpfe waren wieder getrennt. Jetzt bäumte sie sich auf und zog im weichen Schnee ein Knie hoch. Eine unglaubliche Kraft, die ihr schon einmal zu Hilfe gekommen war, durchströmte sie und sie rammte das Knie zwischen seine Beine. Sie hatte sich aus seiner Umklammerung befreit, da hörte sie den Tumult. Peter und Matthew schrien, dann wurde sie hochgezogen. »Matthew. O Matthew.« Mehr brachte sie nicht heraus.

»Alles ist gut, mein Liebling. Alles ist gut. Nehmen Sie sie, Peter. Und du! Du! Wo ist er? Wo ist er hin?«

»Hier bin ich, du Angeber. Hier. Und du bist erledigt.«

Matthew streckte die Hände aus und griff vor sich ins Leere. Durch die schneegefüllte Senke stolpernd, erwischte er Rodney an der Schulter, doch Rodneys Faust schnellte vor und schlug seinen Arm beiseite. »Nichts ist passiert«, schrie er. »Sie hat es genossen.«

Wie bei Sergeant Mullen zielte Matthew auf Rodneys Gesicht, traf ihn aber nur an der Kopfseite.

Peter hatte Elizabeth allein gelassen und zog Matthew von Rodney weg. Als Rodney die geballte Faust hob, schrie er ihn an: »Hören Sie auf, Mann! Sie haben genug angerichtet. Glauben Sie denn, wir wären alle blind? Sie wussten, wo die Bremse ist, aber Sie haben sie nicht benutzt. Behaupten Sie nur nicht das Gegenteil! Sonst lernen Sie mich kennen ... und das könnte verdammt schmerzhaft für Sie werden, Bürschchen!«

»Was glauben Sie, mit wem Sie reden? Und was wollen Sie überhaupt? Sie sind nur ein Diener, der sich zu viele Freiheiten herausnimmt. Ich habe keine Ahnung, wovon Sie reden. Was geschehen ist, war ein Unfall. Ich bin viele hundert Mal über diesen Buckel gefahren und sicher gelandet, genau wie jetzt in der weichen Schneewehe.«

»Ja. Nur dieses Mal war es Absicht. Wie gesagt, wir sind nicht alle blind.«

»Was erlauben Sie sich!«

»Ach, halten Sie den Mund! Sie waren schon immer ein hinterhältiger, verlogener Dreckskerl.«

Elizabeth, die sich am ganzen Körper zitternd an Matthew presste, hatte Peter noch nie in diesem Ton reden hören. Nichts erinnerte an die sanfte Ruhe, die sonst von ihm ausging. Er sprach barsch und bestimmend wie ein Soldat. Immerhin, das war er früher auch gewesen. Und sie dankte dem Himmel dafür. Er wusste Bescheid ... er wusste, was Rodney beabsichtigte. Lieber Gott, wann hörte das endlich auf? Ihre Stimme war nur ein schwaches Flehen, als sie sagte: »Bitte, bring mich zurück, Liebling. Ich will nach Hause.«

Als hätte sie zu Peter gesprochen, trat er neben sie, löste Matthews Arm, der sie hart umfangen hielt und sagte: »Kommen Sie. Wir gehen.«

Er führte beide durch den knietiefen Schnee auf den Weg zurück, wo die zwei Mädchen standen, ausnahmsweise schweigend. »Geht zurück zum Haus und auf euer Zimmer. Dort bleibt ihr, bis eure Großmutter kommt. Los jetzt!«, befahl er in beinahe dem gleichen Ton, den er Rodney gegenüber angeschlagen hatte.

Die zwei machten sich im Laufschritt auf den Weg nach unten.

Am Haus trafen sie Lucille, die verlangte: »Hört auf zu rennen!«

»Oh, Großmutter. Sie haben sich geschlagen. Onkel Rodney und Onkel Matthew. Richtig geprügelt haben sie sich. Und … Peter war hässlich zu uns. Er hat gesagt, wir sollen auf unser Zimmer gehen und dort warten, bis du kommst.«

Lucille starrte die beiden Mädchen für einen Moment an. »Dann geht sofort nach oben und bleibt dort, wie er gesagt hat. Aber zuerst zieht ihr eure Stiefel aus.«

Anschließend ging Lucille zur Tür und blieb wartend stehen. Sie zitterte am ganzen Körper. Eigentlich war sie nicht überrascht. Irgendwann musste die Angelegenheit offen zutage treten. Das arme Mädchen. Sie schien überall für Unruhe zu sorgen – aber das war nicht ihre Schuld. Männer! Oh, diese Männer.

Sie sah die drei Gestalten über die Terrasse näher kommen, Elizabeth in der Mitte. An der Tür blieben sie stehen und Peter sagte: »Bringen Sie sie zu Granan. Wir anderen gehen hinter das Haus und ziehen zuerst unsere Stiefel aus.«

Wortlos nahm sie Elizabeths Arm, führte sie rasch in die Halle und schloss die Tür, ohne mit den Männern gesprochen zu haben. Sie nahm Elizabeth die schneedurchnässte Wollmütze vom Kopf, zog ihr die ebenfalls nassen Handschuhe aus und befreite sie aus der Jacke. »Die Stiefel lassen wir jetzt. Wir ziehen sie aus, wenn wir im Warmen sind.«

Dann führte sie Elizabeth mit raschen Schritten durch den Korridor zum Anbau und in das Wohnzimmer, wo Mary den Teetisch deckte. »Oh, Miss!« rief sie bei Elizabeths Anblick. »Ist Ihnen nicht gut? Sie sehen aus wie der Tod. Was ist geschehen? Ist sie gestürzt, Mrs. Wallingham?«

»Lassen Sie uns ihre Stiefel ausziehen, Mary.«

Lucille drückte Elizabeth auf das Sofa und zog mit Mary zuerst den einen Reißverschluss, dann den anderen am Schaft der kniehohen Wildlederstiefel herunter. Dann rieb sie ihre Füße warm. An Mary gewandt, sagte sie: »Holen Sie bitte eine Wärmflasche. Und kochen Sie eine Kanne starken Tee.«

»Ja, Mrs. Wallingham. Ich bin schon unterwegs.«

Lucille setzte sich neben Elizabeth auf das Sofa. Sie begann, auch ihre Hände warm zu reiben und fragte dabei: »Was ist geschehen? Die Mädchen … sagten, es hätte einen Kampf zwischen Rodney und Matthew gegeben.«

»Oh, Lucille! Auf mir scheint ein Fluch zu liegen. Ich bringe nur Unglück in dieses Haus.«

»Nichts da, meine Liebe. Das ist nicht wahr. In diesem Haus herrschte das Unglück schon lange, bevor Sie kamen, und Rodney ist daran mitschuldig. Ich bin nicht blind und Peter auch nicht. Nein, Peter war nie blind. Ich weiß, dieses Wort sollte ich nicht gebrauchen, aber Sie wissen, was ich meine. Es geht um Rodney, habe ich Recht? Sie müssen mir nichts erzählen. Ich weiß Bescheid. Noch etwas: Ich habe Peter noch nie so erzürnt gesehen … von ihm werde ich alles erfahren.«

»Ich … kann es Ihnen sagen, Lucille.« Elizabeth sprach mit gebrochener Stimme. »Er hat den Schlitten absichtlich beschleunigt, so sehr, dass wir an einem Buckel über die Kante flogen und im Graben gelandet sind.«

»Oh, nein!« Lucille bedeckte mit der Hand ihren Mund. »Er hätte Sie umbringen können.«

»Nein, nein. Das war nicht seine Absicht. Wir fielen in eine tiefe Schneeverwehung und dann … oh!« Sie schüttelte den Kopf. »Das spielt keine Rolle.«

»Es spielt eine Rolle, Liebes. Hat er Ihnen etwas getan … ich meine, angetan?«

»Nein, nein. Es war nur … was er gesagt hat.«

»In der Schneewehe?«

»Ja. Ich kann Ihnen nicht erzählen, was er gesagt hat. Und bitte … bitte erwähnen Sie Matthew gegenüber nichts. Ich meine, sprechen Sie nicht davon, dass … Rodney etwas zu mir gesagt hat.«

»Nein, ich werde Matthew gegenüber schweigen. Aber Sie sagen, Rodney hat geredet. Wahrscheinlich hat er gesagt, er liebt Sie und Sie sollen keinen Blinden heiraten.«

Elizabeth riss die Augen auf. Dann sah sie weg. Eine Antwort blieb ihr erspart, da die Tür geöffnet wurde und Peter mit Matthew hereinkam.

»Ist alles mit ihr in Ordnung?«

»Ja, mein Lieber. Mach dir keine Sorgen. Jetzt komm her und setz dich neben sie.« Lucille war aufgestanden. »Der Schreck und die Kälte sitzen ihr noch ein wenig in den Gliedern, aber das geht vorüber. Schließlich landet sie nicht alle Tage in einer Schneewehe.«

»Mutter!« Matthew schrie seine Mutter beinahe an. »Sie ist nicht einfach in einer Schneewehe gelandet, sie wurde hineinbefördert! Von einem Wahnsinnigen. Ich sage dir, wäre ihr auch nur das Geringste zugestoßen, ich hätte ihn umgebracht. Fähig dazu war ich. Er hatte verdammtes Glück, dass ich ihn nicht sehen konnte. Es muss etwas geschehen, Mutter. Wir können nicht im selben Haus leben. Etwas …«

»Schon gut, mein Lieber. Ich weiß, so kann es nicht weitergehen; aber für den Augenblick versuch, ruhig zu bleiben. Wir werden eine Lösung finden, das verspreche ich dir. Da kommt Mary mit dem Tee und einer Wärmflasche. Beides wird ihr helfen. Hier, meine Liebe, trinken Sie. Und die Wärmflasche lege ich solange auf Ihren Schoß.«

»Danke. Und bitte machen Sie sich keine Sorgen. Das war nur die Kälte. Sonst ist alles in Ordnung.«

»Und der Schreck. Als hätte sie nicht schon genug Schlimmes erlebt!« Matthew war wieder laut geworden.

Seine Mutter beugte sich zu ihm. »Bitte, sprich leiser.

Sonst weckst du Granan auf und sie will Erklärungen, was geschehen ist. Das gibt nur neue Aufregung. Kommen Sie mit mir, Peter. Der Hausherr wird sich bereits nach Ihnen heiser brüllen.«

Peter hatte die ganze Zeit kein Wort gesagt und verließ nun auf Lucilles Bitte hin stumm das Zimmer. Er schwieg weiter, bis sie das andere Wohnzimmer erreicht hatten. Dort beantwortete er Lucilles drängende Frage, was wirklich geschehen war.

»Ich bin sicher, er hat Hand an sie gelegt. Oh, nein«, fügte er rasch hinzu, »keine Vergewaltigung. Das glaube ich nicht. Als ich zu ihnen kam, ragten ihre Köpfe aus der Mulde, aber ich musste Elizabeth seinen Armen entreißen. Ihr Blick wirkte verängstigt. Nicht wie bei jemanden, der einfach gestürzt ist. Das war mehr. Sie konnte vor Atemnot kaum Matthews Namen aussprechen. Ich zog sie aus dem Graben und brachte sie zu Matthew, der sich durch die Schneewehe näher kämpfte. Dann kehrte ich zu Rodney zurück und sagte ihm die Meinung, nicht eben höflich. Er bedrohte mich, da tauchte Matthew plötzlich wieder auf und griff ihn an. Eine Minute lang prügelten die beiden wild aufeinander ein. Dann gelang es mir, Matthew wegzuzerren und zu Elizabeth zurückzubringen, die mittlerweile kurz vor einem Zusammenbruch stand. Das kann so nicht weitergehen. Einer von beiden muss gehen.«

»Ich ertrage den Gedanken nicht, dass Matthew uns verlassen könnte. Früher oder später wird es so weit sein, da er jetzt Elizabeth hat. Der Colonel muss auch erfahren, was geschehen ist. Wie soll ich ihm das Ganze nur beibringen? Ich will nicht, dass er Elizabeth die Schuld gibt.«

»Überlassen Sie das mir, meine Liebe. Das Thema lässt sich abhandeln, ohne viel von Elizabeth zu sprechen.«

Lucille streckte die Hand aus und er hob sie an seine Lippen. Sie sahen sich einen langen Moment an, dann wandte er sich um und verließ das Zimmer.

Als Ergebnis von Peters diplomatischer Mission wurde Rodney später am gleichen Abend in das Zimmer des Colonels befohlen. Er gab seinem Vater nicht die Gelegenheit, als Erster zu sprechen, sondern ergriff selbst das Wort: »Wenn du privat mit mir reden willst, dann sorg dafür, dass wir ungestört sind.« Er blickte von seinem Vater zu Peter, der sich an einem Beistelltisch mit dem Ordnen von Flaschen und Glaskaraffen beschäftigte.

»Wenn ich wünsche, dass Peter bleibt, dann bleibt er.«

»Ist schon gut, Sir«, sagte Peter und wischte sich die Hände trocken. »Ich warte unten, bis Sie mich rufen.« Er verließ das Zimmer, ohne Rodney eines Blickes zu würdigen.

Rodney sprach weiter: »Ich weiß nicht, was du gehört hast, Vater. Aber das Ganze war nur Spaß.«

»Nach allem, was ich erfahren musste, von Peter und auch von deinem Bruder, war das Ende der Abenteuerfahrt alles andere als spaßig. Du bist darin geübt, dich vom Schlitten zu werfen, aber Elizabeth war dir als Beifahrerin anvertraut. Außerdem hat sie in letzter Zeit traumatische Erlebnisse durchlitten. Der neuerliche Schock wird ihr nicht eben gut getan haben. Und du scheinst zu vergessen, dass sie eine junge Dame ist und in Kürze deine Schwägerin.«

»Junge Dame? Sie ist bloß eine verdammte Krankenschwester, weiter nichts. Du selbst hast dich gefragt, warum sie einen Blinden will. Ich würde sagen, sie wird zu dieser Ehe genötigt – und diese Meinung teilen andere Außenstehende mit Sicherheit auch.«

»Wie kannst du es wagen, so zu sprechen! Genötigt von wem? Lass dir von mir gesagt sein, ich habe die größte Hochachtung vor ihrem Entschluss. Sie liebt meinen Sohn und er liebt sie auch. Er mag blind sein, ist aber noch immer ein attraktiver Mann.«

»Ja ... ein attraktiver Mann, der so gut wie jede Minute des Tages Aufmerksamkeit braucht. Er macht das Beste aus diesem Leiden und hat seit seiner Rückkehr nach Hause für nichts als Ärger gesorgt. Du scheinst zu glauben, dass er der Einzige ist, der im Krieg verwundet wurde, und dass alle Welt ihm etwas schuldet. Merk dir, ich schulde ihm nichts.«

»Nein, du schuldest ihm nichts!« Die Stimme seines Vaters steigerte sich zu einem Brüllen. »Außer der Tatsache, dass ohne Männer wie deinen Bruder heute die Nazis hier herrschten und du ein kleiner Schweineknecht unter Hitler wärst. Und jetzt hör mir zu. In diesem Haus wird es Veränderungen geben müssen, denn er weigert sich, mit dir unter einem Dach zu leben. Sollte er weggehen, würde das deine Mutter tief treffen. Daher schlage ich vor, dass du in das Zimmer im Westflügel umziehst.«

»Was? Nein! Auf die … Isolierstation, wie? Weißt du, wozu der Raum früher diente?«

»Ja, ich erinnere mich. Er wurde benutzt, als ihr die Masern hattet. Die Kinderschwester hat mit euch dort gewohnt, bis ihr wieder gesund wart. Das Zimmer ist groß, man hat von dort einen schönen Blick und nach hinten hinaus gibt es einen eigenen Eingang.«

»Das werde ich nicht machen. Der Spott des Personals wäre mir sicher.«

»Nicht, wenn du den Umzug als deine eigene Entscheidung ausgibst. Du kannst wählen. Entweder das Zimmer im Westflügel oder du musst dein perfekt eingerichtetes Büro in einen Schlafraum umwandeln. Bei meinem Besuch vor zwei Jahren habe ich gesehen, wie gut du dich dort eingerichtet hast. Damals stöhntest du über die viele Arbeit, den Papierkram und die ganzen Verwaltungsdinge. Du hättest kaum Freizeit, weil niemand da wäre, der dich entlastet. Wie du dich vielleicht erinnern wirst, schlug ich damals vor, dass du einen Verwalter einstellst und den Lagerraum nebenan zu einer hübschen kleinen Wohnung ausbaust. Du siehst, es gibt eine Wahl. Und jetzt geh bitte. Die Berichte, die mir über den angeblichen Unfall zu Ohren gekommen sind, hast du durch deine eigenen Worte bestätigt.«

»Das ist nicht fair. Eine solche Behandlung verdiene ich nicht. Ich … habe jahrelang für dich den Rücken krumm gemacht!«

Richard Wallingham herrschte ihn barsch an: »Du hast während dieser Jahre nicht für mich gearbeitet, sondern für dich ganz allein. Und wenn du mir jetzt nicht aus den Augen gehst, hörst du noch mehr Wahrheiten zu diesem Thema!«

Rodney stürmte aus dem Zimmer und stieß beinahe mit seiner Mutter zusammen. Er sagte nur: »Du bist auch nicht anders als der Rest.« Dann sprang er, mehrere Stufen auf einmal nehmend, die Treppe hinunter und rannte nach draußen. Er machte sich nicht einmal die Mühe, die Vordertür mit einem Knall ins Schloss zu befördern, was sonst seine Art war.

Bella schlug die Tür an seiner Stelle zu und murmelte: »Du liebe Zeit! Was für ein Tag!«

In der ersten Etage stand Lucille neben ihrem Mann, die Hand auf seine Schulter gelegt. »Reg dich nicht auf, Richard. Ich bitte dich.«

»Mich nicht aufregen? Oh, wie ich mich danach sehne, auf gesunden Beinen stehen zu können. Genau wie Matthew sich nach seinem Augenlicht zurücksehnen muss. Rodney scheint nichts zu begreifen. Warum ist er so anders als der Rest?« Tief in sich spürte Richard, dass die Antwort auf diese Frage in ihm selbst wartete und der Tag vielleicht bald kommen würde, an dem er sie erkannte.

»Die Eifersucht zerfrisst ihn«, sagte er. »Aber er war immer eifersüchtig auf Matthew; sogar jetzt, da Matthew blind ist, hört dieses Gefühl nicht auf. Weißt du, was ich kürzlich gemacht habe, Lucille, nachdem ich Matthew dabei beobachtet hatte, wie er sich den Weg aus diesem Raum ertastete?«

»Nein, mein Lieber. Was denn?«

»Ich nahm mir vor, eine Stunde die Augen geschlossen zu halten und in meinem Sessel sitzen zu bleiben, als würde ich schlafen, nur um einen Eindruck davon zu bekommen, wie es sich anfühlt, wenn man blind ist. Und stell dir vor, ich habe nur eine halbe Stunde durchgehalten. Die Schwärze vor mir, die, wie ich es wahrnahm, gelegentlich durch weiße Lichtstreifen und helle Flecken durchbrochen wurde, war schier unerträglich. Ich streckte die Hand nach einem Buch aus, dann nach meiner Pfeife, weil ich dachte, ich wüsste genau, wohin ich beides gelegt hätte; dann suchte ich genauso verzweifelt nach meiner Leselupe, die immer griffbereit auf dem kleinen Tisch hier liegt. Ich beugte mich herüber, doch da schien nur Leere zu sein. Als meine Hand endlich auf die Lupe traf, fiel sie zu Boden. Ich sage dir, Lucille, Matthew muss durch die Hölle gegangen sein, bis er seine Behinderung als unabänderlich annehmen konnte.«

»Ja«, antwortete sie leise. »Das denke ich auch. Er hat mir eingestanden, dass er eine Zeit lang meinte, wahnsinnig zu werden, und sich mit Absicht nicht dagegen wehrte, weil dieser Zustand ihn in eine andere Welt versetzte. Das war, bis ihm Elizabeth in jener Nacht beistand, die alles veränderte. Den Rest kennst du. Er sagt, Elizabeth hätte seinen Verstand gerettet, und ich bin sicher, das stimmt. Armes Mädchen, wie sie dafür leiden musste. Aber jetzt sind die zwei glücklich miteinander und wir freuen uns alle auf die Hochzeit.«

»Alle, nur unser jüngster Sohn nicht, Lucille. Dieser Wahrheit musst du ins Gesicht sehen.«

Ein langer Augenblick verging, bis sie sagte: »Ja, mein Lieber. Alle, bis auf ihn.«

3

Eine weitere Woche war vergangen und wieder hatte sich die Atmosphäre im Haus geändert. Mr. Rodney hatte angeordnet, dass der Raum im Westflügel leer geräumt und seine Sachen hinübergebracht wurden. Außerdem sollten ihm die Mahlzeiten dort serviert werden. Das alles habe mit dieser Schlittengeschichte zu tun und mit dem Besuch der beiden Nichtsnutze, erklärte die Köchin dem Personal.

Die wenigen Einzelheiten, die sie aus Mary herausbekam, ließen vermuten, dass Mr. Matthew und Miss Elizabeth womöglich nach Newcastle übersiedelten, um näher an ihrem Arbeitsplatz zu sein. Die Herrin wäre ganz außer sich und die alte Dame wütete gegen Mr. Rodney. Die Köchin erwähnte Jim gegenüber, den sie noch immer als Neuzugang in der Familie betrachtete, dass Mr. Rodney seit frühester Jugend eine Plage gewesen sei. Nichts und niemand konnte ihm etwas recht machen und einen Dank bekam man selten. Ganz anders bei Mr. Matthew und Mr. William. Die Mädchen, die beiden Töchter der Herrin, seien in gewisser Weise ähnlich wie Master Rodney. Sie endete mit der Bemerkung: »Sie laufen schon besser, Jim.«

Worauf er die erwartete Antwort gab: »Ihr Tratsch verbessert sich auch, Köchin. Nur weiter so. Mit der Zeit kriegen Sie noch richtig Übung.« Die Witzelei trug ihm den Hinauswurf aus der Küche ein.

Hinter Elizabeth lag eine unangenehme Woche. Sie hatte ihre Arbeit unterbrechen müssen, um Matthew von einem Plan abzubringen, den er bereits seiner Mutter gegenüber geäußert hatte. Er wollte in ein Hotel ziehen, bis Jim eine passende Wohnung gefunden hatte, in der er Matthew weiter versorgen konnte. Sie wusste, wie sehr Lucille darunter leiden würde, wenn Matthew von zu Hause fortging, und hatte gesagt: »Lass die Dinge, wie sie sind, Liebling. Wenigstens für den Augenblick. Durch die neue Regelung wirst du ihm nicht mehr über den Weg laufen und ich auch nicht.« Und dafür dankte sie Gott.

Während der Woche hatte sie lange mit Phil telefoniert und einige wenige Worte mit ihren Eltern gewechselt. Ihr Vater klang verändert, wieder fröhlicher. Er hatte nicht gefragt, ob sie auf einen Besuch nach Hause kommen wollte, ihre Mutter allerdings schon, und sei es nur für ein Wochenende. Elizabeth hatte entgegnet: »Mutter, die Fahrt dauert beinahe einen ganzen Tag in jeder Richtung und ich stecke bis zum Hals in den Hochzeitsvorbereitungen.« Ihre Mutter hatte die bevorstehende Hochzeit nicht erwähnt, obwohl Elizabeth in einem Brief davon geschrieben hatte, verbunden mit der Hoffnung, ihre Eltern möchten daran teilnehmen. Sie hatte hinzugefügt, dass sie von Matthews Familie auf das Wärmste empfangen würden.

Phil dagegen sagte: »Ich freue mich auf deine Hochzeit, Liz. Nur eines muss ich noch wissen.« Er lachte. »Brauche ich einen grauen Cutaway mit Zylinder?«

»O nein«, hatte sie lachend geantwortet. »Wir sind übereingekommen, dass es nur eine schlichte Feier geben wird.

Womit auch Matthews Mutter einverstanden ist. Keiner von uns will einen großen Bahnhof.«

»Das ist eine kluge Entscheidung. Und nachdem ich Matthew kennen gelernt habe, bin ich sicher, dass du sehr glücklich mit ihm wirst. Er scheint ein Prachtkerl zu sein.«

»Das ist er, Phil«, entgegnete sie. »Ich bin so froh, dass du davon gesprochen hast; denn weder Mutter noch Vater haben ein Wort gesagt.«

»Achte einfach nicht darauf. Ich weiß, wie sehr Vater sich Deinetwegen freut.«

Als sie den Hörer auflegte, war sie sicher, dass ihre Mutter sich nicht freute. Jane Ducksworth würde ihr nie verzeihen, gegen die Familie aufbegehrt zu haben. Um ihre Ruhe zu haben, hätte sie in Kauf genommen, dass ihre Tochter diesen Wahnsinnigen heiratete, dessen Mutter kaum weniger geistesgestört war …

Den Schock nach der Schlittengeschichte, wie sie den Vorfall zu nennen vorzog, hatte sie überwunden. Aber in der vom Schnee durchnässten Kleidung hatte sie sich eine Erkältung geholt, die sie während der Woche ertrug, um weiterarbeiten zu können. Jetzt war endlich Samstag und sie konnte sich ausruhen. Lucille und Granan gaben ihr Recht, als sie sich sanft einer Einladung widersetzte, mit Matthew, Jim und Flossie auf den Hügel zu steigen.

Granan sagte zu Matthew: »Du musst heute gut aufpassen. Dort oben ziehen immer wieder Nebelbänke auf.«

»Wir gehen nur, damit Flossie nicht vergisst, was sie gelernt hat. Und Jim braucht eine härtere Herausforderung für sein Bein.«

»Wenn das so ist«, sagte Granan, »steige ich hinauf ins Observatorium und ihr könnt mir zuwinken, wenn der Himmel klar ist.«

»Immerhin weiß ich jetzt, dass ich nicht erwünscht bin«, sagte Matthew und beugte sich für einen Kuss über Elizabeth.

Nur wenig später würde sich Lucille an diese Worte erinnern.

Oben auf dem Hügel fragte Matthew: »Ist die Sicht klar?«

»Teilweise.«

»Lassen Sie uns zu der Stelle gehen, wo Granan uns sehen kann. Dann winken wir.«

Kurz darauf brachte Jim Matthew zum Stehen und sagte: »Da sind wir.«

Matthew hob gleich seinen Stock und schwenkte ihn über seinem Kopf. Dabei sagte er zu Jim: »Und Sie? Wie steht's mit Ihnen?«

»Ja, ja. Ich winke auch. Aber wir wissen beide, wessen Winken sie interessiert.«

»Das würde ich so nicht sagen. Sie mag Sie im Grunde.«

»Im Grunde, wie?«

In diesem Moment wandte sich Jim halb zur Seite und blickte über die große Freifläche, auf der die Sonne schien. »Sieh sich einer das an!« rief er laut. »Ein Hase. Er sitzt auf seinen Hinterpfoten und wäscht sich das Gesicht ... wie eine Katze. Oh, Flossie hat sich losgerissen und rennt weg! Rufen Sie sie zurück, Sir!«

»Komm her!«, schrie Matthew. »Hierher!«

»Es hat keinen Zweck. Sie muss die Witterung aufgenommen haben.«

»Um Gottes willen! Rennen Sie hinterher und holen Sie sie zurück. Wer weiß, wohin der Hase sie führt. Ausgerechnet ein Hase.«

»Kommen Sie solange allein klar?«

»Ja, sicher. Laufen Sie!«

Über den unebenen Grund stolpernd, setzte Jim dem ausgerissenen Hund nach. Er verlor ihn bald aus den Augen, denn eine Nebelbank schob sich vor die Sonne. Wo Matthew stand, schien die Sonne weiter. Er konnte die Wärme auf seiner Haut spüren. Ihm wurde bewusst, dass sich jemand näherte. In dem Glauben, es wäre Jim, rief er: »Haben Sie Flossie gefunden?«

Als niemand antwortete und er auch sonst nichts hörte, fuhr er herum und tastete mit dem Stock nach beiden Seiten. »Wer ist da? Wer sind Sie?«, fragte er. Seine Stimme wurde lauter und er rief: »Jim! Jim!« Dann fragte er wieder: »Wer ist da?«

Plötzlich spürte er, wie sein Stock von unten angehoben wurde und die Hand, mit der er den Griff umfasste, gegen seinen Brustkorb drückte.

Er fasste kräftiger zu und übte Druck in die andere Richtung aus, gegen wen auch immer, der seinen Stock fest hielt. Panik durchzuckte ihn, als sein Instinkt ihm sagte, das war sein Bruder. »Um Gottes willen! Rodney!«, schrie er. »Sei vernünftig.«

Er spürte, dass sein Stock herumgezogen wurde und er mit ihm. Dann kam eine Bewegung, die ihn nach hinten drückte. Matthew stieß einen hohen Schrei aus: »Jim! Jim!« Im nächsten Moment fiel er wie ein Vogel mit ausgestreckten Armen und Beinen ins Nichts.

Jim humpelte hastig durch den Nebel heran und hörte als erstes Flossies Jaulen. Dann sah er, dass der Hund sich an Rodneys Bein festgebissen hatte und er ihn abzuschütteln versuchte, indem er auf ihn einprügelte.

»Wo ist er? Wo ist der Captain?«, schrie er.

»Er ist ... über die Kante gestürzt. Ich konnte ihn nicht aufhalten.«

»Über die Kante gestürzt? Ich habe ihn schreien gehört. Sie Dreckskerl, Sie. Ich mache Sie fertig! Verlassen Sie sich drauf!«

»Es ... war ... Das war ich nicht. Ich habe nichts getan. Sie war es, die Hündin. Nehmen Sie sie weg von mir. Sie ist auf ihn zugestürmt und hat ihn umgeworfen ... dabei ist er abgestürzt.«

Jim zerrte den Hund von Rodney weg, aber Flossie knurrte noch immer wütend. »Sie wäre nie auf ihn zugestürmt. Sie dreckiger verkommener ... O mein Gott! Mein Gott!« Jim trat so nah wie möglich an die Steinbruchkante. Obwohl er bis zum Grund sehen konnte, wo die großen Felsbrocken lagen, entdeckte er nirgends die Umrisse eines Körpers.

Rasch befestigte er die Leine am Hundehalsband und zog Flossie mit sich. »Ich kriege Sie!«, brüllte er beim Weggehen. »Und wenn es das Letzte ist, was ich tue. Hören sie mich? Ich kriege Sie!«

Eine Viertelstunde später war er in der Küche und schrie: »Er ist ... er ist über die Kante gestürzt ... über die Kante des Steinbruchs!« Der Hund folgte ihm auf den Fersen, als aus dem Anbau ebenfalls Rufe kamen und er in die Richtung rannte.

Es war Granan, die schrie: »Er hat ihn über die Kante gestoßen! Ich habe es genau gesehen!«

Ohne Umstände stieß er die Wohnzimmertür im Anbau auf und sah die alte Dame, die von Lucille und Peter gehalten wurde. Sofort wandte sie sich an Jim: »Er hat ihn gestoßen. Ich habe alles durch das Teleskop beobachtet. Dieser Teufel hat ihn runtergestoßen! Ruft die Polizei und einen Arzt.«

Auch Jim stammelte nun: »Ja, er muss ihn gestoßen haben. Rodney ...«

»Seien Sie still! Bitte, seien Sie still!«, flehte Lucille.

»Halt den Mund, Schwiegertochter!« Die alte Dame stieß Lucille mit beiden Händen beiseite. »Dein Sohn ist ermordet worden«, rief sie. »Ich habe alles gesehen, jede einzelne Bewegung. Jim rannte hinter dem Hund her. Da tauchte plötzlich Rodney auf, einfach aus dem Nichts, und griff nach dem Stock. Ich habe alles genau gesehen. Dann schnappte der Hund zu. Sonst wäre Rodney längst wieder weggewesen, als Jim zurückkehrte. O Matthew ... Matthew!«

»Sie hat Recht!«, sagte Jim. »Er ist nicht gestürzt. Er hat nach mir gerufen. Das war ein Hilfeschrei. Wenn er sonst etwas von mir will, pfeift er. Aber er liegt nicht zwischen den Felsbrocken am Grund. Ich habe nachgeschaut. Er muss sich irgendwo im Buschwerk an der Felswand verfangen haben.«

»O mein Gott!«

»Seien Sie ruhig. Ganz ruhig.« Peter schob Lucille zu der alten Dame und sagte: »Bleiben Sie bei ihr. Ich ... rufe jetzt den Arzt und die Polizei an. Sie werden wissen, was zu tun ist.«

»Wo ist Miss Elizabeth?« fragte Jim.

»Oben. Sie spielt Schach mit dem Colonel. Ich hole sie, wenn ich telefoniert habe. Jetzt beruhigen Sie sich, Madam.

Wenn die Polizei kommt, müssen wir sagen, dass er über die Kante gestürzt ist, während Jim nach dem Hund suchte. Madam, es liegt in Ihrer Hand, ob sich die Angelegenheit zu einem öffentlichen Skandal entwickelt. Ich bin sicher, das würde der Colonel nicht wollen.«

An der senkrechten Wand schwangen sich zwei getrennt angeseilte Kletterer von einer Buschwerkgruppe zur nächsten. Sie wurden von den Männern über ihnen gelenkt, die auch die Seile hielten. Einer der Kletterer war ein Maurer aus dem Dorf, der in seiner Freizeit das Felsklettern übte. Der andere war ein junger Polizist mit der gleichen Ausbildung.

Zu der Gruppe, die vom Grund des Steinbruchs aus zusah, gehörten Peter, Jim, Elizabeth und der alte Joe, zwei Sanitäter, zwei weitere Männer von der Farm und der Gärtner. Am lautesten von allen war Flossie, die nicht aufhören wollte zu bellen.

»Ich sage Ihnen, Peter, dieser Hund wird ihn mit seiner Spürnase schneller finden als jeder Kletterer.«

»Ja, Joe. Und dann verfängt sie sich mit ihren langen Haaren irgendwo da oben im Dickicht und wir haben noch jemanden, den wir retten müssen.«

»Ich kenne Flossie besser als jeder andere hier. Dieser Hund ist kein Dummkopf. Wenn sie sich verfängt, befreit sie sich auch wieder. Sie fleht und bettelt mit jedem Bellen, endlich suchen zu dürfen.«

Jim konnte das an der Leine zerrende Tier kaum noch halten und wandte sich an Peter. »Er hat Recht, Peter. Und wenn sie ihn findet, wissen die anderen da oben auch, wo er ist.«

Für einen Moment sagte Peter nichts, dann seufzte er. »Tu, was Joe sagt, und lass den Hund los. Joe kennt Flossie am besten.«

In dem Moment, als Flossie von der Leine gelassen wurde, hörte das Bellen auf. Elizabeth gab ein Geräusch von sich, das wie Stöhnen klang. Peter hatte einen Arm um ihren angespannten Körper gelegt und verstärkte den Griff. »Das wird schon. Joe hat Recht. Sie findet ihn schneller als jeder andere.«

Jetzt verfolgten alle Flossies Suche. Sie tauchte auf einem Felsbrocken auf, um in der nächsten Minute wieder in einer Spalte zu verschwinden.

Mit bebender Stimme sagte Joe schließlich: »Da, sie geht hoch!«

Flossie arbeitete sich aufwärts, zunächst durch das weit auseinander stehende Buschwerk im untern Teil der Felswand. Je weiter sie kletterte, desto weniger war sie im dichter werdenden Bewuchs zu erkennen.

Einmal verharrte sie neben einem der an der Wand baumelnden Männer, der sich zur Seite neigte und sie tätschelte. Dann folgte er ihr solange, bis sie hinter noch dichterem Buschwerk verschwand.

Der Mann rief etwas nach oben, dann konnte man sehen, wie er über der Stelle schwebte, wo Flossie das letzte Mal zu sehen gewesen war.

Zuerst schien es, als könnte er nichts erkennen. Dann hörten die Zuschauer am Talgrund Flossies leises Bellen. An der Bruchkante oben entstand Bewegung, als die Männer den zweiten Kletterer in dieselbe Richtung dirigierten. Was als Nächstes geschah, konnten die unten Stehenden nur noch undeutlich erkennen. Aber sie wussten, dass die Kletterer scharfe Messer aus ihren Gürteln gezogen hatten und sich einen Weg durch das Dickicht bahnten.

Die Sanitäter benötigten keine Anweisungen. Sie hoben ihre Bahre auf und sagten zu den Farmarbeitern: »Kommen Sie mit. Wir werden Hilfe brauchen.« Dann machten sie sich auf den Weg, so nah wie möglich an die Felswand heran und direkt unter die Stelle, wo sich die Kletterer befanden.

Jim folgte ihnen. Elizabeth wollte sich aus Peters stützendem Griff lösen. »Nein, nein«, sagte dieser. »Sie wären nur im Weg. Wenn die Sanitäter zurückkommen, müssen sie an uns vorbei.«

»Peter, ich bin Krankenschwester!«

»Ich weiß, dass Sie Krankenschwester sind. Aber über die vielen Felsen zu klettern ist viel zu anstrengend für Sie. Wie wollen Sie dann noch helfen? Und die Männer müssen höllisch aufpassen, wenn sie die Bahre sicher zurückbringen wollen. Das stimmt doch, Joe?«

»Ja, Sie haben Recht. Und sehen Sie, Miss. Von hier aus muss er noch zum Krankenwagen auf der Straße getragen werden. Dann haben Sie Gelegenheit, sich um ihn zu kümmern.« Er sparte sich den Zusatz: »Falls er noch lebt.«

Sie wusste nicht, ob Stunden, Tage oder Wochen vergingen, während sie dastand und wartete. Dann sah sie, dass die zusammengekrümmte Gestalt auf der Bahre nicht vollständig unter Decken verborgen lag. Das Gesicht war ausgespart. Der Ausdruck darin sagte ihr, dass der Tod nicht unmittelbar bevorstand.

4

Peter hielt das Branntweinglas an Lucilles Lippen. Sie verschluckte sich und er sagte: »Versuchen Sie es noch einmal, Mrs. Wallingham.« Sie folgte. Dann schenkte er dem Colonel reichlich ein und dieser leerte das Glas auf einen Zug. Anschließend sah Richard Wallingham zu Peter hoch. »Warum, Peter? Was haben wir da großgezogen?«, fragte er.

»Diese Frage kann ich Ihnen nicht beantworten, Sir.«

»Meine Mutter und Jim Taylor können sich nicht beide irren.«

»Nein, Sir.«

Es entstand eine lange Pause, bis Richard fragte: »Wo ist er?«

Die Antwort kam zögernd: »Ich … glaube, die Köchin sagte, er lässt den Hundebiss behandeln.«

»Den Hundebiss?«

»Ja, Flossie hat ihn am Bein erwischt.«

Wieder kehrte eine lange Pause ein. »Wissen Sie, es ist furchtbar für einen Vater, so etwas über seinen Sohn sagen zu müssen. Aber in diesem Augenblick würde ich mir beinahe wünschen, er bekommt die Tollwut und stirbt daran.«

»Nein, bitte! Sag so etwas nicht!« Der Schrei kam von Lucille.

»Und wenn dein Lieblingssohn stirbt? Soll sein Mörder ungeschoren davonkommen?«

Lucille sprang auf und flüchtete aus dem Zimmer.

Zwischen den beiden Männern herrschte eine volle Minute Schweigen. »Gehen Sie ihr nach und sehen Sie nach ihr, Peter. Wahrscheinlich geht es ihr schlecht, aber versuchen Sie trotzdem, ihr zu erklären, wie … ich empfinde. Werden Sie das für mich tun?«

»Ja, Sir. Sicher. Und Sie versuchen auch, sich nicht allzu viele Sorgen zu machen. Ich bin kein Mann der Gebete – das war ich nie. Aber in diesem Augenblick denke ich, wir können nur beten, dass Matthew überlebt.«

Sie hatte seit dreieinhalb Stunden im Aufenthaltsraum der Krankenschwestern gesessen. Oberschwester Johnson war zu ihr gekommen und hatte sich mit ihr unterhalten, genau wie Stationsschwester Isabel Fowler; Unterrichtsschwester Grace Foster hatte eine geschlagene halbe Stunde bei ihr gesessen. Alle waren überaus freundlich gewesen, aber nun wartete sie auf Dr. Venor.

Der Arzt hatte ihr nicht erlaubt, im Krankenzimmer zu bleiben, während Matthew von den Schwestern auf die Operation vorbereitet wurde. Doch er war in der Zwischenzeit vorbeigekommen, um ihr mitzuteilen, sie hätten eine tiefe Schnittwunde am Kopf und einen Beinbruch unterhalb des Knies festgestellt, sonst nur Prellungen und Schürfwunden. Sein Allgemeinzustand sei den Umständen entsprechend gut. Dieser Satz war ihr im Gedächtnis geblieben. Sein Allgemeinzustand war den Umständen entsprechend gut.

Eine der Stationsschwestern betrat den Raum mit einem Tablett, auf dem eine Tasse Tee und ein Teller mit Keksen stand. »Sie werden es nicht glauben, Liz«, sagte sie. »Aber ich habe eben entdeckt, dass unsere liebe Schwester Fowler ein Mensch ist. Sie kennen doch die alte Peggy im letzten Bett, mit der kleinen Flasche, die sie in ihrer Handtasche aufbewahrt und von der angeblich niemand etwas weiß? Stellen Sie sich vor, Schwester Fowler holte die Flasche heraus und reichte sie mir in aller Seelenruhe, damit ich ein paar Tropfen in Ihren Tee schütte. Die alte Peggy gab keinen Laut von sich. Also, hier ist die Flasche. Wie viele Tropfen möchten Sie?«

Elizabeth schüttelte den Kopf und versuchte ein Lächeln.

»Wissen Sie was? Wenn ich der alten Peggy die Flasche zurückbringe, gebe ich ihr einen Kuss! Bei Gott, und ob ich das tue! Und wer weiß, vielleicht drücke ich auch Schwester Fowler einen Schmatzer auf die Braue.« Mit veränderter Stimme fügte sie hinzu: »Es tut mir furchtbar Leid, was geschehen ist und was Sie durchmachen müssen. Wir alle fühlen mit Ihnen. Das ganze Krankenhaus drückt ihm die Daumen, dass er schnell wieder gesund wird. Wir begreifen nur nicht, wie er fallen konnte. Ich meine, er hatte diesen aufgeweckten Burschen, seinen Fahrer, bei sich, und seinen Hund. Warum haben die beiden nicht verhindert, dass er abstürzt?«

Die Schwester wartete auf eine Antwort, die nicht kam. Elizabeth trank einen Schluck Tee und sagte dann ruhig: »Danken Sie Peggy an meiner Stelle.«

»Das werde ich, meine Liebe. Verlassen Sie sich drauf.«

Ja, alle würden sich fragen, warum Matthew über die Felskante gefallen war. Die Frage blieb für immer offen … es sei denn, er kam nicht wieder zu Bewusstsein. Dann würde die Welt erfahren müssen, was geschehen war. Ja, dann wäre es unumgänglich …

Eine gute halbe Stunde später kam Dr. Venor herein. Er lächelte sie an: »Der Patient liegt wieder in seinem Krankenbett und ist gut versorgt.«

»Wie geht es ihm?«

»Sehr gut. Am schlimmsten war die Kopfverletzung, aber die haben wir behandelt.« Sein Lächeln wurde breiter. »Unangenehm könnte nur ein fürchterlicher Kater für ihn werden, den er beim Aufwachen mit Sicherheit haben wird. Dagegen hilft im Notfall Morphium, nicht wahr, Schwester?«

»Ja, Dr. Venor. Im Notfall hilft Morphium.« Ihre Stimme zitterte, sie stand kurz vor einem Tränenausbruch: »Was … ist mit seinem Bein?«

»Ach, das haben wir zusammengeflickt. Innere Verletzungen waren nicht zu erkennen.«

»Er wird also wieder gesund?«

»Sagen wir es so …« Der Arzt machte eine Pause. »Körperlich ist er stark, aber er hat einen weiteren Schock erlitten. Wir können nur hoffen, dass er ihn überwindet. Sie sind selbst Krankenschwester und wissen, die nächsten Tage sind entscheidend.« Er neigte den Kopf in ihre Richtung. »Aber gute Pflege, viel Aufmerksamkeit und Ihre Nähe werden ihm helfen, sich zu erholen. Aber, aber!« Er legte seine Hand auf ihre Schulter. »Versuchen Sie, nicht den Mut zu verlieren. Wie alle hier bin ich tief betroffen über diesen Unfall und dann noch so kurz vor ihrem Hochzeitstermin. Schwester Fowler hat angedeutet, sie würde Sie in der nächsten Woche nicht bei der Arbeit erwarten, denn Sie hätten in letzter Zeit selbst genügend Schreckliches durchlitten.«

»Ich bin Ihnen sehr dankbar, Doktor.«

»Ach, keine Ursache.«

Er wollte aus dem Zimmer eilen, als er sich noch einmal umdrehte. »Dieser Bursche, den er da hat, ist ein ziemlich lästiger Kerl. Mit seinem ständigen Auf und Ab in der Halle hat er uns fast die Bodenfliesen abgenutzt. Ich musste ihn gewaltsam davon abhalten, in den Operationssaal einzudringen.« Er sprach in weicherem Ton weiter: »So viel Ergebenheit ist selten heutzutage. Aber Sie sollten ihn dennoch nach Hause schaffen.«

Sie sparte es sich zu sagen: »Er wird *mich* nach Hause schaffen müssen.« Wenige Augenblicke später folgte sie dem Arzt aus dem Aufenthaltsraum und ging auf ihre Pflegestation. Dort dankte sie der Schwester und dem restlichen Personal und eilte in das Einzelzimmer, in dem Matthew lag.

Im Raum waren zwei Pflegerinnen, die bei ihrem Eintreten den Blick nicht hochnahmen. Sie sahen starr auf den bandagierten Kopf, der flach auf ein Kissen gebettet war.

Sein Gesicht war leichenblass. Elizabeth musste innerlich aufstöhnen, wie vor wenigen Stunden, als sie ihn auf der Bahre hatte liegen sehen. Die Hand, die dicht neben ihr auf der Überdecke ruhte, rührte sie nicht an, aus Furcht, sich daran festzuklammern.

Ohne weiter auf die Pflegerinnen zu achten, wandte sie sich ab und verließ mit raschen Schritten den Raum. Dann eilte sie in die Halle zu Jim. »Was ist zu Hause geschehen, nachdem Sie Mrs. Wallingham zurückgebracht haben?«

»Ich bin nicht lange genug geblieben, um viel mitzubekommen. Aber offenbar hat der Colonol Schwierigkeiten, seine Mutter am Reden zu hindern.«

Bella ließ Elizabeth und Jim in die Halle treten. Peter kam aus dem Salon und eilte ihnen entgegen. »Sie sind da drinnen und warten auf Neuigkeiten«, sagte er, statt geradeheraus zu fragen: »Wie geht es ihm?«

»Ich möchte, dass Jim mich in den Salon begleitet.«

»Ja, selbstverständlich.« Peter sprach, ohne zu zögern, und wandte sich an Jim. »Der Colonel wollte dich ohnehin sprechen.« Dann senkte er die Stimme zu einem Flüstern: »Du musst ihm erzählen, was geschehen ist. Aber ohne Ausschmückungen. Behalt deine Meinung für dich und berichte nur die Tatsachen. Verstehst du?«

Jim nickte. »Klar, verstehe.« Er folgte Peter und Elizabeth in den Salon. Lucille erhob sich eilig aus ihrem Sessel, der neben den Sessel ihrer Schwiegermutter gerückt stand. »Sie sind zurück! Und ... wie geht es ihm? Was haben die Ärzte gesagt?«

»Lucille, bitte! Nimm wieder Platz und lass die beiden erst einmal zu Atem kommen. Und Sie, Elizabeth, nehmen diesen Sessel hier.« Richard wies auf den Platz zu seiner Linken. Dann wandte er sich an Jim: »Setzen Sie sich, Taylor.«

Jim verzichtete darauf zu sagen: »Danke, Sir.« Stattdessen steuerte er einen geradlehnigen Stuhl an, der neben einer mit Porzellan vollgestellten Glasvitrine stand.

Den Blick wieder auf Elizabeth gerichtet, fragte Lucille: »Möchten Sie eine Tasse Tee, meine Liebe?«

Worauf der Colonal sie beinahe barsch anfuhr: »Lucille!«

»Schon gut! Schon gut!«, gab sie zurück. »Du erlaubst mir nicht, danach zu fragen, wie es meinem Sohn geht. Was also soll ich tun?«

An dieser Stelle verlangte Annie Wallingham gebieterisch: »Erzählen Sie, Mädchen!«

Elizabeth berichtete mit wenigen Worten, was sie wusste, und schloss: »Mehr lässt sich nicht sagen. Zuerst muss er das Bewusstsein wiedererlangen. Die Ärzte meinen, alles hängt von seiner Reaktion auf diesen neuerlichen Schock ab.«

»Haben Sie ihn gesehen?«, fragte Lucille vorsichtig.

Elizabeth blickte sie an und sagte leise: »Ja, Lucille. Ich habe ihn gesehen. Aber Sie wissen selbst, nach einer Operation sieht jeder blass aus.«

»Er kommt doch durch?« Das war der Colonel. »Ich frage Sie das als Krankenschwester, Elizabeth. Sagen Sie offen, was Sie meinen. Wir möchten die Wahrheit. Bitte.«

»So weit meine Kenntnisse reichen«, log sie und versuchte, sich selbst zu überzeugen, »bin ich sicher, dass er alles ohne körperlichen Schaden übersteht. Die äußeren Verletzungen werden heilen. Aber, wie der Arzt sagt, wir wissen nicht, was der Schock bewirkt hat. Zuerst muss er aus seiner Bewusstlosigkeit erwachen. Auch danach werden wir vielleicht noch einige Tage warten müssen, bis man mehr sagen kann.«

»Danke, Elizabeth. Vielen Dank.«

Der Colonel wandte seine Aufmerksamkeit dem unbewegt dreinblickenden Jim zu, der in einiger Entfernung von den anderen Anwesenden Platz genommen hatte. »Ich weiß, Taylor, mein Sohn hält große Stücke auf Sie. Er betrachtet Sie sogar als seinen Freund. Nun, er hatte viele Männer unter seinem Kommando und verstand mit ihnen umzugehen. Daher lässt sich schließen, wenn er Sie seinen Freund nennt, haben Sie seinen Respekt verdient. Obwohl Sie bei anderen, wenn ich das hinzufügen darf, den nötigen Respekt vermissen lassen. Aber das ist eine andere Geschichte. Ich möchte, dass Sie mir und allen Anwesenden genau berichten, was heute Morgen auf dem Hügel vorgefallen ist – und bitte ohne ihre persönlichen Gedanken und Ansichten auszubreiten. Meine Mutter erzählt, sie habe gesehen, wie sein jüngster Bruder seinen Blindenstock packte; er schien mit ihm zu kämpfen, bevor er ihn zur Bruchkante des Steinbruchs drängte und herunterstieß. In dem Moment, als Sie heimkehrten und von dem Vorfall berichteten, sei Sie schreiend aus dem Observatorium gekommen. Und jetzt erzählen Sie mir in schlichten Worten, was Sie wissen und was Sie gesehen haben.«

Jim gab in einfachen Worten wieder, was seines Wissens geschehen war und wie Mr. Matthew zweimal seinen Namen gerufen hatte, um ihn zurückzuholen, während er dem ausgerissenen Hund folgte. Er sei durch Nebel gerannt, aber oben auf der Hügelkuppe habe die Sonne geschienen, als er dort ankam und feststellte, dass Matthew verschwunden war. Rodneys Namen auszusprechen brachte er an dieser Stelle nicht über sich. Stattdessen sagte er: »Flossie hatte sich im Bein ihres jüngsten Sohnes festgebissen. Offensichtlich war der Hund auf einem anderen Weg von allein zurückgekehrt.« An dieser Stelle konnte Jim nicht widerstehen, seine Meinung zu äußern, die einem vernichtenden Urteil gleichkam: »Es ist eindeutig, dass der Kerl sich davonstehlen wollte, aber der Hund hat ihn daran gehindert.«

Nach einer langen Pause sagte Annie Wallingham: »Hört ihr? Was habe ich euch gesagt? Der Bursche spricht die Wahrheit. Der Kerl, wie er ihn nennt, hat versucht, sich ungesehen vom Hügel davonzustehlen.«

»Mutter!«

»Ja, ihr habt mir nicht zugetraut, dass ich die Wahrheit sage, weil ihr dachtet, ich wäre eine alte Frau, die nicht mehr richtig sehen kann.«

»Ich habe deine Worte nie bezweifelt, Mutter. Aber ich wollte eine Bestätigung, denn dies ist eine sehr ernste Angelegenheit; sie könnte ernster nicht sein. Und ich habe eine Pflicht zu erfüllen. So, Lucille, jetzt täte uns allen eine Tasse Tee gut. Nein, bleib sitzen, meine Liebe. Wir läuten nach Mary. Nur noch eines und das sage ich vor euch allen hier. Sollte Matthew sterben, werde ich meinen jüngsten Sohn der Polizei übergeben. Aber in diesem Haus wird er auf keinen Fall bleiben. Während der vielen Stunden, in denen wir warten mussten, war mein Verstand nicht untätig und ich habe Pläne für die Zukunft gemacht. Mehr sage ich jetzt nicht.« Er blickte Jim offen ins Gesicht. »Sie sind nun ein wichtiger Mitwisser in dieser Angelegenheit und ich vertraue darauf, dass sie zu niemandem auch nur das Geringste verlauten lassen, bis ich die Erlaubnis dazu erteile.«

Jim starrte Richard Wallingham an, der kerzengerade und mit unbewegtem Gesicht in seinem Sessel saß. Dann sagte er: »Mein zugegeben loses Mundwerk steht in keinem Zusammenhang mit meiner Fähigkeit, den Verstand zu gebrauchen, Sir.« Nach dieser ernsten Erklärung erhob er sich von seinem Stuhl, wandte sich an Lucille und sagte: »Ich gebe Mary Bescheid, dass sie den Tee bringt, Ma'am.«

Richard schloss die Augen und sank schwerfällig gegen die Sessellehne zurück. Er öffnete die Augen erst wieder, als seine Mutter ihn ansprach: »Man kann über diesen Burschen sagen was man will, Richard, aber er hat kein Stroh im Kopf, auch wenn er ein loses Mundwerk besitzt, wie er selbst zugibt. Man sollte nicht auf ihn herabblicken.«

»Wer blickt auf ihn herab?«

»Du tust das, früher wenigstens. Aber wir wollen das nicht vertiefen. Erzähl uns lieber, was du gemeint hast, als du sagtest, du hättest Pläne gemacht.«

Der Colonel setzte sich kaum merklich gerader, sah seine Frau an und fragte: »Erinnerst du dich an Francis Waterford?«

Lucille überlegte einen Moment. »Doch, ja. Das ist die Familie in Neeseeland. Die Leute, die uns lange Jahre regelmäßig zu Weihnachten eine Karte geschickt haben.«

»Genau. Der Vater von Francis Waterford war ein entfernter Cousin zweiten Grades von meinem Vater. Offenbar hat mein Vater diesen Cousin ein paar Mal getroffen, aber die Familie wollte nicht, dass er die Verbindung mit diesem Zweig aufrechterhält.« Richard Wallingham schüttelte bedächtig den Kopf. »Man flüsterte etwas von Maoriblut – was damals zu gesellschaftlicher Ächtung führte. Mischlinge gehörten nicht zur Familie. Der Cousin meines Vaters hatte zwei Söhne und der Älteste, Francis, schickte immer die Weihnachtskarten. Du erinnerst dich sicher, dass darauf jedes Mal eine Einladung ausgesprochen wurde, ihn in Neuseeland zu besuchen. Unglücklicherweise dachte ich, als Enkel meines Großvaters, sofort an das Maoriblut und antwortete nie. Seit einigen Jahren kommen keine Karten mehr, wie du weißt.«

»Ja, Richard. Ungefähr seit fünf oder sechs Jahren. Die letzte Karte erreichte uns kurz vor dem Krieg.«

»Einer von Francis' Söhnen nahm am Krieg teil. Du erinnerst dich, Neuseeland hat Deutschland gleich nach uns den Krieg erklärt und tausende neuseeländischer Soldaten haben in Nordafrika und Frankreich gekämpft. Das waren tapfere Männer, von denen viele gefallen sind, darunter auch Francis' jüngster Sohn. Ich erinnere mich, dass er mir sogar eine Todesanzeige geschickt hat. Danach habe ich nichts mehr von ihm gehört. Ich weiß nur, dass die Waterfords eine große Farm auf der Nordinsel besitzen. Aber wir haben die Adresse nicht. Oder hast du sie zufällig aufgehoben, Lucille?«

»Nein, Richard. Bedauerlicherweise nicht.«

»Egal. Man kann sie herausfinden. Peter?«

»Ja, Sir?«

»Sie kennen sich aus in solchen Dingen. Setzen Sie sich mit der neuseeländischen Vertretung in London in Verbindung. Ich bin sicher, dort wird man Ihnen weiterhelfen. Sagen Sie, ich möchte Verwandte wieder finden. Eine Familie Francis Waterford. Ich kann mir nicht vorstellen, dass es viele Waterfords dort unten gibt, aber das bleibt abzuwarten. Auf jeden Fall muss die Farm riesig sein. Francis züchtet Schafe; er betreibt Viehwirtschaft in großem Stil.«

»Ich kümmere mich sofort darum, Sir.«

Nachdem Peter den Raum verlassen hatte, fragte Annie

Wallingham an ihren Sohn gewandt: »Und du meinst, er kann nach dieser langen Zeit noch etwas für uns tun?«

»Ich hoffe, er kann, Mutter. Ich möchte ihn bitten, unseren jüngsten Sohn einzuladen.« Den Namen Rodney auszusprechen brachte Richard nicht über sich. »Damit er ihm hilft, dort unten eine eigene Farm aufzubauen. Er wird meine Gründe für diese Anfrage nie erfahren und ich bin sicher, mein jüngster Sohn wird sie ihm auch nicht nennen. Wenn er das Angebot annimmt, liegt es an ihm, was er aus seinem künftigen Leben macht. Andernfalls wird er der Polizei übergeben und muss sich wegen versuchten Mordes vor Gericht verantworten. Sollte Matthew aber sterben, kann er nicht mehr wählen, sondern wird gleich der Polizei übergeben.«

»Richard, warum hast du ausgerechnet an Neeseeland gedacht?«, fragte Lucille jetzt.

»Weil ich ihn außer Landes sehen will, meine Liebe. Ich finde nicht eher Ruhe, bis die beiden so weit wie möglich voneinander entfernt sind. Denn mein jüngster Sohn zeigt Züge, die auch Elizabeths früherer Verehrer besaß. Sie verstehen, worauf ich hinaus will, Elizabeth?«

Elizabeth äußerte sich zum ersten Mal: »Ja, Colonel. Ich kann mir denken, was Sie empfinden, und da ich der Grund für das Ganze bin …«

»Unsinn! Was reden Sie da, Mädchen! Sie sind nicht der Grund. Wir, die Familie, tragen die Schuld. Und nur ich selbst kann wirklich verstehen, warum. Aber ich bin zu erschöpft, um das jetzt zu erläutern.«

Mary brachte den Tee herein. Sie stellte das Tablett auf einen Tisch, sah Lucille an und sagte: »Jim hat uns die gute Nachricht überbracht, Mrs. Wallingham. Wir sind ganz aus dem Häuschen.« Dann ging sie wieder.

Lucille reichte die erste Tasse ihrer Schwiegermutter, die nächste ihrem Mann. Mit der dritten Tasse stand sie auf, um sie Elizabeth zu bringen. Sie stellte den Tee ab, sah sie an und sagte, verhalten lächelnd: »Ich bin ebenfalls ›ganz aus dem Häuschen‹. Sie auch, meine Liebe, nicht wahr?«

5

Die Operation lag zwei Tage zurück. Während der ersten vierundzwanzig Stunden hatte Matthew unter dem Einfluss starker Betäubungsmittel gestanden; jetzt war er bei Bewusstsein, hatte aber solche Schmerzen, dass er sich fragte, warum die Ärzte ihm kein Morphium gaben. In seinem Kopf dröhnte ein dumpfes Pochen und Hämmern. Sein Bein tat auch weh, und wenn er es anwinkeln wollte, gehorchte es irgendwie nicht. Wo waren die anderen? Er bewegte die Hand und spürte, dass jemand sie hielt. Dann drang eine Stimme zu ihm: »Hallo, Liebling.«

Er wiederholte: »Hallo, Liebling.« Er wollte sich auf die andere Seite rollen, aber das ging nicht. Diese Stimme gehörte Elizabeth. Wo war er? Doch nicht ... nein, nicht etwa im Krankenhaus. Der Krieg war vorbei. Jerry war weg und ... Jetzt hallte eine laute Stimme in seinem Kopf, die schrie: *Jim .. Jim ... Jim ...* Wer war Jim? Er wollte, dass Jim kam. Aber wer war das? Wo war er?

»Ruhig liegen bleiben, Schatz. Bleib ruhig liegen.«

Wieder hörte er diese Frauenstimme, die Stimme eines Mädchens. Ja, natürlich. Das war Elizabeth. Irgendetwas mit seinem Kopf stimmte nicht. Wenn er doch nur etwas gegen die Schmerzen bekäme! Er öffnete die Augen, dann fiel ihm ein, das war sinnlos. Langsam kehrte die Erinnerung zurück. Es hatte keinen Sinn, die Augen zu öffnen, weil er blind war. Und Jim? Jim war sein Freund. Er fuhr den Wagen. Was war geschehen?

»Schwester! Schwester!«

»Ja, ja, ich bin hier. Still liegen bleiben. Wie wär's mit etwas zu trinken?«

Er dachte, Elizabeth würde noch mit ihm sprechen, aber das war eine andere Stimme. Er war wieder im Krankenhaus. »Mein Hals ist trocken.«

»Nehmen Sie das. Es steckt ein Strohhalm drin. Saugen Sie ganz langsam.«

Mit wem redete diese Frau? Saugen Sie ganz langsam. Er wollte Morphium. Trotzdem trank er dankbar. Dann hob er langsam die Lider. Mit seinem Kopf stimmte etwas nicht. Er träumte wohl wieder. Aber er hatte mit dem Strohhalm getrunken. Gleichzeitig schien er zu träumen. Er war von Nebel umgeben und in der Ferne konnte er die Sonne sehen, die durch eine Glasscheibe schien. Warum gaben Sie ihm nicht endlich Morphium? Er schloss noch einmal die Augen, machte sie rasch wieder auf und blinzelte. Da hinten war noch immer das Licht auf der Glasscheibe. Was für eine Scheibe? Welches Licht? Er hatte Halluzinationen. Das machten die Schmerzen. Er wollte endlich ein Mittel dagegen. »Schwester! Schwester!«

»Ja, ich bin hier.«

»Kann ich etwas haben? Mein Kopf tut so weh.«

»Ja. Gleich.«

»Nein, sofort. Ich … bin so müde.«

»Dann schlaf, Liebling. Sei ganz ruhig.«

Was meinten sie? Das war wieder Elizabeths Stimme gewesen. Wo war sie? Warum wollte sie nicht mit ihm reden? Und dann war da wieder diese komische Helligkeit. Sie schien in seinen Augen zu sein und tat weh. Jetzt hatte sie sich bewegt und verdunkelte sich an einigen Stellen. Ein dunkler Fleck näherte sich und wich zurück. Warum blieb der Fleck nicht stehen, damit er in Ruhe das Licht auf dem Glas betrachten konnte? Schlaf, hatte sie gesagt. Er sollte schlafen. Er träumte doch schon. Gerade hatten sie in seinen Arm gestochen und der Schmerz wurde schwächer. Jetzt schlief er gleich ein. Ja, er würde schlafen.

Die Schwester stand neben Elizabeth und sagte: »Sie sind immer unruhig, wenn sie zu sich kommen. Aber er macht gute Fortschritte. Sein Puls ist kräftiger geworden. So weit sind die Ärzte zufrieden. Jetzt hängt alles davon ab, was in den nächsten ein oder zwei Tagen geschieht.«

»Ja.« Elizabeth nickte. Sie wollte nicht reden. Nur an seiner Seite sitzen und seine Hand halten. Er musste beträchtliche Schmerzen haben. »Er schläft jetzt fest«, sagte die Schwester. »Warum gehen Sie nicht und ruhen sich ein wenig aus? Er wacht erst in einigen Stunden wieder auf. Das wissen Sie selbst.«

Ja, das wusste sie. Und die Schwester wollte sie loswerden. Auch das konnte sie verstehen. Wenn jemand neben dem Bett saß, musste man ihn ständig stören, um die Temperatur zu messen, den Blutdruck zu bestimmen und so weiter.

»Sie könnten etwas essen gehen. In der Kantine gibt es Eintopf. Er schmeckt recht gut. Charlie Fox hat Ihren Wachhund vor einiger Zeit dorthin mitgenommen. Du liebe Zeit, kann dieser Mann reden!«

Elizabeth gab ihr mit einem stummen Nicken Recht. Sie verließ das Krankenzimmer und machte sich auf den Weg zum Warteraum. Dort würde sie Jim finden, das wusste sie. In dem Augenblick, als ihn sie sah, warf er die Zeitung weg, die er gerade las und fragte: »Ist alles in Ordnung?«

»Ja. So weit schon, Jim. Aber ich bin schrecklich müde. Er hat eine Spritze bekommen und wird während der nächsten Stunden schlafen. Wahrscheinlich wacht er erst gegen Abend wieder auf. Ich dachte, ich stehle mich nach Hause und schlafe selbst ein paar Stunden.«

»Ja, das ist eine gute Idee, Miss. Vor allem, weil Peter heute Morgen sagte, Sie wären um drei Uhr früh in der Küche gewesen und hätten Tee gemacht. Er war selbst auf; der Colonel hatte wieder eine schlechte Nacht. Ich beneide ihn nicht um seinen Job.«

»Für gewisse Menschen würden wir beide wohl das Gleiche tun, denke ich.«

Er lachte kurz. »So ist es, Miss. Sie haben ganz Recht.«

Im Wagen schlief sie beinahe ein. Als sie den Kopf gegen die Nackenstütze lehnte und nichts mehr sagte, hörte Jim mit seinem Geplauder auf.

In der vergangenen Nacht hatte sie nur drei Stunden Schlaf gehabt und in der Nacht davor noch weniger. Jetzt wurde sie von der Müdigkeit überwältigt. Heute Morgen hatte sie sich sehr zusammennehmen müssen, um nicht neben Matthews Bett einzunicken.

Sie mussten nicht mehr den Umweg über den Farmhof nehmen, um zum Haus zu gelangen. Für die Verlängerung der Zufahrt waren einige Meter Rasen geopfert worden, so dass man vom Haupttor ungehindert bis zum Haus durchfahren konnte.

Als Jim den Wagenschlag öffnete, um ihr beim Aussteigen zu helfen, bemerkte er, dass sie aus dem Dämmerschlaf hochschreckte. Er nahm ihren Arm und führte sie über die Terrasse zum Haupteingang. »Danke, Jim. Ich komme jetzt allein zurecht. Glauben Sie mir, es ist alles in Ordnung.«

»Nein, das glaube ich Ihnen nicht«, entgegnete er und stieß die Tür auf. Da in der Halle niemand war, führte er sie durch den Korridor in den Anbau. Dort klopfte er an die Wohnzimmertür, bevor er sie hineinschob.

Das alte Mädchen, wie er Annie Wallingham für sich nannte, erhob sich mühsam vom Sofa. »Was ist geschehen?«, rief sie.

»Kein Grund zur Aufregung, Madam. Ihr geht es gut. Sie ist nur müde. Fällt beinahe um vor Müdigkeit. Zuerst etwas Heißes zu trinken und dann ins Bett, würde ich vorschlagen. Und Mr. Matthew geht es auch gut. Er hat eine Spritze gekriegt, sagt sie, und damit wird er bis zum Abend schlafen. Sie verstehen?«

»Ja, ja. Danke. Vielen Dank. Und Sie, meine Liebe, setzen sich hin. Ich läute nach Mary.«

»Schlafen Sie gut, Miss.«

Jim wandte sich um und verließ den Raum. Draußen traf er mit Lucille und Peter zusammen. »Was ist los?« rief Lucille. »Sie haben Elizabeth zurückgebracht? Ist sie krank?«

»Nein, Ma'am. Nur sehr müde. Sie hat fast den ganzen Weg im Wagen geschlafen. Peter kann Ihnen berichten, dass sie die halbe Nacht auf den Beinen war. Ein paar Stunden Schlaf und sie ist wieder frisch und munter. Die alte Dame kümmert sich um sie.«

Als aus dem Salon laute Stimmen herüberdrangen, wandten alle gleichzeitig den Kopf. Peter nahm Lucilles Arm und führte sie zur Treppe. »Gehen Sie zurück auf Ihr Zimmer und legen Sie sich hin.«

Dann wandte er sich an Jim, der ihn fragend ansah. »Das ist *er*. Der Colonel liest ihm die Leviten. Geh in die Küche und lass dir etwas zu trinken geben. Ich erzähle dir später, wie die Sache ausging.«

»Mach das. Ich bin schon sehr gespannt.«

Jim bewegte langsam nickend den Kopf, worauf Peter sagte: »Nicht nur du.«

Jim verschwand durch die Halle in Richtung Küche und Peter ging zur Salontür. Er stellte sich an die Wand daneben und lauschte, was der Colonel sagte: »Du tust, was ich sage. Solltest du dich weigern, hast du keine Wahl mehr. Ob Matthew überlebt oder stirbt, du wirst der Polizei übergeben. Sollte er sterben, gibt es zwei Zeugen, die beweisen können, dass du der Mörder bist. Stirbt er nicht, können diese Zeugen deinen Mordversuch bestätigen. Ich sage, du gehst nach Neuseeland und baust dir dort eine Existenz auf, Viehzucht, Landwirtschaft, was du findest.

Gestern habe ich durch die Neuseelandvertretung in London die Adresse von Francis Waterford erhalten. Die Waterfords waren mit der Familie meines Großvaters weitläufig verwandt und heute Morgen habe ich es mir zur persönlichen Aufgabe gemacht, Francis Waterford anzurufen. Eine gültige Einladung an uns, nach Neuseeland zu kommen und ihn auf seiner riesigen Farm zu besuchen, erging bereits vor vielen Jahren. Aber keiner aus der Familie hat sie bislang angenommen. Ich habe angefragt, ob er einem meiner Söhne behilflich sein könnte, in seiner Gegend ein Stück Land oder eine kleine Farm zu erwerben, und er schien sehr erfreut über diese Aussicht. Er lebt auf der Nordinsel, wo der Boden fruchtbar ist. Es gibt einen lebhaften Handel mit Weidevieh und Schafen und auch andere Wirtschaftszweige blühen. Er meinte, mein Sohn sei ihm willkommen … ›Jeder aus der Herde‹, das war sein genauer Ausdruck. Ich kann ihm nicht gestehen, dass ich ihn betrüge und ihm einen Vertreter der Wallinghams schicke, der diesen Namen entehrt hat. Von mir wird er nichts über deine Vergangenheit erfahren und es liegt an dir zu beweisen, dass ein Rest Anständigkeit in dir geblieben ist.«

»Ich werde nicht gehen. Bestimmt nicht. Ich beweise, dass es ein Unfall war. Das kann ich und das werde ich.«

»Nein, das kannst du nicht. Und das weißt du genau.«

»Ich ... habe nicht das Geld, um aus eigenen Kräften eine Farm aufzubauen.«

»Doch, das Geld hast du. Ich bin kein Narr. Schon seit längerer Zeit polsterst du dein Nest gehörig. Ich weiß nicht, wie lange das schon ging, bevor ich wieder nach Hause kam; aber was du auf die Seite gebracht hast, sollte genügen, um einen kleinen Besitz zu kaufen. Und da wir vom Finanziellen sprechen, teile ich dir mit, dass du die Hälfte der Summe erhältst, die ich in meinem Testament für dich vorgesehen habe. Sie wird dir in vierteljährlich zahlbaren Teilbeträgen durch meinen Anwalt zugehen, solange du in Neuseeland bleibst. Eine Bedingung knüpfe ich an meine Großzügigkeit. Nach deiner Ankunft musst du mit der Familie von Francis Waterford in Verbindung bleiben. Angesichts dessen, was du dort vorfindest, magst du deine hochmütige Nase rümpfen, denn die Familie hat Vorfahren unter den Maori. In den Adern der Waterfords fließt Mischlingsblut. Aus diesem Grund wagte mein christlich eingestellter Großvater lediglich den Kontakt aufrechtzuerhalten, statt in Freundschaft mit der Familie zu verkehren. Aber lass dir von mir gesagt sein, ohne die Neuseeländer und ihre tapferen Soldaten, die uns während des Krieges tausendfach zu Hilfe eilten, wärst du heute in einer anderen Lage.«

»Ich werde nicht nach Neuseeland gehen. Und ich finde einen anderen Weg.«

»Ja, das dachte mir. Und ich weiß, was du meinst. Du hast dein eigenes Bankkonto und willst dich klammheimlich aus dem Staub machen. Offenbar denkst du, dich würde nichts aufhalten und meine Worte wären nur leeres Gerede. Nun, mittlerweile solltest du wissen, dass ich kein Vielredner bin und dies die längste Rede ist, die ich in meinem Leben gehalten habe, die längste und die bitterste. Ich warne dich zum letzten Mal, wenn du deine Absichten in die Tat umsetzt und heimlich von hier verschwindest, benachrichtige ich umgehend die Polizei. Und glaube mir, ich meine jedes Wort ernst. Du hast bis morgen früh Zeit, um mir mitzuteilen, dass du deine Sachen gepackt hast und bereit bist, die Reise nach Neuseeland anzutreten. Jetzt geh mir aus den Augen. Hinaus!« Das letzte Wort war ein lauter Schrei.

6

Um viertel nach zwei hatte sich Elizabeth hingelegt. Sie erwachte genau um sechs Uhr von den Schlägen der Standuhr auf der Treppengalerie, ohne zunächst auf die Zeit zu achten. Es war noch hell draußen und sie streckte sich ausgiebig, bevor sie die Decke abschüttelte, unter der sie gelegen hatte. Dann setzte sie sich auf die Bettkante. Beim Blick auf ihre Armbanduhr sprang sie erschrocken hoch. Sechs Uhr! Sie hatte geglaubt, es wäre ungefähr vier. Eilig ging sie ins Badezimmer und wusch sich das Gesicht mit kaltem Wasser, fuhr mit einem Kamm durch ihr Haar und nahm Mantel und Hut von dem Stuhl, auf dem sie beides vorher abgelegt hatte. Dann eilte sie nach unten in das Wohnzimmer im Anbau, wo Lucille mit ihrer Schwiegermutter auf dem Sofa saß.

»Wohin wollen Sie denn?« Lucille stand auf und nahm Elizabeth den Hut und den Mantel ab. »Setzen Sie sich zu uns, Mädchen.«

»Es ist sechs Uhr. Ich hätte nie geglaubt, dass ich so lange schlafen würde. Ich muss zurück.«

»Sie müssen nicht zurück.« Lucille drückte sie mit sanfter Gewalt in einen Sessel. »Ich selbst bin erst vor einer halben Stunde wiedergekommen. Jim hat mich um drei zum Krankenhaus gefahren und ich bin um kurz nach fünf heimgekehrt. Er schläft friedlich und die Ärzte sind mit den Untersuchungsergebnissen so weit zufrieden. Wir müssen uns keine Sorgen mehr machen. Er ist aus der Ohnmacht erwacht und auch die Nachwirkungen der Narkose sind abgeklungen.«

»Oh, er wird sicher noch leiden. Die Narkose kann manche Menschen tagelang beeinträchtigen.«

»Ja, Schwester. Danke für die Belehrung.«

»Entschuldigung, Lucille. Es tut mir Leid.« Sie fassten sich an den Händen und lachten. In diesem Augenblick sagte Annie Wallingham gereizt: »Wenn jemand mit mir sprechen würde, wüsste ich wenigstens, dass es mich noch gibt.«

»Oh, Mrs. Wallingham.«

»Um Himmel willen, Mädchen! Hören Sie endlich auf, mich Mrs. Wallingham zu nennen! Beleidigen Sie mich hinter meinem Rücken, aber wenn Sie mit mir reden, sagen Sie scheinheilig Granan zu mir. Wie meine ganze Familie.«

Während alle leise lachten, ging Lucille der Gedanke durch den Kopf, wie wunderbar dies war – lachen zu können. Sie verstand selbst nicht, wie sie nach den Geschehnissen, die Peter ihr berichtet hatte, dazu imstande war. Richard musste es das Herz zerrissen haben. Peter hatte gesagt, der Colonel habe jedes Wort ernst gemeint und in seinem ganzen Leben nie eine Rede gehalten, die länger war, und auch keine von dieser Heftigkeit. Die Worte des Colonels hatten Wirkung gezeigt, denn weniger als eine Stunde später war Mary zu ihr gekommen und hatte berichtet, Rodney packe seine Koffer.

Gott sei Dank, dachte Lucille und konnte sich gerade noch daran hindern, es auszusprechen. Sie musste sich daran erinnern, dass Rodney noch immer ihr Sohn war und das Letzte der Kinder, die sie zur Welt gebracht hatte. Im nächsten Augenblick dachte sie wieder daran, wie unglücklich und unwohl sie sich während der neun Monate ihrer Schwangerschaft mit ihm gefühlt hatte. Trug er allein die Schuld an allem, was geschehen war? Nein, wie Richard war auch sie nie fähig gewesen, ihm genug Liebe zu geben. Aber wenigstens Richard hätte seinen jüngsten Sohn verstehen sollen, denn er war selbst ohne Liebe aufgewachsen. Nach dem Verlust ihrer beiden geliebten jüngeren Söhne hatten Granan und der General nur noch an sich gedacht. Warum hatten sie sich nicht ihrem Richard zugewandt, dem Sohn, der ihnen geblieben war? Granan war mit dem General nach Indien gegangen. Sie selbst hatte keine große Begeisterung gezeigt, dem Colonel zu folgen, sondern war lieber mit den Kindern zu Hause geblieben. Hatte sie sich damals liebevoll Rodney zugewendet? Nein. Und er war seinem Vater immer ähnlicher geworden – in gewisser Weise; denn kaltblütiger Mord, darüber war Richard erhaben. Oh, wie froh sie war, dass er die Familie verließ. Sie hoffte, er würde nicht kommen, um sich von ihr zu verabschieden. Das wäre zu schwer zu ertragen; ihre Schuldgefühle könnten sie überwältigen.

»Du guckst Löcher in die Luft, Schwiegertochter.« Annie Wallinghams Stimme drang wie aus weiter Ferne zu ihr.

Lucille blinzelte. »Das mag sein. Ich habe nachgedacht.«

Annie wurde leise: »Das musst du nicht, meine Liebe. Wozu soll das gut sein? Der morgige Tag wird kommen und vorübergehen und übermorgen auch. Was geschehen soll, geschieht. Richard hat das Richtige getan, das einzig Richtige, um das Leben für dich und uns alle in Zukunft erträglich zu machen. Nachdem dies gesagt ist, lass uns zu den praktischen Fragen übergehen. Ich habe Mary wissen lassen, sie habe, sobald ich läute, ein Tablett mit einem ordentlichen Nachmittagstee hereinzubringen. Das würde bedeuten, dass Sie, meine liebe Elizabeth, sich von Ihrem Schönheitsschlaf erhoben hätten; und ich wüsste mit Bestimmtheit, dass Sie nicht zum Abendessen blieben.«

Elizabeth spürte den Drang, aufzustehen und ihre Arme um die runzlige, alte Dame zu schlingen, blieb aber ruhig sitzen und sagte, leicht nach vorn gebeugt und in gespielt tadelndem Ton: »Eines Tages werden Sie von mir erfahren, was ich wirklich über Sie denke.« Sie hatte die Stimme der Köchin gekonnt nachgeahmt und die alte Dame gab im Ton von Mary zurück:

»Auf den Moment warte ich gern, das können Sie mir glauben.«

»Ihr zwei solltet als Duo auftreten. Es gibt genügend Varietétheater, die sich um euch reißen würden.«

Kurze Zeit später berichtete Mary in der Küche, sie könne nur noch staunen, sei aber in der Seele froh, denn alle drei Frauen im Salon hätten tatsächlich gelacht … nun, vielleicht nicht richtig gelacht, aber laut gelächelt, wie der alte General zu sagen pflegte.

Acht Uhr abends war gerade vorbei. Jim hatte Elizabeth wie vereinbart vor dem Krankenhaustor abgesetzt und war zu einem Besuch bei seiner Mutter weitergefahren. Um Punkt neun Uhr würde er zurück sein, hatte er versprochen.

Elizabeth kam zu dem Einzelzimmer, in dem Matthew lag, und war überrascht, dass eine Krankenschwester vor der Tür stand. Für einen Moment setzte ihr Herz erschrocken aus, denn aus dem Zimmer drang das Geräusch mehrerer Stimmen. Die Krankenschwester beruhigte sie rasch: »Alles ist in bester Ordnung«, sagte sie. »Aber ich muss Ihnen mitteilen, dass Sie jetzt nicht hineinkönnen. Er wird noch untersucht. Dr. Venor ist vor wenigen Minuten in sein Büro gegangen. Er hat mir aufgetragen, Ihnen zu sagen, Sie möchten zu ihm kommen, denn er habe mit Ihnen zu reden.«

»Sind Sie sicher, dass es Ma… ich meine, dass es dem Captain gut geht?«

»Ja, Miss. Sie haben mein Wort. Zumindest hat sich sein Zustand sehr gebessert. O ja, es hat eine große Veränderung stattgefunden.«

Die Schwester lächelte über das ganze Gesicht und Elizabeth wandte sich von ihr ab. Sie war verwirrt. Auf dem Weg zu Dr. Venors Büro begann sie beinahe zu rennen. Sie war einigermaßen überrascht, dass sich der Arzt um diese späte Stunde noch im Krankenhaus aufhielt; normalerweise beendete er gegen sechs Uhr abends seinen Dienst.

Sie klopfte an die Tür. »Herein. Nur herein«, war die sofortige Antwort. Dr. Venor erhob sich von seinem Sessel hinter dem Schreibtisch und lächelte ihr entgegen.

»Setzen Sie sich, Schwester. Nehmen Sie Platz. Ich habe eine ziemlich verblüffende Nachricht für Sie. Wie weit die Sache voranschreiten wird, kann ich noch nicht sagen, aber im Augenblick handelt es sich um eine gute Neuigkeit. Also, machen Sie bitte nicht so ein ängstliches Gesicht. Sie müssen wissen, es war kurz nach fünf, als der Captain aufwachte, einigermaßen wenigstens, nach dem Beruhigungmittel, das er erhalten hatte. Die Geschichte verlief folgendermaßen. Er bat um etwas zu Trinken, doch als die Schwester ihm das Glas reichte, schob er es weg und rief: ›Da ist es wieder! Da ist es wieder! Am Fenster!‹ Als er aufgeregt mit der Hand zum Fenster wies, hätte er der Schwester das Wasserglas beinahe aus der Hand gestoßen. Dann schrie er laut: ›Da ist Licht! Licht! Da hinten ist Licht!‹ Die Schwester klingelte nach ihrer Vorgesetzten. Beide Schwestern konnten den Patienten nur mit Mühe beruhigen; er warf sich wild im Bett umher und hätte sich an seinem eingegipsten Bein leicht noch mehr verletzen können.

Da er darauf bestand, Licht im Fenster sehen zu können, klingelte die Stationsschwester nach einer weiteren Kolligin und schickte sie los, um mich zu holen. Als ich im Krankenzimmer eintraf, hielten die beiden den Patienten, dessen Kopfverband sich abzulösen begann, mit letzter Kraft im Bett. ›Was ist los, Captain?‹, fragte ich ihn. ›Unter welchen Beschwerden leiden Sie?‹ Er entgegnete: ›Beschwerden? Beschwerden? Das Licht in dem Fenster da hinten. Da ist Licht im Fenster.‹

Dann sprach ich ernst auf ihn ein«, berichtete Dr. Venor weiter. »›Sie müssen sich beruhigen. Wenn Sie sich weiter im Bett herumwerfen, verletzen Sie sich selbst und das Licht im Fenster verschwindet wieder. Dann werden Sie es vielleicht nie wieder sehen. Sie verstehen mich doch, Captain?‹ Er erschlaffte am ganzen Körper und flüsterte: ›Ja. Ja.‹ Im nächsten Moment bäumte er sich wieder auf. ›Aber da war Licht im Fenster.‹

Ich sagte, er habe Recht, da sei Licht im Fenster, und wenn er mir verspräche, still liegen zu bleiben, werde das Licht auch nicht verschwinden; doch sollte er wieder mit dem wilden Herumwerfen anfangen, würde das seinen Kopf womöglich derart durcheinander bringen, dass das Licht für immer erlosch. Das schien er zu begreifen, denn danach blieb er ruhig im Bett liegen.

Ich ging nach draußen und rief Mr. Carey an. Er ist der Augenchirurg. Ich wusste, dass er an diesem Tag seine Visite im General Hospital machte, wo er operiert, und erreichte ihn, kurz bevor er das Haus verließ, um ihm die Situation zu erklären. Er wirkte sehr interessiert und versprach, sobald wie möglich zu kommen. Vor einer halben Stunde traf er hier ein, zusammen mit einem jungen Assistenzarzt. Er untersuchte den Captain grümdlich, soweit die Umstände dies erlaubten, und sagte, alle Anzeichen sprächen dafür, dass das Sehvermögen zurückkehrte, aber wir müssten noch Geduld haben. Oh, meine Liebe, nein, setzen Sie sich wieder! Und weinen Sie nicht, das schadet nur.«

»Es tut mir Leid.«

»Das muss es nicht. Seien Sie einfach froh. Und froh sind Sie, das weiß ich. Nur, erwarten Sie noch keine Wunder. Nach dem, was uns mitgeteilt wurde, ist er erblindet, als eine Bombe dicht neben ihm explodierte, aber seine Augen scheinen keine physischen Verletzungen davongetragen zu haben. Wahrscheinlich ist das Sehvermögen durch den neuerlichen Schock zurückgekehrt, als er über die Steilkante fiel und mit dem Kopf auf einem Felsblock aufschlug. Ein Schock hat dem anderen entgegengewirkt. Sehr unwahrscheinlich, mögen Sie sagen. Aber so etwas kommt vor. Können Sie mir folgen?«

Oh, sie konnte ihm folgen. Und wie sie ihm folgte! Das Wunder war beinahe zu groß, um es zu begreifen. Falls sein volles Sehvermögen zurückkehrte, würde er am Ende Rodney dafür danken müssen, überlegte sie sogar. Dann schalt sie sich für den verqueren Gedanken und sagte: »Seine Familie wird überglücklich sein. Kann ich später zu ihm?«

Der Arzt schwieg einen Moment. »Gut, ich werde mich erkundigen, wenn ich gleich auf die Station zurückkehre. Sie setzen sich ins Wartezimmer, meine Liebe. Ich komme dann zu Ihnen.«

Sie musste nur zwanzig Minuten warten, bis Dr. Venor zurückkehrte. »Es tut mir Leid, aber Mr. Carey meint, es wäre besser, wenn er ein leichtes Beruhigungsmittel erhält und heute Abend nicht mehr gestört wird. Und auch für die nächsten ein oder zwei Tage braucht er dringend Ruhe; deshalb kann er leider keinen Besuch empfangen, was Sie sicher verstehen werden. Er darf sich nicht aufregen.«

»Ja, Dr. Venor. Das verstehe ich. Und wenn ich das sagen darf, Sie sind ein sehr freundlicher Mann, der sein Licht viel zu sehr unter den Scheffel stellt.«

»Oh, Schwester Ducksworth. An Komplimente bin ich nicht gewöhnt. Nicht einmal an nette Worte. Normalerweise bin ich die Zielscheibe für Beschwerden, Missverständnisse und in manchen Fällen sogar Beschimpfungen. Wenn mir jemand ein Kompliment macht, weiß ich nicht, wie ich es in Würde annehmen soll. Für solche Dinge braucht man Übung!« Er streckte ihr die Hand entgegen. »Danke, meine Liebe. Und eine gute Nacht.«

Als er die Tür öffnete, blieb sie für einen Moment auf der Schwelle stehen. »Gute Nacht, Doktor. Und nochmals vielen Dank.«

Sie ging zur Telefonzelle in der Halle und rief in The Beavors an, weil sie das Gefühl hatte, die Nachricht auf der Stelle weitergeben zu müssen. Sie konnte die Familie nicht bis zu ihrer Rückkehr warten lassen.

Eine Stimme am anderen Ende der Leitung sagte: »Ja? Hier ist The Beavors.«

Sie rief: »Peter! Oh, Peter!«

Peters Stimme kam sofort zurück: »Was ist los? Ist etwas geschehen?«

»Ach, nichts. Nichts Schlimmes. Nur gute Nachrichten. Ich würde gern mit Lucille sprechen.«

»Können Sie mir nicht sagen, um was es geht? Ich bin im Zimmer des Colonels … Nun machen Sie schon, Elizabeth. Sagen Sie es mir. Der Colonel ist wissbegierig.«

»Ich weiß nicht, wie ich mich ausdrücken soll. Ich zittere noch vor Erleichterung. Der Arzt hat mir eben gesagt, dass Matthew … Die Ärzte glauben, ein Teil seiner Sehfähigkeit kehrt zurück. Er war heute zweimal furchtbar aufgeregt, weil er Licht gesehen hat. Jetzt sind die Augenspezialisten bei ihm.«

»Das ist ja wunderbar!«

»Aber … warten Sie.« Elizabeth sprach wieder mit ruhigerer Stimme. »Das ist nur ein Anfang. Die Ärzte haben mich gewarnt. Erst nach langwierigen Untersuchungen wird klar sein, wie viel seiner Sehkraft tatsächlich wiederhergestellt werden kann oder bereits zurückgekehrt ist. Vor allem braucht er äußerste Ruhe. Daher riet man mir, ihn heute Abend nicht mehr zu stören. Sie lassen ihn gleich schlafen. Auch für die nächsten beiden Tage soll er keinen Besuch erhalten. Im Augenblick gehe ich wie auf Wolken, aber die Wolkendecke ist dünn; ich habe ständig Angst, hindurchfallen zu können. Wir müssen jetzt alle viel Geduld haben. Trotzdem wollte ich der Familie gleich Bescheid geben, denn Jim wird mich nicht vor neun Uhr abholen. Auf jeden Fall besteht berechtigter Grund zur Hoffnung.«

»Berechtigter Grund zur Hoffung? Die Nachricht ist einfach wunderbar! Warten Sie nur, bis ich sie weitererzählt habe.«

»Aber seien Sie vorsichtig, Peter. Mich musste der Arzt auch warnen, nicht zu euphorisch zu sein. Und nun gehen Sie. Sagen Sie es allen. Bis bald, Peter.«

»Bis bald, Miss Elizabeth.«

Nachdem Peter aufgelegt hatte, wandte er sich an den Colonel, der sich im Bett sitzend nach vorn streckte. »Matthew ... kann so etwas wie Licht erkennen. Die Spezialisten waren bei ihm und nach allem, was ich erfahren konnte, behandeln Sie ihn während der nächsten ein oder zwei Tage, was bedeutet, dass er keinen Besuch empfangen darf. Aber ist die Nachricht nicht wunderbar? Was für ein Abschluss für diesen furchtbaren Tag, Sir!«

Der Colonel antwortete ihm nicht. Sein Kopf war zurückgesunken und er hatte die Augen geschlossen. Nach einer ganzen Weile sagte er: »Ja, Sie haben Recht, Peter. Das bedeutet eine gewisse Veränderung der Sachlage. Aber die Angelegenheit ist nicht ausgestanden. Sie müssen noch dieses Päckchen zu Rodney herüberbringen.« Er wies auf ein Bündel mit Papieren, die in wasserfestes Tuch eingewickelt waren.

»Sicher. Das erledige ich jetzt. Aber Sie werden es mir nachsehen, Sir, dass ich zuerst Ihre Mutter und Madam aufsuche und ihnen die Nachricht überbringe.«

»Ja, natürlich.«

Peter war die halbe Treppe heruntergestiegen, als er Lucille auf dem Korridor erblickte. »Eine Minute!«, rief er. »Eine Minute! Ich habe Neuigkeiten. Stellen Sie sich vor! Stellen Sie sich nur vor!« Er stand auf der letzten Stufe und blickte in ihr Gesicht. »Eben hat Elizabeth angerufen. Sie klang entsetzlich aufgeregt und auch ziemlich durcheinander, aber nach allem, was ich verstanden habe …« An dieser Stelle machte er eine Pause. »Ich bin selbst ziemlich durcheinander«, gab er zu. »Aber Matthew kann *sehen.* Er kann sehen. Auch wenn es nur ein bisschen Licht ist. Jetzt braucht er völlige Ruhe und kann für die nächsten Tage keinen Besuch empfangen. Oh, nein! Bitte nicht!« Er ging auch die letzte Stufe nach unten und stützte Lucille. »Weinen Sie nicht, sondern gehen Sie lieber zu der alten Dame und erzählen Sie ihr alles. Ich muss eine Besorgung machen.« Er hielt das Päckchen hoch.

»Er kann sehen?«

»Nur ein bisschen. Elizabeth mahnt uns, nicht zu euphorisch zu sein. Das haben die Ärzte ihr auch gesagt. Es ist zu früh, um mehr sagen zu können, und sicher sind langwierige Untersuchungen nötig, um festzustellen, wie viel seiner Sehkraft am Ende zurückkehren wird. Trotzdem, er kann sehen.«

Mit einer Hand an ihrem Hals und mit der anderen Peters Hand haltend, stand Lucille da. »Kommen Sie«, sagte Peter. »Kommen Sie, meine Liebe. Ich begleite Sie zu Ihrer Schwiegermutter und wir erzählen ihr alles. Nach dieser Nachricht wird sie heute Nacht ohne Schlaftablette auskommen.«

Bella war vor einer Minute aus der Küche in die Eingangshalle gekommen. Jetzt wandte sie sich um und rannte zurück in die Küche. Die Köchin und Rosie arbeiteten am Küchentisch. Bella schrie ihnen entgegen: »Das erratet ihr nie! Ihr werdet mir nicht glauben, was ich eben gehört habe. Mr. Matthew kann sehen, er kann wirklich sehen! Miss Elizabeth hat angerufen. Ich habe gehört, wie Peter sagte, er könnte Licht sehen.« Sie presste beide Hände an den Busen und erklärte mit ehrfurchtsvoller Stimme: »Ist das nicht ein Himmelsgeschenk für dieses von Leid heimgesuchte Haus?«

Der Mund der Köchin stand halb offen. »Nein! Bist du sicher?«, fragte sie.

»Natürlich bin ich sicher. Ich habe Ohren im Kopf. Jetzt sind die Herrin und Peter zur alten Dame gegangen, um ihr alles zu erzählen.«

Die Köchin ließ ihre Arbeit am Tisch im Stich und sackte vor dem Kamin auf einen Stuhl. Sie wollte etwas zu Bella sagen, besann sich und wandte sich an die mit großen Augen und weit geöffnetem Mund dastehende Rosie: »Du solltest doch den Kaffee nach oben bringen, oder?«, schrie sie das Mädchen an. »Warum gehst du dann nicht? Und bring das schmutzige Geschirr mit runter, sonst werden wir heute Abend nie mit der Arbeit fertig.«

Rosie griff das Serviertablett für den Kaffee und stieß mit ihrem Allerwertesten die Tür zum Durchgang und zur Hintertreppe auf. Auf dem Treppenabsatz benutzte sie ihren Fuß, um ihr Eintreten in den langen und nur spärlich möblierten Raum anzukündigen. Als sie das Tablett absetzte, konnte sie die Nachricht nicht zurückhalten. »Denken sie nur, Mr. Rodney!«, rief sie. »Eben hat die Familie erfahren, dass Mr. Matthew sehen kann. Was sagen Sie dazu?«

Der am anderen Tischende sitzende Mann starrte sie an. Sein Blick vertrieb jede Spur eines Lächelns aus Rosies Gesicht und sie sprach mit nüchterner, sogar leicht verängstigter Stimme weiter: »Ich … bringe Ihr Tablett, Sir.« Sie beugte sich vor, zog das Tablett mit den Resten seines Mittagessens heran und nahm es hoch. Dabei hob sie die Lider für einen kurzen Blick in seine Richtung, bevor sie aus dem Zimmer hastete.

Brrrh! Er sah schrecklich aus, beinahe teuflisch. Früher hatte sie irgendwie Mitleid mit ihm gehabt, manchmal jedenfalls, weil alle gegen ihn waren. Jetzt nicht mehr. Was über ihn gesagt wurde, war sicher richtig, obwohl sie nicht wagte, sich diese Wahrheit vorzustellen. Nur so viel wusste sie genau: Nach dem Ausdruck zu urteilen, den sie eben in seinem Gesicht gesehen hatte, konnte er jeden umbringen.

Wieder allein im Zimmer, starrte Rodney auf das Kaffeetablett. Er spürte den Drang, es zu packen und gegen die Wand zu schleudern. Er konnte also sehen, sein lieber Bruder! Gütiger Gott! Sich vorzustellen, dass *seine* Tat, *seine* Rache für die vielen Ungerechtigkeiten, die er wegen dieses Bruders hatte ertragen müssen, ihm das Augenlicht zurückgegeben hatte! Das war der letzte Schlag. Jetzt würde dieser Mistkerl sie sehen können. Dabei hätte er davonkommen können, wenn dieser verdammte Hund nicht gewesen wäre.

Er blickte an seinem Bein entlang. Niemand war gekommen und hatte die Bisswunde versorgt. Sie hatten nicht einmal den Arzt gebeten, sich das Bein anzusehen. Dabei hätte eine Blutvergiftung entstehen können. Wenn er diesen Köter unter die Finger bekam, würde er dafür sorgen, dass er niemanden mehr beißen konnte; das wäre wenigstens ein kleines Stück Gerechtigkeit. Ja, er würde ihnen zeigen, dass er noch nicht am Ende war.

Tatsächlich hatte er überhaupt nichts mehr gegen seine Auswanderung nach Neuseeland einzuwenden. Dort wusste niemand etwas über ihn, so viel hatte sein Vater versprochen. Die Familie von Francis schien recht eigenartig zu sein, aber diese Leute zählten sicher gern einen Engländer zu ihrem Bekanntenkreis, der einen Sinn für Geschäfte hatte. Wenn er wollte, besaß er die Fähigkeit, sich schnell beliebt zu machen. Und genau das würde er tun. Er würde dafür sorgen, für jemanden unentbehrlich zu sein. Dort unten, bei Menschen, die nichts über ihn wussten, konnte er sich einen Namen machen. Davon war er überzeugt.

Plötzlich wurde die Tür erneut aufgestoßen. Rodney stand nicht auf, als Peter hereinkam.

Peter legte das Päckchen auf den Tisch. »Ihr Vater wünscht, dass Sie diese Papiere an sich nehmen. Es ist die Beglaubigung über seine zukünftigen Zahlungen an Sie. Die Angelegenheit wurde einem Notar übergeben, der sich mit einer Bank in Neuseeland in Verbindung setzt. Außerdem befindet sich der Reservierungsschein für eine Kabine auf der *Orontes* darunter; das Schiff läuft übermorgen von

Southampton aus. Der Colonel hat mir aufgetragen, Ihnen zu sagen, es handle sich um eine sechswöchige Reise. An deren Ende würden Sie vielleicht zu sich gekommen sein und hätten sich entschieden, wie Sie Ihren Verwandten entgegentreten, die Sie bei Ihrer Ankunft willkommen heißen werden.«

Rodney erhob sich jäh von seinem Stuhl, als hätte er die Absicht, sich auf den alten Mann zu stürzen. Stattdessen sagte er: »Wagen Sie nicht, auf diese herablassende Weise mit mir zu reden, Sie gewöhnlicher Kriecher! Was waren Sie denn in der Armee? Ein kleiner Gefreiter, weiter nichts. Eingeschmeichelt haben Sie sich bei meinem Vater, um nach oben zu kommen; und jetzt machen Sie das Gleiche bei meiner Mutter.«

In diesem Augenblick war Peter heilfroh, dass Rodney seine Mutter nicht als Erste genannt hatte. Das hätte womöglich darauf hingedeutet, dass er mehr über die besondere Beziehung zwischen ihnen wusste. Aber er antwortete: »Schweigen Sie. Sonst schlage ich Ihnen die Faust ins Gesicht, so dass Sie bis Neuseeland nicht aus den Augen sehen können.«

Tatsächlich fuhr seine Hand hoch, als wollte er die Drohung wahr machen. Aber er packte nur Rodneys Hemdbrust und zog ihn für einen Moment zu sich heran. Dann stieß er ihn gegen die Wand neben dem Kamin.

Sie standen sich mit zornerfülltem Blick gegenüber. »Mein Gott!«, sagte Peter dann. »Wie ich mich danach sehne, Sie niederzuschlagen. Schon immer, seit Sie mir das erste Mal über den Weg gelaufen sind, wollte ich das tun. Aber ich überlasse die Aufgabe Ihren neuen Bekannten auf der unteren Hälfte der Erdkugel. Eines Tages wird sich jemand finden, der Sie fertig macht. Die Neuseeländer sind wie die Australier. Sie riechen, was und wer jemand ist. Und dann helfe Ihnen Gott!« Er wandte sich um und ging aus dem Zimmer.

Gegen acht Uhr am nächsten Morgen kam Peter herunter, nachdem er dem Colonel das Tablett mit dem Morgentee gebracht hatte. Er sah, dass Bella am Fuß der Treppe auf ihn wartete. »Peter«, sagte sie. »Der alte Joe möchte mit Ihnen sprechen.«

»Wo ist er, Bella?«

»Vor einer Minute war er noch draußen. Er unterhielt sich mit Jim. Aber Jim ist frühstücken gegangen.«

Peter verließ das Haus durch die Vordertür und ging die Terrasse entlang. Dann sah er Joe, der vor dem geöffneten Tor der neuen Garage stand und den Daimler bewunderte. »Sie wollten mit mir sprechen, Joe?«

»Oh, das wollte ich, Peter. Ja.« Er kam hastig zu ihm. »Er ist weg ... über alle Berge.«

Peter fragte nicht, wer weg war, sondern fragte nur: »Seit wann?«

»Ungefähr seit halb sieben. Ich war überrascht, dass um diese Zeit ein Taxi auf dem Hof vorfuhr. Bevor ich den Fahrer fragen konnte, was er so früh hier will, kam Mr. Rodney mit seinen Koffern die Treppe vom Büro herunter und reichte das Gepäck dem Taxichauffeur. Dann holte er noch zwei Kisten und einen Mantel. Von mir nahm er nicht die geringste Notiz – als wäre ich überhaupt nicht da. Dabei stand ich neben der Kühlerhaube. Vor dem Einsteigen sagte er zu dem Fahrer: ›Warten Sie eine Minute.‹ Wissen Sie, was er dann tat?

Er ging an der großen Scheune vorbei zu dem Schuppen, wo wir Flossies Zwinger aufgestellt haben. Unterwegs sah ich, wie er etwas aus seiner Tasche zog. Etwas Kleines. Aber ich konnte nicht erkennen, worum es sich handelte. Dann öffnete er die Tür und blieb stehen. Wäre Flossie im Zwinger gewesen, hätte er ihr Bellen gehört. Das können Sie mir glauben. Bei Mr. Matthew wedelt sie immer mit dem Schwanz, aber wenn sie Mr. Rodney sieht, stellen sich ihr die Nackenhaare auf. Sie war nie unterwürfig bei jemandem, der sie geschlagen hat. Das vergisst sie nicht. Sie hätte gebellt, und da man nichts hörte, war sie nicht im Zwinger. Ich sah Mr. Rodney für einen Moment zögern, dann knallte er die Tür zu und steckte das Ding in seine Tasche zurück, was immer es gewesen ist. Als er zum Taxi zurückkehrte, sah er mich an. Und Mr. Peter, das sage ich Ihnen, noch nie in meinem Leben hat mir jemand einen solchen Blick zugeworfen wie er heute Morgen. Dann stieg er wortlos in das Taxi und fuhr los. Glauben Sie mir, ich bekomme es nicht leicht mit der Angst zu tun, aber in dem Moment habe ich gezittert.

Der Verstand ist ein merkwürdiges Ding. Wissen Sie, während des Krieges habe ich Flossie oft zu mir nach Hause genommen, weil sie einsam war; und Phyllis ... sie hatte immer eine Schwäche für den Hund. Gestern Abend sagte mir eine innere Stimme, dass ich sie wieder mitnehmen sollte, und als ich ging, saß der Hund glücklich in der Küche und wartete darauf, von Phyllis mit einem Leckerbissen verwöhnt zu werden – Milchporridge. Phyllis macht ihren Porridge fast immer mit viel Milch und Flossie liebt das. Seltsam, Mr. Peter, aber manchmal lenkt Gott unsere Schritte. Was immer heute Morgen in Mr. Rodneys Tasche steckte, hätte das Ende für Flossie bedeutet. Ich weiß nicht, ob es eine Pistole mit Schalldämpfer gewesen ist – eine solche Waffe kann man sich beschaffen, wissen Sie – oder ob es sich um vergiftetes Fleisch handelte. Aber er wollte ihr etwas antun. Gut, das ist nun vorbei. Und jetzt würde ich gern wissen, was der Colonel vorhat. Ich meine, was geschieht jetzt?«

»Das kann ich Ihnen nicht sagen.« Peter legte sanft eine Hand auf Joes Schulter. »Aber er weiß, dass Sie die Farm besser kennen als sonst einer, und er wünscht, dass Sie sich darum kümmern. Er weiß auch, dass Sie zwei Gehilfen haben, Ben und diesen Neuen, diesen Strickland. Wie macht er sich übrigens?«

»Bestens, Mr. Peter. Könnte nicht besser sein. Und er ist sehr willig.«

»Also, der Colonel sagt, dass Sie die jetzt die Verantwortung übernehmen sollen. Packen Sie nicht mehr selbst mit an, sondern stellen Sie ein paar zusätzliche Kräfte ein. Bald lammen die Schafe und dann brauchen Sie mehr Hilfe.«

»Das mache ich, Mr. Peter. Mit Vergnügen. Und was die Leitung der Farm betrifft, wenn nichts Unvorhergesehens geschieht, bestimmt der Wechsel der Jahreszeiten, was zu tun ist. Ich sage Ihnen noch etwas, aber ich glaube nicht, dass Sie es gern sähen, dass der Colonel davon erfährt. Heute Morgen muss eine Menge Papier im Ofen unter dem Kessel für das Viehfutter verbrannt worden sein, denn es quoll viel mehr Rauch als sonst aus dem Kamin, als ich auf den Hof kam. Ich ging nach oben ins Büro und dort waren die kleinen Regalfächer leer – sie wissen, wo die Rechnungen aufbewahrt werden und der ganze Papierkram. Nur das Hauptbuch lag da. Ich bin nicht lange zur Schule gegangen, aber Lesen und Schreiben habe ich gelernt. Das Lesen ging besser als das Schreiben, und vor allem mit Zahlen kenne ich mich bestens aus. Damals mussten wir viel Kopfrechnen machen, wissen Sie. Mehr als einmal bin ich abends oben gewesen, meistens an Markttagen, wenn er über Nacht wegblieb. Dann habe ich einen Blick in sein Büro und in das Hauptbuch geworfen. Mit den Gesetzen des Marktes und der Preisbildung – wie das heißt – kenne ich mich aus. Wenn ein Überangebot herrscht, können die Preise ganz tief in den Keller sacken und dann gibt es Zeiten – die sind eben anders; na ja, wie gesagt, ich bin geschickt mit Zahlen und weiß, wie der Hase läuft. Die Einträge im Hauptbuch stimmten nie mit den Verkaufspreisen der Marktquittungen in den Regalfächern überein.

Jetzt ist er fort, Mr. Peter. Er hat seit langem in die eigene Tasche gewirtschaftet und den Colonel um sein Geld betrogen. Ein reicher Mann muss er dabei geworden sein. Ich denke, das behalten Sie besser für sich. Nur wir beide sollten davon wissen. Denn ich will nicht, dass sich der Colonel darüber aufregt.«

»Joe, eines kann ich Ihnen versichern. Der Colonel war nicht blind gegenüber dem, was auf der Farm vor sich ging; auch wenn ich nicht weiß, wie weit er im Bilde war.«

»Ach?«

»Ja, Joe. Ich weiß von demjenigen, der heute abgereist ist, dass der Colonel Zeitung liest, die lokalen und die landesweiten Meldungen. Er kennt sich aus mit Angebot und Nachfrage und konnte nie glauben, dass die Farm sich nur knapp selbst trug.«

»Na, dann«, sagte Joe. »Das freut mich zu hören; denn ich würde den Gedanken hassen, dass er von mir glaubt, ich hätte herumgeschnüffelt.«

»Das würde er nie von Ihnen glauben, Joe. Er hält große Stücke auf Sie.«

Sie blickten sich für einen Moment in die Augen; dann tätschelte Peter dem älteren Mann die Schulter. »Jetzt haben Sie freie Hand, Joe. Die Farm untersteht Ihnen.«

Joe wandte sich zum Gehen und drehte sich noch einmal um. In seinem Gesicht stand ein glücklicher Ausdruck. »Was sagen Sie zu Mr. Matthew und wie sich alles zum Guten gewendet hat? Ist das nicht eine Neuigkeit?«

»Ja, das ist es, Peter. Eine großartige Neuigkeit.«

»Wir sind alle furchtbar gespannt zu hören, welche Fortschritte er macht.«

»Sie werden davon hören, Joe. Ganz bestimmt.«

»Ja, werd' ich wohl.« Der alte Mann wandte sich ab. Für seine über siebzig Jahre schritt er rüstig aus.

Die Nachricht, dass sein jüngster Sohn das Familienanwesen verlassen hatte, war Richard Wallingham nur einen Satz wert: »Es ist vorbei.«

Lucille dagegen sagte: »Ich … habe nicht erwartet, dass er kommt und sich verabschiedet; andererseits kann ich mir nicht helfen, er tut mir Leid, weil er in so eine missliche Lage geraten ist.«

»Er hat seinen Hals gerettet«, sagte Annie Wallingham, »und in gewisser Weise bedaure ich ihn. Aber am wichtigsten ist, dass wir endlich wieder normal leben können.«

7

Ihm schien, als hätte er die ganze Nacht gegen die Wirkung der Schlaftablette angekämpft. Er erinnerte sich, einige Male aufgeschreckt zu sein, immer mit dem Gedanken, eine dringende Aufgabe wartete auf ihn; dann überwältigte der Schlaf ihn erneut. Jetzt war er richtig wach, denn er konnte die Stimmen der Krankenschwestern hören. Er erkannte sie als die beiden Schwestern aus der Tagesschicht – eine davon war die kleine Freche, die ihm nichts durchgehen ließ. Vielleicht ließ nur der Klang ihrer Stimme bei ihm den Eindruck entstehen, sie wäre kleiner als ihre Kollegin, die manchmal kicherte, ihm die Wange tätschelte und albernes Zeug redete.

Jetzt hörte er, wie die Kleinere sagte: »Ich wette, uns steht wieder so ein Tag mit ihm bevor. Man sollte ihn am Bett festbinden. Denken Sie nur, wie er sich heute Nacht wieder aufgeführt hat. Erst als Mr. Carey kam und ein ernstes Wort mit ihm sprach, beruhigte er sich. Mr. Carey meinte, wenn er sich weiter so herumwälze, werde er schnell wieder in den Zustand geraten, in dem er die ganze Zeit vorher war. Alle guten Fortschritte würden zunichte gemacht. Er dürfe nicht vergessen, er sei noch immer krank.«

Matthew hörte, wie die größere der beiden Schwestern kicherte. »Ich wäre vor Lachen fast geplatzt, als er erwiderte: ›Halten Sie das Maul, Mann! Ich bin nicht krank. Ich kann sehen. Haben Sie mich verstanden? Und nun machen sie, dass Sie weiterkommen.‹ Huh! Niemand redet so mit Mr. Carey. Aber der machte, dass er weiterkam. Ach, ich hätte ihm umarmen können.«

»Das kann ich mir lebhaft vorstellen. Sie sind wie alle hier. Ganz verrückt nach ihm. Aber Ducksworth war schneller. Sie kommt übrigens heute vorbei. Aber nicht vor zehn, denke ich. So viel Verstand wird sie haben, denn sie kennt den Betrieb hier. Ziehen Sie die Ecke straff.«

Während sie sich unterhielten, hatten sie das obere Bettlaken gewechselt. Jetzt legten Sie die Arme hinter Matthews Rücken und zogen ihn höher auf das Kopfkissen. Matthew öffnete langsam die Augen und sah dicht vor sich, aber wie durch einen Nebelschleier, ein rundes Gesicht mit einem Schopf blonder Haare, auf dem ein weiß gestärktes Krankenschwesterhäubchen saß. In der süßesten Stimmlage, die er beherrschte, sagte er: »Nach dem, was ich von Ihrem Gesicht erkennen kann, sind Sie ein scharfzüngiges, kleines Biest – wenn ich mir diese Bemerkung erlauben darf.« Von der anderen Bettseite kam fast kreischendes Gelächter. Er sprach unbeirrt weiter: »Sollten Sie vorhaben, mich festzubinden, werde ich zuerst Sie festbinden. Haben wir uns verstanden?«

Für einen langen Moment herrschte Schweigen. Es schien, als würde das Bett schaukeln. Sicher bebte auch die kleinere der beiden Schwestern am ganzen Körper. Ihre Antwort kam in dem gleichen süßlichen Ton, in dem er gesprochen hatte: »Gleiches Risiko für alle, Dickschädel. Und Sie haben Recht. Ich bin ein scharfzüngiges, kleines Biest mit genug Verstand, um mich nicht von Filmhelden, Captains oder anderen Berühmtheiten einwickeln zu lassen.«

Langsam und qualvoll wandte Matthew den Kopf zur Seite. Trotz der stechenden Schmerzen hätte er am liebsten vor Glück laut gejubelt, denn er sah auch das Gesicht der anderen Schwester, die weiter entfernt stand. Es war nur ein schemenhaftes Bild, aber er konnte es erkennen. Das Gesicht war länglich und sie hatte wahrscheinlich braune Augen, die zu ihrem dichten, dunklen Haar passten. Die Haut besaß einen bräunlich goldenen Schimmer; ein Eindruck, der wohl durch den Nebel entstand. »Haben Sie eine Ahnung, wie Ihr Anblick auf mich wirkt, Schwester?«, fragte er noch immer leise.

»Oh, Captain …«

Weiter kam sie nicht, denn er fuhr fort: »Was mir jetzt zu meinem Glück noch fehlt – nein, keine Schmerztabletten, obwohl ich welche gebrauchen könnte.« Er hatte den Kopf wieder der kleinen Gestalt zugewandt. »Das ist der Anblick von« – er machte eine Pause – »Ducksworth.«

»Da müssen Sie sich gedulden«, kam die Entgegnung. »Zuerst spreche ich wegen der Schmerztablette mit der Stationsschwester, dann frühstücken Sie und anschließend werden Sie gewaschen – was nötig gewesen wäre, bevor wir das frische Laken aufgezogen haben. Aber wir hatten Anweisung, Sie nicht zu stören. Als wäre das überhaupt möglich.« Sie stopfte das Laken um seine Schultern fest.

Er sah ihr ins Gesicht. »Kommen Sie zu meiner Hochzeit?«

Die Frage ließ sie empört ausrufen: »Was?«

»Sie haben genau verstanden. Kommen Sie zu meiner Hochzeit?«

»Aber … warum ich?«

»Ganz einfach, liebste Schwester. Würde ich nicht meine wunderbare Elizabeth heiraten, wären Sie die Frau meines Lebens – wegen Ihrer sanften Stimme, ihrer warmen, freundlichen Art und der zarten Berührungen Ihrer Hände.«

Von der Schwester, die am Fußende stand, kam erneut schrilles, beinahe hysterisches Gelächter.

»Sie unverschämter Lümmel! Wären Sie nicht so krank, kriegten Sie von mir was auf die Nase.«

»Das ist ein weiterer Grund«, fügte Matthew mit schmachtender Stimme hinzu und ließ den Kopf in die Kissen sinken. »Ihre Wortwahl ist entzückend. Schwester …« Seine Stimme wurde schwächer. »Ich mache nur Witze. Bitte, seien Sie ein netter Mensch und beschaffen Sie mir diese Pillen. Ich weiß nicht, was mit meinem verdammten Bein los ist, aber es tut höllisch weh. Trotzdem, ich bin so glücklich, dass ich singen könnte, wenn nur nicht …« Er wurde immer leiser und seine oberen Zähne gruben sich in die Unterlippe.

»Gehen Sie zur Stationsschwester und sagen Sie Bescheid, dass er ein Schmerzmittel braucht«, sagte die kleine Pflegeschwester eilig zu ihrer Kolligin.

Sie beugte sich über Matthew und strich das feuchte Haar von seiner Augenbraue. Er versuchte zu sprechen, doch sie legte einen Finger auf seine Lippen und sagte sanft: »Nicht mehr reden, mein Freund. Entspannen Sie sich. Vor Ihnen liegt ein langer Tag. Die Schwester ist in einer Minute wieder hier. Schließen Sie die Augen. Gut so, machen Sie die Augen zu; der Schmerz wird bald vorbei sein.« Sie fügte hinzu: »Dann können Sie wieder sagen, was Sie von mir halten.«

Elizabeth stand mit Jim im großen Wartezimmer. Außer ihnen war niemand im Raum. Sie hatte das Gefühl, ihn nicht zurücklassen zu können, bevor jemand kam und ihr sagte, dass sie nun zu dem Patienten durfte. »Glauben Sie, ich kann für eine Minute zu ihm?«, fragte er.

»Ich sorge dafür, dass Sie die Erlaubnis erhalten. Warten Sie hier auf dem Gang.«

Jim machte einen Schritt zur Seite und betrachtete sie von oben bis unten. »Wirklich, Miss! Ich muss es aussprechen. Sie sehen wunderschön aus, von Kopf bis Fuß.«

»Oh, Jim! Ich bin nicht schön. Vielleicht recht passab…«

»Gehörten Sie zu meinen Leuten, würde ich jetzt sagen, halten Sie die … Aber ich bin höflich und beschränke mich auf die Wörter ›den Mund‹. Außerdem sagt meine Oma immer: ›Schönheit liegt im Auge des Betrachters.‹ Das stammt von der Frau, die einen Mann heiratete, der schielt.«

Elizabeth lachte. »Den Spruch haben Sie für Ihre Zwecke zusammengebastelt, wie? Heißt es nicht richtig: ›Über Geschmack kann man nicht streiten, sagte die Frau und küsste eine Kuh‹?«

Jim stimmte in ihr Lachen ein. Dann wurde er wieder ernst. »Wissen Sie, was mich in diesem Moment, oder wann immer es so weit ist, am meisten freuen würde? Ich möchte dabei sein, wenn er sie zum ersten Mal sieht und seine Augen zu leuchten beginnen.«

»Hören Sie auf, Jim! Sonst muss ich mit tränenüberströmtem Gesicht zu ihm ins Zimmer gehen.«

Die Tür wurde geöffnet und die Krankenschwester stand lächelnd vor ihnen. »Der Weg ist frei.«

Elizabeth erwiderte das Lächeln der Schwester nicht. Ihr Gesicht war ernst und sie fühlte ihre Nervosität.

Jim folgte den beiden Frauen in kurzem Abstand.

Matthew lag auf dem Rücken, aber er hatte den Kopf leicht zur Tür gewandt. Als sie langsam aufging und eine goldumstrahlte Gestalt sich verhalten näherte, setzte sein Herz für einen Moment aus, denn er musste tief einatmen. Die Gestalt blieb mit dem Rücken zur Tür stehen. Er sagte nichts, sondern hob langsam die Hand und bat sie mit einer Geste, zum Fußende des Bettes zu kommen, was sie tat. Dann sah er sie an. Der Nebelschleier war sehr dünn. Er konnte alle Einzelheiten an ihr erkennen, von ihrem wunderhübschen Haar, auf dem ein kleiner pfirsichfarbener Hut saß, bis zu dem strahlend schönen Gesicht. Sie war so überaus schön. Völlig anders, als er sie sich vorgestellt hatte; denn keine Fantasie reichte an die Wirklichkeit heran. Dann das goldgelbe Kostüm, das sich sanft um ihren schlanken Körper schmiegte, und die Beine, die langen Beine, von denen Jerry gesprochen hatte und die er an seinen Beinen gespürt hatte. Aber auch hier gab es keinen Vergleich zu dem Zauber, mit eigenen Augen sehen zu können. Er schloss die Lider für eine Sekunde. Dieses wunderschöne Wesen, das vor ihm stand, war seine Liz. Ohne Hast öffnete er die Arme und sie trat mit der gleichen Ruhe in die Umarmung hinein.

Sie stand neben dem Bett und hielt ihn, wie sie ihn schon einmal gehalten hatte. Sein Kopf, den er unter Schmerzen von den Kissen gehoben hatte, war an ihren Hals gepresst und wieder spürte sie warm und feucht seine Tränen …

Volle zehn Minuten später hörte man vor der Tür eine leichte Unruhe und die kleine Schwester stürmte herein. »Nun?«, fragte sie. »Alles überstanden?« Sie sah zu Matthew, der wieder zwischen den Kissen lag. Den rechten Arm mit Elizabeths Unterarm verschlungen, hielt er sie in dieser unbequemen Haltung an der Bettkante fest. »Er sorgt dafür, dass Sie schief wie ein Esel auf dem Sofa im Salon sitzen, was? Hier! Nehmen Sie diesen Stuhl … Und Sie, lassen Sie ihren Arm endlich los.«

Leise lachend löste sich Elizabeth aus Matthews Umklammerung und nahm den angebotenen Platz ein. »Vielen Dank, Schwester.«

Aus dem Bett kam undeutliches Gemurmel; dann sagte Matthew leise: »Liebes, täusch dich nicht. Sie ist keine Krankenschwester. Ihre Hände sind so breit wie die Hufe eine Brauereipferdes.«

»Oh, Matthew.«

»Keine Sorge. Achten Sie nicht auf ihn. Er ist genauso ungehobelt wie der Kerl da draußen, der sagt, dass er ihn sehen will. Habe ich Recht?«

»Wer ist draußen?«

Matthew hatte sich mit veränderter Stimme an Elizabeth gewandt. »Jim«, antwortete sie leise.

»Oh, Jim. Ja, natürlich. Ich möchte ihn auch sehen. Herein mit ihm. Und zwar sofort.«

»Kann ich mir denken. Er gehört zu Ihrer Sorte.«

Die Schwester verließ das Zimmer. Elizabeth schüttelte sich mittlerweile vor Lachen. »Seit wann sprichst du so mit einer Krankenschwester, Matthew?«

»Ach, mein Liebling. Seit ich wieder sehen kann. Das erste Gesicht, das meine Augen wirklich erkannten, war ihres. Ich weiß nicht, wie lange das her ist ... zwei, drei oder vier Tage ... mein Kopf fühlt sich noch immer benommen an.«

»Nicht mehr als als zwei Tage.«

»Wenn das stimmt, sind wir in dieser Zeit einen weiten Weg gegangen. Sie ist wunderbar.«

»Ich kann es mir vorstellen. Nach dem, was ich zu hören bekommen habe.«

Wieder ging die Tür auf und die Schwester, von der die Rede gewesen war, kehrte zurück, gefolgt von Jim. »Das ist der Kerl, der Sie sehen will«, kündigte sie ihn an.

Jim trat an das Fußende und ging daran vorbei auf die andere Bettseite. Er und Matthew starrten sich für eine lange Weile wortlos an. Schließlich fragte Jim: »Alles in Ordnung?«

»Alles in Ordnung, Jim. Alles bestens.«

Das also war Jim. So sah er aus, der Mann, nach dem er in seiner Not geschrien hatte und der sein Freund war. *Jim! Jim!* Im Kopf hörte er sich noch immer um Hilfe rufen.

Jim, der nie um ein Wort verlegen war, schwieg. Die Situation musste schwierig für ihn sein. Matthew beschloss, das alte Spiel zwischen ihnen wieder aufzunehmen, und sagte: »Übrigens, die Kleine da drüben, die untersetzte Person am Medizintisch, die so tut, als wäre sie beschäftigt, heißt Schwester Marshall. Sie beide müssten wunderbar miteinander auskommen – denn Schwester Marshall kennt ihren Platz in der Rangordnung so wenig wie Sie.«

»Ha!«, kam es aus der Richtung zurück, in die Matthew wies, aber die kleinwüchsige Krankenschwester wandte sich nicht um.

»Na, wenn das so ist«, sagte Jim, die Situation erspürend. »Nett, Sie kennen zu lernen, Miss. Wie geht es Ihnen?«

Nun wandte sich Gladys Marshall am Tisch herum und sah den kräftigen Burschen an. »Ausgezeichnet, Mister, solange mir die Gesellschaft behagt. Aber im Krankenhaus lernt man alle möglichen Leute kennen. Die Patienten kommen und gehen und bei manchen wünscht man sich, sie gingen früher. Falls Sie verstehen, was ich meine.«

»Oh, ja, Schwester. Das verstehe ich gut.«

Die Schwester wandte sich wieder dem Tisch zu und Jim sah Matthew an. »Ich werde mich wohl nach einem neuen Job umsehen müssen, vermute ich«, sagte er. »Sie fahren sicher ab jetzt selbst.«

»Oh, ja. Was dachten Sie?«

»Was ich gesagt habe, Sir. Sie werden Ihren Wagen selbst fahren wollen und ich bin meinen Job los.«

»Tja«, sagte Matthew gedehnt. »Das könnte sein. Das könnte tatsächlich sein.«

An dieser Stelle schaltete sich Elizabeth ein, nicht ohne Autorität in der Stimme: »Er wird nicht entlassen, jedenfalls nicht, solange ich den Wagen brauche. Mit einem anderen Fahrer als ihm würde ich mich niemals sicher fühlen.«

»Danke, Miss«, sagte Jim. »Für Sie arbeite ich gern. Jederzeit. Aber manche Menschen sind wirklich undankbar.«

»Da haben Sie Recht, Jim. Ich stimme ganz mit Ihnen überein.«

»Elizabeth Ducksworth!«

»Ja, Mr. Wallingham? Ist etwas?«

Matthew seufzte schwer und sagte mit schwacher Stimme: »Schwester Marshall, tun Sie mir einen Gefallen und erlösen Sie mich von diesem Kerl. Wären Sie so freundlich?«

»In Ordnung. Da dies die erste höfliche Bitte ist, die Sie mir gegenüber geäußert haben, werde ich sie erfüllen.« Sie sah Jim an und er erwiderte den Blick. In beiden Gesichtern war die Belustigung nicht zu übersehen. Jim ergriff die Hand, die ihm aus dem Bett entgegengestreckt wurde.

»Holen Sie mich so bald wie möglich hier heraus, Jim«, sagte Matthew.

»Ich werde mein Bestes tun, Captain«, gab Jim im gleichen Tonfall zurück und fügte hinzu: »Den Tag kann ich kaum erwarten.«

Nachdem Jim und die Krankenschwester gegangen waren, blieb Matthew eine Weile ruhig liegen und hielt Elizabeths Hände zwischen seinen. »Ich bin ein Glückspilz, Elizabeth.« Seine Stimme war kaum mehr als ein Flüstern. »Was hätte ich während der vergangenen Monate ohne diesen Mann gemacht?« Etwas lauter fügte er hinzu: »Natürlich, ich hatte immer noch dich.«

»Liebling«, sagte sie, wieder ernst. »Für heute Morgen hast du genug gescherzt. Jetzt musst du dich ausruhen, denn deine Mutter« – sie küsste ihn sanft, bevor sie weitersprach – »wird dich als Nächste besuchen. Sie war so geduldig. Und ... gerade hast du gesagt, du wärst ein Glückspilz, weil du Jim hast. Ich fühle mich ebenso glücklich, in deiner Mutter eine Freundin gefunden zu haben, denn wir sind wirklich Freundinnen geworden. Sie wird sich nie wie eine Schwiegermutter benehmen. Niemals.«

»Schwiegermutter.« Er hob eine ihrer Hände an seine Wange. »Wann?«

Sie stand auf. »Darüber werden wir jetzt nicht reden. Nicht in diesem Augenblick und auch nicht in der nächsten Woche.«

»Wann werde ich wieder aufstehen können?«

»Das hängt von dir ab und wie gut du dich führst. Jetzt muss ich gehen, mein Lieber.«

»Nur noch eine Minute. Ich möchte dich etwas fragen. Weiß ...« Er machte eine lange Pause. »Weiß die Familie, wie es passiert ist?«

Eine weitere Pause entstand. »Ja«, antwortete sie dann.

»Jim hat es ihnen gesagt?«

»Ja. Und deine Großmutter.«

Er bewegte sich unruhig im Bett. Sie legte ihm rasch beide Hände auf die Schultern. »Bitte, bleib still liegen. Sie war am Teleskop, erinnerst du dich? Sie wartete auf dein Winken. Es war sehr neblig, aber sie hat gesehen, was passiert ist.«

»Gütiger Gott!« Dann fragte er ruhig: »Wo ist er?«

Sie schien für einen Augenblick zu überlegen. »Mittlerweile, denke ich, sollte er seine Reise angetreten haben. Wahrscheinlich sitzt er im Zug nach Southampton, um das Schiff zu nehmen, die *Orontes*, mit der er nach Neuseeland fährt.«

»Neuseeland?« Matthew hob die Stimme.

»Ja, Neuseeland. Dein Großvater hatte dort entfernte Verwandte, wenn ich das recht verstanden habe. Großgrundbesitzer und Farmer. Der Colonel hat mit ihnen am Telefon gesprochen, um seinen Sohn anzukündigen, der ins Ausland gehen und eine eigene Farm aufbauen wolle. Alles geschah sehr diplomatisch.«

»Und er hat sich gefügt?« Die letzten Worte kamen geflüstert.

»Nicht gleich. Aber er hatte nur die Wahl zwischen … Ach! Ich bin ein Dummkopf. Ich sage dir, du sollst ruhig bleiben, und dann rede ich von Dingen, die du erst in den kommenden Wochen erfahren solltest. Du bist in Sicherheit. Von dieser ganzen schrecklichen Angelegenheit bitte ich dich, nur eines in Erinnerung zu behalten. Durch ihn hast du dein Sehvermögen wiedererlangt. An etwas anderes darfst du nicht denken. Und jetzt muss ich wirklich gehen.«

Sie küsste ihn auf den Mund. Er versuchte, sie fest an sich zu pressen, doch sie löste sich aus seinem Griff und trat von ihm zurück. Die Augen fest auf ihn gerichtet, sagte sie: »Ich verehre und bewundere dich.«

Hastig verließ sie das Zimmer. Selbst beinahe blind vor Tränen, stieß sie mit zwei Gestalten zusammen, die nicht weit von der Tür standen.

»Machen Sie nicht so ein Theater, Miss. Es geht ihm gut und er kann sehen. Das Leben liegt vor Ihnen beiden. Ich sagte gerade zu der Schwester hier, auf der Welt wäre niemand, der sich mit ihm vergleichen ließe.«

Schwester Marshall schaltete sich mit forscher Stimme ein: »Sollten Sie meinen Patienten aufgeregt haben, melde ich Sie. Das ist Ihnen klar, oder?«

»Oh, ja, Schwester. Das ist mir klar«, sagte Elizabeth und

lachte trotz ihrer Tränen. Dann fügte sie hinzu: »Heute Nachmittag kommt seine Mutter.«

»Wie schade! Heute Nachmittag habe ich dienstfrei. Ich hätte zu gern gehört, wenn er sie Mama nennt … Hinterher hätte ich ihn damit aufgezogen. Sind Sie heute Abend wieder hier?«

»Ja, sicher.«

»Gut. Dann habe ich ein Drohmittel, falls er wieder mit seinen Mätzchen anfängt.« Sie wandte sich ab und kehrte in das Krankenzimmer zurück.

»Was für Mätzchen?« fragte Elizabeth Jim lachend.

»Ach, sie meint, falls er aufmuckt oder Sperenzchen macht.«

Auf dem Weg nach draußen bemerkte Elizabeth beiläufig: »Sie ist ein nettes Mädchen, diese Krankenschwester, nicht wahr?«

»So?«, fragte Jim mit überrascht erhobener Stimme. »Was wollen Sie damit andeuten, Miss? Sie ist nicht mein Typ. Nicht mit der Stimme.«

»Ich wollte gar nichts andeuten, Jim … aber man weiß ja nie.«

»Ich schon, Miss. Ich schon.«

Lachend stiegen beide in den Wagen ein.

8

Matthews Heimkehr war von sehr bewegten Gefühlen begleitet.

Sein Vater zog sich unter Schmerzen aus seinem Sessel hoch, um ihn an sich zu pressen. Keiner der beiden sprach ein Wort. Wie erwartet, fiel die Reaktion seiner Großmutter völlig anders aus: »Ich *glaube,* o Herr, hilf mir gegen den Unglauben. In diesem Augenblick sage ich: Gott ist gut.« Seine Mutter schmiegte sich an ihn, die Arme um seine Taille gelegt und den Kopf an seiner Brust bergend. Unter Tränen rief sie aus: »Oh, mein Junge. Mein Junge.«

Elizabeth stand daneben. Ihr Gesicht war feucht und in ihrer Kehle steckte ein Kloß. Matthew rief mit brüchiger Stimme in die allgemeine Aufregung: »Ist niemand hier, der mir etwas zu Trinken anbietet?«

Als hätte er die Bitte gehört, kam Peter zur Tür herein. Er strahlte über das ganze Gesicht und trug ein riesiges Tablett mit zwei Karaffen und zahlreichen Gläsern vor sich her. »Willkommen zu Hause! Willkommen zu Hause!« rief er und seine Stimme schien zu singen. Dann stellte er das Tablett auf einen Seitentisch und meinte: »Jim wartet vor der Tür. Ich habe ihm gesagt, er wäre herzlich eingeladen.«

Bevor Matthew antworten konnte, rief sein Vater mit Offiziersstimme, als würde er einen Befehl erteilen: »Stehen Sie da draußen nicht herum, Mann!« Alle lachten. Dann ging die Tür auf und Jim betrat das Zimmer.

Ohne zu zögern, stellte er sich neben Matthews Sessel und fragte in gewohntem Tonfall: »Warum haben Sie nicht gepfiffen?«

»Dazu hatte ich keine Gelegenheit«, antwortete Matthew.

Es folgte viel Gelächter, dann wurden die Gläser erhoben. »Auf Matthew. Auf dich, und auf deine Heimkehr.«

Wenige Minuten später sagte Peter: »Ich störe die gesellige Runde nur ungern, Mr. Matthew, aber unten in der Küche sitzen alle wie auf Kohlen. Sie warten auf Sie. Der alte Joe und Ben sind auch da.«

Matthew erhob sich aus seinem Sessel und sagte: »Dann gehe ich jetzt.«

Der Colonel fügte, an Peter gewandt, hinzu: »Nehmen Sie ein paar Flaschen mit.«

Annie Wallingham, die wie üblich kein Blatt vor den Mund nahm, sagte: »Während der langen Jahre, die ich auf The Beavors lebe, habe ich noch nie derart viele Besucher an einem Tag hier gesehen. Und alle scheinbar so wohlmeinend, wo doch die ganze Zeit klar war, dass sie nur eine Frage bewegt. Sie wollten herausfinden, warum Matthew in den Steinbruch gefallen ist, obwohl ihn sein Fahrer und sein Hund begleiteten. Dazu diese seltsame Sache mit Rodney, der kurz darauf nach Neuseeland aufbrach. Das muss etwas bedeuten, oder nicht?«

Peter wusste, dass die Leute ihm nicht glaubten. Aber welche Rolle spielte das? Die Geschichte, die er verbreitet hatte, würde wahrscheinlich wieder ein neues Gerücht nach sich ziehen, was für alle Beteiligten nur gut sein konnte …

Spät am Abend verabschiedeten sich Elizabeth und Matthew im kleinen Wohnzimmer für die Nacht. Der Tag war lang gewesen und Matthew war erschöpft. Sie saßen auf dem Sofa und hielten sich in den Armen, da sagte er plötzlich: »Ich glaube, heute habe ich wirklich jeden zu sehen bekommen, den ich in der Gegend kenne. Nur ein Gesicht fehlte: das von Jerry. Ich habe keine Ahnung, was mit ihm ist. Du etwa?«

»Nein. Nach allem, was während der vergangenen Monate über die Ereignisse in dieser Familie berichtet wurde, wäre zu erwarten gewesen, dass er sich in irgendeiner Form meldet.«

»Ja, merkwürdig. Ich denke, wir sollten dem nachgehen.«

»Das werden wir, Liebling. Aber jetzt bist du müde. Für den ersten Tag außerhalb des Krankenhauses hast du genug erlebt. Und es gibt noch so viel, über das wir reden müssen. Nur nicht heute Abend. Nun steh auf und geh. Jim erwartet dich in der Eingangshalle.«

»Lieber Himmel, ja! Das habe ich vergessen. Wenn ich mit dir zusammen bin, vergesse ich alles andere. Weißt du das?«

»Nein, das wusste ich nicht. Aber du kannst mir morgen mehr darüber erzählen. Ich spiele jetzt Schwester Marshall und befehle dir, dich ins obere Stockwerk zu bewegen.«

Ohne ein weiteres Wort umarmten sie sich lange und zärtlich. Dann verließen sie das Zimmer und traten in die Halle. Elizabeth reichte Jim die zwei Gehstöcke.

Matthew sagte wie immer höchst unwirsch: »Ich brauche Sie nicht.«

Worauf Jim antwortete: »Ist mir klar. Aber Sie werden mich nicht mehr los und damit müssen Sie sich abfinden.«

Am folgenden Tag um fünf Uhr trat Peter in Jims Zimmer und überbrachte die Nachricht, der Colonel wolle ihn innerhalb der nächsten Viertelstunde sprechen.

»Mich sprechen?«, fragte Jim. »Der Colonel? Er hat dich geschickt, nicht Mr. Matthew?«

»Nein, Jim. Nicht Mr. Matthew. Der pfeift für gewöhnlich.«

»Tja, das stimmt. Weißt du, worum es sich handelt?«

»Ja, das weiß ich durchaus. Aber ich bin nicht befugt, dich über die Pläne des Colonels in Kenntnis zu setzen.«

»Du liebe Güte! Klingt das förmlich!«

»Durchaus. Zum gegenwärtigen Zeitpunkt halte ich die Wahrung der Form für äußerst angebracht.«

»Was ist passiert? Ist etwas mit dir? Ich meine ...«

»Ob mir die Kündigung droht? Nein.«

»Das wollte ich nicht sagen. Keineswegs. Und das weißt du. Doch etwas Komisches liegt in der Luft. Ich habe meinen Dienstherrn den ganzen Tag über noch nicht gesehen.«

»Wie auch? Er hat sich mit seinem Vater und Madam zurückgezogen.«

»Hütet der Colonel das Bett?«

»Nein, er sitzt im Salon und wartet auf dich. Warum machst du so ein Gesicht?«

»Was für ein Gesicht mache ich denn?«

»Als würdest du gleich an die Decke gehen.«

»Na, so fühle ich mich auch. Seit Wochen hatte ich nicht so viel Zeit. Im Krankenhaus musste ich mich mehr um ihn kümmern als jetzt, nachdem er wieder zu Hause ist.«

»Schlimm. Schlimm. Ich werde Mr. Matthew sagen müssen, dass er diesen Zustand unbedingt ändern sollte.«

»Lass den Quatsch und red normal. Du weißt, das geht nicht anders bei mir.«

Peter lachte und wandte sich ab. Als er über die Schulter zurückblickte, stand noch immer das Lachen in seinem Gesicht. »Du bist wirklich eine eigene Sorte, Jim Taylor«, sagte er.

Wirklich eine eigene Sorte. Was meinte er damit? Dass er überflüssig war, das fünfte Rad am Wagen? Nun, eines stand fest. Es lag etwas in der Luft. Und je früher er Bescheid wusste, umso besser …«

Eine Viertelstunde später kündigte Bella ihn im Salon an. Sie öffnete die Tür und sagte mit förmlicher Stimme: »Jim Taylor, Sir.«

Jim blickte in die ihn erwartende Runde. Der Colonel saß in seinem Rohrstuhl; Peter stand neben ihm, anscheinend immer in ständiger Bereitschaft. Links von ihm saß die Herrin, Mrs. Wallingham; am Kamin und ihrem Sohn gegenüber hatte das alte Mädchen seinen Platz; neben ihr befand sich Miss Elizabeth und ihr zur Seite, wie nicht anders zu erwarten, saß der Captain. Die Zusammenkunft wirkte wie eine Sitzung. Es fehlte nur noch der lange Tisch in der Mitte.

»Nehmen Sie Platz, Jim.« Matthew war aufgestanden und wies auf einen Sessel, der den Vorsitz zu bilden schien. Im Raum befanden sich nur sechs Menschen, aber Jim hatte den Eindruck, an einer großen Versammlung teilzunehmen.

»Seit Sie gestern Vormittag meinen Sohn aus dem Krankenhaus zurückgebracht haben, wurden in diesem Haus viele Worte gesagt.« Der Colonel sah Jim an. »Jetzt möchten wir mit Ihnen über einige Veränderungen sprechen, die wir vorzunehmen beabsichtigen.« Wieder ließ er eine Pause entstehen. »Und wir möchten erfahren, ob Sie einverstanden sind.« Jetzt lächelte der Colonel breit. Er fügte hinzu: »Das sind die Worte, die mein Sohn verwendet hat. Wir möchten erfahren, ob Sie einverstanden sind. Es geht nicht darum, Ihnen mitzuteilen, was wir wollen oder vorhaben, sondern Sie werden gefragt, ob Sie zustimmen.«

»Aber Ihnen gefällt diese Ausdrucksweise nicht, Sir. Wollen Sie das damit sagen?«

Bei der Frage schienen alle den Atem anzuhalten. Das alte Mädchen löste die Spannung, indem sie sagte: »Er fängt wieder an!« Es folgte leises Gelächter.

»Nein, so würde ich mich nicht ausdrücken, aber er wünscht es so.«

Jim sah zu Matthew, der den Kopf bewegte, als wollte er sagen: »Benehmen Sie sich.«

Der Colonel sprach weiter: »Ob Sie sich dessen bewusst sind oder nicht, Jim Taylor, ich bin immer noch der Herr auf diesem Besitz ... Übrigens wurde ich gebeten, Sie nur mit dem Vornamen anzusprechen, wie alle anderen hier dies tun. Ich habe meine Schwierigkeiten damit und das werden Sie verstehen, denke ich.«

»Oh, ja. Sicher verstehe ich das, Colonel. Vor allem bei Ihnen. Daher macht es mir nichts aus, wenn Sie weiter Taylor zu mir sagen.«

Der Colonel schloss die Augen. Als er sprach, schien seine Stimme leicht zu schwanken: »Ich komme den Wünschen meines Sohnes in den meisten Fällen gern nach. Um des lieben Friedens willen werde ich Sie also in Zukunft wie meine anderen altgedienten Farmgehilfen ansprechen – mit Ihrem Vornamen.«

Jim antwortete: »Sehr freundlich von Ihnen.« Den Zusatz: »Wer hätte das gedacht?« sparte er sich.

Entlang der beiden Sitzreihen bewegten sich die Köpfe, nur der Colonel hielt den Blick ruhig gesenkt. »Nun gut«, fuhr er mit entschlossener Stimme fort, »keine langen Reden mehr. Die Sache ist folgende. Wie mir mitgeteilt wurde, wollte mein Sohn nie in die Armee eintreten. Von Anfang an hätte er sich lieber um die Ländereien gekümmert und wollte Farmer sein, wie er sagt. Nachdem er wieder sehen kann, steht der Erfüllung dieses Wunsches nichts mehr entgegen. Er beabsichtigt, das Landgut selbst zu führen und auf einem Teil der Fläche Gemüse und Beerenobst für den Marktverkauf anzubauen, und nicht nur das, er will mehrere Obstgärten anlegen. Außerdem plant er den Bau verschiedener großer Treibhäuser. Das bedeutet eine Menge zusätzliche Arbeit und dafür braucht er einen stellvertretenden Betriebsleiter. Mein Sohn schlägt vor, diese Position Ihnen anzubieten. Sie besitzen Erfahrung in der Landwirtschaft und mein Sohn scheint überzeugt zu sein, dass Sie die von uns benötigten Fähigkeiten besitzen; und ich sehe keinen Grund, daran zu zweifeln.«

Jim Taylor sagte kein Wort. Er saß da und starrte den Colonel in blankem Erstaunen an. Dann ging sein Kopf in

Matthews Richtung. »Mit der Krankenhausgeschichte ist also Schluss?«

»Ja, Jim. Schluss mit der Krankenhausgeschichte.«

Er wandte sich an Elizabeth. »Und was ist mit Ihnen, Miss?«

»Ich höre im Krankenhaus auch auf, Jim.«

»Ach? Ich dachte, Sie wollten diplomierte Krankenschwester werden?«

»Nun, das war noch längst nicht entschieden. Außerdem müsste erst einmal eine passende Stelle frei werden.«

»So ist das?«

»Ja, so ist das, Jim.«

Das alte Mädchen erhob wieder die Stimme: »Sie wird ihre Schwesternausbildung auch in Zukunft gut verwenden können. Mary kann mich nicht mehr lange allein versorgen. Dann ist da mein Sohn. Er benötigt eine gewisse Pflege und Peter kann Unterstützung gebrauchen, um nicht zu sagen, etwas mehr Freizeit. Sie sehen, nichts geschieht aus reiner Menschenfreundlichkeit. Bei uns sorgt jeder dafür, dass er nicht zu kurz kommt.«

»Oh, Mrs. Wallingham!«

»Worüber lachst du?« Die alte Dame wandte sich an Lucille, die ihren Ehemann mit der Bemerkung überraschte:

»Es ist herrlich, Gegenfeuer zu hören.«

Der Colonel sah seine Frau an. Seit einiger Zeit war aus ihr ein neuer Mensch geworden. Sie wirkte völlig verwandelt. Er hatte sie wohl nie wirklich gekannt. Ob es zu spät war? Fast. Fast.

Dieser Taylor holte ihn die Gegenwart zurück. Mit einer gewissen Demut, die ihn überraschte, sagte er: »Diese Nachricht ist eine Nummer zu groß für mich, um sie auf einmal zu verdauen. Mir fehlen die Worte.«

»Unmöglich«, fuhr ihn der Colonel im barschen Militärton an, worauf Jim erwiderte:

»Sie sagen es, Sir. Unmöglich! Aber es gibt immer eine Ausnahme von der Regel. Beförderungen dieser Art geschehen nicht alle Tage – so viel weiß ich über das Leben. Im Augenblick kann ich nicht begreifen, warum ausgerechnet mir das passiert, wo ich einfach nur gern Auto fahre und mich um einen Menschen gekümmert habe, für den ich auch ohne Bezahlung arbeiten würde. Aber ich sehe ihr Angebot als eine große Belohnung an; ob die Sache funktioniert, wird sich zeigen.«

»Ja, das wird es. Und alles hängt von Ihnen ab.«

»Klar, und manchmal braucht man dafür Geduld und Spucke. Mein Vater würde sagen …« Jim unterbrach sich, doch der Colonel forderte ihn auf:

»Reden Sie weiter und erzählen Sie uns, was Ihr Vater sagen würde.«

Zum ersten Mal erschien ein Grinsen in Jims Gesicht. »Nein, nein. Mit mir nicht, Sir. Ich würde den Job verlieren, bevor ich angefangen habe. Ich habe noch mehr auf dem Kasten als dumme Sprüche.«

»Das freut mich zu hören«, sagte der Colonel. »Ich höre, Sie entstammen einer großen Familie?«

»Wir sind neun Kinder, Sir. Fünf Mädchen und vier Jungs. Alle sind grundanständig und haben eine ordentliche Arbeit. Na, das heißt, bis auf meinen ältesten Bruder, Lance.«

Nach einer Pause fragte der Colonel: »Was fehlt ihm denn? Kann er nicht arbeiten?«

»Oh, doch, Sir. Aber er hat seine besondere Art. Die Arbeit, die er macht, zwingt ihn dazu, hin und wieder eine längere Pause einzulegen. Er sitzt im Kittchen, um genau zu sein.«

»Im Kittchen? Sie meinen … ?«

»Ja, Sir. Er verbüßt in Durham eine Haftstrafe. Weil er einen Fehler gemacht hat, den ersten und den einzigen dieser Art, wie er sagt. Noch einmal würde er ihn nicht begehen.«

Im Raum entstand beträchtliche Unruhe, doch der Colonel sagte kein Wort. Schließlich erklärte Jim: »Ich habe nichts verschwiegen, Sir. Gleich zu Anfang habe ich Mr. Matthew alles erzählt. Außer dieser Sache ist mein Bruder ein anständiger Kerl.«

»Wofür wurde er verurteilt?« Der Colonel fragte wieder mit seiner Soldatenstimme.

»Ach, er hat nur den Ankleidetisch einer Dame aufgeräumt.«

»Was?«

»Wie ich gesagt habe, Sir. Er hasst Unordnung. Mein Vater sagt, er ist ein Aufräumer. Wenn er ein Zimmer betritt und sieht, dass die Dame des Hauses ihre Schmucksachen offen auf dem Ankleidetisch hat liegen lassen, räumt er sie auf, weil er den unordentlichen Anblick nicht ertragen kann.«

Matthew hatte den Kopf tief vor die Brust gesenkt und presste Elizabeths Hand. Mit der anderen Hand hielt Elizabeth ihren Mund bedeckt. Lucille verzerrte das Gesicht zu einer Grimasse. Peter stand hinter dem Rohrstuhl und sein Unterarm, mit dem er sich auf das Kopfteil stützte, zitterte erkennbar. Der Gesichtsausdruck des Colonels ließ sich nicht bestimmen. Nur das Gesicht seiner Mutter wirkte unverändert, bis auf ein Glimmen in den Augen. »Was hat er für das Aufräumen bekommen?«, fragte sie.

»Ein Jahr, Madam. Er gibt sich selbst die Schuld, denn normalerweise arbeitet er in diesem Landesteil nicht. Er sagt, hier würde sich das Geschäft nicht lohnen. Aber er war in einem Hotel, kam zufällig an einer offen stehenden Zimmertür vorbei und sah einen wirklich unaufgeräumten Frisiertisch. Es war Dinnerzeit und er nahm an, die Bewohnerin säße unten im Speisesaal. Er geht also hinein und beginnt mit dem Aufräumen. In diesem Moment tritt eine Frau aus dem Bad und er schreit auf; sie ist splitternackt. Als Gentleman greift er nach einem Mantel, der auf dem Bett liegt und wickelt sie darin ein. Das kostet ihn wertvolle Sekunden, denn in der Zimmertür erscheinen bereits der Empfangschef und der Hotelmanager. Unsere Familie wusste übrigens lange nichts von solchen Geschichten; während seiner unregelmäßigen Besuche wohnt mein Bruder nie zu Hause und er verwendet falsche Namen, wenn er im Hotel absteigt.«

Die Verblüffung legte sich endlich. »Hat er ständig in dieser … ähem … Branche gearbeitet, ich meine, Ankleidetische aufgeräumt?«, fragte der Colonel.

»Ja, Sir. Seit seinem vierzehnten Lebensjahr. Er lacht immer, wenn er von diesem ersten Mal erzählt. Damals rutschte er an einem Regenrohr entlang und unten erwarteten ihn bereits zwei Bobbys. Einer davon war ein Witzbold. ›Du solltest nie über denselben Weg verschwinden, auf dem du gekommen bist, Junge‹, riet er ihm. Mein Bruder, nicht auf den Kopf gefallen, antwortete: ›Warum haben Sie mir das nicht vor dem Hochsteigen gesagt?‹ Vor den Polizisten hatte er keine Angst, wohl aber vor meinem Vater, der ihn windelweich geprügelt hat. Davor jedoch nahm ihn meine Mama in die Mangel.

Seitdem ist er viel herumgekommen und hat eine Menge dazugelernt. Ja, mein Bruder ist ein gebildeter Mann.«

»Gebildet?« Der Colonel zog die Brauen hoch.

»Ja, Sir. Gebildet. Er drückt sich gepflegt aus, kleidet sich gut und kann in jeder Gesellschaft bestehen. Und er ist belesen. Wann immer er auf Reisen ist, liest er. Was ich bemerkenswert finde, denn er brannte mit sechzehn von zu Hause durch und ich glaube nicht, dass er bis dahin ein Buch in die Hand genommen hatte. Anschließend haben wir nichts mehr von ihm gehört, erst wieder vor vier Jahren.«

»War er Mitglied in einer Bande?«, fragte Granan.

»Lance in einer Bande? Nein, Madam. Das passt nicht zu ihm. Lance ist ein Einzelgänger. Aber, halt – nicht ganz. Nach dem wenigen, das er mir erzählt hat, gibt es einen Boss, aber er nennt ihn nicht so. Das ist nur mein Ausdruck. Er spricht von ihm als ›mein Freund Mr. Goodbody‹. Die beiden reisen viel gemeinsam. Ich habe mir die Sache so zusammengereimt, dass Mr. Goodbody ein angesehener Juwelier ist. Darauf bin ich gekommen, weil mein Bruder eines Tages von einem ›Laden‹ sprach. Ich glaube außerdem, dass Lance völlig legal als Handelsvertreter unterwegs war – vor dem Krieg reiste er viel nach Holland und dort wurden, wie Sie wissen, Diamantengeschäfte in großem Stil abgewickelt; ein Handel, der ohne Zweifel jetzt wieder auflebt. Zwischendurch allerdings wird er, wieder in der Heimat, einige sehr unordentliche Ankleidetische aufgeräumt haben und auch ein paar schlampige Privatsafes. Wer hätte schon Mr.

Goodbodys Mitarbeiter verdächtigt, frage ich Sie, Madam? Ich denke, Mr. Goodbody und mein Bruder hatten ihre Tätigkeit gut abgesichert. Natürlich wurden sie oft zusammen gesehen. Aus den Andeutungen meines Bruders habe ich geschlossen, dass Mr. Goodbody vor dem Krieg eine Villa irgendwo in Frankreich besaß, in die er zweifellos jetzt zurückkehrt.«

»Das ist unglaublich.« Der Colonel schüttelte den Kopf.

»Es ist die Wahrheit, Sir. Jedes Wort.«

Der Colonel sah seinen Sohn an. »Du suchst dir deine Freunde in merkwürdigen Kreisen, Matthew. Hier sitzt der zukünftige stellvertretende Gutsleiter und erzählt uns von seinen Bruder, der eine Haftstrafe verbüsst, weil er« – er hielt kurz inne – »zu viel aufgeräumt hat. Dann gibt es diesen Fox, der ein prima Kumpel war, wie du sagst, und der Einzige in der ganzen Kompanie, der einen Panzer, einen Jeep oder einen bratfertig abgezogenen Ziegenbock aus dem Nichts organisieren konnte, wenn nur die Andeutung fiel, es bestünde Bedarf.«

Jim sah grinsend zu Matthew. »War Charlie auch einer von Ihrer Truppe, Sir?«

»Ja, Jim. Der Beste von allen. Wenn Ihr Bruder gut im Aufräumen war, hatte Charlie seine Stärke im Mitgehen lassen.«

Das Grinsen in Jims Gesicht wurde noch breiter. »Ich glaube, ich sollte mich einmal mit ihm unterhalten.«

Mit einem Anflug von Ungeduld in der Stimme sagte der Colonel zu Peter: »Helfen Sie mir beim Aufstehen. Wir wollen essen. Das heißt, nachdem mein Sohn diese Zusammenkunft mit seiner Ankündigung beendet hat.«

Matthew griff nach den Stöcken, die neben ihm lagen, und erhob sich aus seinem Sessel. Den Blick auf Jim gerichtet, sagte er: »Wir haben endlich das Datum für unsere Hochzeit bestimmt – den zwanzigsten August. Und ich hoffe, Jim, dass Sie mir die Ehre erweisen, mein Trauzeuge zu sein.«

Jim fehlten die Worte. Immerhin hatte Mr. Matthew zwei Schwager, außerdem gab es die Henderson, die McArthurs und die Taggarts, alles angesehene Familien mit jungen Männern. Ganz zu schweigen von den Raeburns, die einen Bischof und einen Lord vorzuweisen hatten! Aber er hatte *ihn* gewählt, Jim Taylor. Nein, dazu fiel ihm nichts mehr ein. Er konnte Matthew nur ansehen, zum ersten Mal vollkommen sprachlos. Wenigstens bis Matthew sagte: »Außerdem würden wir Sie zur Feier des Tages heute Abend gern an unserem Tisch willkommen heißen.« Jim sagte noch immer nichts, warf aber einen raschen Blick auf den Colonel. »Auch mein Vater schließt sich dieser Einladung an«, fügte Matthew hinzu.

»Das wäre also geregelt«, sagte der mit seiner Colonelstimme. »Jetzt lasst uns um Himmels willen mit dem Essen beginnen.«

Granan ließ sich beim Aufstehen helfen und meldete sich dann erneut zu Wort: »Ich schließe mich den Worten meines Sohnes an, habe aber eine Bedingung, Mr. Taylor. Bitte während des Essens keine Ihrer Geschichten mehr. Ich möchte mich nicht verschlucken. Und jetzt gehen wir.«

Sie schritten langsam aus dem Zimmer. Peter stützte seinen Dienstherrn, Lucille ging neben ihrer Schwiegermutter, Elizabeth an ihrer anderen Seite; Matthew und Jim hatten sie absichtlich einen Moment allein zurückgelassen. Als Jim keine Anstalten zu sprechen machte, streckte Matthew die Hand aus und sagte: »Eine bessere Wahl hätte ich nicht treffen können. Und Ihre Familie ist natürlich auch eingeladen. Die ganze Familie. Und jetzt kommen Sie endlich, Mann.«

Es war eine heitere Mahlzeit. »Ich kann mich nicht erinnern, jemals so viel Fröhlichkeit in diesem Haus erlebt zu haben«, sagte Bella zur Köchin und fügte diplomatisch hinzu: »Und auch nicht so viel Lob für die große Mühe, die Sie sich mit Ihrer Kochkunst geben.«

Das Dinner war vorüber und sie erhoben sich von ihren Plätzen, um für den Kaffee in den Salon zu wechseln. Erst jetzt sah Jim über den Tisch zu Matthew und sagte: »Meine Mama hat Lance letzte Woche im Gefängnis besucht und es könnte sein, dass er einen Monat früher entlassen wird, wegen guter Führung. Würde die Einladung auch für ihn gelten?«

Wäre Annie Wallingham noch beim Essen gewesen, hätte sie sich unweigerlich verschluckt – wie es den anderen passierte. Der Colonel musste sich wieder auf seinen Stuhl setzen.

Selbst Matthew konnte für einen Moment nicht antworten. Jim fuhr fort: »Ich dachte, ich sollte besser fragen, denn meine Mama würde die ganze Zeit auf heißen Kohlen sitzen, wenn sie wüsste, dass er womöglich ohne Anmeldung hier aufkreuzt. Da hielt ich es für besser, mich vorher zu vergewissern.«

Der Colonel rieb sich die Augen. Er wandte sich an seine Frau und sagte mit ernster Stimme: »Lucille, achte darauf, dass du deinen Frisiertisch ordentlich aufräumst. Und du, Mutter, bewahrst du dein Diadem noch immer in der Schmuckschatulle auf und nicht im Safe?«

»So ist es, Richard. Und wenn er kommt, nehme ich ihn beiseite und zeige ihm das Schmuckstück. Vorher jedoch halte ich ein ausgiebiges Schwätzchen mit ihm. In den langen Jahren meines Lebens hatte ich noch nie mit einem Aufräumer für Damenfrisiertische zu tun. Auf die Begegnung freue ich mich schon heute. Und nun lasst uns um Gottes willen das Kaffeetrinken ohne Erstickungsgefahr hinter uns bringen.«

9

Es war der neunzehnte August. Auf den überraschend heißen Tag folgte ein kühler Abend. Elizabeth und Matthew waren durch den Garten spaziert und saßen nun neben dem Teich im Rosengarten ruhig auf einer kleinen Bank. Sie hatte den Kopf an seine Schulter gelehnt, sein rechter Arm umfing ihre Taille und mit der anderen Hand hielt er ihre Hand. »Morgen um diese Zeit sind wir wahrscheinlich in London«, sagte er. »Und am nächsten Tag befinden wir uns bereits auf dem Weg nach Amerika. Kannst du dir das vorstellen?«

»Nein, Liebling. Ich begreife es noch nicht. Und noch weniger, dass morgen unser Hochzeitstag ist.«

Er verstärkte den Griff um ihre Taille und zog sie näher zu sich heran. »Ich habe davon geträumt; dieser Gedanke hat mich in der Nacht wach gehalten. Ab morgen Nachmittag um zwei Uhr bist du mein.«

»Ich war immer dein, mein Liebling. Immer, seit ich dich im Alter von neunundvierzig Jahren in den Armen gehalten habe.« Sie lachten für einen Moment gemeinsam, dann fragte er: »Hast du dir auch wirklich überlegt, was dieser Schritt bedeutet?«

»O ja. Und ich wollte dich genauso sehr wie du mich.«

»Das kann nicht möglich sein. Manchmal hast du mich förmlich überwältigt. Vor allem, als ich dich zum ersten Mal gesehen habe. Du warst ein goldenes Licht und das bist du geblieben. Für mich wirst du ewig so sein.«

Sie saßen eine Weile schweigend da. »In gewisser Weise wünschte ich mir, morgen wäre schon vorbei«, sagte sie dann. »Es ist seltsam. Zuerst sollte unsere Hochzeit nur in kleinem Kreis stattfinden, im Rahmen der Familie. Jetzt kommen so viele Gäste, dass ich mich frage, ob alle ins Festzelt passen.«

»Das liegt an dir. Du hast zu viele Bewunderer.«

»Bewunderer!«, wiederholte sie. »Mutter, Vater und Phil, drei unserer Gäste! Der Rest sind deine Leute. Außer deinen Schwestern mit ihren Ehemännern und ihren Kindern kommen aus der Nachbarschaft mindestens dreißig enge Freunde der Familie. Dann alle Mitglieder von Jims Sippschaft.« Jetzt lachte sie. »Bist du nicht glücklich, dass wir Jim haben?«

»Nicht nur glücklich. Auch zufrieden und dankbar.«

»Und außer dem Aufräumer bringt er seine ganze vierzehnköpfige Familie mit.« Lachend hielten sie sich für einen Moment umschlungen. »Ich brenne darauf, den berühmten Lance kennen zu lernen«, sagte Elizabeth dann. »Du nicht auch?«

»Glaub mir, er wird ganz anders sein, als du dir einen gewöhnlichen Langfinger vorstellst, meine Liebe. Trotzdem ist er ein Einbrecher und Dieb, nur im großen Stil. Erinnerst du dich an den Abend im Salon, als Jim das Gespräch auf ihn brachte? Das vergesse ich mein Lebtag nicht. Ich weiß noch, wie ich in der Nacht lachend aufwachte, als Vaters Gesicht wieder vor mir stand. *Er* hat sich wirklich verändert und auch Mama ist viel glücklicher, als ich sie seit Jahren erlebt habe. Das liegt daran, dass sie dich jetzt hat. Sie liebt dich, weißt du.«

»Ich liebe sie auch, sogar sehr. Und nicht nur, weil sie deine Mutter ist. Ich sehe in ihr nie meine Schwiegermutter. Woran das liegt, weiß ich nicht. Vielleicht, weil wir uns am Anfang gegenseitig gebraucht haben, einfach um zu reden. Und mit ihr kann ich offen sein. So wie ich mich auf Anhieb mit Granan verstanden habe. Aber wer sollte diese alte Nervensäge nicht lieben? Weißt du, sie ist ganz verrückt darauf, den Aufräumer kennen zu lernen. Es ist schon merkwürdig, in gewisser Weise hat sie Ähnlichkeit mit Jim, findest du nicht auch? Ich meine, bei ihr gibt es keine Halbheiten; sie sagt, was sie denkt.«

»Ja, aber über eine Sache mache ich mir Sorgen. Das ist Jerry. Er sieht nicht gut aus. Irgendwie ist er verändert, findest du nicht auch? Und ich kann seine Angst verstehen, dass ihn bald die Dunkelheit umfangen wird.« Matthews Stimme wurde leise und bedrückt. »In dieser Dunkelheit leben zu müssen ist furchtbar, Liz. Wer nie dort war, kann das nicht verstehen. Bis zu einem gewissen Grad kennt Jerry den Zustand, da er nur noch ein gesundes Auge hatte. Aber als dieses Auge auch schwächer wurde … oh, ich kann seine Angst gut verstehen. Er wirkt um Jahre gealtert. Aber Jackie ist nett, nicht wahr? Ich würde sagen, sie ist eine zweite Ducksworth, genau die richtige Frau für ihn. Und ihre Familie ist sehr hilfsbereit. Sie haben ihm eine Stellung in der eigenen Firma gegeben, wo er von Nutzen sein kann. Wenn wir zurück sind, müssen wir unbedingt die Verbindung pflegen und sie oft zu uns einladen.«

»Oh, ja, Matthew. Das müssen wir.«

»Wer kommt denn noch alles? Ich hatte mit Jim so viel draußen zu tun, dass ich den Überblick verloren habe.«

»Die Hilfen von der Farm unten. Dann unser Personal aus dem Haus, nicht zu vergessen die sechs Kolleginnen und Kollegen aus dem Krankenhaus – die Oberschwester, Schwester Fowler, Schwester Grace, Dr. Venor, Mr. Carey und Schwester Marshall. Natürlich, auch Schwester Marshall. Hätte ich sie nicht selbst eingeladen, wäre die Bitte um ihre Einladung von Mr. Jim Taylor gekommen.«

»Nein!«

»Doch, Mr. Wallingham. Du bist so mit deinen Angelegenheiten beschäftigt, dass du nicht merkst, was sich vor deiner Nase abspielt.«

»Ich bin zu sehr mit dir beschäftigt, Miss Ducksworth. Du überstrahlst alles und jeden.«

Darauf gab es nur eine angemessene Antwort. Als sie die Lippen endlich voneinander lösten, sagte er leise: »Liz, ich liebe dich so sehr, dass ich Angst bekomme, und zum ersten Mal wird mir klar, dass Liebe nicht nur Glück mit sich bringt. So viele andere Gefühle werden davon aufgewühlt, Angst, Zweifel, Argwohn: Angst, dass dir etwas zustoßen könnte; Zweifel, ob das alles tatsächlich wahr ist; Argwohn, dass die Freude, das Glück und der Zauber nur ein Traum sind. Manchmal muss ich mich selbst schütteln und sagen, nein, das ist kein Traum, das ist die Wirklichkeit. Liebe und Schmerz gehören wohl zusammen.«

»Oh, Matthew, so viel bin ich gar nicht wert.«

»Überlass mir zu sagen, was du wert bist. Weißt du was?« In seiner Stimme schwang Lachen mit. »Ich werde Tommy Dodds bitten, in der obersten Tonleiter eine Note auszuwählen und sie nach dir zu benennen.«

»Zuerst spielst du für mich Klavier. Bitte, Matthew, gib dir einen Ruck. Das wäre das schönste Hochzeitsgeschenk, dich endlich spielen zu hören. Und stell dir vor, wie sehr deine Großmutter sich freuen würde.«

»In Ordnung, Liebes. Ich gebe mich geschlagen. Es wird Zeit, dass ich wieder damit anfange. Außer dir und Granny liegt mir auch Tommy dauernd mit dem Klavierspielen in den Ohren.«

»Gut, dann erfährt er morgen die Neuigkeit, wenn er mit

seiner Frau hier erscheint. Er hat sich riesig über die Einladung gefreut. Da wir von der Zahl der Gäste reden, es kommen auch einige Leute aus dem Dorf und eure Pächter. Deine Mutter hat die Liste der Namen. Alle nehmen am Hochzeitsessen im Festzelt teil. Das Essen und die Bedienung sind bestellt. Die Köchin hat ausnahmsweise nichts damit zu tun. Denn einmal wollen wir sie, wie Granan sagte, für diesen Anlass neu eingekleidet in Hut und Mantel sehen. Wie lange arbeitet sie jetzt schon hier?«

»Oh, viele Jahre. Die Sechzig muss sie längst überschritten haben, vielleicht ist sie noch älter. Sie hat als Küchenmädchen bei uns angefangen, als Granan noch ein junges Ding war, wie sie sich ausdrückt.«

Wieder schwiegen sie für einen Augenblick. »Ich freue mich darauf, William wieder zu sehen«, sagte er dann. »Wir beide sind ein besonderes Paar, mehr wie Zwillinge, obwohl er älter ist als ich. Er scheint in Amerika zu fabelhaftem Reichtum gelangt zu sein. Verrückt, uns dieses goldüberzogene Speiseservice zu schicken. Alles für zwölf Personen. Wenn ich mir diese Pracht ansehe, fühle ich mich schuldig, dass es Menschen gibt, die es sich leisten können, solche Geschenke zu machen! Ein einfacher Familienvater bringt in seinem ganzen Leben nicht so viel Geld zusammen, wie dieses eine Service gekostet haben muss.«

»Weißt du, es ist seltsam«, sagte Elizabeth. »Aber ich habe das Gleiche gedacht, als ich das Service sah. Und ich habe mich gefragt, wann um alles auf der Welt wir es benutzen sollen.«

»Ach, wir können es gebrauchen, falls die Farm unter meiner Leitung Bankrott geht. Dann verkaufen wir das Goldservice und zahlen mit dem Erlös die Schulden und die Hypothek ab.«

»Es gibt keine Hypothek.«

»Nein, noch nicht. Aber warte nur, bis ich mit allem fertig bin. Jim setzt mir immer neue Ideen in den Kopf, was wir anbauen könnten, von Schalotten bis Spargel. Du fröstelst, mein Liebling. Komm, wir gehen hinein.«

Ihr war kalt geworden, weil sie plötzlich eine merkwürdige Empfindung überfiel. Sie musste daran denken, dass nur wenige Meter entfernt die Bank stand, auf die sie sich setzen wollte, als Mike McCabe ihr den Mund zuhielt und sein Rasiermesser vor ihren Augen aufblitzte. Er war für den Rest seines Lebens sicher eingesperrt, seine Mutter tot und Rodney Wallingham, wenn man so sagen wollte, ins Exil nach Neuseeland geschickt worden. Und sie war die Ursache für diese ganzen Ereignisse …

Nein, so wollte sie nicht denken. Diese Dinge waren einfach geschehen. Ein Mann, der blind gewesen war, gewann das Augenlicht zurück und in das Haus seiner Familie kehrte das Leben wieder ein. Eine alte Dame war glücklich, weil ihr geliebter Enkelsohn bei ihr sein und sie wieder sehen konnte. Seine Mutter war glücklich, eine Freundin gefunden zu haben, mit der sie sprechen konnte; und der Colonel war ein anderer, weicherer Mann geworden. Dann war ein Mann namens Jim Taylor aufgetaucht, aus dem nicht nur ein treuer Freund der Familie wurde, sondern der Spaßmacher für alle. Auch diese Veränderungen waren in gewisser Weise durch sie bewirkt worden. Die schlimmen Dinge, die nun einmal geschehen waren, hatten am Ende nur Gutes hervorgebracht. *So* musste sie das Ganze betrachten.

Während sie sich langsam auf den Rückweg zum Haus machten, erschien Lucille im Durchgang vor der Küche. Sie war bei der Köchin gewesen, um mit ihr die letzten Einzelheiten für das Frühstück der Hausgäste am nächsten Morgen zu besprechen. Sie sah Peter, der durch die andere Tür ebenfalls in den Korridor trat. Beide blieben einen Moment stehen und lächelten sich an. Dann fragte Peter: »Sind Sie glücklich heute Abend?«

»Ja, Peter. Das könnte man sagen. Ich bin glücklich … beinahe. Und Sie?«

»Ja, auch ich bin glücklich … beinahe. Vor allem, weil Sie es sind.«

Ihre Hände berührten sich für eine Sekunde. »Gute Nacht, Peter«, sagte sie, und er antwortete leise:

»Gute Nacht«. Beinahe unhörbar folgte: »Meine Liebe.«

Für einen Moment blieb er stehen, blickte auf die geschlossene Tür und rief sich in Erinnerung, wann ihre Hände sich zum ersten Mal berührt hatten. Es war in der Bibliothek gewesen. Er hatte einige Bücher aus dem Regal genommen und als er aufblickte, stand sie nicht weit entfernt und starrte ihn an. Der Ausdruck in ihren Augen hatte ihm gesagt, was er seit langem in seinem Herzen wusste. Er hatte sich von den Knien erhoben und war zu ihr getreten. Sie hatte ihm die Hand entgegengestreckt und gesagt: »Ich betrachte Sie als meinen Freund, Peter.« Worauf er leise antwortete: »Und ich Sie als meine Herrin.«

»Das muss auch so bleiben.«

»Ja. Es wird sein, wie Sie sagen. Wir sind Freunde, solange Sie dies wünschen.« So war es geschehen …

Lucille setzte den Weg in das Zimmer ihres Mannes fort. Er saß aufrecht im Bett, die Hände ruhten auf der Tagesdecke. »Alles geregelt?«, begrüßte er sie.

»Ja, mein Lieber. Zum Glück sind alle gut versorgt.«

»Das war ein langer Tag für dich.«

»Ja«, pflichtete sie ihm bei. »Aber morgen wird der Tag noch länger werden. Warte, Richard! Hörst du das Klavier? Matthew spielt … für seine zukünftige Frau.«

»Freust du dich für die beiden?«

»O ja. Sehr. Und du?« Sie sah ihn an.

»Ich freue mich auch für sie. Aber ich bin auch neidisch.«

Sie ging zum Bett herüber, bis sie nah bei seinen Händen war. Sie nahm eine Hand hoch und streichelte sie sanft. »Warum bist du neidisch auf sie?«

Er starrte sie an. Dann sagte er ruhig: »Weil ich selbst nie etwas Vergleichbares erlebt habe. Du hast mich nicht geliebt, wie sie ihn liebt. Ich habe die wirkliche Bedeutung der Liebe nicht verstanden, oder was ein Mädchen wie du damals gebraucht hätte. Man hatte dich verletzt und dann bist du gedrängt worden, mich zu nehmen. Ich besaß nicht die innere Größe, nicht einmal genügend Erfahrung, um zu begreifen, wie ich mit dir umzugehen hatte. Du hast mich damals nicht geliebt und auch später ist deine Liebe nicht gewachsen. Das heißt, bis vor einiger Zeit. Seitdem stelle ich fest, dass eine gewisse Veränderung mit dir vorgeht.«

»Richard …«

»Nein, nicht … nicht weinen, meine Liebe. Bitte nicht weinen. Du warst mir eine so gute Frau und du hattest viel Geduld mit mir. Ich bin oft grob gewesen und spiele im zivilen Leben noch immer den Colonel. Aber in letzter Zeit betrachte ich die Dinge und die Menschen anders. Ich habe viel nachgedacht und auch zuhören gelernt. Komm, meine Liebe. Keine Tränen mehr. Lass nicht zu, dass ich dich sogar an diesem Abend unglücklich mache.«

»Du hast mich nie wirklich unglücklich gemacht, Richard. Ich war unglücklich, weil ich an dir gefehlt habe. Ich habe dir nicht die Liebe gegeben, die du verdient hast, die Liebe, die du brauchtest. Am Anfang unserer Ehe habe ich erlebt, wie die ganze Zuneigung deiner Mutter und des alten Generals an deine beiden Brüder ging. Dann fielen die beiden im Krieg, doch deine Eltern wandten sich nicht dir zu, wie es zu erwarten gewesen wäre. Ich hätte damals mehr Verständnis haben müssen, aber das kommt erst mit den Jahren. Und du hast Recht, wenn du sagst, dass ich mich in letzter Zeit verändert habe. Auch ich denke heute anders. Vieles ist durch Elizabeth gekommen und nicht wenig hat auch unser neuer stellvertretender Gutsverwalter Jim dazu beigetragen.«

Bei ihren letzten Worten musste er lächeln. »Ja, unser neuer stellvertretender Gutsverwalter Jim. Ich sage das nur zögerlich, meine Liebe, aber mir ist klar geworden, dass dieser Bursche mehr Verstand besitzt als alle in diesem Haus zusammen, mich eingeschlossen.«

»In diesem Punkt möchte ich dir nicht völlig zustimmen, mein Lieber. Er mag Verstand haben, aber das meiste ist Witz. Er kennt seine Fähigkeiten und versteht es, andere zum Lachen zu bringen. Ich habe ihn wirklich lieb gewonnen, sehr lieb; vielleicht auch deshalb, weil ich immer wusste, dass er für Matthew bereitwillig sein Leben geben würde.«

»Ja, das ist auch etwas, worauf ich neidisch bin. Aber andererseits … ich habe Peter. Peter hat mir sein Leben gewidmet.«

»Ja, das hat er. Peter ist ein sehr guter Mann.«

Er blickte ihr offen ins Gesicht. »Ich weiß, Lucille. Ich weiß es nur zu gut. Peter ist ein sehr guter Mann.«

Sie rückte näher zum Bett. Dann beugte sie sich tiefer und berührte mit den Lippen seinen Mund. Es war lange her, seit sie das zum letzten Mal getan hatte. Er hielt sie an sich gedrückt, und während sie in dieser Umarmung blieb, murmelte sie leise: »Meine Liebe zu dir ist gewachsen, Richard. Vielleicht kam sie spät, aber heute kann ich sagen, was ich dir noch nie gesagt habe. Ich liebe dich. Und wenn ich darf« – ihre Stimme wurde noch leiser –, »dann möchte ich heute Nacht gern neben dir liegen.«

Er sagte nichts, kein Wort, sondern drückte ihren Kopf nur fest an seine Schulter.